NOVELISTAS DE NUESTRA ÉPOCA

TERESA BATISTA
cansada de guerra

JORGE AMADO

TERESA BATISTA
cansada de guerra

Traducción de
ESTELA DOS SANTOS

Editorial Losada, S. A.
Buenos Aires

Título original: *Tereza Batista cansada de guerra*

16ª edición: marzo 1998

© Jorge Amado
© Editorial Losada S.A.
  Moreno 3362,
  Buenos Aires, 1973

Tapa: Alberto Diez
Traducción: Estela Dos Santos
Ilustraciones: Calasans Neto

ISBN: 950-03-4058-5
Queda hecho el depósito que marca la ley 11.723
Marca y características gráficas registradas en la
Oficina de Patentes y Marcas de la Nación
Impreso en Argentina
Printed in Argentina

A Zélia, vuelta al mar de Bahía.

La última vez que vi a Teresa Batista fue en un lugar de encantamientos, en febrero pasado, en la fiesta del cincuentenario de la mãe-de-santo [1] Menininha de Gantois, cuando toda vestida de blanco, pollera acampanada y bata de encaje, de rodillas pedía la bendición de la iyalorixá de Bahía. cuyo nombre escribo aquí, por esa razón y muchas otras, el primero en esta rueda de amigos del autor y de Teresa; siguen los de Nazareth y Odylo, los de Zora y Olindo, los de Inas y Dmeval, los de Auta Rosa y Calá, de la niña Eunice y Chico Lyon, los de Elisa y Alvaro, de María Helena y Luiz, de Zita y Fernando, de Clotilde y Rogério, amigos de aquende y allende los mares, pues la mãe Menininha y el autor de este libro, muy de lejos, somos los dos más extraños, del reino de Ketu, de las arenas de Aioká, somos de Oxossi y de Oxum. Axé.

1 *Mae-de-santo*: sacerdotista del culto nagó en Bahía, que dirige la educación de las *filhas-de santo* y preside las ceremonias religiosas (*N. de la T.*)

MODINHA DE DORIVAL CAYMMI PARA
TERESA BATISTA

Me llamo doña Teresa
perfumada de romero
póngase miel en la boca
cuando quiera hablar de mí

Flor en el pelo
flor en el sexo
mar y río.

Peste, hambre y guerra, muerte y amor,
la vida de Teresa Batista es una historia de folletín.

"Que ta coquille soit très dure pour permettre d'être très
tendre: la tendresse est comme l'eau: invencible."

André Bay, *Aimez-vouz les escargots?*

Cuando supieron que iba a volver a aquellas orillas, me pidieron que les trajera noticias de Teresa Batista y pusiera en limpio algunas de sus anécdotas. Por cierto, en el mundo gente curiosa no falta.

Así es que anduve haciendo mis averiguaciones, por aquí y por allá, en las ferias del sertón [1] y al borde de los muelles y con tiempo y fe, poco a poco, me pusieron al tanto de tramas y sucesos, algunos alegres, otros tristes, cada uno según su punto de vista y su entendimiento. Reuní todo lo que oí y comprendí, pedazos de historia, sonidos de acordeones, pasos de baile, gritos de desesperación, ayes de amor, todo mezclado y atropellado, para los que desean tener información sobre esa muchacha de cobre, sus quehaceres y sus andanzas. No es mucho lo que tengo para contar, la gente de esa región no es muy conversadora, y los que más saben no quieren hablar para no pasar por mentirosos.

Las aventuras de Teresa Batista transcurrieron en la zona circundada por las márgenes del río Real, en las fronteras de Bahía y de Sergipe, hacia adentro, y también un poco, en la Capital. Tierras habitadas por *caboclos* [2] y pardos, *cafuzos* [3], gente de poco creer y de muchos hacer, menos los de la Capital, mulatos vagos, dados a canciones y batucadas. Cuando digo Capital General de esas poblaciones del norte, todos saben que me refiero a Bahía, a la que algunos apelan Salvador, nadie sabe por qué. Y no me interesa discutir sobre eso cuando el nombre de Bahía es conocido hasta en la corte de Francia y en los hielos de Alemania, sin hablar de las costas del África.

[1] *Sertón (Sertão):* zona seca, de sabanas y malezas, característica del interior brasileño.

[2] *Caboclo:* mestizo de blanco con india (o viceversa); hombre de color cobrizo; por extensión, provinciano pobre.

[3] *Cafuzos:* mestizo de negro y mulata (o viceversa) y también de negro e india (o viceversa). Se distinguen por el color oscuro de la piel y el pelo lacio.

Deben disculparme si no cuento todo, punto por punto, es que no conozco todo. ¿Hay alguien en el mundo que sepa toda la verdad sobre Teresa Batista, sus trabajos y sus holganzas? No lo creo.

EL DEBUT DE TERESA BATISTA
EN EL CABARET DE ARACAJU
O
EL DIENTE DE ORO DE TERESA BATISTA
O
TERESA BATISTA
Y EL CASTIGO AL USURERO

1

Ya que me lo pregunta con tanta fineza, le digo, mozo, que cuando viene la desgracia no viene sola. Empieza y no hay quien la pare, crece como cosa barata, de consumo general. La alegría, en cambio, no prende, es planta exótica, de cría difícil, de poca sombra, de duración breve, no se da bien ni con el sol ni con la lluvia ni con el viento, exige cuidados cotidianos y tierra bien abonada, ni seca ni húmeda, es un cultivo caro, de gente rica, con mucho dinero. La alegría se conserva en champaña; la cachaça[1] sólo acompaña las desgracias, si es que las acompaña. La desgracia es planta resistente, se mantiene sin requerir cuidados, crece sola, se vuelve frondosa, se la encuentra en todos los caminos. En donde andan los pobres, compadre, la desgracia se da en abundancia, no se ve otra planta. Si usted no tiene el cuero curtido y la espalda endurecida, con callos por dentro y por fuera, no gana nada con pelear contra los fantasmas, pierde el tiempo. Y le digo más, compañero, y no es por alabarme sino porque es la pura verdad: solo los pobres tienen fuerza para cargar con tantas desgracias y seguir viviendo. Lo he dicho y no me contestaron. Ahora yo pregunto: ¿por qué le interesa a usted conocer las desventuras de Teresa Batista? ¿Acaso puede arreglar las cosas pasadas?

1 *Cachaça:* aguardiente hecha con borraduras de la melaza y del jugo de la caña de azucar.

Teresa cargó con fardos tan penosos que pocos machos aguantarían semejante peso y ella lo soportó y salió adelante, nadie la vio quejarse ni pedir compasión y si alguna vez la ayudaron, rara vez, fue por amistad y no porque se quejara; donde ella andaba ahuyentaba la tristeza. A la desgracia no le hacía caso, compadre, para Teresa solamente la alegría tenía valor. ¿Quiere saber si Teresa estaba hecha de hierro y con el corazón de acero? El color de su piel era de cobre no de hierro, y el corazón de manteca, mejor dicho, de miel. El dueño de la fábrica, nadie la conoció mejor, la llamaba de dos maneras: Teresa Mel de Engenho [1] y Teresa Favo-de-Mel [2]. Fue la única herencia que le dejó.

En la vida de Teresa la desgracia apareció temprano, hermano, y me gustaría saber cuántos valientes resistirían lo que ella resistió sin morirse en la casa del capitán.

¿Qué capitán me dice? El capitán Justo, o sea, el finado Justiniano Duarte da Rosa. ¿Capitán de qué arma? Sus armas eran el látigo de cuero crudo, el puñal, la pistola alemana, la chicana y la maldad; patente de rico, de dueño de la tierra; no tan rico ni con tantas leguas como para andar galardoneado de coronel, pero lo suficiente para no ser un simple paisano, para ponerse divisas en el apellido. Tierras de coronel, leguas y leguas de campo, de verde cañaveral, tenía Emiliano, el mayor de los Guedes, el dueño de la fábrica; sin embargo, siendo doctor graduado, aunque no ejercía, no aceptaba otro título. Los tiempos modernos son así, cuñado, pero no se achique, los títulos cambian, el coronel es doctor ahora, el capataz es gerente, la fazenda [3] es empresa, pero el resto no cambia, la riqueza sigue siendo riqueza, y la pobreza pobreza y con las mismas desgracias.

Le puedo garantizar, hermano, que en el comienzo nomás, las penurias de Teresa Batista pocos las pasaron en el infierno. Huérfana de padre y madre, sola en el mundo, sola contra Dios y el Diablo, y ni el mismo Dios le tuvo lástima. Y ya lo ve, esa niña atravesó lo peor del camino, las cosas más ruines entre las ruines y llegó sana y salva a la otra orilla con una sonrisa en los labios. Bueno, eso de la sonrisa en los labios, no lo digo porque yo lo sepa, sino porque así lo oí decir. Si usted quiere saber más detalles del caso, sobre los comienzos de Teresa Batista, métase en el tren de la Leste Brasileña que va para el sertón, porque allá

---

1 *Mel de Engenho:* miel de ingenio.
2 *Favo-de-mel:* panal de miel.
3 *Fazenda:* propiedad extensa dedicada al monocultivo y a la ganadería, a veces.

sucedieron las cosas, y quien lo vio que se lo cuente con
todos los puntos de las íes.

Para Teresa fue difícil aprender a llorar porque había
nacido para reír y vivir alegremente. No quisieron dejarla,
pero ella se emperró, cabeza dura que ni un borrico esa Teresa Batista. Por mala comparación, porque de borrico no
tenía nada más que la cabeza dura, pues no era marimacho,
ni boca sucia —ay de su boca limpia y perfumada— ni bus-
calíos, ni desordenada. Si alguien le dijo cosas de esa calaña
o lo quiso engañar o no conocía a Teresa Batista. Tirana
solo en casos de amor; como le digo, nació para amar y en
el amor fue estricta. ¿Por qué entonces la llamaban Teresa
Boa de Briga [1], me pregunta? Bueno, compadre, por eso
mismo, por ser luchadora; no hubo otra con su valentía y
su altivez, ni con su corazón de miel. Nunca soportó peleas,
nunca provocó alborotos, pero de seguro por todo lo que soportó en su infancia, tampoco toleraba que un hombre le
pegara a una mujer.

2

El debut de Teresa Batista en el cabaret París Alegre
situado en el Vaticano, en la zona del muelle de Aracaju,
en la región de Sergipe del Rey, tuvo que retrasarse por
algunos días a causa de ciertos trabajos de prótesis dental
que afectaban a la estrella del espectáculo, con evidente
perjuicio para Floriano Pereira, más conocido por Flori
Pachola, el dueño del local, maranhense [2] de fibra. Flori se
lo aguantó firme, sin quejarse ni echarle las culpas a men-
gano ni a zutano como suele suceder en esos casos.

El debut de la estrella rutilante del samba —Pachola
era un as de la publicidad, no tenía rival en la invención de
frases y slogans— había despertado un gran interés, pues
el nombre de Teresa Batista ya era familiar, sobre todo
en ciertos ambientes, como entre los viajantes, en el mercado, en el puerto. El doctor Lulu Santos se la había presentado a Flori; doctor para los pobres, en realidad, un
charlatán celebrado en todo Sergipe, principalmente por su
actuación en los tribunales, y por los epigramas corrosivos
y los dichos que inventaba —sus admiradores le atribuían
cuanta gracia corría por el lugar—, de parecida competen-

1 *Boa de briga:* buena para la pelea: luchadora.
2 *Maranhense:* nativo del estado de Maranhão en el norte del Brasil

cia en leyes como en la cerveza; todas las tardes despachaba sus asuntos en el Café Bar Egipto, riéndose de los fatuos y simulando tempestades entre el humo de su cigarro permanente. La parálisis infantil lo había dejado inválido de las piernas y Lulu Santos se movilizaba apoyado en un par de muletas, lo que no le hacía perder el buen humor. Lo ligaba una vieja amistad con Teresa Batista; se sabe que fue el abogado que hace varios años marchó hacia el interior de Bahía a cuenta del doctor Emiliano Guedes, dueño de la fábrica de la frontera y de vastas tierras en los dos estados, hoy fallecido (¡y de qué manera más placentera!) para intervenir en el proceso abierto contra Teresa, ilegal, porque ella era menor de edad, pero nada de eso viene al caso porque lo que nos interesa ahora es la amistad de la muchacha y el charlatán, cuya retórica sola vale más que una división de licenciados en derecho, con graduación, paraninfo, discurso y toga.

El local está lleno, hay mucha animación, un ambiente festivo y rumoroso. Toca la Jazz-Band da Meia Noite y la clientela se vuelca a la cerveza, a los cócteles y al whisky. En el cabaret París Alegre, según los prospectos distribuidos por la ciudad, "la juventud dorada de Aracaju se divierte a precios razonables", entendiéndose por juventud dorada de Aracaju a los empleados de comercio, a los oficinistas, a los estudiantes, a los funcionarios públicos, a los viajantes, al poeta José Saraiva, al joven pintor Jenner Augusto, a unos cuantos universitarios, a otros tantos vagabundos y múltiples profesionales de oficio y edad variables, algunos en la prolongación de la edad dorada hasta más allá de los sesenta. Fiori Pachola, *mameluco* [1] de pequeña estatura y pico de oro, había puesto un énfasis particular en la estrella, en la reina del samba y del *maculele* [2], no había escatimado esfuerzos para hacer que la presentación de Teresa en el escenario del París Alegre fuera memorable, un acontecimiento inolvidable. Por lo demás, fue memorable e inolvidable.

3

La noche del estreno, Teresa Batista está un poquito nerviosa aunque trata de no demostrarlo. Sentada a una me-

---

1 *Mameluco:* hijo de hombre blanco y mujer india.
2 *Maculele:* danza y juego de bastones marcados a un ritmo muy veloz; típico de los negros de Bahía.

sa discretamente situada a un costado del salón, espera la hora de cambiarse conversando con Lulu Santos, oyéndole comentarios maliciosos sobre la clientela. Era nueva en la ciudad y no conocía a casi nadie, mientras que el charlatán conocía a todo el mundo.

A pesar de la media luz del ambiente y del lugar en que estaba la mesa, la hermosura de Teresa no pasó inadvertida. Su maestro Lulu le llama la atención sobre una de las mesas, frente a la pista, donde hay dos jóvenes pálidos tomando cócteles; de palidez enfermiza uno, de palidez de gringo *sergipano* [1] y profudos ojos azules el otro.

—El poeta no le saca los ojos de encima, Teresa.

—¿Qué poeta? ¿Aquel joven?

El de palidez enfermiza se pone de pie, la copa en alto, y brinda por Teresa y el charlatán, con la mano abierta puesta sobre el corazón en un amplio gesto de amistad y devoción. Lulu Santos agita su mano y su cigarro como respuesta:

—Es José Saraiva, talento grande como el mundo, un poetazo. Lamentablemente con poca vida por delante.

—¿Qué tiene?

—Tuberculosis.

—¿No se la trata?

—¿Tratársela? Si se está matando, se pasa las noches en claro, en la vida bohemia, bebiendo. Es el más grande bohemio de Sergipe.

—¿Más que usted?

—A su lado yo soy un porotito. Me tomo mis cervezas, pero él no tiene medida. Hasta parece que quiere matarse.

—Qué mal está que la gente quiera morirse.

Después de una pausa de varios minutos, el tiempo justo para que los músicos se tomaran una copa de cerveza, la jazz volvió a atacar con furia. El joven poeta se les acerca, se pone derecho ante Teresa y Lulu:

—Lulu, hermanito, preséntame a la diosa de la noche.

—Mi amiga Teresa, el poeta José Saraiva.

El poeta besa la mano de la muchacha; está ligeramente tomado, en los ojos una tristeza en contradicción con sus maneras desenvueltas y la impuesta superficialidad.

—¿Por qué tanto desperdicio de belleza? Da para formar tres hermosas y todavía sobra gracia. ¿Vamos a bailar, divinidad?

Al pasar por su mesa frente a la pista, el poeta Saraiva

---

1 *Sergipano:* natural del Estado de Sergipe.

se para a terminar su cóctel y exhibir a Teresa ante su compañero:

—Artista, admira al modelo supremo digno de Rafael y el Tiziano.

El pintor Jenner Augusto, no era otro el joven sentado, mira la cara de Teresa y ya no se la olvidará más. Teresa le sonríe gentilmente pero con cierta distancia. Tiene el corazón cerrado, vacío, indiferente a las miradas de admiración o de conquista, al fin tranquila, componiéndose lentamente.

Teresa y el poeta bailan. En la frente macerada del joven brotan gotas de sudor aunque conducía en sus brazos a la dama más leve y de oído más fino: Teresa había aprendido a silbar con los pájaros y a bailar con el doctor. Baila a la perfección y adora hacerlo, olvidada del mundo en la cadencia de la música, con los ojos cerrados.

Le da pena abrirlos para escuchar mejor al poeta, al pobre poeta que entre palabras alegres larga un silbido largo y persistente desde su pecho herido.

—¿Usted es la estrella rutilante del samba, no es cierto? ¡Oh! el slogan de Flori es un poema ¿no le parece? Naturalmente, a usted no le parece. no es necesario que le parezca nada, su única obligación es ser bella. Fíjese, cuando leí la publicidad me pregunté: José Saraiva, tú que sabes todo, ¿dime, qué es lo que ha hecho que Pachola se volviera poeta? Ahora puedo responder y no solo eso. Puedo hacerle decenas y decenas de poemas, no voy a quedar detrás de Flori.

Y ahí mismo quiso improvisar algunos versos de lisonja para la estrella, en pleno baile, al ritmo del jazz y ciertamente lo hubiese conseguido si no se hubiera producido el incidente inicial, el punto de partida del conflicto.

Agarraditos, cara contra cara, bailaba una pareja: él, viajante o gigoló, se le notaba por la ropa, la chaqueta deportiva con hombreras, la corbata vistosa, el pelo resplandeciente de brillantina y la manera de destilar galanterías y juramentos en las orejas de la muchacha que lo acompañaba, gordota e ingenua, pero de atrayente perfil. Aunque parecía gustar de las frases melosas, la elegancia y la delicadeza del admirador, con los ojos vueltos hacia la puerta de entrada la muchacha denunciaba su tensión e inquietud. De repente dijo:

—¡Es Liborio, Dios mío!— y se suelta de los brazos que la rodean, quiere escaparse pero no encuentra por dónde y consternada se echa a llorar.

El tal Liborio, cuya entrada en el local acompañado por tres amigos había provocado el pánico de la jovencita, era un individuo alto, todo vestido de negro como si estuviese de luto riguroso, los ojos entornados, el pelo escaso, los hombros medio curvos, la boca blanda, en materia de belleza todo lo contrario. Parecía venir de un entierro. Se dirige a la pista de baile y se para ante la muchacha hablándole con voz gangosa:

—¿Así es como visitás a tu madre enferma en Propriá puta?

—Liborio, no hagas escándalo, por el amor de Dios.

Ya escaldado con mujeres como ésas y para no arruinar todavía más su ficha profesional en el laboratorio farmacéutico para el cual viaja por Bahía, Sergipe y Alagoas ("excelente vendedor, capaz, emprendedor y serio, pero dado a las mujeres y las juergas y a provocar líos en cabarets y prostíbulos, una vez estuvo preso"), el viajante se va apartando lentamente mientras sus compañeros de mesa y profesión se ponen de pie para salir en su defensa si es necesario.

Iba el poeta a reanudar el baile sin concederle demasiada importancia al hecho —lo que más abunda en un cabaret es el cornudo afligido —cuando de improviso una bofetada resuena tan fuerte que tapa el ruido de la jazz. Teresa se detiene en el momento justo para ver la mano del hombrón dándole la segunda bofetada a la jovencita y escuchar la voz nasal repitiendo palabras largo tiempo oídas: "¡aprendé a respetar, perra!". La voz era otra pero la frase era idéntica e idéntico el sonido de la mano del hombre sobre la cara de la mujer.

Al instante, Teresa Batista se suelta de los brazos del poeta y se dirige a la pareja:

—El hombre que le pega a una mujer no es un hombre, es un flojo...

Está frente al galán, levanta la cabeza y le informa:

—...y a un flojo yo no le pego, le escupo la cara.

Y el salivazo sale. Teresa Batista, entrenada en la infancia en juegos de bandoleros y de guerras con arrogantes muchachos de la calle, posee una puntería certera, pero esta vez, debido a la altura del individuo, le erra al ojo —un ojo legañoso de porquería— y el salivazo se aloja en el mentón.

—¡Hija de puta!

—Si sos hombre vení a pegarme.

—Ahora te la doy, gran puta.

—Aquí te espero.

Pero no se quedó esperándolo, le mandó un puntapié a la zona baja, pero otra vez no alcanza la meta, el tipo tenía piernas de jirafa. Teresa pierde el equilibrio, uno de los acompañantes del legañoso aprovecha para agarrarla por detrás y prendiéndole los brazos hacer que exponga la cara para la trompada del otro. No contento con golpear a una mujer, el tal Liborio usaba nudillos de metal, con los que le rompe los dientes a Teresa.

El poeta Saraiva se echa encima del sujeto que sostiene a Teresa y los tres ruedan por el suelo. De un salto la estrella del samba se pone de pie y escupe de nuevo en la cara del tipo, esta vez una escupida de sangre con un pedazo de diente. Los dos bandos reciben refuerzos: de un lado los secuaces del cornudo, del otro el pintor Jenner Augusto que se muerde los labios de rabia y el viajante que se había alejado prudentemente abandonando a su suerte a la compañera de baile, dejando que una mujer desconocida hiciera lo que debía haber hecho él. Perdida la cabeza y el resto de su comprometida reputación y ganando de nuevo la estimación de sus colegas, entra en la lid. La jazz sigue tocando mientras en el ring se da espacio a los contendores. De pie sobre una mesa, un billete de veinte cruzeiros en la mano, alguien desafía a los gritos:

—Apuesto veinte cruzeiros a la mujer, ¿quién juega?

Teresa había logrado agarrar por los escasos pelos al palo enjabonado arrancándole un puñado. Él trata de alcanzarla, consigue darle otra trompada con el puño de los nudillos y le hace saltar otro diente, pero ella, ágil y arisca, dando saltos que parecen pasos de baile, lo esquiva, le patea las piernas, sigue escupiéndole la cara y esperando ocasión propicia para patearlo en el bajo vientre.

Los clientes habían formado un círculo para apreciar mejor el espectáculo. El motivo de la pelea, la inocente muchachita, observa desde lejos sin saber con quién partirá.

Un *caboclo* bizarro, curtido por el sol y por los vientos marinos, después de asistir a algunos lances, aunque había llegado después de empezado el espectáculo, comentó en voz alta:

—¡Por la Virgen! mujer más luchadora que ésta yo nunca vi.

En ese momento, atraídos por el barullo, aparecieron en el local dos guardias civiles que, por cierto, eran conocidos de Liborio y sus acompañantes porque se dirigieron derechamente a Teresa con la evidente disposición de enseñarle que la letra con sangre entra:

—¡Aquí estoy yo, Yansá! [1] —el caboclo lanzó su grito de guerra sin saberse el porqué de·Yansá: si lo dijo por Teresa, para designarla con el nombre del *orixá* [4] sin temor, el más valiente de todos, o si quiso informar simplemente que entraba en la pelea el maestro Januario Gereba, *ogan* del *Candomblé* [3] de Bogun.

Linda entrada porque los guardia civiles volaron uno para cado lado. A continuación el caboclo impide que uno de los secuaces del galán refriegue la suela de su zapato en la cara del poeta José Saraiva, un indómito corazón en pecho débil, que yacía sin habla, extendido en la arena. El caboclo que es como una tormenta, levanta al poeta y sigue. Los guardia civiles también vuelven.

Uno de los amigos del canalla saca un revólver y amenaza disparar. Las luces se apagan. La última imagen fue Lulu Santos apoyado en una sola muleta, el cigarro en la boca y maniobrando con la otra como un molinete. Ya en la oscuridad, el berrido del cornudo Liborio indica que Teresa le había acertado el pie donde quería.

Como se ve, estreno no hubo, al menos de la reina bahiana del samba, pero no por eso la primera aparición pública de Teresa en las pistas de Aracaju fue menos memorable e inolvidable. El dentista Jamil Najar, el de la apuesta de los veinte cruzeiros, no le quiso cobrar nada por el diente de oro que con óptima pericia, colocó arriba y a la izquierda, en la boca de Teresa Batista, donde los nudillos de hierro le habían roto el labio. Si fuera a pedir pago ¡ah no sería en dinero!

4

Flori limpió los escombros mientras dependía de la palabra del dentista para ponerle una nueva fecha al debut en el París Alegre de la ansiosamente aguardada Teresa Batista. El doctor Najar prolongó el tratamiento: un trabajo en oro, mi querido Pachola, requiere arte e ingenio, capacidad y tiempo, especialmente si es un diente de oro; no

1 *Yansá:* orixá sudanesa de los vientos y la tempestad, una de las mujeres de **Xangó**. También responde a los nombres de *Oiá* y *Oxun*.
2 *Orixá:* divinidad del culto nago o yoruba.
3 *Candomblé:* ceremonia y fiesta anual de los cultos fetichistas afrobrasileños, especialmente del nagó.

25

puede haber improvisaciones ni prisas, no es obra de aficionado sino labor delicada y galante. Flori lo apura: yo comprendo sus escrúpulos, mi doctor boticario, pero apúrese, por favor, no haga sebo. Y mientras esperaba, Flori se dedicaba a la publicidad.

En los cuatro costados de la plaza Fausto Cardoso, donde se eleva el Palacio de Gobierno, coloridos caballetes anuncian la presentación, en breve, en el salón del París Alegre, de la Fulgurante Emperatriz del Samba, o del Samba en Persona, o también de la Maravilla del Samba Brasileño, o por fin, de la Sambista Número Uno del Brasil, exageraciones evidentes, claro, pero según Flori, adecuadas a los merecimientos físicos de la estrella. En la lista de los innumerables enamorados de la sambista inédita, debe situarse el nombre del cabaretero precedente al lado del abogado sin título, el del dentista graduado y el del poeta, junto con el del pintor, si no por otras razones, al menos porque era quien pagaba los gastos, cargando con los perjuicios de la gloriosa noche frustrada.

Flori, encanecido en el trato de los artistas, preconiza la necesidad de los ensayos diarios por la tarde mientras duren los trabajos de prótesis y del labio partido, para mantener la indispensable agilidad de las ancas, el balanceo sambista. Lo ideal sería hacer los ensayos a solas, la sambista y el pianista, en el caso, el mismo Pachola, señor de variados talentos: piano, guitarra, armónica, cantor de coplas, pero, ¿cómo contener la turbamulta de admiradores? Detrás de ella venían el dentista, el poeta, el pintor, el abogado charlatán, perturbando el ensayo y los serios planes de Flori.

Flori había llegado a Aracaju hacía diez años, en calidad de administrador de los restos mortales de la Compañía de Variedades Jota Porto y Alma Castro, elenco responsable de las trecientas representaciones de la revista musical "Donde arde la pimienta" en el teatro Recreio de Río de Janeiro, pero menos afortunado en la extensa y triunfal (en palabras) gira por el norte del país. Cuando el joven y entusiasta Flori se les unió en São Luiz do Maranhão todavía no había demostrado vocación de administrador de espectáculos, ni poseía experiencia alguna. La experiencia la adquirió rápidamente, en un récord de tiempo y porrazos, a lo largo de la gira: de Sao Luiz a Belém, de Belém a Manaus y el extraordinario viaje de regreso. Lo que se le había revelado, eso sí, de manera fulminante y correspondida, era una pasión por la liviana portúguesa Alma Castro, que le hizo abandonar su empleo en una firma de exportaciones de *babaçu* [1], taica que no presentaba imprevistos ni emociones. Con el ojo puesto en la diva, al enterarse de la deserción del pianista se ofreció y fue aceptado no solo como pianista sino también como ayudante del empresario y astro de la compañía Jota Porto, para todo lo que se refería a problemas prácticos, tratos con los dueños o arrendatarios de los teatros, empresas de transportes, propietarios de hoteles, etcétera. En cada nueva ciudad visitada disminuía el elenco, reduciéndose el número de cuadros de la victoriosa revista. Cuando llegaron a Aracaju, el espectáculo ya estaba tan comprimido que se presentaron como complemento de una película. Por esa altura ya el conjunto no se llamaba Compañía de Variedades Jota Porto y Alma Castro, sino simplemente Grupo Teatral de Alma Castro; en la plaza de Recife, los ojos empañados por las lágrimas, Jota Porto, limpiándose los últimos níqueles, se marchó después de besar a Alma Castro en la frente y a Flori en las mejillas —sospechosísimo— ese galán por el cual perdían el sueño las niñas mostraba su flanco fácilmente. Flori se vio en Recife promovido a empresario con los decorados, el guardarropa, una guitarra, cuatro figurantes, incluida la misma Alma Castro y sin un peso. Rápidamente había llegado a la cúspide de su carrera teatral. Demostrando de cuánto era capaz, el nuevo empresario general todavía consiguió presentar al grupito en Maceió, Penedo y Aracaju. En esta ciudad, para permitir el viaje de los demás hacia Río de Janeiro, Flori se quedó como rehén. Desde la capital, Alma Castro enviaría el dinero necesario para liberar al administrador y ex-novio y a los materiales, uno y otros retenidos por Marosi, el dueño del hotel. En Río le sobraban relaciones de amistad y lecho, empezando por el fiel comendador Santos Ferreira, generoso e importante miembro de la comunidad luso-brasileña y de la fraternidad de los "viejitos de Alma Castro", todos ellos ricos, pródigos, ilustres e impotentes. No mandó nada.

Días después, habiendo descubierto Marosi que la permanencia del administrador solo le causaba perjuicios —habitación para dos y apetito de tres— dio su ganancia por pérdida y hasta le propuso ayudarlo para que se marchara, pero Flori prefirió quedarse por la zona, ganado por la amable y acogedora ciudad. Se mantuvo en el mundo del espectáculo para aprovechar los decorados y la experiencia e hizo carrera: empleado, gerente, socio, propietario de ca-

1 *Babaçu:* palmera del norte del Brasil de semilla oleaginosa.

barets, el Torre Eiffel, el Miramar, La Garçonne, el Ouro Fino, hasta llegar al París Alegre.

Teresa ensayó y bailó vestida con trajes que todavía eran de aquella compañía: turbante, pollera amplia, bata. Muestra buena parte de su cuerpo, ¿para qué? Al piano, melancólico, Flori reniega de la corte artístico-literaria, un poco jurídica, otro poco odontológica, que yace a los pies de Teresa Batista. Pero además de conocedor, Flori era pertinaz y había aprendido a ser paciente. Siendo dueño del cabaret y el empresario de la estrella, ¿quién iba a estar mejor colocado que él?

Todos estaban enamorados y no lo estaba menos Lulu Santos; con muletas y todo, el charlatán tenía fama de mujeriego. Todos alrededor de Teresa, al cual más decaído: el poeta Saraiva, de pasión públicamente expuesta y proclamada en una copiosa producción de poesías líricas; Teresa le inspiró algunos de sus mejores poemas y todo el ciclo de "A moça de cobre", designación que él le dio; el dentista Jamil Najar, hijo de árabe, sangre caliente, que le propone hacerla feliz mientras le mantiene la boca abierta y le prepara el diente de oro; el pintor que la observa con sus profundos ojos azules, en silencio y la dibuja en coloridos cuadritos. Esas acuarelas hechas en precario papel de carteles, fueron los primeros retratos de Teresa Batista debidos a Jenner Augusto; muchos otros le pintó, casi todos de memoria, aunque varios años después, en Bahía, ella consintió en posar en el atelier de Río Vermelho para aquel cuadro que fue premiado, donde Teresa se alza en oro y cobre, mujer completa, en la plenitud de sus años y su belleza, vestida todavía con los mismos trajes del tiempo del París Alegre: turbante de bahiana, pechera breve de cambray sobre los senos sueltos, colorida falda de flecos, piernas desnudas y relucientes caderas.

A unos y a otros le sonreía Teresa, gentil y entusiasmada por verse en rueda de amigos y madrigales, siempre en busca de un afecto verdadero, ella tan necesitada de calor humano. No se da fácilmente, quizá porque las únicas profesiones que hasta entonces había ejercido fueron las de criada para todo servicio (¿no habría que decir esclava?), de prostituta y de manceba, acostándose con diferentes hombres, al principio de miedo, después para ganarse la vida. Cuando abre su cuerpo en deseo y se entrega febril e incontinente, lo hace por amor, no le basta la simple simpatía. Ni el artero Flori, ni el atento dentista, ni el mordaz Lulu Santos, ni el silencioso pintor de ojos penetrantes, ni el poeta

¡qué lástima! ninguno le llega al corazón, ninguno le enciende el escondido fuego.

Si Lulu Santos le dijera: amiga mía, quiero dormir contigo, tengo muchas ganas y si no aceptas sufriré, Teresa lo acompañaría a la cama como lo hizo tantas veces con tantos para ganarse la vida, indiferente y distante, en el ejercicio de un oficio. Le debía al charlatán antiguos favores, si le pidiese el goce de su cuerpo no podría negarse, pero sería una penosa obligación y nada más. Si el poeta José Saraiva, con aquel su cat· ···o vuelto de pronto tos convulsiva, le dijera que solo moriria feliz si le permitiese dormir con ella, de la misma manera aceptaría. A uno por gratitud, para pagar una deuda, al otro por compasión. Darse por placer, como en una fiesta, eso era lo que no podía hacer, ni siquiera lo podía simular. Imposible. Para ser ella misma había pagado un precio muy alto en el peso fuerte de la desgracia.

Pero ni el charlatán ni el poeta se lo pidieron, solo se exhibían y esperaban, los dos la querían, pero no por gratitud ni por lástima. En cuanto a los otros —Flori se lo pidió en repetidas ocasiones, gimió, suplicó— aunque se lo pidieran nada conseguirían. Ni siquiera para ganar plata le interesaban, no andaba muy necesitada y esperaba gustar como sambista. Por algún tiempo, por lo menos, quería ser dueña de su voluntad.

Apenas llegada, con una habitación alquilada con pensión completa en casa de la vieja Adriana (recomendación de Lulu) había recibido una invitación de Veneranda, dueña de la residencia más elegante y rica de Aracaju. Por su vistosa figura, sus maneras y su lujo, sus sedas y sus tacones altos, parecía una señora del sur. Veneranda no aparentaba la edad que registraba su escondida partida de nacimiento. Siendo niña, Teresa había oído el nombre de la celestina por boca del capitán; en aquellos tiempos dominaba en Aracaju. Y vino a hablar con Teresa luego de conocer su llegada por Lulu Santos uno de sus habitués, quien sabe conociendo cosas pasadas.

Abriendo su abanico, Veneranda se sentó y con una fría mirada despidió a la vieja Adriana que la observaba curiosa.

—Es más linda de lo que me habían dicho —así comenzó a hablar.

Le describió las reuniones en su casa: enorme edificio colonial, discretamente oculto entre los árboles, cercado por altos muros, los grandes cuartos subdivididos en modernas e íntimas alcobas, en la planta baja una sala de espera con tocadiscos, bebidas y exposición de las mujeres disponibles, en el primer piso la gran sala donde Veneranda recibe a los políticos y literatos, comerciantes e industriales, y después el comedor y al fondo la quinta. Teresa podría residir en la casa si lo prefería; al ofrecerle residir en el mismo establecimiento, le daba muestras de una gran consideración porque solo algunas escogidas, en general extranjeras o sureñas en temporada por el norte —cosechado el maíz volvían al sur— vivían en la gran residencia, pero Teresa merecía ser una excepción. O si no, podía frecuentarla por la tarde y la noche, en las horas de movimiento, sirviendo a todos sin excepción o teniendo clientes exclusivos y selectos. Tratándose de Teresa, la esclarecida Veneranda vislumbraba la posibilidad de una clientela de alto poder económico, de horario más o menos estricto, clientela poco molesta y muy lucrativa. Si fuera tan competente como linda tendría oportunidad de ganar dinero fácilmente y si no se entregaba a locuras y a mantener gigolós, podría hacerse rica. En la residencia conocerá a Madame Gertrude, una francesa que con el dinero que ganó allí había comprado tierras y casa en Alsacia pensando volver a su patria el año próximo para casarse y tener hijos si Dios lo quería y la ayudaba.

Se abanicaba y un perfume fuerte, almizclado, pesaba en el aire caliente de la tarde de verano. Teresa había escuchado en silencio las diversas y seductoras opciones, demostrando un cortés interés. Cuando Veneranda terminó y amplió su sonrisa, Teresa le dijo:

—Ya hice la vida, no se lo voy a negar, y puedo volver a hacerla por necesidad. Por el momento no estoy necesitada, así que se lo agradezco. Puede ser que algún día...— Había aprendido maneras con el doctor y cuando le enseñaban algo no lo olvidaba. En la escuela primaria la señorita Mercedes elogiaba su inteligencia viva y su gusto por el estudio.

—¿Ni siquiera alguna vez? ¿Bien pagada, sin una obligación diaria, solo para atender el capricho de alguno colocado bien arriba? ¿No sabe que mi casa es frecuentada por lo mejor de Aracaju?

—Sí, ya lo oí decir, pero por el momento no me interesa. Disculpe.

Veneranda mordisquea su abanico, descontenta. Una novedad como ésa, con esos aires de gitana y esa belleza singular, precedida por crónicas picantes, papita para el loro para las dentaduras de ciertos y determinados clientes y dinero seguro en la caja registradora.

—Si un día se decide, avíseme. Cualquiera e dice dónde es.
—Muchas gracias, y de nuevo, discúlpeme.
Ya en la puerta de calle, Veneranda se volvió:
—¿Sabe que conocí mucho al capitán? Era cliente de
mi casa.
El rostro de Teresa se ensombreció, el crepúsculo bajó de
pronto sobre la ciudad:
—Yo nunca conocí a ningún capitán.
—¿Ah, no? —Veneranda sonrió y se fue.

5

¡Ay! Ninguno le roza el corazón, ninguno le despierta el
deseo dormido, ni enciende su recóndita candela. Para la
amistad, sí, cualquiera de ellos: el charlatán, el poeta, el
pintor, el dentista o el empresario; para amante ninguno.
¿Quién se conforma con la dulce amistad de una mujer tan
linda? ¿Quién puede entender las cosas del corazón, quién
puede explicarlas?

Vasto mundo de Aracaju, ¿dónde andará aquel gigante?
¿Aquel *caboclo* tostado, salido de las aguas, quemado por
el mar y el viento, adónde fue a parar? Apenas presentido,
entrevisto en una fiesta y un trago conmemorativo, en un
barcito al fin de la calle, al fin de la noche. Desapareció en
la madrugada, con la luz primera del amanecer; y los dos
son del mismo color, de idéntica materia. En la aurora el
gigante se disolvió. Desde la ventanilla del taxi Teresa
lo ve por última vez envuelto en la luz difusa, en los restos
de la noche, en el principio del día: con la punta de los
pies tocaba el suelo, con los brazos el mar, la cabellera en
una nube enrulada de lluvia en el cielo azul oscuro. Había
prometido volver.

Él solo había terminado con la pelea, riendo y hablando
alto, dirigiéndose a presentes y ausentes, personas y fantasmas; campeón en la *capoeira* [1]. Cuando el policía amenazó disparar Flori había apagado la luz y la responsabilidad se había vuelto colectiva y por lo tanto inexistente.
¿Quién podría testimoniar por lo sucedido en la oscuridad?
El *caboclo* le quitó el arma en un pase mágico, que si el
tira no nubiese estirado su hocico en el piso, hasta podría
decirse sin pasar por mentiroso, que lo había hecho sin usar

---

1 *Capoeira*: juego semejante a la lucha, con ataque y defensa, de
movimientos rápidos y característicos, incluso cabezasos.

las manos ni los pies, con total delicadeza. Así, suelto en el aire ,gigantesco pájaro musculoso. Januario Gereba. —¿No viene Gereba de Yereba, el gigante? ¿No es Gereba el *urubú* [1] rey, el gran volador?— Así supo de él Teresa. Y bastó.

Con las luces apagadas, el barullo aumentó y sin ser llamados, de puro entrometidos, varios clientes entraron en el tumulto por deporte y por gusto. Duró poco tiempo, ni alcanzó para que se sacaran las ganas. Al grito de "Viene la cana" que llegó desde la calle, los contendores se dispersaron antes del arribo de los refuerzos policiales que uno de los guardia civiles había ido a buscar. En la oscuridad se vio a Teresa sostenida en el aire por dos brazos y transportada escalera abajo y calle afuera, doblando esquinas, entrando en callejones, yendo adelante en una carrera silenciosa, en el pecho del gigante un olor salado. Finalmente fue puesta sobre sus pies, muchas cuadras más allá, en la tranquilidad de un rincón de la calle. Delante de ella el *caboclo* sonreía:

—Januario Gereba, para servirla. En Bahía más conocido por maestro Gereba. Los que me quieren me llaman Janu.

Cuando ella le sonrió, la paz descendió sobre el mundo.

—La traje de esa manera para que no la agarrara la policía, porque ya sabemos cómo son.

—Muchas gracias, Janu —dijo Teresa—. El amor no se compra, no se vende, no se impone abriendo el corazón con una daga ni se puede evitar. El amor sucede.

Le recuerda a alguien, a una persona conocida, ¿quién puede ser? De profesión hombre de mar, maestro de *saveiro* [2], su puerto es Bahía, las aguas de Todos los Santos y el río Paraguazú; en el muelle de la rampa del Mercado está anclado su *saveiro*, de nombre Flor de las Aguas.

Gigante realmente no era, pero poco le faltaba. El pecho como de quilla, los ojos rientes, las grandes manos callosas, todo él plantado sobre los pies pero balanceándose en la brisa, lo recorre una sensación de calma... no precisamente de calma. Teresa modifica su pensamiento, seguramente es capaz de imprevistos y explosiones, pero da una sensación de seguridad, de certezas definitivas. ¿Dios mío, a quién se parece ese hombre salido del mar?

No es un parecido de la cara, un parecido físico, pero le

1 *Urubú:* especie de buitre americano.
2 *Saveiro:* embarcación estrecha y larga, típica en la navegación fluvial.

recuerda a alguien muy conocido. Teresa, que en ese rincón
de la calle no se parece a la muchacha exaltada de la pelea,
en una actitud modesta, lo escucha contar que había entrado en el París Alegre cuando ella escupía a la cara del
canalla y lo enfrentaba, una mujercita valiente como para
sacarle el sombrero.

—No soy nada valiente... Soy miedosa, pero no puedo
soportar que un hombre le pegue a una mujer.

—Quien pega a la mujer o persigue no es yerba de buen
olor —concuerda el gigante—. Yo no había visto el comienzo de la cosa. Entonces, ¿fue por eso?

Se encuentra en Aracaju por azar, para servir a un amigo, dueño de la barcaza Ventania, a quien le había fallado
un marinero por enfermedad el día de la partida que
no podía postergarse, porque el dueño de la mercadería no
aceptaba demoras, tenía mucha prisa. Caetano Gunzá, el
capitán, era compadre de Januario y en la dificultad apeló
a él. Los amigos son para eso, si no ¿para qué sirven?
Dejó el *saveiro* en la rampa, la travesía había sido buena,
el viento suave, el mar como de fiesta. Llegaron en la tarde
de la víspera y se quedarían en el puerto el tiempo justo
para descargar el tabaco de Cruz das Almas y para conseguir nueva carga, así el viaje no resulta oneroso. Unos
pocos días, de vacaciones, como quien dice. El compadre
se había quedado a bordo, él en cambio había salido en busca
de una pista de baile, su debilidad. Y en lugar de baile se
había encontrado una pelea, pero de las buenas.

Anduvieron sin rumbo y sin hora. Ha de haber en esta
ciudad un bar abierto donde se pueda tomar un trago festejando la victoria y el mutuo conocimiento, dijo él y así
se perdieron por las calles, él hablando, ella escuchando,
oyendo también las olas del mar, el viento en las velas.
Teresa no sabe nada del mar, es la primera vez que está
próxima a las aguas saladas del océano, lo tiene ahí adelante, en el suburbio de Aracaju, poco más allá de la ciudad
y siente a su lado los pasos balanceados del hombre de
mar, pecho quemado de sol y de movimiento marino, golpeado por las tempestades. Januario enciende una pipa de
barro. El mar tiene peces y náufragos, auroras plateadas,
barcos venidos del otro lado del mundo, vegetación.

—¿Vegetación? ¿En el mar? ¿Cómo puede ser?

No llega a explicárselo porque desemboca de nuevo en la
Rua da Frente, muy cerca del Vaticano, donde las luces
multicolores del París Alegre sirven de punto de referencia
a las parejas en busca de hotel, por horas o por una noche.

Cada tanto, aquí y allí, en alguno de los innumerables cubículos del hotel se enciende una lámpara de escasas bujías; en una puerta de entrada semiescondida, el Rato Alfredo, proxeneta sin edad, recoge el pago adelantado por cuenta del señor Andrade, el dueño. De algún lugar cercano llega la voz del charlatán y el ruido de sus muletas:

—¡Eh! ¡Ustedes! ¡Espérenme!

Lulu Santos anda buscando a Teresa, con miedo de que hubiera caído en alguna trampa de Liborio o de los policías. Conocedor de todos los bares de Aracaju los llevó a celebrar a uno de por ahí cerca. Teresa apenas tocó con sus labios el vaso, no había podido acostumbrarse a paladear la *cachaça*, esa aguardiente generosa, perfumada de madera. El abogadillo la tomaba en pequeños sorbos como si estuviese tomando un licor de clase, un oporto añejo, un jerez o un coñac francés. El maestro Gereba se la había mandado de un trago.

—Bebida más mala la *cachaça*, quien se la toma no la presta —y riendo pidió otra.

Lulu les transmitió las últimas informaciones del campo de batalla: cuando apareció la policía los encontró a él, al poeta Saraiva y a Flori, sentados los tres a una mesa tomando una pacífica cerveza. Liborio se había fugado, ¿imagínese, Teresa, protegido por quién? por la fulana causante del lío. Al ver a su cornudo rugiendo, las manos en los testículos, clamando por un médico, gritando que estaba inválido para siempre, ya sin poder divisar al viajante en el salón (los clientes estaban camino de sus casas), olvidada de la bofetadas, cargó con el canalla y allá se fueron calle abajo. Eran equivalentes, ella acostumbrada a engaños y mentiras, él enviciado en las compadradas y los escándalos. Raza de escrotos, concluye Lulu Santos.

El poeta Saraiva quiso arrastrarlo a la pensión de Tidinha, según él el mejor lugar donde rematar una noche en Aracaju, pero el charlatán estaba preocupado por Teresa y rechazó la invitación. El poeta se marchó solo, con su tos ronca y su silbido de pecho.

Después de la *cachaça* se despidieron. El abogado acompañó a Teresa hasta su casa en un taxi, ese Liborio es despreciable, de cama y mesa con la policía, ni vale la pena pensarlo. Desde la ventanilla ella veía a Januario Gereba que caminaba hacia el puente donde estaba atracada la barcaza. Era del color de la aurora y en la aurora desapareció.

El corazón desacompasado, el impacto la vuelve tímida, le quita fuerzas, resistencia, como aquella primera vez en el

almacén cuando divisó a Daniel como un ángel salido de
un cuadro de la Anunciación, hace tantos años. ¿A quién se
parece el *caboclo*? No es un parecido sino el recuerdo de
alguien muy conocido. Felizmente no recuerda ni a ángeles
salidos de cuadros ni descendidos del cielo. Desde entonces
Teresa desconfía de los hombres con cara de ángeles, de
voces dolientes y bocas suplicantes, de belleza equívoca.
Pueden ser buenos en la cama, pero son falsos y flojos.

Sola en la casa, se despidió de Lulu Santos, muchas gracias amigo mío, sin permitirle saltar del automóvil, si se
bajaba a lo mejor iba a quedarse, y en la pieza sin adornos,
en la estrecha cama de hierro, al cerrar los ojos para dor-
mirse se acordó de quién le recordaba el maestro *saveirista:*
le recordaba al doctor. No se parecían en nada, uno era
blanco, fino, rico y letrado, el otro mulato bronceado, quemado por el viento del mar, pobre y de escasa instrucción.
Pero tenían un parentesco, un aire de familia, ¿quizá la
seguridad, la alegría, la bondad? La plenitud de hombre.

Januario Gereba prometió ir a buscarla para hacerle ver
el puerto, la barcaza Ventania y el comienzo del mar más
allá de la ciudad. ¿Dónde está que no cumple su promesa?

6

Lulu Santos que es loco por las películas de cowboys la
invita al cine. Se queda conversando en el balcón abierto
a la brisa del río, la vieja Adriana le ofrece mangos o *munguzá* 1, según lo prefiera, o los dos, si quiere. Primero los
mangos, su fruta predilecta quedando el *munguzá* para la
vuelta del cine. Radiante, orgullosa de su quinta al fondo
de la casa, Adriana exhibe los mangos más olorosos y bellos.

—¿Quiere que se lo corte en pedazos?

—Yo mismo lo corto, muchas gracias, Adriana.

Mientras saborea la fruta, Lulu comenta los últimos acontecimientos:

—Teresa es un fenómeno. Acaba de llegar a Aracaju y
ya tiene el tendal de enamorados y de enemigos.

La vieja Adriana adora los chismes:

—Enamorados conozco por lo menos uno —y lanza una
mirada de reojo al pretendido abogado— pero, ¿a alguien
puede disgustarle una chica tan linda?

1 *Munguzá:* papilla de granos de maíz cocidos, con azucar y aceite
de coco.

—Esta tarde estuve charlando con una persona que me dijo: esa Teresa Batista es una orgullosa, se pasa de orgullo.

—¿Quién fue? —quiso saber Teresa.

—Veneranda, nuestra ilustre Veneranda, dueña del más afamado negocio de carne fresca de la ciudad. Dice que solo provee filet especial pero hoy me quiso hacer tragar un pescado francés maloliente.

Antes de establecer su negocio —frutas, legumbres, carbón— la vieja Adriana también se había dedicado a aquel ramo. En su casa propia, recibida en herencia, había facilitado la cosa a las parejas clandestinas en busca de refugio y actualmente, a veces para ayudar a algún amigo, facilita sus comodidades, aunque prefiera alquilar la habitación que tiene disponible a alguna muchacha empleada de oficina o joven discreta, si es posible protegida; así por lo menos tiene compañía. De su época de celestina guarda un rencor por Veneranda, distante, superior, soberbia, toda puntillosa, que mira a sus colegas modestas por encima del hombro.

—Esa no sé cómo llamarla vino acá, anda detrás de Teresa, toda hecha un dulce. Yo le recomendé: cuídese chica de esa fulana que es buena pieza.

—No le hice nada —dijo Teresa— me pidió que fuera a su casa, le dije que no, eso fue todo.

La vieja Adriana, curiosa, pregunta:

—¿A quién más no le gusta Teresa? ¿A ver?

—Para comenzar, a Liborio das Neves. Está hecho una fiera, por su gusto, Teresa estaría en la cárcel. Si no fuera por el miedo que le da remover las cosas, la hubiera denunciado a las autoridades. Él tiene protección policial pero no se atreve a enfrentar a gente que me conoce. Sobre todo ahora que estoy en la defensa de un caso contra él.

—El señor Liborio...— la vieja Adriana pronunciaba el nombre con cierto respeto miedoso —Es bastante importante...

—Es una mierda— dijo el charlatán, se veía que lo tenía atravesado en la garganta —No conozco a un tipo peor que ése, es un hijo de puta, un canalla, un cobarde. Lo que me da rabia es que por dos veces fui abogado en procesos contra él y las dos veces perdí.

En este tercer caso no voy a perder de nuevo.

—¿Usted, Lulu, perdió algún caso?— la vieja estaba extrañada —La gente dice que usted no pierde nunca.

—No es que haya perdido un juicio, fue en el fuero civil.

Ese crápula sabe armar sus defensas. Pero un día lo voy a agarrar.

—¿Cómo hace él?— se interesó Teresa.

—¿Quiere saberlo? Un día se lo voy a contar, pero ahora se nos hace tarde para el cine, tenemos que salir. Mañana o después le cuento quién es Liborio das Neves, el ladrón número uno de Aracaju, explotador de los pobres— tomaba sus muletas para levantarse. —Adriana, muchas gracias por sus mangos, son los mejores de Sergipe.

Una brisa venía desde el puerto, desde la Isla dos Coqueiros, endulzando la noche calurosa y húmeda. Una quietud, una paz, un cielo estrellado, hora de escuchar relatos, ¿para qué meterse en el insoportable calor del cine?, ¿Y si Januario aparecía?

—No, Lulu, dejemos el cine para otro día. Es mejor quedarse tomando fresco, escuchando sus historias, ¿para qué meterse en el calor del cine?

—Como prefiera, princesa. Está bien, dejemos el cine para mañana.

Le voy a contar quién es Liborio, pero tápese la nariz porque da mal olor.

Lulu Santos recuesta sus muletas, enciende un cigarro (no gastaba en cigarros, los recibía de regalo desde Estancia, enviados por su amigo Raimundo Souza, de la fábrica Walkyria. Lulu recibía muchos regalos, bebidas y comidas y cosas variadas; otras las compraba a crédito y se olvidaba de pagarlas, por que si no, ¿cómo podría vivir siendo abogado de los pobres? A veces tenía que poner dinero suyo en lugar de recibir honorarios. Echando humo de su cigarro comienza a narrar las peripecias de Liborio das Neves.

—Vamos a revolver bosta, hija mía...— y cortó la trama como si estuviera en los tribunales defendiendo o acusando, pues se exaltaba levantaba la voz, cerraba los puños, pasaba de tonos de indignación a otros de ternura, mezclaba palabrotas y dichos populares.

En resumen, contó que Liborio había comenzado bancando quiniela, pero como todos saben, para bancar quiniela hay que ser honesto, pues el juego reposa exclusivamente sobre la confianza que despierta el levantador. Ahora bien, como Liborio es orgánicamente estafador, la primera vez que tuvo que pagar una cantidad respetable de premio no lo hizo. Unos cuantos clientes enojados con la estafa, se reunieron bajo el comando de Pé-de-Mula, un jugador de potente shot y fueron a buscar al banquero. Tómese en cuenta que Pé-de-Mula no tenía nada que ver en el asunto porque nunca jugaba a la quiniela. Pero representaba a doña Milu, vecina de la cuadra, anciana casi centenaria, que todos los santos días jugaba a la decena, la centena, el mil, en un juego modesto pero complicado, siguiendo a un *bicho* [1] por meses seguidos. Cada tanto acertaba y nunca había tenido ninguna dificultad para cobrar. No se sabe por qué razón cambió de levantador, tal vez arrastrada por la labia del joven Liborio. Venía persiguiendo al perro, decena 10, centena 910, millar 7910 y no era ella sola, mucha gente le jugó ese día al perro, exactamente porque el día anterior había sucedido el caso notable de un niño salvado de morir ahogado en el mar de la Atalaya por un perro que lo acompañaba desde hacía tiempo. Esa noticia había sido divulgada por los diarios y la radio. Y salió el perro, la centena y el mil de doña Milu y Liborio se hizo humo. La principal ganadora era la anciana que quedó indignadísima con la desaparición del levantador: doblada en dos, apoyada en un bastón apelaba a Dios y a los hombres. Quería su dinero. Pé-de-Mula, shot feroz, corazón de banana, se conmovió con el dolor de la vecina y al frente de los otros damnificados fue a buscar al levantador y lo encontró.

Pretendían cobrar recurriendo a las palabras y a las amenazas. Al principio Liborio intentó envolverlos, echarle la culpa a terceros, inventando socios que habrían huido, pero tras algunos empujones de Pé-de-Mula, prometió pagar en cuarenta y ocho horas. La credulidad de los hombres es grande, incluso de los populares jugadores de futbol, incluso poseyendo "un cañón en cada pie" como decían los cronistas deportivos a propósito de Pé-de-Mula. Aparte de saber jugar al fútbol, Pé-de-Mula no sabía hacer nada más, además su fútbol no era muy técnico que digamos, más bien era un tronco, pero no había jugador capaz de agarrar una pelota shoteada por él. Fuera de eso, se paseaba por la calle, se detenía en los bares, jugaba al billar, en una palabra, vagabundeaba.

Pasadas las cuarenta y ocho horas ni sombra de Liborio. Pé-de-Mula que conocía la ciudad y los alrededores al dedillo salió a buscar al ladrón escondido en una calle perdida, cerca de las salinas. Liborio estaba jugando una partida de *gamão* [2] con el dueño de casa, un sirio prestamista. Sin golpear ni pedir permiso, Pé-de-Mula acompañado por

---

1 *Bicho:* juego de azar similar a la quiniela, en el que los números están representados por figuras de animales.
2 *Gramão:* juego de azar y cálculo que se juega por medio de piedras y dados en un tablero dividido en dos partes.

cuatro damnificados entró en la casa. Dándoselas de valiente, el sirio sacó una daga, se la quitaron y distribuyeron algunos golpes entre los dos, dándole unos más a Liborio como era debido.

Los cuatro se satisficieron con los golpes y sin querer perder más tiempo, ya le habían dado un escarmiento, se marcharon muy contentos. Liborio también consideró terminado el asunto, había salido con una ganancia evidente. A cambio de unos golpes quedaba eximido de pagar sus deudas, ¡quién lo diría!... Pero Pé-de-Mula, que al revés de los otros tenía todo el tiempo libre y estaba allí en representación de la anciana, no pensaba librar al levantador de su deuda. Quería que Liborio cobrase y además pagase. Entonces Liborio pagó una parte, poco más de la mitad, quedando el resto para el día siguiente. La anciana no se conformó con esa parte; muy ofendida ¿dónde se ha visto que un levantador se niegue a pagar un premio? Exigía todo su dinero urgentemente.

Liborio desapareció de nuevo y otra vez el bueno de Pé-de-Mula salió en su busca. Una semana más tarde, por casualidad, lo encontró en plena Rua do Meio, o sea en el centro mismo de la ciudad.

Iba como un gran señor, como si no le debiera nada a nadie, cuchicheando muy animadamente al oido de un provinciano —un negocito de piedras falsas— cuando se topó con Pé-de-Mula. Perdió toda su animación y dándose por vencido pagó el resto del dinero de doña Milu. La anciana recibió hasta el último centavo con lo que Pé-de-Mula debe de haberse ganado el reino de los cielos pues, unos días después, murió en un accidente, en el camión que llevaba al cuadro titular y algunos hombres de la reserva hacia Penedo, para disputar un partido amistoso. El camión se dio vuelta y murieron tres de sus ocupantes, uno de ellos era Pé-de-Mula y nunca más el fútbol de Sergipe tuvo un crack de tiro tan potente, ni volvió a circular por las calles de Aracaju un vagabundo de corazón tan blando.

Esa estafa de la banca quinielera fue la estrella que guió a Liborio hacia el mundo de los negocios. Se metió en cuanto negocio sucio hubo por allí en los últimos veinte años. Dos veces, en los tribunales, Lulu Santos representó a clientes damnificados por Liborio. Uno de los casos fue un asunto de piedras falsas. Durante mucho tiempo Liborio había comerciado con diamantes, rubíes, esmeraldas, metiendo una piedra verdadera entre cincuenta falsas. Lulu perdió por falta de pruebas y Liborio se hizo rico e importante en el submundo del hampa relacionado con la policía: dando coimas a detectives y agentes, moviéndose sobre todo entre gente pobre. Su principal fuente rentística era la usura, hacía préstamos con intereses que eran verdaderos despojos, recibiendo en pago de deudas no saldadas todos los bienes del deudor. Decían que era socio del señor Andrade, el dueño del Vaticano, en la explotación de las habitaciones alquiladas a las prostitutas por una noche o por una hora. Desde la mitad hasta el fin del mes le hacía préstamos a empleados públicos en aprietos económicos, quedándose con sus sueldos íntegros. En uno de esos casos, otra vez en defensa de un pobre diablo, Lulu Santos había sido derrotado por segunda vez por Liborio.

Financista de casas de juego, de dados marcados y ruletas tramposas, Liborio le había prestado dinero a un funcionario de la Prefectura, buen sujeto pero empedernido jugador, debiendo quedarse en cambio con tres meses de su sueldo. En el ansia de acabar con el negocio rápidamente, el descuidado solicitante firmó un papel en blanco donde el dactilógrafo escribió lo que quiso: en lugar de los sueldos de tres meses, los de seis. No hubo cómo probar la estafa, porque en el papel estaba debidamente escrito seis meses y la firma auténtica del funcionario. De nada valió que el abogado afirmara que el crápula le había facilitado varias fichas de ruleta al servidor municipal por tres meses de sueldo. De nada valió que el ejemplar empleado, hombre horado, buen marido, padre amantísimo de cinco hijos ¡lástima ese vicio del juego! ganara en la comparación con Liborio, conocido estafador, tantas veces llevado ante la justicia y jamás condenado. Lulu Santos se exalta al contar, el tal Liborio se hace el humilde y perseguido ¡ah! ¡qué ganas de faltarle el respeto al juez y a la sala de audiencia y tirarle las muletas a la cara a ese canalla! Teresa ni se imagina el placer del charlatán cuando la vio escupirle la cara a ese cornudo hijo de puta. Cornudo, requetecornudo, habitué de escándalos públicos que consiste en pegarle a una mujer. Porque solo le pega a las mujeres, no tiene coraje para enfrentar cara a cara a ninguno de los que contribuyeron a ponerle los cuernos. Si se presenta la ocasión los persigue por atrás, usando el prestigio y las relaciones que tiene en la policía. Un hijo de puta completo, para escupirlo.

Peor todavía es el caso actual que va a ser juzgado dentro de pocos días. Asunto triste y perdido por anticipado. Solo de recordarlo Lulu Santos se enfurece, le relampaguean los ojos.

—Le voy a contar de qué es capaz ese hijo de puta.— Destacaba las sílabas. En su boca cualquiera era hijo de puta, a veces con afecto y ternura; pero Liborio era un-hi-jo-de-pu-ta con las sílabas divididas y remarcadas.

En una pequeña quinta repleta de mangos, *cajueiros, faqueiras, cajazeiras,*[1] de hileras de piña, de *graviola*, de *ata* y de *condessa*[2], vive y trabaja Joana das Folhas o Joana França, negra viuda de un portugués. El portugués, don Manuel França, viejo conocido de Lulu Santos, había introducido en Aracaju el cultivo de la lechuga, de tomates enormes, de los repollos y otras legumbres del sur que cultivaba al lado de los *jilós*, los *maxixes*[3], los zapallos y la batata en su quinta de excelente tierra. Pronto obtuvo una clientea segura para el pequeño y próspero negocio. Desde la madrugada se dedicaban al trabajo de la tierra, él y la negra das Folhas, primero amancebados, después casados ante el juez y el cura, cuando el hijo ya había crecido y el lusitano tuvo el primer ataque al corazón. El hijo no esperó la muerte del padre, se levantó con los ahorros y desapareció. El honrado portugués no pudo resistir el golpe. Joana heredó la propiedad y un poco de dinero que debía recibir del compadre Antonio Minhoto. Una herencia bien merecida: la negra era fuerte, un caballo para el trabajo y siempre con el pensamiento puesto en el hijo. Contrató un peón para el trabajo de la quinta y para llevar las coles, tomates y lechugas a la clientela.

—Espere que vuelva para contar el resto —pide la vieja Adriana aprovechando la pausa. —Solo un minuto para traer el *munguzá*.

—¡La pucha! —exclama Teresa—. ¡Qué sujeto ese Liborio!

—Oiga lo que falta y verá qué tipo soy yo.

La brisa de la noche que venía del puerto, Lulu Santos contando la historia del portugués Manuel França y de su mujer Joana das Folhas, amén del hijo malvado, pero el pensamiento de Teresa vuela hacia Januario Gereba, ¿dónde andará? Prometió volver, llevarla a ver la barcaza, a pasear por la costanera donde el mar se abre y se extienden las dunas de arena. ¿Por qué no volvió?

En platos hondos aparece el *munguzá*, la mixtura de maíz

---

1 *Cajueiros, Jaqueiras, Cajazeiras:* árboles frutales típicos del B.a.ll.
2 *Graviola, Ata, Condessa:* variedades de piñas.
3 *Jiló, Maxixe:* frutos típicos brasileños.

y coco, de canela y clavo de olor. El abogado se olvida por un instante de la brillante pieza acusatoria contra Liborio das Neves. ¡Ah! ¡si estuviera en el tribunal!

—Divino, simplemente divino este *munguzá*, Adriana. Si estuviera en el tribunal...

—Señores jurados, hace unos seis meses, la inconsolable viuda, además de viuda, abandonada por el hijo perdido en el sur, recibe una carta de éste y en seguida un telegrama. Sobre el marido sabía que se encontraba bien y en paz en el círculo superior del paraíso por noticias concretas y consoladoras que le había traído el doctor Migueliño, ente del más allá que frecuentaba el Círculo Espírita Paz y Armonía, donde había realizado curas asombrosas. Por ese lado iba todo bien. Quien iba mal era el muchacho, el mala cabeza se había aventurado por Río, tenía deudas y amenazas de ir a la cárcel si no pagaba en pocos días varios *contos de reis* [1] y entonces apela a la madre de la manera más cruel, si no le mandaba el dinero se mataría, se pegaría un tiro en el pecho. Es claro que no iba a pegarse ningún tiro, era un vulgar chantage, pero la pobre madre, analfabeta, sufrida, teniendo a ese único y adorado hijo, se puso medio loca, ¿adónde iría a buscar esos ocho *contos* que el hijo le pedía? Un vecino a quien le solicitó el favor de que le leyera la carta y el telegrama, había oído hablar de Liborio, le consigue la dirección y la viuda cae en las uñas del usurero que le presta los ocho mil cruzeiros para recibir quince seis meses después, pongan atención señores del jurado, el propio Liborio preparó el documento por el cual la viuda se comprometía a devolver el dinero en la fecha fijada y si no lo hacía perdería su propiedad cuyo valor es, por lo menos, de cien contos, si no es más. ¡Señores jurados!

La viuda no firmó, lo hizo por ella Joel Reis, empleado de Liborio, porque Joana no sabía ni leer ni escribir, ni siquiera garabatear su propio nombre. Los testigos fueron otros dos propuestos por el canalla. Joana tomó el préstamo, muy tranquila, el compadre Antonio Minhoto, hombre correcto y de palabra, le debía devolver diez contos en un plazo de cuatro meses. Los cinco restantes ella los economizaría en el correr de esos seis meses pues mantenía íntegra la buena clientela del marido.

Y sucede todo como estaba previsto: el compadre le paga los diez contos en la fecha fijada, sus ahorros superan los

---

1 *Conto de reis:* mil unidades de reales. Son antiguas designacion·s monetarias brasileñas que cayeron en desuso luego de la creación del cruzeiro.

cinco mil cruzeiros, entonces va a buscar a Liborio para saldar el préstamo. ¿Y saben ustedes qué le contesta éste? ¡Adivine si es capaz, Teresa, adivinen señores del jurado!

—¿Qué pasó?

—Que debía ochenta mil cruzeiros, ochenta *contos* en lugar de ocho.

—¿Pero, cómo?

Él mismo había redactado el documento y a propósito, solo escribió la cifra en números, 8000 y apenas la mujer salió le agregó otro cero. Con la misma pluma, la misma tinta y casi en el mismo momento. ¿De dónde va a sacar ochenta mil cruzeiros la pobre mujer? ¿De dónde, señores del jurado? Liborio reclamó a la justicia el remate público de la propiedad, por cierto él estaba dispuesto a rematarla por veinte centavos.

—¿Pensó, Teresa, qué va a ser de esa mujer que trabajó toda su vida en esa propiedad y de repente es echada fuera de su pedazo de tierra y se ve reducida a pedir limosna? ¿Lo pensó? Yo voy a gritar, voy a reclamar justicia, ¿pero de qué servirá? Si fuera un tribunal popular, sería otra cosa. Pero es un tribunal del fuero civil y el juez puede ser un buen tipo, que conoce a Liborio, que sabe que es un sujeto capaz de adulterar un documento, que le gustaría, si pudiera, darle la causa por ganada a la viuda y procesar al crápula por adulteración de documentos con fines de robo, ¿pero cómo va a hacerlo si ahí están el papel y las firmas de los testigos, si nadie puede probar que el cero fue agregado?

Toma aliento, la indignación le enrojece la cara, casi lo embellece.

—Todo el mundo sabe que es una estafa más de Liborio, pero no puede hacerse nada, se va a quedar con la propiedad de Manuel França, la negra Joana va a vivir de limosna y espero que el miserable del hijo, ése también es un hijo de puta, se pegue un balazo en el pecho porque es lo que se merece.

El silencio cayó como una piedra, por algunos segundos nadie habla. La mirada de Teresa se pierde en la distancia, pero ya no piensa en Januario Gereba, Janu para quienes lo quieren, ni en las arenas del mar. Piensa en la negra Joana das Folhas, doña Joana França, doblada sobre la tierra al lado de su marido portugués y después sola, plantando, cosechando, viviendo de sus manos y el hijo en Río, en la mala vida, exigiendo dinero, amenazando con matarse. Si le quitan la propiedad, si Liborio le gana el pleito, ¿qué será de Joana das Folhas, dónde va a ganar lo necesario para comer, cómo ahorrar algo para que el hijo se lo gaste?

La vieja Adriana recoge los platos vacíos y se marcha a la cocina.

—Dígame, Lulu —Teresa vuelve de la lejanía.

—¿Qué?

—¿Si doña Juana supiera firmar ese documento, igual tendría valor?

—¿Si supiera firmar y leer? No sabe, ésa es la cosa, no sabe. Nunca fue a la escuela, es analfabeta de padre y madre.

—Pero si supiera, ¿ese documento tendría valor?

—Es claro que si supiera firmar el documento no valdría. Infelizmente la cuestión no es así.

—¿Usted está seguro? ¿No podría ser una falsificación? ¿Por qué no? ¿Dónde tiene que probar doña Joana que sabe firmar? ¿Ante el juez?

—¿Qué historia es ésa de probar que sabe firmar? —se quedó pensando y de pronto se dio cuenta—. ¿Documento falso? ¿Firmar? ¿Estoy entendiendo?

—Doña Joana sabe firmar y leer su nombre, va a ver al juez y le dice: ese papel es falso, yo sé firmar. O sea, lo dice usted, ella solo demuestra que sabe firmar.

—¿Y quién diablos le va a enseñar a Joana das Folhas a firmar su nombre en poco más de una semana? Para eso se necesita una persona de absoluta confianza.

—Aquí la tiene, delante de sus ojos. ¿Qué día es la audiencia?

Entonces Lulu Santos se echó a reír, a reírse como un loco, la vieja Adriana vino corriendo, asustada.

—¿Qué le pasa, Lulu?

El abogado terminó conteniéndose.

—Solo quiero ver la cara de Liborio das Neves en ese momento. Teresa, doctora Teresa, honoris causa, yo te consagro como suma sabiduría. Me voy a casa a madurar este asunto, me parece que va a funcionar bien. Hasta mañana mi querida Adriana del divino *munguzá*. Como dice la gente, el que roba a un ladrón... Solo quiero ver la cara del mierda en ese momento, va a ser la mayor satisfacción de mi vida.

En la galería Teresa se olvida de Lulu Santos, de Joana das Folhas, de Liborio das Neves. ¿Dónde andará aquel malvado? Le prometió venir a buscarla, con su pipa de

barro, con su piel curtida por el viento, el pecho como una quilla, las grandes manos que la sostenían en el aire. ¿Por qué no viene?

7

En la ciudad dormida, en el puerto desierto, sola, afligida, con el amor propio herido, Teresa Batista busca a Januario Gereba. A lo mejor no había podido ir por estar ocupado o enfermo. ¿Pero qué le costaba avisar, mandar a alguien con un mensaje? Había prometido ir a buscarla al caer de la noche para comer una *moqueca* [1] de pescado en la barcaza, hecha a la manera bahiana, ¡a mí me van a enseñar lo que es cocinar!, después irían a ver el mar, más allá de la costanera, el mar de verdad, no aquel brazo de río. Río lindo el Cotinguiba, no se va a negar, largo, rodeando la Isla dos Coqueiros, sereno al lado de la ciudad, con los grandes barcos y los pequeños veleros de carga anclados; pero el mar, usted va a ver, no hay nada que se le compare, ¡ah! el mar es un camino sin fin, posee una fuerza indomable, un poder de desatar tempestades y dulzura de enamorado al derramarse en espuma sobre la arena. ¿Por qué no había ido? No tenía derecho a tratarla como a una mujercita cualquiera, ella no se lo había pedido.

En los días anteriores, el maestro Januario, ocupado en la descarga de la barcaza y en limpiarla para recibir el nuevo cargamento de bolsas de azúcar había conseguido tiempo para visitar a Teresa, para sentarse con ella en el Ponte do Imperador, para contarle historias de *saveiros* y travesías, de temporales y naufragios, de los muelles, de los *candomblés*, con maestros de *saveiros* y *capoeiristas*, *mae-de-santo* y *orixás*. Hablaba de las fiestas, por allá el año entero era fiesta: la del *Bom Jesus dos Navegantes* el primero de enero, en el mar la del *Boa Viagem*, los *saveiros* acompañaban al galeón a la ida y a la llegada, y el samba de día y de noche; la fiesta *do Bonfim*, de un domingo hasta el otro en la segunda semana de enero, con la procesión del lavado del jueves, y las mulas, los asnos y los caballos cubiertos de flores, las bahianas con jarrones y porrones de agua equilibrados sobre la cabeza, las aguas de *Oxalá* [2] lavando la iglesia de *Nosso Senhor do Bonfim*, uno negro africano, el otro blanco europeo, dos santos diferentes en uno

1 *Moqueca*: pescado guisado con coco, pimienta y aceite de dendé
2 *Oxalá*: sinónimo de *orixalá*, el mayor de los *orixá*.

solo y verdadero y bahíano; la fiesta de la Ribeira, inmediatamente después, preanuncio del carnaval; la de *Yemanjá* [1], en el Río Vermelho, el dos de febrero, los regalos para la *mãe-de-agua* son traídos y acumulados en enormes cestos de paja, perfumes, peines, jabones, fantasías, anillos y collares, un mundo de flores y cartas con pedidos. Mar serena, peces abundantes, salud, alegría y mucho amor, desde la mañana temprano hasta el crepúsculo, cuando los *saveiros* parten mar afuera en la procesión de *Janaína*, al frente el maestro Flaviano conduciendo el regalo principal, el de los pescadores. En medio del mar espera la Reina, vestida con transparentes conchillas azules, en la mano e. *abebé* [2]; ¡odoia [4], *Yemanjá*, odoia!

Le hablaba de Bahía como de una ciudad nacida del mar, subiendo por la montaña, cortada por las laderas. ¿Y el Mercado? ¿Y *Agua dos Menimos*? La rampa, el muelle, la escuela de *capoeira* donde luchaba cada domingo con el maestro Traíra, con el Gato y Arnol, la plaza del Bogun donde había sido proclamado y confirmado como *ogan* de *Yansá*. Teresa debe ser hija de *Yansá*, en su autorizada opinión, porque las dos son iguales en coraje y disposición. A pesar de ser mujer, *Yansá* es una santa valiente, empuñó armas de guerra al lado de su marido *Xangó* [4], no teme seguir a los *eguns* [5], a los muertos y ella los espera y saluda con su grito de guerra ¡*Eparrei*!

El día anterior, en el *Ponte do Imperador*, le había rozado los labios con los dedos sólo para constatar la marca del golpe de Liborio, el diente todavía no estaba colocado. Januario no había pasado de ese leve toque con sus dedos pero fue suficiente para conmoverla. Y en lugar de comprobar la curación del labio lastimado con un examen más profundo, con besos, retiró su mano como si se hubiese quemado en contacto con la boca húmeda de Teresa. Había ido a buscar una revista carioca para mostrarle una nota sobre Bahía en la que había una fotografía a dos páginas de la *Rampa do Mercado* y anclado en ella, bien de frente, al llegar de su viaje, el *Flor das Aguas*, con la vela azul desplegada y de pie junto al mástil, el tórax desnudo y pan-

1 *Yemanjá* (o *Jemanjá*; otro nombre: *Jamaina*): divinidad marina, del culto nagó o yuroba.

2 *Abebé*: emblema dle la diosa *Oxum* cuando es de lata y de la diosa Jemanjá cuando está pintado de blanco. Es circular y con una sirena en el centro.

3 *Odoia*: exclamación de júbilo intraducible; lo mismo *Eparri*.

4 *Xangó*: poderoso *orixá*.

5 *Eguns*: espíritus buenos y protectores que se invocan en la ceremonia de la macumba.

talones remendados, el maestro de *saveiro* Januario Gereba. Janu para Teresa, pues quienes me quieren me llaman Janu.

Teresa baja por la *Rua da Frente* buscando al gigante con su balanceo marinero, la pipa encendida iluminando el camino. Anclada al carcomido puente de madera, no lejos del Vaticano, advierte la sombra de la barcaza Ventania con las luces apagadas y ningún signo de movimiento. Si hay alguien a bordo está durmiendo y Teresa no se atreve a acercarse. ¿Dónde está el maestro Gereba, dónde se escondió el gigante del mar, hacia dónde alzó vuelo el *urubú rey*, el gran volador?

En el primer piso del Vaticano las luces de colores, verdes, amarillas, rojas y azules invitan a la juventud dorada de Aracaju y a los advenedizos a entrar en la sala de baile del París Alegre. Quizá Januario está dominando la pista, con una hermosa muchacha entre los brazos, alguna vagabunda del puerto, pues el baile era su debilidad y con ganas de bailar había subido las escaleras del cabaret la noche de la pelea. Quién le diera a Teresa por transponer la puerta, saltar los escalones, ir sala adentro e imitando a Liborio das Neves dirigirse a la pista, plantarse indignada, las manos en la cintura, desafiante ante Janu que aprieta contra su pecho a otra y decirle: ¿así es como me fue a buscar a casa?

Flori le había prohibido ir de noche al cabaret para cuidar su imagen anterior, la única vista y comentada; si aparece de noche y empieza a bailar, a conversar con unos y con otros, ya ningún habitué la recordará erguida y furiosa frente a Liborio, escupiéndole la cara, desafiante, en pie de guerra. Solo debía volver en la gran noche de presentación de la *Rainha do Samba*, con pechera suelta, flecos y turbante. Además del labio hinchado y del diente perdido. Hablando del diente, Flori se pregunta cuándo terminará el doctor Jamil Najar su magna obra; nunca un dentista demoró tanto tiempo para colocar un diente de oro. Calixto Grasso, mulato sabroso, un pesado, lider de los estibadores de Aracaju, loco por los dientes de oro, se puso siete en la boca, cuatro en el arco superior y tres en el de abajo, uno bien adelante, el más bonito de todos, y la totalidad le fue colocada por el doctor Najar en un santiamén. De una vez le puso tres, tres dientes enormes, sin embargo no demoró ni la mitad del tiempo que está demorando para colocar un solo y pequeño diente de oro en la boca de Teresa Batista.

No solo porque lo tiene prohibido y por andar sin el diente, sino sobre todo por no tener derecho, ningún derecho, ni el más mínimo, de negarle diversiones al maestro de *saveiro*, estuviera él bailando, enamorando, frotándose, sacudiéndose, gozando en la cama, cogiendo con una cualquiera. Hasta ese día ni siquiera podía decir que estaba enamorada; solo algunas miradas, él desviaba los ojos cuando Teresa lo pescaba observándola, comiéndosela con la vista. Es verdad que lo llamaba Janu, lo que solo le decían quienes lo querían y a su vez, él le daba nombres diferentes: *Tetá*, mi santa, *muçurumin, iaó* [1], pero ahí se terminaba toda la intimidad.

Teresa estaba a la espera como corresponde a una mujer que se precie; de él debía salir la primera palabra cargada de sobreentendidos, la primera demostración de agrado. Parece feliz al lado de Teresa, alegre, risueño, conversador, pero no pasa de ahí, de esos límites platónicos, como si algo le prohibiera usar una voz más cálida, una palabra de amor, un gesto de cariño, como si algo contuviera los deseos del maestro Januario Gereba.

Finalmente había faltado a su promesa, no fue a buscarla; la dejó esperándolo desde las siete de la tarde. Después apareció Lulu Santos, la invitó a ir al cine, prefirió quedarse conversando, el abogado le contó las historias de robos y amarguras debidas a Liborio das Neves, un sujeto despreciable, se despidió después que dieron las nueve, satisfecho por haber descubierto con la ayuda de Teresa una milagrosa fórmula para derrotar al estafador en la próxima audiencia. Teresa le dio las buenas noches a la vieja Adriana, intentó dormir, no pudo. Tomó la mantilla negra con rosas coloradas, último regalo del doctor, se cubrió la cabeza y los hombros y caminó hacia el puerto.

Ni rastros del maestro Gereba, del gigante Janu. Volverse es todo lo que le queda por hacer, tratar de olvidar, tapar con cenizas la brasa ardiente, apagar las llamas mientras hay tiempo. ¡Insensato corazón! Justo cuando había encontrado su paz, tranquila y alejada de todos, dispuesta a poner su vida derecha sobre sus goznes, capacitada para hacerlo porque nada la perturba, el indócil corazón se le dispara. Gustar es fácil, sucede cuando menos se lo espera, una mirada, una palabra, un gesto y el fuego ya quema el pecho y la boca; lo difícil es olvidar, la nostalgia consume a los seres vivientes. El amor no es una espina que se arranca, un tumor que se corta, es un dolor rebelde, pertinaz, que mata por dentro. Y allá va Teresa envuelta en su

1 *Iaó: filha de santo* mientras cumple los deberes y encargos de la iniciación.

mantilla española, rumbo a su casa. Difícilmente llora, en lugar de llorar se queda con los ojos secos y ardidos.

Alguien camina apresurado en su dirección y Teresa se imagina que es alguno que tratará de levantarla para llevarla al Vaticano por la puerta casi escondida del Rato Alfredo.

—¡Eh! ¡señora, espéreme, quiero hablarle! Por favor, espéreme.

Primero Teresa piensa apurar los pasos pero el andar balanceado y cierta aflicción en la voz del hombre la detienen. El hombre tiene una cara preocupada y aquel aroma perturbador que exhalaba el pecho de Januario, la misma piel curtida. Siente que algo se le aprieta en el pecho, algo malo debe de haber sucedido.

—Buenas noches, señora. Yo soy el maestro Gunzá, amigo de Januario, él vino a Aracaju en mi barcaza para ayudarme.

—¿Qué pasa? ¿Está enfermo? Nos citamos y no apareció, vine a ver qué pasaba.

—Está preso.

Volvieron a andar y Caetano Gunzá, patrón de la barcaza Ventania le contó todo lo que sabía. Januario había comprado un pescado, aceite de *dendé* [1], limón, pimienta, comino, en fin todos los condimentos, era un buen cocinero y ese día se esmeró con la *moqueca*, Caetano lo sabía porque la había probado, pedía disculpas, pero habían pasado las nueve y la señorita y el compadre no aparecían y tenía mucha hambre. Serían poco más de las siete cuando Januario había dejado la *moqueca* al calor de las brasas para ir a buscar a Teresa, dijo que volvía en media hora. Caetano no volvió a verlo. Al principio no se preocupó, pensó que habían ido a dar una vuelta o a bailar, porque Januario era muy bailarín. Como decía, a las nueve se puso a comer pero el apetito en seguida se le fue, sentía aprensión, dejó el plato y salió a buscarlo, después de mucho preguntar, cerca de una heladería, unos chicos le contaron que la policía se había llevado preso a un agitador (peligrosísimo había dicho un tira), fue necesario juntar más de diez agentes para sujetarlo, el fulano era peligroso de verdad, parecía jugador de *capoeira*, había trompeado a tres o cuatro policías. El tipo era enorme, parecía marinero. Caetano no tuvo dudas sobre la identidad del preso. Los policías le andaban con ganas desde el día de la pelea en el cabaret.

1 *Dendé*: palmera de cuyo fruto se extrae aceite

—Ya fui a todas partes, hasta a la central de policía, en ninguna parte saben nada.

¡Ah Janu, pensar que te quería olvidar, cubrir de cenizas la brasa encendida, apagar las llamaradas que arden en mi pecho. Nunca te olvidaré, ni siquiera cuando la barcaza Ventania se marche contigo junto al timón o junto a las velas, nunca te olvidaré. Si no me agarras la mano yo agarraré la tuya, tan grande y tan suave cuando toca mi labio. Si no me besas, mis labios buscarán tu ardiente boca, la sal de tu pecho, sí, aunque no me quieras...

8

Hacia las cuatro de la madrugada por fin se sirvió la *moqueca* en la popa de la barcaza. Una *moqueca* para lamerse los dedos. Lulu Santos chupaba las espinas del pescado, prefería la parte de la cabeza, la más sabrosa a su parecer.

—Es por eso que usted tiene tanta pasta en la cabeza —consideró el maestro Caetano Gunzá, muy entendido en verdades científicas.

—Comer la cabeza de los pescados da inteligencia, es cosa sabida y probada.

En esas pocas horas el patrón del Ventania se había vuelto un admirador incondicional del abogado. Lo fueron a despertar, lo sacaron de la cama. Lulu vivía en la colina de San Antonio, en una modesta casa con jardín al frente.

—Sé dónde queda la casa del doctor Lulu —se enorgulleció el chofer del taxi, en realidad no tenía de qué enorgullecerse, toda Aracaju conocía la dirección del abogado.

Una voz de mujer, llena de cansancio y resignación, respondió a los bocinazos del auto y a las palmadas del maestro Gunzá. A pesar de la hora, cuando le dijeron de qué se trataba, un asunto urgente, había que sacar a alguien de la cárcel, la voz se volvió cordial:

—Ya va, ya va.

Casi en seguida, acodándose en la ventana, Lulu preguntó:

—¿Quién es? ¿Qué desea?

—Soy yo doctor, Teresa Batista —le decía doctor en consideración a la esposa cuya sombra protectora se proyectaba tras la figura del charlatán—. Disculpe que venga a molestarlo, pero estoy aquí con el maestro de la barcaza Ventania, su compañero (¿cómo explicarle que se trataba del gigante de tan decisiva actuación en la pelea del cabaret), creo que usted lo conoce...

—¿No es el que le pegó a los policías la otra noche en el París Alegre? —Teresa llena de precauciones y Lulu muy suelto hablando del cabaret.

—Sí, es ése.

—Esperen que ya voy.

Minutos después se les reúne en la calle, más allá del jardín se percibe la figura de la mujer cerrando la puerta y recomendando con voz resignada: "cuidado con el sereno, Lulu". Sube al auto, le dice al chofer, siga adelante, Tiao. Teresa le explica todo, Caetano es de pocas palabras.

—Yo le dije a Januario, compadre, tenga cuidado, la policía es peor que la víbora, solo se venga a traición. No me hizo caso, él es así, enfrenta todo a cara limpia.

Lulu murmura todavía lleno de sueño:

—No se gana nada yendo a cada comisaria. Lo mejor es ir en seguida arriba, al doctor Manuel Ribeiro, Jefe de Policía y amigo mío, es un buen hombre.

Se dedica a elogiarlo, profesor de derecho, hombre de libros, de vasta cultura y valiente frente a las torturas, con él nadie dice pavadas, no tolera injusticias ni persecuciones sin motivo, salvo, claro está, que se trate de adversarios políticos, por lo demás, ninguna cuestión personal, persigue a los opositores como funcionario público en ejercicio de su responsabilidad de mantener el orden público, cumple con sus obligaciones, con los imperativos del cargo. Y para qué hablar de su hijo, un escritor, un talento en flor.

A pesar de la hora, en la antesala de la residencia del Jefe de Policía estaban las luces encendidas y había movimiento. Un agente de la Policía Militar, con nostalgias del tiempo en que era *cangaceiro* [1], custodia la entrada de la casa, recostado a la pared, desmañado. Pero cuando el automóvil se detiene en brusca frenada, en un abrir y cerrar de ojos se yergue, la mano en el revólver. Reconociendo a Lulu Santos vuelve a su postura anterior relajada y risueña:

—¿Es usted, doctor Lulu? ¿Quiere hablar con el hombre? Entre.

Teresa y el maestro Caetano se quedan en el auto, el chofer solidario los tranquiliza:

1 *Cangaceiro:* bandidos justicieros que organizaron bandas en el sertón brasileño desde fines del siglo XIX hasta avanzado el presente siglo.

—Quédese tranquila, señora, el doctor Lulu va a conseguir que suelten a su marido.

Teresa se sonrió sin contestar. El chofer sigue hablando de las cosas de Lulu. Un hombre bueno, larga todo para atender a un necesitado, sin hablar de la inteligencia que tiene. ¡Ah! sus defensas en los tribunales, no hay fiscal que pueda con él, ni en Sergipe ni en los estados vecinos, porque ya había ido a defender casos a Alagoas y a Bahía, no solo a las ciudades del interior, también a la capital. Cliente de los juicios orales, el chofer cuenta con emocionantes detalles el juicio del *cangaceiro* Maozinha, uno de los últimos en cruzar el sertón con rifle y cartuchera, que venía de Alagoas con no se sabe cuántas muertes y había practicado allí, en Sergipe, otras tantas. El juez había designado a Lulu como defensor de oficio. ¡Ah! el que no presenció ese juicio de cabo a rabo, cuarenta y siete horas de réplicas y contrarréplicas, no sabe qué es un abogado que tiene materia gris. Empezó apuntando al juez con el dedo, después al fiscal y a cada uno de los jurados, uno a uno y al final se puso el dedo contra su pecho señalándose a sí mismo, y mientras tanto iba diciendo esas cosas que siempre dice, que quien había cometido esas muertes era el juez, el fiscal, los dignos miembros del jurado, yo, todos, la sociedad constituida. Nunca vi nada más grande en mi vida, todavía se me pone la piel de gallina cuando me acuerdo.

Finalmente, fumando un cigarro de San Felix ofrecido por el Jefe de Policía que lo acompañó hasta la puerta, el abogado aparece muy sonriente, festejando alguna broma del funcionario. Le ordena al chofer:

—A la Central, Tiao.

Januario salía cuando el auto frenó. Teresa se larga, corre hacia él con los brazos extendidos y se cuelga del cuello del gigante. El maestro Gereba sonríe mirándola a los ojos, se le va aguas abajo la decisión tomada de no besarla cuando ella se le prende a la boca. Pero fue un beso apresurado mientras los otros bajaban del auto. Desde la puerta de la Central los tiras observan. Lamentablemente, las órdenes del Jefe no admitían discusión, ¡suelten a ese hombre ahora mismo o se la verán conmigo!

Lo habían golpeado, bastaba ver un ojo del *sareirista*. La lucha entablada en la calle se había repetido en la celda. A pesar de la desventaja del lugar, el maestro Gereba no había quedado tan mal, recibió pero también dio. Cuando los cobardes lo dejaron prometiendo volver más tarde para una nueva sesión, para el desayuno, según su pintoresca expresión. el *sareirista* estaba molido pero todavía tenía fuerzas: molidos y sin reservas estaban el tira Alcindo y el detective Agnaldo.

Todos participaron de la *moqueca*, inclusive el chofer del taxi, a esa altura ya dispuesto a no cobrar el gasto de la interminable recorrida y aceptándolo solo para no ofender al maestro Gunzá que era muy meticuloso en esas cuestiones de dinero. Lulu Santos reveló otra faceta del conductor, componía sambas y *marchinhas* y había salido campeón varios carnavales.

La *cachaça* acompañó al pescado y como siempre, el charlatán tomaba en traguitos mesurados, haciendo estallar la lengua en cada uno, mientras Januario y Caetano la embocaban hasta el cáliz seguidos por el chofer. Al lado del *sareirista* Teresa come con la mano. ¿cuántos años hace que no come así, amasando la comida con los dedos, haciendo un bollo de pescado, arroz y harina, y ensopándolo en el caldo? Apenas llegaron había curado la cara de Januario, especialmente el ojo derecho, a pesar de la oposición del gigante.

Vaciada la primera botella de *cachaça rápidamente*, abrieron la segunda. Lulu ya daba señales de fatiga, se había comido tres platos. El chofer Tiao, al cabo de tanta *moqueca* y tanta *cachaça* los invita a comer *feijoada* [1] el domingo en su casa, que queda hacia el final de la calle Simao Dias, promete que acompañándose con la guitarra cantará para los amigos sus últimas composiciones. Casa de pobre, sin lujos ni vanidades, dice en su peroración, pero donde no falta nunca ni porotos ni amistad. Aceptada la invitación. Lulu se echó a dormir allí mismo.

Eran las cuatro de la mañana y se filtraba la luz en la noche todavía espesa; cuando Januario Gereba y Teresa Batista rumbearon hacia la Atalaia en el auto que zigzagueaba por la cantidad de copas tomadas por Tiao.

Sin acompañamiento, explicó que sin acompañamiento pierde mucho, canta el samba que había compuesto en ocasión del juicio del bandido Maozinha, en homenaje a la sensacional defensa de Lulu Santos:

> *Ai, seu doutor*
> *quem maotu foi o senhor...*
> *nao foi ele, que só fez atirar*

---

1 *Feijoada*: plato compuesto de porotos, tocino, carne seca, etc., típico de la clase popular brasileña

> *quem matou foi voce*
> *foi o juiz e o promotor*
> *quem matou foi a fome,*
> *a injustica dos homens.*[1]

Abre los brazos y gesticula para dar fuerza a la letra, larga el volante y el auto se desvía, patina, amenaza volcar. Pero esa noche no admite ningún desastre, es la noche del maestro Januario Gereba y de Teresa Batista. Un matrimonio así, con un marido y una mujer tan apasionados uno por el otro, vale la pena, piensa Tiao, precursor de la canción de protesta, dominando finalmente su viejo automóvil. Allá se van por el camino estrecho. Teresa, mimosa, se arrincona contra el pecho de Januario en la arena fresca del amanecer.

De pronto, el mar.

9

Ay, suspiró Teresa. Rodaron por la arena, las olas mojaban sus pies, la aurora nacía del color de Januario. Por fin, Teresa descubría de dónde venía el olor del pecho del gigante, no era nada más que la fragancia del mar. Tenía olor y gusto de mar.

¿Por qué no me quérés? le preguntó Teresa cuando iban de la mano, corriendo por la playa y se alejaron del auto donde el chofer roncaba triunfalmente.

Te quiero y te deseo desde el momento mismo que te vi, tan furiosa, allí mismo quedé muerto de amor, por eso me alejo, me ato las manos, me cierro la boca, me ahogo el corazón. Porque te quiero para toda la vida y no para un momento, ¡ah! si te pudiera llevar conmigo, a una casa nuestra, colocarte el anillo, llevarte de una vez y para siempre. ¡Ah! Eso no puede ser.

¿Por qué no puede ser, maestro Januario Gereba? Con alianza o sin alianza no me importa, en nuestra casa y para siempre, eso sí. Yo soy libre, nada me ata y no deseo otra cosa.

---

1 ¡Ay! señor doctor
  quien mató fue el señor...
  no fue él, solo tiró,
  quien mató fue usted
  el fiscal y el juez
  quien mató fue el hambre,
  la injusticia de los hombres...

Yo no soy libre. Tetá, tengo los pies engrillados, estoy casado y de mi mujer no me puedo separar, está enferma. Yo la saqué de la casa de su familia donde tenía de todo y estaba de novia con un comerciante, siempre fue buena conmigo, pasó necesidades sin protestar, trabajando y sonriendo hasta cuando no teníamos ni para comer. Si junté para comprarme el *saveiro* fue porque ella se mató cosiendo a máquina de día y de noche, de noche y de día. Siempre había sido delicada, era débil de los pulmones, quería tener un hijo, no pudo, de su boca nunca .salió una palabra de queja. Lo que gano con el *saveiro* se va en remedios y en ·médicos para mantener a raya a la enfermedad, pero no alcanza para curarla, no hay dinero que alcance. Cuando la saqué de su casa yo era un vago que andaba dando vueltas por el muelle, no tenía cabeza. La mujer que amé y que robé a su familia y a su novio era sana, alegre y bonita; hoy está enferma, triste y fea, pero todo lo que tiene soy yo, nada más que yo, nada más, no voy a tirarla a la calle. Y yo no te quiero para un día ni para una noche en la cama, yo te quiero para siempre y no puedo. No puedo darte nada, estoy engrillado, atado de pies y manos. Por eso nunca te toqué, por eso nunca te dije nada. Pero no tuve coraje para irme para no volver a verte, quería guardar en el fondo de los ojos tu carita, *mucurumin*, tu color, el roce de tu mano, tu altura de junco, el recuerdo de tu cuerpo. Para alimentar mi soledad con tu recuerdo, para las noches de travesía, para mirar el mar y verte en él.

Sos derecho, Januario Gereba, hablaste como debe hablar un hombre. Janu, mi Janu engrillado, qué pena que no pueda ser tuya para siempre, en nuestra casa y hasta la muerte. Pero si no puede ser para siempre que sea por un día, por una hora, por un minuto al menos. Un día, dos días, menos de una semana, para mí ese día, esos dos días, esa corta semana tendrán el tamaño de una vida, multiplicados por los segundos, por las horas, por los días de amor, aunque después me enferme de nostalgia, de deseos, de soledad y sueñe con vos todas las noches, en la locura de lo imposible. Igual vale la pena, yo te quiero ahora ya, inmediatamente, en este mismo instante, sin demora, sin más tardanza. Ahora y mañana y pasado mañana, el domingo, el lunes y el martes, de mañana, de tarde y de noche, a cualquier hora, en la cama más cercana, de lana, de tierra, de arena, de maderamen del barco, de orilla del mar, donde sea, donde podamos estar uno en los brazos del otro. Para después sufrir como una maldita te quiero y voy a tenerte, Januario

Gereba, maestro de *saveiro*, gigante, *urubu rey*, marinero, bahiano fatal y tonto.

Era el mar infinito, ya verde, ya azul, o verdeazul, ya claro, ya oscuro, o claroscuro, de añil a celeste, de aceite y de rocio, y como si no bastase con el mar, Januario Gereba había pedido luna de oro y plata, linterna en lo alto del cielo sobre los cuerpos envueltos en el amor. Eran dos cuando llegaron y solo uno ahora, en las arenas de la playa, cubiertos por una alta ola.

Teresa Batista empapada de mar, en la boca, en los lacios cabellos, en los pechos erguidos, en la estrella del ombligo, en la cueva de la boca, flor de algas, negro pasto de polvos, ay, amor mío, que me muero a la orilla del mar, de tu mar de algas, de tu mar de desencuentros y de naufragios, quién sabe algún día moriré en tu mar de Bahía, en la popa de tu *saveiro*. Tu boca de sal, tu pecho de quilla, en el mástil la vela desplegada, en la cubierta de las olas nací de nuevo, virgen marina, novia, y viuda de *saveirista*, guirnalda y espumas, velo de nostalgia, ay, mi amor marinero.

10

Sobre la raza de Teresa Batista, mi amigo, no puedo decirle nada. Hay sabios por ahí, letrados de facultad, gente con pilas de estudios que entiende de esos asuntos, con ciencia y audacia averiguan de los abuelos de uno, y tienen resultados positivos, no sé si exactos, pero si favorables para los nietos. Hasta conozco un copetudo que se presenta como descendiente de Ogum,[1] imagínese qué investigador más formidable le averiguó la familia, seguramente fue él mismo y con mucha gallardia, pues no se debe confiar a ajenos fundamentos tan delicados.

Como usted sabe, conciudadano, aquí se mezclan todas las razas y forman la raza brasileña. Un rasgo de la cara, una manera de mover el cuerpo, o de mirar o de ser y quien tiene ojo y conoce de esas cosas descubre en seguida un rastro que le revela el parentesco más remoto o la mezcla que se hizo. Usted se fija y cualquiera es primo de Ogum, aunque sea bastardo, porque según se cuenta, tanto Ogum

---

1 *Ogum*: en la religión nagó, orirá del hierro y de la guerra, hijo de Jemanjá.

como Oxossi [1] *frecuentaban, para iniciarlas, a unas* filhas-de-santo *en la Barroquinha. Si le parece una mentira averígüelo con el pintor Carybé que es el que desparrama esas historias fantasmales y pone adelante a Oxossi como es justo y cierto hacerlo.*

Volviendo a Teresa Batista, ya que el amigo se interesa tanto, se dicen muchas cosas de ella y hay un desacuerdo completo. Opiniones diferentes, discusiones que se prolongan al calor de la cachaça o por el simple placer de hablar. Hubo quienes la tomaron por malê [2] muçurumin y haussá. Otros la consideran gitana, lectora de manos, ladrona de caballos y de niños pequeños, con aros de moneda en las orejas y pulseras de oro, bailando. Para otros es de Cabo-Verde por sus rasgos de india y esa reserva que tiene cuando menos se lo espera y por los negros cabellos. Nagó, angola, gége, ijerá, cabinda [3], por su esbeltez, congolesa. ¿De dónde puede haber venido su sangre de cobre a mezclarse con tantas otras sangres? Con la raza portuguesa se mezcló, aquí todos se mezclaron. ¿No me ve negro? Pues, sepa que el primero que se acostó con mi abuela fue un militar portugués.

Por allá dan de seguro que entre las amistades de Miquelina, la bisabuela de Teresa, había un vendedor ambulante. Y cuando le digo vendedor ambulante le estoy diciendo sirio o libanés, que en el decir general de la gente es turco. Por el lugar del sertón donde nació Teresa pasa la frontera, por eso es difícil saber quién es de Bahía y quién es de Sergipe, cuanto más si el vendedor ambulante se asomó a los pechos de la apetitosa campesina. Hasta donde alcanza la memoria, las mujeres de la familia eran rústicas, para quererlas sin admirarlas mucho y se fueron hermoseando hasta llegar a Teresa, aunque hay quien dice que también Teresa es fea y deforme y que cautiva a los hombres por medio de hechizos o si no porque es muy apetitosa y conocedora de asuntos de alcoba y no por ser bonita. Vea, caro amigo, cuántas contradicciones. Y después quieren que uno crea en los testimonios y en los documentos de la historia.

No hace mucho tiempo estaba yo muy contento comiendo unos beijus [4] *mojados en mi casa cuando un cuentero empe-*

---

1 *Oxossi:* en la religión nagó, orixá de los cazadores, de la caza y los matorrales. Le está consagrado el candomblé más antiguo y famoso de Bahía, el de Gantois.
2 *Malê:* negros musulmanes; existen pequeños núcleos en el Brasil.
3 *Cabinda:* nativa de diferentes regiones africanas.
4 *Beijus:* especie de torta, hecha con harina de tapioca.

zó a decirles a unos señores paulistas y a una paulistita rosadita, un bocado para boca de hombre rico, toda sonriente, ¡ah!' si yo no fuera casado!... Como le iba diciendo antes de que me embarullara la mimosa flor de São Paulo, el fantasioso éste queriendo hacerse el interesante con los turistas, afirmaba que Teresa era rubia, blanca y gordita, de la verdadera solo quedaba la valentia y esto para demostrar su machismo y nada más, porque contó que una vez le hizo bajar el copete con un solo grito y poniendo cara seria, una vez que ella estaba haciendo un escándalo. Aquí, en el Mercado Modelo, estimado amigo, se oye cada cosa, que habría que pegarlas en las paredes para que todo el mundo se riera.

Si yo fuera usted dejaría de lado el asunto ese de la raza. ¿Qué importa saber si por las venas de Teresa corre sangre malé o de Angola, o si un árabe tuvo que ver o si fueron los gitanos? Un conocido de allá me contó que una tal Magda Moraes, en testimonio ante la policía y confirmada por sus hermanas, calificó a Teresa de negrita de raza ruin. Qué barbaridad. De rubia a negrita, de hermosa sin igual a fea y deforme. En estos patios del Mercado, Teresa anda de boca en boca. Yo oigo y callo. ¿Acaso, el que sabe de ella más que yo no me llama compadre?

Sobre la raza de Teresa no puedo decirle nada más, no me consta ni que fuese la misma Yansá, mabaça [1] o prima podría ser por eso de los parentescos con Ogum. Cuando su misma raza, mi doctor, sin ir más lejos ni faltar a la verdad, muestra la mixtura principal, debajo de la blancura se escucha un ronco rumor de atabales, este lord es de la raza de los mulatos claros, llamada también de los blancos de Bahía, raza de primera, se lo digo yo, Camafeu de Oxossi, obá [2] de Xangó, establecido en el Mercado Modelo, con mi barraca San Jorge, en la ciudad de Bahía, ombligo del mundo.

11

Días atareados pasó Teresa Batista, divididos entre Joana das Folhas, Fiori Pachola y el París Alegre, el maestro Januario Gereba, Janu en la caricia de la brisa en el arrullo de las palomas, en el movimiento de las olas, en el amor de Teresa. La corte de admiradores, el consultorio del dentista, la insistencia de Veneranda completaban el día.

1 *Mabaça*: gemela, hermana melliza.
2 *Obá*: dignidad sacerdotal del culto nagó.

Hacia las diez de la mañana Teresa baja en la puerta de la quinta, una parada especialmente determinada para ella por el chofer del ómnibus repleto de gente. A esa hora, Joana ya había hecho gran parte de su trabajo diario, el peón había salido en la primera vuelta del ómnibus con los canastos de verdura para atender a la clientela en las calles residenciales. Cavando la tierra desde antes de la salida del sol, cuidando la huerta, recogiendo, plantando, abonando, Joana viene del yugo y se va a lavar las manos.

Ahí están las dos sentadas ante la mesa, con lápices, pluma, tintero, lapicera, libro y cuaderno. Decididas y obstinadas. Ese trabajo no era del todo desconocido para Teresa, en Estancia, la de las calles quietas y los raros paseantes, había empezado enseñando las primeras letras a los hijos de Lula y Nina y pronto se juntaron a los dos chicos otros de la vecindad, hasta sumar siete alumnos acodados alrededor de ella en una rueda con risas y retos casi maternales. No tenía mucho para enseñar en ese tiempo de serenas alegrías durante el cual Teresa Batista, sobre todo, aprendió. Todo lo que sabe ahora sobre escritura y lectura se lo debe a aquellos años que, por tranquilos y felices, le pesan tanto a la espalda como los anteriores y los posteriores, tan malos y sufridos. Sin negar, claro está, la escuela de doña Mercedes Lima, maestra rural, también ella de poco saber y mucha dedicación. En el aula diaria, desde las diez a las once de la mañana (salvo cuando el doctor permanecía en la casa) Teresa le daba a los niños lecciones y picnics: lectura, tablas, caligrafía y abundante merienda de *bolacha* [1], pan y queso, dulces caseros, frutas, chocolate y gaseosas.

Casi todos los niños eran agudos, algunos avispados, como había sido ella en las clases de doña Mercedes, otros más rudos, de cabeza dura, pero ninguna tanto como Joana das Folhas. No es que sea obtusa, al contrario, es despierta. Cuando Lulu le expuso su plan de batalla lo entendió inmediatamente. Tardó un poco más en adoptarlo, para su gusto, para su honradez, prefería pagarle al estafador los ocho contos del préstamo y los intereses pactados aunque fueran usurarios, pero el abogado no se lo permitió. Le explicó que se jugaba por todo o nada. Para pagar la deuda real tendría que reconocer, por lo menos en parte, la validez del documento firmado y denunciar la adulteración de la cifra. ¿Cómo se iba a probar esa adulteración? Lamentablemente no se podía. El único camino a seguir, era negar la firma

---

1 *Bolacha:* bollos de maicena de diferentes tamaños y formas.

del otro en su representación, desconocer el documento, acusar a Liborio de haberlo falsificado en su totalidad, juzgándola analfabeta, desamparada de todos y abandonada en su casa. Nunca había pedido nada a nadie, sabía leer y escribir su nombre y estaba dispuesta a probarlo, estampando allí mismo, delante del juez, su firma. Lulu solo quería ver la cara de ese Liborio de mierda.

Debía elegir entre esos dos procedimientos, reconocer el documento y entonces su propiedad quedaría perdida, llevada a remate, entregada a Liborio, pues no hay cómo probar la adulteración de la cifra, quedándole a Joana das Folhas el recurso de trabajar de peona para el mismo Liborio las tierras de las cuales era dueña o salir a pedir limosna por las calles de Aracaju. Declarando que el documento era una falsificación completa, quedaba su propiedad libre de toda amenaza, se libraba ella de la deuda y el usurero no vería ni un centavo. Era la solución ideal. Joana aceptó ya convencida. En ese caso el dinero guardado para pagar la deuda servirá de honorarios de Lulu, aunque nunca le voy a poder pagar, doctor, que haya aceptado el caso sin esperar ningún pago. Ni siquiera eso, estimada señora, los honorarios y las costas correrán para el bolsillo del usurero si ganamos el juicio. En el fondo, a Joana no le disgustaba darle una lección al estafador, tenía la malicia de la gente de campo, una experiencia natural que le hace relativamente fácil el aprendizaje del alfabeto, de las sílabas, de la lectura.

Pero las manos no tenían la agilidad de la mente para advertir sutilezas y ardides. Las manos de Joana eran dos callos, dos montes de tierra seca, raíces de árboles eran los dedos, deformes, acostumbrados al manejo de la pala, del pico, de la azada, del machete. ¿Cómo manejar el lápiz, la lapicera?

Rompía mil puntas de lápices, desgarraba cantidades de plumas, arruinaba toneladas de papel, pero en esa maratón contra el tiempo y la inhabilidad de las manos, Teresa tuvo una paciencia ejemplar y Joana, convencida por los argumentos de Lulu Santos, había decidido ganar y tenía voluntad de hierro. Teresa empezó por conducir la torpe mano de Joana para transmitirle liviandad.

Se quedaba en la quinta hasta las tres de la tarde, trabajando con las manos de Teresa, se detenía solo para hacer un rápido almuerzo. Trabajo cansador, pero apasionante al constatar cada mínima evidencia de progreso, contener el desánimo a todo momento, superar los fracasos, vencer la tentación de desistir. ¡Eh, Joana! ¡Qué gran esfuerzo! A veces gritaba el nombre de Manuel, le pedía socorro, a veces se mordía las manos como para castigarlas y los ojos se le llenaron de lágrimas cuando finalmente trazó una jota legible.

En el ómnibus de las tres se iba Teresa para el consultorio del dentista y de ahí al ensayo en el París Alegre. donde Januario la encuentra al fin de una jornada que también para él había sido laboriosa: ayudaba en la carga, la limpieza, la pintura y la preparación de la barcaza Ventania para su partida. Estaba enterado del enredo, del fraude y el contra fraude, no hay nada mejor que estafar a un estafador, dijo, pero era el único. Ni siquiera Flori sabía y seguía dándole prisa al dentista, viendo por el suelo su proyecto de cama y mesa con la estrella candente. del samba el marinero le había tomado la plaza por asalto y Teresa se derretía riéndose por los rincones. Pero, como ya dijimos antes, Pachola tenía experiencia del mundo y de las mujeres y no se desanimaba fácilmente, pues día más día menos, completa su carga, izadas las velas en los mástiles y abiertas al viento, el ancla levantada, la barcaza Ventania soltaría amarras y marcaría rumbo a Bahía. Al piano, marcando la cadencia de un samba, Flori mira con tristeza al gigante en lo alto de la escalera, va calentando la cama para que yo me acueste, no hay cama más rabiosa que la de una mujer engañada.

Con la llegada de Januario se despiden el poeta y el pintor. El poeta solo persigue una quimera, frustrado el idilio. el efímero sueño vive inmortal en los poemas inspirados por la muchacha de cobre, en versos de pasión y de muerte. El pintor, silencioso, con los ojos profundos como si mirase hacia afuera y hacia adentro, se apodera de la imagen inolvidable, de cada expresión, de la carga del pasado y de la fuerza vital: la bailarina, la mujer, la virgen *sertaneja* [1]. la mujer portuaria, la gitana, la reina del samba, la hija del pueblo, en cuántos cuadros, bajo cuántos títulos no dibujó la cara de Teresa.

Después del ensayo, hacia las seis, Teresa vuelve a la propiedad en compañía de Januario y la clase recomienza. Tiempo ocupado sin un minuto de ocio, pero entretenido. En esos días intensos Teresa y Joana se hicieron amigas. La negra le contó de su marido, labriego fuerte, de buen corazón, solo se entristecía cuando pensaba en el hijo a

---

1 *Sertaneja:* nativa del sertón brasileño.

quien hubiera querido ver trabajando la tierra, manejando
la quinta y la clientela, transformando a la propiedad en
una pequeña *fazenda* [1]. No perdonaba la huida del muchacho. Fogosamente refregaba sus grandes bigotes en el
cuello de su mujer, jamás había mirado a otra, su negra
Joana era todo. Cuando murió, Joana había cumplido cuarenta y un años de los cuales había pasado veintitrés con
Manuel França. Desde la muerte del marido no había vuelto
a tener la regla, acabada también ella para esas cosas.

Entre sus ocios del foro y del bar, Lulu Santos aparecía
en la quinta para medir los progresos de su propietaria.
Al principio estaba desanimado, la mano de Joana das Folhas, mano de pala y azada, jamás podría trazar las letras
de su nombre, Joana França; había poco tiempo, la audiencia era inminente, el abogado de Liborio, un mequetrefe,
estaba apurando al juez. Con el correr de los días sin embargo se fue entusiasmando y le volvió el optimismo. La
pluma ya no rompía el papel, los borrones disminuían, las
manos de Joana por milagro de Teresa, podían dibujar
las letras.

La mano de Joana ya se manejaba sola y cuando Teresa
se marchaba a las ocho de la noche (en el ómnibus repleto,
con un escándalo de besos empezaba la noche de amor), la
negra seguía sobre el papel, escribiendo el alfabeto, palabras
y más palabras, su nombre repetido infinidad de veces. Los
borrones iniciales se convierten en escritura, los garabatos
son cada vez más limpios, más firmes, más inteligibles.
Joana das Folhas defiende todo lo que posee, la pequeña
propiedad tranformada por ella y Manuel en quinta de ver-
duras modelo, en plantación de frutales escogidos, su medio
de vida, la herencia recibida del marido, tierra fértil de
donde saca lo necesario para las escuetas necesidades de la
casa y ahorra para los desatinos del hijo ingrato y tan
querido.

12

Las muchachas de ahora son unas descocadas, sin juicio,
no piensan en el día de mañana, considera la vieja Adriana
moviendo la cabeza canosa mientras conversa con Lulu
Santos.

---

1 *Fazenda*: propiedad rural dedicada tanto a la ganadería como a la
agricultura.

—Está loca, eso está, está desperdiciando la suerte grande... —la suerte grande era conseguirse un industrial o un senador.

El abogado había ido a visitar a Teresa y la vieja le abrió el corazón.

—Teresa no para en casa, sale después de desayunar, día y noche se la pasa detrás de ese maldito lanchero.

Una mujer con ese porte y esa figura podía conseguir lo que quisiera, lo que le conviniera en Aracaju, donde no faltan hombres de bien, casados, de buena posición, con dinero suficiente para gastar, dispuestos a proteger y a asumir la responsabilidad de apreciar en lo que vale un regalo de la categoría de Teresa.

Ella, Adriana, no se muere por Veneranda. Lulu conoce bien la antipatía que le tiene, pero la verdad debe decirse, esta vez la presumida había actuado correctamente. Le había propuesto a Teresa un discreto encuentro en su residencia, ¿a que no sabe Lulu con quién? Adivine si es capaz. Y bajaba la voz para decir el nombre del industrial y banquero, senador de la República. Por una tarde con Teresa, solamente una tarde, ofrecía una pequeña fortuna, parece que la tiene en ojo desde el tiempo en que vivía en Estancia, pasa antigua, manjar cocinado a fuego lento. La celestina le había pedido a Adriana que fuera su intermediaria, le había prometido una comisión razonable. Para Teresa había un dineral, más importante todavía porque existía la posibilidad de que el generoso ricachón le pusiera casa y la rodeara de lujos, si quedaba contento con el manejo de caderas de la muchacha y seguramente iba a quedar contento. Teresa con la mano en la masa y ella, Adriana, amiga del alma, recibiendo las sobras y solo con las sobras se sentiría satisfecha. Teresa está reblandecida, ¿dónde tiene la cabeza? No contenta con rechazarlo, como Adriana insistía —tenía que cumplir su palabra empeñada ante Veneranda— había amenazado con mudarse. Absurdo, no tiene sentido rechazar al hombre más rico de Sergipe por un marinero de agua dulce, ¿dónde se vio una locura igual? ¡Ah! las muchachas de ahora, tienen el pensamiento en las nubes, solo quieren gozarla pero no con quien valga la pena, sino con enamorados sin ningún valor, se encaprichan por cualquier pobretón. Se olvidan de lo principal, del dinero, el eje del mundo y terminan todas en el hospital de indigentes.

Lulu Santos se divertía con la desesperación de la vieja y encima, insistía sobre la comisión prometida por Veneranda. ¿Es que la vieja Adriana, mujer de principios y tradición discreta, podía transformarse en alcahueta al servicio de la más afamada celestina de Aracaju? ¿Adónde había quedado su orgullo profesional?

—Lulu, los tiempos son difíciles y la plata no tiene nombre ni olor.

Adriana, mi querida Adriana, deje a la muchacha en paz. Teresa conoce el valor del dinero, no se equivoque, pero también conoce el valor de la vida y del amor. ¿Piensa que solo el senador la persigue con la billetera en la mano y la pija caliente (disculpe la expresión, se la debo a Veneranda)? Hay un poeta cubierto de versos y cada estrofa suya vale más que los millones del industrial, que se está muriendo por ella. ¿Si no le dio al poeta por qué habría de darle al fabricante textil? Ni siquiera me quiso a mí, Adriana, que soy el dulcecito de las mujeres de Aracaju. Solo quiere a quien le toque el corazón. Déjela en paz este corto tiempo de amor y alegría y prepárese a cuidarla con cariño dándole el consuelo de su amistad cuando, dentro de pocos días, el marinero se marche y entre en el tiempo inconmensurable de la desesperación, cuando tenga que lamer la escupidera (disculpe lo expresión grosera pero también es de nuestra finísima Veneranda).

Y Adriana prometió ser hermana y madre de Teresa y enjugarle las lágrimas (Teresa difícilmente llora, querida vieja), aunque será ella la única culpable de su desgracia, porque no tiene cascos. Sí, le ofrecerá su hombro y su corazón. En los ojos de Adriana hay un fugaz relámpago de esperanza: con la cabeza fría, libre de la presencia del grandote, quién sabe Teresa reconsidere su actitud y resuelva aceptar el ofrecimiento del padre de la patria. Adriana quedará satisfecha con las sobras.

13

Decímelo el último día, le pidió Teresa, no quiero saberlo antes. Hacen como que la partida no sucederá, como si fuesen a pasarse toda la vida juntos, sin prever una separación cercana o remota, como si la barcaza Ventania debiera quedar anclada para siempre en el puerto de Aracaju. En la arena de la playa, en la mata de *coqueiros* [1], en los

---

1 *Coqueiros*: nombre común del árbol del coco o cualquier tipo de palmeras que producen frutos comestibles o de uso industrial.

escondrijos de la isla, en la habitación de Teresa, en la quilla de la barcaza, viven sus días de fiesta en un frenesí. Los ayes de amor pueblan toda Sergipe.

Januario comparte toda la vida de Teresa, en el ensayo le enseña pases de *capoeira*, esguinces corporales, le da gracia, elegancia y atrevimiento a los movimientos de samba de Teresa, todavía tímidos: movimientos de samba de Angola, de maestro de *saveiro*, y de *capoeira*, de bailarín de *afoxé* [1].

Acompaña, tenso de interés, los mínimos progresos de Joana das Folhas, riendo alegremente cuando comprueba que la mano finalmente está domada y es capaz de dirigir el lápiz o la pluma, arrastrando todavía el papel pero sin romperlo ya, desparramando todavía la tinta pero sin convertir las letras en borrones ilegibles. Siempre hay un instante durante la clase vespertina para que los tres rían juntos, Teresa, Januario y Joana das Folhas.

Se besan en el ómnibus, pasean tomados de las manos por el puerto, se sientan a charlar en el *Ponte do Imperador*, en la popa de la barcaza Ventania. Una noche, en un bote, Januario la embarcó río abajo y allí abandonando los remos, en una confusión de salpicones de agua y de risas, la tuvo entre sus bazos, el bote a la deriva. Después atracaron en la *Ilha dos Coqueiros* y salieron a descubrir escondrijos.

En la noche de la Atalaia persiguen a la luna, solos en la inmensa playa, se sacan la ropa, se meten en el mar. Teresa se entrega en medio de las aguas, toda de sal y espuma.

—Ahora no sos más Yansá, solamente sos Yansá cuando estás en la pelea. Ahora sos Janaina, la reina del mar —le dije Januario que conoce a los *orixás*.

Teresa tenía ganas de hacer preguntas sobre el *saveiro Flor das Aguas*, sobre las travesías, sobre el río Paraguaçu, la Isla de Itaparica, los puertos más atractivos y sobre la vida de por allá, de Bahía. Pero desde la primera noche en la Atalaia, cuando le contó lo más importante, no volvieron a hablar de esos asuntos ni de los saveiros, ni del río Paraguaçu, ni de Maragogipe, ni de Santo Amaro y Cachoeira, de las islas y las playas y la ciudad de Bahía, ni de las aguas del mar de Todos los Santos. Conversan sobre las cosas de Aracaju, sobre la audiencia final del proceso de Joana das Folhas que tiene fecha puesta por el juez, sobre el París Alegre, los ensayos de los números, el próximo

1 *Afoxé*: rancho negro de carnaval.

por el dentista, ¿dentista o escultor es Jamil Najar? Artista de la prótesis dentaria, responde él exhibiendo su opera prima. Sobre tales temas platican como si nunca se fueran a separar, como si la vida se hubiera detenido en la hora del amor.

El domingo con Lulu Santos y el maestro Caetano Gunzá se presentan en la casa de Tiao para el almuerzo combinado. *Feijoada* completa, digna de cualquier superlativo. Animadísima y con diversos invitados: choferes de taxi, músicos tocadores de guitarra y flauta, otro que toca el *cavaquinho* [1], muchachas de la vecindad, amigas de la mujer de Tiao, enamoradizas. Cachaça y cerveza, gaseosas para las mujeres. Comen, beben, cantan y bailan finalmente al son de una victrola. Todos tratan a Januario y Teresa como si fueran marido y mujer.

—Esa tan bonita es la mujer del grandote.

—Marinero, parece.

—¡Qué mujer!

—Es una uva, Cavalcanti, pero no se meta con ella, está casada con ese gigante.

Mujer de marinero, ¿quién no lo sabe? en poco tiempo será viuda, el marido muere en el mar o se va para siempre. Amor de marinero dura como la marea. Ni sabiendo que era fugaz, esa momentánea alegría se le escapó a Teresa Batista.

El costoso precio, una vida de luto. Pero ni así lo desechó. Valía la pena la efímera madrugada de amor. Aunque pagara el precio más alto, aún era barato.

14

Ante un gesto del escribano todos se levantaron. Había llegado el momento solemne de la sentencia. Poniéndose de pie, el juez mira de reojo a Lulu Santos. La cara del abogado, contrita, aún cubierta por ciertos restos de su repulsa a la trampa, a la falsificación, a la rapiña, al crimen, no puede engañar al meritorio doctor Benito Cardoso, magistrado de brillante carrera, con investigaciones, artículos y sentencias publicadas en la Revista de los Tribunales de San Pablo, que había merecido un consagratorio discurso del ilustre jurista, profesor Ruy Antunes, de la Universidad

1 *Cavaquinho:* especie de guitarra pequeña, con cuatro cuerdas.

de Pernambuco, venido a Sergipe por una complicada acción penal: "El doctor Cardoso, además de su profundo conocimiento del derecho, tiene un admirable conocimiento de los hombres".

El juez adivina cierta malicia en el fondo de los ojos del lisiado, toda la audiencia no había pasado de ser una comedia de engaños, pero si desenmascarar al ladrón requería mentira y burla, benditas sean la mentira y la burla. Finalmente, Lulu Santos, hábil zorro forense, desprendido de preconceptos y legalismos, había agarrado al más asqueroso usurero de la ciudad, delincuente acostumbrado a cometer delitos en las mismas barbas de la justicia, utilizando la ley, permanentemente impune. ¿Cuántas veces no lo había absuelto el doctor Cardoso por falta de pruebas aun sabiéndolo culpable? Por lo que recordaba, cuatro veces. Perfecto. Lulu, las declaraciones y los testimonios son claros, no hace falta nada más para dictar una buena sentencia. Pero cuando todo está por teminar, por una mera y vana curiosidad, el juez desea un esclarecimiento, uno solo.

Mira a Liborio das Neves, una mirada severa, de reprobación y disgusto. Al lado del usurero está el bachiller Silo Melo, abogado de delincuentes, que siente la causa perdida en la mirada del juez, hasta la cara dientuda del patrocinador recuerda ratones y robos. Templadamente, la garganta jurídica lee la sentencia. En los considerandos previos a la sentencia, la lenta y grave voz va deshaciendo a Liborio das Neves, vaciándolo como una bolsa agujereada. Los ojos de Lulu Santos acompañan cada detalle del esperado desmoronamiento: bolsa vacía, bolsa de mierda. La solemne voz del doctor Benito Cardoso pronuncia cada sílaba, cada letra, más enfática si fuera posible, a medida que se acerca a la conclusión: "Por tales motivos, y por otros más que constan en autos, JUZGO IMPROCEDENTE la presente acción ejecutiva promovida por Liborio das Neves contra Joana França, teniendo como inhábil el documento de folios... en que se funda el proceso. Y por los fundamentos que me llevaron a tal conclusión (falsedad del documento). ordeno que se pase esta sentencia, sin recurso de parte o si la hubiere, después que haya sido sentenciado éste, con copia autenticada al órgano que corresponda del Ministerio Público para las debidas providencias penales, debiendo por lo tanto deslindar las responsabilidades que correspondieran de acuerdo con la legislación penal vigente. Las costas serán pagadas por el demandante, duplicadas, por tratarse de una demanda de mala fe, condenándolo además a pagar los honorarios de los abogados, que arbitro en un veinte por ciento sobre el valor de la cifra demandada. P. R. I."

Solo quiero ver la cara de Liborio, había dicho Lulu. Santos a Teresa Batista en la memorable noche en casa de la vieja Adriana, cuando concertaron el plan de lucha. No solo le vio la cara deshecha en sudor frío sino que también le oyó la voz nasal en un grito de agonía. Lulu se sintió pagado de todo el trabajo que se había tomado junto con Teresa por Joana das Folhas.

—¡Protesto! ¡Protesto! Me traicionaron. Esto es un complot, me están robando —gritaba Liborio perdido en su desesperación.

Todavía el juez no había cerrado la sesión. Estaba de pie y extendió el índice amenazador:

—Una palabra más y mando que lo prendan por desacato a la justicia. Queda suspendida la sesión.

El canalla se metió la lengua y la protesta en el culo, el bachiller Silo Melo, cara de ratón, aire de idiota, todavía sin entender qué había pasado, arrastra a su cliente fuera de la sala. Los presentes van saliendo, el escribano recoge el gran libro negro donde había escrito la sentencia. Por fin, ya solos, el juez se va a quitar la toga y el charlatán a recoger sus muletas. Son amigos de largos años y en confianza, el juez baja la voz hasta un murmullo casi inaudible y le pregunta a Lulu sobre el detalle que lo preocupaba, todo lo demás le parecía de cristalina claridad:

—Dígame Lulu, ¿quién le enseñó a la negra a escribir su nombre?

Lulu Santos midió al juez con una mirada de repentina sospecha:

—¿Quién? Doña Carmelita Mendonça, como lo declaró aquí, bajo juramento. Mujer respetada en todo Sergipe, maestra de todos nosotros, inclusive suya, su palabra es impoluta, irrefutable.

—¿Y quién se la está refutando? Si quisiera hacerlo lo hubiera hecho en la audiencia. Mi maestra, es verdad. Suya también. Y usted era el alumno predilecto por ser el más inteligente... y...

—... lisiado —terminó riéndose Lulu.

—Sí. Oigame, ahora que la sentencia está dictada, doña Carmelita nunca vio a esa negra antes de entrar en esta sala. Vino porque usted le contó la verdad y la convenció. E hizo muy bien en venir. Ese Liborio es un asqueroso y se merece el escarmiento, aunque no creo que se enmiende, porque el que nace torcido... Pero, dígame Lulu, ¿quién fue el genio que consiguió que esas manos, usted no se fijó en las manos de su defendida, escribieran sin vacilaciones las letras de su nombre?

El charlatán, sonriente, se volvió a mirar al juez, los ojos ya libres de cualquier recelo o desconfianza:

—Si yo le digo que fue un hada, no estaré lejos de la verdad. Si no fuese usted un respetable juez, lo invitaría a ir conmigo el viernes próximo al cabaret París Alegre y allá le presentaría a la muchacha...

—¿Muchacha? ¿Una cocotte?

—Se llama Teresa Batista, es una belleza peregrina, mi estimado señor juez. Mejor todavía en las peleas que en la escritura.

Y diciendo eso abandonó la sala dejando al juez sumido en profundos pensamientos sobre las cosas sorprendentes que tiene la vida, que rayan en el absurdo. Aquel proceso que fuera un trama de embustes había desembocado en la verdad y la justicia. Rápidamente, apoyado en sus muletas, Lulu Santos va al encuentro del bachiller Silo Melo que lo aguarda, derrotado y humilde, en busca de un acuerdo. Fuera de la sala, el charlatán larga una carcajada festiva. ¡Ah! ¡la cara de Liborio deshecha en mierda!

15

Comedia de engaños, según el juez, la audiencia había tenido un aire de farsa en la que cada uno representaba su papel con sabiduría, salvo el demandante, Liborio das Neves, que había pasado de maciliento a lívido, perdiendo su contención antes de que se levantase la sesión. En la euforia de su victoria, el charlatán desplegaba su retórica. En la sala del tribunal había sido proclamada la inocencia, había sido castigado el culpable, se había hecho justicia.

El trabajo había valido la pena. La visita a la venerable maestra de primeras letras y las palabras gastadas para convencerla:

—Querida maestra, aquí vengo a pedirle que comparezca ante el juez para testimoniar en falso...

—¡Testimoniar en falso, Lulu!, ¿usted está loco? Siempre con sus locuras... No mentí nunca en mi vida, no voy a empezar ahora. Y menos con la justicia...

—Mentir para salvar la verdad y desenmascarar a un criminal, para salvar de la miseria a una pobre mujer viuda y trabajadora a quien le quieren robar lo poco que tiene. Para evitar la miseria esa mujer que anda por los cincuenta años aprendió a leer y escribir en diez días... Nunca vi nada igual.

Dramático, Lulu le contó la historia en todos sus detalles, desde el principio al fin. La maestra Carmelita, al servicio de la educación pública, dedicada con inusitado entusiasmo al problema de la alfabetización en el que era una autoridad, autora de estudios sobre el tema, oyó el relato con creciente interés y la visión de la negra doblada sobre el papel, intentando dominar la pluma y la tinta, le despertó simpatía para la causa de Joana das Folhas:

—Usted no puede haber inventado esa historia, Lulu, tiene que ser verdadera. Cuente conmigo, venga a buscarme ese día, voy a decir lo que usted quiera.

El juez sabía que Lulu contratacaba con las mismas armas usadas por Liborio, la mentira y el falso testimonio, al negar validez al documento presentado como base de la demanda, declarando que era una falsificación de la primera a la última letra, que jamás su defendida había pedido dinero prestado, que nada debía y podía probarlo de manera irrefutable pues, sabiendo leer y escribir su defendida, no iba a estampar una cruz y a pedir a otro que firmara por ella. Una verdadera monstruosidad, ese documento, señor juez, tan falso como el mismo Judas.

Había presentado una nueva versión de los hechos. Era verdad que la señora Joana França necesitaba ocho mil cruzeiros para enviárselos a su hijo único, residente en h.. y que no disponiendo de esa suma había recurrido al usurero Liborio das Neves para que se los facilitara en préstamo. El usurero se prestaba a hacerle el préstamo si ella se avenía a pagarle luego de seis meses, quince mil cruzeiros por los ocho prestados, o sea, asómbrese usted señor juez, intereses de más del ciento cincuenta por ciento anual, es decir el doce por ciento mensual. Ante intereses tan elevados, más bien monstruosos, desistió doña Joana França del arreglo y siendo acreedora de cierta cantidad de dinero prestada por su marido a su compadre y compatriota don Antonio Salema o Antonio Minhoto [1], deuda que habría de vencer de allí a dos meses, a él recurrió, solicitándole que le adelantara los ocho *contos* que necesitaba con urgencia, lo que fue inmediatamente atendido por el compadre. Al mismo tiempo que se enteró de la necesidad de la viuda, Liborio

---

[1] *Minhoto* natural del Minho, región de Portugal

das Neves supo que cuando se casó con Manuel França otro
había firmado los papeles porque en la ocasión ella no sabía
ni leer ni escribir. Entonces, el astuto Liborio planeó el
robo, con vistas a apoderarse de la propiedad de la demandada como se ha apoderado por medios igualmente ilícitos.
de propiedades de otras infelices víctimas. Falsificó el documento atribuyendo a la viuda una deuda no de la modesta
cuantía que ella le había solicitado sino de importancia diez
veces superior, con el ojo puesto en la propiedad que, a
fuerza de trabajo, la pareja había convertido en quinta modelo. Pero en la meticulosa armazón del plan criminal, al
falsificador se le había escapado un detalle importantísimo.
Poco después de su casamiento, o sea, hace más de quince
año, Manuel França. avergonzado de que su legítima esposa
fuera analfabeta, había contratado a la maestra doña Carmelita Mendonça para que le enseñara a leer y escribir. En
meses de ardua labor, esa maestra de tantas generaciones
de sergipanos eminentes, de ilustres figuras de la vida
pública, entre los cuales se encuentra el señor juez. aplicando sus conocimientos en la materia, con toda su capacidad.
esa gloria de la pedagogía sergipana, había sacado a doña
Joana de la oscuridad del analfabetismo llevándola por el
sendero iluminado de la lectura y la escritura. Hace de eso
exactamente quince años y cuatro meses, señor juez.

   ¡Qué demonio de habilidad ese Lulu Santos!, reflexiona
el juez mientras lo escucha azorado. Había obtenido que
doña Carmelita le enseñara a Joana das Folhas a garabatear su nombre y ahí venía a proclamar que estaba alfa-
betizada desde hacía quince años. ¡Un golpe formidable!
Pero apenas la gloria de la pedagogía sergipana, la madre
espiritual de tantos de nosotros (en la frase emocionada del
charlatán), simpática octogenaria, había entrado a la sala.
el magistrado advirtió que jamás en su larga vida había
colocado sus ojos en la robusta y silenciosa negra sentada
al lado de Lulu Santos. Solo el juez y Liborio das Neves
advirtieron la casi imperceptible vacilación de la anciana.
Entonces, ¿quién había enseñado a leer y escribir a la demandada?

   Sí, enseñé hace quince años a Joana França las primeras
letras y los rudimentos de la escritura, la alfabeticé, y es
la misma persona aquí presente, aunque ahora un poco más
canosa y vistiendo luto. ¿Y quién iba a discutir la afirmación de la maestra Carmelita Mendonça? ¡Qué demonio
este Lulu Santos!

   También Antonio Salema o *Minhoto* por haber nacido en

Povoa do Lanhoso, en Portugal, recitó a la perfección lo que le había enseñado el abogado. Para convencer y entrenar al lusitano, Lulu se había trasladado a Laranjeiras acompañado por Joana. Sus palabras confirmaron el relato de Lulu: le había adelantado los ocho mil cruzeiros a su comadre tal como ella se lo pidió y respondiendo a la pregunta del bachiller Silo Melo, acerca de si la demandada era analfabeta o hasta cuándo lo había sido, dijo que su comadre era muy certera en los números, pobre del que quisiera engañarla.

El golpe de gracia lo había proporcionado el no comparecimiento a la audiencia de otro testigo invocado por Lulu Santos: Joel Reis, conocido como Joel *mano de gato* entre la gente de más baja estofa de la ciudad, descuidista emérito, maestro en el difícil arte de escamotear carteras. Intimidado por la citación de presentarse ante la justicia para explicar que había firmado el documento a pedido de la señora Joana França, a la que jamás había visto en su vida, sino que lo había hecho mandado por Liborio das Neves, su protector y patrón, había desaparecido de Aracaju. ¿Quién había sacado a Joel Reis de la cárcel de Aracaju valiéndose de sus relaciones e influencia en ciertos medios policiales, aquellos donde la policia y el hampa se confunden, sino el demandante? ¿Al servicio de quién ejecuta Joel Reis sórdidos servicios, cobranza de alquileres por día u hora a prostitutas y preparación de barajas marcadas? Ahora bien, señor juez, ¿al servicio de quién habría de ser? Al servicio del honrado, elevado e impoluto señor Liborio das Neves, el meritorio estafador.

Había valido la pena el trabajo, la conversación con doña Carmelita, la nota de emoción puesta en la voz, el viaje a Laranjeiras, las amenazas hechas a Joel Reis, el pasaje de segunda clase en el tren de la Leste Brasileña y la menguada propina que le diera, pocos caminos tenía para elegir, o alejarse o caer en prisión.

Había valido la pena. Todo eso y también la firma cinco veces trazada entre el juez en inmaculado papel, sin un solo borrón, sin vacilaciones, por Joana das Folhas, la firma clara, insospechable de Joana França, con letra casi hermosa.

16

Sin un gesto, como una estatua de piedra tallada sobre
el puente carcomido, Teresa Batista sigue los preparativos
para la partida de la barcaza Ventania: las velas en alto
apenas movidas por la brisa, el-ancla levantada, los maestros Gunzá y Gereba a la popa y la proa. Hace un rato
Januario trepó por un mástil, artista circense, *urubú* rey,
el gran volador, el gigante pájaro del mar. Janu, mi hombre, mi marido, mi amor, mi vida, mi muerte. El corazón
de Teresa Batista se aprieta, su cuerpo esbelto se estremece,
es una estatua de dolorida materia.

El día anterior, sentados en el Café Bar Egipto, a la espera del resultado de la audiencia de la acción ejecutiva
planteada por Liborio das Neves contra Joana das Folhas,
Januario le había dicho, mañana, con la primera marea.
Teniendo la mano de Teresa en su gran mano, agregó, un
día volveré.

Ni una palabra más, solo los labios de Teresa de pronto
descoloridos y fríos, helada en la brisa caliente de la tarde,
un sol ceniciento, un presagio de muerte, las manos apretadas, los ojos en la distancia, la certeza de la ausencia. De
la calle vienen el abogado y la negra estallantes de alegría,
¡vamos a festejar!

Mundo contradictorio, alegría y tristeza, todo mezclado.
En la casa de Joana, la mesa puesta, las botellas abiertas,
Lulu brindando con Teresa, deseándole salud y felicidad,
ay, felicidad. ¡Ah, vida desgraciada! En las arenas últimas
se arrincona contra el pecho del hombre para quien había
nacido y encontró tan tarde. Posesión con el gusto amargo
de la separación, violenta y rabiosa. Ella lo muerde, lo
araña, él la aprieta contra su pecho como si quisiera metér-
sela en la piel. En las arenas últimas de la noche de amor,
los sollozos estrangulados, está prohibido llorar. Vino una
ola y los cubrió, vino el mar y se lo llevó. Adiós, marinero.

Januario salta de la barcaza y sube al puente, abraza a
Teresa. El último beso calienta los labios fríos, el amor de
los marineros dura lo que la marea, en la marea de Ventania
larga sus velas rumbo al sur, rumbo al muelle de Bahía.
Cómo quisiera preguntar Teresa por aquella vida, pero
¿para qué preguntar? Las velas izadas, el ancla suspendida, la barcaza se aleja del puente, en el timón el maestro
Caetano Gunzá. Lenguas sedientas, dientes hambrientos,
bocas desesperadas, la distancia las quema con un beso de

fuego, la vida y la muerte se funden. Teresa marca el labio de Januario con su diente de oro.

El beso de fuego se desprende, en el labio de Januario hay una gota de sangre, el recuerdo de Teresa Batista en el borde de la boca, marcado por su diente de oro. Río y mar, mar y río, un día volveré aunque lluevan cuchillos y el mar se convierta en desierto, aunque las patas de los cangrejos caminen para atrás, vendré en medio del temporal, náufrago buscando un puerto perdido, en tu vientre de piedra tierna, tu vientre de ánfora, tu concavidad de nácar, las algas de cobre, la ostra de bronce, la estrella de oro, río y mar, mar y río, aguas de los adioses, olas del nunca más. Desde el puente, desde los brazos de Teresa, el marinero salta a la barcaza, el gigante con gusto a sal, con olor de podredumbre marina, esposas en las muñecas, grillos en los pies.

Como un estatua de piedra, Teresa está inmóvil, los ojos secos. El sol va cayendo en las cenizas del cielo, crepúsculo de rosa triste, noche vacía de estrellas, la luna inútil para siempre jamás. Las velas veloces, el ronco sonido de la sirena en el adiós del maestro Januario Gereba: adiós *Tetá muçurumim*, gime el grave acento, adiós Janu de mi amor, responde el corazón lacerado en la agonía de la ausencia. Aguas del adiós, adiós, mar y río, adiós, en las patas de los cangrejos, adiós, en la ruta de los náufragos para nunca más, adiós.

El gigante de pie, la sirena rasgando el espacio, comandando el movimiento del mar, allá se va la barcaza Ventania dejando el muelle de Aracaju, de Sergipe del Rey, al timón el maestro Caetano Gunzá, junto al mástil central, fugitivo, Januario Gereba, pájaro de alas cortadas, preso en la cárcel de hierro, con los pies engrillados. En el límite entre las aguas del río y las del mar, el brazo del gigante se alza, la gran mano se sacude. Adiós.

Como una estatua de piedra en el puente de viejas tablas carcomidas por el tiempo, Teresa Batista está inmóvil, con un puñal clavado en el pecho. La noche la envuelve y penetra de luto y vacío, de nostalgia y ausencia, ay, mi amor, mar río.

17

El diente de oro, el corazón de hielo, con movimientos de *capoeira*. Teresa Batista, estrella rutilante del samba, fulgurante emperatriz del meneo, finalmente debuta en la noche del París Alegre, en el primer piso del edificio del Vaticano, en el centro de Aracaju, frente al puerto donde estuvo anclada la barcaza Ventania del maestro Caetano Gunzá, todavía resuena en el muelle el grave sonido de la sirena soplada en la despedida por el maestro Januario, que vino para matar de amor a quien vivía tranquila, con el corazón sosegado rehaciendo su vida. Oh, los movimientos angolenses que le había enseñado, embajador del *afoxé* carnavalesco, bailarín de *gafieira* [1].

En ninguna otra ocasión, desde la festiva inauguración un año atrás, se vio tan superpoblada la sala del París Alegre, y nunca tan animada y bulliciosa la juventud dorada de Aracaju. Al son estridente de la *Jazz Band da Meia Noite*, se lanzaban las parejas a la pista. En las mesas repletas, el compensador consumo de cerveza, de cócteles, de coñac nacional, de whisky falsificado, venido de Río Grande para uso de los snobs. La cohorte de enamorados está integrada por el pintor Jenner Augusto con sus ojos profundos; el poeta José Saraiva con sus versos dolientes y su tuberculosis y una flor cortada al pasar; el dentista Jamil Najar, mago de la prótesis dental; el victorioso abogado Lulu Santos y el feliz dueño de casa y pretendiente al lecho de la estrella, Floriano Pereira, Flori Pachola. En la trampa, su coyuntura de patrón lo colocaba como candidato envidiable.

Además de los cuatro citados, por lo menos más de dos docenas de corazones palpitantes y unas tres docenas de corazones detenidos pulsaban la presentación de la Divina Pastora del Samba (como se leía en los coloridos afiches). Sin nombrar a aquellos que, por conveniencia y discreción, no pudieron ir en persona al cabaret para aplaudir a la estrella Miss Samba (otro título de los afiches de Flori). Por lo menos, uno se hizo representar, el senador e industrial, y en la opinión de financistas y de la vieja Adriana, el hombre más rico de Sergipe. Veneranda con mesa frente a la pista, acompañada por una inquieta comitiva de muchachas, otorgaba la honra de su presencia; había recibido un pedido oral del ilustre para dar un paso audaz y ofrecer cuanto fuera necesario para conseguir el asentimiento de la estrella para una tarde de goce en el recato de la residencia. Después, si le cayera bien, si le resultara de rechupete, el gran hombre se disponía a protegerla, a ponerle casa, comida, crédito en tiendas, lujos de amante, bombones de chocolate, relojes de oro, anillo de brillantes (pequeños).

1 *Gafieira*, baile frecuentado por negros y mulatos en general

hasta un gigoló si fuera indispensable. Frente al mar, a la altura de Mangue Seco navega la barcaza Ventania, golpeada por las olas y el viento sur. Janu de mi amor, tiempo de marea, camino de perdición, noche oscura y vacía. No quiero ofrecimientos ni aplausos, dinero no quiero, coronel protector no quiero, odio a los gigolós, no quiero los versos de ningún poeta, lo que quiero es su pecho de quilla, su aroma de agua podrida de río, su boca de sal y gengibre. Ay, Janu de nunca más.

Las luces se apagan a las once de la noche y la batería de la jazz irrumpe, el pistón abre las alas para que pase la estrella rutilante del samba. La luz roja del reflector cae sobre la pista de baile. Teresa Batista con flecos y pechera, torso de bahiana, sandalias, collares, puseras, saldos de la Compañía de Variedade Jota Porto y Alma Castro, belleza muçurumim o gitana, cabo-verde o negrita, mulata nacional de dengue y requiebro. Aplausos y silbidos, aclamaciones. Flori trae un ramo de flores, gentileza de la casa; el poeta José Saraiva una rosa robada y un puñado de versos.

Faltó poco para que no fracasara una vez más y por idéntico motivo el debut de la estrella. Pues sucedió que al acallarse los aplausos, se pudo oír en una de las mesas frente a la pista, una ríspida discusión entre un proxeneta que ensayaba sus primeras armas en la carrera y una muchacha rústica y cansada.

Se inclina Teresa para agradecer las flores, los versos y los aplausos, cuando resuena la voz amenazante del rufián haciendo llorar a la mujer:

—¡Te rompo la cara!

Erguido el pecho, las manos a la cintura, aquel fulgor repentino en los ojos, Teresa dice:

—Pártale la cara, mozo, que lo quiero ver... Pártasela delante de mí, si tiene coraje.

Por unos instantes reinó una nerviosa expectativa, ¿iría el canalla a reaccionar, retrasando una vez más el debut? ¿Otra pelea como aquella? ¿Otro diente de oro trabajado por al artífice dentista Najar? El cobarde no reaccionó, se quedó sin saber dónde meter las manos y esconder la cara, las palabras de Teresa habían establecido la ley y bastó.

Una gran ovación terminó con el asunto y en ese mar de aplausos comenzó a sambar Teresa Batista, estrella del meneo profesional, una de las tantas que había tenido y tendría, ella que solamente deseaba en la vida ser feliz al lado de su hombre de mar.

El día anterior, a la tarde, a pedido y en compañía del

abogado, estuvo en el tribunal y en una sala del juzgado en lo civil fue presentada al juez Benito Cardoso, y a abogados, fiscales, escribanos y otros notables profesionales. Teresa Batista, estrella de la sesión. Tímida para ser estrella, un poco medrosa, sonrisa modesta, pero ¡qué linda! Todos piensan que es la última conquista del charlatán, lisiado y mujeriego, solo el juez sabía del trabajo. ¿trabajo o milagro?, de la improvisada maestra de primeras letras, alfabetizadora de Joana das Folhas, vieja labradora de manos como troncos de árbol. Los ojos de admiración del juez se van convirtiendo en ojos de deseo, ah, si tuviese otro cargo en los tribunales, si ganara más podría ofrecerle casa y amor, pero con su estipendio de juez de derecho civil apenas le alcanzaba para sostener a la familia legalmente constituida, ¿cómo pensar en amantes, en amigas, en casa doble?

En medio de un mar de aplausos, Teresa Batista se inicia en una trayectoria de ciertos desniveles pero siempre triunfal. Corazón helado, ostra encerrada en sí misma, ¡ah! si pudiese llorar, pero el chico de la calle no llora y el marinero tampoco. Aguas del mar de la ausencia, amor de náufragos. ¿Dónde andará el maestro Januario Gereba, Janu de mi amor, por la ruta del muelle de Bahía?

Teresa suelta las nalgas como él le enseñó, ancas de profundas honduras marinas, vientre en balanceo, simiente del ombligo, tallo y flor. El corazón frío, helado y distante, ay, Januario Gereba, gigante marino, *urubú rey* volando sobre las olas de la tempestad, ¿cuándo te volveré a ver, cuándo volveré a sentir en tu pecho el gusto a sal y agua?, me moriré en tus brazos, ahogada en tus besos, ay, Januario Gereba, maestro Janu de mi amor, ay, amor ¿cuándo otra vez?

LA MUCHACHA QUE
HIRIO AL CAPITAN
CON EL CUCHILLO DE
CORTAR CARNE SECA

1

Usted, notable, es un campeón, un conocedor, no me cabe ninguna duda, pero yo le pregunto, ¿vio alguna vez a un cristiano con las carnes comidas por la viruela, todo llagado, ser metido en una bolsa y conducido al lazareto? ¿Alguna vez cargó a sus espaldas, por unas buenas leguas a un apestado de viruela en los estertores de la muerte y lo llevó hasta el lazareto, apestando el aire, el pus de las llagas corriéndole por la bolsa? Hay que verlo, compañero.

Que lo crea quien quiera creer, que le duela a quien sea, después de Dios, fueron las putas y nadie más, las que terminaron con la viruela cuando se desató negra y pestilente por aquellas zonas. Después de Dios es una manera de decir, porque esto es tierra abandonada, desierto, fin del mundo, y si no fuera por las infelices de la Rua do Cancro Mole [1] no habría quedado rastro de ningún ser vivo para contar la historia. Dios, lleno de misas y quehaceres, con tanto sitio adornado donde poner sus ojos, ¿para qué habría de ocuparse de los apestados de Buquim? Quien los cuidó y los curó fue la citada Teresa Batista, por sobrenombre Teresa Navalhada, Teresa do Bamboleio, Teresa dos Sete Suspiros, Teresa do Pisar Macio [2], todos nombres merecidos por ella, como merecido fue el de Teresa de Omolu [3], pro-

[1] *Rua de Cancro Mole:* calle del cáncer (o llaga o mal) suave. En realidad más allá de la traducción literal, es una referencia a cualquier enfermedad venérea.
[2] Sobrenombres de Teresa Batista: Navajera; del Bamboleo; de los Siete Suspiros; del Pisar Suave.
[3] *Omolu:* en la región nagó, orixá de la viruela.

puesto y confirmado por los macumbeiros [1] *de Mucicapeba, en cuanto cesó la plaga y el pueblo pudo volver a sus casas. Teresa se comió la viruela de una pierna, la masticó y la escupió. La masticó con sus dientes limados y con aquel diente de oro, regalo de un dentista de Aracaju, que era una belleza.*

Cosa de verlo y no olvidárselo nunca, compadre. Yo, Maximiano Silva, llamado Maxi, Rey de las Negras, cuidador del Puesto de Salud de Buquim, sobreviviente y testigo, aún hoy cierro los ojos y veo a Teresa, en toda su hermosura, levantando la bolsa del suelo y dentro de la bolsa, gimiendo y rezando, todo convertido en una llagadura, el joven Zacarías. Cierro los ojos y la veo, ahí va equilibrando la carga en el hombro, doblada, camino del lazareto. Teresa Medo Acabou [2], otro de sus nombres, quizá el primero que le pusieron, ¿hace tiempo, sabe excelencia, cómo y por qué?

2

Todavía no había cumplido trece años Teresa Batista cuando fue vendida por su tía Felipa, por un *conto* y quinientos, una carga de alimentos y un anillo de piedra falsa aunque vistosa, a Justiniano Duarte da Rosa, el capitán Justo, cuya fama de rico, valiente y atrabiliario corría por todo el sertón y todavía más lejos. Adonde llegaba el capitán y sus gallos de pelea, la tropilla de burros, los caballos de silla, el camión y el cuchillo, el dinero y los *capangas* [3], llegaba detrás de su fama, que corría adelante, guiando al caballo bayo, al camión, abriendo campo para los grandes negocios.

El capitán no era hombre de andar discutiendo, le gustaba comprobar el respeto que imponía su presencia. "Se están cagando de miedo" le susurraba satisfecho a Terto Cachorro, chofer y pistolero forajido de la justicia de Pernambuco. Terto sacaba la daga, el cigarro y el miedo crecía en derredor. "No vale la pena discutir con el capitán, quien más discute más pierde, para él la vida de un hombre no vale diez *reis* de miel líquida". Se hablaba de muertes y de emboscadas, de trampas en las riñas de gallos, de falsifica-

---

1 *Macumbeiros:* los participantes de las *macumbas,* fiestas del culto nagó.
2 *Teresa Medo-Acabou:* Teresa sin miedo.
3 *Capanga:* capataz o guardaespaldas.

ción en las cuentas de lo que vendía y cobraba a golpes
Chico Meia-Sola, de robos en las tierras que compraba a precio de bananas, bajo la amenaza del puñal, de niñas violadas antes de la pubertad, las niñas eran la debilidad de Justiniano Duarte da Rosa. ¿Cuántas menores de quince años
había desflorado? Un collar de argollas de oro, bajo la camisa del capitán, va tintineando por entre la gordura de su
pecho como si fuera un cascabel: cada argolla es una niña,
sin hablar de las mayores de quince, de ésas no lleva la
cuenta.

3

Justiniano Duarte da Rosa, traje blanco, botas de cuero,
sombrero panamá, saltó del asiento del camión, extendió
como gran favor dos dedos a Rosalvo, la mano entera a Felipa, con ella sí amable, una sonrisa en la cara redonda:

—¿Cómo está comadre? ¿Puedo merecer un vaso de agua?

—Tome asiento, capitán, le voy a traer un cafecito.

Por la ventana de la salita modesta, el capitán echaba el
ojo libidinoso a una niña que estaba en la huerta, subida al
guayabo a los saltos y las corridas, con un perro.
Finalmente subida en lo alto de un árbol se puso a comer
una *guayaba*. Parecía un muchachito, el cuerpo liso, los pechos
apenas despuntando bajo el algodón de la blusa, la pollera
metida entre las piernas. Flaca y larga, todavía sin aires de
mujer, a punto tal que los chicos de la vecindad, unos atrevidos de conocimientos encendidos, a la permanente caza
de chiquilinas en desarrollo para iniciar su deseo en los primeros toques, besos y caricias, ni miraban a Teresa, corrían
con ella en juegos de emboscadas y guerras y hasta la acep-
taban como comandante, ágil y audaz como el que más.
Corría como ninguno, ligera, subía a las ramas más altas.
En ella tampoco se había despertado la malicia, ni siquiera
la curiosidad como en la albina Jacira y en la gorda Ceiçao
que iban a espiar a los varones cuando se bañaban en el río.

Los ojos del capitán seguían a la niña en sus movimientos de rama en rama. Se le levantaba la pollera y mostraba
los calzones sucios de barro. Los ojos pequeñitos de Justiniano Duarte da Rosa se achicaban aún más para ver mejor
e imaginar. También los ojos de Rosalvo, bajos y cansados,

ojos de cachaça, generalmente depositados en el suelo, se animan con la visión de Teresa en movimiento, suben por sus piernas y caderas. Desde la cocina, Felipa está atenta a las miradas de Justiniano Duarte da Rosa y de su marido, si se demora, por poco que sea, Rosalvo se la monta. Felipa conoce desde hace rato las intenciones del marido respecto de la sobrina. Razón de más, evidentemente, para favorecer las pretensiones del capitán. Tres visitas en dos semanas, mucha conversación, un desperdicio de tiempo. ¿Cuándo se decidirá a poner las cartas sobre la mesa y a hablar del negocio? Según la opinión de Felipa, es hora de terminar con tantos preliminares, el capitán tiene riquezas, poder y capangas; con deseo y poder, ¿por qué no habla de una buena vez? ¿O se cree que se va llevar la comida a la boca de gracia? Si se imagina eso no conoce a Felipa. El capitán Justo puede ser propietario de muchas tierras, de muchas cabezas de ganado, del almacén de ramos generales mayor de la ciudad, puede ser jefe de bandoleros y ordenar muchas muertes, puede ser violento y perverso, pero no por eso es dueño ni pariente de Teresa, ni fue él quien la alimentó y vistió durante cuatro años y medio. Si la quiere tiene que pagar.

No fue él ni fue Rosalvo, inventor de la cachaça y la pereza, la haraganería en persona, resto de hombre, una carga para las espaldas de Felipa. Si por él hubiera sido no la habrían recogido cuando quedó huérfana. Y ahora se babosea cuando ella pasa y sigue goloso el desarrollo de su cuerpo, el despuntar de su senos, las primeras curvas de sus caderas. Con la misma gula con que ve engordar al cerdo en el chiquero del fondo. Porquería de hombre que no sirve para nada, que solo sabe comer y dormir.

Felipa es quien mantiene la casa, compra la harina, los porotos, la carne seca, los trapos de vestir y hasta la cachaça para Rosalvo, ella con el trabajo de sus brazos, plantando, criando animales, saliendo a vender los sábados a la feria. Teresa no producía demasiados gastos, hasta la ayudaba en los quehaceres de la casa y del campo. Pero haya costado mucho o poco, la comida, la ropa, las primeras letras y las tablas y los cuadernos de la escuela, todo lo pagó Felipa, hermana de su madre Marieta, muerta junto con su marido en un accidente de ómnibus, hacía ya unos cinco años. Y ahora cuando aparecen los pretendientes, es justo que sea ella, Felipa, la que cobre.

Quizá estaba un poco verde, sería mejor que madurase un poco, cosa de unos dos años y estaría a punto. Así era tan nena, no puede negarse que es una maldad entregársela al capitán, pero estaría loca Felipa si se opusiera o resolviera esperar. ¿Esperar para verla en la cama con Rosalvo o en el matorral con algún muchacho de la calle? ¿Oponerse para que Justiniano se la lleve a la fuerza, violentamente y gratis? Al fin de cuentas, en pocos días más Teresa tendrá trece años. Y poco más tenía Felipa cuando Porciano la empezó a festejar y en menos de una semana se le echaron encima los cuatro hermanos y el padre y como si no fuera bastante, todavía la baboseó el abuelo, el viejo Etelvino, que ya tenía olor de difunto. No por eso se había muerto ni había quedado inválida. Tampoco le faltó hombre para casarse con la bendición del cura. También, en leguas a la redonda no se conocía vocación de cornudo igual a la de Rosalvo. Tan cornudo como haragán.

Debe conducir la conversación para llegar adonde quiere, anda muy necesitada de dinero extra. Para ir al dentista, para comprarse unos géneros y un par de zapatos. Con el paso del tiempo ya se está quedando hecha un estropicio, los hombres en la feria ya ni la miran, si se paran a mirar es por Teresa.

Si el capitán quiere a la niña tendrá que pagar un buen precio, no va suceder como con tantas otras que se las comió gratis. Cuando descubre a una a su gusto, en edad y belleza, comienza a frecuentar la casa de los padres, aparenta amistad, regala un poco de café, un kilo de azúcar, unas masitas envueltas en papel azul, habla muy tranquilo, va cercando a la niña, le da un bombón, una cinta para el pelo, y le hace promesas, sobre todo promesas, harto generoso en promesas es el capitán Justiniano Duarte da Rosa. Pero acá no, avaro.

Un día, sin aviso previo, embarca a la nena en su camión, para bien o para mal, riéndose en la cara de los padres. ¿Quién tiene el coraje de protestar, de salir a quejarse? ¿Quién es el jefe político del lugar, quién elige al comisario? ¿Los policías no son capangas del capitán mantenidos por el estado? ¿El juez no compra sin pagar en el almacén de Justiniano y le debe dinero? ¿Podría sino tener a la esposa y a los tres hijos en la capital y él aquí, en este agujero del mundo, sosteniendo a una muchacha gastadora, con los salarios de hambre que tienen los magistrados? ¿Cómo podría?, si ustedes lo saben, díganlo.

Un día hubo una queja, presentada por el padre de una muchachita de pechitos empinados, de nombre Diva, él se llamaba Venceslau. Justiniano había parado el camión a la puerta de aquella casa, le hizo una seña a la chica y sin una palabra de explicación, se la llevó. Venceslau recurrió al juez y al abogado, quería hacer cosas, hablaba de herirlo y de matarlo. El juez le prometió averiguar, averiguó que no había ni rapto ni violación, por lo que el comisario habiendo prometido acción rápida, rápidamente actuó, metió preso al quejoso para que no perturbara la tranquilidad pública con calumnias contra honrados ciudadanos y para cortarle el gusto por las amenazas e imponerle respeto, mandó que le aplicaran una paliza. A cambio, el afligido padre al salir de la cárcel al día siguiente encontró a la hija que lo esperaba. El capitán se la devolvía, un poco desmejorada: la habían desflorado hacía bastante tiempo.

Felipa no pretende hacer escándalo ni presentar quejas, no es loca para oponerse a Justiniano Duarte da Rosa. Por lo demás sabe que día más, día menos, Teresa se va con alguno, si es que no se pierde en el matorral o aparece en la casa con la barriga llena. Comida y servida por un muchacho cualquiera, si no por el mismo Rosalvo, ciertamente por Rosalvo, cornudo viejo sin vergüenza. Y gratis.

Felipa quiere negociar, obtener alguna ganancia, aunque sea pequeña, Teresa es su único capital. Si pudiera esperar unos años, con seguridad haría un buen negocio, pues era una chica fuerte y las mujeres de la familia fueron todas muy hermosas y disputadas. Fatales. La misma Felipa, hoy una vieja estropeada, todavía conserva cierto vislumbre de gallardía en el meneo de las caderas, en el fulgor de los ojos. ¡Ah! si pudiera esperar, pero el capitán se le cruzó en el camino y Felipa no puede hacer nada.

4

La voz de Felipa rompe el silencio cargado de intenciones y cálculos:

—¡Teresa —llama— ¡Vení para acá, diablo!

La muchacha se traga el pedazo de *guayaba*, baja del arbol y corre hacia la casa. El sudor le brilla en la cara de cobre, la alegría en los ojos y en los labios:

—¿Qué, tía?

—Sirva ese café.

Todavía sonriente va a buscar la bandeja. Al pasar, la tía la agarra de un brazo, la hace darse vuelta, la exhibe como sin querer:

¿Qué modales son ésos? ¿No ve que hay visitas? Pídale la bendición al capitán.

Teresa toma la mano gorda y sudorosa, la roza con sus labios, observa los dedos llenos de anillos de oro y brillantes especialmente uno de piedra verde, el más lindo de todos:

—La bendición, señor capitán.

—Dios la bendiga— la mano toca la cabeza de la chica y desciende por el hombro.

Teresa se pone delante de Rosalvo, la rodilla en el suelo:

—La bendición, tío.

Un nudo de rabia estrangula la garganta de Rosalvo, el sueño calentado durante tantos años, viéndola crecer, formarse, adivinándole la rara belleza, reproducción de lo mejor que había tenido su madre, Marieta, un esplendor, y Felipa en sus años mozos, un desvarío, tanto que Rosalvo la sacó de la mala vida y se casó con ella. ¿Cuánto tiempo hace que viene contemplando su presa, acumulando su ansia, preparando sus planes? De pronto, allá se iba todo aguas abajo, a la puerta espera el camión con Terto Cachorro al volante. Desde la primera visita del capitán, Rosalvo se dio cuenta. Entonces, ¿por qué diablos no actuó, no adelantó su reloj, no dio vuelta la hoja en el calendario de la muerte? Porque el tiempo todavía no ha llegado, es una nena impúber, lo sabe bien Rosalvo, yo soy quien lo sabe, la espío a la mañana, todavía no es tiempo de que un hombre la conozca, Felipa, y no se vende una sobrina, la hija huerfana de una hermana muerta. Esperé todos estos años con paciencia y deseo, Felipa, y la casa del capitán, lo sabés bien, es un infierno. la hija de tu hermana, Felipa, lo que vas a hacer es un pecado, un pecado mortal, ¿no tenés miedo del castigo de Dios?

—Se está volviendo toda una mujer— comenta Justiniano Duarte da Rosa, mientras con la lengua humedece sus labios gruesos, un brillo amarillo en los ojos chiquitos.

—Ya es mujer— declara Felipa comenzando las negociaciones.

Pero es mentira, sabés que es mentira, Felipa, puta vieja, desgraciada, no tenés corazón, todavía no le llegó la luna, no echa sangre, es una nena, es tu sobrina carnal. Rosalvo se tapa la boca para no gritar. ¡Ah! si ya fuera mujer, capaz de recibir a un hombre, él la habría tomado ya, tenía todo preparado, solo le faltaba cavar el pozo para enterrarte, Felipa, miserable, pecho sin compasión, comerciando con tu sobrina. Rosalvo baja la cabeza, mayor que la decepción y la rabia es el miedo.

El capitán estira sus piernas cortas, se refriega las manos y pregunta:

—¿Cuánto es comadre?

Teresa había desaparecido en la cocina. Y aparece en la quinta, corriendo con el perro, los dos ruedan por el suelo. El perro ladra y Teresa se ríe, también ella es un animal silvestre, rústica e inocente. El capitán Justo toca su collar de vírgenes con los ojos casi cerrados:

—Diga cuánto.

5

Justiniano Duarte da Rosa sacó del bolsillo un montón de dinero y fue contando billete por billete, lentamente, como a disgusto. No le agrada desprenderse de su dinero, siente un dolor casi físico cuando no le queda otro camino que pagar, dar o devolver.

—Lo hago solo por consideración a que usted la crió, le dio comida y educación. Si le doy esto es porque quiero. Porque si yo quisiera llevármela gratis, ¿quién me lo iba a impedir? una mirada de desprecio hacia Rosalvo y sigue mojándose el dedo con la lengua para separar mejor los billetes.

Los ojos bajos de Rosalvo fijos en el suelo, viendo pasar los billetes, con rabia, miedo, impotencia. De ese dinero arrancado con tanta habilidad por la ruindad de su mujer, no vería él ni el color, salvo que se lo robase, lo que era difícil. ¿Por qué había esperado tanto, si tenía el plan completo en su cabeza desde hacía tiempo? Simple, fácil y rápido. Lo más trabajoso era cavar el agujero donde iba a enterrar el cadáver, pero Rosalvo pensaba que llegado el momento, Teresa lo podría ayudar. Quien más se beneficiaría con la muerte de Felipa sería ella, quedaría libre de la tiranía doméstica, promovida a mujer de Rosalvo, dueña de la casa y del campo, de las gallinas y del cerdo. Durante meses y meses, armó y desarrolló el proyecto, viendo crecer a la sobrina, día a día volviéndose mujer. Advirtió el despuntar de los senos, siguió el nacimiento de los vellos en el vientre dorado.

Cuando Felipa dormía el pesado sueño de los que se pasan el día trabajando, a la luz incierta del amanecer, Rosalvo contemplaba a Teresa, en su catre, los trapos sucios tirados en el suelo, en medio del sueño ella los tiraba. Se estremecía con la vista de su cuerpo desnudo, con las formas aún indecisas pero ya vigorosas y bellas. No precisaba tocarla, ni tocarse. Solo de mirarla el goce le subía por el pecho, le penetraba las carnes, lo inundaba.

Se imaginaba el día cercano en que sería mujer y apta. Ese día de fiesta Rosalvo iría a buscar lo necesario a un escondrijo del matorral y a la noche haría el trabajo. La azada era un buen instrumento y suficiente para acabar con Felipa y para cavarle la sepultura, una cueva sin cruz ni aquí yace, como ella se merecía, la desgraciada. Rosalvo había robado la herramienta en el campo de Timoteo hacía más de seis meses y la tenía escondida. Hacía más de seis meses que tenía decidida la muerte de Felipa para cuando Teresa llegase a la pubertad.

No se imaginaba que la desaparición de Felipa iba a despertar sospechas a vecinos y conocidos, que iban hacer preguntas e investigaciones. Tampoco pensaba que Teresa podría negarse, salir en defensa de su tía, que podría no quererlo. Tantas cosas no cabían en la cabeza de Rosalvo, le bastaba con el robo de la azada y la cuerda y la elaboración del plan, liquidar a Felipa mientras dormía, porque si se despertaba ni había que pensarlo. El muerto sería otro. En la cama, echado al lado de su mujer, Rosalvo veía la azada cortándole la cabeza. Divisaba en la oscuridad de la noche el rostro desfigurado, sangrante. Va a encontrar macho en el infierno, puta vieja, inmunda. Al oír en el silencio del campo el ruido seco de la azada partiendo huesos y cartílagos, se estremecía de placer. Más allá de esos proyectos y de esas visiones Rosalvo no se aventuraba. Bastaban para llenarle los días vacíos, darle sabor a la cachaça, y esperanza a la vida. Vida y muerte nacerían de la primera sangre vertida por Teresa, vida para Rosalvo, muerte para Felipa.

Ahora los proyectos y los sueños se deshacían en las manos del capitán por obra y gracia de Felipa, mujer tan malvada que era capaz de vender a su sobrina, la hija huérfana de su hermana, que no tenía a nadie en el mundo. ¿Por qué no había ejecutado su plan? ¿Por qué se había quedado a la espera de la sangre de Teresa que teñiría su pequeña rosa de oro, mujer hecha y pronta, por qué no había actuado antes, po qué no había adelantado el tiempo de vivir y de morir, qué mal había en eso? Ahora lo va a hacer el capitán, Felipa le vendió a la niña, niña, sobrina, huérfana, pecado mortal.

—¿Quién lo iba a impedir, eh? —se volvió a Rosalvo ¿Alguien se iba a atrever, Rosalvo? ¿Usted, tal vez?

La voz de Rosalvo llega desde el suelo, desde el polvo de la tierra, desde las cavernas del miedo:

—Nadie, señor. ¿Yo? Dios me libre y guarde, señor.

Tratado el negocio, Felipa, cautelosa y firme, en el momento crucial del pago se vuelve muy amable:

—Dígame usted también, capitán, adónde iba a encontrar una chica tan bien preparada, que sabe hacer de todo dentro y fuera de la casa, que sabe leer y escribir, para vender en la feria se vale ella sola, y además tan bonita, dígame, ¿adónde? ¿Hay alguna en la ciudad que le llegue a los talones siquiera? Para encontrar alguna que se le compare, solo yendo a la capital, allá puede ser. ¿Y quién se la va a regalar, no le parece, capitán?

Lentamente pasan los billetes, con tal de que no se arrepienta, de que no se eche atrás, que mantenga la palabra:

—Yo le digo, mi capitán, que ya vino alguien aquí, una persona de valor, no un cualquiera, que me propuso casamiento para Teresa, créame.

—¿Casamiento? ¿Y quién fue, si se puede preguntar?

—El señor Joventino, no sé si usted lo conoce, un hombre que tiene campo cultivado de maíz y mandioca a unas tres leguas de aquí, para el lado del río. Hombre trabajador.

Rosalvo se acuerda, los sábados, después de vender su carga de maíz y sus bolsas de harina en la feria, Joventino venía a charlar, a contar historias, a comentar sobre los conocidos, no se movía del lado de ellos, Felipa se excitaba imaginándose objeto de tanta insistencia, pero Rosalvo en seguida se había dado cuenta de las intenciones del tipo, andaba detrás de la chica, eso era. Tenía ganas de echarlo, pero no había pretexto para hacerlo, Joventino se portaba discretamente, no pasaba de las miradas, de una que otra palabra, a lo sumo invitaba a Rosalvo a tomar un trago, le ofrecía cerveza a Felipa y *guaraná* [1] a Teresa. Felipa movía las nalgas como en sus buenos tiempos.

Un domingo Joventino se había aparecido en la casa, con corbata y con aquella propuesta de casamiento. Fue divertido, una cosa para reírse. Felipa se enojó. Se había pasado más allá de media hora en la pieza arreglándose y el hombre en la sala con Rosalvo y la botella de cachaça, y cuando apareció, toda coqueta y perfumada, en lugar de un enamorado se encontró con un pretendiente para la mano de su sobrina. Lo echó, ¿cómo podía proponer eso? ¿Dónde se

---

1 *Guaraná*: bebida refrescante y tónica preparada con semillas de la planta del mismo nombre.

había visto casar a una chica de doce años? No es mujer todavía. Absurdo. Parecía la tía más indignada y furiosa del mundo.

—Voy a esperar y vuelvo —dijo Joventino al irse.

No va a ser para la boca de Joventino ni para la de Rosalvo, el capitán acaba de contar y recontar mil quinientos reis, mucho dinero, doña Felipa.

—Cuéntelo usted mientras le hago el vale.

Arranca una hoja de su pequeño cuaderno y con un lápiz dibuja una cifra y firma con una firma complicada de la cual se siente muy orgulloso.

—Tome el vale para las compras en el almacén. Puede hacer el gasto de una vez o de a poco. Cien mil *reis*, ni un centavo más.

Rosalvo levanta la vista y observa el dinero. Felipa dobla los billetes y los envuelve en el papel donde el capitán garabateó la orden. Guarda el paquetito en el cinturón de la pollera. Extiende la mano, Justiniano Duarte da Rosa pregunta:

—¿Qué?

—El anillo. Usted me dijo que me iba a dar el anillo.

—Dije que se lo iba a dar a la muchacha, es de ella —se rió, Justiniano Duarte da Rosa no deja a nadie desamparado.

—Yo se lo guardaré, capitán. Las muchachas de esa edad no le saben dar valor a las cosas, la pierden, las dejan por cualquier parte. Yo se lo guardo. Es mi sobrina. No tiene padres.

El capitán mira a la mujer que tiene enfrente, terrible gitana.

—Hicimos un arreglo, capitán, ¿acaso no está de acuerdo?

Había traído el anillo para dárselo a la niña, para ganarse simpatía, no tenía ningún valor, era un vidrio de color y lata dorada. Se lo saca del dedo, oro falso, esmeralda falsa, vistosa piedra verde. Al fin ya no tiene por qué ganarse a la niña, ya pagó por ella, es el dueño.

Felipa limpia la piedra en el borde del vestido y se coloca el anillo en el dedo. Lo admira contra el sol, satisfecha. Por nada del mundo se entusiasma tanto como por los collares, las pulseras y los anillos. Todas sus míseras sobras de dinero se las gasta en baratijas.

El capitán estira las piernas, se levanta, en su pescuezo tintinean el collar de argollas de oro, cascabel de vírgenes. mañana tendrá una nueva argolla, de oro dieciocho quilates.

—Ahora llame a la chica, nos vamos.

6

Admirando todavía el anillo, Felipa levantó la voz:

—¡Teresa! ¡Teresa! ¡Teresa!

Vinieron la niña y el perro, se quedaron a la puerta, esperando:

—¿Qué, tía?

¡Ah! si Rosalvo no estuviese encadenado al suelo, si una centella se le encendiera en el corazón y lo levantara, amo y señor como debe ser un marido, de pie ante Felipa. Rosalvo cierra su boca, pero las pestes y maldiciones del pecho lo sofocan. Felipa, peste ruin, mujer sin corazón, sin entrañas, desnaturalizada. Un día vas a pagar tan grande pecado, Felipa, Dios te va a pedir cuentas, no se vende una sobrina huérfana, la hija de una hermana, un ser humano, nuestra hija, Felipa, no se vende como un animal, nuestra hija, bestia, peste maldita.

Entusiasmada con el anillo, la voz de Felipa es casi afectuosa:

—Teresa, andá a juntar tus cosas que te vas con el capitán, vas a vivir a la casa de él, vas a ser criada del capitán. Allá vas a tener de todo, vas a vivir como una señora, el capitán es un hombre muy bueno.

En general, no era necesario repetirle una orden a Teresa, en la escuela, la maestra Mercedes la elogiaba por su entendimiento rápido, su inteligencia viva, su razonamiento, en seguida había aprendido a leer y escribir. Pero esta novedad no la entendió:

—¿Vivir en la casa del capitán? ¿Para qué, tía?

Le contestó la voz de su dueño, el mismo Justiniano Duarte da Rosa. Puesto de pie, la mano extendida hacia la chica:

—No necesita saber por qué, se acabaron las preguntas, conmigo hay que oír y obedecer. Ya lo sabe, apréndalo de una vez por todas. Vaya en seguida.

Teresa retrocedió pero no tan rápido, el capitán la agarró por un brazo. Ancho y gordo, de mediana estatura, cara redonda, sin cuello, con todo su corpachón, Justiniano era ágil y ligero, bueno para el baile y capaz de romper un ladrillo de un golpe.

—Déjeme —tironeó Teresa.

—Vaya en seguida.

Iba a empujarla cuando la chica le mordió la mano con fuerza y rabia. Los dientes le dejaron una marca sanguinolenta en la piel gruesa y velluda, el capitán la soltó, ella se escapó al matorral.

—Hija de puta, me mordió. Me las va a pagar. ¡Terto! ¡Terto! —gritó el capanga que puso en marcha el motor del camión—. ¡Aquí, Terto! ¡Ustedes también! —se dirigía a los tíos—. Vamos a buscarla, no tengo tiempo que perder.

Terto Cachorro se les unió y entraron a la quinta.

—¡Eh! Rosalvo, ¿qué hacés ahí parado?

Felipa dio media vuelta y enfrentó al marido:

—¡Vamos! Yo sé qué es lo que vos querés, cabrón. Vamos, antes de que pierda la paciencia.

Vida desgraciada, tener que juntarse con ésos, pero no voy con voluntad, Dios mío, no es cosa mía, es asunto de ella, de la ruin, de la malvada, ella sabe bien que la casa del capitán es como la peste, el hambre y la guerra. Rosalvo se incorpora a la caza de Teresa.

La buscaron casi una hora, quién sabe más, el capitán no se había fijado en su reloj pulsera, cronómetro exacto, pero tenían los bofes afuera cuando la cercaron en el matorral y Rosalvo fue, despacio, por detrás. Como el perro lo conocía no le ladró. Por última vez Rosalvo tocó el cuerpo de Teresa, la sujetó con sus brazos, la apretó contra su pecho y sus piernas. Antes de entregarla la abrazó.

Terto le pegó una patada al perro dejándolo extendido con una pata rota y fue a ayudar a Rosalvo. Agarró a Teresa por un brazo, mientras Rosalvo la sostenía por el otro, desmayado de goce y de miedo. Ella se debatía, trataba de morderlos, los ojos hechos fuego. El capitán se le acercó, haciéndose el bueno, se le paró delante, le dio con la mano en la cara, una mano grande, gorda, abierta. Una, dos, tres, cuatro veces. Un hilo de sangre le corrió por la nariz. Teresa aguantaba en seco. No lloró. Un comandante no llora, había aprendido con los chicos de la calle en los juegos guerreros.

—¡Vamos!

Entre él y Terto la arrastraron al camión. Felipa se marchó a la casa, la piedra verde relucía al sol. Rosalvo primero se quedó parado, todavía sin fuerzas y en seguida se fue a buscar al perro. El animal gemía.

En el estribo del camión estaba escrito en alegres letras azules: ESCALERA DEL DESTINO. Para hacérselas subir, Justiniano Duarte da Rosa le tuvo que aplicar una buena bofetada. Teresa Batista se embarcó en su destino: peste, hambre y guerra.

7

La echaron dentro de una habitación y cerraron la puerta. Al bajar del camión, Justiniano y Teto Cachorro tuvieron que cargarla levantándola por las piernas y los brazos. Pequeña y oscura, en los fondos de la casa, la habitación solo tenía una ventana arriba, condenada, por cuyas rendijas se filtraba el aire y la claridad del día. En el piso un ancho colchón matrimonial con sábanas y almohada y una escupidera. En la pared una pintura de la Anunciación de la Virgen, con María y el Ángel Gabriel y una correa de cuero crudo. Antes había una cama, pero dos veces se había venido abajo con las peripecias de la primera noche: con la negra Ondina, un diablo suelto y con Gracinha, una loca de hospicio. Justiniano resolvió abolir la cama, el colchón sobre el piso era más cómodo y fácil.

Tenía una habitación así en la casa de campo, en la ciudad. y en el almacén. Casi idénticas y con el mismo destino: las nupcias del capitán Justo con las doncellas que recogía en sus cacerías. Prefería las jovencitas, cuanto más jóvenes mejor, exigía que fueran completamente vírgenes. Las menores de quince años, todavía oliendo a leche como dijo Veneranda, celestina de Aracaju, medio letrada, al confiarle a Zefa Dutra, aún oliendo a leche pero que ya hacía la vida desde un año atrás. Las menores de quince años, si eran absolutamente vírgenes, merecían las honras de un aro en el collar de oro. Sobre el particular, Justiniano Duarte da Rosa era estricto. Hay gente que colecciona sellos, miles y miles de estampillas extranjeras, desde el fallecido rey de Inglaterra hasta Zoroastro Curinga, empleado de correos y buen jugador de *bisca* [1]; otros coleccionaban puñales, como lo hace Milton Guedes, uno de los dueños de la fábrica de azúcar; en la capital hay coleccionistas de santos antiguos, de cajas de fósforos, de porcelanas y marfiles y hasta de figuras de barro de las que se venden en las ferias. Justiniano colecciona niñas, elige. y usa ejemplares de color y edad diferentes, algunas mayores de veinte años, dueñas de su vida, pero para la colección solo cuentan las niñas con olor a leche. Solo para las menores de quince la honra del collar de argollas de oro.

Ya había derribado a muchas en aquel colchón de la casa de campo y en el colchón de la casa de la ciudad. Algunas, en general las de más edad, estaban preparadas, pero la

1 *Bisca* juego de cartas

mayoría la componían niñas medrosas, asustadas, ariscas, que se escondían en los rincones y el capitán les daba caza como un deportista. Cierta vez, una de ellas se orinó de miedo cuando él la sujetó. Se orinó toda, mojándole las piernas y el colchón, qué cosa más loca. Justiniano todavía se estremece de placer al recordarlo.

Como es un deportista, naturalmente, el capitán prefiere a las que le ofrecen cierta resistencia inicial. Las fáciles con mayor o menor conocimiento y práctica no le daban la misma exultante sensación de poder, de victoria, de difícil conquista.

La timidez, la vergüenza, la oposición, la rebeldía, lo obligaban a ser violento, a enseñar por el miedo y el respeto que se deben al amo y señor, a los besos conseguidos con bofetadas, y eso le daba una dimensión nueva al placer, lo hacía más profundo y tenso. En general, todo terminaba por lo menos con unas trompadas, unas bofetadas, a veces una paliza, casi nunca con la correa de cuero crudo o con el cinturón. Con Olinda tuvo que usar la correa para que le abriera las piernas. Pasadas una o dos semanas a lo máximo, felicísima, no quería más que besos, algunas hasta se ponían pesadas de tan pegotes que se volvían. Ésas duraban poco tiempo en su condición de favoritas. La nombrada Gracinha, por ejemplo, para gozarla en paz tuvo que reducirla a las trompadas, dejándola enloquecida, tal fue su terror. No había pasado una semana desde la amarga noche en que aprendió el miedo y el respeto y suspiraba de impaciencia, había llegado a la audacia de ir a invitarlo a una hora impropia.

En Aracaju, adonde iba frecuentemente por negocios, Veneranda, risueñamente, en el intercambio, le proponía alguna doncella, casi siempre muy joven y echada a la vida hacía un tiempo bastante breve. Residencia de lujo, casi oficial por la cantidad de políticos que la frecuentaban, comenzando por el mismo Gobernador (la mejor repartición pública, según decía Lulu Santos, apoyado en sus muletas, cliente asiduo), además de la justicia, abogados y jueces, de la industria, el alto comercio y los banqueros, protegido por la policía (el lugar más ordenado y decente de Aracaju incluyendo las casas de las mejores familias, también según la opinión del nombrado charlatán), solo en una ocasión se había roto la tranquilidad de ese lugar, necesario para el esparcimiento y la potencia de los ilustres clientes y quien lo provocó fue el capitán Justo que quería destrozar los muebles de la habitación cuando descubrió el truco del *alumbre*, usado por Veneranda para dar la ilusión del himen entero en muchachas recién venidas del interior. Cuando se le pasó la rabia, terminado el alboroto, se hicieron amigos y la celestina con barniz de letrada, lo llamaba "fiera de Cajazeiras do Norte, domador de vírgenes". En la residencia de Veneranda lo mejor eran las gringas, importadas del sur, francesas de Río o de São Paulo, polacas de Paraná, alemanas de Santa Catarina, muy rubias, oxigenadas y conocedoras de todo. El capitán no desprecia a una gringa competente, al contrario, la aprecia mucho.

Por las callejuelas, en los pueblos, aldeas, ciudades cercanas, en el campo sobre todo, en aquel interior indigente, sobraban mujeres y niñas y quienes las ofrecían, parientes y amigos. Raimundo Alicate, plantador de caña en tierras de la fábrica, a cambio de ciertos pequeños favores, le conseguía niñas al capitán. Farrista, tocador de atabales, recibidor de *caboclos*, tenía facilidad para conseguir ganado de buen corte y cuando él decía "es doncella" no había que dudar, era cierto. También Gabi, dueña de una pensión de mujeres en la ciudad, cada tanto descubría por el campo material apetecible, pero con esa vieja proxeneta toda la atención del mundo era poca para que no le metiera gato por liebre. En más de una ocasión Justiniano la amenazó con cerrarle el prostíbulo si lo engañaba otra vez, pero siempre le ganaba y volvía a engañarlo.

Las mejores se las conseguía él mismo por el campo, en el mostrador del almacén, en sus andanzas con los gallos de riña por sitios próximos y lejanos. Algunas le costaban poco, baratas, casi de gracia, a cambio de nada. Otras le salían más caras, tenía que pagarlas, dar regalos o dinero al contado. Teresa Batista fue la más cara de todas, salvo Doris.

¿Se podía colocar a Doris en la lista? Con ella había sido diferente, se había tenido que poner de novio y casarse ante el cura y el juez y no la había derribado en ninguno de los cuartitos oscuros sino en su alcoba de soltera de su casa en la Plaza Matriz, cuando después del acto civil y la ceremonia religiosa "la gentil núbil que hoy inicia la trayectoria de la felicidad en la senda florida del matrimonio" (según la frase poética del padre Cirilo) se había ido a cambiar la ropa para el viaje de luna de miel que harían en tren, pues para cada situación hay un traje diferente, uno más caro que el otro.

Ni en el cubículo con colchón sin cama, ni en la elegante habitación alquilada en el Hotel Meridional, en Bahía, donde se hospedarían. Allí mismo, en la alcoba, cerca del salón en el cual, bajo la batuta de la suegra, decenas de invitados liquidaban la comida y la bebida, un desparramo de comida, un desperdicio de bebidas. Allí mismo el capitán comenzó a cobrarse el gasto efectuado, ese disparate de dinero arrojado a la calle.

Había acompañado a Doris para ayudarla a cambiarse, le arrancó el velo, la guirnalda, el vestido de novia, atropelladamente, casi rompiéndole los huesos en la prisa. Le puso la mano sobre la boca para imponerle silencio, en la sala vecina estaba la élite de la ciudad, lo que en ella existía de más importancia y finura, la flor y nata urbana que se mataba vorazmente el hambre y la sed. Con la casa repleta de gente, Doris no se atrevió a emitir un gemido.

Entre las manos pesadas de Justiniano Duarte da Rosa saltaron los broches del corpiño, cayeron las bombachas. Doris abrió los ojos, cruzó los brazos sobre su pecho de tísica, no pudo contener un estremecimiento, su deseo era gritar, gritar bien fuerte, tan fuerte como para que toda la ciudad la oyese y viniera a socorrerla. El capitán vio los brazos en cruz sobre los pechos escasos, los ojos fijos, el estremecimiento, el miedo, tanto miedo que el movimiento de los labios al comienzo del llanto parecía una sonrisa. Se arrancó la chaqueta y los pantalones nuevos, se pasó la lengua por los labios. Le había costado una fortuna, cuenta abierta en el almacén, vestidos y fiestas, gastos incontables. El casamiento es una hipoteca.

8

Justiniano Duarte da Rosa tenía treinta y seis años cuando se unió en matrimonio con Doris Curvelo, catorce años cumplidos, hija única del fallecido doctor Ubaldo Curvelo, ex-prefecto, ex-jefe de la oposición, médico cuya desaparición había lamentado toda la ciudad. Una memoria inmaculada, fama de honradez y capacidad administrativa, de competencia y sabiduría en el ejercicio de la medicina, un genio para diagnosticar según el farmacéutico Trigueiros, "la providencia de los pobres" según la opinión general, había sido todo lo que dejó a su mujer y a su hija de doce años como herencia, además de una casa hipotecada y montañas de consultas a cobrar.

Mientras el doctor vivió no pasaron dificultades. Dueño de la clínica más grande de la ciudad, donde cuatro médicos luchaban para sobrevivir, obtenía lo necesario para el sustento de su familia y hasta cierta ostentación al gusto de doña Brígida, primera dama de la comuna por condición y merecimientos. Incluso pudo comprarse casa en la Plaza Matriz. Buena parte de su clientela estaba compuesta por pobres diablos que no tenían dónde caerse muertos. Muchos habían andado leguas y leguas para llegar al consultorio, los más afortunados traían para pagar los honorarios raíces de *inhame* 1 o de *aipim* 2, alguna calabaza, un asno. Otros, ni eso, solamente palabras tímidas "Dios se lo pague, doctor", algunos recibían dinero para los remedios, la miseria no tiene límites en esa zona fronteriza. A pesar de eso y de los lujos de doña Brígida, el doctor habría dejado un caudal pequeño si no se hubiera metido en política, para satisfacer a sus amigos y honrar a su esposa, cuyo padre en otros tiempos había llegado a ser consejero municipal.

La elección como prefecto, el mantenimiento del partido político, los años de administración que lo tuvieron alejado de la clínica, el desfalco de Humberto Cintra, tesorero de la Intendencia, correligionario y puntal electoral, uno de los baluartes de su victoria, desfalco encubierto y pagado íntegramente por el doctor con la hipoteca de la casa y sobre todo, la campaña siguiente, ruinosa, lo habían dejado derrotado, desilusionado y sin un centavo.

Salió de la contienda electoral con los nervios deshechos y el corazón destrozado. Los disgustos consumieron su habitual alegría, lo convirtieron en un hombre triste e impaciente; si no fuera por su muerte a causa de un fulminante infarto poco tiempo después, ni siquiera habría dejado la memoria de un hombre bondadoso y caritativo. Cuando doña Brígida se secó las lágrimas para hacer el inventario se encontró reducida a una miserable pensión estatal como viuda de un empleado de Salud Pública, además de incontables consultas para cobrar.

Dos años después del inolvidable entierro del doctor Ubaldo Curvelo seguido de la iglesia al cementerio por toda la ciudad de Cajazeiras do Norte, por ricos y pobres, correligionarios y adversarios, gobierno y oposición, grupos de niños y de la Escuela Normal, la situación de doña Brígida y de Doris se había hecho insostenible: estaba por vencerse

---

1 *Inhame:* nombre de diversas plantas de la familia de las dioseo-ríáceas, cuyos tubérculos son comestibles.
2 *Aipim*: planta brasileña de la familia de las euforbiáceas

la hipoteca de la casa, el dinero que recibían mensualmente les resultaba insuficiente y tenían el crédito agotado. Ni las apariencias conseguía mantener doña Brígida aunque remendara los vestidos e intentara ocultar sus aprietos y necesidades. Los comerciantes exigían que se les pagaran las deudas, la memoria bendecida del doctor iba quedando atrás, disipada por el transcurso del tiempo y ya no podían vivir a costa de ella.

Doña Brígida estaba por bajar irremediablemente de su trono de reina madre. Primera dama del municipio, durante la gestión del marido, luego de su derrota había mantenido la majestad y muerto el doctor, se había vuelto todavía más altanera y arrogante. Una de sus comadres, doña Ponciana de Azevedo, lengua de trapo, merecedora de un teatro mayor para ejercerla, la había llamado reina madre en una reunión preparatoria de la fiesta de Nuestra Señora Santa Ana, con lo que perdió tiempo y veneno, pues el título le gustó a doña Brígida, le cayó muy bien.

En el sacrificio y en el porte conservaba el manto y el cetro, pero ya no engañaba a nadie. Doña Ponciana de Azevedo, vengativa y persistente, entre gallos y medianoche, le echó un recorte debajo de la puerta que decía: "La reina de Servia en el exilio pasa hambre y empeña sus joyas". Joyas, no había pasado de tener una media docena en los buenos tiempos, vendió hasta los últimos anillos a un turco de Bahía que andaba casa por casa comprando oro y plata, santos mutilados y muebles antiguos, cosas fuera de moda, escupideras y orinales de loza. Hambre todavía no había pasado, ni ella ni la hija, la inesperada gentileza del capitán Justo lo había impedido cuando los demás comerciantes le cortaron el crédito.

Gentileza quizá no sea la palabra adecuada. Como hombre de escasa ilustración, Justiniano Duarte da Rosa no se andaba con rodeos ni finezas, ni sobrentendidos. Un día se detuvo junto a la ventana desde donde doña Brígida comandaba la calle y sin decirle ni siquiera buenas tardes, de modo grosero, le espetó:

—Sé que usted lo anda pasando mal, que no tiene dónde comprar. Pues le digo que en mi almacén puede comprar al fiado todo lo que quiera. El doctor no andaba bien conmigo pero era un prócer.

El capitán había aprendido la palabra prócer en su último viaje a la capital. Cerca del Palacio de Despachos, alguien le había presentado a un secretario de estado con esta frase: "El Doctor Dias es un prócer del gobierno". Justiniano apreció el término más aún porque el conocido lo había empleado igualmente en referencia a él: "El capitán Justiniano Duarte tiene un gran prestigio en el sertón. No faltará mucho para que sea un prócer". Muy satisfecho le pagó una cerveza y cigarros al tipo, presunto periodista en busca de comida y dejando el orgullo a un lado, le preguntó:

—¿Qué diablos es eso de prócer? ¿Sabe? yo no conozco esas palabras extranjeras.

—Prócer quiere decir jefe político, figura de pro, importante, hombre de valor comprobado, ilustre. Por ejemplo, Rui Barbosa, J. J. Scabra, Goes Calmon, el coronel Franklin...

—¿Es palabra francesa o inglesa?

—Es alemana —valorizó el charlatán pidiendo otra cerveza.

Los próceres se deben ciertas obligaciones salvo cuando se enfrentan en campañas políticas. Pero las divergencias las apaga la muerte, lo dicho queda por no dicho, los agravios se entierran junto con el muerto, el doctor había sido un prócer. Por lo tanto, cuenta abierta en el almacén, señora.

Increíble ofrecimiento. Algunos días después doña Brígida descubrió el verdadero motivo del crédito. Solo le faltó caerse dura al suelo, no era posible, no lo podía creer. Un absurdo incalculable, inimaginable y sin embargo fue posible, el capitán le había echado el ojo a Doris, le rondaba las polleras.

Polleras cortas, zapatos de taco bajo, doña Brígida todavía no la había promovido a señorita a pesar de que tenía catorce años y las reglas. Mantenerla niña resultaba más barato y adecuado a su condición y falta de perspectivas. Jamás había pasado por la cabeza de la madre, esa es la verdad cruda, que alguien pudiera interesarse por Doris, callada, cerrada en sí misma, difícil, carente de amigas, siempre en la iglesia, entre misas y novenas. "Esa va a ser monja" decían las comadres y doña Brígida no lo desaprobaba. No veía una salida mejor, una solución más favorable.

Doris había heredado los nervios del padre, se angustiaba por nada, lloraba por cualquier cosa, se metía en los rincones, enojada, con el rosario entre las manos. Sin insistir en la falta de atributos físicos, capítulo que doña Brígida prefería silenciar, no era del todo fea, tenía ojos grandes y claros, asombrados, el pelo rubio con flequillo, el cuerpo era un lamento, flaca, verdadera bolsa de huesos, las piernas de alambre, pecho liso, jamás hubiera enamorado a nadie.

Doña Brígida, de cuyo amor maternal nadie osaría dudar, al apretar a la hija contra su pecho opíparo, exclamaba dramáticamente "Mi gatita cenicienta". Así es, todo apuntaba a que Jesús sería el príncipe encantado de esa cenicienta sertaneja. Las monjas de la Escuela Normal y del Hospital le cultivaban la vocación y sus condiscípulas la llamaban Madre Esqueleto.

Y ahora, aparece el capitán. Ningún muchacho de la calle o del colegio había puesto jamás sus ojos sobre Doris ni con ternura ni con malicia, ni uno solo le propuso llevarla detrás del montecito, sitio clásico de los enamorados, camino por el cual pasaban todas a la salida de la escuela en rudimentario aprendizaje. De esas cosas, Doris solo conocía por lo que había oído decir. Sus condiscípulas tenían un maligno placer en hacerla confidente de los besos, las caricias, los franeleos, todo con detalles excitantes. Vanidosas, exhibían manchas moradas en el cuello, los labios mordidos. En silencio, sin risas y sin comentarios, Doris las escuchaba. Ningún muchacho la había invitado a dar una vuelta por detrás del montecito.

Y sucede de pronto que el capitán, hombre rico y maduro, al que se consideraba soltero definitivo, ponía sus ojos sobre esa flacura; ¡quién lo iba a decir! El capitán Justo, hombre de mala fama, de pésima fama, pues peor no podía ser. Respetado, sin duda, por el dinero y por los capangas, jefecito municipal paralelo, prepotente, violento, sanguinario. Inclusive, el doctor Ubaldo, que antes de meterse en política no hablaba mal de nadie y era en extremo benevolente para los defectos ajenos, nunca había tolerado a Justiniano, un "monstruo" a su parecer. Una de las razones de la elección del doctor, candidato de la oposición, fue su coraje para denunciar el arreglo entre el anterior prefecto, el comisario y el capitán, los tres asociados contra la ciudad. Tantas y tales cosas tomaron estado público y el escándalo fue mayúsculo, al punto de sensibilizar a los Guedes, especie de clan protector de la ciudad, que los llevó a quitar su apoyo decisivo a esa "tenebrosa élite en el poder". Ya en el cargo, el doctor poco y nada pudo hacer contra los acusados, por carecer de pruebas y de solidaridad, se contentó con administrar honradamente, en demasía según la opinión de los Guedes. Todo debe tener su límite, inclusive la honra administrativa, y el político incapaz de distinguir esas sutilezas de la vida pública, tendrá una carrera corta. Desde lejos, desde sus campos de caña, desde la casa grande, desde la fábrica de azúcar, los Guedes primero eligieron y luego derrotaron al doctor Ubaldo Curvelo, un incontinente de la honradez. El capitán anduvo con la vara corta esos años, había pasado por el sinsabor de ver presos a dos de sus *cabras* [1], en una riña de gallos. Cuando el doctor Ubaldo fue vencido en las elecciones siguientes, Justiniano Duarte da Rosa había atravesado la calle principal y la Plaza Matriz montado a caballo y disparando la pistola al aire. El nuevo prefecto no había tomado posesión de su cargo y ya el miedo volvía a imponerse en las patas de los caballos y en los revólveres.

Y era ese Justiniano Duarte da Rosa, más conocido como capitán Justo, quien le había echado el ojo a la niña. Inclusive fue visto en la iglesia, al crepúsculo, en la hora de la bendición, con sus ojos chiquititos, de cerdo, clavados en Doris.

Doña Brígida se llevó las manos a la cabeza, ¿qué hacer, Dios mío? Tenía ganas de correr a pedir parecer al padre Cirilo, a la comadre Teca Menezes, al farmacéutico Trigueiros, pero la prudencia la contuvo. Antes de salir a comentar debía estudiar el asunto en todos sus detalles, la materia daba para mucha reflexión.

Sentadas en sillas en la vereda, después de comer, la viuda y sus vecinas disfrutan el fresco de la noche en la diversión mayor e inigualable de comentar la vida ajena. Doris las oye en silencio. En las lenguas de las comadres no hay perdón ni inmunidad: los comerciantes unos ladrones, los marido unos sinvergüenzas, las muchachas unas cabezas locas, sin hablar de los adulterios y de los cornudos complacientes.

Al resonar los pasos del capitán se hace silencio, un nervioso y excitante silencio, todos los ojos se fijan en Justiniano y los de él en Doris. Doña Brígida piensa en levantarse y ostensiblemente sacar a su hija de la vereda, llevarla adentro y cerrar la puerta. Pero de nuevo la prudencia la contiene y responde con un amable buenas noches al saludo del monstruo y su sonrisa.

9

Doña Brígida se pasa las noches sin dormir, los días en aflicción pensando los pros y los contra, analizando el pro-

---

1 *Cabra:* mestizo de mulato y negra; por extensión hombre valiente y también provocador o bandolero.

blema, reflexionando sobre el futuro de su hija. Ella tenía
que hacer todos los cálculos pues la inocente niña vivía lejos
del mundo, solo interesada por las cosas de la iglesia, alum-
na desatenta en la clase, mala compañera para los juegos
y fiestas, de muchachos y enamorados ni hablar, ¡la pobrecita!

Doris había nacido solterona, por así decir. Por tempera-
mento, por maneras, por ser difícil conseguir novio y casamiento en una ciudad donde sobraban las muchachas casaderas y escaseaban los pretendientes. Apenas emplumaban
los muchachos, tomaban los caminos del sur en busca de
oportunidades que allí no tenían. El presupuesto municipal
dependía casi exclusivamente de los impuestos que pagaba
la fábrica de azúcar, de propiedad de los Guedes, banqueros
de la capital, señores terratenientes de tierras realmente
fértiles bañadas por el río. En esas tierras crecían los cañaverales, verde paisaje que contrastaba con la aridez del
resto. La fábrica daba trabajo a unos pocos privilegiados,
el mediocre comercio recogía a otros pocos, los demás se
iban en el tren. Las mujeres se deshacían en la conquista
de los que quedaban, cada tanto alguna se libraba de la tranquila locura de las solteronas en brazos de algún viajante de
comercio y echaba la honra familiar a la basura. Las comadres vibraban.

Los Guedes raramente aparecían por la ciudad. Los tres
hermanos, sus esposas, los hijos y sobrinos iban y venían
de la fábrica a la capital directamente, tomaban el tren en
una parada que había en medio del cañaveral. En el chalet
de la Plaza del Convento, el año pasado, solo se paseó por
entre los centenarios árboles, don Lirio, jardinero y cuidador. Una que otra vez, cada dos o tres años, uno de los hermanos, con la esposa y los hijos, comparecía en la fiesta
de Nuestra Señora Santa Ana, patrona del municipio y de
la familia. Se abrían las ventanas del chalet, había risas en
los corredores y en las habitaciones, había visitas de la capital, las muchachas locales en la mayor excitación, los
jóvenes foráneos ni se daban cuenta de la abundancia. La
cosa duraba una semana, diez días, quince a lo máximo.
Besuqueadas apretadas, manoseadas y luego abandonadas
en lo mejor de la fiesta, las vírgenes ahora encendidas, re-
tornaban a los insignificantes condiscípulos y a los infelices
vendedores, al interior de las casas y a las fiestas eclesiás-
ticas, solteronas de veinte años. Aunque quisieran acostarse
en los colchones del capitán, él se negaría, las rechazaría por
viejas y usadas.

Haciéndose mujer en el ocio de la ciudad, ¿a qué podría aspirar Doris? Terminado el curso normal en el colegio de monjas, o bien le darían con muchos ruegos, por ser huérfana del doctor Ubaldo, un mísero puesto de maestra primaria en una de las escasas escuelas del municipio o del estado, o bien se haría monja. Maestra de escuela primaria o monja, y doña Brígida no conseguía hallar una tercera opción. ¿Marido, casamiento? Imposible. Otras en mejor situación financiera y física, hijas de labriegos, de comerciantes, de funcionarios, bonitas, saludables, que se ofrecían y desfallecían en las ventanas, no tenían posibilidades, cómo iba a tenerlas la delgaducha Doris, fea, taciturna, de poca salud y pobre de solemnidad. Solo por milagro.

Y el milagro había acontecido. El capitán Justo demostraba claramente su interés, y en la ciudad se inició el gran festival de los chimentos, las comadres estaban terriblemente exacerbadas. Venían de a dos, de a tres, las más íntimas solas, de oscuro, sacudiendo los abanicos, y dale hacer leña con el capitán. Hablaban horrores "dicen que... el que me lo contó lo vio... no hace mucho tiempo" Doña Brígida oía las terribles historias, movía la cabeza, no decía ni sí ni no, como una esfinge, la reina madre. Las comadres la cercaban, en la calle, en la misa, en la bendición, en el inmenso templo vacío. Doña Brígida, muda, como si todo eso no le dijera nada.

En el silencio de la casa cerrada, sin las murmuraciones de las comadres, a la noche, doña Brígida permanecía en vigilia, haciendo el balance de la situación, pasaba revista a los horrores del capitán, un infinito rosario.

Y al final, tales horrores se reducían bastante cuando alguien se detenía a estudiar el asunto con calma. Las comadres ponían el acento sobre todo en la cuestión de las mujeres, en el libertinaje de la vida de Justiniano Duarte da Rosa. Desfile de niñas, de mujeres en su cama especializada en desfloramientos, orgías en prostíbulos, campesinas violadas, golpeadas y abandonadas a la prostitución. Ahora bien, el capitán era soltero, ¿y qué hombre soltero no tiene una crónica con hechos y peripecias similares? A no ser un anormal, un invertido, como Nenen Violeta, portero del cine y marica oficial de la ciudad; según dicen, uno de los hijos de Milton Guedes también era dudoso, pero los parientes lo habían deportado a Río de Janeiro.

La crónica de Justiniano parecía un tanto espesa, ¿pero quién escapa a la boca de las comadres? Hasta los hombres casados más repetables no estaban exentos. Del mismo doctor Ubaldo, un santo como se sabe, murmuraban, le atribuían la conquista de las hermanas Loreto, dos mujeres solas, herederas de casa propia y un pequeño peculio, clientas del médico. Decían que las dos eran sus amantes; quién podía sortear las lenguas en un sitio así, donde pasaban tan pocas cosas, con tanta solterona ociosa, en tardes de crepúsculos lentos, en horas interminables.

Ciertamente, concluía doña Brígida, no se puede tomar al capitán como ejemplo de castidad en las clases de catecismo. Tiene dinero y es libre, no le faltan diversiones ni mujeres. Familias enteras crecían en las calles y en los campos, levas de muchachas en las veredas, cachos de doncellas en las ventanas ofreciéndose a precios bajos. No había elección: las de buena familia, a excepción de las pocas que se casaban o se escapaban, serían solteronas agrias; las pobres la gran mayoría, pronto ejercía en los burdeles o en las calles, un ejército.

Como soltero, el capitán tenía derecho a divertirse. Las exageraciones iban a cuenta de su salud vigorosa, de su disposición. Hasta hay quienes dicen que los que llevan una vida más libertina son los mejores maridos, ejemplares, pues ya habían gastado en la soltera su cuota de aventuras y sentaban cabeza.

Para las comadres, el capítulo de la vida sexual del capitán, tan libertina, importaba más que todo el resto. Su deshonestidad en los negocios, tantas veces desaprobada, su violencia en el trato, las deudas que cobraba mediante amenazas, las peleas y trampas en las riñas de gallos, sus robos en las ventas de tierras, sus crímenes, las muertes hechas o mandadas hacer, todo eso les parecía menos grave, solo era imperdonable el libertinaje. Imperdonable eran el capitán y las mujeres, niñas y mayores, juzgadas y condenadas juntamente. En ese capítulo no había víctimas, todos eran culpables, él y ella, "unas vagabundas, unas perdidas".

Doña Brígida se detenía también en otros aspectos de la conducta del capitán, analizando el real valor de las historias contadas, algunas con detalles que hacían estremecer. En cuanto a la deshonestidad en los negocios y las cobranza por medio de amenazas, ¿qué comerciante no hace lo mismo? Además, eso de cobrar por cualquier medio era una manera para no dejar a la familia en la miseria, el mejor ejemplo lo constituía el doctor Ubaldo, incapaz de apretar a un cliente y ¿qué le dejó a su familia?, le dejó un montón de deudores, gente que había atendido durante años, muchos que le debían la vida y ni uno solo ayudó a la familia en su luto, en su necesidad, ninguno había venido a saldar esas deudas de honor. En lugar de los deudores aparecieron los acreedoes.

En sus noches insomnes, doña Brígida esclarece con objetividad hechos y acusaciones. La imagen de Justiniano Duarte da Rosa va tomando contornos humanos, el monstruo ya no aterroriza tanto. Sin hablar de dos cualidades positivas e innegables: soltero y rico.

¿Objetividad o buena voluntad? Aunque tenga mucha buena voluntad, doña Brígida no puede ignorar oscuras zonas que quedan sin explicación, sospechas no aclaradas, ecos de balazos en emboscada, visión de tumbas cavadas en las noches. En el proceso por el asesinato de los hermanos Barreto, Isidro y Alcino, muertos mientras dormían, la culpabilidad del capitán, señalado como su mandante por uno de los criminales, por Gaspar, no fue comprobada, pues en la víspera de la audiencia en que éste debía confirmar su acusación apareció ahorcado en la celda. Remordimientos con seguridad.

Al pensar en tales cosas doña Brígida se estremece. Le gustaría declarar inocente al capitán. Necesita hacerlo para quedar bien con su conciencia y para convencer a Doris. Tonta niña de catorce años, tan distante de tales cuestiones, indiferente a los enredos, con su ojos puestos en el suelo y vueltos hacia el cielo, Doris seguramente no había notado los avances del capitán.

Doña Brígida quiere, se esfuerza en pensar a su favor, el casamiento de Doris con Justiniano Duarte da Rosa es la milagrosa, la perfecta solución para todos los problemas. Vagas sombras fugitivas, sin embargo, la perturban, le dan miedo, retrasan la decisión y la conversación.

Conversación difícil postergada siempre para el día siguiente. Doña Brígida teme la reacción de su hija, nerviosa y lloriqueante cuando le revele la intención del discutido prócer. ¿Cómo va a aceptar al capitán y su torpe leyenda quien viene preparándose para las místicas nupcias con el dulce Jesús de Nazareth en el silencio del claustro? ¡Ah! Doris jamás va a aceptar ni siquiera la discusión de ese asunto, débil y llorosa, con los nervios a flor de piel, pero obstinada como ella sola, es capaz de encerrarse en su habitación y negarse a salir a la calle.

En las madrugadas insomnes, doña Brígida, madre amantísima, pesa sentimientos y deberes. Sabe que le será imposible obligar a Doris a casarse con Justiniano Duarte da

Rosa si ella no acepta. Entonces, Dios mío, ¿cómo hacer para convencerla?

10

La conversación se dio inesperadamente, cuando por la tarde, madre e hija volvían de una protocolar visita a doña Beatriz, esposa del juez, perfumada dama de la capital. Había venido a pasar unos días de vacacioner con el marido y trajo consigo al hijo de diecisiete años, Daniel, un adolescente de suave belleza, un pequeño dandy, imagen para un medallón. En la sala había otros personajes en conversación elevada y ceremoniosa. La visita había sido breve.

Ya en la calle, doña Brígida comenta a la absorta Doris:

—Lindo muchacho. Parece un cuadro.

La voz de Doris, desfalleciente como siempre:

—¿Muchacho, ése? Es un nenito bobo pegado a las faldas de la madre. No aguanto a esos nenitos mimados.

Doña Brígida se admira por la opinión y por el tono despreciativo.

—Quien te oyera hablar, hija, podría pensar que entendés de muchachos y nenes de mamá... —bromea doña Brígida—. ¿Nenito bobo, decís? nene vivo digo yo. No le sacó los ojos al escote de Neusa, claro que eso ya no era un escote, era tener los pechos afuera, ¿no te fijaste? Nunca te fijás en nada. —Y de pronto las palabras le salieron de la boca—. ¿Seguro que tampoco te diste cuenta de que el capitán Justo te anda pisando el ala?

—Sí, me di cuenta.

Fue como un choque, un golpe en el pecho de doña Brígida:

—¿Cuándo lo notaste?

—Hace, tiempo, mamá.

Dan unos pasos en silencio, doña Brígida trata de recomponerse.

—Hace tiempo y no me dijiste nada.

—Tenía miedo de que usted no quisiera.

—¿Así?

Doris se ríe, con una risa extraña, inquietante, doña Brígida se pone una mano sobre el pecho para que no se le salte el corazón, ¡Dios del cielo!

—Quiere decir que vos... quiere decir que... no te disgusta... que...

—¿Que me disgusta? ¿Por qué? Somos novios, mamá.

Doña Brígida siente que el corazón se le dispara, necesita con urgencia agua de colonia, una silla para sentarse, el sol del verano le ofusca la vista y los sentidos. ¿Estará oyendo bien, será realmente Doris, su hija, pobre e inocente niña, esa que va a su lado por la calle, que dice ser la novia del capitán, con la misma voz suave y baja con que reza el rosario, o está en una alucinación?

—Hija mía, por el amor de Dios, contame todo antes de que me ahogue.

La risa nuevamente, ¿sería de triunfo?

—Me escribió una carta, me la mandó...

—¿La mandó? ¿Adónde? ¿Quién la trajo?

—Cuando iba para el colegio, en el camino. La trajo Chico, su criado. Yo le contesté, él me escribió de nuevo, yo le respondí otra vez. Chico me da la carta cuando voy para el colegio y cuando vuelvo me espera para que le dé la respuesta. Anteayer me escribió preguntándome si quería ser su novia, decía que si lo aceptaba iba a hablar con usted.

—¿Y qué le contestaste?

—Le dije que sí, que por mí ya me consideraba su novia.

Doña Brígida se detiene en medio de la calle y mira a la hija, flaca, vestida de nena, zapatos de taco bajo, cara macilenta, casi sin pintura, casi sin busto, una escolar tonta e inocente, ¡ah! y el fuego la consumía.

11

El ilustre doctor Eustaquio Fialho Gomes Neto, juez de derecho, en las horas libres el poeta Fialho Neto, que tiene sonetos publicados en diarios y revistas de Bahía, siendo estudiante había obtenido con "Vergel de sueños" una mención honorífica en un concurso de la revista Fon-Fon de Río de Janeiro, figura, como se ve, exponente de la intelectualidad ciudadana, defendía una sorprendente tesis, muy en serio y con argumentos: en su opinión, Justiniano Duarte da Rosa se había inflamado de amor verdadero y profundo por la niña Doris Curvelo, amor no solo profundo y verdadero sino también duradero. Amor en la más pura acepción del término, amor con las alegrías del paraíso y las penas del infierno.

—Usted tiene una concepción del amor muy extraordinaria, no cabe duda... —decía Marcos Lemos, contador de la fábrica e igualmente dado a las musas, al que el juez gustaba divertirse a costa de los amigos, un bromista.

—Al doctor Eustaquio le gustan las paradojas... —contemporizaba el fiscal público, doctor Epaminondas Trigo, un obeso, descuidado en la ropa, con la barba crecida, cinco hijos para criar, y el sexto en la barriga de su mujer, apenas cumplidos los treinta años. Pertenecía al restringido círculo de la flor y nata cultural de la ciudad menos por ser bachiller en derecho que por ser charadista emérito. Una nulidad en la fiscalía, pero sin competencia para descifrar enigmas y paradojas. No se atrevía a enfrentar la opinión de su superior jerárquico.

—Usted es un cínico... —reía el cuarto miembro del grupo, Airton Amorim, cobrador de impuestos, miope, el pelo al rape, lector de Eça de Queiroz y Ramalho Ortigão, íntimo del juez—. El amor es un sentimiento noble, el más noble.

—¿Y con eso?

—El capitán Justo y los sentimientos nobles son incompatibles...

—Además de injusto con nuestro querido capitán, usted es un mal psicólogo. El amor de verdad se prueba con hechos...

No solo la élite intelectual, la ciudad entera se preocupaba por hallarle una explicación al noviazgo, casamiento y otras acciones del capitán, realmente insólitas. Días antes de vencerse la hipoteca de la casa la había rescatado aliviando a la viuda y su hija de la peor amenaza: perder el inmueble comprado por el doctor con tantos sacrificios.

—¿Tamaña generosidad, tal magnificencia, no es una prueba de amor suficiente? —el ilustre argumentaba con hechos concretos.

¿Y el ajuar de Doris? ¿Quién pagaba las sedas, linos, cambray, puntillas? ¿Quién pagaba a las modistas? ¿Acaso doña Brígida con su pensión estatal? Todo salía del bolsillo del capitán. Ese mismo capitán que habitualmente era mano cerrada, avaro, de súbito se volvía gastador, mano abierta, pagaba sin protestar. . Doña Brígida volvía a tener crédito en las tiendas, triunfando sobre los comerciantes doblados en zalamerías, los mismos malvados que poco antes la perseguían con sus cuentas.

¿Si no era amor, qué era eso? ¿Cómo explicar gastos, liberalidades, gentilezas, sí, gentilezas del capitán, a no ser por el amor? ¿Por qué razón, preguntaba el juez extendiendo el índice, habría de casarse si no estuviese enamo-

rado? ¿Qué iba a darle Doris salvo su delgadez? No tenía
dónde caerse muerta. El honrado apellido de su padre, sin
duda; ¿pero qué utilidad tenía para Justiniano Duarte da
Rosa ese apellido, esa honra, la memoria del doctor Ubaldo
Curvelo? Solo un amor ardiente y ciego..

—Principalmente ciego... —interrumpía Airton Amorim,
bromeando.

Solo un amor ardiente y ciego podía explicar ese noviazgo,
ese casamiento, los gastos, las gentilezas, en la opinión del
ilustre doctor Eustaquio, opinión jurídica y poética, digna
de atención, aunque poco compartida en la ciudad. Fue una
época rica en discusiones, en pareceres contrarios y en algunas bromas groseras dicha en voz baja. Doña Ponciana Azevedo, la incansable, obtuvo gran suceso con una de sus pre-
cisas definiciones: "Es el casamiento de una tabla de lavar
con un chancho de buen tamaño". Comparación cruel pero
ingeniosa, ¿quién puede negarlo?

Fuese por amor, fuese por cualquier otro motivo desconocido, como opinaban las comadres, el capitán Justo había
perdido la cabeza y no parecía el mismo hombre. Uno de
sus gallos había perdido en una riña y Justiniano no discu-
tió, no dijo que era un robo, no se peleó con el peluquero
Renato que era dueño del gallo vencedor.

Mientras tanto, doña Brígida no conseguía librarse por
completo de las sombras que perseguían sus noches. Había
adquirido el hábito de medir gastos y gestos, generosidades
y restricciones. El capitán había rescatado la hipoteca en el
banco, no había ninguna duda, pero no le había dado la
escritura a la viuda, simplemente, había pasado a ser su
acreedor. Cuando doña Brígida tocó el asunto, Justiniano
la miró con sus ojos chiquitos, casi ofendido. ¿Acaso no iba
a casarse con Doris y quedaba todo en familia, para qué
gastar en pasarle la escritura con el sellado y los tributos
fiscales?

También en las tiendas ocurría que los comerciantes se
disculpaban:

—Perdone, doña Brígida, pero para una compra tan elevada, debemos consultar al capitán...

Mezquindades en medio de las larguezas, doña Brígida
pisaba un terreno inseguro, frágiles capas de generosidad y
gentileza encubrían tierras violentas, eriales abruptos sin
sombra ni agua. Al ajuar no le faltaba nada de lo necesario
y de buena calidad, pero ni de lejos era el grande, el rico,
el único ajuar de los sueños de doña Brígida. Así, dudas
y sombras perturbaban su sueño y su satisfacción, pero no

al punto de hacerla dudar sobre el verdadero interés de Justiniano Duarte da Rosa, una pasión públicamente demostrada.

El noviazgo duró tres meses, el mínimo indispensable para preparar el ajuar. Doña Brígida había propuesto seis meses cuando le pidieron la mano, un plazo razonable, ¿seis meses?, ¿para coser unos vestidos y cortar unas sábanas? Absurdo, el capitán ni lo quiso discutir. Por él se habrían casado al día siguiente, por Doris el día anterior.

Para la solemnidad del pedido de mano, Justiniano Duarte da Rosa se había hecho acompañar por el doctor Eustaquio y por el prefecto. Doña Brígida por su parte, había convocado al padre Cirilo y a algunas amigas íntimas, había hechos pasteles, empanadas, dulces varios. En la plaza se habían juntado los curiosos, todas las comadres y el resto de la gente. Cuando apareció el pretendiente vestido con traje blanco y sombrero panamá, custodiado por el juez y el prefecto, se elevó un murmullo.

El capitán se detuvo, miró a su alrededor. Era otro hombre, pacífico, no levantó el brazo, no llamó a Terto ni a Chico, no sacó el revólver, solo miró y fue suficiente. "Parece que nunca vieron a un novio", le comentó al prefecto. "Si no fuera por la familia les daba una lección".

Durante el breve noviazgo, en varias ocasiones estuvo por darle "una lección" a los curiosos y se contuvo a duras penas. Cuando salía a pasear con Doris y doña Brígida, en el camino hacia la iglesia o el cine, si alguien los miraba con manifiesta curiosidad, el primer ímpetu del capitán era estallar. Pero solo perdió la cabeza una vez, cuando una pareja no contenta con mirarlos, se puso a hacer comentarios en voz baja. "¿Nunca me vio, hijo de puta?" gritó y se dispuso a agredir. Pero la pareja se dio a la fuga que si no el lío hubiera sido serio. Doña Brígida suplicaba "Calma, capitán". Doris seguía callada, imperturbable, agarrada al brazo del novio.

Toda la curiosidad, las opiniones, las discusiones, las miradas de asombro, las visitas intempestivas de las comadres en las horas y en la sala en que estaban los novios, las burlas y las frases ingeniosas, todo terminó de pronto. En una de sus escapadas nocturnas con el objeto de echar debajo de la puerta del juez un anónimo referido a la conducta de la esposa en la capital y la amante allí mismo, la victoriosa doña Ponciana de Azevedo fue abordada por Chico Meia-Sola, empleado del capitán, cobrador de sus acreedores, que exhibió un puñal y llegó a tocarla levemente con su aguda punta. Mal pudo doña Ponciana llegar a su casa para entregarse a un llanto convulsivo. En una crisis de nervios única se mantuvo encerrada en su casa durante una semana sin poner un pie en la calle. La historia se desparramó creciendo en oleadas y a partir de entonces la paz descendió sobre la ciudad.

Así transcurrieron los tres meses de noviazgo. Doña Brígida trataba de establecer lazos de confianza y amistad con el futuro yerno sin encontrar la misma receptividad. Ciudadano de poca conversación, Justiniano Duarte da Rosa, durante las visitas cotidianas, después de comer, reducía su diálogo a lo esencial: asuntos del casamiento, tópicos indispensables. Fuera de eso, los novios permanecían en la sala, sentados en el sofá, en silencio. Doña Brígida trataba de buscar conversación perdiendo el tiempo. Un gruñido del capitán, de Doris ni siquiera eso.

En silencio y a la espera. A la espera de que doña Brígida fuera a la cocina o al comedor con el pretexto de un cafecito, o de dulce de banana, o de *jaca* [1], o de mango o de *caju* [2]. Apenas les volvía las espaldas, los novios se trenzaban en besos, boca contra boca, las manos atareadas. Tres meses largos y duros, doña Brígida no sabía adónde volverse y qué hacer. ¿No había acabado Doris por criticarla, porque se quedaba en la sala, porque no les daba libertad, si al final eran novios?

Una persona engendra, pare, amamanta, cría, educa una hija con el mayor desvelo, en la moral y la santa religión, cree conocerla, saber todo acerca de ella y no sabe nada, absolutamente nada, comprueba doña Brígida, melancólica, vuelta hacia la ventana, de frente a la curiosidad de la calle, de espaldas a los novios.

Tiempo repartido entre las alegrías de las puntillas, los bordados, los camisones y las enaguas, de las compras y arreglos, de la fabricación de dulces y licores, de la preparación de la fiesta, y las preocupaciones del ávido noviazgo, el recelo por algún estallido del novio, acostumbrado a la violencia, doña Brígida le tenía horror a la violencia y durante todo ese tiempo tumultuoso no se sintió un solo momento tranquila. No obstante, al conocer el susto casi mortal pasado por doña Ponciana de Azevedo con la punta del puñal en las costillas, no pudo reprimir un sentimiento de orgullo, una exaltada sensación de poder. La víbora ponzo-

---

1 *Jaca*: fruto de la *jaqueira*, árbol de la familia de las moráceas.
2 *Caju*: fruto del *cajueiro*, árbol de la familia de las anacardiáceas.

ñosa había tenido su escarmiento, un buen ejemplo para las demás. Ahora, queridísimas amigas, celosas comadres, quedan todas sabiendo de qué se trata. Si tienen coraje, atrévanse, ahora es así, quien se meta con Doris o con doña Brígida, corre peligro de muerte. Atrévase el que quiera recibirá lo que se merece. Pasó una tarde eufórica, escuchó por lo menos dos versiones de lo sucedido, pero a la noche volvieron las sombras y el miedo.

Aquel noviazgo era un cristal delicado, de valor inestimable, de material muy frágil. Se preocupaba por el yerno, por su naturaleza encubierta y esquiva y sobre todo se preocupaba por Doris, consumida en la espera. Furia, destemplanza, ansias, apuro, desinterés por todo lo demás, ¿dónde había quedado la tímida niña del colegio de las monjas? siempre había sido de poco apetito, ahora ni miraba la comida, con sus ojeras profundas, las espaldas dobladas, todavía más flaca, toda piel y huesos. Faltaba un mes para el casamiento y le apareció una fiebre con tos intermitente. Doña Brígida llamó al doctor David. Después del concienzudo examen, el oído en la espalda de la enferma, golpecitos en las costillas con los nudillos "diga treinta y tres", el médico aconsejó una ida a la capital para los análisis de laboratorio, tal vez radiografías. Lo ideal sería postergar el casamiento hasta que Doris se pusiera bien. "Está muy flaca, demasiado, y los análisis son indispensables" dijo.

Doña Brígida sintió que el mundo se movía bajo sus pies:

—¿Está enferma de los pulmones, doctor?

—Creo que no. Pero si sigue así se enfermará. Alimentación y reposo, análisis y postergación del casamiento por unos meses.

Doña Brígida se rehizo. Reina madre, mujer fuerte. Viejas medicinas persiguieron la fiebre, la tos se redujo a catarro, la postergación no llegó a discutirse, los análisis se postergaron para la luna de miel que incluía un viaje a la capital. No se habló más de eso. Frágil metal, delicada materia, inestimable noviazgo, doña Brígida lo protegió y preservó tragándose sapos y culebras, tanto miedo, tanto.

12

Majestuosa en su porte altivo, majestuosa en las sedas susurrantes del largo vestido, en el sombrero con flores artificiales, en el abanico desplegado, majestuosa en el deber cumplido, doña Brígida resplandecía el día del casamiento, el puerto de abrigo, el atracadero definitivo. Terminadas para siempre las amenazas de miseria, ya no eran mendigas enmascaradas. Había cumplido su deber de madre y recibía las congratulaciones con una sonrisa condescendiente.

Doris con su vestido de novia lleno de arabescos, copiado de un modelo salido en una revista de Río, el capitán de flamante traje azul de casimir, los invitados con sus ropas domingueras, se celebró el casamiento más comentado de Cajazeira do Norte. En la Iglesia Matriz la ceremonia religiosa con lágrimas maternas y un sermón a cargo del padre Cirilo. El acto civil en casa de la novia, con un primoroso discurso del juez, doctor Eustaquio Fialho Gomes Neto, el poeta Fialho Neto con pomposas imágenes sobre el amor, "sentimiento sublime que transforma la tempestad en bonanza, remueve las montañas e ilumina las tinieblas" y así de seguido, todo muy inspirado.

La ciudad entera compareció a la Plaza Matriz, inclusive doña Ponciana de Azevedo, recuperada del susto, dispuesta a nuevas lides, respetando claro está al capitán y su familia "novia más linda que Doris nunca vi, créame, Brígida, querida amiga". Eufórica aunque llena de dignidad, doña Brígida acepta los elogios de las comadres.

La reina madre preside atentamente la fiesta, dirige la comilona, da órdenes a los criados con seguridad. Ve cuando Doris abandona el salón para cambiarse en la alcoba. El capitán la sigue, se mete dentro del cuarto también él, mi Dios, ¿será posible? ¿Por qué tanto apuro, no pueden esperar un día más, unas horas más, el viaje en tren, el cuarto de hotel? ¿Porqué allí, casi a la vista de los invitados?

A la vista de los invitados, de todos los invitados, sí, mamá. De la ciudad entera si es posible. De las muchachas y de las niñas, todas sin excepción, de las clientas del montecito atrás del colegio, de las que allí se babeaban entre los besos y el esperma de los condiscípulos, las que lo hacían en los jardines del chalet de los Guedes, con los ricos, detrás de los mostradores de las tiendas con los vendedores en las tardes vacías. Sí, a la vista y delante de todas, de las que le venían a contar sus besos y su abrazos, ayes y gemidos, sus pechos estrujados y sus piernas abiertas, las que le daban envidia y la humillaban y le decían monja, hermana y madre. Que vengan y vean y que traigan a todas las demás mujeres de la ciudad, las casadas también, las serias y las adúlteras, las doncellas, locas resignadas en las quintas y jardines, la comadres en las ventanas y las iglesias, las monjas en el convento, las mujeres de la vida de la pensión de Gabi y las callejeras, que vengan todas a ver, que no falte ninguna.

Los brazos en cruz sobre el pecho de tísica, los ojos salidos de las órbitas, un estremecimiento en el cuerpo frágil, ganas de gritar, de gritar muy fuerte. Justo, déjame gritar. ¿por qué me imponés silencio, mi amor? Quiero gritar bien fuerte para que todos vengan a vernos, en cueros, la pobre Doris, y a su lado, en la cama, dispuesto a quitarle la virginidad, a gozarla, piafante de deseo, un hombre. No un nene de colegio, no un nene de mamá en apresurada masturbación, no sobre el pecho, sobre las piernas, hacelo pronto que viene gente. Un hombre y ¡qué hombre! Justiniano Duarte da Rosa, el capitán Justo, macho reconocido y celebrado, todo entero para Doris, su marido. ¿Oyeron? Su marido, su esposo, con ceremonia en la iglesia, con papeles firmados por el juez. Esposo, amante, macho, su hombre, completamente suyo, en la cama, allí en la alcoba, cerca del salón, ¡vengan todas a verlo!

13

Pelear con mortal, perdóneme usted, si me permite decirlo, eso no es difícil, tengo visto más de una pelea para chuparse los dedos. Al negro Pascoal do Sossego, por ejemplo, haciendo frente a un pelotón de soldados: maestro de la capoeira angolana, fue un espectáculo.

Cargando armas, ahi entonces la cosa se pone más difícil. Con un revólver en la mano cualquier cristiano es valiente, se terminó la raza de los cobardes. Le meto un tiro a cualquiera, y en seguida me promueven a jefe de cangaceiros o teniente de policía. ¿No le parece, señor?

Lo que a mí me gustaría ver es una pelea capaz de causar asombro. Por ejemplo, con un alma del otro mundo, sí, señor, que ande vagando en la oscuridad de los matorrales, de noche, echando fuego por las narices, por los ojos, con garras que chorrean sangre. ¿Una aparición para meter miedo, no? ¿Usted sabe cuál es la medida de los dientes de los lobisones? ¿Y de las uñas? Son navajas afiladas, cortan hasta de lejos.

Una vez yo iba cortando camino por el matorral, y en la encrucijada de la medianoche escuché el galope de la Mula-Sem-Cabeça. No le voy a mentir, ni a charlatanear, solo de vislumbrar al bicho, ahí sin cabeza, todo de fuego, perdí todo el ánimo, me puse a gritar. Por suerte apareció mi padrino, el padre Cícero, que me libró del mal, amén. A él le debo la vida y al escapulario invencible que llevo siempre colgado al cuello. La maligna me pasó a trescientos metros, no quedó nada alrededor, todo quemado, el pasto y los árboles, la mandioca y la caña. Escúcheme, señor, a veces basta nombrar las apariciones para que muchos machos pierdan la hombría.

Con ánimo para enfrentar a fantasmas solamente conocí a Teresa Batista y con esto respondo a su pregunta sobre si la moza se merecía esa fama de valiente. Los enfrentó y los combatió y si usted duda de mi palabra, puede preguntarle a los presentes. No se escapó ni pidió perdón, y si pidió socorro en la hora fatal nadie fue a ayudarla, se encontró sola, nunca hubo una mujer más sola, más abandonada de Dios y de los hombres. Así fue como se selló su cuerpo, Teresa Corpo Fechado, sellado, intocable para bala, puñal y veneno de cobra.

No le digo más para no mentir porque he oído contar este caso verdadero con muchas variaciones, cada uno desenrolla la madeja a su gusto; pone y saca, cambia cosas, agrega adornos a su paladar. Un trovador alagoano [1], asombrado por una hazaña tan grande y con la intención de darle una explicación al fenómeno, dijo que siendo muy niña, Teresa vendió su alma al diablo y mucha gente cree eso. Otro trovador de nombre y fama, Luis de Camara Cascudo, ante tanta ferocidad y soledad, puso una flor en la mano de Teresa, una flor que rima con dolor y que también rima con amor.

Cada uno lo cuenta según su manera de contar pero en lo principal todos están de acuerdo: por allí nunca más apareció un alma en pena, que con las penas de la vida basta y sobra.

Todo puede ser, yo no digo nada, no me asombro, no tomo partido, porque yo no soy de aquí, vine de afuera. Pero vea, señor, la Teresa que yo conocí, y de ella sí que puedo dar testimonio, se apodaba Teresa da Lua Nova [2], era del color ya la naturaleza de la miel, cantaba modinhas [3], lo más discreta y calmosa, tierna y mimosa.

1 *Alagoano:* nativo del estado de Alagoas.
2 *da Lua Nova:* de la Luna Nueva.
3 *Modinhas:* composición musical típica del Brasil.

De vuelta del arroyo, doña Brígida sube hablando sola, cercada de sombras. En medio de la ladera oye gritos que la sacan de su ensimismamiento, da unos pasos más y divisa a una chica arrastrada por los brazos y las piernas debatiéndose entre el capitán y Terto Cachorro.

Se esconde detrás de una *mangueira*, aprieta al bebé contra su pecho, murmura plegarias al cielo, al Dios que debe estar viendo tanta maldad y habrá de enviar un castigo. ¿Cuándo llegará al fin de sus penas?

Los gritos estallan en su pecho, le desgarran el corazón, se le dilatan los ojos, cierra la boca, se altera su rostro, se transforma doña Brígida y se transforma el mundo que la rodea. Quien sujeta a la víctima entre sus brazos ya no es Justiniano Duarte da Rosa, su yerno, llamado capitán Justo. es el *Porco* [2], descomunal y monstruoso demonio. Se alimenta de niñas, les chupa la sangre, mastica su carne fresca, tritura sus huesos. El Lobison lo ayuda, vasallo abyecto, busca y levanta caza para el amo, perro principal de la horda de malditos. Falso y malvado, a la menor distracción del *Porco* devorará a las niñas, cobarde como es se satisface con la carnicería. Doña Brígida por esa época ya adivina los pensamientos, ve por dentro, hace mucho que le fue concedido ese don.

Además del *Porco* y del Lobison, hay varios personajes igualmente terroríficos, doña Brígida no consigue retenerlos a todos en su cabeza confusa, pero apenas uno de ellos aparece en el campo, comerciando carne, de inmediato lo reconoce. Comerciante de carne, por ejemplo es la Mula-Sem-Cabeça.

La Mula-Sem Cabeça puede convertirse en *Dama Nobre* [3], *Boa Madrinha* [4] o *Cortesá* [5], pero no podrá engañar a doña Brígida. Cuando apareció a la puerta por primera vez, unos días después del entierro de Doris, doña Brígida la atendió en la sala porque el capitán había ido a una riña de gallos. La chiquilina de la mano, se presentó doña Gabi, madrina y protectora. El señor capitán le había pedido a la muchacha para que ayudara en la crianza del huérfano, era muy buenita. Doña Gabi tenía buenas maneras, conversación

1 *Mangueira:* árbol de la familia de las anacardiáceas, cuyo fruto es el mango.
2 *Porco:* puerco.
3 *Dama Nobre:* Dama noble.
4 *Boa Madrinha:* madrina buena.
5 *Cortesá:* cortesana.

agradable, una vieja de fina educación era, mejor señora para una visita de pésame no se podía pedir, fue de mucho consuelo para la madre deshecha.

Cambiando confidencias se hicieron casi íntimas, ni se dieron cuenta del regreso del capitán. A la puerta de la sala, señalándola con su gordo dedo, sacudiéndose de risa, Justiniano Duarte da Rosa terminó en carcajadas que le hacían saltar la barriga. Hombre de poco reír, cuando el capitán se reía de esa manera era un gusto verlo. Quería hablar y no podía, las palabras se le perdían entre carcajadas:

—Amigas, amigotas, ¿quién iba a decirlo?

Doña Gabi se levanta amedrentada, sin saber qué hacer, disculpándose:

—Aproveché para dar el pésame —enseguida se despidió—. Adiós, señora.

Estaba apurada por dejar la sala, tiraba de la chiquilina pero el capitán la detuvo:

—¿Adónde va? Puede hablar acá mismo.

—¿Acá? ¿No es mejor...?

—Acá mismo. Vamos, desembuche.

—Pues, conseguí esta chiquilina, puede ayudar en la crianza de la huerfanita... —miró a doña Brígida, la viuda ya había enjugado las lágrimas obligatorias de las condolencias; bajó la voz—. Para lo principal es bocado fino...

El capitán contenía la risa con dificultad. Gabi no sabía ni debía reírse de miedo o llorar de compasión.

—Hoy la voy a probar, si vale la pena mañana paso por alllá y le pago lo prometido.

—Por favor, capitán, déme una parte. Estoy muy necesitada, tengo que pagarle a la que la trajo, vino de lejos.

—Yo no adelanto dinero, usted lo sabe bien. ¿Ya se le olvidó, quiere que se lo recuerde? Si vale la pena le pago mañana. Si quiere, puede venir a cobrar aquí. Así le hace campañía a mi suegra. Compañía a mi suegra, eso sí que está bueno...

Nuevamente se sacudía con la risa. Gabi le suplicó:

—Págueme un poco hoy, capitán, por favor.

—Venga mañana a la mañana. Si es virgen, pago, si no, no, y en ese caso le aconsejo que no aparezca por acá...

—Yo no asumo responsabilidades. Por doncella me la dieron y así se la traigo al señor. Lo mejor que encuentro lo traigo para el señor.

—¿No asume responsabilidades, eh? ¿Me quiere trampear otra vez? ¿Porqué la otra vez no le di su merecido y

no terminé con su nido de ratas, se cree que soy idiota?
Mándese a mudar.

—Tiene que pagarme por lo menos lo que gasté.

El capitán le dio un empujón y allí mismo, adelante de la suegra le preguntó a la chiquilina:

—¿Vos sos virgen? No me mientas que es peor.

—Pero no, señor...

Justiniano se dio vuelta y agarró a Gabi por un brazo sacudiéndola:

—Calma, capitán, ¿qué es eso?— intervino doña Brígida todavía sin entender el motivo de la risa y de la exaltación del yerno —¡Calma!

—No se meta donde no la llaman. Quédese en su rincón y dése por feliz.

Otra vez los sacudones de la risa lo desgarraron al oír a su suegra en defensa de la celestina.

—Deje ir a esa pobre señora en paz...

Era para morirse de la risa.

—¿Usted sabe quién es esa pobre señora? ¿No lo sabe? Pues va a saberlo ahora mismo. ¿Nunca oyó hablar de Gabi-Mula-de-Padre, que fue amante del padre Fabricio y después de su muerte puso pensión de putas? Con el dinero de las misas...— ya le dolía la barriga, completamente entregado a la risa, desde la boca a las tripas —Esto sí que es bueno.

—¡Ay, mi Dios!

A todo correr Gabi-Mula-de-Padre ganó la calle con el rabo entre las piernas. La muchachita quiso irse también pero el capitán se lo impidió:

—Vos te quedás— Le medía el cuerpo con ojo conocedor, valía la pena —¿Cuánto hace?

—Un mes, señor.

—¿Sólo un mes? No me mientas.

—Sí, señor.

—¿Quién fue?

—El doctor Emiliano, de la fábrica.

Debía haberle reventado el hocico a la celestina sucia y ladrona, venirle a él con restos de los Guedes. Apostadores fuertes los ricachos, sobre todo Emiliano Guedes. De la fábrica siempre venían rotas, de esas tierras el capitán todavía no había conseguido una argolla para su collar.

—¿Trajiste tus cosas?

—No tengo nada, señor.

—Andá para adentro.

Doña Brígida miró al yerno, quiso decirle algo, pronunciar una palabra terrible de condenación, pero de nuevo el capitán se revolcaba de la risa "esa pobre señora, esa pobre señora" con el índice apuntando a la suegra, Doña Brígida salió aterrorizada, hacia el matorral, hacia el infierno.

Ni el mínimo requisito de respeto, como si ella no existiera. Por la noche, después de la sombría comida a la luz de los faroles, el capitán fue a buscar a la novata a la habitación donde dormía. A final del corredor, entre el humo colorado del farol, doña Brígida vio al *Porco*, tenebroso, inmundo, por primera vez lo reconoció.

Se encerró con la nietita. Ya antes de la muerte de Doris no estaba en su sano juicio. Los estallidos del capitán atravesaban las paredes. El hijo de puta de Guedes la había perforado por delante y por detrás.

En ese año y medio después de la muerte de Doris, la Mula-de-Padre reapareció a menudo, siempre con un ahijada de la mano, pero apenas la divisa a la puerta o en el camino doña Brígida la identifica. Le basta verla para que el mundo se convierta en un infierno poblado de demonios. Porque doña Brígida está pagando sus pecados en vida.

Mula-Sem-Cabeça, manceba de cura, sacrílega. Tampoco engaña al *Porco* cuyos arranques de rabia hacen caer las hojas de los árboles, matan todo lo creado, destruyen a los pájaros del matorral.

—No me traigas restos, ya te dije que no como las sobras de otros. Te voy a romper la cara, perra...

Gritos y gemidos y golpes, el silbido de la correa, una negrita gritando la noche entera, en el cuello del *Porco* un collar de doncellas, la argolla mayor, de oro macizo, era Doris. La cabeza de doña Brígida está cada vez más pesada, un poco en el mundo, otro poco en el infierno, ¿cuál es peor?

¿Donde había quedado aquella majestuosa señora doña Brígida, primera dama de la comarca, viuda del benemérito doctor Ubaldo Curvelo, reina madre presidiendo el casamiento de la hija única? Los hechos se le embarullaban en la cabeza, la razón se le escapaba. Se descuida en el vestir, con manchas en la pollera y la blusa, las chancletas viejas, el pelo despeinado. Se olvida de las cosas y de las fechas, mezcla detalles, la memoria va y viene imprecisa e inconstante. Pasa días enteros ensimismada, hablando sola, cuidando a la nieta, de pronto un incidente cualquiera la sumerge en la alucinación. Los monstruos la persiguen y delante de la corte infernal, el *Porco* que le devoró la hija y pretende devorarle la nieta.

Guarda exacta y plena conciencia de su crimen. Sí, porque ella, doña Brígida Curvelo, igual que Gabi-Mula-de-Padre, alimentó al *Porco,* igual que Terto Cachorro Lobisomen, levantó caza para Justiniano Duarte da Rosa, capitán de los cerdos y de los demonios. Le entregó a la propia hija para que le chupase la sangre, le triturase los huesos, le comiese la escasa carne.

No intenten decir que fue inocente, por favor, no digan que fue una víctima de las circunstancias, no digan que fue engañada al tomar al capitán por ser humano, al confundir lo que era un sórdido arreglo de cama con nobles asuntos de casamiento. Estaba pagando en vida sus pecados con razón. Supo la verdad desde el principio, la supo desde su primera mirada de frente al capitán, nunca se había engañado, se había pasado sin dormir noches enteras y exactamente desde entonces había desarrollado el don de adivinar los pensamientos y de prever el futuro.

Sabía pero no quiso saber, se calló, se tragó sapos y culebras, tapó con un dedo la llaga de tísica del pecho de Doris, con otro tapó el sol, pasó su mano de amnistía sobre las maldades del capitán y llevó a la niña hacia el altar de la cama de soltera en la alcoba, en el festín matrimonial. El *Porco* se la comía en el almuerzo, en la cena, en el desayuno, en cada merienda un pedazo. Con la barriga preñada Doris fue quedando cada vez más lisa, más pequeña, cuando murió casi no hubo que enterrar.

Por ese crimen, Dios Todopoderoso le dio el castigo de purgar el infierno en vida, en la casa maldita del yerno, en los campos mal adquiridos, en los sembrados trabajados por arrendatarios famélicos, en los gallos de riña con espolones de hierro, en los *cabras* de puñal al cinto, en las muchachas. Niñas y muchachas, a veces mujeres formadas, raras veces. ¿Cuántas después de la muerte de Doris? Doña Brígida había perdido la cuenta, no ganaba nada contando las del campo, si omitía a las de la ciudad y a las del almacén.

Se olvida de muchas cosas, de otras recuerda fragmentos. Se olvida de las ansias, del desvarío de Doris, aunque doña Brígida se hubiese opuesto al casamiento, Doris, enloquecida de orgullo y lujuria, por su propia cuenta hubiera entrado a la alcoba con el novio de la mano, cínica y libertina. Arrancó de su memoria la visión de Doris en la sala con el novio, la compostura perdida, la lengua y las manos desatadas. Recuperó a la hija, inocente escolar sin malicia, los ojos bajos, prometida de Cristo, el rosario en la mano, entregada a los rezos, a su vocación mística de monja. Víctima de la ambición de la madre y de la lujuria del capitán.

Borró también de su memoria la imagen de Doris esposa apasionada y humilde, una esclava a los pies del marido. Había durado diez meses el matrimonio, diez rápidos días para la pasión de Doris, diez siglos de humillación y afrentas para doña Brígida.

No hubo nunca antes ni volverá a haber una esposa más devota y ardiente. Doris se pasó esos diez meses en celo y dando gracias al capitán. Había vuelto de la luna de miel ya con la barriga llena, en una exaltación y en ella vivió hasta morir en el parto. Atenta al menor deseo del amo y señor, suplicándole una mirada, un gesto, una palabra, la cama. Hinchada de orgullo, del brazo de Justiniano, las pocas veces que la llevó al cine o en las contadas visitas a la ciudad. Doña Brígida perdió el juicio en el esfuerzo de borrar de su memoria escenas indignas. Doris echada ante la palangana de agua caliente lavando por las noches los pies del cerdo y besándolos. Besándolos dedo por dedo. Algunas veces, bromeando, el capitán la golpeaba con su pie en la cara y derribaba la bolsa de huesos. Conteniendo las lágrimas, Doris ponía cara divertida, como si fuera un juego. Madre mía, así eran las caricias del capitán.

¡Cuánta humillación, Señor!, pero Doris gozaba en esa vida, solo vivía para acostarse con el marido, para recibirlo entre sus piernas, tristes piruetas.

Al comienzo, llena de proyectos y reinvindicaciones, doña Brígida trataba de dialogar con el yerno para lograr un cordial entendimiento. A la mesa, exponía proposiciones modestas, vivir en la ciudad, en la casa de la Plaza Matriz, casa propia, no había que pagar alquiler, tren de vida digno de familia de tanta consideración, de gastos reducidos, pues buena parte de los productos los proveía el almacén; criadas y costureras, eran personas que trabajaban solo por la comida, casi de gracia; recibirán a los amigos, a las personas amables, doña Brígida sabía cómo hacerlo, con la necesaria categoría y pequeños gastos. El capitán cruzó el comedor, se chupó los dedos con restos de porotos:

—¿Solo eso? ¿Nada más?

Ninguna otra palabra esclarecía su pensamiento, la conversación moría en ambigüedades. Pasados unos días la viuda se enteró de que había alquilado la casa de la Plaza

Matriz a un protegido de Guedes, dueño del alambique de cachaça. Doña Brígida, todavía llena de realeza y de sueños, subió a la sierra y pasó del diálogo a la discusión, de las propuestas a las exigencias. ¡Disponer de su casa sin siquiera consultarla, era un atrevimiento! ¿Adónde irían a vivir cuando quisieran quedarse en la ciudad o el yerno pensaba que doña Brígida se iba a pudrir en el campo? ¿Se tenía que contentar con las habitaciones al fondo del almacén, en la promiscuidad de los vendedores y los *cabras*? ¿El capitán no se daba cuenta con quién estaba tratando? No era una cualquiera.

Abierta la discusión se cerró de una vez para siempre. Estaba doña Brígida de lo más embalada cuando el capitán exclamó:

—¡Mierda!

Se quedó doña Brígida con la boca abierta, la mano en el aire, el capitán la fulminaba con sus ojitos. ¡Qué casa ni casa! ¿quién había pagado la hipoteca al banco? Tanta altivez, aristocracia de bosta, una bolsa de bosta, eso es usted, no tiene donde caerse muerta, y si aquí tiene casa y comida, agradezca que es madre de Doris. Si quiere irse, pasar hambre en la ciudad, vivir con su pensión, la puerta está abierta, puede irse cuando quiera, nadie la necesita. Pero si pretende seguir viviendo aquí, de mi bolsillo, entonces métase la lengua en el culo y no vuelva a levantar la voz.

En ese momento infame, ¿no estaba Doris para apoyarla, para darle fuerzas en su lucha? Al contrario, Doris se mantenía siempre del lado del marido y en contra de su madre.

—Mamá, usted se está poniendo insoportable. Justo le tiene demasiada paciencia. Con todos sus problemas, y usted lo anda provocando. Por el amor de Dios, termine con eso, déjenos vivir en paz.

Un día, oyéndola quejarse a una visita de la ciudad, Doris había reaccionado airadamente:

—Termine con eso de una buena vez, mamá, si quiere seguir viviendo aquí. Vive de favor y todavía se queja.

El trono de la reina estaba destrozado, aristócrata de mierda, se había roto un alambre en su mente. Sombría y obstinada, un resto de dignidad, de pudor, de amor propio, le impedía hablar con el yerno, con Doris solo lo estrictamente necesario. Empezó a hablar sola por el campo.

En cuanto a Doris había perdido todo resto de pudor, era un trapo sucio en manos de su marido que había vuelto a los hábitos anteriores al casamiento.

Frecuentemente el capitán llegaba de la ciudad a la madrugada, el pecho gordo empapado de sudor. Doris sentía el olor a mujer, a perfume barato, olores fuertes, vestigios que estaban a la vista pues jamás había pasado por la cabeza de Justiniano Duarte da Rosa ocultárselo a su esposa. Pero igualmente, venido de otra en la habitación del fondo del almacén o en la pensión de Gabi, la montaba por sorpresa y en esas ocasiones la flaca se superaba, ¡ah! no había puta que se le comparase.

Otras veces sucedía que estaba cansado y no quería ni siquiera lavarse los pies, rehusaba el agua caliente y las caricias "andate al infierno, dejame en paz", se iba a dormir. Doris se pasaba la noche llorando. llorando bajito para no molestarlo, ¿Quién sabe al despertarse, mañana, la querría? A la espera, una esclava a sus pies.

Nunca se atrevió a protestar, jamás abrió la boca para quejarse. Ni siquiera cuando el capitán, irascible y estúpido, la maltrataba, le largaba insultos e injurias. Doña Brígida se carcomía por dentro, la amargura le quitaba el juicio. Una vez, porque Doris demoraba en traerle la chaqueta reclamada a los gritos, Justiniano le dio una bofetada delante de la madre:

—¿No me oiste, haragana?

Doris lloró por los rincones pero no quiso ni oír a su madre que le hablaba de irse, en la indignación del primer impulso. "Es una tontería, una cosa sin importancia, yo tuve la culpa, me demoré mucho". En esas y otras cuestiones se había rematado el juicio de doña Brígida.

De una u otra manera, así o asado, Doris supo conservar despierto el interés del capitán, quizá porque el fuego de la tuberculosis la consumía, no había puta que se le comparase, y el capitán era competente en la materia. Dos días antes del parto y la muerte, todavía la montó a la manera de los animales, debido al impedimento de la barriga y Doris se dio con la misma ansia de la primera vez, en su alcoba de soltera de la casa de la Plaza Matriz cuando había ido a cambiarse el vestido de novia. Profundo y duradero amor, de esposos según la comprobada tesis del juez, un talento.

La tuberculosis se declaró galopante en la última semana de gravidez. El catarro de la época del noviazgo había crecido hasta una tos crónica después del casamiento, habían aumentado las ojeras y la inclinación de los hombros, pero solo vomitó sangre en la víspera del parto. Traído de urgencia con el camión, el doctor David se remitió a su consulta anterior: "Yo les previne. Debían atrasar el casamiento, hacer análisis. Ahora es tarde, ni siquiera por milagro."

Al ver a la hija desvanecida, y la escupida sangrienta, otros hilos se rompieron en la mente de doña Brígida. Olvidó agravios, además de las palabras injuriosas, del desamor, borró las imágenes lúbricas y humillantes de la novia y de la esposa, reencontró intacta a la niña de las monjas, a la pura Doris de ojos bajos y rosario entre las manos lejos de la maldad del mundo, en camino del noviciado. Con la hija devuelta a la santidad, partió hacia el infierno donde debía purgar su crimen. De la lucidez solo le quedó un resto. necesario para cuidar a la nietita.

Nacimiento y muerte habían ocurrido en una noche de lluvia, casi en el mismo momento. La niña, fuerte y gorda, vino al mundo en las manos expertas de la partera No quinha, Doris no tuvo las del doctor David que llegó tarde para el parto pero justo para atestiguar la defunción.

¿Habría sentido algo el capitán? En la ciudad se supo que habiendo dejado al doctor en su casa se dirigió con el camión a la pensión de Gabi donde cuatro trasnochadores estaban bebiendo coñac, en compañía de Valdelice. muchacha de probado oficio. Ya efectuado el trato con uno de los cuatro para pasar la noche entera juntos, la joven esperaba con sueño y paciencia el fin de la cachaça de los clientes envueltos en una discusión sobre fútbol. En el mostrador, Arruda, mozo y amante de Gabi, que se las daba de valiente, roncaba. El capitán entró y sin decir palabra agarró la botella de coñac y se mandó un trago. Arruda se despabiló para pelear pero cuando reconoció al capitán postergó su coraje para otra ocasión.

A falta de cosa mejor el capitán se contentó con Valdelice. Pero como, debido a su compromiso previo, la muchacha se resistía a la invitación, con el "Vamos" le aplicó dos bofetadas y agarrándola por los pelos la encerró en una pieza. Salieron ya avanzada la mañana.

En el centro de la ciudad, la noticia de la muerte de Doris con detalles exagerados, había reunido desde la mañada a las asambleas de comadres en el atrio de la iglesia. Vieron al capitán Justo cruzar la calle procedente del lado de Cuia Dágua, donde ejercían las rameras. Pesado, lerdo, mudo, siniestro, un animal abotagado. Con la hija muerta y enterrada, doña Brígida se imaginó heredera. Con suprema audacia elevó la voz y reclamó un inventario. El capitán se le rió en la cara, fue designado inventariante por el mismo juez y por gran favor consintió en darle una habitación en el fondo y el cuidado de la nieta.

Con el correr de los días y de las mujeres, un año y medio después del entierro de Doris, sucia y rotosa, loca mansa, doña Brígida vivía entre monstruos de folletín, entre el Porco y el Lobisomem, y la Mula-Sem-Cabeça. Perseguida por un acuciante sentimiento de culpa, autora de un crimen sin perdón en contra de su misma hija, cándida e indefensa, expiaba el infierno en vida.

Cuando haya cumplido la sentencia completamente, cuando haya purgado la condena dictada por el Señor, entonces bajará el Ángel de la Venganza. En infinitas conversaciones consigo misma celebra el día de la liberación. Un ángel del cielo, San Jorge o San Miguel, el desesperado padre de una hija violada, el comprador robado en las cuentas, el criador de gallos estafado en la pelea por apuestas, un *cabra*, un miserable cualquiera, quién sabe el cobarde Lobisomem, matará al Porco. Redimida entonces de su pecado, doña Brígida se marchará libre y rica para darle a su nieta el destino que su estirpe le debe. ¡Ah! que sea pronto, antes de que la niña se transforme en adolecente apetecible para el capitán, en argolla para su collar de vírgenes.

Detrás del mango, con la nena en los brazos, los pelos desgreñados, vestida con andrajos, doña Brígida pierde la escena, se le aparecen los monstruos llevándose a la nietita, los monstruos están sueltos, pueblan los campos, la plantaciones, el bosque, la casa, la tierra entera.

Tiran el cuerpo rebelde dentro de la habitación, cierran la puerta por fuera. El capitán se escupe las palmas de las manos y las refriega una con otra.

15

El capitán mete la llave en la cerradura, abre la puerta de la habitación, entra, cambia la llave, tranca la puerta por dentro, coloca el farol en el suelo. Teresa se incorpora, está de pie, contra la pared del fondo, los labios semiabiertos, atenta, Justiniano Duarte da·Rosa parece no tener apuro. Se saca la chaqueta, la cuelga en una percha, entre la correa y la oleografía de la Anunciación, se quita los pantalones, se desata los cordones de los zapatos. Para esa noche de fiesta desechó el agua caliente para el baño de pies, mañana la nueva criada se los lavará en la palangana, antes del comienzo de la función. De calzoncillos y camisa desabrochada, la barriga suelta, los anillos en los dedos, el collar colgado del pescuezo, levanta el farol y examina el plato y la jarra puestos por la vieja Guga, la cocinera. El plato está intacto, parte del agua fue bebida. Con la pequeña y sucia luz examina las cosas. Le salió caro, un *conto* y quinientos mil *reis*, o más, en el costo del almacén. No se arrepiente, es plata bien gastada, la muchacha es bonita de cara, buen cuerpo, se pondrá mejor cuando le crezcan los pechos y las caderas. Además, para el gusto de Justiniano Duarte da Rosa, nada se puede comparar con el verdor de las niñas así, con gusto a leche todavía, según el dicho de Veneranda. Veneranda, una celestina zafada pero con mucha materia gris, conocía las orgías y el libertinaje, usaba palabras raras, importaba extranjeras a Aracaju, gringas muy expertas, que sabían hacer de todo, solo que ese no era el momento para hablar de Veneranda, que se fuese a los infiernos con el gobernador del estado, su amante y protector. Felipa decía la verdad, para encontrar a una más bonita solo yendo a la capital, o sea, a Bahía, pues ni en Aracaju encontraría una tan perfecta, el color tirando a bronce, los cabellos negros largos por la espalda, las piernas esbeltas, una pintura igual a ciertas estampas de santas, allí en la pared tenía una. De sobra valía el precio pagado, había costado una buena cantidad, pero no fue caro, hay que saber apreciar. El capitán se pasa la lengua por los labios, deposita el farol en el suelo, las sombras se elevan, acostate ahí, ordena, acostate ahí, repite. Extiende el brazo para obligarla, la chica se aparta siempre pegada a la pared, Justiniano se ríe con una risita breve, ¿querés jugar conmigo?, ¿le tenés miedo a la cosa que tengo entre las piernas? Bueno, si querés jugar un poquito, vamos a jugar, a mí me gusta jugar un poquito antes de metértela. Sirve para calentar la sangre. El capitán hasta lo prefiere así, las que abren las piernas sin resistencia no duran mucho en su interés, la única fue Doris, pero era la esposa y ¿cómo iba a resistirse Doris con el salón al lado de la alcoba? No podía gritar, se tragó el miedo y se le encendió un fuego por dentro, ni en la residencia de Veneranda, entre las francesas, las argentinas y las polacas, había encontrado una tan ardiente y capacitada. Al capitán le gusta conquistar, sentir la resistencia, el miedo, cuanto más mejor. Ver el miedo en los ojos de esos animalitos es un elixir, un trago que alienta. Si quiere gritar puede hacerlo, en casa solo está la vieja loca y la niña, nadie más para molestarse por sus gritos o su llanto. Vamos, preciosa. El capitán da un paso, Teresa se escabulle, recibe una trompada en la nariz. El capitán se rie de nuevo, es el momento tierno del llanto. El llanto estimula el corazón, acelera la sangre de Justiniano. Pero en lugar de llorar, Teresa responde con un puntapié, entrenada en las peleas con los chicos de la calle, conoce el hueso duro en medio de la pierna desnuda, la uña del dedo grande le arranca un pedazo de piel, una lastimadura, un poco de sangre, fue Teresa la primera en provocar sangre.

Se inclina el capitán para ver su sangre y al volverse a incorporar le da un puñetazo en un hombro. Con toda su fuerza, para educarla. *Jagunço* [1], soldado, comandante en las peleas de muchachones. Teresa había aprendido que un guerrero no llora y ella no va a llorar. Pero no puede contener el grito, el puñetazo le desconyuntó el hombro. ¿Te gustó? ¿Aprendiste? ¿Estás satisfecha o querés más? ¡Acostate ahí, mocosa del diablo! Acostate antes de que te reviente. El capitán arde en deseos, la resistencia le enardece la sangre, un afrodisíaco mejor que el de *catuaba* [2], le abrió el apetito. ¡Acostate ahí! En lugar de obedecer la infeliz intenta golpearlo de nuevo, el capitán retrocede. ¡Cornuda descarada, vas a ver! El puñetazo resuena en el pecho, Teresa vacila, abre la boca para respirar, Justiniano se aprovecha y la agarra de los brazos. La aprieta contra su pecho, le besa el cuello, la cara, intenta besarle la boca. Para hacerlo mejor afloja el abrazo, Teresa se suelta y escapa, pero antes le clava las uñas en la frente, ¡ah! por poco lo deja ciego. ¿Quién tiene miedo, señor capitán? En los ojos de Teresa solamente hay odio, nada más. Hija de puta, vas a ver lo que es bueno, se acabó la joda. Justiniano avanza, la chica se escabulle, las sombras van y vienen, el humo del farol se eleva sofocante, asfixia la nariz. Loco de rabia, el capitán le da una trompada entre los pechos, como si golpeara un bombo, retumba, Teresa pierde el equilibrio y cae entre el colchón y la pared. El rostro de Justiniano está encendido, la hija de puta le quería arruinar los ojos, se tira sobre Teresa que vuelve a esquivarlo, extiende el brazo y alcanza el farol. El capitán siente el calor del fuego en los testículos. ¡Asesina! ¡Asesina! Largá ese farol ahora mismo, vas a incendiar la casa y yo te mato. De pie, Teresa sigue con el farol levantado y avanza, el capitán retrocede, esquiva la cara. Recostada a la pared, la chica mueve el farol para localizar al enemigo. Cuando lo descubre mues-

---

1 *Jagunço:* guerrero, nombre de los soldados que hicieron la campaña de la guerra de Canudos.
2 *Catuaba:* árbol del Brasil cuyas hojas tienen propiedades afrodisíacas.

ra también su rostro sudado y atrevido. ¿Dónde está el miedo, el miedo desatinado de las otras? En ésta solo hay odio. Hay que enseñarle a temer, a respetar al amo y señor que la compró, que tiene derecho, que es su dueño. ¿Si en el mundo no hay respeto, qué es lo que hay? De pronto el capitán hincha sus pulmones y sopla con fuerza, la llama vacila y se apaga. El cuarto queda a oscuras. Teresa perdida en las tinieblas. Para Justiniano Duarte da Rosa es un día claro, divisa a la criatura arrinconada contra la pared, los ojos llenos de odio, el farol inútil en la mano. Hay que enseñarle el miedo, hay que educarla. Llegó la hora, ahí va la primera lección. Teresa recibe una bofetada con la mano abierta, otra, no sabe cuántas, ni ella ni el capitán las contaron. Rueda el farol, la muchacha trata de protegerse la cara con un brazo, no gana mucho, la mano de Justiniano Duarte da Rosa es pesada y la golpea con la palma y con el dorso, con los dedos llenos de anillos. Teresa fue la primera en sacarle sangre, una cosa de nada, ahora es el capitán que la hace sangrar, su mano se tiñe de la sangre de la muchacha. Aprenda a respetar, desgraciada, aprenda a obedecer, cuando yo digo que hay que acostarse hay que acostarse, cuando yo digo que hay que abrir las piernas hay que abrir las piernas, y rápido, con honra y satisfacción. Yo te voy a enseñar a tener miedo, y vas a tener tanto miedo que vas a adivinar mis deseos como todas las otras, más rápido todavía. Ya no la golpea, fue una buena lección, pero ¿por qué esta hija de puta no llora? Teresa trata de soltarse pero no lo consigue, el capitán la sostiene de un brazo, casi retorciéndoselo. La muchacha aprieta los dientes, el dolor la atraviesa, el hombre va a romperle el brazo, pero no llorará, un guerrero no llora ni en la hora de la muerte. Un rayo de luna penetra en el cuarto por el agujero de la ventana condenada. Por el dolor del brazo retorcido, Teresa afloja, cae de costado, ¿aprendiste, tarada? De pie ante el cuerpo caído de la chica, el capitán suda, tiene una pierna arañada, la cara lastimada, pero se ríe victorioso. Su risa siempre es fatal. Teresa está derrotada, ya no ofrece peligro. En la rabia de la pelea, el capitán había terminado pegándole por pegar, maltratándola, por gusto, en la indignación se había olvidado de lo principal, había terminado la lucha con los deseos marchitos. El rayo de luna sobre las piernas de Teresa reencienden su deseo. Aprieta sus ojos chiquitos, se saca los calzoncillos y balancea su sexo delante de la muchacha: mire, hijita, todo esto es suyo, vamos, sáquese el vestido, rápido, le estoy dando una orden. Teresa extiende las manos al borde del vestido, el capitán observa el gesto de obediencia, había conseguido dominar la rebeldía de esa endemoniada. ¡Más rápido, vamos! sacate el vestido de una buena vez, así sumisa da gusto! Pero en lugar de sacarse el vestido, Teresa apoya la mano en el piso, se levanta de un salto y está de nuevo erguida en un rincón. El capitán pierde la cabeza, ¡yo te voy a enseñar, perra! Da un paso, pero recibe el pie de Teresa en los huevos, suelta un grito terrible, dolor más cruel, más insensato, se retuerce. Teresa alcanza la puerta y golpea con los puños, grita pidiendo socorro, por el amor de Dios, vengan que me va a matar. Recibe la primera mordida de la correa de cuero crudo. Una correa hecha a propósito, siete tiras de cuero de buey, trenzadas, trabajadas a sebo, en cada cuerda unos diez nudos. Enloquecido por el dolor, desmedido por la furia, el capitán solo piensa en golpear y golpear. Teresa recibe los golpes en las piernas, en el vientre, en el pecho, en los hombros, en la espalda, en las nalgas, en las caderas, en la cara, cada rebencazo de los siete rebenques, cada golpe de los nudos es una línea de sangre, una hendidura de la piel. El cuero es como un cuchillo afilado, zumban los golpes en el aire. Ciego de odio el capitán pega como nunca pegó, ni a la negrita Ondina le pegó así. Teresa se defiende ante todo la cara, con las manos llagadas se tapa la cara, pero no llora, solo que los gritos y las lágrimas saltan de alguna zona de su ser sin que su voluntad pueda hacer nada. Son independientes. Teresa aúlla de dolor, ¡por el amor de Dios! Desde la habitación vecina llegan las inútiles, tontas imprecaciones de doña Brígida, no calman al capitán, no consuelan a Teresa, o despiertan a ningún vecino ni a la justicia de Dios. El capitán es incansable, Teresa rueda casi muerta, empapada en sangre y el capitán todavía sigue golpeando. ¿Aprendiste, perra? Con el capitán Justo nadie se atreve y el que se atreve recibe su merecido. Hay que aprender a tener miedo, a obedecer. Todavía con el rebenque en la mano, Justiniano se inclina y toca el cuerpo, la carne aún niña. Un resto de deseo vuelve a moverse en su sexo dolorido, le sube por el cuerpo, le reanima la pija, vuelve a colocar en su sitio el orgullo. Todavía siente una especie de frío, resquicio de dolor, pero no será nada, no va a impedirle la cobranza del *conto* y quinientos mil *reis*. La chiquilina gime, llora entre protestas internas. El demonio. Justo le rasga el vestido de arriba abajo, todo es sangre en el género y en la carne dura y tersa. Toca la punta de los pechos, todavia no son pechos, son formas nacientes, las caderas apenas se redondean, tan solo un comienzo de mujer, algo que será, una niña muy verde aún, pero tan del gusto del capitán, mejor no podía ser. Un perro infernal, pero qué hermosa, bocado de rey, una concha tan virgen nunca se vio. Baja la mano y toca los ralos, negros y sedosos pelos del vientre, tan pequeño, pasa la lengua besándolos, extiende el dedo para tocar el misterio del botón de rosa, más allá del dolor, de la rabia, el capitán restablecido en su deseo, dispuesto al acto, con la pija erguida, va a comenzar la función. Pero ese demonio cruza las piernas, cierra los muslos. ¿De dónde saca tanta decisión? El capitán trata de descruzarla, no hay fuerza humana que lo consiga. Otra vez la rabia busca el rebenque. Se pone de pie y la golpea. La golpea con desesperación, la golpea para matarla. Para ser obedecido cuando ordena o desea algo. ¿Qué sería del mundo sin obediencia? Los aullidos de dolor se pierden en el matorral por donde escapa doña Brígida con la nietita en los brazos. El capitán solo deja de golpear cuando Teresa ya no grita, un pedazo sangrante de carne. Descansa unos instantes, deja la correa en el suelo, descruza las piernas, toca el recóndito secreto. Todavía intenta la niña un leve movimiento de defensa, pero dos bofetones la terminan de acomodar. El capitán ama esa virginidad, ese olor a leche. Teresa, a sangre.

16

Cuando la tenue luz de la mañana consigue penetrar a través de las rendijas de la ventanita, Teresa, destrozada, por dentro y por fuera, dolorida en cada partícula de su ser, se arrastra hasta el borde del colchón, en dos tragos se tomó el agua de la jarra. Haciendo un esfuerzo consiguió sentarse, los ronquidos del capitán la hicieron estremecer. No pensaba en nada, solo sentía odio. Hasta el día anterior había sido una niña juguetona y risueña, muy simpática y dada a las fiestas, amiga de todos, una niña dulce. Entre esa tarde y esa noche había aprendido el odio, de una sola vez y entero. El miedo todavía no.

Gateando salió del colchón, se sentó en la escupidera gimiendo de dolor. El sonido de la orina despertó al capitán. Quería poseerla despierta, no como un pedazo de carne muerta. Quería verla recibir su pija, con el cuerpo vibrante en la resistencia y en el dolor. Al oírla orinar se excitó enormemente.

—Vení, acostate, vamos a coger.

La agarró por una pierna, derribándola en la cama, le mordió los labios, en los huevos el deseo se imponía sobre el dolor pertinaz y encubierto. No cerrés las piernas si no querés morir a golpes. Teresa tiró del collar y rodaron las argollas por el piso, cada argolla era un himen arrancado en pleno verdor. ¡Maldición! Se levantó de un salto olvidado del sexo, con dolor de culo y de corazón, porque no había nada en el mundo, persona, animal u objeto de mayor valor y estima para Justiniano Duarte da Rosa, ni su pequeña hijita, ni el gallo Claudinor, campeón de raza pura japonesa, ni su pistola alemana, nada tan precioso como su collar de vírgenes. En una misma noche, el golpe en los testículos y el collar. ¡Ah! ¡Demonio! Era demasiado. Demonio, hija de puta, no aprendiste todavía, pero vas a aprender. Vas a buscar las argollas una a una, al son del rebenque. ¡Vamos! ¡Las argollas, una a una! Con la correa en la mano, ciego de rabia, una incomodidad en los huevos.

Zurra única, memorable, para alquilar balcones, solo faltó que la matara. Los perros respondían a la distancia a los aullidos de Teresa, tomá, perra, vas a aprender. La dejó casi desvanecida, pero quien recogió las argollas fue el capitán.

Cuando terminó de juntarlas, también él se sintió cansado, el brazo destrozado, casi se rompe la muñeca, sin hablar del persistente dolor en el bajo vientre. Jamás había golpeado tanto a nadie aunque le gustaba pegar, era un divertido pasatiempo, pero esta vez se había abusado, este animal era difícil de domar. Quería quebrarle la voluntad a golpes, pero sólo le había quebrado el físico. El capitán estaba exhausto, pero no cedió a la fatiga, macho probado toda su vida, se montó a Teresa, esa cabeza perversa, esa concha de oro.

La soltó con el canto del gallo. Estaba dolorido. ¡Ah! Esa hija de puta rebelde. Pero hasta el hierro se dobla bien golpeado.

17

El miedo clavado en el rostro de las niñas a la hora de la verdad le picaba el deseo, le daba una dimensión más profunda, un raro sabor. Verlas llenas de pavor, muertas de miedo, era una delicia. obligarlas a entregarse por la fuerza de su raza, de su pija, era un placer de los dioses. El miedo es el padre de la obediencia. Pero esta Teresa, tan jovencita, y en sus ojos el capitán no descubre el miedo, tanto como le pegó la primera noche y solo ve la rabia, el odio, la rebeldía. Del miedo, ni señal.

Justiniano Duarte da Rosa, como todos sabían, era un deportista, un criador de gallos de riña, el rey de las apuestas. Había hecho una apuesta consigo mismo: había traspuesto los umbrales de Teresa, había conseguido un himen más para su colección, pero solo irá a Aracaju, a la joyería de Abdon Carteado para encargarle la argolla conmemorativa cuando le haya enseñado el miedo y el respeto a esa cría indócil, cuando la tuviera domada a sus pies, atenta a sus órdenes y caprichos, rendida y suplicante, pronta a abrirle las piernas a su mínima señal y deseosa de más. Le va a enseñar a hacer todo lo que hacen las mujeres de la residencia de Veneranda, lo que hacen las gringas. Doris había aprendido en seguida, se había vuelto una maestra devota, lástima que fuese tan flaca y fea. Teresa tiene estampa de santa, el capitán se cobrará duplicándolo su valioso dinero, centavo por centavo, aunque tenga que zurrarla diez veces por día y otras tantas a la noche. Tiene que verla trémula a sus pies. Entonces irá a Aracaju, a la joyería de Abdon a encargar la argolla de oro.

En los primeros días, además de la tentativa de fuga. nada más ocurrió, pues el capitán estaba en cama. con un testículo hinchado a consecuencia del puntapié de Teresa. Si el demonio hubiera estado calzado lo arruinaba para el resto de su vida. Dos veces por día la vieja Guga, la cocinera, abría la puerta, entraba a la habitación con un plato de porotos, harina y carne seca y la jarra de agua y retiraba la escupidera para limpiarla. Cuando Guga apareció a la mañana trayendo el almuerzo, Teresa ni se movió del colchón, estaba destrozada, sin fuerzas. En la oscuridad, Guga olió la sangre, recogió la correa y movió la cabeza hablando sola:

—¿Qué ganás con contrariar al capitán? Lo mejor es darle en seguida el gusto, ¿para qué diablos querés guardar esa mierda que no vale diez centavos? ¿Para qué sirve? Vos sos muy jovencita, sos una nena, decís que no y se arma un lío. Es mejor que hagás lo que te pide. Te pegó mucho, yo te oí gritar. ¿Te creés que alguien te va a venir a ayudar? ¿Quién va a venir? ¿La vieja loca? Vos sos más loca que ella. Terminá con tanto barullo que nosotros tene-

mos que dormir, no estamos para oir gritos la noche entera.
¿Qué le hiciste que el capitán está en cama? Vos sos loca.
No podés salir del cuarto, es la orden que dio.

No puede salir del cuarto, es la orden que dio. Vamos a
ver si no puedo. Cuando al atardecer la negra volvió, Teresa no le dio tiempo a entrar, se precipitó fuera de la puerta
envuelta en una sábana y se escapó. En la sala, doña Brígida la vio pasar, como un alma en pena, resto de carne del
capitán, un día Dios le mandará un castigo. Se persignó,
el infierno en vida.

La encontraron pasada la medianoche en un matorral distante. El capitán condenado al reposo absoluto con un emplasto de té envuelto en hojas de cigarros, un remedio
seguro para la cura de su mal, comandó desde la cama la
expedición de captura, puesta bajo las órdenes de Terto
Cachorro. Los *cabras* se desparramaron por el campo cultivado. Marquinho, rastreador de animales, la descubrió
dormida entre una mata de espinos. La orden estricta del
capitán era no maltratarla, porque no permitía que nadie
tocase a una mujer que le pertenecía, que nadie le pegase.

Envuelta en la sábana la trajeron a su presencia. El capitán, medio sentado, sostenido por almohadones, empuñaba
un chicote grande, pesado, de madera de ley, antiguo, del
tiempo de la esclavitud, de esos que ya no se hacen en estos
tiempos. Los *cabras* sujetaron a Teresa, el capitán le aplicó
cuatro docenas de azotes, dos con cada mano. No voy a
llorar, pero desde la mitad hasta el fin, lloraba bajito, con
sollozos estrangulados. Otra vez la encerraron en el cuartito del fondo.

En adelante, cuando Guga abría la puerta, un *cabra* quedaba de guardia en el corredor. Al día siguiente sin aguantar más, Teresa muerta de hambre limpió el plato. No voy
a llorar, lloró; no voy a comer, comió. Encerrada en la
pieza, solo pensaba en escapar.

Restablecido de sus huevos, el capitán volvió a su guerra
en la cama. Un día Guga apareció fuera de sus horarios
habituales, con ella venía un *cabra* trayendo una palangana
y un balde con agua. La vieja le entregó un pedazo de
jabón. Era para darse un baño. Solo después que se bañó,
cuando Guga volvió para colgar una lámpara en la pared,
entre el cuadro de la Virgen con el ángel Gabriel y la correa
de cuero crudo, todavía sucia de sangre, solo entonces comprendió Teresa el motivo del baño. Guga le entregó ropa:

—Te tenés que vestir con esto. Era de la finada. A ver si hoy no gritás y nos dejás dormir.

Una camisola de cambray y puntillas, pieza fina del ajuar de la novia, amarilleada por el tiempo. ¿Por qué no te lo querés poner? ¿Estás loca?

La luz mortecina de la lámpara iluminó la figura del capitán sacándose los pantalones y calzoncillos. Por si acaso se quitó el collar del pescuezo y lo colgó del cuadro. ¿Por qué no se puso la camisola que le mandé? Cornuda mal agradecida, ¿por qué despreciaste mi regalo?

La paliza comenzó, golpes y gritos se volvían monótonos, solo doña Brígida se escapaba hacia los matorrales clamando por la justicia divina, castigo para el miserable, castigo para la escandalosa, por qué tanto alboroto, tanto grito, ¿acaso esa muchacha era mejor que Doris, que se hacía la difícil? El infierno en vida.

Obstinado y metódico, el capitán siguió con su tratamiento tantas veces probado. Teresa acabaría por aprender el miedo y el respeto, por aprender obediencia, palanca maestra del mundo. A golpes hasta el hierro se dobla.

Durante seis meses, Teresa recibió palizas cotidianas. El tiempo exacto nadie lo midió pero alcanzó para que la gente se habituara al escándalo de los gritos. ¿Qué chillidos más terribles son esos?, quiso saber un viandante curioso. No es nada, señor, es una loca, criada del capitán. Teresa aguantó más o menos dos meses. Cada vez que el capitán la poseyó fue a golpes. Cada novedad costó tiempo y violencia. Chupá, ordenaba el capitán, la sediciosa cerraba la boca, él se la golpeaba con la hebilla del cinturón, ¡abrila, perra! Hasta que la abría. Cada enseñanza duraba noches y noches de aprendizaje, era necesario usar la bofetada en la cara, el puño cerrado en el pecho, el cinturón, la palmatoria, la correa. Hasta que las fuerzas de Teresa fallaban y entonces consentía y hacía. El olor a pis, a sangre coagulada, a sudor fue iniciando a Teresa Batista en el oficio de la cama. Ponete de espaldas, ordenaba el capitán, ponete en cuatro patas. Para conseguirlo Justiniano Duarte da Rosa casi gasta el cuero crudo de la correa de siete rebenques, cada uno con diez nudos.

Pero el capitán Justo es tenaz, había hecho una apuesta consigo mismo. Teresa habría de aprender el miedo y el respeto, la santa obediencia. Y terminó aprendiendo, por supuesto.

18

Por supuesto, antes intentó escaparse por segunda vez. Descubrió que la guardia del *cabra* durante las idas y venidas de Guga se había levantado. Es que el capitán consideraba que luego de dos meses de intenso tratamiento estaba suficientemente sometida a su voluntad.

Comprobada la ausencia del capanga, Teresa insistió en su fuga vestida con la camisola de Doris, ligera como un bicho del matorral. No fue muy lejos, a los gritos de Guga acudieron el capitán y dos *cabras* que cercaron las afueras de la casa y la trajeron de vuelta. Esta vez, el capitán la hizo atar y como un fardo sin movimientos la tiraron de nuevo en la pieza.

Media hora después apareció ante la puerta Justiniano Duarte da Rosa, riendo con su risa breve, su sentencia fatal. En la mano tenía la plancha de hierro llena de brasas. La levantó a la altura de su boca y sopló, volaron chispas por el aire y los carbones encendidos brillaron. Escupió y el fuego chilló.

Los ojos de Teresa se le salían de las órbitas, el corazón se le encogió y entonces su valentía se esfumó y el color del miedo apareció en su rostro. Temblando mintió:

—Le juro que no me quería escapar, quería tomar un baño porque estoy muy sucia.

Había recibido golpes sin pedir piedad, callada, apenas unas lágrimas o los gritos, no maldecía, no se quejaba, cuando tenía fuerzas reaccionaba y no se entregaba. Lloró y aceptó, es cierto, pero jamás había implorado perdón. Ahora se había terminado:

—No me queme, no me haga eso, por el amor de Dios. No me voy a escapar nunca, le pido perdón, voy a hacer todo lo que usted quiera, le pido perdón. Por el amor de su madre, no me haga eso, perdóneme, ¡ay, perdóneme!

El capitán se sonrió al ver el miedo en los ojos, en la voz de Teresa. ¡Por fin! Todas las cosas tienen su tiempo y su precio.

La muchacha estaba atada y echada boca arriba. Justiniano Duarte da Rosa se sentó sobre el colchón ante la planta desnuda de los pies de Teresa. Le aplicó el hierro primero en un pie, luego en el otro. El olor de la carne quemada, el chirrido de la piel, los aullidos, el silencio de la muerte.

Después la desató, ya no eran necesarias cuerdas ni vigilancia, ni *cabra* guardián ni puerta cerrada. Hecho el curso completo del miedo y el respeto, Teresa por fin era obediente. Chupámela, se la chupó. Rápido, a cuatro patas, se puso y rápido. Sola en el mundo y llena de miedo, una argolla más en el collar del capitán.

19

Entre el campo y el almacén, Teresa Batista vivió más de dos años con el capitán Justo, en condición de, ¿cómo podríamos llamarla?, en condición de favorita. La voz general decía, la nueva amante del capitán, ¿lo sería realmente? La condición de manceba, o amiga, o amante, o concubina, o mujer con casa puesta, implica la existencia de un subentendido acuerdo entre la elegida y el protector. Un acuerdo sobre obligaciones, derechos, regalías y ventajas. La mancebía requiere gastos de dinero y esfuerzos de comprensión. Amante completa y en la justa acepción del término era Belinha, la del juez. El magistrado le había puesto casa en una calle discreta, con quinta de mangos y *cajueiros*, con aire y hamaca de red, mobiliario respetable, cortinas, alfombras y además de los gastos de la casa y del vestuario, exige un dinero extra para pequeñeces propias de la mujer. Belinha le daba envidia incluso a las señoras casadas, cuando toda arreglada y con los ojos bajos, seguida de la criada, se dirigía a casa de la modista. Tenía criada permanente para los servicios domésticos y para que la acompañara a la modista, al dentista, a las tiendas, al cine, pues la honra de las amantes es frágil y necesita un constante cuidado. A cambio de esas ventajas, Belinha estaba obligada a darle a su ilustre amante la total intimidad de su graciosa persona, a prodigarse en caricias y atenciones, a ser amable, además de fiel, condición ésta primera y esencial. La violación de alguna de estas cláusulas en esos acuerdos de buen vivir resulta de la imperfecta condición humana. Véase el caso de Belinha, paradigma de la amante ideal y sin embargo, incapaz de mantener su fidelidad, incapacidad congénita a su gentil personita. Comprensivo y acostumbrado, el ilustre cerraba los ojos a las visitas del primo de la mujer los días de audiencia en los tribunales y se escudaba en el respeto a los lazos familiares. Su esposa en Bahía tenía una ponderable y alegre parentela masculina, entonces, cómo negarle un primo único a la comedida Belinha, que permanecía solitaria durante las largas horas que el juez distribuía justicia en la comarca? Cornudo veterano, cabrón convencido, condición de mansedumbre indispensable en ciertos casos para el buen éxito de la mancebía perfecta.

Teresa en cambio, no era lo que se dice una amante, aunque dormía en el lecho matrimonial, tanto en la amplitud de la cama de la casa de campo como en la vieja cama de la ciudad, regalía que la ponía por encima de las demás, que le daba categoría especial en el papel de las innúmeras criadas, protegidas, amantes que se habían sucedido en la vida de Justiniano Duarte da Rosa. Sin duda, privilegio significativo, pero único, fuera de algunos vestidos usados del ajuar de Doris, un par de zapatos, un espejo, un peine, baratijas de viajante de comercio. En lo demás, una criada igual a las otras, en el trabajo de la mañana ỳ de la noche, primero en la casa de campo, después en el mostrador del almacén cuando Justiniano descubrió sus habilidades en las cuatro operaciones aritméticas y su letra legible. Criada y favorita, mantuvo a Teresa dos años y tres meses en el privilegio de usar la cama matrimonial. Tuvo rivales pero todas permanecieron en las piezas del fondo, ninguna ascendió de los colchones de paja hacia los lechos con sábanas limpias.

Ninguna mujer había durado tanto en las preferenciás del capitán, a quien le gustaba variar. Legiones de niñas, muchachas y mujeres maduras vivieron en las dos casas de Justiniano a su disposición. El interés del capitán, al comienzo muy intenso, se agotaba en días, semanas, raramente en algunos meses. Y entonces las infelices tenían que irse, la mayor parte a la Cuia Dágua, el reducto local de las mujeres de la vida; unas pocas, mejor dotadas físicamente, tomaban el tren y se iban a Aracaju o a Bahía, dos mercados más amplios. Desde hacía veinte años el capitán proveía material numeroso y de variable calidad a los centros consumidores.

En opinión del recaudador de impuestos, Airton Amorim, científicamente, esa manía de variar se debía a la impotencia. ¿Impotencia? El fiscal Epaminondas Trigo protesta contra las mistificaciones de Airton cuya diversión preferida era abusar de la buena fe de los amigos inventando absurdos.

—Ya estás ahí con tus inventos. Para satisfacer a tantas mujeres hay que tenerla en forma.

—¿No me diga, mi ilustre amigo, que nunca leyó a Marañón?

El recaudador exhibía erudición, le gustaba mucho sorprender. Gregorio Marañón, es un sabio español de la Universidad de Madrid que afirmó y probó que cuanto mayor es el número de mujeres y la variedad, más flojo es el individuo.

—¿Marañón? —se admiró Marcos Lemos, el contador de la fábrica—. Yo conocía la teoría pero creía que su autor era Freud. ¿Está seguro de lo que dice?

—Tengo el libro en mi biblioteca si quiere leerlo.

—Un flojo así quisiera ser yo, comer y cambiar, comer y cambiar. Vaya si lo quisiera. El tipo se la pasa desvirgando mujeres y ustedes dicen que es flojo. ¡Qué absurdo!

—el recaudador no se convencía fácilmente.

Airton eleva sus brazos al cielo. ¡Santa ignorancia! Exactamente por eso, mi querido bachiller, exactamente por eso. El individuo necesita cambiar de mujer a cada rato para excitarse, para mantenerse potente. ¿Usted sabe quién fue el máximo representante de esa estirpe? Don Juan, el amante por excelencia, el de las mil mujeres. Otro fue Casanova.

—Eso no, Airton, ni siquiera como paradoja...

Pero el juez, no queriendo pasar por menos culto, afirmó la existencia de Marañón y de la estrambótica tesis. Verdadera o no, la teoría había sido enunciada y discutida. Muy discutida. En cuanto a Freud, el asunto era diferente: la teoría de los sueños y de los complejos y aquella historia sobre Leonardo da Vinci...

—¿Leonardo da Vinci, el pintor? —El doctor Epaminondas lo conocía de las palabras cruzadas—. ¿También era flojo?

—Flojo no. Ese era marica.

Dejemos el tema de las discusiones, fuera impotente o maestro, según el contrincante que opinara, la cosa es que el capitán cada tanto se apegaba a una de sus conquistas, casi siempre a una muy jovencita todavía en cueros, para citar de nuevo a la sabia Veneranda, autoridad tan competente como Freud o Marañón en asuntos sexuales y mucho menos controvertida. Al derecho a la cama matrimonial, prueba del favor del capitán, privilegio y honra, se unía la oferta de un vestidito barato, un par de alpargatas, un pedazo de cinta, un juguetito, y ahí se terminaba la relación de lo que obtenían las preferidas. El capitán no acostumbra a tirar la plata, ni desperdicios ni prodigalidades, lo que le parecía bien al juez; es fácil ser perdulario con el dinero de los demás.

Ni una palabra de cariño, ni una sombra de ternura, una caricia, solo una mayor asiduidad, más furor en la posesión.

Sucedía en las horas más extravagantes, le hacía una señal a Terese, a la cama, rápido, levantarse la pollera, echarse, impostergable necesidad, y la mandaba de vuelta al trabajo.

La vehemencia del deseo no le impedía dormir con otras. Ocasiones hubo con dos huéspedes al mismo tiempo, una en el campo y la otra en la ciudad, además de Teresa y de acostarse con todas el mismo día. Un caballo, y Airton Amorim, ese farsante incorregible, que lo acusaba de impotencia. Ni siquiera la confirmación del juez puede convencer al fiscal, ese tal Marañón no pasa de ser una bestia.

Cuando Teresa Batista fue del caserón del campo al almacén, trabajando ante una pequeña mesa con las cuentas, hacía circular a los curiosos que decían: "la nueva amiga del capitán vale la pena". En la ciudad, las mujeres de Justiniano Duarte da Rosa eran debatidas en el parlamento de las comadres y en las tertulias de los letrados. Una de ellas, María Romao, provocó gran revuelo al ser vista, del bracete con el capitán en la vereda del cine, moviendo sus fuertes caderas y busto soberbio. Después se supo que la mulata tenía una cuenta abierta en la tienda de Enock, acontecimiento inédito, digno de figurar entre las noticias de los diarios capitalinos. Alta, trigueña, de pelo lacio, una estatua. Cosa rara, no era jovencita, ya había cumplido los diecinueve años cuando el capitán Justo la compró en una leva traída del alto sertón con destino a las *fazendas* del sur. Un colega de Justiniano Duarte da Rosa, el capitán Neco Sobrinho, comerciaba sertanejos juntándolos en las zonas de sequía y vendiéndolos en Goiás. Un negocio redondo. De paso y momentáneamente necesitado, cambió a María Romao por carne seca, porotos, harina y *rapadura* [1]. Con crédito abierto en una tienda, María Romao fue la primera y la última. Enamoramiento poderoso tirado sin pudor a las fauces públicas, duró poquísimo, no pasó la semana.

El capitán no se entregaba a confidencias, al contrario, era de naturaleza reservada y enemigo de intimidades. Sin embargo, al despedir a María Romao, fue interrogado por su amigo, el doctor Eustaquio Fialho Gomes Neto sobre la veracidad de la noticia que circulaba por la calle. El juez era nuevo en el lugar, tenía a su familia en la capital, por su cargo estaba imposibilitado de frecuentar a las putas y entonces buscaba una muchacha para ponerle casa. María Romao le venía como anillo al dedo para la emergencia.

—¿Es verdad lo que dicen, capitán? ¿Que aquella muchacha Romao ya no está con usted?

1 *Rapadura:* melaza de azúcar solidificada en forma de panes.

— Sí, es cierto. Cambié su fachada por una raquítica que Gabi recibió de Estancia, de la fábrica de tejidos. — Hizo una pausa y terminó —. Gabi cree que me engañó. Todavía no nació quien pueda engañar al capitán Justo, doctor.

— ¿La cambió? ¿Cómo que la cambió? — el juez se iba instruyendo sobre las costumbres de la tierra y del capitán.

— Son negocios que tengo con Gabi, doctor. Cuando ella tiene novedades me avisa y puedo comprar, cambiar, alquilar, cualquier tipo de transacción. Cuando me canso, volvemos a hacer otro negocio.

— Entiendo. — Todavía no entendía pero ya iba a entender —. Quiere decir que la muchacha está libre, quien quiera...

— Tiene que hablar con Gabi. Pero, perdone la pregunta, ¿el doctor está interesado en esa mujer?

El juez explicó su problema, con el capitán que le había sido recomendado por amigos poderosos, podía abrirse. Con sus hijos estudiando en Bahía, la esposa iba a estar más tiempo en la capital que allí. También él iría a veces, cuando le fuera posible...

— ¡Qué manera de gastar! — dijo el capitán y silbó entre dientes.

Se trata... No está bien hablar de esto, ¿pero qué se le va a hacer? La educación de los hijos exige sacrificios, capitán. Ahora, vea usted, la posición de un juez no le permite, no queda bien, que frecuente casa de mujeres, calles sospechosas, en fin... el capitán comprende lo delicado de la situación. Piensa establecer a una mujer que le satisfaga los sentidos. Al saber que María Romao estaba libre, que al capitán ya no le interesaba...

— No se la aconsejo, doctor. Mucha estampa, mucha figura, pero podrida por dentro.

— ¿Podrida por dentro?

— Sí. Tiene lepra, doctor.

— ¿Lepra? ¡Dios mío! ¿Está seguro?

— La conozco por la sombra, pero la de ella ya empezó a dar flor.

Con el correr de los días mucho aprendió el juez sobre las costumbres locales y del capitán. Se hicieron amigos, intercambiaron favores, unidos por diversos intereses, al decir popular socios en porquerías, la cuadrilla del capitán, el juez, el comisario y el prefecto. Se vanagloriaba de conocer como nadie los sentimientos de Justiniano Duarte da Rosa. En rueda de intelectuales, en debates eruditos y libertinos, también en las serenas tardes al calor de los senos de Belinha, el doctor Eustaquio discurre sobre la vida sentimental y sexual del respetado prócer. Amor digno de esa palabra sublime, capaz de llevar a un hombre adulto y de principios firmes a cometer desatinos, realmente amor, Justiniano sólo sintió y padeció una vez, el objeto de ese puro sentimiento había sido Doris. ¿Qué desatinos había cometido el capitán, qué pruebas de ceguera y demencia propias de un sublime amor? Pues, mis estimados colegas, mi dulce amiga, la de casarse con una criatura sin gracia, pobre y tísica, una verdadera locura. Amor sublime o sórdido, como prefieran, pero verdadero. El capitán jamás había conocido el amor antes de Doris y jamás había vuelto a sentirlo después. El resto no pasaba de enamoramientos, caprichos, simples asuntos de cama, de mayor o menor duración, casi siempre de menor.

Teresa no tuvo cuenta abierta en la tienda de Enock ni fue vista del brazo del capitán a la hora del cine, en cambio, fue la única que superó los dos años de compartir el lecho de Justiniano Duarte da Rosa. Dos años y tres meses completos y ¿cuánto tiempo más hubiera sido de no haber sucedido lo que sucedió?

El juez, psicólogo profundo y vate consuetudinario (había dedicado a Belinha todo un ciclo de sonetos lúbricos y *camonianos* [1]), se había negado a situar a Teresa al lado de Doris en la escala de los sentimientos del capitán, como asimismo, en considerarla amante o amiga de Justiniano Duarte da Rosa. ¿Amiga? ¿Quién? ¿Teresa Batista? Ciertamente, como el juez había estado de cierta manera envuelto en los acontecimientos finales, su opinión puede no ser imparcial, además su musa quedó disminuida y no pudo advertir como era su costumbre amor y odio, miedo y deshonor. Solo habló de víctimas y culpables. Víctimas todos los personajes de la historia, empezando por el capitán, culpable solo uno, Teresa Batista, tan joven y tan perversa, corazón de piedra y de vicio.

Hubo quien pensó exactamente lo contrario, algunas personas sin mayor clasificación, ni juristas ni literatos como el doctor Eustaquio Fialho Gomes Neto, para las musas Fialho Neto, sino personas que no conocían ni las leyes ni la métrica. Al final, como se verá a continuación, todo quedó arreglado por la indebida y decisiva intervención del doctor Emiliano Guedes, el mayor de los hermanos Guedes.

---

1 *Camonianos:* al estilo de Camoens, poeta portugués del Renacimiento.

20

Los sentimientos de Justiniano Duarte da Rosa en relación con Teresa, capaces de mantener tan largo favoritismo y creciente interés, permanecen todavía a la espera de una justa definición, por falta de acuerdo entre los letrados. En cuanto a los sentimientos de Teresa Batista, no exigían ni merecían debates ni análisis, se reducían exclusivamente al miedo.

Al principio, cuando resistía y se oponía con desesperación, vivió y se fortaleció en el odio al capitán. Después, solo miedo, nada más que miedo. Mientras vivió con Justiniano, Teresa Batista fue una esclava sumisa en el trabajo y en el lecho, atenta y diligente. En el trabajo no esperaba órdenes, activa, rápida, cuidadosa, incansable, encargada de los servicios más pesados y sucios, la limpieza de la casa, la ropa para lavar y planchar, atareada el día entero. En ese duro trabajo se había hecho resistente, mirándole el delgado cuerpo nadie la juzgaría capaz de cargar bolsas de porotos de cuatro arrobas y fardos de carne seca.

Se había propuesto a ayudar a doña Brígida en la crianza de la nieta pero la viuda no le había permitido ni siquiera aproximarse, menos todavía tener ninguna intimidad con la niña. Teresa era la traicionera enemiga que ocupaba la cama de Doris, que usaba sus ropas (los vestidos apretados le marcaban las formas nacientes, excitantes), se hacía pasar por ella para robarle la nieta y la herencia. Sumergida en su alucinación, en un universo de monstruos, doña Brígida se mantenía lúcida en cuanto a la condición de la nieta de heredera universal y única de los bienes del capitán. Un día, cuando descendiera del cielo el Ángel Vengador, la niña rica y la abuela rescatada de los infiernos, irían a vivir en la opulencia y en la gracia de Dios. La nieta era su carta de triunfo, la llave de su salvación.

Perra venida de la profundidad del infierno por la Mula-Sem-Cabeça, o por el Lobisomem para la cama del Porco, disfrazada de Doris, la intrusa le quiere cerrar la única puerta de salida, robarle la nieta, los bienes y la esperanza. Cuando la veía cerca, doña Brígida desaparecía con la nieta.

¡Cómo iba a darle a cuidar a la niña! No era por la muñeca, no era solo por la muñeca; a Teresa le gustaban los niños y los animales y nunca había jugado con muñecas. La esposa del juez, doña Beatriz, madrina elegida por Doris en el comienzo de su gravidez, había traído una muñeca de Bahía como regalo de cumpleaños. Abría y cerraba los ojos, decía mamá, rubios cabellos en bucles, vestido blanco de novia. Generalmente, estaba encerrada en un armario y los domingos la tenía la niñita durante varias horas. Solo una vez la tuvo Teresa en sus manos, en seguida doña Brígida se la quitó maldiciéndola.

No se quejaba del trabajo, limpieza de las escupideras, de las letrinas, cura de la llaga abierta en la pierna de Guga, el fardo de ropa sucia, pero le pesaba la mala voluntad de la viuda, la prohibición de tocar a la niña. Desde lejos la veía con su paso vacilante, debía ser lindo tener un hijo o una muñeca.

Todavía más penosas eran las obligaciones de la cama. Servir para que el capitán la montara, satisfacerle los caprichos, entregarse dócil en cualquier momento, tanto de la noche como del día.

Después de comer, estando él presente había que traer la palangana de agua tibia para los pies y se los lavaba con jabón. Para imitar a Doris, en opinión de doña Brígida, pero Doris era feliz al hacerlo, pies adorados, le besaba los dedos, frenética a la espera de la función en la cama. Para Teresa era un trabajo inseguro y arriesgado. Mil veces preferible era la llaga fétida de Guga. Por acordarse de Doris o simplemente por maldad, a veces el capitán la empujaba con el pie y la tiraba al piso: ¿por qué no me los besás, no te gusta, peste? Otras lo habían hecho mejor. Le daba con el pie en la cara, ¡esa orgullosa de mierda! Empujones y puntapiés innecesarios, ruines; le bastaba mandar. Teresa se tragaba su orgullo y repugnancia, le lamía los pies y el resto.

Jamás había sentido Teresa el mínimo placer, el mínimo deseo o interés, todo contacto físico con Justiniano Duarte da Rosa significaba molestia y asco y solo por miedo concedió e hizo, hembra a disposición, dispuesta y pronta. En ese período de su vida, los asuntos del sexo para Teresa no eran más que dolor, sangre, suciedad, amargura y servidumbre.

Ni siquiera imaginaba que pudiera hacer tales cosas con alegría, reciprocidad ni placer, o simplemente placer. Teresa era solo el vaso donde el capitán se descargaba, vertía en ella su deseo como vertía la orina en la escupidera. Que pudiera ser de otra manera, con cariño, caricias, goce, ni se le pasaba por la cabeza. Por qué su tía Felipa se encerraba con hombres no lo entendía. Deseo, ansia, ternura, alegría, eran ingredientes desconocidos para Teresa Batista. Jamás le pidió nada, orgullosa de mierda, aunque inconsciente de su orgullo. Justiniano le dio vestidos del ajuar de Doris, el par de zapatos vino de la tienda de Enock, alguna otra chuchería barata regalada en días de grandes satisfacciones, como cuando un gallo de su propiedad dejaba al adversario muerto en la riña, rasgado por los espolones de hierro. Ni esos raros acontecimientos alteraban el único sentimiento poderoso en el pecho de Teresa, el miedo. Al adivinar la ira en la voz o en los gestos del capitán, inmediatamente sentía una sensación de muerte en la planta de los pies y el mismo frío de terror que la había atravesado al ver la plancha caliente en su camino, las chispas por el aire. Le bastaba oír su voz alterada, descontenta, gritar una mala palabra, reír con su risa breve, y el frío de la muerte apretaba el corazón de Teresa Batista, se le quemaba la planta de los pies con la plancha caliente.

21

En cuanto al capitán Justo, ¿sabía que las mujeres eran capaces de sentir placer tanto como los hombres? Tal vez lo supiera sin que le interesara, nunca se había preocupado por compartir el deseo y el goce con su compañera de cama. Posesión mutua, sensaciones recíprocas, gozo en común, palabras gratuitas de gente de mucha labia y poca resolución. La hembra está para ser poseída y se terminó. Para el capitán, buena en la cama es la que, por ser verde doncella, por inexperiencia y miedo infantil, por muy sabia o por lo que fuera, le excitaba el deseo. Como era de público conocimiento, las prefería flamantes, al punto de coleccionar en un collar a las menores de quince años cuyos himenes había roto.

Nunca pretendió de las mujeres otra cosa que placer para sí, exclusivo. Se daba cuenta, es claro, que algunas eran más ardientes, que participaban más. Así había sido Doris, consumida por la fiebre, ni en la residencia de Veneranda, ni entre las gringas había encontrado una puta tan puta. Tocado en sus cualidades de macho, se sentía satisfecho cuando les notaba ansia y vehemencia, atribuyéndolo a sus cualidades viriles, caballo capaz de pasarse la noche entera desflorando a una virgen, de pasarse hasta la madrugada con una amante habilidosa. Las fuentes de su exaltación no estaban en el placer ni en el apego de sus compañeras. Inclusive, se irritaba fácilmente, cuando se ponían muy mimosas, cuando se les daba por enamorarse, y pedían reciprocidad, atención, caricias, ¿dónde se ha visto? Un macho de veras no adula a una mujer.

¿Qué había pasado con Teresa, por qué había pasado tanto tiempo en la cama matrimonial? ¿Cómo no se desprendió de ella el capitán, cómo no se había cansado? Dos años, un horror de tiempo. Ponía sus ojos en Teresa y el deseo le apretaba los huevos, se le subía al pecho. Salía de viaje, mujeres de lujo en la capital, pero no se olvidaba de Teresa. Sucedió que en el campo había roto el himen de una criatura flamante en el colchón de la pieza del fondo y en seguida se había marchado hacia la cama matrimonial con Teresa, todavía envuelto en la sangre de la otra.

¿Por qué? ¿Porque era bonita, de cara y físico, una lindeza codiciada por todos? Una tarde, Gabi le avisó que tenía caza nueva, descubierta por ella, pongo las manos en el fuego, si no es virgen no me paga nada, y advirtiendo el interés del capitán le propuso hacer un cambio con Teresa, de una muchacha con su estampa estaba necesitada su pensión.

—Ya tengo hasta la lista de candidatos, haciendo fila.

El capitán no permitía que se hablase de sus mujeres. Todos recordaban el caso de Jonga, arrendatario de prósperos campos. Perdió sus campos y el uso de la mano derecha y solo escapó de la muerte por culpa del médico de la Santa Casa, y ¿por qué había sido?, por estar charlando con Celina en el camino del arroyo. Apenas había terminado de hablar Gabi y se tragó la risa, lleno de furia Justiniano Duarte da Rosa quería romper la pensión entera:

—¿Lista? Muéstremela que quiero ver a esos hijos de puta que se atreven... Deme la lista.

Los pacatos clientes diurnos habían desaparecido y Gabi tuvo grandes dificultades para calmar al bravo capitán, no había lista alguna, había sido una manera de hablar, de elogiar la belleza de la muchacha.

—No precisa que la elogien.

A pesar de la prohibición, los elogios y los comentarios se sucedían y la lista de candidatos recogía nombres en secreto. En todo el estado no había ninguna mujer más codiciada, el capitán se sentía orgulloso de ser el dueño de esa joya capaz de llenar los ojos hasta del doctor Emiliano Guedes, exigente en la materia, millonario y aristócrata. Justiniano la había exhibido en riñas de gallos y cuando recibía alguna visita en el campo, visita de *fazendeiro*, o de viajante de comercio en el almacén, llamaba a la muchacha para que sirviera café o cachaça, gozando el placer de verse propietario envidiado, de ver la codicia de los huéspedes. Sin embargo estaba menos orgulloso de ella que del gallo Claudionor, campeón invicto, matador feroz.

El capitán no era especialmente sensible a la belleza, a no ser a la hora de hacer negocios, cambios, compras y ventas, cuando la cara y el cuerpo de la muchacha, su belleza, su gracia eran la moneda, dinero en vivo. En la cama apreciaba otros valores, Doris fea y enferma, duró mientras vivió. ¿Por qué entonces había durado tanto Teresa en el lecho matrimonial?

Quién sabe, tal vez, porque nunca se le entregó por completo. Sumisa, sí, de total obediencia, corriendo para servirlo, ejecutando sus órdenes y caprichos sin decir ni pío, moviéndose para que no la golpeara, para evitar el castigo, la palmatoria, el cinto, la correa de cuero crudo. Él ordenaba, ella obedecía, pero nunca había tomado la iniciativa, jamás se había ofrecido. Acostada abría las piernas, la boca, se ponía en cuatro patas, hacía lo que le mandaba, jamás le proponía nada. Doris en cambio, era provocante, proponía cosas y se anticipaba "te voy a chupar la pija y las pelotas" le decía, así ni siquiera eran las gringas de Veneranda, Callada y eficiente, Teresa cumplía sus órdenes. No dejaba de sentirse satisfecho el capitán con tanta sumisión, le había costado bastante enseñarle el miedo a esa sediciosa, domarla, quebrarle la voluntad. Lo había conseguido, era un perito en la materia. Por eso mismo, con cualquier pretexto o sin ninguno, ponía en funcionamiento la palmatoria o la correa, para mantener vivo el concepto de respeto e impedir que renaciera la rebeldía. Sin miedo, ¿qué sería del mundo?

Entonces, ¿para echarla, para negociarla con Gabi o con Veneranda (era digna de la residencia de Veneranda, bocado para la capital), para vendérsela al doctor Emiliano, esperaba conquistarla por completo, tenerla amorosa, derramada, suplicante, provocante, como tantas otras empezando por Doris? ¿Era un desafío, una apuesta consigo mismo? ¿Quién podía adivinarlo, siendo el capitán de naturaleza tan reservada, tan poco dado a confidencias?

La mayor parte de la gente se contentaba con atribuir tan largo enamoramiento a una causa única, la creciente belleza de Teresa en las vísperas de sus quince años. Pequeños pechos duros, caderas redondas, aquel color de cobre, casi dorado. Piel de durazno, en la poética comparación del juez y bardo, lamentablemente muy pocos pudieron apreciar la justeza de la imagen por desconocimiento de la fruta extranjera. Marcos Lemos, contador de la fábrica de azúcar, de tendencias nacionalistas, prefería rimarla con miel de caña o pulpa de *zapote* [1]. El nombre de Marcos Lemos figuraba en la lista de Gabi.

¿Y para el capitán? ¿Quién sabe, un potro salvaje? Pero lo había domado y lo cabalgaba con rebenque y espuelas.

22

La niña libre, alegre, que subía los árboles, que corría con el perro, que jugaba a la guerra con los varones, que era respetada en las peleas, que se reía con sus compañeritos de la escuela, que tenía una memoria y una inteligencia elogiadas por la maestra, la niña simpática y dada había muerto en el colchón de la pieza del fondo, con la palmatoria y la correa. Roída por el miedo, Teresa vivía sola, sin apegarse a nadie, en un rincón, cerrada por dentro. Siempre llena de pánico, la tensión sólo aflojaba cuando el capitán salía en viaje de negocios, cuando se iba a Aracaju o a Bahía, dos o tres veces por año.

Excluyó de su memoria los despreocupados días de la infancia, en el campo con los tíos, en la escuela con doña Mercedes, con Jacira y Ceiçao, en la guerra heroica de los muchachos, en la feria de los sábados, su fiesta semanal. Fue para no recordar a la tía Felipa mandándole que se viniera con el capitán, el capitán es un hombre muy bueno, en su casa vas a tener de todo, vas a ser una señorita. El tío Rosalvo había levantado sus ojos del suelo, había salido de su lasitud crónica para participar en la emboscada, había sido él quien la encontró y la agarró para entregarla. En el dedo de la tía brillaba el anillo. ¿Qué hice yo, qué crimen cometí, tío Rosalvo, tía Felipa? Teresa quiere olvidar, recordar hace mal, duele por dentro, además siempre tiene sueño. Se levanta al amanecer, no tiene domingos ni feriados, de noche lo tiene al capitán. A veces hasta que amanece. Cuando sale de viaje o permanece en la ciudad, qué noches santas, benditas noches. Teresa duerme, descansa de su miedo, en la cama barre de su memoria la infancia muerta, pero el perro la acompaña en el sueño de piedra.

Si Teresa deseara entablar relaciones amistosas con

1 *Zapote*: Árbol americano de la familia de las zapotáceas y fruto comestible.

arrendatarios y *cabras* y las pocas mujeres, no le sería fácil. Muchacha del capitán, que duerme en la cama matrimonial, es evitada por todos para no despertar la ira fácil de Justiniano Duarte da Rosa. Una protegida suya no podía andar conversando con cualquiera, riéndose con todos. Varios podían atestiguar lo sucedido con Jonga, los demás lo sabían de oídas. Jonga había escapado con vida, podía darse por muy contento. Celina pagó sus charlas y sus risas en la vaina del facón, cuando apareció en la Cuia Dágua daba pena. Mujer del capitán es peligro de muerte, enfermedad contagiosa, veneno de cobra.

Dos veces el capitán la había llevado en el anca de su montura a una pelea de gallos. Vanidoso de sus gallos y de su amante, le gustaba darle envidia a los demás. Montones de plata en los bolsillos para las apuestas, los *cabras* a su alrededor, puñales y revólveres por todas partes. En la riña de gallos todo es sangre, espolones de hierro, pechos desplumados, cabezas mojadas en cachaça. Teresa apretaba los ojos para no ver, el capitán le daba órdenes para que mirara, no existe un espectáculo más emocionante, dicen que los toros es mejor, lo dudo, tengo que verlo para creerlo. Las dos veces los gallos del capitán perdieron, derrotas inexplicables, sin precedentes. Debía haber un culpable, una explicación, culpa de Teresa, es claro, con sus ojos de censura y de piedad, su grito de agonía cuando el gallo cayó, convulso, con una línea de sangre en el pecho. Todo gallero sabe que es fatal para el campeón empeñado en un combate la presencia entre los presentes de un llorón, sea hombre o mujer. *Urucubaca* [1] de porquería. La primera vez Justiniano se contentó con unos gritos y unas bofetadas, para enseñarle a apreciar e incentivar a los gallos. La segunda, le aplicó una paliza de las buenas para curarla y cobrarse el dinero perdido en las apuestas, la decepción de la derrota. No la llevó más en la grupa de su caballo y le prohibió las riñas de gallos. ¿cómo puede alguien no gustar de los combates entre gallos, cómo puede ser tan idiota? Teresa consideró la paliza un precio moderado para librarse de la opresión. En sus horas de ocio prefería expulgar a Guga, matarle las liendres.

Así, en medio del pánico, transcurrieron esos dos años de la vida de Teresa en la casa de campo. Un día el capitán la sorprendió escribiendo un papel con un lápiz. Le sacó el papel y el lápiz:

—¿De quién es esa letra?

1 *Urucubaca*: el que tiene mala suerte constante en el azar.

Teresa había puesto su propio nombre en el papel: Teresa Batista da Anunciaçao, el nombre de la maestra Mercedes Lima y de la escuela Tobías Barreto.

—Mía, señor.

El capitán se acordó de que Felipa le había elogiado la capacidad para leer y escribir de la chica el día del negocio, para valorizar el producto, pero como estaba interesado exclusivamente en el himen no le había prestado atención.

—¿Sabés hacer cuentas?

—Sí, señor.

—¿Las cuatro operaciones?

—Sí, señor.

Días después la transfirió a la casa de la ciudad y la acomodó en la misma habitación del capitán. No tuvo nostalgias del campo, ni siquiera de Guga con su llaga abierta y sus piojos. En el almacén sustituyó a un muchacho que se había ido al sur, el único capaz de hacer las cuatro operaciones. Chico Meia-Sola, hombre de confianza, se conocía el *stock* de mercaderías de memoria, ¡ay de quien pensase en llevarse algo! Insustituible cobrador de morosos, mostraba los dientes y la pistola, pero apenas sabía sumar dos más dos. Los dependientes, uno llamado Pompeu y otro, Papa-Moscas, sabían robar en el peso y la medida, pero eran débiles en aritmética. Teresa anotaba, sumaba, cobraba el dinero, daba el vuelto, sacaba el balance mensual. Justiniano la controló durante tres días y se dio por satisfecho. Los clientes la miraban de reojo, constataban el talle y la hermosura, pero no le hablaban, mujer del capitán es como una enfermedad fatal, veneno de cobra, peligro de muerte.

23

En cierta ocasión, todavía Teresa vivía en el campo, el doctor Emiliano Guedes había aparecido por un ajuste de ganado. Hombre de variados negocios, Justiniano Duarte da Rosa compraba y vendía de todo, compraba barato, vendía caro, pero ¿hay otra forma de ganar dinero? Meses antes había adquirido unas reses a un tal Agripino Lins en camino a Feira de Sant'Ana. Un rebaño arruinado, las reses estaban en la piel y los huesos, un peón tuvo tifus, murieron varias cabezas, el hombre terminó vendiendo el resto por moneditas. A la hora de pagar, Justiniano encima le descontó una vaca que había muerto al llegar a la propiedad y dos más con otros pretextos. El vendedor quiso protestar, el capitán le dijo, ¡no levante la voz, no admito que me digan ladrón, tome su plata y váyase en seguida, hijo de puta! Soltó al ganado en el campo y lo puso a engordar.

Precisamente para examinar ese ganado y otras vacas, el doctor Emiliano Guedes había llegado en su caballo negro, con espuelas de plata, estribo de plata, arreos de cuero y plata. Justiniano lo recibió con los cumplidos debidos al jefe de la familia Guedes, al mayor de los hermanos, al verdadero señor de aquellas tierras. A su lado el rico y temido capitán Justo era un don nadie, un pobretón, y dejaba de lado la insolencia y la valentía.

Ya en la sala, en la mano nerviosa el rebenque de cabo de plata, el visitante divisó a doña Brígida, envejecida y distante, arrastrando sus chancletas detrás de la nieta. No parecía la misma.

—Desde la muerte de la hija, perdió el juicio. No habla con nadie, solo para pelear. La tengo por caridad —explicó el capitán.

El mayor de los Guedes siguió con la mirada a la viuda que se perdía en el matorral.

—¡Quién diría, una señora tan distinguida!

Teresa entró con el café, Emiliano Guedes entonces se olvidó de doña Brígida y de las vueltas de la vida. Se atusó el bigote midiéndole las formas. Un entendido y sin embargo no pudo contener su asombro, ¡Santo Dios!

—Gracias, hija —revolvió el café sin quitarle los ojos.

Era un individuo alto, delgado, de cabellos grises, bigote espeso, nariz aguileña, mirada penetrante, manos cuidadas. Teresa de espaldas, servía al capitán. Emiliano pesaba valores, caderas y piernas, las nalgas apretadas por el vestido prestado. ¡Un pedazo de mujer! Todavía en formación bien conducida, con afecto y cariño podría convertirse en un esplendor.

Bebido su café, montaron y fueron a observar el ganado. Emiliano separó las mejores vacas, concertaron el precio. A la vuelta, ajustando los últimos detalles de la compra, paró el caballo a la puerta y dio las gracias, rehusando la invitación para desmontar.

—Muchas gracias, pero estoy apurado— Levantó el rebenque pero antes de darle al caballo, se atusó el bigote y dijo:

—¿No quiere juntar al lote esa novilla que tiene en la

casa? Si quiere, diga el precio, lo que usted diga estará bien.

El capitán no entendió de inmediato:

—¿Novilla en casa? ¿Cuál, doctor?

—Lo digo por la muchacha, su criada. Estoy necesitando una mucama.

—Es una protegida mía, doctor, huérfana de padre y madre, me la entregaron para que la críe, no puedo disponer de ella. Si pudiera, era suya, discúlpeme que no pueda servirlo en esta ocasión.

El doctor Emiliano bajó la mano y con el rebenque de cabo de plata se golpeó levemente la bota:

—No se hable más de eso. Mándeme las vacas. Hasta cualquier momento.

Voz antigua de mando, señor ancestral. Con las espuelas de plata tocó la barriga del animal y tirando de las riendas lo mantuvo erguido sobre las patas traseras, ¡soberbio! y así de pie, lo hizo dar vuelta. Instintivamente, el capitán retrocedió. El doctor hizo un ademán de despedida, los cascos del caballo levantaron polvo. ¡Paciencia! Si la muchacha fuera de él tampoco le pondría precio, tenía un fulgor en los ojos, fulgor de diamante todavía en bruto, que debe ser trabajado por un artesano fino, muchacha de tantos quilates es una rareza, cosa singular. Otra vez la divisó camino del arroyo, con el atado de ropa a la cabeza, el requiebro de las caderas, las nalgas que empezaban a sobresalir. Bien cuidada, en la abundancia y el cariño, llegaría a ser una perfección, un capricho de Dios. Pero ese Justiniano era un animal de bajos instintos, incapaz de ver, pulir y facetar sus aristas, de darle el valor que tiene al bien que le cupo por injusticia de la suerte. Si fuese del doctor Emiliano Guedes se convertiría en una joya real, con pericia, buen trato, calma y placer. ¡Ah! la fulguración de los ojos negros ¡injusta suerte!

En la galería de su casa, el capitán Justo observa desde lejos la montura, caballo de raza y precio, hace un momento, al levantarse sobre las patas traseras le había dado un susto, con sus arreos de plata, el arrogante caballero. Justiniano Duarte da Rosa juega con el collar de argollas de oro, hímenes cortados en el verdor de sus frutos, el más trabajoso fue el de Teresa, a golpes pudo comérselo. Teresa le había costado un *conto* y quinientos mil *reis*, más el vale del almacén. Teresa flamante, trece años no cumplidos. Teresa con olor a leche y concha de nena. Si quisiera venderla, desvirgada y todo, la vendería con ganancia, sacando plata de la transacción. Si quisiera venderla, doctor Emiliano Guedes, el mayor de los Guedes, señor de leguas de tierra y de siervos sin cuenta, tendría que pagar un buen precio para llevarse ese bocado a su boca. Pero no quería venderla. Al menos por ahora.

24

Las lluvias de invierno humedecieron la tierra reseca, las simientes germinaron y crecieron, fructificaron las plantaciones. En las fiestas de los santos, las muchachas entonaban canciones, sacaban al azar posibles casamientos, hacían promesas, en los caminos de los campos el sonido de los acordeones en las noches de baile, al calor de los fogones; después de los rezos al santo, venían el cortejeo, el licor, los enamoramientos, la cachaça, los cuerpos tirados en el matorral entre protestas y risas. Era el mes de junio, el mes del maíz, de la naranja, de la caña, de los tachos de *canjica* [1], de las *pamonhas* [2], de los licores de fruta, del licor de *jenipapo* [3], de los altares iluminados, San Antonio casamentero, San Juan primo de Dios, San Pedro, devoción de los viudos, las fiestas. Era el mes de preñar a las mujeres.

En la sala de la casa del juez, doctor Eustaquio Fialho Gomes Neto, Fialho Neto de los ardientes sonetos, las luces están encendidas, las sillas ocupadas por las visitas de bienvenida a la señora doña Beatriz Guedes Marcondes Gomes Neto, la esposa casi siempre ausente, madre amantísima "en la capital para cuidar a sus hijos, en los tiempos que corren no se puede dejar a los hijos solos en una ciudad grande, ¡con tantos abismos y tentaciones!"

También para doña Beatriz las lluvias del invierno habían sido benéficas, pues, desde la rápida visita de febrero a esta de junio, corto plazo de cuatro meses, había rejuvenecido por lo menos diez años. La piel lisa, estirada, sin arrugas ni papada, cuerpo esbelto, pechos altos, no aparentaba más de treinta fogosas primaveras, válganos Dios con tanto descaro, como exaltada dijo en rueda de amigas después de ir a visitarla, doña Ponciana de Azevedo, la de las frases virulentas: "esta fulana es la glorificación ambulante de la medicina moderna". Para doña Ponciana la cirugía plástica

---

1 *Canjica:* maíz cocido que se come con agua y sal o con leche y azúcar.
2 *Pamonhas:* bollos de maíz verde, queso y azúcar, envueltos en hojas de banana o en chalas del mismo maíz.
3 *Jenipapo:* fruto del jenipapeiro, árbol brasileño de la familia de las rubiáceas.

era un crimen contra la religión y las buenas costumbres. Cambiar la cara que Dios nos dio, cortarnos la piel, coser los pechos y ¡quién sabe qué otras cosas! Mariquinhas Portilho no estaba de acuerdo, no veía ningún crimen en esos tratamientos, ella nunca se los haría, claro, ni tenía con qué, era viuda y pobre, pero la esposa de un juez que residía en la capital, frecuentando la alta...

—La alta y la baja, comadre, más la baja que la alta...— la cortó doña Ponciana, implacable —Hace mucho que pasó los cuarenta y ahora se aparece de adolescente y encima japonesa...

Se refería a los nuevos ojos almendrados por los cuales había cambiado doña Beatriz los suyos de antaño, grandes, melancólicos, suplicantes, factores importantes de sus antiguos éxitos, lamentablemente encapuchados en un mar de arrugas y patas de gallo y además, muy vistos.

—¿Más de cuarenta? ¿Tantos?

Más de cuarenta. Con seguridad. A pesar de la herencia y del parentesco, se había casado tarde, fue necesario esperar un cazadotes, capaz de hacer oídos sordos al clamor universal, pues doña Beatriz siendo soltera, había corrido mundo. Ahora, el hijo Daniel, allí presente, andaba por los veintidós y es el segundo. El primogénito, Isaías, va para los veintisiete, entre los dos tuvieron una mujercita que murió de crup, en diciembre se recibe de médico. Sí, fíjese usted, Mariquinha, usted que tanto la defiende, los hijos por cuya inocencia debe vivir en Bahía, por los cuales abandona al marido aquí, en manos de una perdida, son esos dos grandulones y Vera, Verinha, ya de veinte años, todavía en el colegio secundario, pero muy adelantada en noviazgos. Va por el tercero. La señora se queda en Bahía, jugando a la canasta, entregada a las diversiones, y no tiene vergüenza de pasar como una esposa sacrificada por los hijos, como si nosotras fuésemos una banda de viejas locas, sin otra cosa que hacer sino hablar de la vida ajena. ¿Y no somos eso? se ríe doña Mariquinhas Portilho, a las buenas, pero las otras le dan la razón a doña Ponciana Azevedo, que está tan bien informada de la vida de la familia del juez por unos conocidos suyos, vecinos de la cuadra donde vive doña Beatriz, testimonios oculares, ¡oculares, mis amigas! Todas las tardes, la madre amantísima sale a jugar a las cartas a casa de variadas amigas iguales a ella en el descaro o para encontrarse con el doctor Ilirio Baeta, profesor de la facultad, su amante desde hace más de veinte años, parece que fue él, todavía estudiante, quien le armó la fiesta. Y no se contenta con ponerle los cuernos al juez, también se los pone al ilustre profesor, porque es muy golosa de los muchachos. Eso explica su necesidad de remendarse la cara, reacondicionar el cuerpo, echarse media suela —suela entera—, achicarse los ojos, coserse los pechos, y quién sabe qué otras cosas más. La envidia les hincha el corpiño, les amarga la boca, les pone hiel en la lengua.

En un espacio solitario entre las visitas de las beatas, venidas para chismosear, brujas venenosas, banda de urubús, a solas con su marido, doña Beatriz no esconde la triste impresión que recogió en la visita que el día anterior hizo a doña Brígida y a su ahijada.

—La pobre mujer vive en la mugre, siempre detrás de la niña, en total abandono. En estos últimos meses cayó todavía más, da pena verla. Siempre con esas historias que hacen estremecer. Si hubiera una gota de verdad en lo que dice, tu amigo Justiniano, nuestro estimado compadre, es el mayor bestia del mundo.

El juez le repite entonces su explicación de siempre, debía defender al capitán en cada visita que su esposa le hacía a la ahijadita y también debía hacerlo ante otras personas amigas del finado doctor Ubaldo Curvelo y de doña Brígida.

—Está loca, es una pobre loca que no pudo resistir la muerte de su hija. Vive así porque quiere, no hay manera de convencerla para que se cuide. ¿Qué puede hacer el capitán? ¿Mandarla al hospicio de Bahía? ¿Mandarla al San Juan de Dios? ¿Sabes en qué condiciones viven los locos? El compadre la mantiene en la casa de campo, le da de todo, la deja que cuide a la nieta con la que está muy encariñada. Para el capitán sería muy fácil, dadas las relaciones que tiene, conseguir una cama para ella en el hospicio y quedaba el caso liquidado. Te pido encarecidamente, querida, que evites cualquier comentario desairado respecto del capitán. Además, sea lo que fuere, es nuestro compadre y siempre se portó como un amigo generoso y le debemos grandes favores.

—Le debemos no, amigo mío— decía "amigo mío" poniendo la misma solemnidad en la voz que ponía el juez —tú se los deberás, dinero, me parece...

—Dinero para tus gastos. ¿O te crees que mi sueldo de juez es suficiente para nuestros gastos?

—No te olvides, amigo mío— nuevamente el tono de mofa —que yo me pago mis gastos personales con las rentas que heredé, además con la pequeña parte que me quedó, que pude salvar por milagro de tus desastres administrativos.

Muchas veces le había echado en cara ese dinero, y siempre reaccionaba el juez de la misma manera, levantando los brazos al cielo, abriendo la boca para largar una enérgica protesta, pero no protestaba, no decía nada, como se ve, era víctima de la mayor de las injusticias, y desistía de cualquier explicación o fulminante defensa en bien de la paz conyugal.

Con una leve sonrisa doña Beatriz fija en sus largas uñas sus ojos almendrados, todos le habían dicho en la capital que le quedaban muy bien, y los desvía del marido, ese pobre hombre haciendo el esfuerzo inútil de dar explicaciones, gestos repetidos, risibles. Eustaquio le daba pena, con su amante provinciana, su máscara de respetabiliad, su versos de galán joven, cornudo viejo. Entregado por completo al capitán, un canalla de la peor especie, completamente a su servicio, encubriéndole las estafas, los robos. Suerte que ella, doña Beatriz, era parienta de los Guedes por el lado materno, una segura garantía. A ellos les debía el nombramiento de Eustaquio como magistrado, doce años atrás, cuando se descubrió la *débâcle* con los bienes heredados comprometidos. Se encojió de hombros, no hablemos más de eso, además a doña Beatriz poco y nada le interesa. Lo visitaba para cumplir un deber social y una conveniencia propia, ni a los hijos ni tampoco a los primos, les gustaría verla separada del marido. El mundo es así, hay que cumplir las reglas del juego, nadie puede desconocerlas.

Nadie, ni siquiera Daniel, el hijo predilecto, retrato de la madre, entrando a la sala con su permanente y atractiva sonrisa, ¿acaso no había venido a pasar sus vacaciones con el padre para poner distancias a los sesenta millonarios años de Pérola Schuartz Leao, harto de los anillos, los collares, los llantos y los celos de la vieja? Daniel no pasaba de ser un muchacho pero ya tenía sentada banca de cínico y disoluto.

Daniel siente la tensión que hay en la sala, tiene horror a las discusiones, a las peleas, a la caras enojadas y trata de aliviar el ambiente.

—Anduve explorando la ciudad, ¿medio triste, no? Ya me había olvidado de como era. Hace como un siglo que no venía. No sé cómo usted la aguanta todo el año, papá, yendo solamente dos veces a Bahía. Qué vida tan dura. Yo me voy a recibir en derecho como usted quiere, pero no vaya a pedirme que sea juez en el interior, es para morirse.

Doña Beatriz le sonríe al hijo:

—Tu padre, Dan, siempre fue poco ambicioso, es un poeta. Inteligente, culto, escribiendo para los diarios y con el prestigio de mi familia, podría haber hecho una carrera política, pero no quiso, prefirió la magistratura.

—Todo tiene sus compensaciones, hijo mío— nuevamente el juez se calza el manto de la respetabilidad.

—Le creo, papá— asiente Daniel pensando en Belinha, a quien había saludado en la calle, y conocía como manceba del ilustre juez.

—Aquí puedo estudiar con tranquilidad, preparar con calma mis dos libros, el de derecho penal y el de poemas. Cuando me jubile pienso presentarme a algún concurso en la facultad, me tienta una cátedra, en cambio, la política nunca me tentó, por el contrario, ¡me repugna!— Totalmente revestido de su importancia, de su dignidad, envuelto en la toga moral.

Doña Beatriz prefiere cambiar de tema, la solemnidad de Eustaquio la pone nerviosa, no lo puede aguantar.

—¿Ya enamoraste a alguna, Dan? ¿Muchos corazones destrozados? ¿Cuántos maridos, cuántos hogares amenazados?— Festejaba los amores de los hijos, era su confidente comprensiva, fue cómplice risueña cuando Daniel se enredó con una amiga de las reuniones de canasta.

—Mujeres poco interesantes, mamá, pero agresivas. Nunca vi un celo más generalizado, remate de mujeres. Pero sin interés, por lo menos por ahora.

—¿Ninguna que te atrajera? Dicen que las muchachas de aquí son impetuosas— se vuelve hacia el marido —Sabes que tu hijo es el conquistador número uno de la capital?

—Exageraciones de su amor materno, no la oiga, papá. Tengo cierta suerte con las viejas, algunos amores románticos, un saldo muy pequeño.

El juez consideró en silencio a la esposa, concentrada en sus uñas, y al hijo, la boca en un bostezo, tan parecidos los dos, casi extraños para él. Al fin, ¿qué tenía en el mundo? Las tertulias con los genios de la tierra, las dificultades de la métrica, las tardes y las noches con Belinha. Querida Belinha, solícita, recatada, discreta, con un primo es cierto, pecado venial.

Golpearon a la puerta, la ilustre esposa del prefecto venía a visitar a la ilustrísima señora del juez. Daniel se escapa, va a rondar el almacén del capitán.

25

—Soy un romántico incurable, ¿qué le voy a hacer?— decía Daniel, el popular Dan de las viejas, en el patio de la facultad.

Estudiante de derecho, doctor en libertinaje con el curso completo en cabarets, prostíbulos de categoría y pensiones de putas, alto y esbelto, lánguido, hermoso muchacho. Ojos melancólicos, grandes y dolientes (los antiguos ojos de doña Beatriz), mirada de conquistador al decir de sus condiscípulos, labios carnosos, cabello enrulado, belleza equívoca, no por afeminada sino por enfermiza, se volvió Daniel un ¡ay, Jesús! para las mujeres de los prostíbulos de categoría y para las elegantes señoras en la plenitud de la madurez, ya sobre el fin de la pista. De unas y otras aceptaba regalos y dinero, y orgulloso lo exhibía, corbatas, cinturones, relojes, cortes de género, billetes de *conto* de *reis*, para ilustrar jugosos y picantes relatos con los que amenizaba la chatura de las aulas.

Para demostrarle sus sentimientos, Zazá do Bico Doce le mete en el bolsillo, a escondidas, parte sustancial de su ganancia diaria. Dan la va a buscar a la madrugada a la residencia de Isaura Maneta y en tierno idilio bajaban la calle San Francisco hacia la piecita bien arreglada, con hojas de *pitanga* [1] en el suelo de cemento, cama con sábanas limpias y perfumadas con alhucema. En el camino, Zazá encuentra la manera discreta y delicada de meterle el dinero en el bolsillo sin que él se dé cuenta, ingenua Zazá do Bico Doce.

—Sólo con hacerme el distraído la platita cae en en mi bolsillo —dice Daniel— sin herir mis sentimientos.

También doña Assunta Menendez do Arrabal, con marido entrado en años y panadero, cuarentona en la fuerza del apetito, le mostraba en la cama regalos y dinero, valorizando sus dádivas, revelándole lo s precios, costó muy caro, queridito, carísimo (tenía descuentos en los comercios de los amigos del marido), elogiaba la procedencia y la calidad, casimir inglés, mi precioso, de contrabando. En el libertinaje, colgaba corbatas de la pija de Dan, le cubría el vientre con billetes.

Con su físico perfecto de gigoló, su aire ambiguo de querubín libertino, sentimental y vicioso, con todos los conocimientos necesarios sobre el noble oficio, competente y

1 *Pitanga*: igual que *pintangueira*, planta brasileña de la familia de las mirtáceas.

tesonero, buen bailarín, de labia fácil, voz soñolienta, suave y cálida, embriagadora, eficaz en la cama, soy el mejor chupador de Bahía, del nordeste, quizá del Brasil, con tantas cualidades juntas, no conseguía ser un verdadero profesional según le explicaba a sus compañeros:

—Soy un romántico incurable, ¿qué le voy a hacer? Me enamoro como una vaca idiota, me doy gratis, y todavía pongo cosas. ¿Y dónde se vio un gigoló decente, un gigoló que se precie, que gaste plata con mujeres? Yo solo soy un amador.

Los compañeros se reían de tanto descaro, tenía gracia Dan, un caso perdido, puro cinismo, aunque los íntimos afirmaban que tenía súbitas pasiones que lo llevaban a abandonar a protectoras ricas y confortables amantes. Su suerte amorosa era proverbial en los medios estudiantiles y bohemios, le atribuían montones de amantes multiplicando los casos verdaderos. Desde jovencito, atrevido mocoso, ganaba y gastaba su dinero con las mujeres.

Muy rara vez los hijos del juez iban a visitarlo a la lejana comarca. Atenta a las conveniencias, a las buenas maneras, doña Beatriz recurría a razones y promesas para obtener, por lo menos cada tanto, la compañía de uno de los hijos en las visitas al esposo y padres, chatas, sin duda, pero imprescindibles para el buen concepto de familia: Daniel era el más rebelde y el menos disponible, hacía cinco años que no tomaba el lento transporte de la Leste Brasileña, ¿por qué me voy a enterrar un mes en aquel agujero? pero si puedo verlo a papá cuando él muestra la cara por la ciudad, sin hablar con que para estas vacaciones ya tengo la programación. En compensación visitaba Río, San Pablo, Montevideo, Buenos Aires, en compañía y a costas de las generosas devotas de su físico y de sus talentos. Pero esta vez doña Beatriz no necesitó ni discutir ni adular, inesperadamente Daniel se propuso hacer el viaje, quiero cambiar de aires, mamá. Así se libraría de doña Pérola Schuartz Leao, longeva conservada en cosméticos y joyas, lamentable caricatura de muchacha, ya no podía reírse de tanto que le habían estirado la piel, dinero a montones y olor a ajo. Viuda paulista y sexagenaria, visitando las iglesias de Bahía, en la de San Francisco había encontrado a un mozo estudiante, barroco y celeste, y perdió la compostura y la cabeza, alquiló una casa en la playa, y abrió su gran bolsa. El dinero de la industria de las mallas iba derecho a Tania, mulatita graciosa, flamante en la residencia de Tiburcia, capricho fuerte de Daniel.

Se cansó de las dos al mismo tiempo. Ninguna cirugía podía quitarle el aliento de ajo de doña Pérola y el dinero y los mimos habían perturbado la modestia de Tania, volviéndola vanidosa y exigente; las pasiones de Dan eran como fogatas con poca leña. Le quedaba la fuga y allá se fue con doña Beatriz hacia los límites del Estado donde el padre administraba justicia y escribía sonetos de amor.

La hermana, Verinha, recién electa Princesa de los Estudiantes, que había perdido el título de Reina por evidente parcialidad del jurado, llamaba la atención de los hermanos sobre algunos sonetos paternos publicados en el suplemento literario del diario *A Tarde*.

—Chicos, el viejo debe haber conseguido una mujer con todas las de la ley, porque esas poesías son afrodisíacas, solo hablan de pechos, de vientres, de lecho de amor, de posesión, de desvarío. Me gustan, son sensacionales. Isaías, vos que sos tan sabio, ¿qué es lo que quiere decir el viejo con eso de coito "fornizio"?

Isaías, el mayor, a punto de recibirse, que estaba de novio con la hija única de un político prominente y tenía un empleo esperándolo en Salud Pública, no sabía o no quería saber él significado de la palabra "fornizio". Para su cara de indignación el coito simple bastaba.

—El viejo no tiene la compostura debida, al fin es un juez. Ciertas cosas se hacen pero no se proclaman, ni siquiera en versos. —En el físico y en el carácter, Isaías era el retrato de su padre, es un Eustaquio cagado y escupido, decía doña Beatriz con cierta amargura, puede engañar a otros, pero yo lo conozco bien.

Dan había salido a la madre y tenía diferente opinión: que cada uno haga lo que quiera y deje a los otros en paz; si al padre le gustaba alardear en versos eróticos los atributos de su musa *caipira* [1], era cosa de él, ¿por qué criticarlo? Solo en la ciudad provinciana, donde ni la esposa ni los hijos querían hacerle compañía, mataba el tiempo del destierro contando sílabas, buscando rimas difíciles, lo que hacía muy bien. ¿Qué diablos significa "fornizio"? También, en esta casa no hay ni siquiera un diccionario.

Los sonetos despertaron su curiosidad y apenas llegó a Cajazeiras trató de descubrir a la inspiradora de los vehemente arrobos paternos. Marcos Lemos, alto funcionario de las oficinas de la fábrica, colega en letras del juez, fue quien le dio indicaciones sobre Belinha y también le habló de Teresa Batista.

1 *Caipira:* rústico, provinciano.

La última vez que estuvo en el lugar era un muchachito de diecisiete años, sin embargo, anduvo fregándose frenéticamente con algunas mujeres y había llegado a toquetear, en el corredor, a la vista de todos, los pechos salientes de alguna casada de osado escote. Ahora, al pasear por la Plaza Matriz bajando la calle principal, las ventanas se llenaron de sonrisas, de miradas, de doncellas por docenas. Condenadas al celibato, a la barricada, palabra maligna: ésa, todavía joven, está con el pie en la barricada, esa otra ya se enterró en la barricada, o sea, todas sentenciadas a la beatería, a la histeria, a la locura. Daniel nunca había visto tanta mujer devota y tanta loca, tantas hembras mendigando un macho. Les dijo a Marcos Lemos y a Airton Amorim al ocupar un sitio en la asamblea de los letrados, si el gobierno cuidase realmente de la salud y el bienestar de la población debería contratar media docena de robustos deportistas y ponerlos a disposición de las masas femeninas desesperadas. Airton Amorim había aplaudido la idea:

—Muy bien pensado, joven. Solo que para nuestra comuna son necesarios, por lo menos, de dos a tres docenas de rudos campeones.

Si quisiera ocupar su mes de vacaciones en el goce de vírgenes, en la oscuridad de los corredores, tenía a su disposición sobrado material para elegir, pero debía hacerlo con mucho cuidado para no cometer un descuido fatal, como romper un himen que otra cosa no deseaba pero que de inmediato se pone a gritar, ¡aquí del rey! me han desflorado, yo era virgen, estoy embarazada, traigan al cura y al juez, obligando al vil seductor, nada menos que hijo del juez, a hacer de novio. Las vírgenes no eran su tipo, prefería a las casadas, a las amancebadas o libres de cualquier compromiso. Por esa zona, en esa vida rústica, las casadas casi no valían la pena de una mirada, muy pronto habían perdido sus encantos con los trabajos domésticos, con los partos continuados, en la modorra y la chatura cotidiana. Daniel casi no reconoció a aquella cuyos pechos tocó en un encuentro fugaz hacía cinco años, ahora estaba gorda, con el busto fláccido, con color de clausura. Una más bonita, de cara maliciosa y ojos de árabe, merecedora de la irresistible mirada del enamoradizo, le respondió con una sonrisa que mostró su boca sin dientes, una tristeza, un absurdo descuido.

Además, el peligro de escándalo. Imagínense a un marido ultrajado, incómodo con sus cuernos, acusando al hijo del juez de destruir un hogar cristiano y feliz, de ensuciar

169

la sagrada institución familiar o si no, peor todavía, amenazas de venganza, de muerte, corridas, tiros. Daniel era alérgico a las violencias de cualquier tipo.

No se podía exponer al padre a un compromiso de esa índole ni exponerse a los celos rústicos de esos primarios sertanejos, que todavía vivían en el tiempo de ñaupa, cuando se lavaba con sangre la honra perdida. En la capital, solamente en las llamadas clases menos favorecidas, los maridos matan por celos, y cada vez con menor frecuencia; a partir de cierta renta, si la rabia es grande porque el amor lo es, el marido ejemplifica con una paliza; si es muy delicado y no puede soportar sus cuernos, se desquita saliendo con otra; la mayor parte se conforma, cuanto más ricos más fáciles de conformar son. Daniel es un maestro en esa materia, merece fe. Pero en el interior, tierra de *jazendeiros* y *jagunços*, donde todavía no llegó la civilización, es aconsejable evitar a las señoras casadas, como prueba de respeto a la familia legalmente constituida y como prueba de prudencia.

En compensación, existen las amigadas, amantes, concubinas, mancebas, muchachas y criadas. Como las amigadas no tienen compromiso de honra asumidos ante el juez y el cura, solo tienen los juramentos de amor y los arreglos monetarios, el peligro de escándalo es casi nulo, menor todavía el de violencia. ¿Quién va a armar un escándalo por su amante, quién va a matar por su concubina? Según los códigos de Daniel, en tal condición no se puede argüir lo de hogar deshecho, honra ofendida, etcétera.

Un rápido examen de la clase de amantes locales, revelaba de inmediato el mal gusto reinante: una valoración excesiva de la gordura como elemento de belleza y exigencia de variadas prendas domésticas, sobre todo las referidas al arte culinario, las amantes debían tener manos de hada para la cocina. Dignas de atención solo había tres, de las cuales una no podía recibir con justicia la designación de amante o cualquiera de sus sinónimos pues era solo una sirvienta que debía responder en la cama a los caprichos del patrón.

La primera, mulata blanqueada de mucha clase, algo entrada en carnes pero duras, blanca en el color pero negra en los rasgos, boca golosa en la cara serena, ciertamente buena en la cama, se le notaba por el movimiento de las caderas, desde hacía más de un lustro era la verdadera esposa del recaudador de impuestos Airton Amorim, pues la legal estaba paralítica, condenada a una silla de ruedas;

difícilmente arriesgaría la excelente posición alcanzada y las perspectivas de que acabara en casamiento, si así la favorecía Nuestra Señora del Ó, de quien era ferviente devota, haciendo desaparecer a la otra, llevándosela a una vida mejor, al fin de cuentas, madre santa, pasarse la vida en una silla de ruedas, sin moverse, sin hablar, distinguiendo solo un poco de luz, no era vida, y esa bendita no se larga de puro malvada que es, solo para embromar.

La segunda, también de visible competencia, tenía sabor a incesto, pues se trataba de Belinha, la manceba del juez. Desde lejos, Marcos Lemos se la señaló en la calle y apenas distinguió su sombrilla, acompañada por la criada, yendo al dentista quizá. Daniel trató de cruzarse con ella y observarla de cerca, entonces Belinha apuró el paso pero lo miró detenidamente para ver cómo era el hijo del juez: la bendición, mamita, susurró Daniel gentil, ella no le respondió pero le hizo gracia el saludo pues se sonrió y con los ojos bajos, revoleando las nalgas, se marchó. En las ausencias del juez se consolaba con un primo, asuntos de familia capaces de tentar a un estudiante en vacaciones y de agitada vida en la capital, si la muchacha del capitán no fuese un sueño de mujer, si no fuese que a su lado las otras dejaban de existir, ¿cómo había crecido en una tierra tan agreste semejante flor? Con la vanidad del cicerone, Marcos Lemos no resistió y le reveló la presencia de esa Gata Cenicienta (la llamaba así, Gata Cenicienta, en un madrigal inspirado en Teresa), la amante del capitán. Amante propiamente dicho, no era, solo uno de los muchos caprichos de Justiniano Duarte da Rosa.

Daniel puso sus ojos en ella, se volvió loco, sus pasiones eran así, fogatas arrasadoras.

26

La fama del capitán era pésima. Atrabiliario, violento, peleador, de malos modos y malos instintos. Aunque era precavido, y enemigo de líos, Daniel no se alarmó con las informaciones que le dio Marcos Lemos, las consideró exageraciones del contador.. Daniel confiaba en su constante buena estrella y en su experiencia, no creyó que el valentón le diera tanta importancia al comportamiento de una de sus muchas, ¿cómo llamarlas, Daniel? digamos, muchachas, palabra de ilimitado concepto, pues en miserable concepto

las tenía. ya que reunía de a dos o tres al mismo tiempo,
en el campo. en las pensiones de putas, en la calle, inclusive
allí mismo, en el fondo del almacén, en las mismas barbas
de la muchacha.

¿Y por qué diablos iba a enterarse el capitán? Con prudencia y cautela, Daniel estaba diplomado en prudencia y
cautela. Además en este episodio contaba con la ayuda de
las circunstancias, esa buena estrella que nunca le fallaba.

Al lado del almacén se encontraba el chalet de las Moraes,
una de las mejores residencias de la ciudad; habitada por
cuatro hermanas, remanentes de un otrora poderoso clan,
herederas de casas de alquiler y de acciones en bonos na-
conales. Alegres, pacatas, bonitas, perfectas dueñas de casa,
si hubiesen vivido en la capital, por cierto no habrían care-
cido de pretendientes a sus manos y a sus dotes.

Pero allí, la mayor andaba en los veinticinco años y la
más joven en los veintidós, estaban destinadas a las barricadas, sin otras perspectivas que las fiestas de iglesia, las
novenas, los pesebres de Navidad, la confección de buñuelos
y de dulces. Claro está, antes de esas vacaciones de junio
y de la aparición de Daniel en la vereda de enfrente.

La mayor, Magda, había estudiado piano; Amalia recitaba con mucha expresión "Meus oito anos", "As pombas",
"In extremis"; Berta dibujaba paisajes a lápiz y acuarela,
los que podían apreciarse en las paredes del chalet y en las
casas de algunas familias amigas; la menor, Teodora, había
estado de novia con un famoso malabarista griego, del Gran
Circo de Oriente, habían cambiado alianzas y besos a la luz
de la luna y en la oscuridad, respectivamente, y ella había
hablado de escapar, primero, luego de matarse, cuando llevaron al galán a la comisaría para aclarar (a pedido de
Magda, hecho en secreto al comisario para que nadie nunca
se enterase, pues si llegaba a oídos de Teodora la indebida
intervención de la primogénita, el mundo se vendría abajo),
puesto contra la pared y bajo la amenaza de la correa, se
confesó nacional y casado, aunque traicionado y abandonado por la esposa. Triste testimonio de melancólicas desgracias, a pesar del cual, quizá Teodora hubiese mandado
al infierno el honor de la familia y hubiese seguido al afligido artista por la seductora dirección que le marcaba su
arte de baratija, si no hubiese sucedido que el ateniense
de Cataguazes había picado a su mula en la callada noche,
marchándose antes de que el circo levantara su carpa.

Un romántico episodio que había conmovido a la ciudad.
Un idilio breve pero intenso, con los dos enamorados juntos

por todas partes, en exhibiciones de ternura. Teodora, indócil a los consejos y los retos, sueño de amor convertido en anécdota, había sembrado una duda que desafiaba la perspicacia de las comadres: ¿el rey internacional de los juegos malabares (según constaba en los programas del circo) habría aliviado a Teodora de la integridad de su himen o permanecería virgen, incólume, honrada? Ni siquiera las hermanas, que se morían por saberlo, lo sabían, pues la mayor interesada era la misma Teodora que mantenía la duda respondiendo con medias palabras, con risitas y con suspiros a cualquier intento de aclarar el misterio.

Su amenaza de suicidio después de la partida del malabarista, había alarmado a Magda:

—Magda, estoy preocupada, no le digas nada a las otras.

—¿Preocupada? ¿Por qué? Contame todo, Teo, por el alma de mamá.

—Todavía no me vinieron, si no me vienen, te juro que me mato.

—¿Por el amor de Dios, quiénes no vinieron?

—Mis reglas, este mes no me vinieron.

—¿Es un atraso grande?

Un atraso de días y le dolían los pechos, tenía ciertos síntomas.

Magda reunió en secreto a las hermanas, Teo está embarazada, es una tragedia, ¿qué vamos a hacer? Dice que va a matarse, es capaz de cualquier cosa, está enloquecida. Se lo merece, dice Amalia, ya que probó de lo bueno que lo pague, pero tratándose de Teo lo mejor es llamar a la partera Noquinha, una perita. ¿Perita, Noquinha? sí, pero también una lengua larga, incapaz de mantener un secreto, objeta Magda, ¿no es mejor el doctor David, que es el médico de la familia? Ni Noquinha ni el doctor David, en opinión de Berta, Teo nos está tomando el pelo, nos quiere hacer creer que lo hizo. ¿Y vos crées que no lo hizo? Seguro, claro que no lo hizo. Basta, ordenó Magda, la mayor, esperando lo sabremos.

El suspenso duró muy poco, las reglas de Teodora llegaron pero ella permaneció ambigua, distante y grave, con un aire de superioridad, como de alguien que tiene un pasado y un secreto, las hermanas siguieron en la incertidumbre, discutiendo el asunto. La ciudad también, hasta hoy perdura la duda. Teodora a la ventana, suspira con la mirada lejana. De los enigmas de Cajazeiras do Norte, es el más apasionante.

El almacén del capitán Justo constituía la permanente diversión de las cuatro hermanas que desde las ventanas del primer piso controlaban a la clientela, matando su infinito tiempo de solteronas. Últimamente el movimiento había aumentado, con crecimiento especial de los clientes varones. Magda, pretextando ocupaciones ineludibles de la criada, fue en persona a hacer compras y esclareció el motivo del aumento de la clientela. Apenas entró ya se dio cuenta, gran curiosidad alrededor de una muchacha que hacía cuentas, era la muchacha del capitán. Joven, con la cara asustada y el pelo en crenchas, la describió Magda a sus hermanas y no dejaba de ser una descripción correcta. Con el tiempo la curioridad disminuyó, solo Marcos Lemos continuaba siendo asiduo cliente, compraba cigarrillos a la mañana y fósforos a la tarde, cuando volvía de la oficina de la fábrica.

La primera vez que observaron a Daniel estudiando atentamente las ventanas del chalet, las cuatro hermanas se estremecieron. Magda se sentó al piano y llenó el aire, de valses; Amalia templó su voz, Berta preparó sus acuarelas y Teodora se plantó a la ventana, vestida de fiesta y de esperanza. Imposible encontrar otro hombre más hermoso y caballero. Educadísimo, como que era hijo del juez y estudiante de la capital, habiendo salido la tímida Amalia hasta la puerta de calle en busca del gato Mimoso, capado y obeso, pero igual libidinoso, pues se había vuelto maricón, casi desfallece al recibir al animalito salvo de los peligros de la calle de manos de Daniel que le había cortado el camino de la fuga. Largos saludos, sonrisas y miradas, saludos de Magda y Berta que se asomaron a las ventanas, agradecimiento con palabras de poeta y vaso de agua solicitado a la criada y traído por Teodora. Era la hora de la llegada del capitán Justo, que venía del campo y saltó del asiento del camión a tiempo para presenciar el intercambio de sonrisas y gentilezas. Teo inclinada para mayor realce de sus pechos a través del escote de la blusa, Daniel, tan buen mozo, besándole la mano:

—¡Ola, capitán!

—¿Cómo está? —y Daniel que se le acerca y le extiende la mano y el capitán que bajando la voz hace un comentario malicioso—. Veo que el amigo no pierde el tiempo y ya está con el lazo tendido.

Daniel no lo desmiente. Con una sonrisa cómplice toma del brazo al capitán, los ojos todavía en la puerta donde Teo mantenía la oferta de sus pechos, después alzados hasta el primer piso para Magda, Amalia y Berta, a cada una, una

mirada. Mejor cobertura no podía haber hecho, solteronas
caídas del cielo, Dios estaba a su favor. Además, si no fuera
por las complicaciones, la más joven se merecía cierta atención. Pero, con la muchacha del capitán al alcance de la
mano, aquel esplendor, ¿iba a pensar en otra mujer? Del
brazo del capitán entró al almacén.

27

De pronto, Teresa sintió el peso de esos ojos que la miraban, levantó los suyos y vio a un muchacho conversando
con el capitán, muy cortesmente. Por desinterés y por miedo, en general, Teresa no cambiaba mirada con los clientes.
Notaba las entradas y salidas de Marcos Lemos, su ojo
goloso, sus sonrisas, su presencia diaria. Grandote y descuidado, envejecido para sus cincuenta años, Marcos Lemos
le guiñaba el ojo, le hacía señas. La primera vez Teresa se
rió encontrando gracioso que semejante hombre, ya de pelo
blanco, guiñara los ojos como un chico de la calle. Después
lo ignoró, manteniendo los suyos sobre el cuaderno donde
anotaba los precios que Pompeu o Papa-Moscas le gritaban.
También le gritaba los precios Chico Meia-Sola cuando venía
a ayudar a los vendedores. Chico hacía todos los servicios,
recibía la mercadería, tanto la que llegaba por tren como
a lomo de burro, andaba detrás de los carreros, de los
troperos, de los changadores, cobraba las cuentas mensua-
les y las atrasadas, pocas veces atendía en el mostrador.
Marcos Lemos se demoraba encendiendo un cigarrillo en la
esperanza de captar una mirada de Teresa, de verla son-
reírse otra vez, al fin se iba, medio enojado pero seguro
de tener su lugar en la cola: primer nombre en la lista de
Gabi, nadie se le adelantaría, cuando se viera sola, puesta
en la calle por el capitán, ahí estaría. Se consideraba muy
bien ubicado.

Al oír carcajadas, de nuevo Teresa levantó la cabeza, el
mozo tenía los ojos puestos en ella por encima de los hombros del capitán, doblándose, el capitán sacudía su barriga
en uno de aquellos incontrolables ataques de risa. La mano
sobre el mostrador, el muchacho sonriéndose, con los labios
entreabiertos, los ojos melancólicos, el pelo enrulado, la
dulce expresión, ¿cómo es que lo reconocía Teresa si nunca
lo había visto antes? ¿Por qué le eran tan familiares la
sonrisa y la gracia? Súbitamente se acordó, el ángel del

cuadro de la Anunciación, en la casa de campo, en la pared de la pieza del fondo, era igual, igualito sin menos ni más. Aquella pintura era la cosa más linda que Teresa había visto en su vida, y ahora estaba el ángel en persona. Al bajar los ojos sonrió, fue sin querer.

Papa-Moscas le dictaba los números, kilo y medio de carne seca a mil cuatrocientos, tres kilos de harina a trescientos *reis*, un kilo de porotos a cuatrocientos, un litro de cachaça, doscientos gramos de sal. La voz del capitán brotó a traves de la risa:

—Teresa, cuando termines las cuentas prepará un café.

Daniel hacía la crónica de las residencias prostibularias y los cabarets de Bahía con figuras, nombres, apellidos, casos y anécdotas. Justiniano Duarte da Rosa participaba como asiduo cliente del movimiento mujeril de la capital y el joven contaba con verdadera gracia.

Teresa colocó sobre el mostrador la bandeja con la cafetera, la azucarera y las pequeñas tazas y mientras servía escuchó que el joven le decía al capitán, los ojos siempre en ella, suplicantes e insistentes:

—Capitán, mientras le pongo cerco a la fortaleza, ¿podré usar su almacén como trinchera? —el aroma del café se elevó, Daniel sorbió un trago—. ¡Delicioso! ¿Seré merecedor, cada tanto, de un cafecito igual a éste?

—Desde las siete de la mañana hasta las seis de la tarde, el almacén está abierto y a su disposición. Si quiere café, solo tiene que pedirlo —y le ordenó a Teresa—. Cuando el amigo Daniel aparezca por aquí —se ríe tocando con su índice la barriga del joven— servile un cafecito. Si estás ocupada, él te espera, porque no tiene apuro, ¿no es cierto, joven sabio?

—Ningún apuro, capitán, todo mi tiempo ahora estará dedicado a este asunto, con exclusividad. —Los ojos puestos en Teresa, como si le hablase a ella.

Teresa desapareció con la bandeja y el capitán informó:

—Dicen que Teodora, ¿sabe que se llama Teodora?, la llaman Teo, bueno, dicen que no tiene nada que defender, está el camino abierto, un artista de circo que pasó por aquí le hizo el bien. Lo que es yo, lo dudo, francamente. Que andaran a los besos y abrazos, sí, yo mismo los vi desde aquí, prendidos de la boca, a la puerta de la casa. Que hubo mucha porquería, la hubo, pero más de eso no creo. ¿Adónde diablos lo iban a hacer? Cajazeiras no es Bahía donde no faltan lugares, tampoco es el campo. Además, aquí todo el mundo controla la vida de los otros, usted en seguida se va a dar cuenta, solo hay una persona que no les lleva el apunte y es la que habla. Los dejo que hablen y hago lo que mejor me parece. A cambio, no me meto con gente importante como las vecinas. Cuando me metí fue para casarme. Prefiero cazar más abajo, trae menos dolores de cabeza. Para hablarle francamente, creo que la muchacha y el noviecito anduvieron refregándose, si sintió el peso del palo habrá sido en la mano, lo demás son habladurías. De cualquier manera, con la concha entera o rota, es un pedazo de mujer.

Daniel levantó la voz, la mirada puesta en Teresa, dirigiéndose a ella por encima del hombro de Justiniano Duarte da Rosa :

—Es la mujer más bonita que vi en mi vida.

—¡Eh! ¿Que dice? ¡No exagere! Para mi gusto está un poco ·pasada y además, conozco otras mejores, sin comparación. En Aracaju, en la residencia de Veneranda, hay una gringa, rusa o polaca, no sé, que es completamente rubia, de la cabeza a los pies, desde el vello de los brazos hasta el del culo. Tiene el pelo tan rubio que parece blanco, ella dice que ese color tiene un nombre, no sé cómo es, de plata, creo.

—Rubio platinado —contesta Daniel.

—Eso mismo. Y no es el rubio de las de acá, es otra cosa. Tengo ganas de ir a Europa aunque solo sea para comprarme una gringuita bien joven, de pelo rubio, toda blanca.

Daniel fingía prestarle atención, pero sus ojos estaban en la muchacha. Tampoco Teresa había visto nunca a nadie tan lindo. ¿A nadie? Quizá el doctor, el dueño de la fábrica, pero era diferente, sin quererlo sus ojos van hacia Daniel y sus labios se abren, sonríe.

28

Perturbada, sonriendo sin saber por qué, mirando sin querer mirar. El joven haciendo la ronda, calle arriba y calle abajo, trasponiendo las puertas del almacén. Solo para hablarle le pedía un vaso de agua. ¿No quiere un cafecito? Voy a hacerlo. Teresa con la voz trémula, perpleja. Mientras la espera, Daniel le regala a los vendedores cigarrillos americanos, de contrabando. No sospechaban los dos chiquilines, convencidos que el enredo era con la otra, que Teodora hacía el papel de la muchacha en esta película. Con escondida envidia observaban los lances del conquistador venido de la gran ciudad para embaucar a la inocente víctima, pero qué bandido tan simpático y la muchacha no era tan inocente.

En la cama de hierro con colchón de paja, en la pieza de Pompeu había dormido muchas veces Teodora, algunas Teresa y le habían besado su cara adolescente, su cutis grasiento y lleno de granitos, a una y otra había poseído con solo mover su mano derecha, y a muchas artistas del cinematógrafo, las preferidas eran Teodora y Marlene Dietrich. En el catre de madera de Papa-Moscas, oscuro, de labios gruesos, compacta mota, en su mano de callos y sueños, se habían desmayado Teodora y sus tres hermanas, diversas clientas, Teresa y también doña Beatriz, perdón querido Daniel, a quien había tenido ocasión de ver prácticamente desnuda en las vacaciones anteriores, cuando Papa-Moscas, antes de ser vendedor del almacén, le hacía los mandados al juez y después del baño, doña Beatriz se estaba demorando en el cuarto de baño con cremas, cosméticos y perfumes, cubierta en su desnudez total solo con una toalla de mano, ineficaz; en ciertos días felices, el extasiado cadete entreveía por la rendija de la puerta, sus opulencias, esa madama tan limpia que hasta en los recovecos se ponía perfume. Pero la preferida era Teodora, la dudosa Teo, el Papa-Moscas se imaginaba artista de circo en el goce de la desfloración.

A veces, ocurría que Teodora iba al almacén para hacer una compra, con un vestido volador, con escote, la curva de los senos a la vista. Se peleaban por atenderla para clavar la vista en la blancura del cuello. Aparentando no darse cuenta, Teodora participaba del juego de los vendedores, se demoraba, con los codos apoyados sobre el mostrador, para hacer resaltar el escote, venía sin corpiño. Junto con las compras se llevaba el pobre tributo de los muchachitos, en las noches insomnes, sus temerosas miradas daban material a sus sueños. Apenas se iba Pompeu se escupía la palma de la mano derecha y se iba a esconder al baño, el Papa-Moscas reservaba la exaltante visión para la noche de amor.

Para ellos el asunto no tenía ningún misterio, si Daniel todavía no se había tragado a Teo no demoraría en hacerlo, nunca les pasó por la cabeza que el estudiante pudiera tener algún interés en Teresa. No solo porque suponían que Daniel pretendía a Teodora, sino también porque Teresa pertenecía al capitán, solo un loco del hospicio podría atreverse con ella. Salvo en el secreto total de la mano derecha ensalivada, de los amores nocturnos.

Teresa no estaba siempre sentada a la pequeña mesa haciendo cuentas. También debía ocuparse de la habitación y de las ropas del capitán. La limpieza sumaria de la casa y del almacén, inclusive de la letrina situada al fondo, la hacían los vendedores al llegar, a la mañana muy temprano. Chico Meia-Sola ponía la olla al fuego con porotos, carne seca, zapallo, mandioca, un poco de longaniza, había aprendido a cocinar en la cárcel. Al mediodía, cuando el movimiento era escaso, Chico y los vendedores entraban para almorzar y Teresa se quedaba sola en el almacén por si aparecía algún cliente. Cuando estaba el capitán en la ciudad Teresa ponía el mantel, los platos, los cubiertos, le servía cachaça antes de la comida y cerveza durante. La comida de Justiniano venía de la pensión de Corina, en una marmita repleta y variada. El capitán comía bien, platos enormes, y bebía en cantidad sin alteración alguna. Chico Meia-Sola tenía derecho a un vaso de cachaça durante el almuerzo, otro a la cena, que tomaba de un solo, único trago. En compensación, las noches de los sábados, y las vísperas de feriados y días de guardar, tomaba hasta caerse redondo en cualquier parte o en la pieza de alguna puta barata. En ausencia del patrón, Teresa no ponía mantel en la mesa, ni usaba cubiertos, comía con la mano la comida hecha por Chico, agachada en un rincón.

Daniel se informó rápidamente de los usos y costumbres del almacén, por medio de preguntas casuales a los vendedores mientras, para goce de los dos muchachitos, las hermanas se exhibían por las ventanas del chalet.

Afligidas hermanas, devoradas por la impaciencia y la extrañeza, ¿por qué esa absurda timidez? Venido de la capital, con fama de audaz conquistador, de terror de los maridos, hasta de gigoló, doña Ponciana de Azevedo, conocedora de las andanzas de Daniel por el lugar se había apresurado a hacerles una visita para informarlas de los escándalos, y el bello mozo manteniéndose distante, discretísimo, sin intentar aproximarse, perdido en preliminares y lo que era todavía más extraordinario, interesándose igualmente por las cuatro hermanas, distribuyendo sus gentilezas e insinuaciones, ¿quién sabe la inconcebible timidez provenía de que no podía decidirse por una de ellas? Teodora, más joven y con historia de heroína, había dado por descontado que era el único motivo de la presencia del estudiante antes del almuerzo y sobre el caer de la tarde. Preferencia protestada por las hermanas; hoy me dijo adiós, decía Magda; me tiró un beso, recitaba Amalia; hizo el ademán de apretarme contra su pecho, anunciaba Berta. Teodora no decía nada, estaba segura de tener la verdad. Las cuatro empeñadas en una batalla de vestidos, peinados y maquillaje, sedas y bordados con olor a naftalina, sacados de los viejos roperos. Habiendo sido antes tan unidas, ahora se observaban en un clima de desconfianza y pendencia, de palabras agrias y risas burlonas. Cada una a su ventana, Daniel en la vereda de enfrente, con una sonrisa entre los labios. Dos o tres pasadas calle arriba y calle abajo, con el sol del mediodía o la brisa del atardecer para recogerse a la sombra del almacén. Suspiros de las cuatro hermanas, Berta iba corriendo a hacer pis, solo de verlo pasar le daba un frío por abajo, tenía que agarrarse para no orinarse.

El capitán también quería saber si progresaban los intentos de Daniel:

—Y, ¿ya probó la fruta?

—Calma, capitán. Cuando suceda se lo cuento.

—Lo único que quiero saber es si es doncella o no. Apuesto a que lo es.

—Dios lo oiga, capitán.

Y se trenzaban en una animada charla de contenido invariable: la vida de los prostíbulos de Bahía, tema apasionante para Justiniano Duarte da Rosa. Daniel había conquistado su confianza, juntos habían ido a la pensión de Gabi a tomar cerveza y a ver a las mujeres. Mientras recostado en el mostrador hace un análisis crítico de la alta prostitución local, Daniel, en las mismas barbas del capitán, le arrastra el ala a Teresa, en el mudo lenguaje de las miradas y las sonrisas cargadas de sentido, va preparando el terreno:

—Material de tercera, capitán, es el de doña Gabi. Francamente mediocre.

—No me diga que no apreció a aquella chica, no tiene más de tres meses en la vida.

—No era gran cosa. Cuando usted vaya a Bahía le voy a servir de cicerone y entonces verá qué es una mujer. No me diga de nuevo que conoce muy bien Bahía, si no frecuentó la residencia de Zeferina, ni la de Lisete, no conoce Bahír Y no me venga a hablar de la polaca de Aracaju, porc rubia de verdad, rubia platinada de verdad y no de pintura, yo se la voy a mostrar, ¡y de clase! Dígame, capitán, ¿ya le hicieron el "buché" árabe?

—¿"Buché"? montones. Yo soy conocedor y mujer que

se acuesta conmigo tiene que manejar la lengua. Pero eso de árabe no sé qué es. Siempre oí decir que el "buché" era cosa francesa.

—Entonces no sabe lo que es bueno. Esa rubia que le voy a presentar es especialista, es una argentina. Rosalía Varela y canta tangos. La prefiero en la cama, cantando no es gran cosa. Pero, para chupar no tiene rival. En el "buché" arabe es sensacional.

—¿Y como es eso?

—¡Eh! no se lo cuento porque si se cuenta pierde la gracia, pero le aseguro que después de probarlo, no va a querer otra cosa. Solo que exige viceversa.

—¿Qué es eso de viceversa?

—El nombre se lo está diciendo, vice-versa, yo te doy, vos me das.

—¡Ah! Eso yo no lo hago. ¿Yo chupar a una mujer? Una vez me lo propuso una, una perdida que apareció por aquí leyendo el destino en las cartas. Le rompí la cara, hija de puta, atreverse con eso. Que la mujer chupe al hombre está bien, es natural, pero que el hombre chupe a la mujer, no es hombre, es un perrito faldero, discúlpeme si lo ofendo, pero no es más que eso, un perrito faldero.
—Había aprendido la expresión con Veneranda y la repetía orgulloso.

—Capitán, usted es un anticuado. Pero ya lo voy a ver en las manos de Rosalía haciendo todo lo que ella quiere, le digo más, poniéndose de rodillas, pidiéndole que le deje hacerlo.

—¿Quién? ¿Yo, Justiniano Duarte da Rosa, el capitán Justo? Nunca.

—¿Cuándo va a Bahía, capitán? Dígame la fecha y yo apuesto por Rosalía diez a uno. Si ella pierde, la fiesta no le cuesta nada, pago yo.

—Estoy por ir a Bahía en estos días, enseguida después de las fiestas. Tengo una invitación del gobernador para la fiesta del Dos de Julio, para la recepción en el palacio. Me la consiguió un amigo mío que es de la policía.

—¿Se va a demorar? Quién sabe lo alcanzo.

—No sé, todo depende del juez, tengo unos asuntos en los tribunales. Aprovecho para ver a los amigos, a la gente de gobierno, conozco a mucha gente en Bahía y los asuntos de aquí, abajo de los Guedes por supuesto, los resuelvo yo. Me demoraré unos quince días.

—Así no voy a alcanzarlo, le prometí al viejo pasar un mes con él. Sin hablar de la vecina, tengo que resolver ese negocio, descubrir la verdad, si es virgen o no. Para mí ya es un asunto de honor. Pero hagamos lo siguiente, yo le doy una carta para Rosalía, usted la va a buscar invocando ni nombre, al Tabarís.

—¿El cabaret Tabarís? Lo conozco, estuve ahí.

—Ella canta ahí todas las noches.

—Entonces está convenido, usted me da la carta de presentación y yo voy a conocer ese "buché" árabe. Pero avísele que me tiene que respetar, que la cosa es de ella a mí, porque si no se terminó y la voy a golpear.

—Yo mantengo mi apuesta, capitán. Rosalía lo va a hacer cambiar.

—Todavía no nació la mujer que mande al capitán Justo, mucho menos que lo convierta en su perro faldero. Un macho no se rebaja a esas cosas.

—Un *conto* de *reis* míos contra cien mil *reis* suyos a que el capitán lame a Rosalía y pide bis.

—Ni en broma repita eso y no le acepto la apuesta. Escríbale a esa mujer, dígale que pago lo que sea pero que me tiene que respetar, no quiera ponerme a prueba porque cuando me emperro no me gana nadie.

Tanta fama de malo, un bobo alegre, pensaba Daniel. ¿Qué otra cosa podía pensar de un tipo que se cuelga del pescuezo un collar con argollas de oro para acordarse de los hímenes de las pobres campesinas? Dándoselas de macho y en su cara Daniel seducía a Teresa.

Seducía a Teresa. Sin querer, sin saber por qué, en contra de su voluntad, Teresa responde a sus miradas, qué ojos más tristes, más azules y funestos, qué boca colorada, qué rulos, qué ángel caído del cielo. Cuando salieron a la calle en una charla de nunca acabar, Teresa esconde en su pecho la flor que le trajo. A espaldas del capitán, Daniel le mostró una rosa cortada y después de besarla, se la dejó sobre el mostrador. La había cortado para ella, en el sucio mostrador una rosa roja, un beso de amor.

29

Sobre el fin de una semana nerviosa e incierta, Magda ejerciendo su autoridad de hermana mayor encaró el problema mientras estaban comiendo:

—Se tiene que decidir. Sea cual fuere la que elija, esta-

remos todas de acuerdo, las otras tres se deben conformar.
Ahora, las cuatro juntas no puede ser, él es uno solo.

—Bien que da por lo menos para dos... ¡Es tan grande!
—se atreve a decir Amalia dispuesta a cualquier acuerdo.

—No digas pavadas, no seas ridícula.

—Más ridícula es una vieja detrás de un joven.

Con los nervios a flor de piel, Magda se ofendió y se puso
a llorar:

—Yo no ando detrás de él, es él que me sigue y yo no soy
una vieja, estoy en los veinte igual que ustedes. —Las palabras le salían entrecortadas por los sollozos.

Arrepentida, Amalia la abrazó y lloraron juntas, sí her-
manita, discúlpame, estoy mal.

—¿Por qué se va a definir si así está bien? —dijo Berta,
la menos bonita, que se contenta con poco, poco es mejor
que nada, feliz de gustarle a alguien, el muchacho se asoma
por la vereda y le da un frío en la vejiga sólo de verlo—. Si
empiezan con cosas, no va a venir más.

¡Ah! eso sería el fin de la esperanza, el tedio, la amargura, los llantos sin motivo, las pequeñas ruindades, las
hipocresías, los desmayos, la vida agria de las solteronas.
Sí, Berta tiene razón, no hay que forzarlo, no hay que ponerle plazos, no hay que exigirle decisiones. Magda le hace
promesas a San Antonio casamentero. Amalia trata con
Áurea Vidente que para asuntos amorosos no tiene rival y
le paga adelantado lo que da un resultado increíble. Berta
prefiere a la negra Lucaia que vende hierbas por la calle,
igualmente infalible.

Teodora apenas sonríe, silenciosa, tenía experiencia y se-
guridades. Esta vez, queridas y odiadas hermanas, no será
como la anterior. Teo no lo dejará escapar, se irá con él,
aunque tenga que disponer de todo su peculio, aunque tenga
que vender los bonos nacionales y las casas de alquiler.
¿No decían que recibe dinero de mujeres casadas y hasta
de mujeres de la vida? Doña Ponciana lo había afirmado
con seguridad y pruebas, una mujer celosa había hecho un
escándalo, en la capital, en plena calle, descubriendo cosas
y precios. Muy bien, Teo está dispuesta a gastar, tiene
dinero guardado y renta mensual, si fuera necesario va
a robar los ahorros de las hermanas, con placer lo hará,
Daniel.

Entre preguntas, charlas y rondas, Daniel había descu-
bierto la hora ideal. Durante el almuerzo de Chico Meia-
Sola y de los vendedores al mediodía, sola en el almacén,
Teresa atiende el mostrador, por puro milagro puede apa-

recer un cliente. Cláusula indispensable para la seguridad
del plan es la ausencia del capitán, fuera de la ciudad, en
sus negocios, ocupado en su campo. Atento, Daniel aguarda.

Pocos días de espera e impaciencia y alegremente, Daniel
rechazó la invitación del capitán para un breve viaje, salir
por la mañana y volver por la tarde, para asistir a una riña
de gallos en una localidad vecina, en tierras de Sergipe,
unas diez leguas de camino malo a causa de las lluvias, pero
Terto Cachorro era buen volante, lo hacía en dos horas y los
feroces gallos merecían el sacrificio. Buena ocasión para
que el amigo ganara unos pesos apostando a los gallos del
capitán. Qué pena que Daniel no pueda aceptar, exactamente ese día tenía una cita concertada con anterioridad
en un lugar secreto, oportunidad única para tener en los
brazos a la bella vecina y descubrir la verdad, una pena,
capitán.

—Razón de peso, no insisto, queda para la próxima ocasión. Verifique bien y después dígame si tenía razón, la
chica es doncella, si acaso recibió algo fue sobre las piernas. —Se despidió y sentado al lado de Terto Cachorro en
la cabina, agregó—. Me voy en seguida, todavía tengo que
pasar por el campo, hasta luego.

Antes del almuerzo, en la habitual penitencia frente al
chalet, Daniel tomó agua fresca de porrón recibiendo el vaso
de las manos de Teodora, por el escote los pechos asomán-
dose, gracias mil por matar la sed de un enamorado se-
diento, ahora me voy a casa a matar el hambre, hasta luego,
hermosa.

—¿No quiere comer con nosotras? ¡Comida de pobre,
claro! —Teodora se deshace a la puerta, se ofrece entera.

En otra ocasión aceptará muy honrado y gustoso, hoy es
imposible, los padres lo esperan y ya está atrasado, queda
para otro día, Teodora, más tarde, en otras vacaciones,
¿quién sabe? Hoy voy a probar una comida divina, un
maná del cielo, adiós, le diré al capitán que eras doncella
y que por temor a las consecuencias te respeté el himen, el
himen solamente, todo lo demás me lo tragué, las piernas,
los pechos, las nalgas.

Desiertas las ventanas del chalet, desierta la calle, Daniel
vuelve desde la esquina hacia el almacén. Al verlo entrar,
Teresa se queda inmóvil, sin voz, incapaz de palabras y
gestos, nunca se había sentido así, con el corazón desacompasado, no es miedo, no es rechazo, ¿qué es? No lo sabe.

No se dijeron una sola palabra. El la tomó en sus brazos,
puso su cara caliente sobre la cara fría de Teresa, el aliento

de Daniel era para enloquecer. Sus cabellos, su piel, sus manos, su boca entreabierta. El capitán hiede a sudor, a cachaça, un macho no usa perfume. Sin que ella se aparte, Daniel pasa sus manos por la cara de Teresa, moldeándola con sus dedos, mirándola a los ojos, acerca su boca abierta y toma la boca de Teresa. ¿Por qué Teresa no se desvía si le tiene horror a los besos, a la saliva del capitán sobre la suya, a chupar, a morder? Mayor que la saliva era el miedo. Pero este joven no le da miedo, entonces lo consiente, ¿no da vuelta la cara no lo echa?

La boca de Dan, los labios, la lengua, larga, suave caricia, la boca de Teresa se entrega. De pronto, dentro de su pecho estalla algo y los ojos prisioneros de los ojos de ángel se humedecen, ¿se puede llorar por otra cosa que no sea el dolor de los golpes, el odio impotente, el miedo incontenible? ¿Además de esas cosas, existen otras en la vida? No lo sabía, solo había conocido la orilla podrida de la vida, peste, hambre y guerra, así era la vida de Teresa Batista.

Lejanos ruidos de platos y cubiertos y Teresa se estremece. Se suelta del brazo y del beso pero Dan todavía posa sus labios por los ojos mojados y se vuela en la calle barrida por la lluvia. Los aguaceros de invierno hacen germinar simientes, los brotes emergen de la tierra agreste, seca y bravía estallan en frutos y en flores.

Cuando Pompeu entró al almacén seguido por Papa-Moscas Teresa seguía en el mismo lugar, parada, olvidada, fuera del mundo, tan diferente y rara que, esa noche de lluvia, uno y otro, en la cama de hierro y en el catre de madera, traicionando a la predilecta Teodora, en el secreto más hondo, poseyeron a Teresa en la palma de sus manos.

30

Dan la besó en los ojos, en la boca, la mano derecha buscaba sus caderas, la mano izquierda peinaba los cabellos de Teresa. Habían pasado cuatro días desde el primer beso pero Teresa todavía lo llevaba íntegro en sus labios cuando recibió el segundo. La voz caliente le encendió una hoguera en el pecho:

—Mañana es la noche de San Juan —dijo Daniel— el capitán me contó que va a ir a una fiesta que dura toda la noche, hasta el día siguiente...

—Ya sé, va tod·s los años, es en el campo de don Mundinho Alicate.

—Entonces, mañana a las nueve en el portón del fondo,
a las nueve en punto. Va a ser nuestra noche de San Juan.

Otra vez la boca y el beso. Teresa tocó suavemente, con
miedo, los rulos de Dan, agradable algodón. Mañana es
nuestra fiesta, sin falta.

31

Ni siquiera a Doris, su mujer legal, mucho menos a Teresa, simple criada, acostumbraba informar el capitán sobre sus pasos, idas y venidas, proyectos y decisiones; ninguna de sus mujeres tuvo nunca la osadía de preguntarle
dónde pasaría la noche, si con ella o en el serrallo de Gabi
tomando cerveza y probando a una nueva pensionista, o en
alguna localidad próxima, ocupado en sus múltiples negocios o en alguna pelea de gallos; un hombre que se precie
de serlo debe mantener a la mujer en su debido lugar.

De viajes más prolongados, a Bahía o Aracaju, se ente-
raba Teresa en la víspera, cuando debía hacerle la valija.
Casualmente podía enterarse por alguna conversación entre
el capitán y Chico Meia-Sola de alguna demora en el campo, para activar los trabajos; de alguna ida a Cristina para
controlar las ventas del negro Batista, que no le pertenecían
al negro más que de nombre, mercaderías y dinero eran de
Justiniano; de noches enteras pasadas en cualquier parte,
en fiestas, en aldeas y en plantaciones, pues Justiniano era
un buen bailarín y esas fiestas eran los mejores puestos de
reclutamiento de verdes niñas, en el punto exacto para el
gusto del capitán. Noches de descanso para Teresa.

Acerca de la fiesta de San Juan en casa de Raimundo
Alicate, en un campo lejano, por tierras de la fábrica, Teresa estaba enterada porque todos los años iba como figura
principal e infalible. Ese Mundinho Alicate, protegido de
los Guedes y capanga de Justiniano era una figura popular
en la región, además de cultivar caña de azúcar, vendía
cachaças, algunas de condición afrodisíaca, como *catuaba* [1], *pau-de-resposta, levanta defunto, eterna juventud,* y
los días de guardar, en un galpón en los fondos de la casa,
recibía *caboclos*, al frente de los cuales estaba Rompe-Mato;
por eso lo conocían también por Raimundo Rompe-Mato o

1 *Catuaba:* planta bignoniácea del Brasil, de propiedades afrodisíacas.

Mundinho de Obatualá, pues decía que se había hecho santo angolano en Bahía por intermedio del fallecido *babalorixá* [1] Bernardino do Bate-Folha. Todo eso, más las muchachas que recolectaba para el capitán y otras personas importantes (para los Guedes reservaba las más atractivas), para la pensión de Gabi y para las diversas casas de la Cuia Dágua. Animador sin rival de fiestas religiosas, se pasaba el mes de junio con *caboclos* y libertos celebrando a San Antonio, San Juan, San Pedro. La fiesta mayor era la de San Juan, con grandes fogatas, montañas de maíz, estampidas de cohetes, estruendos de morteros y de bombas y bailes. Venía gente de los alrededores, a caballo en carro tirado por bueyes, a pie, en camiones o autos Ford. Raimundo Alicate mataba un cerdo, un cabrito, un carnero, gallinas y pavos, eran fiestas con mucha comida. *Cavaquinhos*, acordeones y guitarras, valses, polcas, mazurcas, fox-trots, sambas, música y baile la noche entera. El capitán no se perdía una pieza, era bueno para bailar, para beber, para comer y tenía ojo para buscar en medio de la gran concurrencia a quien fuera de su gusto; cuando se decidía, Raimundo adulador e interesado, se encargaba de concertar las cosas. Nunca había salido el capitán de esas fiestas con las manos vacías.

Teresa le había planchado el traje blanco y la camisa azul. La ropa lavada y planchada, dispuesta sobre la cama y sobre el borde, desnudo, el capitán. Teresa le lava y le seca los pies, después sale para vaciar la palangana, trémula de miedo. No era el miedo habitual por los malos tratos y los golpes, hoy tiene miedo de que el capitán le ordene que se acueste y abra las piernas, que se descargue sobre ella antes de vestirse para ir a la fiesta. ¡Hoy no, Dios mío! Desagradable, penosa obligación. Teresa sumisa la cumple casi todos los días temerosa de los castigos, ¡pero hoy no, Dios mío! ¡Que no se acuerde!

Si el capitán se lo ordena tendrá que obedecer, no hay manera de oponerse. No gana nada mintiendo que está indispuesta, Justiniano adora poseerla durante las reglas, se excita al ver la sangre machucada de la menstruación, al voltearla dice: ¡es la guerra! (otra expresión aprendida con Veneranda). ¡Viva la guerra! Así ocurre desde que la sangre de la vida le había venido por primera vez haciéndola mujer capaz. Es la guerra, suciedad y enojo, en esos días la obligación es más penosa que nunca. Pero hoy sería terrible. ¡Hoy no, Dios mío!

1 *Babalorizá:* sacerdote del culto nagó o yoruba.

Vuelve a la habitación, ay, Dios del cielo, el capitán sacó la ropa de la cama y la puso sobre una silla, se había acostado, el cuerpo fuerte, cebado, a la espera, solo el collar de argollas sobre su pecho gordo. Teresa ya sabe cuál es su obligación, si el capitán se acuesta ella también debe acostarse sin esperar orden alguna. Desobedecer es imposible. Muerta de miedo, el miedo permanente de los golpes, pero se hace la distraída, como si no lo viera, va a buscar la ropa.

—¿Dónde diablos vas? ¿Por qué no te acostás?

Va hacia la cama con pies de plomo, por dentro un peso, peor que los días de indisposición, pero no puede negarse, empieza a quitarse el vestido lentamente.

—¡Vamos, rápido!

Sube a la cama, se acuesta, la mano pesada le toca las caderas, le abre las piernas. Teresa se contrae, tiene un nudo en la garganta, siempre le costó, pero nunca tanto, ya es demasiado hoy y el sufrimiento es mayor, un dolor en el corazón. Cuando el capitán la cubre su resistencia interior cierra las puertas de su cuerpo que habían caído derrumbadas hacía dos años.

—¿Te estás volviendo doncella de nuevo o te pasaste alumbre?

Así hacía Veneranda con las desfloradas muy jóvenes, les aplicaba alumbre en la vagina para engañar a los clientes

Para el capitán fue como volver a desvirgarla. Ya no aquel cuerpo amorfo, inerte, ahora estaba tenso, difícil, resistente, por fin participante y lo hace sentirse satisfecho, de nuevo victorioso sobre la naturaleza rebelde de la muchacha, macho igual a él no hay.

Está tan excitado que en el momento culminante se prende de su boca. Boca amarga, de hiel.

En el apuro por vestirse, el capitán no se lava, cuando Teresa aparece con la palangana llena ya está él poniéndose los calzoncillos después de limpiarse con la sábana. Teresa vuelve a ponerse el vestidito, quién le diera darse un baño, se lo había dado antes, terminado el trabajo en la casa y el almacén, había bombeado agua del pozo hasta llenar la bañadera. De rodillas Teresa le calza las medias, los zapatos, después se le va pasando la camisa, los pantalones, la corbata, la chaqueta y finalmente, el puñal y el revólver.

Terto Cachorro lo espera en la cabina del camión, frente al almacén: era chofer, capanga y compañero festejado en los bailes, tocaba el acordeón, un campeón. Chico Meia-Sola ya había salido para la interminable maratón de la noche de San Juan: de casa en casa, bebiendo aguardiente, coñac,

licores, de *jenipapo* [1], de *caju,* de *pitango* [2], de *jurubeba* [3], no hacía cuestión de especie ni marca. A la mañana se arrastra hasta la casa y duerme entre los fardos de carne seca, de bacalao, sobre el piso mugriento y las incontables moscas, si es que no quedaba durmiendo la mona en la pieza de alguna puta en los burdeles de Cuia Dágua.

Vestido de blanco como un figurín, un prócer, ajustando el lazo de la corbata, el capitán considera por algunos instantes en la posibilidad de llevar a Teresa, vestida con ropa de Doris, es una muchacha bonita, tiene estampa digna para ser exhibida en el baile de Mundinho Rompe-Mato. Si se encontraba en la fábrica por la fecha de San Juan, Emiliano Guedes siempre se daba un salto con parientes e invitados hasta la fiesta de Alicate para mostrarle a sus huéspedes "una típica fiesta campesina". Se quedaba poco tiempo, tomaba un trago, bailaba una contradanza y antes de regresar al lujo de su casa, el doctor, atusándose el bigote, pasaba sus ojos de conocedor por las mujeres presentes. Atento a cualquier demostración de interés, a la menor señal de agrado, Raimundo se apresuraba a concertar, a allanar pormenores, a colocar a la elegida a disposición del dueño de la tierra.

Al capitán le gustaría ostentar a Teresa a la vista y la envidia del mayor de los Guedes, del señor de Cajazeiras do Norte. Pero el doctor Emiliano anda en viaje turístico por el extranjero, había embarcado hacía poco tiempo y no volvería hasta después de varios meses. Incluso así, el capitán casi entreabre los labios para ordenarle a Teresa que se vista para ir a la fiesta, después de observarla de la cabeza a los pies, aprobando.

Teresa parece adivinarle las intenciones y está aterrorizada, no por miedo a los golpes, sino por un miedo peor, si el capitán la lleva consigo, Daniel se quedaría esperando junto al portón de la quinta, debajo de la lluvia, desechada la fiesta prometida, nunca más aquella llama dentro del pecho, el algodón del pelo, la boca de frutas.

El doctor Emiliano se divertía con las gringas en Francia y además, ¿si en la fiesta apareciera alguna nueva, alguna a gusto del capitán y quisiera llevársela a su campo? ¿Qué hacer con Teresa? ¿Ponerla en el camión para que la traiga de vuelta Terto Cachorro? Mujer de Justiniano Duarte

---

1 *Jenipapo:* fruto del *jenipapeiro* con el que se prepara una bebida.
2 *Pitanga:* fruto de la *pitangueira,* planta brasileña de la familia de las mirtáceas.
3 *Jurubeba:* arbusto del Brasil y fruto del mismo, de la familia de las solanáceas. Tiene propiedades medicinales.

da Rosa no anda sola de noche con otro hombre, ni siquiera con un *cabra* de confianza, pues no le consta que Terto esté capado y el diablo tienta en la oscuridad. Y aunque no sucediera nada, la gente va a hablar y ¿quién podrá probar lo contrario? Justiniano Duarte da Rosa no nació para cornudo. De él se puede decir cualquier cosa y de hecho se dice. Bandido cruel, seductor de menores, ladrón de tierras, tramposo en las riñas de gallos, asesino, se dice por detrás, ¿por delante, quién se atreve? Pero nunca nadie, ni por detrás, lo acusó de cornudo, devoto de San Cornelio, ni de marica, ni de chupador de conchas. Daniel, con esa cara de muñeco, conversación de gigoló, ojos melosos, es capaz de lamer conchas, vaya si lo es, el capitán no se engaña. Un hombre que se haga respetar no se rebaja a esas cosas. Pero esos muchachos de la capital son más blandos que banana en las manos de las mujeres. ¿Acaso Daniel no le contó que estuvo toda la mañana con la joven del chalet y ni siquiera la desfloró por miedo a las consecuencias? Pero había hecho el resto. ¿Qué resto? ¡Eh! qué pregunta, capitán, hay piernas y pliegues, dedos y lengua. Claro, con la lengua, perro faldero. Lo que es él, si en la fiesta encuentra una virgen a su gusto, no le va a tener ninguna diferencia, piernas y pliegues, sí, pero lengua jamás, él no es un perro faldero. No vale la pena llevar a Teresa, hoy la muchacha ya tuvo su ración.

—Cuando yo salga, apagás la luz y te vas a dormir.

—Sí, señor —Teresa respira, ¡ay cuánto miedo para el comienzo de esa noche de San Juan!

El capitán Justo camina hacia el almacén, abre la puerta. Está lloviendo.

32

La quinta da hacia un callejón estrecho, donde desembocan solo fondos de casas, donde el camión y los carros descargan sus mercaderías, en seguida apiladas en la piezas de la casa para no llenar demasiado el almacén. En sus viajes, el capitán compraba saldos baratos, artículos en liquidación, cosechas de porotos, café y maíz. Como tenía plata para pagar al contado, conseguía considerables rebajas y ganaba al comprar y ganaba al vender, esa era su divisa, poco original, claro, pero no menos eficaz.

La lluvia apaga las fogatas de la calle, en el callejón forma lagunitas, convierte todo en barro. Envuelto en un impermeable, en el ángulo de un portal pegado a la pared del almacén, Daniel escruta la noche, presta atención a cada ruido, con los ojos intenta romper la cortina de la lluvia y la oscuridad.

Aquel día, después de comer, le había dicho a doña Beatriz:

—Vieja, ¿no tendrá alguna chuchería, sin valor pero bonita que me pueda dar para regalarle a una joven local? Lo que se vende por aquí es de pésimo gusto.

—No me gusta que me llames vieja, Dan, lo sabes muy bien. No soy tan vieja ni estoy tan acabada.

—Discúlpeme, mamá, es una manera cariñosa de hablar. Usted está en la plenitud, lo que se dice en forma, y si yo fuese papá no la dejaría sola en Bahía —se rió con buen humor encontrándose inteligente y divertido.

—Tu padre, querido, apenas me mira. Voy a ver si tengo algo que te sirva.

Se quedan solos en la sala, el padre y el hijo, y el juez advierte a Daniel:

—Me consta que estás rondando la casa de las señoritas Moraes, quizá cortejando a Teodora. Debés de haber oído ciertas murmuraciones. La moza es perfecta, lo que tuvo fue solo un enamoramiento tonto. Yo te recomiendo mucho cuidado, porque es una familia distinguida, un escándalo con ellas quedaría muy feo. Al fin, por aquí hay muchas muchachas para divertirse, que no tienen impedimentos.

—No se preocupe, papá, que no soy un nenito para meter la mano en la trampa ni para traerle dolores de cabeza. Esas muchachas son muy simpáticas y converso con ellas, eso es todo. No tengo preferencia por ninguna.

—¿Entonces, para quién es el regalo?

—Para otra, una de las que no tiene impedimentos, quédese tranquilo.

—Otra cosa, tu madre vive en Bahía por ustedes, sus hijos. Por mi gusto viviría aquí, pero ella no quiere dejar a Vera sola.

—¿A Vera? —Daniel se ríe—. Papá, créame lo que voy a decirle, Verinha es la cabeza mejor asentada de la familia. Decidió casarse con un millonario, considere la cosa como ya hecha, porque cuando Vera quiere algo lo consigue. Por Verinha no hay que preocuparse.

Para la respetabilidad del juez, Daniel era demasiado cínico. Doña Beatriz volvió a la sala trayendo una pequeña *figa* [1] engastada en oro. ¿Te sirve, hijito? Perfecto, mamá, *merci*.

---

1 *Figa:* amuleto en forma de puño.

En el callejón, recostado contra el portal, juega con la *figa* en el bolsillo de la capa. Enciende un cigarrillo, las ráfagas de lluvia le mojan la cara. Por la calle de enfrente, se extingue la gran fogata de las hermanas Moraes, ya no oye el crepitar de la leña renovada por las criadas. En la noche milagrosa de San Juan, solitarias en el chalet ante la mesa puesta con *canjica, pamonha*, licores, las cuatro hermanas también esperan. La lluvia impide las visitas de las comadres, vagos parientes, algunas amistades. ¿Y Daniel? En diversas casas de familia se hacen reuniones, ¿en cual de ellas bailará Daniel? ¿O habrá sido invitado a la fiesta de Raimundo Alicate? Daniel piensa en las cuatro hermanas, simpáticas, las cuatro en los impacientes límites de la última esperanza, la más joven todavía deseable, de pechos llenos, seguramente al día siguiente iría a visitarlas, a comer *canjica* en compañía de las cuatro, con las cuatro enamoraría tímidamente, Magda, Amalia, Berta y Teodora, su perfecta cobertura. La lluvia le escurre por la cara, si no conservara en la boca el gusto de Teresa, si no hubiese sentido junto a su pecho el estremecimiento de su cuerpo erguido y visto sus ojos húmedos y aquel repentino fulgor, ya se habría marchado.

Por fin, el oído atento advierte el ruido del motor del camión parado delante del almacén, el capitán va a salir, va con atraso el hijo de puta. La luz de los faroles iluminan la esquina, rompen la oscuridad y desaparecen en la lluvia. Daniel enciende otro cigarrillo americano, de contrabando. Abandona el portal, se acerca, trata de ver mejor, la lluvia lo cala hasta los huesos. Se abre una rendija del portón del fondo del almacén, aparece con el rostro mojado, los cabellos lacios chorreando agua, Teresa Batista.

33

Hay gente que no cree en los milagros, no seré yo. Me haga caso o no, como usted prefiera, como mejor le parezca. Usted se viene con un montón de preguntas, una peor que la otra, la gente que sabe hablar es un baúl de experiencias, embarulla al pueblo, la saca confesiones y testimonios. Conocía un comisario igualito, no gritaba, ni pegaba, ningún preso recibió una paliza de él, hablaba suave, dígame, cuénteme, hágame el favor, los hacía madurar. Usted no es de la policía, ya lo sé, señor, no quiero ofenderlo, no me tome

a mal la comparación, pero pregunta tanto por Teresa Batista que uno se queda con la pulga en la oreja, donde hay
cenizas hubo fuego, quien pregunta es porque quiere saber,
¿y cuál es el motivo de su preocupación? ¿Para cuando
vuelva a su tierra, pasar las noticias, contar estas cosas en
rueda de amigos, en los muelles? Pues sepa que solo aquí,
en la feria, usted puede conocer más de treinta poemas que
cuentan pasajes de la vida de Teresa Batista, todo con la
cadencia del verso y con rima. Cada uno vale trescientos
reis, no es mucho, es barato, en este mundo rastrero, usted
solo encuentra al alcance del pueblo la poesía de la vida.
A cambio de nada usted aprende el valor de Teresa.

Sobre lo que le contaron y garantizaron, le adelanto que
hubo milagro. ¿Acaso no está el país poblado de santos y
de milagreros? Si no, ¿qué sería de la gente?, el padre
Cícero Romao, la Beata Melania de Pernambuco, la Beata
Afonzina Donzela, el santo leproso de las barrancas de Pro-
piá, llamado Arlindo das Chagas, el Senhor Bom Jesus da
Lapa, que también es beato y cura cualquier enfermedad.
Si no fuera por ellos que acaban con las sequías, con las
pestes, con las crecientes del río, que protegen del hambre,
que ayudan a los cangaceiros en la caatinga [1] a vengarse de
tantas desgracias, ¿eh?, si no fuera por ellos, dígame señor,
dígame, caballero, ¿qué sería e la gente? ¿Va a esperar
que la ayude un doctor, un coronel, uno del gobierno? Ay
de nosotros, si dependiéramos del gobierno, de los poderosos, de los lores, se acababa el sertón entre el hambre y la
enfermedad. Si el pueblo todavía vive es de puro milagro.

Dicen que el ángel Gabriel fue testigo de que Teresa, niña
deshonrada, estafada, humillada, inocente, sangrada, hizo el
milagro, pero no se asombre si en el caso se encuentra también con la Beata Afonsina Donzela, a la que desfloraron
dieciocho jagunços de una sentada, el último fue Berilo
Lima, que tenía una pija tan horrible que lo llamaban Berilo Pau-de-Cancela, y bueno, ese Berilo se murió una hora
después de un dolor en las entrañas, y la Beata, después
que se la pasaron tantos, quedó tan perfecta y virgen como
antes. Haya sido el ángel o la beata, o los dos juntos para
hacer el milagro, la cosa es que todo el mundo sabe que
Teresa Batista cuando cambia de hombre queda otra vez
doncella, virgen con himen nuevo y eso le trajo una gran
fama y provecho.

Es un milagro muy apreciado, señor interrogador, que le

1 *Caatinga:* matorrales de vegetación rala y tortuosa, que forman parte
del sertón brasileño.

cantó el ciego Simão das Laranjeiras por los caminos de
Sergipe:

> Foi un milagre maneiro
> singelo e verdadeiro
> con Teresa sucedido
> só a ela concedido
> de noite descabaçada
> de dia virgen tampada.
> Quem me dera assucedesse
> con minha velha um desses.[1]

Hay gente que no cree en los milagros, no seré yo.

34

Aquella noche, noche de cien años de duración, empezó
en la quinta, bajo la lluvia. Teresa en sus brazos, Daniel
besándole la cara, los ojos, los mejillas, la frente, la boca.
¿Cómo pudo transformar una cosa fea en buena, una desgracia en alegría? Con el capitán en la cama, retenida, un
nudo en la garganta, el estómago apretado, asco y repulsión en el cuerpo entero, por fuera y por dentro. Al salir
de la habitación para traer la palangana con agua, Teresa
había escupido un vómito ácido.

El vestido de percal pegado al cuerpo, apretada al pecho
de Daniel, una mano le toca los senos, unos labios de lluvia
le recorren la cara, Teresa es presa de sentimientos y sensaciones hasta entonces desconocidos: una blandura que le
baja por las piernas, un frío en el vientre, un calor que le
quema las mejillas, una súbita tristeza, ganas de llorar,
ganas de reír, una alegría igual solo sintió cuando tuvo a
la muñeca en sus brazos, ¡soltá esa muñeca, peste!, un
ansia un bienestar, todo a la vez, todo mezclado, ¡ah! ¡qué
bueno es!

Apenas había arrancado el camión, y el ruido del motor
comenzó a alejarse, había corrido a lavarse con el agua

1 Fue un milagro sincero
singular y verdadero
a Teresa sucedido
sólo a ella concedido
por la noche desflorada
de día virgen cerrada.
Quién me diera sucediera
en mi vieja una de esas.

traída en la palangana para el capitán que no había usado en el apuro por irse a la fiesta. Había salido con retraso, todavía se estaba vistiendo cuando las campanas de la iglesia dieron las nueve, nueve en punto había dicho el ángel, Teresa no tenía tiempo de bombear agua del pozo para darse un baño completo. En la palangana se limpia del capitán lo más que puede, de su sudor, de su saliva, de su esperma todavía escurriéndole por las piernas. Lo sentía por dentro ensuciándole las entrañas.

Allí, junto al portón, la lluvia la limpia, el corazón de Teresa salta sobre el pecho de Dan mientras mira al ángel Gabriel bajado del cielo, los labios de él son dueños de su boca, la punta de la lengua intenta penetrar, Teresa no reacciona, se deja hacer sin participar, todavía cerrada por el miedo y el asco. Allí, en la quinta, en el comienzo de la noche que no terminaría, cuando Daniel le abrió los labios y con su lengua y sus dientes le invadió la boca, en Teresa renació el antiguo odio, el sentimiento que la sustentó enfrentada por dos meses al capitán, antes de que el miedo y el pánico la hicieran su esclava. El miedo persiste y Teresa recupera su odio, la primera conquista que vuelve en la noche. Por un instante la domina el odio, le cubre la tristeza y la alegría, la pone de tal manera tensa que Daniel advierte que algo extraño sucede y suspende la caricia. La lluvia le impidió ver el relámpago en los ojos de Teresa, si lo hubiera visto, ¿habría comprendido?

Sin sospecharlo, Daniel atraviesa entre el miedo y el odio, le besa los labios, los ojos, las mejillas, le sorbe la lengua, los lóbulos de las orejas, Teresa se entrega, no piensa más en el capitán, un desahogo por dentro. Cuando por un instante la deja respirar, Teresa sonríe y dice:

—Él no vuelve hasta mañana, si quiere podemos ir adentro.

Entonces Dan la levanta en brazos y apretándola contra su pecho, bajo la lluvia, la lleva desde el portón de la quinta hasta la entrada de la sala, en las viejas revistas de Pompeu y Papa-Moscas los novios del cine llevan así a las novias en la primera noche nupcial.

A la entrada de la casa la deposita sobre el piso, no sabe para dónde ir. Teresa lo toma de la mano y atraviesa la sala, el corredor hasta llegar a un pequeño cuarto atestado de bolsas de porotos, de maíz, de latas, de carne seca y tocino. También hay un catre de varas de madera. En la oscuridad, Daniel tropieza con el maíz:

—¿Nos vamos a quedar aquí?

Dice que sí con la cabeza, Daniel la siente trémula, miedo seguramente.

—¿Hay luz?

Teresa enciende una lámpara colgada del techo. A la luz débil y triste, Daniel advierte una sonrisa de disculpa, es solo una niña.

—¿Cuántos años, tenés, linda?

—Cumplí quince, anteayer.

—¿Anteayer? ¿Y cuántos hace que vivís con el capitán?

—Va para más de dos años.

¿Por qué tantas preguntas? El agua de lluvia se escurre por el piloto de Daniel, por el vestido de Teresa pegado a su piel, forma lagunitas entre los ladrillos del piso. Teresa no quiere hablar del capitán, no quiere acordarse de cosas pasadas, dolorosas. Había sido tan bello en el silencio y la oscuridad, en el portón de la quinta, sólo con labios y manos. Por qué le interesa al ángel saber si Justiniano fue el primero y único, si no hubo otro, el ángel del cuadro vio todo y lo sabe. Deja de prestar atención a las preguntas para oír solamente la música de la voz, más melancólica todavía que los ojos, voz nocturna con pereza de lecho (oigo tu voz y busco una cama con urgencia, decía Madame Salgueiro, de la alta sociedad bahiana) que resonaba en Teresa. No contesta a sus preguntas, ¿cómo vino a parar a la casa del capitán, dónde están tus parientes, tus padres, tus hermanos? Sin darse cuenta, llevada por la voz, repite el gesto de Daniel en el primer encuentro a solas, le reconoce la cara con sus manos, le besa la boca, Daniel recoge con labios expertos el primer beso dado por la inhábil boca de Teresa Batista, lo sostiene y prolonga hasta el infinito.

—Adiviné tu aniversario y te traje un regalo – le da la *figa* incrustada en oro.

—¿Cómo va a saberlo? Solamente lo sé yo —sonríe suavemente y se siente feliz al mirar la chuchería—. Es muy linda, pero no la puedo aceptar, no tengo dónde guardarla.

—Escondela en cualquier lugar, un día podrás usarla —un olor húmedo a carne y tocino sube desde el piso—, oíme, ¿no hay otro lugar?

—Está la pieza de él, pero me da miedo.

—¿Miedo de qué?, si no va a venir. Antes que venga yo me habré ido.

—Tengo miedo de que adivine que estuvo alguien en su cuarto.

—¿Y no hay otro?

—Hay otro pero es igual que éste, está lleno de mercadería, es donde duerme Chico, tiene la cama y las cosas de él. ¡Ah! está el que tiene el colchón.

—¿Un colchón?

—Sí, tiene uno aquí y otro en el campo. Es donde él...

—Ya oí hablar, vamos así, éste es horrible.

Muchas se habían acostado en aquel colchón, muchas fueron violadas o simplemente poseídas, jovencitas en su mayor parte. Muchas habían recibido golpes, habían gemido, habían sido poseídas en medio de gritos, bofetadas, trompadas, con la correa (correa ancha con un solo cuero, diferente a la que había en el campo), con sangre sobre el descolorido paño, argollas para el collar del capitán. La sábana todavía tiene el sudor de la última muchacha que estuvo ahí acostada, unos veinte días antes, una pobre demente que se había puesto a rezar en voz alta, a invocar de rodillas a la virgen y los santos ante la visión de Justiniano Duarte da Rosa desnudo y con el pene erecto. Es San Sebastián decía en éxtasis, provocándole un incontrolable ataque de risa, uno de aquellos incontenibles. El capitán la poseyó en medio de la letanía, los rezos, la invocación del nombre de la virgen, los gritos, las carcajadas, el llanto, ¿era San Sebastián o un demonio del infierno? Teresa sola en su cama no había podido dormir su noche de ocio. No había durado más que cuatro días, el capitán no soportó tantas oraciones y como no había vacante para una loca en la pensión de Gabi, se la devolvió a los padres con un billete de diez mil *reis* y una pequeña bolsa con provisiones.

35

Allí por lo menos no había tocino, ni carne seca, ni bacalao. En una de las perchas Daniel colgó su piloto, su chaqueta y su corbata. Silba con admiración al ver la correa, se estremece al pensar en el dolor de los golpes con ese pedazo de cuero crudo.

—Sacate el vestido, querida, si no te vas a resfriar.

Pero fue él quien se lo quitó y con el vestido el corpiño, quedando el cuerpo de Teresa cubierto solamente con una bombacha de algodón floreado, las flores rojas descoloridas. Teresa está silenciosa y espera. Los pechos erguidos, a la vista, no intenta esconderlos. Mi Dios, piensa Daniel, no sabe nada. Se comporta como si nunca hubiese estado en una habitación con un hombre para acostarse y hacer el amor.

Pero, debe saber, seguramente sabe, hace más de dos años que vive con el capitán, acostándose con él, ¿qué especie de animal es ese Justiniano Duarte da Rosa con su correa de cuero crudo?

Daniel, el de las viejas, el de las madamas, el gigoló de las mujeres, sabía por experiencia que había mujeres casadas (algunas con muchos años de matrimonio), madres de hijos, vírgenes sin embargo de toda sensación de placer, solamente poseídas y embarazadas. En la casa, con la esposa, el deber, el respeto, el pudor, la cama para hacer hijos, en la calle, con la amante o la puta, el placer, la lujuria, el libertinaje, ése es el comportamiento de muchos maridos de alta moralidad familiar. Las mujeres se morían de vergüenza en el primer encuentro con el amante, el remordimiento, el llanto del pecado, ay, mi pobre marido, soy una loca, una miserable desgraciada, ¿qué es lo que voy a hacer? ay, mi honra de mujer casada. Dan era un oficial competente en el oficio, consolador de primera, adecuado para enjugar las lágrimas. Debía enseñarle a esas víctimas de la rígida moral de sus virtuosos consortes todas las escalas del placer. Aprendían rápidamente, deslumbradas, agradecida, insaciables, libres de cualquier culpa, limpias de pecado, exentas de remordimientos, con sobradas razones para el adulterio. ¿Cómo hay que tratar al marido que por prejuicio masculino o por sumo respeto a su esposa la considera como un vaso, una cosa, un cuerpo inerte, un pedazo de carne? Poniéndole los cuernos en su frente excelsa, bien lustrosos, recogidos en el placer de la calle.

Pero con Teresa era diferente. Ni esposa ni madre de hijos, ni siquiera amante ni enamorada, simple muchacha, una criada, ¿qué respeto podía tenerle el capitán? Sin embargo estaba ahí parada, en silencio, esperando. Ni siquiera sabe besar, su boca hesita, duda. No llora, no tiene remordimientos, no se niega, está parada y espera. Muchacha de quince años, el cuerpo en formación, creciendo en hermosura, al mismo tiempo madura, sin edad precisa, ¿quién puede contar los años en el calendario del sufrimiento? Seguramente no será Daniel, inconsciente muchacho de la capital, liviano y petulante, acostumbrado a los amores fáciles. Para el bello Dan de las viejas Teresa es un oscuro, indescifrable misterio.

Pero observa la hermosura del cuerpo y de la cara y se complace. Teresa es toda de cobre y carbón, carbón en los ojos y en los cabellos largos. Los pechos, como piedras duras del río mojadas por el agua, la longitud de las piernas y los muslos, el vientre terso, las caderas grandes, las nalgas todavía adolescentes pero ya ostentando opulencia. Bajo la floreada bombacha solo resta la rosa plantada en el valle de cobre, Daniel no quiso descubrirla por ahora. Después tomará la rosa encondida, en el momento justo. ¿Y el resto, Daniel? Callada, Teresa espera.

Por una vez en la vida, Daniel no sabe qué decir.

Se saca la camisa y los pantalones. Los ojos negros de Teresa se enternecen ante la visión del cuerpo del ángel, el vello del pecho, el vientre liso, los músculos de las piernas, cuando Daniel se quita los zapatos y las medias, le ve los pies delgados, de uñas cuidadas, sería un placer lavárselos, cubrírselos de besos.

Están uno delante de otro, Daniel sonríe, todavía no encontró palabras adecuadas para Teresa. Palabras conoce muchas, todas lindas, inflamadas de pasión, conoce frases de amor y hasta algunos versos eróticos del juez. Pero son todas palabras gastadas de tanto usarlas con la viejas señoras, las casadas fogosas, las románticas muchachas de los cabarets y las pensiones, ninguna le sirve para Teresa. Le sonríe y Teresa responde a la sonrisa, entonces la abraza y quedan cuerpo contra cuerpo. La mano de Daniel baja hasta la bombacha pero antes de quitarle la prenda florida siente en la punta de los dedos la cicatriz. Se agacha para verla, es la marca de una antigua herida y en el centro como una perforación. ¿Qué fue eso, querida? ¿Por qué quiere saber todo, por qué perturbar con preguntas y respuestas el tiempo único de esta breve noche que tal vez no se repetirá nunca? Fue con la hebilla del cinturón en una paliza. ¿Te pegaba mucho? ¿Con la correa de cuero crudo? Todavía me pega, ¿pero para qué quiere saber, por qué se aparta, deja de acariciarla y observa con su aire de ángel perplejo? ¿De qué se asombra? A lo mejor no le cree, pero el ángel del cuadro en la pieza del campo vio todo, la correa y la plancha. Sí, todavía me golpea, para cualquier tontería hay un castigo, una nada, un error en las cuentas y la palmatoria entra a escena, pero, ¿para qué quiere saber si no tiene solución? No pregunte nada más, la noche es breve, dentro de poco se extinguirán las fogatas, silenciarán los acordeones, tendrán fin las danzas y los fandangos, sobre la madrugada el capitán estará de regreso y ocupará la cama matrimonial y a la esclava Teresa.

Más allá del egoísmo, de la desfachatez juvenil, del sentimiento superficial, de la fácil aventura, Daniel se siente conmovido, ¡qué cosas se ven en el mundo!, se pone de rodillas, besa la cicatriz sobre el vientre de Teresa. ¡Ay, amor mío! dice ella y dice la palabra por primera vez en la vida. Una noche tan breve, larga como cien años.

36

En los cien años de esa breve noche todo fue repetición pero la repetición fue novedad y descubrimiento. Todavía de rodillas, Daniel levanta sus manos hasta alcanzarle los pechos mientras la boca recorre la cicatriz y sigue hasta el ombligo donde la lengua penetra, agudo puñal acariciador. Desde los pechos las manos recorren el busto, la cintura, la curva de las caderas, el relieve de las nalgas, la columna de las piernas; sobre los pies el cobre adquiere una pátina verde negro de bronce. Nuevamente suben las manos de Daniel para tomar las de Teresa y hacerla arrodillar, quedan los dos de frente, abrazados, la boca de la muchacha semi abierta, suplicante. En el beso se acuestan, las piernas se cruzan, los pechos de piedra palpitan al encontrarse con la mata de terciopelo, la suavidad de las piernas apretadas entre los músculos tensos del joven. La mano experta de Dan penetra por la bombacha, toca el negro jardín donde yace adormecida la rosa de oro, allí en el misterio, el bronce se hace oro. ¡Ay, amor mío!, repite Teresa para sí, todavía temerosa de decir en voz alta la palabra. Tosca, la mano de la muchacha se enreda en los rulos del ángel, tomando coraje baja por la cara, medrosa recorre el cuello, el hombro, llega hasta el vello del pecho. Daniel se agacha y baja la bombacha de Teresa que con la mano abierta se tapa el jardín de pelos negros que resguardan el cofre y la rosa. Se levanta y se quita los calzoncillos, Teresa acostada contempla al ángel de pie, en el esplendor celeste, los rubios anillos de la dulce mata, la espada erguida. ¡Ay, amor mío! Él vuelve a acostarse a su lado, el peso de la pierna sobre su pierna, el vello del pecho, armiño, terciopelo, donde juegan los dedos de Teresa mientras la mano izquierda de Dan va de uno a otro seno provocando la erección de las tetillas, más erectas todavía cuando la boca las chupa y sigue goloso abarcando el seno entero, triturando la piedra con la succión del beso y·la embriaguez de los susurros, soy tu nenito, quiero mamar de tu pecho, quiero alimentarme con tu leche. Recién en ese momento Daniel encuentra las palabras adecuadas, tal vez las de siempre pero ahora dichas sin artificio, sin embuste, sin picardía, renovadas en la simplicidad, en la dulzura de esa noche sin igual, mi amor, mi linda muñequita, mi nena, bobita, mi vida, nenita, nenita mía. La boca susurra ternuras en el oído, los labios tocan el lóbulo, los dientes muerden, te voy a comer entera, la lengua se mete en la conchilla afiebrada de la oreja, ¿cuántas veces piensa Teresa que se va a desmayar? Sus manos aprietan el brazo de Dan, el hombro, se enredan en los pelos del pecho, la boca aprende a besar, ávida, la lengua palpita. La mano derecha de Daniel retiene la mata donde se esconde el cofre con la rosa de oro. Un dedo, el índice, se escapa de su mano y penetra en Teresa, sutil y tenaz, ¡ay, amor mío! Teresa suspira y se estremece. ¿cómo puede ser la mayor de las venturas lo que fue fatal obligación? La mano de la muchacha, bisoña, irresoluta, se mueve por el cuerpo flexible del ángel, se encamina de la mata rubia y suave hacia la fulgurante espada: Teresa la toca con la punta de, sus dedos, está hecha de flor y de hierro, la empuña, Daniel descubre el misterio del cofre, la rosa florece en el calor de una brasa encendida, las chispas se desparraman sobre los picos de los senos, por los labios temblorosos, por las orejas mordidas, a lo largo de las piernas, en el valle del vientre, en la raya de las nalgas. La flor palpitante, la espada flamígera. Las piernas de Teresa se abren, sus muslos de niña mujer se desatan, se ofrecen, se entrega por fin, nadie se lo ordena y no tiene miedo por primera vez. Daniel la besa entre los pelos negros antes de partir con ella hacia la revelación de la vida y de la muerte, porque sería hermoso morir en ese momento mientras la noche de San Juan mojada en lluvia se quema en las fogatas de amor y renace Teresa Batista. ¡Ay, amor mío! repite en la hora primera y última, ay.

37

En esa noche de minutos que corrían en ansias y desmayos, noche de cien años de revelaciones y albricias, Teresa empezó siendo una mujer y acabó siendo otra.

Al recobrarse de la posesión despertó en un suspiro, gimiendo en el primer goce, goce prolongado, violento, de corazón y entrañas, goce desde la punta de los pies hasta la punta de los pelos, sintiendo a Daniel a su lado, tomándola por la cintura, trayéndole el cuerpo agradecido muy junto al suyo.

—Sos mi mujercita querida, una tontita que todavía no sabe nada de nada, que tiene que aprender qué lindo es, yo te voy a enseñar cada cosa, vas a ver qué lindo es —y la besaba suavemente.

Teresa no contestaba, sonreía desfalleciente. Si tuviera ánimo le diría que empezaran ya, con urgencia, porque quedaban pocas horas y después nunca más. Compromiso irrevocable en la agenda del capitán era solo ese de la noche de San Juan, en casa de Raimundo Alicate. En la noche de San Pedro podía volver a bailar o quedarse en la pensión de Gabi tomando cerveza con las muchachas, sin hora fija de regreso, temprano o tarde, imprevisible. Pronto, ángel mío, pronto, no hay que perder un minuto, diría si no le faltase la voz y el ánimo.

Apenas se recuesta contra él, pecho contra pecho, pierna contra pierna, muslo contra muslo y el deseo recién despierto se vuelve a encender, joven y exigente. No dice nada, pero la mano desciende por el cuerpo de Daniel, tocando cada pulgada de piel, extiende el brazo hasta alcanzar los pies y los acaricia. Tenía preferencia por el pecho velludo y los cabellos enrulados. Los peina. Así va aprendiendo. Con la boca sobre los labios de Daniel. Mi querida, todavía no sabés besar, dejame que te enseñe. Gigoló vocacional, casi de oficio, Daniel tenía un verdadero placer en el placer de su compañera de cama, muchachita joven y ansiosa o vieja rica y snob. Te voy a hacer gozar como nunca mujer alguna gozó, y cumplía el esfuerzo prometido por dinero o gratis, por enamoramiento loco. Labios, dientes y lengua. Teresa aprendiendo a besar. Las manos de Daniel multiplicando sensaciones en los reductos más secretos, en el pozo húmedo del vientre, en la cueva oculta entre las nalgas. Las manos de Teresa descubren otras preferencias, los pelos de abajo, fofo ovillo de algodón, pájaro dormido que despierta a su toque. Las bocas ávidas, la de él sabiendo dónde buscar el placer escondido, la de ella entrenándose en el beso, ambiciosa y audaz.

Entre los dedos de Teresa el pájaro se alza impetuoso, dispuesto al vuelo, mientras los dedos de Daniel revelaban miel y rocío en la madrugada del pozo donde la rosa de oro brota impaciente. No pudiendo ya soportar tamaña preparación, la caprichosa aprendiza, esta niña aprende muy rápido, tiene voluntad, basta explicarle una vez, decía la maestra Mercedes Lima en el tiempo ya muerto de antes, se desprende del abrazo, se pone en posición de espera, echada boca arriba, las piernas abiertas, dispuesta al vuelo del pájaro, el nido de carbón y oro.

Cayéndose de la risa, Daniel le dice que no, para qué repetir, mi querida, si hay tantas posiciones, cada una con su nombre, cada una más interesante, yo te las voy a enseñar. Volvió a colocarla de costado contra su pecho, levantándole una pierna, la posee de lado, los dos enredados y sin que nadie le enseñara, Teresa se le prende de la cintura y ruedan por el colchón. Ciega y muda, hambrienta y sedienta, Teresa aprende. Doncella, más que doncella, virgen de mil hímenes, todo era por primera vez, jamás Daniel había sentido algo así, también para él era un descubrimiento y una novedad. El despertar de Teresa prolonga su propio placer y no puede contener a la atrasada y urgente compañera, no puede contenerla. Desvanecida, con los ojos cerrados, Teresa deshace el lazo de las piernas pero Daniel permanece y prosigue despacio, con sabiduría la busca de nuevo, la transporta en el vuelo del pájaro, y ahora sí los dos juntos alcanzan la gracia de Dios. En la noche de San Juan se enciende la fogata de Teresa Batista y habiéndola encendido en ella se quema Daniel, en fuego nuevo, de estertores, rápido, de suspiros crepitantes y ayes ahogados. Ninguna había crecido tanto en calor y llamaradas.

Después de la segunda vez, Daniel saca un cigarrillo de la chaqueta y apoyando su cabeza en el cálido regazo de Teresa fuma. Ella le dice, te voy a sacar los piojos, los dos se ríen. Otra manera de gustar no conocía Teresa, lo había aprendido con la madre en la primera infancia, antes del desastre del ómnibus. Daniel apagó el cigarrillo contra la suela de su zapato y guardó el pucho en el bolsilo para no dejar rastros. Se volvió a colocar con la cabeza sobre el regazo de Teresa, sus cabellos rubios confundiéndose con los pelos negros, con el despiojamiento simulado Daniel quedó adormecido.

Teresa veló su sueño, el sueño del ángel todavía más bello en persona que en los colores del cuadro. Pensó en muchas cosas mientras él dormía. Recordó al perro, Ceiçao, Jacira, los chicos, los juegos de guerra, la tía con desconocidos en la cama, el tío Rosalvo con sus ojos de borracho, la persecución, el tío que la entrega, la tía Felipa con el anillo en el dedo, el viaje en el camión, la piecita en la casa de campo, las fugas, la palmatoria, la correa, el cinto, la plancha. De pronto todo quedó atrás como si hubiera sido una historia de almas en pena, una historia de magia contada por doña Brígida, locuras de la vieja viuda. Aquella noche la lluvia había humedecido la tierra seca y agrietada, habían brotado ternura y alegría sobre el antiguo dolor y el miedo. Por nada del mundo volvería con el capitán.

Ahora puede morirse y no morirá triste, en la soledad y el miedo. Mejor morir que volver a la cama del capitán, a recibir el esperma del capitán. En el campo, Teresa había ido a ver a Isidra colgada de una cuerda, con la lengua negra saliéndole de la boca abierta, los ojos de asombro. Se había ahorcado al enterarse de la muerte de Juárez, su hombre, en una riña de borrachos, apuñalado. En el almacén cuerda no falta, entre la partida del ángel y la vuelta del capitán tendrá tiempo de sobra para preparar el lazo.

38

Aquella noche sin principio ni fin, de encuentro y despedida, de renovadas auroras, Teresa condenada a muerte, escapó de la horca en un caballo de fuego.

Él dormía, ella velaba su sueño, ángel del cielo, pero le gustaría estar de nuevo en sus brazos, sentirlo otra vez contra su pecho antes del adiós. Con miedo le toca la cara. Los ángeles bajaron a la tierra para cumplir la misión señalada, en seguida retornan a rendirle cuentas a Dios, como dice doña Brígida que entiende de ángeles y demonios. Teresa quisiera morir en sus brazos celestes, pero morirá sola, en la horca, colgada de la puerta, con la lengua afuera.

Al tanteo inseguro de la mano de Teresa, Daniel se despierta y la ve triste, por qué triste, querida, acaso no estuvo lindo, ¿no te gustó? ¿Triste? No, no está triste, está alegre de la vida, alegre de la muerte, noche sin igual de ventura infinita, primera y única, sin día siguiente, sin ninguna otra noche, y prefiere morir antes que volver a la servidumbre de la palmatoria, la palangana con agua, la cama matrimonial, el esperma de Justiniano Duarte da Rosa. En el almacén no falta cuerda y nudos corredizos sabe hacer.

Tontita, no digas bobadas, ¿por qué no habrá otras noches iguales o mejores? Sí que va a haber. Daniel se sienta y Teresa apoya la cabeza en su regazo, la nuca contra el pájaro. Tranquilízate y escúchame, querida, las manos del ángel le cubren los pechos, se los oprimen dulcemente, la voz divina apaga la tristeza, descubre horizontes, salva de la horca a la condenada Teresa. ¿No sabe ella que el capitán va a hacer un viaje a Bahía? Un viaje de negocios y de placer, invitado por el Gobernador para la fiesta del Dos de Julio, el idiota no sabe que la fiesta es pública, que las puertas del palacio están abiertas a todo el pueblo en el momento de la recepción y que la invitación impresa es una formalidad, sòlamente útil para que el tipo de la policía haga méritos ante el pajuerano de Cajazeiras do Norte, metido a conocedor, un tonto alegre, audiencias en los tribunales, visitas a los secretarios de Estado y a los proveedores del almacén, carta de presentación ante Rosalía Varela, cantante de tangos del Tabarís, especialista en chupeteos, maestra de la especialidad árabe, un día querida te enseño, un goce sin igual, cuando el capitán vaya a Bahía nuestras noches van a ser todas de fiesta.

Lo importante es tener paciencia, soportar por unos días más las exigencias, la groseria del capitán, hacerse tan dócil como antes, no demostrándole nada. Pero él la va a coger y eso no lo quiere ella nunca, nunca más. ¿Por qué? Si no tiene ninguna importancia, desde el momento en que ella no participa, que no se asocia, que no goza en sus brazos. En los brazos del capitán Teresa se ahoga en rabia, ¿entonces? él va a sujetarla como antes y ahora será mucho más fácil, soportará las brutalidades sabiendo que se va a vengar de todo lo que la hizo sufrir, le vamos a poner los cuernos más frondosos de la comarca, lo vamos a adornar con cuernos de general al capitán.

Le explicó cómo debía comportarse, tenía experiencia y labia. El mismo, aunque le costara mucho, al día siguiente iría a la casa de las hermanas Moraes a comer *canjica*, a tomar licores, a gastar gentilezas, una porquería, pero necesaria. El capitán estaba convencido de que Daniel cortejaba a la más joven de las hermanas. Debido a ese embuste es que podía estar permanentemente en el almacen, viendo a Teresa sin despertar sospechas. Además, quizás antes del viaje del capitán podrían tener otra oportunidad de encontrarse, ¿la noche de San Pedro, por ejemplo? No hable de matarse, no sea loca, querida, el mundo es nuestro y si un día el bestia nos descubre, no tenga miedo, Daniel le dará una severa lección para que aprenda a cargar sus cuernos con la debida cortesía y jubilosa modestia.

De todo lo que oyó a Teresa solo le pareció importante una cosa, el capitán iba a viajar y demoraría diez, quince días, diez quince noches de amor. Toma las manos de Daniel y se las besa agradecida. Para Daniel el detalle más difícil a resolver era Chico Meia-Sola. ¿Cómo hacer? ¿Comprándolo con buenos billetes? Billetes, no ángel del cielo.

Ningún billete comprará la fidelidad de Chico a Justiniano, pero no había que considerar al *cabra* como un problema, dormía en el almacén durante los viajes del capitán y el resto de la casa quedaba al cuidado de Teresa. Si Daniel entraba por el portón de la quinta, y los amantes usaban el dormitorio matrimonial, el más alejado del almacén, Chico no se daría cuenta de nada. ¿No ves? Todo se presenta a favor, nada podrá despertar en el pecho de Justiniano la menor sospecha. Ni la menor sospecha, ¿no lo entiendes, Teresa? Sí, lo entiende, no le dará ningún motivo de desconfianza aunque tenga que hacerse de las tripas corazón.

Hacia el fin de la conversación las manos de Daniel volvían a recorrerla, se paseaban por cada saliente o cavidad en lenta, demorada, continua caricia, un ansia subterránea. Todavía perturbada por los pensamientos y las palabras, Teresa se abre y se cierra en el miedo, el odio, la desesperación, la esperanza, el amor. Habiendo dicho lo necesario, Daniel pasa su boca por el seno de Teresa, lo contornea con su lengua, avanza por el cuello, por la nuca, alcanza la oreja, después los labios. Todo empieza de nuevo, mil recomienzos, querida, nunca terminaremos, tendremos muchas otras noches. Qué lindo, amor mío, dice Teresa.

Daniel quiere que ella lo monte. Así no lo había hecho nunca Teresa, el capitán no se lo había ordenado, mujer cabalgando a un macho, jamás se prestará a ser caballo de una hembra. Montada en el fogoso jinete, Teresa Batista salta de la horca hacia la libertad. Contempla el rostro del ángel, su sonrisa, los enrulados cabellos, los ojos melancólicos, las mejillas incandescentes. Galopa en los campos de la noche, rumbo a la aurora. Cuando rueda deshecha todavía puede sentir el embriagador perfume del sudor de la montura, caballo, ángel, hombre, su hombre.

39

A la madrugada, Daniel se despidió en el portón con un beso de lengua, dientes y suspiros. De vuelta en la casa, sola, Teresa fue a bombear agua para la bañera, tenía el cuerpo perfumado con el sudor de Daniel, se lavó con jabón de coco. Quién le diera poder guardar en la piel aquel dulce aroma, pero el capitán tenía olfato de cazador y debía engañarlo para merecer otra visita del ángel. Perdía el perfume pero conservaba el gusto del muchacho en la boca, en los pechos, en las orejas, en el vientre, en el monte oscuro de pelos, en el fondo de su cuerpo. Antes de bañarse Teresa barrió el cuartito, cambió la sábana, dejó la puerta abierta para que el viento de la mañana se llevara el olor del tabaco y el eco de las alegrías de la noche, sobre el sórdido colchón de tristes memorias había aparecido el arco iris.

Palabras, gestos, sonidos, caricias, un mundo de recuerdos, en la habitación del capitán todavía a oscuras, echada en la cama matrimonial, Teresa recordada cada instante. Dios mío, ¿cómo podía ser tan lindo lo que había sido una agonía? Cuando Daniel la penetró después de despertarle los sentidos y encenderle el deseo, cuando la tuvo y ella se dio y gimieron los dos juntos, solo entonces descubrió Teresa por qué mientras el tío Rosalvo tomaba cachaça en el bar de Manoel Andorinha, la tía Felipa, sin necesidad ni obligación, gratuita y contenta, se encerraba en la pieza con otros hombres, conocidos de la feria o de los sembrados, o simples viajeros de paso. Amenazaba a Teresa, si le contás algo a tu tío te doy una paliza que te mato, te dejo sin aliento. Quedate en la puerta mirando la calle, si lo ves aparecer corré a avisarme. Teresa subía al mango, divisaba el camino hasta mucha distancia. Cuando la puerta de la pieza se abría y el hombre seguía su camino, la tía Felipa, toda gentil y risueña, la mandaba a jugar hasta le daba quemados de azúcar muchas veces. Durante los años en casa del capitán, al recordar su vida en el campo de los tíos, trataba de olvidarse, pero en las noches a solas, en las noches de dormir y descansar, cuando venían en tropel figuras y cosas a robarle el sueño, Teresa se preguntaba la razón de la extraña costumbre de su tía, que lo hiciera con Rosalvo, estaba bien, eran casados y el marido tiene derechos y la mujer obligaciones. ¿Pero con otros una ocupación tan penosa? ¿Por qué? Nadie la obligaba, nadie le pegaba, no había correa de cuero crudo. Entonces, ¿por que? Ahora comprendía el motivo, puede ser tan malo como bueno, depende de quién sea el compañero de cama.

El capitán regresó a la tarde y al bajar frente al almacén, las puertas estaban cerradas por ser el día de San Juan, oyó risas en la casa de las hermanas Moraes. Miró hacia la ventana, la gran sala de visitas estaba abierta y adentro, cercado por las cuatro hermanas, estaba el joven Daniel, con una copa en la mano, muy fino y agradable, contando casos y cosas de la capital. Justiniano saludó a la alegre compañía. Había que decirle al muchacho que tomara sus precauciones si se decidía a romperle el himen a Teo, no fuera cosa que la embarazara. Hay que ser discreto, ella es mayor de edad, no debe traerle inconvenientes. Que si le hace un chico va a querer casarse, va a hacer un escándalo público, tanto más tratándose del hijo del juez. Las hermanas Moraes pertenecen a una familia tradicional y Magda es mañera, que lo diga el malabarista haciendo fajina en la comisaría, amenazado con la cárcel. Se encogió de hombros, el estudiante no era hombre de arriesgarse por una virgen, piernas y culo, dedos y lengua le bastaban, chupador de conchas, perrito faldero.

En el comedor, Teresa planchaba ropa, en el almacén Chico Meia-Sola dormía la cachaça de la víspera, ouando el patrón no está jamás se quedaba en la casa, a solas con Teresa. *Caboclo* fuerte, con algunas horas de sueño se recupera de la borrachera semanal, infalible los sábados y las vísperas de feriados. Aun así está lejos de compararse con Justiniano Duarte da Rosa, que es capaz de tomar cuatro días y cuatro noches, sin pegar un ojo, derribando hembras y salir en seguida de viaje, a caballo; resistencia de hierro. En el almacén, Chico, molido, roncaba, el capitán muy bien, nadie diría que había bebido y bailado la noche entera y a la mañana había partido hacia el campo manejando el camión porque Terto Cachorro estaba tan borracho que hubo que arrastrarlo hasta la cabina y ahí se había quedado como una bolsa desinflada. Raimundo Alicate los había ido a saludar apenas llegaron al fandango, y de rebote les trajo una muchacha puro fingimiento, con los ojos clavados en el suelo.

—Levantá la cabeza, así el capitán te ve los ojos, perdida.

Jovencita, en el verdor, casi sobre el límite del collar del capitán si es que era doncella, claro.

—La reservé para usted, capitán, es de las que le gustan. No lo voy a engañar diciéndole que es doncella, la verdad que ya la rompieron, como viene del lado de la fábrica, usted sabe, allá no hay virgen que dure. Pero está fresca y limpia, todavía no anduvo en la vida, no tiene ninguna enfermedad, la verdad que casi es doncella.

Hijos de puta esos Guedes, siempre uno en la fábrica, los otros dos divirtiéndose en Bahía, en Río, en San Pablo, cuando no en Europa o América del Norte, se turnaban en el trabajo de recolectar doncellas. El más efectivo en la dirección de los negocios era el doctor Emiliano, el que mandaba de hecho, el más exigente también en cuanto al aspecto de las muchachas, no aceptaba a cualquiera, para él había que elegirlas a dedo. Aunque estuviera en la fábrica en lugar de gastarse con las gringas por Europa, no era el que se había agarrado a esa rústica de nariz chata. Eso no era creíble.

—¿Quién le hizo el trabajo?

—El señor Marcos...

—¿Marcos Lemos? ¡Qué hijo de puta!

Si no era uno de los dueños eran los empleados. Hasta el contador le mandaba restos de la fábrica, azúcar masticado, melaza sucia. En la casa de la ciudad consumía muchachas de lujo, bonitas de cara y de cuerpo, para que nadie les achacara defectos, pero en el campo, en la fábrica, le daba lo mismo rica o pobre, doncella o rota, muchacha o de cualquier edad. No era que el capitán hiciera cuestión de fea o linda si era nueva, le trae apetito, pero le gusta saber que el doctor Emiliano Guedes, el mayor de los hermanos, el jefe de la tribu, el dueño de la tierra, arrogante en su caballo negro con arreos de plata, está dispuesto a gastar para tenerla, no hace cuestión de dinero. La hidalguía en los modos y la insolencia en la voz, ¿no quiere venderme esa cría?, no consiguieron encubrir su interés, dígame el precio y es mía. ¿A quién pertenece esa muchacha tan bonita y deseada, con lista de espera en la pensión de Gabi y desfile de clientes en el almacén? A Justiniano Duarte da Rosa, llamado capitán Justo por ser propietario de glebas, cabezas de ganado, del surtido almacén y de gallos de riña. Un día, a medida que aumenten las leguas de tierra, el crédito en los bancos, las casas de alquiler, el prestigio político, será el coronel Justiniano, un prócer verdadero, tan rico e influyente como los Guedes. Un día se hablará de igual a igual y entonces podrá discutir de crías y de hímenes y hasta intercambiar muchachas sin sentir el amargo sabor de las sobras en la boca. Por ahora, no.

—Teresa, venga acá.

Con la plancha suspendida en la mano escucha la orden. Dios mío, ¿podrá soportarlo? El miedo la envuelve como una sábana, envuelta en una sábana se había escapado la primera vez. ¿Por qué no escaparse de allí con Daniel, de la cama matrimonial, de la voz y la presencia del capitán, muy lejos de la palmatoria, de la correa, de la plancha? Del hierro de marcar ganado para marcar a la que se atreviera a engañarlo,¿ pero quién se atrevería? Ninguna tan loca. Se atrevió Teresa, loca de atar. Apoya la plancha, dobla la prenda, hace de las tripas corazón.

—¡Teresa! —la voz amenazante.

Ya voy.

Extiende los pies, ella le desata los zapatos, le saca las medias, trae la palangana con agua. Pies gordos, sudados, uñas sucias, olor penetrante, planta callosa. Los pies de Daniel son alas para volar, para elevarse por el aire, delgados, limpios, secos, perfumados. Escapar con él, un imposible. Hijo del juez, muchacho de ciudad grande, estudiante, casi doctor, ni para amante ni para criada la necesitaba; en la capital tendría a montones para su elección. Pero le decía mi amor, mi querida, nunca vi otra tan bella, nunca me cansaré de vos, te quiero para toda la vida, ¿por qué iba a decírselo si no fuera verdad?

Le lava los pies al capitán, con eficiencia y prisa, necesita mantenerlo sin la mínima sospecha para que no deseche el viaje a Bahía, para que no ponga *cabras* de vigilancia ni traiga hierros de marcar reses, vacas y bueyes y mujeres traidoras. Teresa le había oído decir en la riña de gallos donde la llevó para exhibirla:

—Si un día una infeliz tuviera la audacia de engañarme, ninguna la tendrá, claro, pero si la tuviera, antes de matarla la marcaría en la cara y en la concha con el hierro de marcar ganado para enseñarle el nombre de su dueño. Moriría sabiéndolo.

El capitán se saca la chaqueta, retira el puñal y el revólver del cinturón. Esa mañana había comido de las sobras de la fábrica, la tontita tenía un buen meneo, empeño y gusto. Rústica adecuada para un momento de diversión, para variar, pues la gracia del juego está en la variación. No era para tenerla en la cama matrimonial noche a noche, en cualquier momento, por años. Un día, cuando se canse de Teresa, y va a ocurrir más tarde o más temprano, se la va a enviar de regalo al doctor Emiliano Guedes, de prócer a prócer, recíbala y cómasela, doctor, es la sobra del capitán. Por ahora no, al lado de los Guedes es un don nadie, y así, cansado, luego de una noche de baile y mucha cachaça, la mañana entera encima de la hembra mañera, apenas pone los ojos en Teresa Batista se le encienden las bolas y la pija responde.

—A la cama, rápido.

Le saca el vestido, le arranca la bombacha, desabotona su braqueta y se monta a Teresa. ¿Qué pasa? ¿Es doncella otra vez, le creció un nuevo himen? Siempre había permanecido estrecha, virtud peregrina, no hay nada peor en el mundo que mujer liviana. Cara fea o cuerpo imperfecto, no importan, por tan poca cosa el capitán no se retira de un combate. Pero no tolera mujer de puerta franca y concha abierta, tacho de basura. Hendija apretada, pasaje trabajoso, puerta difícil, así se había mantenido Teresa. Pero ahora está cerrada del todo, no hay rendija, no hay grieta, virgen de nuevo. Perito en el tratamiento de doncellas va al frente el capitán, Teresa vale dos argollas en el collar de hímenes, no divisa los relámpagos de odio en los ojos llenos de miedo, negro carbón.

40

Días de aflicción e impaciencia precedieron el viaje del capitán a Bahía. Solo una vez Teresa cambió un apresurado beso con Daniel al mediodía, y él pudo decirle una palabra de ánimo, el viaje está firme. La víspera le dejó una flor marchita en el mostrador, de sus pétalos vivió Teresa aquellos cinco días de mortal espera.

Daniel venía diariamente, casi siempre en compañía de Justiniano, íntimos, conversando y riendo. Con el corazón palpitante, Teresa seguía cada gesto, cada mirada de la aparición celeste, trataba de adivinar un mensaje de amor. Si no estaba presente el capitán, el joven entraba con un pie y salía con el otro, buen día, hasta luego, cigarrillos americanos para los vendedores, para Teresa una mirada melancólica, una mueca de los labios simbolizando un beso, poco para el hambre que había despertado, para la exigencia.

En cambio, todas las tardes merendaba con las hermanas Moraes, mesa repleta de dulces, los mejores del mundo, de *caju*, de mango, de *mangaba* 1, *de jaca*, de *goiaba*, de *araçá* 2, de grosella, de *carambola* 3, si se cita de memoria se comete fatalmente una injusticia, queda en el olvido alguna delicia esencial, el dulce de *abacaxi* 4, por ejemplo, o el de naranja, ¡ay, Dios mío, el de bananas en rodajitas! todas las variaciones del maíz, desde las mazorcas cocidas a la. *pamonha* o al *manuê*, sin hablar de la *canjica* y el *xerém* 5, obligatorios en junio, la *umbazada* 6, la *janipapada*, la leche de coco, el reque-

1 *Mangaba:* fruto de la *mangabeira*, árbol de la familia de las apocináceas.
2 *Araçá:* fruto del *araçázeiro*, árbol de la familia de las mirtáceas.
3 *Carambola:* fruto de la *caramboleira*, planta de la familia de las oxalidáceas.
4 *Abacaxi:* fruto de una planta bromeliácea, variedad del ananás.
5 *Xerém:* bollos de maíz.
6 *Umbuzada:* tortas hechas con frutas del *umbazeiro*, árbol de la familia de las anacardiáceas.

són, los refrescos de *cajá* y *pitanga*, los licores de frutas. Modesta merienda decían las hermanas, banquete de hadas, contestaba goloso el galán. En el salón, el piano cubierto con un mantón español, recuerdo de grandezas pasadas, gemía bajo los dedos de Magda las notas de "Prima Carezza", de la "Marcha turca", de "Le lac de Côme", repertorio selecto y felizmente escaso. En lápiz de color Berta intentaba reproducirle el perfil, ¿lo encuentra parecido? Parecidísimo, usted es una verdadera artista. Aplausos para la recitadora Amalia; dispuesto a todo, Daniel pedía bis cuando ella, trémula de emoción, dijo "In extremis" eso de "la boca que besaba tu boca ardiente". Con el pretexto de cuidarle las uñas, Teodora le tomaba las manos, sus rodillas tocando las del joven, los pechos en permanente exhibición y hasta le había mordido la punta de un dedo, las hermanas unánimes le reprochaban a la falsa manicura el subterfugio desleal e indecente, pero Teo sin importarle, seguía con la lima, el frasco de acetona, nunca había visto unas manos tan suaves.

Empolvadas, pintadas, llenas de agua colonia y extractos, las cuatro hermanas vivían casi en delirio. En la ciudad las comadres se habían dividido en dos facciones, un ala afirmaba que habría noviazgo entre Daniel y Teodora, el pobre muchacho preso en la trampa que le habían armado en el chalet las terribles hermanas; la otra tendencia comandada por doña Ponciana de Azevedo, apostaba por Daniel, que se iba a comer a Teo al mismo tiempo que los dulces y si no se comía a las otras tres sería por que no tenía ganas. El capitán, testimonio de vista, a quien el estudiante, conversador y divertido, le caía tan simpático, a pesar de ciertos hábitos indignos, un hombre macho no lame la concha de una hembra, le había llamado su atención acerca del peligro de embarazar a Teodora. En respuesta, Daniel le contó una serie de impagables anécdotas sobre el problema de la anticoncepción, a cada cual más divertida, ese sinvergüenza sabía contar como nadie, el capitán se moría de la risa.

El día de San Pedro por la mañana, Justiniano fue a buscar a Daniel a casa del juez para llevarlo a una riña de gallos, salieron en el camión. Almorzaron por allá, sobre el fin de la tarde el capitán regresó. Teresa todavía alimentaba la esperanza de que fuese al fandango de Raimundo Alicate, ¡Ah! entonces Daniel y ella tendrían la noche libre, de fiesta. El capitán no se cambió de ropa, así como estaba se fue a tomar unas cervezas a la pensión de Gabi y volvió temprano a dormir. Con el corazón pesado, Teresa le lavó los pies. Tenía ganas de escaparse, de salir en busca de Daniel por las calles, a la casa del juez o al chalet de las Moraes, de irse con él hasta el fin del mundo. Tan preocupada e infeliz que no advirtió de inmediato el sentido de las palabras del capitán, mañana tomo el tren para Bahía, preparame la valija con la ropa. Ahora mismo, le dijo, terminando de secarle los pies. Ahora no. Mañana temprano, hay tiempo. Cuando volvió de desagotar la palangana, ya Justiniano la estaba esperando, desnudo. Nunca se había sentido el capitán tan preso por la cama matrimonial, por Teresa. No había tenido otra con tanta permanencia y seducción, ya se había cumplido dos años y en breve serían tres y su interés crecía en lugar de disminuir. ¿Porque era bonita? ¿Porque era estrecha? ¿Porque era tan joven? ¿Porque era tan difícil? Quién podía saberlo si ni siquiera el capitán lo sabía.

Durante los diez años que había sobrevivido a su marido, doña Engracia Vinhas de Moraes, esposa memoriosa y amiga de las fiestas religiosas, homenajeaba a San Pedro, el patrón de las viudas, en la iglesia por la mañana, en el salón del chalet por la noche. Una fogata enorme en la calle, mesa puesta en la casa, la ilustre parentela, los numerosos amigos, venían jóvenes, bailaban con las muchachas de la casa, las cuatro hijas casaderas, Magda, Amalia, Berta, Teodora. Las hijas solteras, casi solteronas, mantenían la devota tradición materna: en la misa ponían velas al pie de la imagen del apóstol, por la noche abrían el chalet. Algunos parientes pobres, unos pocos amigos, ningún joven. Pero aquel San Pedro la fiesta de las Moraes adquirió nuevo alimento, las comadres atisbando posibles enamoramientos y Daniel con los ojos embobados y la risa sujeta, el pensamiento puesto al otro lado de la calle, donde Teresa hace de las tripas corazón sobre la cama matrimonial de Justiniano Duarte da Rosa.

Al día siguiente Teresa preparó la valija del capitán, como se le había ordenado colocó el traje de casimir azul marino, el de casamiento, usado pocas veces, prácticamente nuevo, traje de ceremonias, para el Dos de Julio en el Palacio con el gobernador. Otros trajes blancos, las mejores camisas, en cantidad, parece que lleva intención de demorarse.

Antes de salir para tomar el tren le dio órdenes a Teresa y a Chico Meia-Sola: mucho cuidado con el almacén, ojo con los vendedores, al estar el patrón de viaje son capaces de ponerse a robar en provecho propio, no en provecho del amo. Como de costumbre, cuando el capitán se ausenta, Chico Meia-Sola dormirá en el almacén, para cuidar la mercadería y como vigilancia y seguridad, pero también para mantenerlo por la noche fuera de los límites de la casa propiamente dicha, sin posibilidad de contacto con Teresa.

En cuanto a Teresa, tenía prohibido poner los pies fuera de la casa o del almacén, de darle conversación a los clientes, las charlas debían reducirse a lo más indispensable. Al terminar la comida, Chico debía trancar el almacén y ella debía trancar la casa y a la cama, a dormir. El capitán no quiere que su mujer ande en boca de la gente, con razón o sin razón, le era igual.

Sin una palabra de despedida, ni hasta la vuelta, sin un gesto de adiós, se marchó a la estación, Chico Meia-Sola le llevaba la valija. En el bolsillo de la chaqueta, junto con la invitación del Gobernador llevaba la carta de presentación para Rosalía Varela, porteña que ejercía en Bahía, cantante de cabaret especializada en tangos argentinos y pasatiempos de boca, boca largamente afamada, enaltecida con letra y música "Tu boca viciosa de muñeca...".

Poco antes de salir, al cambiarse de ropa, viendo a Teresa Batista de espaldas junto al armario, el capitán sintió aquella picazón en las bolas, le levantó el vestido y agarrándola por atrás se la cogió de despedida.

41

Fueron ocho noches exactas en la cama matrimonial del capitán, y una de ellas se prolongó hasta el comienzo de la mañana del domingo, aprovechando que Chico Meia-Sola estaría descabezando su borrachera de la víspera. El sábado a la noche había tomado dos botellas de cachaça en el mismo almacén, pues estando el patrón de viaje, por nada del mundo abandonaba las mercaderías entregadas a su vigilancia.

Apenas las campanas de la iglesia de Santa Ana daban las nueve de la noche, límite para los enamorados, Daniel llegaba al portón del fondo y se marchaba antes de que saliera el sol, con las últimas sombras. Por la tarde (la mañana la dedicaba a dormir) iba a merendar con las hermanas Moraes, entraba al almacén con el pretexto de pedir noticias sobre el capitán, todavía no telegrafió dándonos la fecha de la vuelta, doctorcito. Cigarrillos americanos para Pompeu y Papa Moscas, una moneda para Chico, derretidos en Teresa los ojos melancólicos. Engordando con los dulces y *canjicas*, confundiendo a las cuatro hermanas con sus reticentes conversaciones, con sus gestos indecisos, las tres mayores a los suspiros, Teodora a punto de arrastrarlo de un brazo a la cama, quién sabe, si no fuera la locura por Teresa, Daniel le haría el favor a Teo, que era merecedora por graciosa y falta de juicio.

Pero el que cabalga a Teresa o se deja cabalgar por ella, el que la hace transportar a las puertas de la alegría y le enseña el color de la madrugada, no puede pensar en otra. Violada hace dos años y medio, poseída por el capitán casi todos los días, cerrada por el miedo, se conservaba inocente, pura y crédula. De pronto se despertaba mujer, en esas rápidas noches se abrió como un pozo de infinitos placeres, floreció en belleza. Antes era hermosa, con su gracia adolescente y simple, ahora el óleo del placer le iluminaba la cara y el cuerpo. el goce y la alegría del amor le habían encendido los ojos con aquel fuego del cual el doctor Emiliano Guedes había advertido el fulgor meses atrás. También había aprendido palabras de ternura, las variaciones del besar, el secreto de ciertas caricias. No era poco para quien no tenía nada, no era mucho, porque todo había sucedido en un instante del tiempo, tan de prisa, la juventud de Dan no le permitía una maestría completa en el oficio, la lenta dilatación del placer, la sutileza mayor, la posesión más suave y lenta, muy lentamente. Impetuoso y ansioso, Daniel conocía la mezquina dimensión de esas aventuras de vacaciones en el interior, sabía el breve tiempo que le concedería a Teresa. Pero Teresa no sabía nada ni tampoco quería adivinar, ni discutir, ni sacar nada en limpio. Tenerlo a su lado, rodar por la cama en sus brazos, ser montada por él y montarlo, satisfacerle los deseos, ¿qué más había de querer? Irse con él, claro, pero ya tenían trato hecho en ese sentido, entonces no cabían preguntas ni debates. Daniel era un ángel del cielo, un Dios niño, una perfección.

Le había prometido llevársela consigo, libertarla del capitán. ¿Por qué no inmediatamente, mientras Justiniano estaba de viaje? Tenía que esperar un dinero que le enviarían desde Bahía, una operación de cierta demora. Promesa vaga, explicación ambigua, de concreto solo las afirmaciones de valentía. Si el capitán se hace el bestia ya verá qué es un hombre de verdad, ya verá cuál es la diferencia entre el coraje y la bazofia.

Los proyectos de fuga, los planes de una vida futura no les ocupaban mucho tiempo en esas noches tan breves para las alegrías de la cama. Teresa no dudaba del joven, ¿por qué habría de mentirle? La primera de las ocho noches, el regreso de aquella primera noche triunfal, cuando Daniel apoyó su cabeza en el regazo húmedo de Teresa, ella conmovida le dijo: lléveme de aquí, puedo ser su sirvienta, con él yo no voy nunca más. Casi solemne Daniel le prometió: vos vas a ir a Bahía conmigo, quedate tranquila. La promesa fue sellada con un beso de lengua.

Todo lo que antes había sido sucio y penoso se volvía delicia del cielo. Daniel no dice ¡chupe! como hace el capitán, empuñando la correa de siete chicotes, cada chicote diez nudos. La segunda noche, ¡ay! ¿por qué no la primera, Dan?, él le pidió que se quedara quieta y con la punta de su lengua empezó por los ojos. Por fuera y por dentro de las orejas, alrededor del cuello, la nuca, los pezones y el contorno de los senos, alrededor de los brazos, los dientes mordían los sobacos, después dientes y labios participaban de la caricia, el vientre, el ombligo, la mata negra de pelos, los muslos, las piernas, los pies y los dedos y nuevamente las piernas, los muslos, la entrepierna, la entrada secreta, la titilante flor, boca y lengua chupando, lamiendo, ¡ay, Dan, me voy a morir! Así es como se lo pidió, haciéndolo él primero, entonces Teresa tomó la espada fulgente, y también lo hizo y sintió que iba a morir, pero aún no era tiempo.

Así muerta de gozo, la cabeza caída sobre el vientre del ángel, Teresa dice: creí que iba a morirme, me hubiera gustado morir. Si no fuera a Bahía, me mato, me ahorco, con él nunca más. Si no va a llevarme no me mienta, quiero la verdad.

Por primera y única vez lo vio fastidiado. ¿No te dije ya que te llevo? ¿De qué dudás? ¿Soy un mentiroso? La hizo callar, nunca más debía repetir esas cosas, ¿por qué mezclar la alegría de esos momentos con amenazas y tristezas? ¿Por qué disminuir, arruinar una noche de placer hablando de la muerte y de la desgracia? Cada cosa a su hora. Cada conversación en su lugar. También aprendió eso con el estudiante de derecho Daniel Gomes, para no olvidárselo nunca más. No volvió a hacer preguntas sobre la fuga, tampoco volvió a pensar en la cuerda para ahorcarse.

Daniel no le decía, de espaldas, de cuatro patas, como Justiniano Duarte da Rosa, doblegándola con la hebilla del cinturón, hasta hoy conserva Teresa la cicatriz. En una de aquellas noches de resurrección, el ángel le marcó en el amplio territorio de las nalgas las fronteras donde se unen el paraíso terrestre y el reino de los cielos. Alzando vuelo desde el pozo de oro donde se había alojado, el pájaro audaz fue a anidarse en la cueva de bronce. ¡Amor mío! exclamó Teresa.

Así renació la que había muerto en la palmatoria, en el cinturón, en la correa, en la plancha. El gusto a hiel y las marcas del dolor y del miedo se fueron apagando una a una, recuperó cada partícula de su ser y a la hora necesaria, sin sombra de miedo, se irguió entera aquella renombrada Teresa Batista, hermosa, de miel y valentía.

42

Ni Daniel ni nadie advirtió cuando, poco antes de las campanas de la iglesia, hacia las nueve de la noche, desde el salón a oscuras del chalet, Berta, la más fea de las cuatro hermanas, trajo a Magda, la mayor, a esconderse detrás de la ventana y juntas armaron la trampa.

—Allá va, míralo— dice Berta y lo sabía con líquida certeza porque apenas presentía a Daniel le entraba un frío por abajo y tenía que hacer pis.

Escondidas detrás de la ventana acompañan a la sombra por la calle, la ven doblar la esquina, escuchan sus pasos distantes en el callejón.

—Llegó al portón, debe estar entrando.

Magda tenía alma de detective, convicta de la responsabilidad que le cabía como primogénita, veló hasta la madrugada y lo reconoció, hermoso y contento al amanecer, volviendo de la noche con Teresa. El infame había usado a las cuatro hermanas, sólida, ideal pantalla para despistar a Justiniano Duarte da Rosa y a la ciudad entera de aquella inmunda bacanal con la chica del almacén, la manceba del capitán, ninguna se atreverá jamás a engañarme. Naturalmente el canalla habría comprado por un poco de cachaça la complicidad de Chico Meia-Sola, sólo un estúpido como Justiniano puede confiar sus bienes y su mujer a un bandido a sueldo, y para completar la impunidad, había abusado de la buena fe, de la amistad, de los sentimientos, de la mesa abundante (todavía más abundante para él) de las cuatro hermanas, Magda, Amalia, Berta y Teodora, las cuatro en la boca de la gente, en la charla de las comadres, y la puta aquella en la cama.

Magda había ganado premios de caligrafía en el colegio, pero para cierto tipo de correspondencia prefiere usar letra de imprenta, según el atinado consejo de doña Ponciana de

Azevedo. El incidente le da cierta alegría, melancólica alegría de solterona, poder escribir aquellas palabras malditas, de uso prohibido a las señoritas y señoras distinguidas, cuernos, gigoló de mierda, la puta de la muchacha, ¡ah! la puta de la muchacha.

43

Teresa estaba adormecida después de haber escalado el cielo. Fumando un cigarrillo, Daniel piensa en la mejor manera de anunciarle que su partida hacia Bahía es inminente, hacia la facultad y los cabarets, los condiscípulos, los compañeros de bohemia, las viejas señoras, las románticas jóvenes, después te mandaré buscar, querida, no te pongas triste, no llores, sobre todo no llores, apenas llegue a Bahía tomaré las providencias. Difícil cuarto de hora, un fastidio. Daniel le tiene horror a las escenas, a los rompimientos, a las despedidas, a los lamentos y los llantos. Va a arruinar la última noche, a no ser que se lo diga a último momento, de madrugada ya en el portón del fondo, después del beso de labios, lenguas y dientes.

Mejor todavía dejarlo para el día siguiente, por la mañana aparece en el almacén y se despide de todos juntos, por un llamado urgente, inapelable, de la facultad, si no va en seguida pierde el año, tiene que tomar el primer tren, pero la ausencia será de poco tiempo, una semana a lo sumo. ¿Y si Teresa no se conforma, se cree traicionada y hace un escándalo en presencia de Chico Meia-Sola y los dos vendedores? ¿Cómo reaccionará el fiel capanga al enterarse que le pusieron los cuernos al patrón y protector, prácticamente delante de su vista?

Condenado por asesinato, el mismo Chico le contó a Daniel que le conmutaron la pena por la intervención y las maniobras del capitán. Lo mejor es irse sin decir nada. Cobardía sin duda, al por mayor, la chica es simple y crédula, está ciega de pasión, lo cree un ángel caído del cielo y él se escapa, sin un aviso, sin una palabra, sin un adiós. ¿Qué otra cosa puede hacer? ¿Llevarla a Bahía como le había prometido? Ni pensarlo, nunca le pasó por la cabeza semejante locura, lo había dicho para evitar lamentos y lloros.

La voz de Justiniano Duarte da Rosa arranca a Daniel de la cama de un salto y despierta a Teresa. El capitán está parado a la puerta del cuarto, de la muñeca le cuelga la correa de cuero crudo, bajo la chaqueta abierta se asoman el puñal y la pistola alemana.

—Perra renegada con vos ajusto las cuentas más tarde. ¿Te acordás de la plancha caliente? Ahora voy a usar la de marcar hacienda, vos misma la vas a calentar— y se rió con su risa corta y maldita, su sentencia fatal.

Junto a la pared, Daniel, pálido y trémulo, enmudece de susto. Dándole la espalda a Teresa, tenía mucho tiempo para vengarse de la perdida, por ahora le bastaba con la amenaza del hierro en brasa, en dos pasos el capitán se acerca a Daniel y le pega dos bofetadas arrancándole sangre de la boca, esos dedos de Justiniano Duarte da Rosa, repletos de anillos. Lleno de pavor, Daniel se pasa la mano por la boca y se mira la sangre, empieza a llorar.

—Hijo de puta, perro faldero, lamedor de conchas, ¿cómo pudiste atreverte? ¿Sabés lo que vas a hacer para empezar? Para empezar...— repitió —vas a chuparme el palo y todo el mundo lo va a saber aquí y en Bahía.

Se abre la bragueta y echa las cosas afuera. Daniel llora, las manos quietas. El capitán levanta el cabo de la correa que silba a la altura de los riñones, el palo colorado, el gemido de pavor. El estudiante se dobla, afloja las rodillas, se orina todo.

—¡Chupame, marica!

De nuevo levanta el brazo, el cuero vibra en el aire, ¿vas a chupar o no, hijo de puta? Daniel traga en seco, la correa suspendida, silbando, se dispone a obedecer, cuando el capitán siente la cuchillada en la espalda, el frío de la hoja, el calor de la sangre. Se da vuelta y ve a Teresa de pie, la mano levantada, un relámpago en los ojos, la belleza deslumbrante y el odio desmedido. ¿Dónde está el miedo, el respeto que te enseñé, tan bien que lo habías aprendido, Teresa?

—Largá ese cuchillo, desgraciada, ¿no tenés miedo de que te mate? ¿Ya te olvidaste de quien soy?

—¡El miedo se acabó! ¡El miedo se acabó, capitán!

La voz libre de Teresa cubrió el cielo de la ciudad, resonó a leguas a la redonda, se oyó en los caminos del sertón, los ecos llegaron hasta la orilla del mar. En la cárcel, en el reformatorio, en la pensión de Gabi la llamaron Teresa *Medo Acabou*. Muchos nombres le dieron desde entonces pero ése fue el primero.

El capitán la divisa pero no la reconoce. Es Teresa, sin duda, pero no es la misma que domó con la correa, doblada a su voluntad, aquella a quien le enseñó el respeto y el miedo, por que sin obediencia ¿qué seria del mundo? Es otra Teresa que allí comienza, Teresa *Medo Acabou,* extraña, parece mayor, como si hubiese madurado con las lluvias de invierno. Es la misma y es otra. Mil veces la había visto desnuda y la había tenido en el colchón a golpes, en la cama del campo, allí mismo en la cama matrimonial, pero la desnudez de ahora es diferente, resplandece el cuerpo de cobre de Teresa, un cuerpo jamás tocado, jamás poseído por Justiniano Duarte da Rosa. La dejó niña y la encuentra mujer, la dejó esclava en el miedo y el miedo se acabó. Se atrevió a engañarlo, debe morir después de la marca con el hierro de marcar ganado. De la herida en la espalda del capitán brota sangre, le arde, una incómoda picazón. Siente un deseo que le nace en las bolas, le crece, le sube por el pecho, necesita tenerla por última vez, quien sabe por primera vez.

Justiniano Duarte da Rosa, llamado capitán Justo, para doña Brígida el Porco, magia horrible, abandona a Daniel e intenta avanzar, el meado se aprovecha y en llanto convulso, desnudo, se escapa al chalet de las Moraes. Todavía vio a Justiniano en el intento de agarrar a la maldita, de sujetarla a la cama, de romperle el eterno, último himen, de penetrar la estrecha franja, de abrirle las entrañas, de marcarla por dentro con ese fierro de apretarle el pescuezo, y en la hora del goce, matarla, para hacerlo se dobla. Agarrándolo por abajo, Teresa Batista sangró al capitán con el cuchillo de cortar carne seca.

ABC
DE LA LUCHA ENTRE
TERESA BATISTA
Y LA
VIRUELA NEGRA

A

Amigo, permítame que se lo diga, usted no para, endulza los oídos de la gente, un trago de cachaça, un ronronear de preguntas, no para nunca y no tiene reparos. ¿Pero, a usted no le parece que cada uno tiene derecho a vivir su vida en paz, sin que nadie se meta?

Fue una buena ama de casa, sí señor, habiendo nacido libre y vendida después como esclava, cuando se encontró con una casa suya, con sala y dormitorio, con jardín, con quinta árboles frondosos, con techito y sombra, daba gusto verla a Teresa Batista, ordenada, mansa, cuidadosa, delicada. Una casa bien puesta y aseada por las manos de Teresa, con abundante mesa y alegría, con perfume de pitangas y canto de cigarras, no hubo en Estancia, tierra de finezas y bien-estar, una casa que se le pudiera comparar. Esa es mi sincera opinión y la de muchos otros, de todos los que la conocieron y la trataron en los tiempos del doctor. Yo se lo cuento gratis, solo por estos traguitos de cachaça, pero muchos dirían, caballero, que tanta pregunta ya está hinchando y que lo mejor es no dar informaciones a los que vienen de afuera ¿quién sabe con qué propósitos hacen tanta pregunta? Para mi patrona lo que usted está buscando es amigarse y por eso averigua tanto de la vida de la muchacha. Puede ser, pero si es así, le aconsejo que no siga, que desista hoy mismo y que deje a Teresa en paz.

¿Cómo va ella a aceptar a un forastero si rechazó a ricachos inteligentes y bien presentados, con poder en la política, porque no quería tapar la finura y la bondad del doctor con las cosas y los desabrimientos de cualquier señor importante, fuera industrial, banquero, padre de la patria, podrido en riquezas? Yo se lo aviso, mi amigo, no lleve las cosas adelante porque se va a dar de frente. Para tapar la bondad, la gentileza, la dulce compañía perdida, solo un manto de amor, mi amigo, como lo escribió en un verso muy sentido una muchacha que yo conozco, en un cabaret de Ilhéus, ciudad del cacao y de la agreste poesía, verso que dice: "el amor es un manto de terciopelo que cubre las imperfecciones de la humildad". Habría que cubrirla con un manto de terciopelo. Teresa Batista se merece respeto y estima, déjela en paz, caballero.

Del oficio de ama de casa lo que no supo fue mandar a los sirvientes, tratar a las criadas con la distancia debida y la bondad medio despreciativa que se tiene reservada al servicio doméstico y a los pobres en general. Aprendió muchas cosas con el doctor, pero también ella le enseñó o le demostró algo, en el correr de los días, como eso de que es falsa cualquier diferencia establecida entre los hombres por la cantidad de dinero o por la posición. Las diferencias solo se revelan en su exacto valor cuando la lucha es con la muerte y se libra en campo raso, con solo el coraje del hombre. No son más que tonterías entonces el dinero o la falsa sabiduría. ¿Inferior a quién y por qué? Teresa fue la igual del rico y del pobre, comió con cubierto de plata y finos modales y comió con la mano, que así la comida es más gustosa. El doctor le puso un casero para cuidar la quinta y el jardín y también como guardián de las puertas (al principio porque no la conocía bien y se aseguraba su lealtad y su honra), le puso una criada para servirla y para cocinar, la llamaba mi reina y la llenaba de afecto, y así y todo, la que trabajaba más en la casa era ella, jamás estaba ociosa, jamás indolente ni pedante amante de un lord, engordando en la vida regalada.

Si piensa en amigarse con ella es mejor que desista, caballero, déjela olvidada del mundo, envuelta en su manto de amor. La perfección en cada cosa es una sola y no se repite. Teresa no intenta repetir un amor perfecto, le basta el recuerdo de los años que pasó con el doctor y su memoria. Con referencia al otro doctor del que ya le hablaron, mi amigo, el doctorcito ese no fue su amante ni nada que se le parezca, compañero de vacaciones por decirlo así y a lo sumo para matar el tiempo y ahuyentar a los pretendientes.

Y hablando de doctores, vea como tenía razón Teresa Batista diciendo que no había ni ricos ni pobres, que solo a la hora del miedo se pueden medir, pesar y comparar unos con los otros y ver cuál es la verdad. Se quedó afuera el doctorado cuando su obligación de médico era ponerse al frente de todos, mandando, pero ¡qué! Cuando la viruela entró en Buquim, para enfrentarla solo quedaron las putas, caballero, comandadas por Teresa Batista. Antes la habían llamado Teresa Favo-de-Mel, Teresa da Doce Brisa, después fue Teresa de Omolu, Teresa da Bexiga Negra[1]. Había sido de miel y la cubrió la pus.

B

Boa Bunda, Maricota, Mao de Fada, Bolo Fofo, la vieja Gregoria, sexagenaria, la chiquita Cabrita, de catorce años, las del oficio, una camada de putas, amigo, que solas enfrentaron y vencieran a la viruela negra en tierras de Buquim adonde había llegado la cruel asesina. Y Teresa Batista al lado del pueblo comandaba la pelea.

Una guerra pavorosa. Si Teresa no hubiese asumido la jefatura de las putas de la Rua do Cancro Mole, no hubiera quedado nadie en el distrito de Muricapeba para contar la historia. Los habitantes ni escapar pudieron, que quedó ese privilegio sólo para los que estaban apartados del centro de la ciudad, los fazendeiros, los comerciantes, los doctores, comenzando por los médicos, los primeros en darse a la carrera, desertando del campo de batalla, uno para el cementerio y el otro para Bahia, en una desatinada y loca carrera, sin valijas y sin despedidas, ¡voy a Aracaju a buscar ayuda! el doctorcito se trepó al tren sin preguntar por su rumbo ni destino, ¡ah! ¡cuánto más lejos fuera mejor!

La viruela llegó con furia, le tenía ganas a la población y al lugar, vino a propósito, determinada a matar, haciéndolo con maestría, frialdad y maldad, muerte fea y cruel, la viruela más virulenta del mundo. Antes y después de la peste, seis meses antes o tres años después, dice todavía ahora la gente, dividiendo el tiempo con calendario propio, tomando como marco de referencia el antes y el después del terrible suceso, el miedo suelto e incontrolable, ¿quién no se asustó? No se asustó Teresa Batista, no demostró miedo, si lo sintió se lo guardó adentro, de otra manera hubiera

[1] *Bexiga Negra:* viruela negra.

sido imposible levantar el ánimo de las mujeres de la vida y arrastrarlas con ella a aquel trabajo de pus y horror. Valentía, compañero, no es simulación del que provoca líos a trompadas o a tiros, perito en el puñal o en la pistola pernambucana, que eso cualquier hombre lo puede hacer, depende de la ocasión y de la necesidad. Para cuidar a un apestado, enfrentarse al mal olor y a los llantos, en las calles llenas de podredumbre y en el lazareto, para eso no basta el coraje de esos valientes de aprontes, hay que tener cojones y además estómago y corazón, y solo las mujeres perdidas tienen competencia para eso, se la ganaron en la práctica de su duro oficio. Ellas se acostumbran al pus, al desprecio de los virtuosos, de los amargos y de los bien pensantes y aprenden que la vida vale muy poco y que vale mucho, tienen la piel curtida y la boca cerrada, y sin embargo, no son áridas y secas, ni indiferentes al sufrimiento ajeno, son valientes de desmedido coraje, mujeres de la vida, el nombre lo dice todo.

En esos días muchos machos se volvieron maricas, macheza fue la que tuvieron esas putas, la vieja y la chiquilina. Si la población de Muricapeba tuviera dinero y poder, en la plaza de Buquim levantaría un monumento a Teresa Batista y a las mujeres de la vida y a Omolu, orixá de las enfermedades y en particular de la viruela, habiendo quien diga que es también el responsable y que estuvo encarnado en Teresa, que ella solo fue caballo del santo en la memorable lucha.

No hay que discutir esas opiniones, todas pertenecen a la fe y merecen respeto. Da lo mismo que ella estuviese muy dueña de sí, consciente de sus pensamientos y sus acciones, que usara la educación aprendida cuando era niña con los chicos del campo, los juegos de cangaceiros y soldados, que estuviera reforzada por la vida que había llevado, la que se vio y la que todavía ha de verse, o que estuviese revestida de un coraje sobrenatural, mágico, debido a Omolu, la verdad es que Teresa Batista le hizo frente a la peste. Y digo yo, el coraje de los orixás, la belleza de los ángeles y arcángeles, la bondad de Dios y la maldad del diablo ¿no serán a lo mejor solamente el reflejo de coraje, la belleza, la bondad y la maldad de la gente?

C

Ciega, con las cuencas de los ojos vacías, chorreando pus, toda hecha de llagas y mal olor, la viruela negra arribó a Buquim en un tren carguero de la Leste Brasileña, que venía de las márgenes del río San Francisco, entre sus múltiples moradas, una de las preferidas. En aquellas barrancas, las pestes celebraban tratados y acuerdos, reunidas en conferencias y congresos, el tifus acompañado de la fúnebre familia de la fiebre tifoidea y la fiebre continua, de la malaria, de la lepra milenaria y cada vez más joven, del mal de Chagas, de la fiebre amarilla, de la disentería especializada en matar niños, de la vieja peste bubónica que todavía anda en la brecha, de la tuberculosis, de las fiebres diversas y del analfabetismo, padre y patriarca. Allí, en las márgenes del San Francisco, en el sertón de cinco Estados, las epidemias tienen aliados poderosos y naturales, los dueños de la tierra, los coroneles, los comisarios, los comandantes de los destacamentos de la fuerza pública, los caudillos, los mandatarios, los politiqueros, en fin, el soberano gobierno.

Los aliados del pueblo se cuentan con los dedos de una mano: Bom Jesus da Lapa, algunos beatos y una parte del clero, unos pocos médicos y enfermeros, maestritas mal pagadas, tropa minúscula contra el enorme ejército de los interesados en la vigencia de las pestes.

Si no fuera la viruela, el tifus, la malaria, el analfabetismo, la lepra, el mal de Chagas, y otras tantas meritorias plagas sueltas por los campos, ¿cómo mantener y ampliar los límites de las fazendas del tamaño de países, cómo cultivar el miedo, imponer el respeto y explotar al pueblo debidamente? Sin la disentería, el crup, el tétano, el hambre propiamente dicha, ¿se imagina el montón de chicos creciendo, volviéndose adultos, conchabados, trabajadores, arrendatarios, inmensos batallones de cangaceiros, no esas escasas bandas que se están terminando por los caminos al son de las bocinas de los camiones, se los imagina tomando las tierras y dividiéndolas? Las pestes son necesarias y beneméritas, sin ellas ¿cómo mantener la sociedad constituida y contener al pueblo, que es la peor de todas las plagas? Imagínese, compañero, esa gente con buena salud, y sabiendo leer, ¡es un peligro que da miedo!

D

De allá, de las abrigadas y cómodas márgenes del San
Francisco salió la viruela, embarcó en Propriá y bajó en
Buquim. Para experimentar sus armas y no perder tiempo,
inoculó al foguista y al maquinista, pero lo hizo lentamente,
dándoles tiempo para irse a morir a Bahía y dar alarman-
tes noticias a los diarios. Días después, los telegramas del
sertón se transformaban en titulares de siete columnas en
las primeras páginas, la viruela ataca otra vez.

¿Por qué fue tan virulenta? Saberlo con exactitud y con
pruebas nunca se pudo. La oposición la atribuyó a hechos
premeditados y provocativos. Pero, las afirmaciones políticas, encima si son de la oposición, deben escucharse con
oído escéptico, con natural reserva, sin darles gran crédito,
pero de todos modos, aquí en estos versos se registran esos
hechos, esos festejos. Fuera de eso, no se conoce otra explicación válida, a no ser la de la ausencia de toda verdadera
medida preventiva, de la inercia de las autoridades sobre la
salud pública, de la falta de atención al problema de las
endemias y epidemias rurales, pero esta versión ya fue
también desmentida por los órganos competentes.

Los festejos se destinaban a aplaudir y demostrar la gratitud general por la anunciada erradicación de la viruela, la
malaria, el tifus, la lepra y las pestes menores, aprovechán-
dose para esos festejos de la presencia en Buquim del ilustre Director de Salud Pública del Estado y de su alegre
caravana (de aldea en aldea, andaban visitando los puestos
sanitarios y recibiendo aquellos banquetes).

Banquetes, fuegos artificiales, marciales bandas de música, discursos y más discursos, que martillaban sobre el sa-
neamiento de la región, antes refugio de la viruela, ahora,
según los comunicados oficiales, hasta la varicela de suave
matar había desaparecido de las ferias, las calles, los caminos, los callejones oscuros y las cortadas. Barridos para
siempre del sertón, la viruela, la malaria, el tifus, todas las
pestes endémicas de los gobiernos anteriores, como es del
conocimiento de todos. ¡Viva nuestro bien amado Gobernador General, infatigable defensor de la salud del pueblo,
viva, viva! Viva el bienhechor Director de Salud Pública,
luminoso talento dedicado al bienestar de los queridos com-
provincianos y viva por último, el Prefecto de la Ciudad,
el abogado Rogerio Caldas, de todos el que tragó menos de
los fondos destinados a la lucha contra las endemias rurales, pues ratas mayores y mejor situadas se los fueron

*devorando en el largo proceso burocrático, en el camino de
la capital al interior, pero aún así, sobró un buen pedazo
para el celoso administrador.*

*De los elocuentes discursos, el del señor Prefecto, hablan-
do en nombre de la población agradecida (una banda de
ingratos, escépticos y burlones, que lo habían apodado Papá
Vacuna), fue el más violento y terminante, con afirmaciones
perentorias, con la compleja extinción de las epidemias entraba el municipio en la edad de oro de la salud y la pros-
peridad. Ya era tiempo. Discursos de largo aliento, merecedor de efusivos parabienes del ilustre Director. También
usó de la palabra el joven y talentoso doctor Oto Espinheira, de la dirección del Puesto de Salud instalado en Buquim
y según él "completamente equipado, capaz de enfrentar
cualquier contingencia, atendido por un personal competente
y entusiasta". El simpático joven, heredero de las tradi-
ciones y del prestigio de la familia Espinheira, se había
preparado para la carrera política, con el ojo puesto en una
diputación. Los discursos abrieron el apetito, devoraban
banquetes.*

*No había pasado una semana de la patriótica celebración
cuando la viruela negra arribó en el tren de carga de la
Leste Brasileña y por coincidencia o a propósito, volteó entre los primeros al Prefecto Papá Vacuna, apodado de ese
modo por haber estado envuelto en una complicada trampa
con vacunas para ganado que le correspondían al municipio
y sin embargo, fueron vendidas por monedas a fazendeiros
vecinos; lo había hecho a cambio de apoyo político y una
comisión, claro. Esa era la razón del sobrenombre y no,
como se escribió por allí, por la total ausencia de vacunas
contra la viruela en el Puesto de Salud tan bien equipado.
La culpa en este asunto no era de él. En realidad, no era
de nadie, si la viruela estaba completamente erradicada y
por allí no había nadie que fuera a viajar al extranjero,
a los atrasados países europeos todavía temerosos de la
peste, ¿para qué necesitaban las vacunas, dígame?*

*Recién llegada la viruela derribó en un mismo día al Pre-
fecto, a un agente de policía, a la mujer del sacristán (la
verdadera, no la amante, felizmente), a un carrero, a dos
conchabados de la fazenda del coronel Simao Lamego, quedando para el final de esta lista confeccionada por orden
de importancia, tres niños y una vieja decrépita, doña Au-
rinda Pinto, la primera en morir, en el primer soplo del
mal, sin esperar las llagas en las manos, la cara, los pies,
el consumido pecho, que ella no era para estarse en la cama*

pudriénaose. en medio de un sufrimiento atroz, fue a flo-
recer su pus en el cajón, cosa más terrible.

E

*¡Erradicada un cuerno! Triunfante, suelta por la ciudad
y el campo la viruela negra. No la anémica varicela, la viruela boba, constante compañera del pueblo en los campos,
en las callejuelas, al por mayor y menor en las ferias, gratis.
Cuando se secan las pústulas, la viruela se vuelve más contagiosa todavía: en las calles, los mercados, las ferias, los
caminos, las cascarillas de las llagas se desparraman al
viento conduciendo adelante a la comadre varicela, garan-
tizándole su permanente presencia en el paisaje del sertón.*

*La viruela boba ofrece poco peligro, casi no mata a los
adultos, mata a cierta cantidad solo para cumplir su obligación como enfermedad, pero de tanto andar por la región
la gente termina acostumbrándose con ella y estableciendo
reglas de convivencia: la familia del apestado no se vacuna,
no se alarma, no llama al médico, usa remedios baratos, las
hojas de ciertas plantas, solo se cuida los ojos quitándole
importancia al resto, por su parte, la varicela se conforma
con marcar las caras, agujerear un poco la piel, mandar
algunos días de fiebre y delirio. Fuera de la fealdad de la
cara picada, de la nariz roída, de algún labio deformado,
a la viruela boba le gusta comerse la luz de los ojos, le
gusta enceguecer; también sirve para matar a los chicos
ayudando a la disentería en su función sanitaria. La viruela
boba es apenas más peligrosa que el sarampión, pero en
esa ocasión no era ella, la viruela débil y liviana, la que
llegaba desde las márgenes del río San Francisco en el tren
de la Leste Brasileña, esa vez fue la viruela negra, y había
venido para matar.*

*Sin pérdida de tiempo, la recién llegada se puso a traba-
jar. Con intensa acción en el centro de Buquim inició el
cumplimiento del programa trazado, a partir de la casa del
Prefecto y de la parroquia donde vivían el cura y la familia
del sacristán, la legalmente constituida. Estaba apurada la
maldita, tenía un plan ambicioso; liquidar la población de
la ciudad y del campo, entera, sin dejar alma viviente para
contar lo sucedido. Después de algunos días se constata-
ron los primeros resultados: velorios, entierros, cajones de
difuntos, llantos y luto.*

Una picazón en el cuerpo pronto lleno de ampollas, en seguida las llagas abiertas, fiebre alta, delirio, el pus corriendo, cubriendo los ojos, adiós colores del mundo; todo terminado y dispuesto para el ataúd en el fin de la semana, tiempo suficiente para llorar y rezar. Después se redujeron los términos y ya no hubo tiempo suficiente para llorar y rezar.

Rápida y feroz, desde el centro se desparramó por toda la ciudad, el sábado llegó a Muricapeba, arrasando las afueras de la urbe donde viven los más pobres de los pobres, inclusive las pocas rameras de profesión definida, localizadas en la Rua do Cancro Mole. En Buquim, ciudad pequeña y atrasada, de limitados recursos, apenas una media docena de mujeres de la vida se dedica exclusivamente al oficio, viviendo en la zona, las demás acumulan los trabajos de cama con los de cocina y lavado de ropa, sin contar la galante costurera y una maestra primaria, rubia y de anteojos, ambas venidas de Aracaju y de alto precio ambas, fuera del alcance de la mayoría, reservadas a los notables.

Con el terreno favorable, el pantano de barro, el mal olor, la basura, en Muricapeba la viruela engordó, creció, se fortaleció para la lucha recién iniciada. Perros y chicos revolvían las montañas de basura en busca de comida, restos de las mesas del centro, de la ciudad. Los urubús sobrevolaban las casas de barro donde las viejas sin edad se despiojaban en el sofocante calor de la tarde, diversión excitante y única, con el viento la fetidez se elevaba por el aire, pestilente. Un lugar de fiesta para la viruela.

En el arrabal se callaron las modinhas y los sones de los acordeones y la guitarra. Como sucedió en el centro, en las calles elegantes, también en Muricapeba los primeros difuntos fueron enterrados en el cementerio. Después pasó cualquier cosa.

F

Fuera del macumbeiro Agnelo, con patio de santo en Muricapeba y de la curandera Arduina, ambos de vasta clientela y larga fama, cuidaban la salud de la población en el municipio de Buquim dos médicos, el doctor Evaldo Mascarenhas y el doctor Oto Espinheira, Juraci, enfermera no diplomada, desterrada de Aracaju, ansiosa por volver, Maximiano Silva, el Maxi das Negras, mezcla de enfermero,

*vigilante y mozo de mandados del Puesto de Salud, y el far-
macéutico Camilo Tesoura, tijera afilada, también él de
señalada competencia clínica, que examinaba campesinos,
recetaba remedios y manejaba la vida ajena desde el mostrador de la Farmacia Piedade.*

*Pasados ya los setenta y siete años, con su limitada capa-
cidad de diagnóstico y de elección de remedios, el doctor
Evaldo Mascarenhas se arrastraba en las visitas a los enfermos, medio sordo, casi ciego, completamente caduco al
decir del farmacéutico. Cuando la viruela arribó en el tren
de la Leste Brasileña, el viejo clínico no se sorprendió, vivía
en Buquim desde hacía cincuenta años y había oído en más
de una oportunidad, de boca de las autoridades guberna-
mentales, la noticia de la erradicación de la viruela y siempre había vuelto del brazo con la muerte.*

*Muy jovencito, graduado hacía un año y medio, el doctor
Oto Espinheira todavía no se había ganado la confianza de
los habitantes de Buquim debido a su edad (no había llegado
a los treinta años pero aparentaba veinte, por la barba escasa, el rostro de niño, las mejillas de muñeco) y al hecho
de ser soltero y mantener una querida, requisitos conside-
rados como cualidades cuando se trataba de abogados y defectos cuando se trataba de médicos. Es fácil descubrir las
sabias razones. Pero el doctor no se preocupaba por la falta
de clientes, era de familia pudiente y prestigosa y había sido
nombrado médico de Salud Pública del estado apenas salido
de la facultad, debiendo aguantarse seis meses en Buquim
ni un día más, el tiempo justo para tener derecho a una
promoción; la clínica no lo seducía, lo calentaban designios
más altos que los de un médico rural, meterse en política,
salir diputado federal y cabalgando en su mandato, irse al
sur donde se vive una vida regalada, mientras que en Sergipe se vegeta, según la opinión de los vividores experimen-
tados, tanto doctores como simples compadritos.*

*Al tomar conocimiento de los primeros casos fatales de
viruela en la ciudad, el mediquito entró en pánico, había
creído en los discursos de las autoridades y del tratamiento
de la viruela apenas recordaba algunas lecciones de ciertos
profesores de la facultad, pero muy vagamente. En compensación, tenía un santo horror a las molestias en general
y a la viruela en particular, enfermedad pavorosa, que si no
mata desfigura. Se imaginó con la cara carcomida, ese su
rostro moreno, redondo y galante de muñeco, factor esencial
de sus éxitos con las mujeres. Nunca más conseguiría a
ninguna que valiera la pena.*

En sus años de estudiante, en Bahía, había adquirido la costumbre de las muchachas bonitas. Así, cuando Teresa Batista, de vuelta de una accidentada excursión artística a Alagoas y Pernambuco, reapareció en Aracajú (donde se encontraba Oto con el pretexto de discutir algunos problemas locales sanitarios con las autoridades pero, en realidad, escapándole a Buquim) sola y disponible, el doctor la conoció y frecuentó. Eneida, importada de Bahía, divertida compañera de pasados festejos, no soportó más de veinte días en la calma sertaneja.

Teresa andaba de mal para peor, enojada, sin encontrar en nada consuelo ni satisfacción. Ni el cambio de aire, ni la visión de nuevas tierras, de ciudades desconocidas, de las iglesias de Penedo, las playas de Maceió, la feria de Caruaru, los puentes de Recife, ni los aplausos a la Reina del samba, los corazones rendidos, los suspiros apasionados, las propuestas y declaraciones, resultaban remedios para sus males. Tampoco lo fueron algunas complicaciones en que se vio envuelta por su manía de no soportar las injusticias metiéndose donde no la llamaban en el deseo de arreglar los entuertos ajenos, cuando no conseguía ni siquiera arreglar los propios. Un dolor agudo en el pecho, ay.

Esta mujercita enamoradiza nació para cura o para autoridad, para endulzar la cabeza de la gente, había dicho en Alagoas el bochinchero Marito Farinha, cuando viéndose inesperadamente sin su pistola, entregó los puntos y la plata a la mugrienta Albertina para los gastos del parto. En la lengua de rompe y rasga, la apodaron Teresa Providencia Divina, algunos raquíticos charlatanes de cuya saña e impotencia se libró Teresa cierta noche playera en Recife, con impensada capacidad gimnástica. La curiosidad de la adolescente se había convertido en miedo y había clamado por el auxilio de la providencia divina en gritos oídos por mucha gente, pero ¿qué coraje hay que tener para enfrentar a una banda de viciosos? Lo mejor es no meterse, esos tipos son peligrosos, aconsejaron a Teresa los prudentes compañeros de esa noche, pero ella hizo caso omiso a las advertencias, estando ella cerca, pudiendo ella intervenir, ninguna mujer y menos una chiquilina iba a ser arrastrada ni violada, y tuvo razón, pues los roñosos se redujeron a las insolencias y a las burlas: miren a la divina providencia, guardia civil con polleras. Dopados y cobardes, largaron sus insultos y desaparecieron. Una náusea. Pero nada era consuelo para su tristeza perenne, ni pascos, ni fiestas, ni embelesos, nada mataba la nostalgia que le apretaba el pecho. En la tierra y en el mar la sombra de Januario Gereba disuelta en la aurora. Desalentada, sin gracia y sin entusiasmo, había vuelto Teresa Batista.

Flori Pachola, dueño del París Alegre y buen amigo, también andaba de capa caída en lo que se refiere a negocios, poco movimiento, falta general de circulante, no tenía condiciones para contratar al mismo tiempo a dos estrellas para la pista iluminada del cabaret. Dos, sí, porque yéndole mal en los negocios le iba bien en amores al empresario, su corazón estaba alborozado por la presencia en el establecimiento de una nueva artista, Rachel Klaus, rubia de gran cabellera, en cuyo pecho salpicado de pecas, Flori pudo, por fin, superar su desesperada pasión por Teresa. Durante largos meses lo royeron los celos, con los ojos suplicantes puestos en la muchacha de cobre, pidiéndole y rogándole, y ella, aunque siempre gentil, risueña, negándose, algo inaguantable. De la tristeza, de la amargura, del tormento resultantes de la intransigencia y la posterior partida de Teresa, fue salvado a tiempo por la llegada a la ciudad de Rachel Klaus, cantante de blues, gaúcha [1] friolenta, candidata a exhibirse en el París Alegre y a calentarse en los brazos del melancólico propietario. Resurgían de las cenizas de Teresa el cabaret y el patrón. ¿Y los demás amigos? El poeta Saraiva andaba por el sertón en busca de mejor clima para morirse, el pintor Jenner Augusto había partido para Bahía, rumbo a la gloria, el famoso dentista Jamil Najar estaba de novio y se iba a casar con una rica heredera a quien había efectuado cinco notables obturaciones. En cuanto a Lulu Santos, el más querido de todos, había caído muerto en los tribunales, insólita y repentinamente, mientras defendía a un bandolero alagoano [2].

En Aracaju, sin amigos y sin trabajo, se vio Teresa nuevamente requerida por aquel ricacho anteriormente referido, el hombre más rico de Sergipe, en opinión de los peritos en fortunas ajenas, industrial, senador y mujeriego. Insistente, acostumbrado a conseguir fácilmente cuanto deseaba, se había vuelto desagradable, amenazaba hacerle la vida imposible si no cedía a sus requerimientos tan generosos. Veneranda tampoco le daba reposo, solo una loca del hospicio rechazaría la protección de alguien tan importante.

Loca de hospicio, cabeza al aire y un tantito impresionada con la figura del joven médico, bonito y bien hablado, dispuesta a no rendirse al padre de la patria (amante de un

1 *Gaúcho:* nativo de Río Grande do Sul.
2 *Alagoano:* oriundo de Alagoas.

*viejo nunca más, no quería correr el mismo riesgo), Teresa
decidió aceptar la invitación del doctorcito para acompañarlo a Buquim, sin compromiso de permanencia, ni de
unión duradera, simplemente como aventura sin consecuencias.*

*Si bien no espera volver a ver a Januario Gerebá, el maes-
tro de saveiro a quien otrora había encontrado en el puerto
de Aracaju y sobre cuyo pecho había renacido su muerto
corazón, amor sin esperanzas, puñal clavado en el pecho,
Teresa Batista le guarda una especie de fidelidad singular,
no comprometiéndose en uniones o enamoramientos que
amanecen constituirse en definitivos. Loca de hospicio, ciertamente, Veneranda, pero libre para embarcarme si se diera el caso.*

G

*Graciosamente, Oto Espinheira le había pedido que lo sal-
vara del noviazgo y casamiento inevitables si fuese solo al
interior, a merced de las matronas cazadoras de yernos, sin
ofrecerle a cambio nada más que unas tranquilas vacaciones. De vuelta obligada a Buquim y habiéndole oído decir
que estaba cansada de las grandes ciudades, Recife, Maceió,
Aracaju, exponiendo ideas de viajar al interior, qué mejor
que lo acompañara en una temporada de reposo: Buquim es
la calma perfecta, la paz absoluta, nada sucede por allá
salvo el paso diario de los trenes, uno para Bahía y otro
para Aracaju y Propriá.*

*Así, provisto de mujer, no correría el riesgo de frecuentar
rameras enfermas o de meterse con alguna moza casadera
en la ciudad nostálgica, viéndose inesperadamente de novio,
los médicos son contados en el escaso mercado nupcial. Iba
a terminar delante del cura y del juez o con una carga de
sífilis. La belleza del rostro moreno, las palabras agrada-
bles, le recordaban a Dan, el primero a quien Teresa se
había entregado por completo y había amado, pero con todo,
no se le parecía, Daniel estaba podrido por dentro, un cagón
sin igual, mentiroso, falso como la piedra del anillo por
el cual la tía Felipa la había vendido al capitán. El recuerdo
deprimente hizo vacilar a Teresa antes de aceptar la invitación. Pero, salvo la figura y el hablar, Oto Espinheira,
naturaleza alegre, actitudes francas, nada de promesas, era
justo lo contrario, el reverso de Dan. Teresa aceptó la invitación.*

Siendo pusilánime e hipócrita, Dan se había hecho pasar por valiente, por honesto, le había jurado amor eterno, le había prometido llevársela con él a Bahía, libertándola de la esclavitud de la palmatoria y la correa de cuero crudo, en realidad, listo para largarla a su suerte, sin siquiera despedirse. Todo eso lo supo en la cárcel, no faltó quien se lo contara empezando por Gabi. ¿Y acaso no había oído la declaración de Dan? Increíble razonamiento, había afirmado que la culpa la tuvo ella, esa viciosa, que lo había arrastrado hasta su cuarto con el pretexto de resguardarlo de la lluvia y allá se había abierto lujuriosa, no siendo él de hierro había sucedido lo inevitable, la cínica le había jurado que desde hacía un año no existía ningún tipo de relación sexual entre ella y el capitán, que no pasaba de ser una criada de la casa, nada más que eso, que si él la supiera todavía amante del capitán, hubiera rechazado la insistente oferta, porque él, Daniel, era amigo de Justiniano y acostumbraba respetar la casa y la propiedad ajenas. La había pasado mal Teresa Batista en aquella ocasión, pero lo peor de todo fue oír la lectura de la declaración de Dan, hasta entonces solo había conocido gente mala, Daniel los superó a todos, más repugnante quizá que el mismo capitán.

Por eso, en la cárcel, Teresa se había vuelto un bicho, arrinconada en su cubículo, cerrada en sí misma, sin confiar en nadie. Cuando Lulu Santos apareció, mandado desde Sergipe por el doctor, no había querido conversar con él, pensaba que el abogado era igual a los otros, ¿cómo iba a creer que alguien quería ayudarla en este mundo de dolor y cobardía? Tres cabras, un cabo y dos soldados de la policía militar, se habían reunido para matarla a golpes apenas la metieron presa. Ni siquiera después que Lulu la sacó de la cárcel y consiguió que la entregaran a las monjas que estaban dispuestas a regenerarla, ¿regenerarla de qué?, dejó Teresa de dudar de las intenciones de Lulu, tanto que se escapó sin esperar las condiciones que él le había prometido, además, el abogado, por discreción, no había nombrado nunca al doctor.

Solo en la época del doctor (y al principio también dudó de él) Teresa había vuelto a confiar en la vida y las personas. ¿Por qué había aceptado partir con Emiliano Guedes cuando la fue a buscar a la pensión de Gabi y tomándola de la mano le dijo, olvídese de lo que pasó, ahora va empezar una nueva vida? ¿Para qué escapar de las filas de clientes, en aumento cada día, interminables? Si solo fuera por eso podría haberlo hecho antes con Marcos Lemos que no le pro-

*ponía otra cosa, todos los días sin faltar uno solo, se hubiera
ido a vivir con él, de amante, libre de los clientes y la pensión. Sólo una vez, todavía en el campo, había visto al doctor y sin embargo no lo rechazó, ¿por qué? ¿Por qué de
todos los hombres que había conocido, era el más atrayente,
no el más lindo con la fácil belleza de Dan, sino el más bello
con una aureola interior, algo inexplicable e indefinible en
aquella época para Teresa? ¿Por su fuerza de mando, su
imperioso dominio? Teresa nunca supo el por qué, a pesar
de su temor a equivocarse, lo acompañó y jamás tuvo que
arrepentirse, se olvidó del pasado, comenzó una vida nueva
como él le había dicho, con el doctor aprendió hasta a juzgar
sin preconceptos.*

*Así pudo juzgar entonces al doctor Oto Espinheira, que al
contrario de Dan no usaba su labia galante para atraerla
prometiéndole el cielo y la tierra, permanente cariño, afecto
prolongado y profundo; Oto no le habló de amor; simplemente la invitaba a una partida de placer, una sencilla
excursión al interior, posiblemente divertida. Porque le prometió tan poco Teresa resolvió aceptar, no se decepcionaría
porque no alimentaba sobre su compañero de ruta ninguna
ilusión. Agradable y juguetón, la ayudaba a irse de Aracaju,
a escapar del cerco, de las solicitaciones y amenazas del
industrial, postulante millonario, que le había mandado unos
cortes de género de sus fábricas y una pequeña joya de
valor. Teresa le devolvió los regalos, al doctor Emiliano no
le gustaría verla en la cama y las manos de un senador.*

H

*Había en Estancia un edificio colonial, maltratado por
el tiempo y la falta de cuidados, todo pintado de azul, y el
doctor, en la serena tarde, había llamado la atención de
Teresa sobre la maravilla de aquella arquitectura, mostrán-
dole detalles de la construcción, enseñándole sin querer hacerlo, haciéndola entender lo que sola no podría. Ya no la
mantenía escondida, al contrario, hacía cuestión de que
lo vieran con ella, de mostrarse a su lado.*

*El industrial (todavía no había sido electo senador), bajo,
achaparrado, con paso menudito, había cruzado la calle para
saludar al doctor Emiliano Guedes, demorándose en la conversación, verboso, inquieto, eufórico, desnudaba a Teresa
con sus ojos lujuriosos. El doctor había tratado de cortar*

la charla, cortés pero secamente, con monosílabos, y aunque el otro había insinuado una presentación, mantuvo a Teresa al margen del encuentro para evitar que ese ricacho la rozara siquiera con una frase, con un gesto, con la punta de los dedos. Cuando finalmente partió, comentó con inusitada crudeza:

—Ese es como la viruela, corrompe todo lo que toca, si no mata deja la marca de la pus. Es viruela negra, contagiosa.

Para escapar al contagio del industrial, Teresa se había marchado a Buquim, en las valijas del médico del Puesto de Salud, bajo el nombre de amiga, cuando la otra viruela, la verdadera, arribó para exterminar al pueblo.

Fue preferible esa pudrición y muerte, peor era vivir con alguien sin más interés que el dinero. Ejercer el oficio de prostituta es una cosa, no impone obligaciones, no impone intimidad, no deja marca; otra cosa muy diferente es convivir como amante de cama y mesa, con ardores fingidos, representando de amiga. Amiga, dulce palabra cuyo significado había aprendido con el doctor. Amiga y amigo habían sido, en perfecta amistad, ella y el doctor Emiliano Guedes. Con ningún otro fue posible, tampoco con Oto Espinheira, doctorcito de escaso saber y limitado encanto. ¡Ay, Januario Gereba!, ¿dónde andarás, amante, amigo, amor, por qué no vienes a buscarme, por qué me dejas morir en esta pudrición?

I

Intimidad ninguna, mucho menos amor. Las relaciones de Teresa Batista con el doctor Oto Espinheira no eran más que una convivencia superficial que rompieron los acontecimientos. Mejor así, pensó Teresa, sola frente a la viruela desatada y fatal, mejor así sufrir el castigo de compartir una cama sin gusto, ni de prostituta ni de amante. Incapaz de la lujuria pura y simple, para entregarse necesitaba sentir un afecto profundo, necesitaba el amor, solo así se enciende en ella el deseo en llamaradas y la fiebre, entonces no hay mujer como Teresa.

Debía sentirse muy perdida y confusa en Aracaju cuando imaginó que encontraría placer y alegría en las relaciones con el doctorcito de cara de muñeco, bonito y cínico, sin sentir por él un afecto que le hiciera latir el corazón: su corazón no había vuelto a palpitar desde la partida de la

barcaza Ventania que llevaba en el timón al maestro Ja-
nuario Gereba, hacia el puerto de Bahía. Parecía libre como
el viento pero el marinero tenía esposas en las muñecas, gri-
lletes en los pies.

Teresa había marchado con el médico para escapar a las
amenazas del ricacho, para evitar sus persecuciones, para
que no volvieran a pegarle, pensando irreflexivamente en la
posibilidad de una temporada serena, sin obligaciones ni
compromisos mayores. Mejor hubiera hecho volviendo a
Maceió o a Recife para ejercer de prostituta, durante su
gira, no le habían faltado propuestas de dueñas de pensio-
nes, de dueñas de residencias, de variadas celestinas. Había
rechazado las ofertas porque creía que podría mantenerse
como bailarina, pero en los cabaréts la paga era mísera, casi
simbólica, el canto y el baile no eran más que coberturas
para ejercer una prostitución más cara, menos declarada.
Una locura querer vivir del trabajo de artista, el título solo
valía para cobrar más caro. En Aracaju, Flori le había
pagado un salario fuera de lo común con la esperanza de
conquistarla, en la locura de su pasión, ahora hacía lo mismo
con Rachel Klaus, perdía dinero, esta vez por lo menos reci-
bía su paga. En la gira, los dueños de los cabarets le ofre-
cían remuneraciones de miseria y si ella decía que era muy
poco le aconsejaban que lo completase con los pagos de los
generosos clientes de la casa: título de artista, su nombre
en la cartelera, artículos en los diarios, la valorizaban como
mujer, y las que sabían administrarse bien sacaban consi-
derables ganancias. Teresa había tenido que ejercer así en
la gira, con un cansancio que le hacía doler todo el cuerpo,
una nostalgia que la roía por dentro.

¿Cómo había creído posible convivir alegremente con el
doctorcito, sentir goce en acostarse con él, de repente era
capaz de abrirse en el deseo sin amor? Lo encontró atra-
yente, se imaginó, quién sabe, que podría ahogar en su com-
pañía los recuerdos del maestro de saveiro, que podría arran-
carse del pecho el puñal que llevaba clavado. Amor sin
esperanza, debía librarse de él. Fácil es pensarlo, imposible
realizarlo, lo tenía metido en la piel y en el corazón, estaba
envuelta en él, la volvía impenetrable a cualquier sentimien-
to o deseo. Cabeza loca, idiota.

Cuando en Buquim se acostó con el doctorcito, cuando él
la tomó entre sus brazos, sintió que un frío la envolvía,
aquella capa de hielo que la cubría en su cama de prosti-
tuta, que la mantenía entera, distante del acto, en venta
solamente su belleza y su experiencia, nada más. Idiota,

esperaba divertirse, sentir el placer subiéndole desde la pun-
ta de los pies hasta los pechos y el vientre, arrastrando a su
cuerpo y su corazón para que olvidaran el gusto de la sal,
el olor de las aguas, el pecho de quilla. Cabeza loca, tres
veces idiota,

Cuerpo frío y distante, casi hostil de tan cerrado, otra
vez doncella, por eso mismo más apreciada. El doctorcito
enloquecido, nunca vi una mujer tan cerrada, ni una virgen
se le compara, ¡qué cosa más loca! desvariando. Para Te-
resa la molesta prueba de siempre, cómo pudo haber ima-
ginado, idiota. ¡Ay, Januario Gereba, que para siempre me
cerraste el corazón y el sexo!

J

Jamás podría soportar el desencadenado deseo del doc-
torcito, sin horario y sin descanso, a cualquier hora quería
y pedía, ciertamente pensando que ella también participaba
de aquellas culminaciones. Así había sido el capitán, la
tenía de esclava a su disposición, no le importaba la hora,
ni el momento ni el lugar. Como no había en Buquim otra
cosa que hacer, no parecía irrazonable lo que hacía el des-
ocupado doctor del Puesto de Salud, vamos a matar el tiem-
po, mi querida. Para el gusto del doctorcito la noche se
podía prolongar bien pasado el día, con los dos en la cama,
sin otra ocupación que esa, para Oto, de satisfacciones mu-
tuas y para Teresa, una penosa obligación.

Pero, ¿cómo decirle, me voy, nada me retiene aquí, estoy
cansada de representar, nada me cansa tanto, vine engañada,
puedo ejercer de prostituta pero no de amante y amiga?
¿Cómo decirle eso si había aceptado ir y él la había tratado
con gentileza y hasta con cierta ternura que le surgía de la
lujuria y que lo hacía menos cínico, casi grato? ¿Cómo
dejarlo allí, en esa ciudad sin diversiones, sin nada para
complacer el cuerpo? Pero tenía que hacerlo, ya no sopor-
taba la máscara que la asfixiaba.

Duró cuatro días, el tiempo necesario para que las pús-
tulas se abrieran en la ciudad invadida y condenada.

K

K te espero, *anuncia sobre la puerta el letrero primitivo,
un pedazo de madera con letras dibujadas en tinta negra,
no podía tener mejor propaganda el ínfimo lugar, ni siquiera iluminado con luz eléctrica, solo con un farol hu-
meante. Algunos hombres bebían cachaça, masticaban cigarro en rama en compañía de dos mujeres. Parecen abuela
y nieta, la vieja Gregoria y la chiquilla Cabrita, verde y
huesuda, pero son dos muchachas a la espera de un cliente,
de un níquel, cualquier cosa que sea, no todas las noches
consiguen acompañante.*

*Zacarías, un muchachón, conchabado en las tierras vecinas,
en la fazenda del coronel Simão Lamego, entra por la puerta, se acoda al mostrador, el farol le ilumina la cara. Missu,
el patrón, levanta las cejas en una pregunta muda.*

—*Dos dedos de la pura.*

*Missu sirve la cachaça mientras el labrador examina con
interés a la chiquilina, de pie contra la pared, había ido para
eso, para acostarse con alguna, hacía más de un mes que
no podía por falta de recursos. Se limpia la boca con el
borde de la mano antes de tomarse su trago. Los ojos de
Missu bajan desde la cara a las manos del cliente. Zacarías
levanta el vaso de grueso vidrio, abre la boca, las pústulas
se hacen visibles en los labios. Missu conoce la viruela pro-
fundamente, había tenido una varicela bastante fuerte de la
que escapó con vida, pero las marcas le cubrían la piel de
la cara y el cuerpo. Zacarías traga la cachaça, deja el vaso
sobre el mostrador, escupe en el piso de tierra barrida, paga,
mira a la chiquilina. Missu recoge la moneda y dice:*

*Disculpe la pregunta, pero, ¿el amigo ya notó que tiene
viruela?*

—*¿Viruela? No, qué viruela. Son unas lastimaduras.*

*La vieja Gregoria se había acercado al hombre, a la ex-
pectativa, en el caso de que no le guste la chiquilina, estaba
ella, cada día le resultaba más difícil encontrar cliente. Al
oír a Missu observa la cara del muchacho, también ella es
entendida en el asunto, había cruzado por más de una epidemia de varicela sin que nunca se le pegara, ¿quién sabe
por qué? No hay duda, es viruela negra. Se aparta rápidamente y va hacia la puerta agarrando a Cabrita del brazo, arrastrándola.*

—*¡Eh! ¿Para dónde se van? Párense, diablo* —*protesta*
Zacarías.

Las mujeres desaparecen en la oscuridad. El labrador

mira a los hombres que están de cabeza baja, masticando, les habla a todos:

—Son unas lastimaduras, una pavada.

—Para mí es viruela —*afirma Missu*— y lo mejor es que se vaya en seguida al médico. A lo mejor, todavía es tiempo.

Zacarías recorre con la vista el pequeño local, los hombres siguen silenciosos, se mira las manos, se estremece, sale apurado. A la distancia, la vieja Gregoria arrastra por la fuerza a Cabrita que se resiste, sin entender el motivo por el cual la vieja no le permite atender al mozo y ganarse la platita, cada día más escasa, no se puede despreciar a un cliente. El hedor del pantano, el barro de la calle, el inmenso cielo estrellado, Zacarías inclinado, camina rápidamente hacia el centro de la ciudad.

L

La ley se promulga para que se la obedezca, la ley, el reglamento, el horario. El horario del Puesto de Salud estaba indicado en la puerta, desde las nueve de la mañana hasta el mediodía, desde las dos hasta las cinco de la tarde. Teóricamente, pues tanto Maximiano como Juraci no aceptan interrupciones durante el tiempo que dedican, el primero, al estudio y preparación de la lista del juego del bicho y la segunda a la redacción de diarias y conmovedoras cartas para el novio. Tiempo sagrado. En cuanto al doctor no cumple un horario rígido, aparece cuando se le da la real gana, tanto a la mañana como a la tarde, pero siempre apurado, porque si hubiera algo urgente le bastaría a la enfermera o al cuidador cruzar la calle, la casa del médico está frente al Puesto, y llamarlo, sacándolo casi siempre de la cama donde si no estaba acostado con Teresa dormía a pierna suelta, olvidado incluso de sus ambiciones políticas, de sus proyectos de organizar el núcleo electoral del municipio.

Harto de golpear con las manos y de gritar, ¡eh! ¡de la casa!, Zacarías trompea la puerta con sus dos manos cerradas. Hallándose ausente de la ciudad el farmacéutico Tesoura, en viaje hacia Aracaju, y el doctor Evaldo visitando enfermos, solo le quedaba el Puesto de Salud, con su el joven mediquito; Zacarías lleno de miedo, amenaza derribar la puerta. Un hombre aparece por la esquina, muy apurado y se para delante del labrador:

—¿Qué es lo que quiere?

—¿Usted trabaja aquí?

—Sí, señor, trabajo aquí ¿y con eso?

—¿Está el doctor?

—¿Qué le quiere al doctor?

—Quiero que me haga una receta.

—¿A esta hora? ¿Está loco? ¿No sabe leer? Mire el horario, de las..

—¿Usted se cree que las enfermedades tienen horario?

Con la voz enronquecida, Zacarías levanta las manos a la altura de los ojos de Maxi:

—Mire. Creí que eran lastimaduras, pero parece que es viruela, viruela negra.

Instintivamente Maxi retrocede, él también sabe algo sobre la viruela y la reconoce de inmediato. O violenta varicela o viruela negra. Son las diez de la noche, la ciudad duerme, el doctorcito debe estar sacudiéndose con la sabrosa muchacha que se trajo de Aracaju, cabocla para cerrar las puertas, de una así anda necesitado él. ¿Vale la pena despertar al doctor, arriesgarse un enojo? ¿Sacarlo del calor de la cama, a lo mejor de encima de la mujer? A nadie le gusta que lo interrumpan cuando se está echando afuera. Maxi duda. Pero si fuera viruela negra, ¿qué le parece? Vuelve a observar la cara del conchabado, las llagas son marrones, oscuras, típicas de la maldita, de la peste mortal. Funcionario de la Dirección de Salud Pública desde hacía dieciocho años y habiendo trabajado por todo el interior, Maximiano sabía algo.

—Vamos a la casa del doctor, compadre, es ahí enfrente.

Quien responde a las palabras es la mujer, se llama Teresa Batista, el cuidador había oído que se llamaba así.

—Soy yo, soy Maximiano, señora. Dígale al doctor que en el Puesto hay uno atacado de viruela, de viruela negra.

M

Medicina es la que se aprende en la práctica, afirmaba el profesor Heleno Marques, de la Cátedra de Higiene de la Facultad de Medicina de Bahía, al introducir el tema de las epidemias que arrasan al sertón. En la alta noche, en el Puesto de Salud de Buquim, con un sudor frío en la frente y el corazón encogido, el doctor Oto Espinheira, médico de reciente graduación, se esfuerza en aprender en la práctica lo que no había aprendido en la teoría, en la práctica era *todavía más difícil, repugnante y daba miedo. Evidentemente se trataba de una varicela en su forma más virulenta, varicela mayor, negra al decir de la gente, para saberlo no se necesita haber cursado seis años de facultad, basta con mirar la cara del hombre, sus ojos asombrados y su voz austada:*

—Dígame, doctor, ¿es viruela negra?

¿Un caso aislado es el comienzo de una epidemia? El doctorcito enciende otro cigarrillo, ¿cuántos van desde que Teresa le transmitió la noticia? Los puchos se amontonan en el suelo. ¿Por qué diablos había aceptado venir a Buquim, buscando una promoción, una base electoral? Bien que le había dicho Bruno, un hombre con experiencia, no hay promesa alguna que me saque de Aracaju, el interior está lleno de enfermedades y de chatura, hasta de muerte, créame Oto. Había combatido la chatura trayendo a Teresa, pero ¿cómo combatir la viruela? Tira el cigarrillo, lo aplasta con el pie. Vuelve a lavarse las manos con alcohol.

Pasos arrastrados por la calle, una mano trémula sobre el picaporte, entra en la sala del Puesto el doctor Evaldo Mascarenhas, lleva una valija gastada por los años, busca con su pobre vista al joven director, al fin lo localiza:

—Como vi la luz prendida, mi querido colega, entré para avisarle que Rogelio, Rogelio Caldas, nuestro prefecto, está en las últimas, tiene viruela, un caso muy grave, alimento pocas esperanzas. Lo peor es que no es el único, también Licia, ¿sabe quién es? La mujer del sacristán, la esposa, porque la amante se llama Tuca. También está muero no muero con la viruela, Dios quiera que no sea una epidemia. Pero veo que el colega está informado porque si no no estaría con el Puesto abierto a esta hora, seguramente va a tomar las providencias que el caso exige, empezando naturalmente por vacunar a toda la población.

¿Toda la población, cuantos miles de personas? ¿Tres, cuatro, cinco mil contando la ciudad y los campos de alrededor? ¿Qué stock de vacunas hay en el Puesto? ¿Dónde las guardan? Lo que es él, el doctor Oto Espinheira, director del Puesto de Salud, nunca había puesto sus ojos en ningún tubo, nunca jamás tampoco había preguntado por el stock. Pero, incluso con una gran cantidad de vacunas, ¿quién las aplicaría? Enciende otro cigarrillo, se pasa la mano por la frente, un sudor frío. Porquería de vida, pudiendo estar en Aracaju, caliente y tanquilo con una muchacha, con la misma Teresa de hendidura tan estrecha o cualquier otra que tuviera algunas cualidades, encontrarse

ahí, en la tierra de la viruela, lleno de miedo. La viruela cuando no mata desfigura. Se imagina con la cara comida de cicatrices, su morena cara de muñeco, su atractivo principal para las mujeres, perdido, desfigurado, irreconocible. ¡Dios mío! O muerto o comido por la pus.

El doctor Evaldo Mascarenhas anda por la sala con sus pasos arrastrados, se acerca a Zacarías, trata de reconocerlo, ¿será el enfermero del Puesto, Maximiano? Es un desconocido con la cara cubierta de manchas, agudiza la vista, no, no son manchas, son llagas, es la viruela:

—Este también ya la agarró. Vea, es una epidemia, estimado colega, se puede ver el comienzo pero nadie sabe quién podrá ver el fin. Yo vi tres desde el principio hasta el fin, pero de ésta no me escapo, con la viruela no hay quien pueda.

El doctor Oto Espinheira arroja el cigarrillo al suelo, intenta decir algo, no encuentra las palabras. Zacarías quiere saber:

—¿Qué hago entonces, doctor? Yo no quiero morirme, ¿por qué tengo que morirme?

Llamada por el doctor Oto llega finalmente la enfermera Juraci al Puesto, se divertía con el novio cuando Maxi despertó a toda la gente de la casa donde alquila un cuarto con comida, con la voz airada y desafiante dice:

—¿Cómo me manda llamar a estas horas, doctor, qué pasa? —Ese doctorcito, de día no aparece y manda despertar a la gente de noche. —¿Qué es esa urgencia?

El director no responde, nuevamente irrumpe el ronco acento de Zacarías:

—Por el amor de Dios, ayúdeme, doctor, no deje que me muera —se dirige al doctor Evaldo, conocido en toda la región.

La enfermera Juraci tiene el estómago delicado, ¡ay! la cara de ese hombre, ¡qué llagas!. No vuelve a preguntar por qué la sacaron de la cama a esa hora. El doctor Evaldo repite monótono:

—Es una epidemia, estimado colega, una epidemia de viruela.

Medicando enfermos, o confortando moribundos, ayudando en los entierros, salvando incluso a unos pocos de la muerte, había conseguido escapar de tres epidemias. ¿Escapará de la cuarta? Al doctor Evaldo poco le importa morir, piensa Oto Espinheira, es un vejete, senil, ya no sirve para nada, pero él, Oto, apenas empieza a vivir. Casi ciego, medio

*sordo, caduco, según el farmacéutico, sin embargo el doctor
Evaldo ama la vida y lucha por ella con los limitados recursos de los médicos rurales. De todos los presentes solamente él y Zacarías piensan en cómo enfrentar a la enfermedad. La enfermera Juraci tiene ganas de vomitar, Maxi
das Negras trata de recordar cuándo se vacunó la última
vez, ya deben de haber pasado diez años por lo menos, esa
vacuna ya no hace efecto, el doctor Oto enciende y apaga
cigarrillos.*

Alguien se asoma por la puerta y pregunta:

—¿El doctor Evaldo está aquí?

—¿Quién me busca?

*—Soy yo, Vital, el nieto de doña Aurinha, doctor. Mi abue-
la se murió, estuve buscándolo de un lado para otro, hasta
que lo encuentro aquí. Es para el certificado.*

—¿Del corazón?

*—Puede ser, doctor. Apareció con unas brotaduras, des-
pués una gran fiebre, no tuvimos tiempo de llamar, estiró
la pata.*

*—¿Brotaduras? — el doctor Evaldo pide detalles, ya des-
confía.*

*—En la cara y en las manos, doctor, por todo el cuerpo
también, se rascaba y murió cuando le subió la fiebre, el
termómetro de un vecino marcó más de cuarenta grados.*

*El viejo médico se dirige al joven director del Puesto de
Salud:*

*—Lo mejor es que el colega venga conmigo. Si fuera un
caso de viruela, quedarán registradas la epidemia y la primera víctima.*

*Otro cigarrillo, la frente bañada en sudor, la boca sin pa-
labras, el doctor Oto concuerda con un gesto de cabeza ¿qué
puede hacer salvo ir? También la enfermera Juraci se dispone a acompañarlo, no hay fuerza capaz de mantenerla en
la sala infectada con aquel hombre espantoso, con la viruela
expuesta en la cara. Si ella, Juraci, muriera en la epidemia,
la culpa la tendría el director de Salud Pública del Estado,
que lo sepan todos, persiguiéndola por mezquinos motivos
políticos la había mandado a Buquim, al destierro, porque
ella es de la oposición y doncella, dos cosas que él no
toleraba. .*

*Antes de salir, ante la total abstención del colega, el doc-
tor Evaldo recomienda a Maxi preparar para Zacarías una
solución de permanganato para que se la pase por todo el
cuerpo y comprimidos de aspirina para la fiebre. Cuando*

ruelva a su casa, apliquese el permanganato, envuélvase en
hojas de bananero, evite la claridad, acuéstese y espere.
¿Esperar qué, doctor? Un milagro del cielo o la muerte,
¿qué otra cosa puede esperar?

N

En medio del llanto sordo de una mujer de cabeza enca-
necida, Aurinha Pinto colocada sobre una mesa en la sala
vaciada de otros muebles, duerme su último sueño, embarcó
en el primer viaje de la fiebre, sin esperar el resto, ni si-
quiera así puede descansar su maltratada osamenta.

Silenciosos, el doctor Evaldo, el doctorcito del Puesto de
Salud y la enfermera Juraci, contemplan el cadáver de la
anciana.

—Murió de viruela, es la epidemia... —declara en un su-
surro el doctor Evaldo y de nada le valen la edad y la expe-
riencia, se estremece y cierra los ojos para no ver.

Ni muriendo en seguida obtuvo reposo para su fatigado
cuerpo Aunrinha Pinto, el mal prosigue en ella, y se extin-
gue lentamente, las brotaduras crecen en ampollas, las am-
pollas en llagas, la piel se rompe, se abre largando un aceite
negro y fétido viruela inmunda e infame, no puede dejar
a la muerta en paz.

El delicado estómago de la enfermera Juraci vomita en
la sala.

O

¿Dónde están las vacunas, señor Maximiano Silva das
Negras, dónde las guardaron tan bien guardadas que sien-
do yo director del Puesto de Salud y responsable de la salud
de la población del municipio, todavía no pude poner los
ojos encima de esas benditas vacunas de repente tan nece-
sarias? ¿Por qué no las busqué antes? Cuando asumí el
cargo me garantizaron que Buquim tenia un clima privile-
giado, condiciones ideales para el descanso y perfectas de
salud pública, me juraron que Buquim era el paraíso, un
Edén perdido en el sertón, la paz. Fantasma de un pasado
sórdido, espanto de los antiguos, aparición macabra, barrida
por el progreso, erradicada para siempre, no solo la viruela

sino cualquier otra epidemia, ¡viva nuestro paternal gobierno! Me engañaron, me engañaron. Dónde están las vacunas señor Maxi, tenemos que aplicarlas inmediatamente, mientras hay tiempo y gente.

Ah, lo envolvieron, doctorcito, los grandes jefes en Aracaju gozando de la vida, a la caza de un jovencito lindo y pico de oro, garañón protegido por el gobernador, para ser promovido tiene que pasar unos meses en Buquim, un paraíso, el culo del mundo, y si la viruela aparece por allá se consagra como un genio de la medicina y como un macho de verdad, ay, déjeme que me ría, doctor, le pasaron por arriba, las vacunas, un resto debe haber todavía de la última remesa, en el armario de las drogas, ése casi vacío, la llave la guarda Juraci, esa señora toda orgullosa, con la cosa en la barriga y cara de quien come mierda, amenazando quejarse por escrito si alguien le pone una mano encima, si tuviera nalgas grandes vaya y pase, pero con ese traste que tiene, mi Dios. Hace más de un año que anduvo por aquí un equipo de vacunadoras voluntarias, la formaban chicas estudiantes, bajo el mando y la guía de una matrona de respeto, un pedazo de mujer, mi doctorcito, tuve ocasión de acompañarlas por las casas en el trabajo de la vacunación. Ayudaba a las mocitas a convencer a algunos reacios, en base a golpes y amenazas, sobre las ventajas de la inmunización, banda de ignorantes, si no se les dan explicaciones se esconden por los montes. Sacudiendo los culitos iban las estudiantes, tenían que recorrer todo el vasto interior a cuenta de Salud Pública, durante las vacaciones escolares. Vacunas hace meses que no mandan, pero las prometen, lo que es ya bastante esfuerzo para los de Aracaju, todos gozando de la vida mientras nosotros aquí nos matamos trabajando, el doctorcito con esa belleza de cabocla, doña Juraci en la puñeta, una histérica que le llena la paciencia hablando de su novio y yo cazando negras por ahí, a la aventura. La llave la tiene la bruja, doctor.

Rápido, Juraci, muévase, haga algo, no lloriquee, no amenace con desmayos, acábela con los vómitos, traiga las vacunas y prepárese usted y Maxi das Negras, sí, usted señor, para salir a vacunar, para eso el Estado le paga con el dinero de lo contribuyentes. Llevan la caja con las vacunas, custodiados por la policía si es necesario, vacunan a todo el mundo, empezando por mí, para dar ejemplo a la población y para darme ánimo. Yo no voy con ustedes porque mi deber es permanecer aquí, en el comando de las operaciones.

El stock existente, sepa el doctor, no alcanza más que

para vacunar a los escolares, a algunos graduados y se aca-
bó. Levántese la manga de la camisa que en seguida lo
vacuno, a lo mejor todavía es tiempo, después veremos, des-
pués puedo vacunar a este lacayo vil, yo no necesito, me
vacuné en Aracaju antes de venir, porque mi novio me dijo
que no había que creer en esos discursos de que la viruela
estaba erradicada, me dijo que no le creyera al Director, ese
que me persigue porque mi padre es de la oposición y yo
estoy comprometida para casarme. Por aquí, por las cerca-
nías, por las casas de la gente rica, por los comercios, puedo
vacunar, pero no cuente conmigo para salir por los arrabales
a vacunar a la ralea, yo no nací para tocar a los apestados
y para andar viendo pus, yo soy una joven honesta, de fami-
lia honrada, no soy una cualquiera como esa vagabunda, su
amiga, sacada de la prostitución, que usted se trajo para
afrenta de los hogares honestos de Buquim. Si quiere vacu-
nar al populacho llame a la vagabunda esa y vaya con ella.

Ay, no discuta, señorita, no se queje, no me ofenda, no lo
merezco, siempre la traté con respeto, pero ahora le exijo
obediencia, cumpla mis órdenes, soy el doctor, soy el direc-
tor del Puesto, respéteme y dese prisa, ¿no ve que estoy
aterrado?

Cuando abra el correo, Maxi das Negras, envíe un tele-
grama oficial a Aracaju pidiendo más vacunas con urgencia
y abundancia porque la viruela negra nos está arrasando.

P

Primera en escapar fue la funcionaria Juraci, enfermera
de segunda clase de la Dirección Estadual de Salud Pública.
Empezó atendiendo la sala de espera de un consultorio mé-
dico, sin curso, sin diploma, sin práctica, pero como hija de
un puntero electoral del gobierno anterior, fue nombrada;
cuando el pasado gobierno se vuelve oposición, el nuevo, en
represalia, la transfirió a ese lugar perdido del mundo que
es Buquim. No tenía estómago para soportar hedores y pu-
driciones, en plazo de días la ciudad se había podrido.

En la segunda noche se encontraron siete apestados com-
probados, doce al amanecer y al quinto día subió a ventisiete
el número de los caídos. De ahí en adelante fueron crecien-
do la estadística y el pus. Las casas se conocían por las
ventanas tapadas con papel colorado para impedir la cla-
ridad en las habitaciones, porque con la luz del día la viruela

253

deja ciegos a sus víctimas antes de matarlos. Por los fondos salía el humo de la bosta de buey que se encendía para limpiar las exhalaciones de la peste.

Las beatas rezan día y noche en la iglesia matriz donde velaron a la esposa legítima del sacristán, finalmente libre para vivir en paz con su amante, si es que la viruela no se los llevaba también a ellos dos. Las beatas le pedían a Dios el fin de la plaga, enviada en castigo de los pecados de los hombres, todos lujuriosos y depravados, todos condenados, empezando por el doctor del Puesto de Salud con una amante permanente. Desde su excelente punto de observación vieron a Juraci cargando sus valijas y de sombrilla, protestando mientras iba a tomar el tren; échenme si quieren pero no me quedo ni un minuto más, arriesgando la vida, si el doctor quiere vacunar que vaya él y que lleve a esa vagabunda de ayudante.

Al día siguiente de la triste noche de la constatación de los primeros casos, enfermera y Maxi habían ido al Grupo Escolar llevando la caja con las vacunas. Las maestras pusieron a los niños en fila, faltaban tres alumnos y las noticias eran malas, al principio las madres pensaron en sarampión y en erupciones, ahora ya no había dudas sobre la calidad de las ampollas color de vino. La noticia circula por la ciudad con los detalles y los enfermos aumentados. Con lo que sobró de las vacunas, los dos funcionarios fueron a la calle principal a vacunar a las familias ricas.

No esperó la enfermera Juraci el momento de ir hacia los pobres y los callejones, asustada, según contó, en la casa del sirio Squeff, comerciante de fuste, se encontró con un apestado en plena erupción. Tres casas más adelante, lo mismo. Échenme, no me importa, no voy a morirme aquí, comida por la viruela. Tome la caja de las vacunas, doctorcito, désela a la vagabunda, ella que tiene el pus de la vida que vaya a buscar el pus de la muerte, y no yo, una doncella virtuosa y con novio.

Reducido a la mitad el personal del Puesto con la deserción de la enfermera, el doctor Oto miró al cielo, ¿y ahora qué? Nuevo telegrama a Aracaju pidiendo auxiliares capacitados y dispuestos, que viajen en el primer tren. En casa, lavándose las manos con alcohol, encendiendo y apagando cigarrillos, lleno de miedo, entregado al desánimo, no había nacido para eso. Se sincera con Teresa, hasta que la repartición de Aracaju resolviera mandar auxiliares, ¿quién podra ayudar a la vacunación? Necesitaba de cuatro a cinco equipos apenas llegaran las vacunas pedidas. Por ahora iban tirando con Maximiano y la enfermera, pero sin Juraci ¿qué hacer? El director del Puesto de Salud no puede salir por las calles vacunando como un empleado, ya es mucho pedirle que se quede en el Puesto por la mañana y por la tarde, dando explicaciones, consejos, examinando a los sospechosos, constatando nuevos casos, ¡ah! esas pústulas, Teresa, ¡qué cosa tan horrible!

Teresa lo escucha en silencio, grave y atenta. Sabe que el doctor tiene miedo, que está muerto de miedo, esperando solo una insinuación para seguir el ejemplo de la enfermera. Si ella dijera, vámonos de aquí, ¿por qué morir tan jóvenes, mi amor?, el doctorcito tendría un pretexto para escapar, yo te arrastré conmigo te voy a llevar afuera, tenemos que defender nuestro amor. Ni amor, ni amistad, ni placer en la cama.

Andando de un lado para el otro, el doctor Oto Espinheira cada vez más nervioso y en agonía:

—¿Sabés qué me dijo, la hija de puta, cuando le recriminé el abandono de la vacunación? Que recurriera a vos, imaginate...

La voz firme y casi alegre de Teresa:

—Yo voy...

—¿Qué? ¿Vos qué?

—Voy a ir a vacunar. Basta con que me enseñes.

—Estás loca. Yo no te dejo.

—No te pregunto si me dejás o no. ¿Acaso no es necesario?

Desde la iglesia matriz las beatas la vieron pasar, en compañía de Maxi das Negras con el material de vacunación. Levantaron las cabezas para ver mejor sin abandonar la letanía. Las oraciones solo llegan al techo de la iglesia, no alcanzan los cielos ni los oídos de Dios, no tienen las viejas devotas de Buquim tanta fuerza como para clamar en la desesperación. ¿Adónde irá la amiga del doctorcito con la valijita del Puesto?

Cuando enterraron a la esposa, la legítima, del sacristán tocaron las campanas. Más fuerte, señor vicario, mande que suenen con violencia, toque a rebato con las dos campanas a la vez, para anunciarles a las autoridades y a Dios la plaga de viruela negra que está devastando la ciudad de Buquim. Con toda su fuerza, señor vicario, toque, toque las campanas.

Q

¿Quién puede honrar a los muertos con decencia, dígame, amigo, cuando se tiene miedo de morir también, se observan las manos a cada instante y la cara en el espejo para ver si llegó la fatal comunicación de las primeras ampollas?

Un velorio exige calma, dedicación, orden y un difunto presentable. Hay que organizar una guardia animada y cuidadosa, a la altura del respeto por el muerto, no es trabajo que pueda hacerse con apuro, frente al fantasma de la viruela y con el difunto podrido.

Al comienzo de una epidemia todavía es posible invitar a los amigos, hacer comida, abrir botellas de cachaça. Pero con el correr del contagio y de los entierros nadie tiene más ganas, falta tiempo y animación, nadie tiene ganas de conversar, no se oyen palabras de elogio para el muerto, entregados al desánimo los parientes no tienen fuerza para aquellas veladas tan recordadas con llantos y risas sueltos, charlas, hasta en las casas pobres, porque en esas horas decisivas todos hacen un esfuerzo, se reúnen con lo que pueden para honrar al que murió y demostrarle su estima. Con la epidemia y encima la viruela, ¡es imposible!

¿Cómo va a haber gente para velorios a granel, de a dos y tres por noche en la misma calle? No se puede retener por horas el cadáver porque se pudre y hay que librarse enseguida del cuerpo infectado porque esas son las ocasiones en que el contagio es peor. Después viene el entierro cuando nadie tiene ni tiempo ni voluntad para ir hasta el cementerio y los finados se contentan con pozos hechos en el barro de los caminos, donde quede más cerca.

Cuando se está envuelto en peste y miedo, ya se hace mucho quemando bosta, lavando pus, rompiendo las ampollas una a una, rezándole a Dios. ¿Cómo van a cuidar todavía de los velorios, dígame, camarada?

R

Rogério Caldas, el prefecto Papa Vacunas, el sobrenombre había tomado una estremecedora connotación, con la viruela suelta por la ciudad y la falta de vacunas, fue sepultado una tarde clara de domingo. Debido a las circunstancias, Buquim perdió la ocasión de un entierro grandioso, con banda de música, cortejo, alumnos del Grupo Escolar, soldados del

Puesto de la Policía Militar, miembros de la Cofradía y de la Logia Masónica, las otras personalidades, discursos elocuentes que realzaran las virtudes del muerto, en fin, no todos los días se tiene la chance de llevar al cementerio a un prefecto muerto en el pleno ejercicio de su cargo. Escaso acompañamiento, breves palabras del presidente de la Cámara Municipal, "sacrificado al deber cívico", afirmó refiriéndose al rápido fin del astuto administrador, en los últimos días verdaderamente desagradable a la vista y al olfato pues las pústulas se desparramaban a lo largo de su cuerpo en grandes llagas infectas, formando la llamada viruela negra en el momento de la muerte. Para el común de la gente la viruela de canudo era una especie más virulenta, la más terrible, llamada la madre de la viruela, de todas las otras, de la negra, de la boba, de la varicela. En opinión del presidente de la Cámara Municipal, el fallecido prefecto en el cumplimiento de su deber cívico, había experimentado la viruela para constatar su buena calidad, certificándose antes de entregarla a la población del municipio, que se trataba de una viruela de primera clase, viruela mayor, viruela negra, de canudo, la madre de todas las viruelas.

El doctor Evaldo Mascarenhas fue el último en merecer, días después, acompañamiento y lamentaciones. Octogenario, sordo, casi ciego, medio caduco, arrastrándose por las calles, no se encerró en su casa ni se fue de la ciudad. Mientras el corazón se mantuvo, cuidó a los enfermos, a sus enfermos y a todos los otros de que tuvo conocimiento, había virulentos escondidos, con miedo al lazareto, sin medir sus fuerzas, con las últimas fuerzas de su organismo gastado, hizo lo que pudo, mucho no se podía hacer contra la peste. Fue él quien tomó providencias para organizar un lazareto y la que ejecutó sus órdenes fue Teresa Batista, brazo derecho del doctor en esos trabajosos días antes de que el cansado corazón del viejo se parase.

Sólo tuvo tiempo de mandarle un recado a su colega Oto Espinheira, director del Puesto de Salud Pública, lo hizo por intermedio de Teresa: o llegan más vacunas con urgencia o todo el mundo se muere de viruela. Tras ese pedido, por primera vez le falló a sus enfermos.

S

Teniendo como oficio el de artista de cabaret, amante, prostituta, accidentalmente maestra de primeras letras de niños y adultos, profesional de peleas y líos para los policías de tres estados de la Federación barullera, en pocos días Teresa Batista hizo el curso completo de enfermería con el doctor Evaldo Mascarenhas y con Maxi das Negras, pues era una criatura de inteligencia rápida, ya lo decía doña Mercedes Lima, su maestra de primeras letras.

No solo aprendió a lavar a los apestados, a pasar el permangato y el alcohol alcanforado por las ampollas y aplicar vacunas, también supo convencer a los más recalcitrantes, temerosos de agarrarse el mal en el acto de inoculación. Realmente, podía suceder y más de una vez sucedió que al aplicarse la vacuna a personas predispuestas, se provocara una reacción violenta, fiebre y manchas, ampollas, brote benigno de la enfermedad, una tímida varicela. Maxi, impaciente, quería resolver las cosas brutalmente, vacunar a la fuerza, creando conflictos, dificultando la ejecución de la tarea. Paciente y risueña, Teresa explicaba, exhibía las cicatrices de sus propias vacunas en el brazo moreno, se inoculaba nuevamente para demostrar la ausencia de riesgo. Todo iba muy bien, los pobres iban a colocarse frente al puesto a la espera de los vacunadores, cuando el stock se terminó. Nuevo telegrama a Aracaju pidiendo una remesa con urgencia.

Preocupado con el contagio cada día más extenso, el doctor Evaldo había obtenido en el comercio oferta de algunos colchones para el lazareto donde se aislarían los enfermos que no podían tratarse en sus casas, los de mayor peligro en la propagación del virus. Pero antes de colocar los colchones había que limpiar la rudimentaria construcción escondida en el monte, lejos de la ciudad, como si les diera vergüenza a los habitantes.

Junto con Maxi das Negras, cada uno cargando creolina y agua en latas de kerosene, Teresa Batista entró por el camino prohibido, el matorral había crecido y Maxi debía dejar las latas para abrir la picada con la ayuda de un facón. Hacía más de un año que el lazareto estaba vacío.

Los últimos que lo habitaron fueron dos leprosos, una pareja de marido y mujer. Juntos aparecían los sábados en la feria y pedían limosna, puñados de harina y de porotos, raíces de aimpim y de inhame, batatas, algunas monedas que les tiraban al suelo, cada vez más comidos por la enfer-

medad, agujeros en lugar de boca y nariz. muñones en lugar de brazos, los pies anudados. Deben de haber muerto juntos o con alguna pequeña diferencia de tiempo, pues dejaron de aparecer por la feria el mismo sábado. Como nadie se interesó ni se atrevió a ir hasta el lazareto a recoger los cuerpos y enterrarlos, los urubús se dieron un banquete con los restos, un magro banquete, dejando sobre el piso de cemento los huesos limpios de lepra.

Maxi das Negras miraba con asombro y con respeto a la cabocla bonita, amante del médico, sin necesidad de hacer lo que hacía, sin obligación de ninguna clase, las polleras arremangadas, los pies descalzos, lavando el piso de cemento de lazareto, juntando los huesos de los leprosos, cavándole sepultura. Mientras la funcionaria Nometoques se había ido, había abandonado el Puesto de Salud, indiferente a las obligaciones y sus consecuencias, que me echen, no me importa, yo no voy a morir aquí, la muchacha, sin salario, sin tener por qué, iba de casa en casa, incansable, sin horario y sin miedo, lavando enfermos, pasando permanganato por las ampollas, pinchándolas con espinas de naranjo cuando crecían en pústulas color de vino, trayendo de los corrales bosta de buey para quemarla en el interior de las casas. Él mismo, Maximiliano, habituado a la miseria del sertón, perito en males y desgracias del pueblo, curtido y encallecido, sin parientes ni adherentes, dueño de su vida y de su muerte, contratado para ese empleo, mal pago aunque pago cada fin de mes, en más de una ocasión en esos días había pensado largar todo y lo mismo que la enfermera Juraci dar su grito de independencia, ¿piernas para qué te quiero?

No conociendo de Teresa nada más que su hermosura y su condición de amante del director del Puesto, mayor se le volvía el respeto y el asombro. Cuando salió por primera vez con ella a vacunar, sin entender el motivo por el que la amiga del doctorcito sustituía a la enfermera fugitiva, en el clima de epidemia que subvierte el orden social y confunde las clases, Maxi das Negras elaboró proyectos y osadías, al lado de Teresa en un trabajo tan repugnante, en medio del peligro del miedo, teniendo que sostenerla el ánimo, habiendo ocasión y con la ayuda de Dios, con la cabocla podría ponerle una buena ornamentación al director del puesto, ese inútil doctorcito, unos benditos cuernos sanitarios ¡delicioso pensamiento!

Después desistió sin siquiera intentarlo, ánimo y coraje le tenía que dar la mujercita a él. Si Maxi no se escapó siguiendo los pasos de la enfermera se debió a Teresa. Tuvo *vergüenza de abandonar el servicio, él, un hombre fuerte y pagado para ejecutarlo cuando sin remuneración, una frágil criatura mantenía la cabeza erguida, firme, sin una queja, dando órdenes, tanto en las casas, como a él, Maxi das Negras, al empavorecido doctorcito, y al viejo doctor Evaldo, comandando al pueblo entero. ¿Dónde se vio una cosa igual?*

Cuando por fin llegaron las vacunas, traídas por el farmacéutico Camilo Tesoura que estando en Aracaju tuvo noticias de la epidemia y de motu propio se presentó ante la Dirección de Salud donde le entregaron la encomienda y le prometieron refuerzo de personal a la brevedad posible, dígale al doctor Oto que estamos buscando gente en la ciudad que sea competente, pero no es fácil encontrar gente dispuesta a arriesgar su vida por salarios de miseria, entonces Maxi das Negras dijo:

—Qué pena que no haya más gente como usted, señora. Si hubiere tres o cuatro le ganábamos a la maldita.

Teresa Batista levantó la cabeza, las señales de fatiga le marcaban surcos en los ojos y los labios, le sonrió al mulato rudo y grosero pero bien dispuesto, y con un fulgor de cobre, con un relámpago, desapareció de sus ojos el cansancio:

—Yo sé dónde ir a buscar esa gente.

T

Tarde llegó el farmacéutico con el mensaje de la Dirección de Salud de Sergipe, el doctorcito no esperó el entierro del doctor Evaldo, él y Camilo Tesoura se cruzaron en la estación. Pensó con sensatez y se fue lejos, pasajero de un tren de carga de las cinco de la mañana después de la noche del juicio final cuando Zacarías exhibió en el Puesto su cara llena de manchas. Pensándolo bien, pensando cada hecho, todo fue culpa de la desgraciada mujer, qué diablos tenía que salir a vacunar al pueblo, a cuidar a los apestados, mujer más absurda que esa Teresa no había visto. Por más hermosa que fuera y por más ajustada que tenga la hendidura, era incapaz de reflexionar, de entender, de apreciar las bondades de la vida. Joven y con el futuro garantizado, él, el doctor Oto Espinheira, se encuentra ante la amenaza de ver convertido su atrayente rostro de bebé, tan disputado por las hembras, en una terrorífica máscara, si es que no va a perder la vida.

Vocación y familia de políticos, había ido a esas tierras

para conseguir un mandato que le permitiera cambiar esa región de viruela y pobreza por las tierras del sur, ricas, higiénicas, con fiestas, jardines, teatros, luces, modernísimas boites, reuniones de categoría internacional, ¿no va a haber allí mujeres más lindas y sabrosas que Teresa Batista? ¿Mujeres? No, esa no es mujer, es magia, es la reina de la viruelas. Además encerrado en su casa, lavándose las manos con alcohol cada dos o tres minutos, lleno de miedo, lavándose el pecho con tragos de cachaça, fumando sin descanso, con una continua gana de orinar, examinándose en el espejo en busca de manchas, ¡ah! en ese escaso tiempo de terror el doctorcito perdió su barniz de educación, su ambición política, el respeto humano y el tesón, ya no lo tientan los electores, los votos de Buquim, ni los encantos de Teresa, ni el esplendor de su cuerpo, ni su plácida presencia.

Cuando tomando el plan como propio, durante la conversación siguiente a la deserción de Juraci, Teresa salió a la calle a vacunar, el doctorcito se quedó lelo, había contado la insolencia de la enfermera para conseguir de Teresa una insinuación para la fuga, una invitación a la partida, un consejo, un comentario, una palabra. En lugar de darle el pretexto que buscaba, la imbécil se metía a hermana de caridad. Obligándolo a ir al Puesto en lugar de la estación.

En el Puesto había recibido la visita del presidente de la Cámara Municipal, en ejercicio de la Prefectura, que requería informaciones sobre las medidas tomadas por el director y también para conversar. Comerciante y fazendeiro, jefe político, amigo de la familia del doctorcito, Oto había venido recomendado a él. Le habló francamente, un político, un doctor joven, debe actuar políticamente incluso en medio de los cataclismos, y la viruela es el peor. Amenaza de muerte para la población del municipio, pavorosa plaga, sin embargo con su lado positivo para el candidato a una rápida carrera política, sobre todo tratándose de un médico y encima del director del Puesto de Salud. Debía asumir el comando de la batalla, ponerse al frente de los funcionarios o de quien fuera, sutil referencia al hecho de que se hubiera visto a la manceba del doctor por la calle, vacunando, para descalabrar a la viruela negra y liberar al municipio de ese monstruo sin piedad. Mejor oportunidad no podía pedir, mi querido, para ganarse la gratitud y los votos de la población de Buquim. El pueblo es buen pagador y adora a los médicos capaces y entusiastas, basta ver el prestigio del doctor Evaldo Mascarehnas, que no fue prefecto ni diputado estadual porque era indiferente a los cargos y las posiciones

políticas. Pero si el doctor Oto Espinheira tomaba al toro
por las astas, con el prestigio que le venía de familia y la
viruela expulsada de la ciudad, podría tener en Buquim una
base política indestructible ramificada por los municipios
vecinos donde también llegarían, con seguridad, la viruela
y la fama del doctor, para algo debe servir la epidemia,
amigo mío.

Agradézcale a Dios la oportunindad que le está dando,
doctor, y aprovéchela, lárguese a la lucha, visite a los apes-
tados y cuídelos, atienda a los ricos y a los pobres, haga de
su casa un lazareto. Si lo agarra la viruela, no se preocupe,
estando vacunado difícilmente morirá, unos días de fiebre,
la cara adornada con picaduras, para el electorado no hay
mejor garantía, un médico con la cara marcada por la vi-
ruela es ya candidato electo. Existe algún peligro, claro, ya
sucedió que la viruela se llevara al médico con vacuna y
todo, pero quien no planta no recoge, mi doctorcito, y a
final, la vida sólo vale para quien se la juega a cada ins-
tante. Tras haber aconsejado así a su discípulo, se despidió
En la calle, la manceba del doctor estaba vacunando a la
puerta de una casa. Hermosa hasta lo increíble, sobre todo
para un hombre virtuoso como él, temeroso de Dios y casa-
do, como si no bastase la viruela.

U

Una sorpresa esperaba a Teresa al regresar ese atardecer
de su debut como enfermera, encontró o Oto repleto de ca-
chaça, con la boca floja y el hablar embarullado. Después
de la perspectiva del electorado y de la visita de un apes-
tado al Puesto, el doctorcito se había escondido en su casa
y se había vaciado una botella de cachaça, como no tenía
resistencia al alcohol y era de fácil borrachera, al ver entrar
a Teresa tan animada, dispuesta a contar las peripecias de
la vacunación, se apartó de ella gritando:

—¡No me toques, por favor! ¡Andá a lavarte primero con
alcohol, todo el cuerpo!

Mientras ella se bañaba siguió bebiendo, no quiso comer
y encogido en su silla rezongaba. Se mantuvo apartado de
Teresa hasta que cayó vencido por la borrachera. Ella tuvo
que acostarlo, vestido como estaba. Al día siguiente Teresa
se marchó antes de que el doctorcito se despertara y ya no se
hablaron nunca más. Nunca más la tocó él en los días en

que todavía permaneció, luchando con la cachaça y el deseo y la vergüenza de escapar. Oto dormía solo, en un sofá, en la sala, a la espera de que Teresa se fuera, dejándolo solo, libre de su presencia acusadora. Acusadora porque salía cada mañana muy temprano para ayudar al doctor Evaldo y a Maximiano y volvía tarde por la noche, molida de cansancio, mientras él cada día pasaba menos tiempo en el Puesto de Salud donde crecía el número de enfermos en busca de permanganato, de cafiaspirina, de alcohol alcanforado. Para el doctor el único remedio era la cachaça.

Cuando un día Teresa lo despertó sacudiéndolo para decirle que se había acabado el stock de vacunas y había que salir a atender a los enfermos, pues el doctor Evaldo ya no daba más, el doctorcito preparó un plan: iría a Aracaju con el pretexto de buscar vacunas, allá se enfermaría de gripe, cólicos, anemia, fiebre o cualquier otra molestia leve, y pediría un sustituto para la dirección del Puesto. Se había venido abajo, con la barba crecida, los ojos inyectados, la voz pastosa, perdida toda su delicadeza. Cuando Teresa le dijo con cierta dureza, para largar la botella lo mejor es salir a la calle a cumplir con su deber de médico y continuando con el ejemplo del doctor Evaldo, visitar a los enfermos en sus casas y en el lazareto, le contestó a los gritos:

—¡Lárgate de aquí, andate al infierno, puta asquerosa!
—De aquí no me voy. Tengo mucho que hacer.

Cansada como estaba le dio la espalda y se fue a dormir. Libre al menos del deseo del doctorcito a quien los encantos de Teresa ya no tientan, borracho y cagado por el miedo a la viruela.

Cuando el doctor Evaldo flaqueó, por culpa del corazón no del coraje, reclamando en el momento de morir más vacunas, el joven médico no esperó el entierro del colega, salió en busca de socorro, voy a traer vacunas, voy y vuelvo en seguida, voy corriendo, voy. Sin valijas, a escondidas, apenas apareció el tren se largó a la estación con rumbo a Bahía. El tren para Aracaju iba a pasar recién después de cuatro horas, no era loco para quedarse esperándolo, para quedarse un minuto más en aquella tierra fatal con una mujer enloquecida y desgraciada, ojalá que la viruela se la comiera entera.

V

*Vio cosas asombrosas en esos días el pueblo de Buquim.
Vio al director del puesto de Salud, joven graduado, huir en
tan desvergonzada fuga que hasta tomó un tren equivocado,
haciendo el trayecto hacia Aracajú tomando por Bahía, ex-
pulsado de la ciudad por la viruela negra. La corrida del fugitivo, descripta por el farmacéutico con lujo de detalles en
la informativa puerta de la botica, provocó risas en medio
del llanto por los muertos. ¿Adónde va tan apurado, eh,
doctorcito? Voy a Aracaju a traer vacunas. Pero ese tren
viene de Aracaju y va para Bahía. Cualquier tren me sirve,
cualquier camino, el tiempo urge. Pero las vacunas, doctorcito, las traje yo, las tengo acá, un stock suficiente para vacunar de cabo a rabo al estado de Sergipe y todavía sobra.
Pues que le hagan provecho, quédese también con los electores de Buquim y, si tiene dinero y capacidad para satisfa-
cerla, quédese con la muchacha, es de rechupete.*

*El pueblo de Buquim vio cosas asombrosas en esos días
de viruela de canudo. Vio a las putas de Muricapeba, singular y diminuto batallón, bajo el comando de Teresa Batista
desparramándose por la ciudad y los campos aplicando vacunas. Boa Bunda, la del colosal trasero, la flaca Maricota,
especial para los apreciadores del género esqueleto muy de
moda; Mao de Fada, apodada así en sus doncelleces por los
enamorados hasta que uno fue más allá de la mano y le hizo
el favor; Bolo Fofo, gorda fofa, para los gustadores del género colchón de carne, que hay de todos los gustos; la vieja
Gregoria, con sus cincuenta años de trabajo contemporá-
nea del doctor Evaldo, pues los dos llegaron a Buquim en la
misma fecha; la chiquilina Cabrita, con catorce años de
edad y dos de oficio, una sonrisa arisca. Cuando Teresa las
invitó, la vieja dijo que no, ¿quién iba a ser tan loco de
meterse en medio de la viruela? Pero Cabrita dijo sí, yo
voy. La discusión fue brava. ¿Qué vida iban a perder? ¿La
vida de una puta en el sertón, muerta de hambre, qué mierda vale? Ni la viruela quiere vidas tan inútiles, hasta la
muerte les ahorra. ¿Todavía no se hartó de su miseria,
Gregoria? Fueron las seis y aprendieron a vacunar con Teresa, Maxi y el farmacéutico, aprendieron rápido, para las
que trabajan de rameras todo aprendizaje es fácil. Reco-
gieron bosta en los corrales, lavaron la ropa apestada, lavaron con permanganato a los enfermos, pincharon pústulas,
cavaron fosas, enterraron gente. Las putas, ellas solas.*

El pueblo de Buquim vio cosas asombrosas en esos días

de la madre viruela. Vio a los apestados andando por las calles y caminos, puestos fuera de las fazendas, buscando el lazareto, muriendo en los caminos. Vio escapar a la gente, que abandonaba las casas por el miedo al contagio, sin rumbo, sin destino, el arrabal de Muricapeba quedó casi desierto. Dos fugitivos fueron a pedir refugio al campo de Clodó quien los recibió con la carabina en la mano, mándense a mudar, váyanse al infierno. Insistieron, hubo balazos, uno se murió en seguida, el otro todavía duró un poco, Clodó no sabía que ya estaba apestado, él, la mujer, dos hijos y uno adoptivo, no quedó ninguno, todos fueron a parar a la barriga de la viruela.

El pueblo vio todavía, asombrado, a la citada Teresa Batista levantar en la calle a un apestado, y con la ayuda de Gregoria y de Cabrita, meterlo en una bolsa de estopa y cargárselo al hombro. Era Zacarías, pero ni la vieja ni la chiquilla reconocieron al frustrado cliente de aquella noche, había sido echado junto con otros tres enfermos de la propiedad del coronel Simao Lamego. El coronel no quería contaminación en sus tierras, que se fueran a morir a la puta que los parió y no allí, amenazando a los demás trabajadores y miembros de la ilustre familia. Cuando Zacarías y Tapioca cayeron con la viruela, el coronel estaba de viaje, por eso ahí se quedaron los dos, Tapioca se murió en seguida no sin antes contagiar a tres. Con la llegada del patrón se terminó el dejar hacer, el capataz recibió terminantes órdenes y los cuatro enfermos, bajo la amenaza de un revólver, se arrastraron afuera de la casa. Tres se internaron monte adentro, buscando un lugar para morir en paz, pero Zacarías le tenía apego a la vida. Desnudo, las llagas en exposición, la cara hecha una sola pústula, viruela de canudo, visión del infierno, por donde pasaba, la gente le huía. Sin fuerzas se cayó en la plaza frente a la iglesia.

Con el auxilio de las dos putas, pues ningún hombre de la localidad, ni siquiera Maxi das Negras tuvo ánimo para tocar el cuerpo podrido del trabajador, Teresa agarró al hombre como un paquete y se lo puso a la espalda, cargándolo para el lazareto donde ya estaban, habiendo ido por sus propios pies, dos mujeres y un muchacho campesino, además de otros cuatro procedentes de Muricapeba. Atravesando la bolsa, el pus chorreaba por la ropa de Teresa, se escurría por su cuerpo.

W

—Se fue a pasar el week-end a la capital... —se reía go-
zoso el farmacéutico Camilo Tesoura al comentar la partida
del doctorcito, siguiendo su costumbre de deshacer la vida
ajena en plena epidemia—. Ahora, el director del Puesto de
Salud es Maxi das Negras y las enfermeras son las putas.

Hasta el farmacéutico terminó metiendo violín en bolsa
cuando Maximiano se le apareció con la cara picada por la
viruela.

A pesar de su revacunación al iniciarse la epidemia, acabó por recibir su cuota. Entonces Teresa Batista asumió la
jefatura exclusiva de la pelea, instaló a Maxi en la casa y
la cama del doctorcito, que estaba deshabitada desde que
Teresa se había ido a vivir con las muchachas a Muricapeba.

Bajo las órdenes de Teresa, fueron ellas quienes vacuna-
ron a la mayor parte de los habitantes de la ciudad y parte
de la población campesina. Como todas eran conocidas, porque allí vivían y allí ejercían, con relativa facilidad pudieron convencer a los remisos y a los obtusos. En el campo,
Teresa Batista tuvo que enfrentar al coronel Simao Lamego,
en cuya propiedad estaba prohibida la entrada de los vacunadores, detrás de la vacuna viene la viruela, decía el fazendeiro.

Sin hacer caso de la prohibición, Teresa entró a la propiedad sin pedir permiso, seguida por Maricota y Boa Bunda.
Después de una acalorada discusión, terminó por vacunar
al mismo coronel. No era hombre de golpear a una mujer
y la muchacha, hermosa como el diablo, no daba el brazo a
torcer, resuelta a no marcharse sin antes vacunar al personal. El coronel ya había oído hablar de ella, se había
enterado del caso del apestado que cargó a la espalda y llevó
al lazareto y al verla dispuesta a todo, enfrentándolo con la
mayor tranquilidad como si no estuviese delante del coronel
Lamego, comprendió que no era más que mezquina vanidad
tanto temor comparado con el coraje de la cabocla. Moza,
me ganó la partida, usted es el diablo.

Vacunar no fue nada, una dificultad aquí, otra allá, amenazas de golpes, insolencias, algunos incidentes, peleas de
verdad o de irse a las manos, solo tres o cuatro, no pasó de
allí. Lo duro era cuidar a los enfermos en sus casas y en
el lazareto, el farmacéutico hacía de médico, ellas realiza-
ban todo el resto: aplicaban permanganato, y alcohol alcanforado, pinchaban las pústulas con espinas de naranjo, lim-
piaban el pus, cambiaban las hojas de bananero colocadas

por debajo y encima de los cuerpos, en las camas, porque
con sábanas no hubieran dado abasto, rompían las pieles
tratando de que las ampollas se unieran unas a otras formando los canales típicos de la viruela de canudo. De todos
los alrededores, fazendas y establos traían bosta de buey y
la ponían a secar al sol. Después la distribuían por las casas
de los apestados para que la quemaran en las habitaciones,
pues el humo limpiaba las miasmas de la viruela y las pestilencias del aire. En esa hora suprema la bosta de buey era
perfume y medicina.

X

Con el chal a la cabeza, chal de rosas negras y coloradas,
regalo del doctor Emiliano Guedes en un remoto tiempo de
paz, de casa limpia y vida serena y mansa, allá se va Teresa Batista por los callejones de Muricapeba. Vive en una
casucha con Mao de Fada, cerca de las otras, en la zona
más pobre e infeliz del mundo, en el puterío más sórdido.
Pero en la ocasión ninguna ejercía el oficio, no por vanidad
ni porque estuvieran bien abastecidas ni tampoco porque
hubieran cerrado los burdeles por promesas, simplemente
los hombres tenían recelo de tocarlas. Estaban convertidas
en verdaderos pozos de viruela tan repletos que podían atravesar la epidemia incólumes al contagio a pesar de que lo
enfrentaban permanentemente, en las casas de los enfermos, en el horror del lazareto, en el contacto con las llagas
pustulentas, en la recogida de los muertos, en los entierros.

¿Cuántas sepulturas abrieron esas mujeres ocasionalmente ayudadas por algún solitario campesino? En la terrible
lucha, la viruela mataba con tal rapidez y eficacia que no
hubo tiempo ni manera de llevar tanto difunto hasta el
cementerio. Para los más desposeídos, las putas cavaron
pequeñas cuevas y ellas mismas enterraban los cuerpos. A
veces los urubús aparecían antes y no dejaban más que los
huesos para el funeral.

Dos se contagiaron, pero ninguna con la viruela negra
porque Teresa las había vacunado antes de iniciar las operaciones. Con irrupción muy fuerte pero no mortal, Bolo
Fofo tuvo que recogerse en la casa del doctorcito, ahora repleta de enfermos, lazareto de lujo en la sarcástica clasificación del boticario. Teresa iba por la mañana y por la

tarde a cuidar a Maxi y a la gordinflona, reducida a piel y huesos, la carne se le había hecho pus. También Boa Bunda apareció febril, con brotes en todo el cuerpo, una erupción débil, ni siquiera se metió en cama, prosiguió de pie atendiendo a la gente de Muricapeba donde la cosecha de muertos había batido el récord de la ciudad. Boa Bunda era una potencia de fuerza y energía, sin igual en el manejo de la pala para abrir los pozos.

Ninguna se murió, quedaron todas para contar la historia pero tuvieron que irse de Buquim a ganarse la vida en otras comarcas porque allí ya no tenían clientes. Se habían vuelto inmundas para los hombres del lugar, además de seguir siendo putas. Y andan por ahí, por el mundo.

También Teresa Batista se fue de Buquim cuando terminó la epidemia, pero no porque le faltaran proposiciones, muy al contrario. Viéndola pasar por el centro de la ciudad, con el chal a la cabeza, siempre ocupada con los remedios y menjunjes, permanganato, bolsas de estopa, un pico, enfermos y difuntos, el virtuoso presidente de la Cámara Municipal, en el cargo de la prefectura hasta las próximas elecciones, dueño de una fazenda, un negocio y electores, con dinero en préstamos e hipotecas, hasta entonces jefe impoluto de una familia compuesta de esposa y cinco hijos, fue tocado por tanta gracia y hermosura desperdiciadas en tan torpe servicio y se dispuso a seguir el ejemplo de tanta buena gente y establecerse con una manceba, ya que por lo demás, un Prefecto necesita tener representación: automóvil, chequera y concubina.

También se candidateó el coronel Simão Lamego, habitué de los concubinatos, y se insinuó el turco Squeff, establecido con bazar, un chivo en celo, y el farmaéutico, maestro en vidas ajenas, médico en las horas perdidas y sombrías.

¿Amigada? Nunca más, antes puta de puerta abierta en la pudrición de Muricapeba donde la epidemia no termina nunca sino que la viruela se transforma de negra en blanca, de madre en hija, y permanece como varicela benigna, enfermedad tonta del sertón, que deja ciegos a unos cuantos, fabrica ángeles pues es óptima para matar niños, mientras que a los adultos solo los ataca una que otra vez, por hábito, para no perder la costumbre y cumplir con su obligación.

Y

Ypsilon es una letra de eruditos y de embarulladores; por metida a defensora de pobres y curandera, llamaron a Teresa, Teresa do Ypicilone e Tal. En la fiesta de la macumba la aclamaban como Teresa de Omolu.

En la época de la viruela, la curandera Arduina no tuvo un instante de reposo, ganaba sus monedas rezando, conjurando la enfermedad, curando a algunos ya contagiados, no a todos, claro, porque solo podía salvar a aquellos en cuyos pechos no hubiese entrado el miedo, en consecuencia, muy pocos. Fue cuando el pai-de-santo Agnelo no dejó de darle a los atabales y de sacarle canciones a Obaluaié, aun cuando las filhas-de-santo se redujeron a tres, pues las demas habían huido o estaban en el lazareto. Tal como se dijo, el Viejo no faltó en la emergencia y montado en Teresa Batista, Omolu expulsó la viruela de Buquim y venció a la peste negra.

Así es que cuando de Aracaju arribó un equipo compuesto de dos médicos y seis enfermeros diplomados para vencer la irrupción de viruela, se encontraron con que ya estaba vencida, aunque en el lazareto todavía seguían gimiendo dos enfermos, hacía más de una semana que no se registraba un nuevo caso ni había muertos para enterrar. Circunstancia casual que no impidió que los componentes del equipo fuesen elogiados como es debido en un comunicado oficial muy entusiasta de la Dirección de Salud Pública, por el coraje y por la devoción puestos a prueba en la definitiva erradicación de la viruela del estado de Sergipe. Igualmente se hizo justicia con el joven doctor Oto Espinheira, quien al frente de la dirección del Puesto de Salud de Buquim había tomado las providencias iniciales y decisivas para obstaculizar el avance de la epidemia, debiéndose a su competente dedicación, comprobada por todos, la organización de la lucha y el incansable combate del mal.

—Quisiera ver si el doctorcito Week-end todavía tiene coraje para volver por aquí... —bromeó el farmacéutico Camilo Tesoura, pero por su lengua contumaz nadie le prestó oídos y el director del Puesto, de vacaciones en Bahía, ganó la prometida promoción. Prometida y justa.

Habiendo el padre de la apresurada Juraci adherido al nuevo gobierno, también la hija fue promovida, pasando a enfermera de primera clase por los relevantes servicios prestados a la colectividad durante la irrupción de viruela en Buquim, y en seguida se casó pero no fue feliz, porque su naturaleza agria no le permitía una convivencia alegre. Solo Maxi das Negras no tuvo promoción y siguió como simple cuidador, feliz de haber escapado con vida, con una historia para contar y un recuerdo.

La gente volvió a sus casas, de nuevo se vieron chicos y perros merodeando por las montañas de basura de Murica-peba en busca de restos de comida. Los urubús se esparcie-ron por el campo, de cuando en cuando desenterraban algún sepultado metido casi a flor de tierra y en él mataban su hambre.

En agradecimiento y júbilo se realizaron dos ceremonias religiosas.

En el sitio de Agnelo, en Muricapeba, Omolu tuvo su fies-ta y su baile en medio del pueblo, al ritmo de opanigé [1]. *Primero bailó Ajexé, Omolu apestado, que muere y renace en la viruela, cubriendo con un paño las pústulas del rostro; después bailó Jagun, Obaluaié guerrero, el manto color ma-rrón como la viruela negra; al final bailaron juntos y el pueblo saludó al Viejo con la mano en alto repitiendo, ¡atotó, padre mío! Vinieron los dos Omolus y abrazaron a Teresa, era de los suyos, le limpiaron el cuerpo y lo cerraron a toda y cualquiera peste para la vida entera.*

La procesión salió de la iglesia matriz llevando al frente al vicario y al prefecto interino, los dos notables cargaban las tablas con las imágenes de San Roque y de San Lázaro, Obaluaié, Omolu de los blancos, y un gran acompañamiento popular. Fuegos artificiales, rezos, canciones, las campanas repicando alegremente.

Para irse de Buquim donde ya no tenía nada más que hacer, Teresa Batista tuvo que vender algunas chucherías de su pertenencia al turco Squeff, candidato a amante si se diera el caso pero no se dio. Nunca más amante, ni siquiera compañera de aventuras, en busca de placer y tranquilidad, nunca más. Teresa a quien la muerte · no había querido, abandonada por la viruela, ah, consumida por dentro por la fiebre, con un puñal clavado muy hondo en el pecho, va a partir hacia el mar para ahogarse. ¡Ay! ¿Januario Gereba, pájaro gigante, dónde estarás? Ni la muerte me quiso cuan-do fui desesperada a buscarla en medio de la viruela negra, sin ti, Janu de mi amor, ¿de qué me sirve la vida? Al menos quiero estar donde estás vos, seguir escondida tu rastro, mirar desde lejos el perfil de tu barco, padecer tu ausencia en la travesía, ¡ay! ¿a qué horario pasa el tren para Bahía?

---

1 *Opanigé:* una de las danzas que se bailan en las ceremonias del culto nagó de Bahía.

También Teresa quiere huir de la nostalgia atroz, de la desesperación.

Desde el atrio de la iglesia las beatas vieron pasar a Teresa Batista rumbo a la estación, sola. Una dijo y todas estuvieron de acuerdo:

—Mala hierba nunca muere. Murió tanta gente honrada y esa vagabunda que se metió hasta en el lazareto, no se contagió. Por lo menos la viruela podía haberle picado la cara.

Z *

Zacarías se curó, le tenía apego a la vida y hasta hoy no sabe cómo fue a parar al lazareto. A no ser que haya leído algo en alguna novela de cordel, sobre la peste de la viruela, pues se escribieron muchas y se desparramaron y recorrieron el mundo, muchos cantores y versificadores se ocuparon de ella poniendo en rima el triste relato del llanto, la pus y la muerte. Varios impresos se venden en las ferias del nordeste, pero ninguno más verdadero que este abecé que aquí se acaba porque ya se le terminó el tema.

Sin embargo, antes de terminar, repito y crean los que quieran creer, quienes atajaron a la viruela negra suelta por las calles de Buquim fueron las putas de Muricapeba lideradas por Teresa Batista. Con sus dientes limados y el diente de oro, Teresa masticó a la viruela y la escupió en los matorrales, la viruela salió volando hacia el tren en desalentada fuga rumbo al río San Francisco, una de sus moradas preferidas, mientras el pueblo volvía a sus casas solitarias. En una escondida gruta la viruela aguarda otra oportunidad. Si no toman providencias un día volverá para acabar con el resto del pueblo. ¿Y dónde encontrar para encabezar la velea a otra Teresa da Bexiga Negra?

* *Nota del Traductor:* El lector habrá advertido cómo Jorge Amado encabeza cada parte de este capítulo con una letra que es inicial de la primera palabra, lo que constituye una popular forma poética de la literatura oral brasileña. Tratamos de respetar esa forma, pero fue imposible hacerlo en todos los casos.

273

LA NOCHE QUE
TERESA BATISTA
DURMIO CON LA MUERTE

1

Ay, Teresa, gime el doctor Emiliano Guedes desprendiéndose del beso, con la cabeza de plata recostada sobre un hombro de la amante. Todavía en la plenitud del goce, Teresa advierte en los labios el gusto a sangre y en el brazo el apretón de una garra, la cabeza caída sobre su hombro, en la boca entreabierta la baba rosada, siente el peso de la muerte sobre su cuerpo desnudo. Teresa Batista abrazada con la muerte, teniéndola sobre su pecho y su vientre, penetrándole entre las piernas, haciendo con ella el amor. Teresa Batista acostada con la muerte.

2

¿Acaso no es así? El rengo señala al lisiado y el desnudo al desarrapado. Criticar es fácil, nada más simple y agradable que sacar al sol los defectos ajenos, mi joven amigo. Decir que Teresa Batista no cumplió su palabra y dejó a todo el mundo con la fiesta preparada y sin festejo, con la comida en la mesa, aquel mundo de botellas de vino, no cuesta nada; pero buscar los motivos de ese proceder, eso sí que da trabajo, eso no es para cualquiera.

Joven amigo, debajo del ángel siempre hay carne, quien busca y rebusca encuentra lo bueno. Quien quiere saber cómo fue de verdad algún hecho, tiene que volverse entrometido, salir a preguntar a todo el mundo, así como usted

*está haciendo ahora. No se preocupe si algún maleducado
le da la espalda y no presta atención a su pedido, despré-
cielo. Siga buscando el nudo de la cosa meta la mano en
lo lindo y en lo feo, en lo limpio y en lo sucio. No se aflija
si toca la bosta o la pus, suele suceder. Pero no crea todo lo
que le dicen, esté atento a quién es el que habla, no salga
por ahí creyéndose todo, porque hay mucha gente que habla
por hablar, sin saber, que inventa lo que no ocurrió. Nadie
quiere confesar ignorancia, consideran una vergüenza no
conocer todos los momentos de la vida de Teresa. Tenga
cuidado, que como usted es joven, fácilmente lo van a engañar.*

*Lo que es de mí, joven amigo, yo le digo que lo que pasó
en el puerto de Bahía, donde me crié y me hice hombre escuchando y aprendiendo, le puedo dar algunos datos sobre
Teresa y sus complicaciones, la orden de disolución, la huelga, la ignorancia de la policía, la cárcel, el casamiento y el
mar sin cerrojo y sin fronteras, atropellos de la lucha y del
amor. Soy viejo pero todavía puedo hacer hijos, ya junté
más de cincuenta en mi embarullada vida, ya fui rico, tuve
docenas de lanchas surcando el golfo, hoy soy pobre de solemnidad, pero cuando entro en el sitio de Xangó todos se
levantan y me piden la bendición, soy Miguel Santana Obá
Aré y por Teresa pongo las manos en el fuego sin el menor
recelo.*

*Teresa nunca cobijó en su pecho la traición ni tuvo fal-
sedad. Con ella se abusaron. Ni por eso se doblegó a su
mala estrella, nunca se consideró víctima de un embrujo
ni cosa fea, perdida la esperanza ¿se entregó? No lo puedo
afirmar, amigo, vea qué difícil es dar información auténtica.
Pensándolo bien, creo que ella debe de haber llegado, después del asunto de la huelga y las funestas noticias del mar
distante, al cansancio y la indiferencia, puertos ruines donde
se pudren los barcos abandonados como mis lanchas. Tan
cansada y harta de la vida, decidió terminar de una vez,
aceptó la propuesta y ordenó la fiesta. Esa historia del casamiento de Teresa Batista yo se la puedo contar, mi amigo,
porque desempeñé el papel de padrino y conozco toda la
trama, y siendo amigo de la otra parte, fíjese, le doy la razón a la muchacha, vea lo que son las cosas.*

*Andaba desanimada, sin esperanzas, entregada a lo que
viniera, como ejemplo, vea que oyó una porquería largada
por un muchachote y ni le llevó el apunte, no se enojó, ya
estaba cansada de todo, hasta de pelear. Pero si es que
se sintió así fue cosa transitoria, bastó que empezara a*

soplar la brisa de lo recóndito y de nuevo fue Teresa toda entera, sonriente y a toda vela.

Del casamiento si le puedo hablar; de la huelga del burdel cerrado y de la manifestación de las prostitutas frente a la iglesia, de la carga de la policía y del resto, de todo eso le voy a dar cuenta y siendo pobre pero habiendo sido rico, le ofrezco de comer moqueca de primera en el restaurante de la finada María de São Pedro, en los altos del Mercado. Lo que no puedo contarle, así como usted me lo pide, es sobre la vida de Teresa como amiga en vida y muerte del doctor. De eso no puedo afirmarle nada, porque solo lo conozco de oídas. Si usted quiere realmente saber cómo fue, allá puede irse a Estancia donde pasaron las cosas. El viaje es un paseo, la gente es buena y el lugar es lindo, allí se juntan los ríos Piauí y Piauitinga para formar el río Real y separar a Sergipe de Bahía.

3

Cerrando la larga e imprevista conversación de aquella noche dominguera, el doctor Emiliano Guedes susurró:

—Cómo me gustaría ser soltero para casarme contigo. No porque eso signifique nada de lo que significas para mí. —Las palabras eran música en sordina, la voz familiar inesperadamente tímida, muy tímida al oído de Teresa—. Mi mujer...

Repentina timidez de adolescente, de afligido postulante, criatura sin protección, en absoluta contradicción con la personalidad fuerte del doctor, acostumbrado al mando, seguro de sí, directo y firme, insolente y arrogante cuando era necesario, aunque las más de las veces cordial y gentil, una dama en la finura de su trato, señor feudal de tierras, cañaverales y fábrica de azúcar, pero también capitalista de la ciudad, banquero, presidente de consejos de administración de empresas, bachiller en derecho. No era la timidez un atributo del carácter del doctor Emiliano Guedes, el mayor de los Guedes de la Fábrica Cajazeiras, del Banco Interestadual de Bahía y Sergipe, de la Eximportex, S. A. de todo eso el verdadero dueño, emprendedor, osado, imperativo, generoso. Tanto como las palabras, el tono de su voz enterneció a Teresa.

Allí, en el jardín de las *pitangueiras*, la luna enorme de

Estancia echaba oro sobre los mangos, *abacates* [1] y *cajus*, el aroma del jazmín del cabo volaba con la brisa que venía del río Piauitinga, después de haberle dicho, con amargura, ira y pasión lo que jamás pensó en decir a nadie, ni pariente ni socio o amigo, lo que jamás Teresa imaginó poder oír (aunque había adivinado muchas cosas en el correr del tiempo), el doctor la abrazó y besándole los labios, dijo con voz conmovida y embargada de emoción: Teresa, mi vida, mi amor, solo te tengo a ti en el mundo...

Después se levantó, alta estatura de árbol, árbol frondoso, de acogedora sombra. En el transcurso de esos seis años, los cabellos grises y el gran bigote se habían blanqueado, pero la cara todavía era lisa, la nariz ganchuda; los ojos penetrantes y el cuerpo duro no demostraban los sesenta y cuatro años ya cumplidos. Una sonrisa avergonzada, tan diferente de su risa abierta, el doctor Emiliano mira a Teresa a la luz de la luna, como pidiéndole disculpas por el trato áspero, de tristeza y hasta de cólera que había marcado la conversación, por lo demás, una conversación de amor, de puro amor.

Todavía echada en la red, tocada hasta el fondo, tan al fondo que siente los ojos húmedos y el corazón lleno de ternura, Teresa quiere decir tantas cosas, expresar tanto amor, pero a pesar de lo mucho que había aprendido en su compañía en esa media docena de años, aún así no encontraba las palabras exactas. Toma la mano que él le extiende, sale de la red hacia los brazos del doctor y de nuevo le ofrece sus labios, ¿cómo decirle marido, amante, padre, amigo, hijo, hijo mío? Deja la cabeza sobre mi pecho y descansa amor mío. Una cantidad de emociones y sentimientos, respeto, gratitud, ternura, amor, pero compasión jamás. Compasión no quiere ni pide, es una roca dura. Amor sí, amor y devoción, ¿cómo decirle tantas cosas al mismo tiempo? Deja la cabeza sobre mi pecho y descansa, amor mío.

Más allá del aroma embriagante de los jazmines, Teresa siente en el pecho del doctor su discreto perfume a seca madera que había aprendido a apreciar, todo lo había aprendido con él. Al terminar el beso, sólo dijo, Emiliano, amor mío, Emiliano. Y para él fue suficiente, sabía todo lo que significaba, pues siempre lo había tratado de señor, jamás lo había tuteado y solo en los momentos del supremo goce, en la cama, se permitía confesarle su amor. Superaban los últimos obstáculos.

1 *Abacate:* fruto comestible del *abacateiro*, planta de la familia de las hipocrateáceas.

—Nunca más me tratarás de doctor, sea donde fuere.

—Nunca más, Emiliano. —Habían pasado seis años desde la noche en que la retiró del prostíbulo.

Con la fuerza de sus sesenta y cuatro años vividos intensamente, Emiliano Guedes, sin aparentar esfuerzo, levanta a Teresa en sus brazos y la lleva a la habitación a través de la luz lunar y la fragancia del jazmín del cabo.

Una vez la habían cargado así, bajo la lluvia, en la casa del capitán, igual a una novia en su noche nupcial pero fueron unas nupcias falsas y traicioneras. Hoy la lleva el doctor y esa noche de amor casi nupcial fue precedida de largos años de tierna convivencia, lecho de delicias, amistad perfecta. Quién me diera ser soltero para casarme contigo. Ya no amante, manceba con casa puesta. Esposa, verdadera esposa.

En esos seis años no hubo un solo momento en que el placer en la cama no fuese perfecto, de un deleite absoluto. Desde la primera noche, cuando Emiliano la fue a buscar a la pensión de Gabi y sentada a la grupa de su caballo se la llevó campo afuera. Maestro refinado, en sus manos sabias y pacientes, Teresa floreció en mujer incomparable. Esa noche de los jazmineros en flor, noche de confidencias e intimidades sin límites, en la cual el doctor abrió su corazón, lavó su pecho rompiendo la dura costra del orgullo, cuando Teresa fue refugio para el desamparo, bálsamo para el desencanto, alegría que apagó la tristeza y la soledad, cuando la clandestina casa de la amante se convirtió en hogar y ella en la esposa, en esa única noche de paz con la vida, el desvelo envolvió el placer y lo hizo extremo.

Durante un rato cambiaron juegos de novios en sus nupcias, antes de partir en cabalgata el caballero y su montura, el doctor Emiliano Guedes y Teresa Batista. Cuando el doctor se irguió para montarla, Teresa lo vio como lo había conocido en el campo del capitán, mucho antes de vivir con el: montado en un ardiente caballo, la mano derecha con el rebenque de plata, la izquierda atusándose el bigote, traspasándola con sus ojos taladrantes, entonces se da cuenta de que lo quiere desde entonces, esclava muerta de miedo, había osado mirar a un hombre. Por primera vez.

Desnuda pero cubierta de besos, anhelante, lo recibió con sus brazos y sus piernas y lo prendió contra su vientre, la cabalgata irrumpe por los prados infinitos del deseo. Galope incansable por sierras y ríos, subiendo, bajando, cruzando caminos, estrechos senderos, venciendo distancias, crepúsculos y auroras, por la sombra y por el sol, bajo la luna amarilla, en el calor y el frío, en un beso de amor eterno, Emiliano, amor mío, juntos tocan en el momento exacto el destino de la miel. Las lenguas se enroscan, el abrazo se aprieta más cuando los cuerpos se abren y se desunen. Ay, Teresa, exclama el amante y cae muerto.

4

Al salir de la cama Teresa apenas siente el peso de la muerte sobre su vientre y su pecho, el último estertor del amante, un gemido, ¿de dolor o de placer? Ay, Teresa dice y muere, en la plenitud del amor, el compañero ya muerto y ella todavía deleitándose en el placer, deshaciéndose del néctar hasta sentir el peso de la muerte. No puede gritar ni pedir socorro, el pecho, la garganta, la boca sucia de la sangre de la otra boca, hasta en la muerte se siente la manera del doctor al elegir su hora última con la debida discreción.

Solo fueron unos minutos durante los cuales Teresa Batista se sintió maldita y loca, con la muerte como amante, como compañera de cama y goce. Los ojos fuera de las órbitas, muda y perdida, inmóvil ante el lecho de blancas sábanas lavadas en agua de alhucema, no ve al doctor a quien le había fallado el corazón, gastado por las decepciones y el orgullo, ve a la muerte expuesta en su goce. Teresa lo había tenido pecho contra pecho, con los brazos y las piernas la había prendido a su vientre, la muerte la había penetrado, se le entregó y la recibió.

La fiesta ya había terminado. De pronto fue la muerte, solamente la muerte, instalada en la noche, extendida en la cama, arrodillada sobre el vientre y el destino de Teresa Batista.

5

Con un gran esfuerzo, Teresa se pone un vestido, va a despertar a Luna y Nina, los dos criados. Debe de tener aspecto de loca porque la mujer se alarma:

—¿Qué pasó, señora Teresa?

Lula aparece ante la puerta del cuarto, trata de ponerse la ropa. Teresa consigue decir:

—Vaya corriendo a llamar al doctor Amarilio, dígale que es urgente, que el doctor Emiliano está muy mal.

Lula sale corriendo a la calle, Nina por la casa, semivestida, con los trapos de dormir, santiguándose. En el dormitorio toca las sábadas manchadas de semen y muerte, se lleva una mano a la boca para tapar las exclamaciones, ¡ay, el viejo se murió cogiéndola, montado en ella, en la condenada!

Teresa viene a paso lento, todavía no recuperó el pleno dominio de sus piernas y de sus emociones. Todavía no se detiene a pensar en las consecuencias del hecho. De rodillas a los pies de la cama, Nina dice una oración y de reojo observa la cara de piedra de la patrona, patrona allá para él, para ella solo una criada del doctor. ¿Por qué esa renegada no se pone de rodillas a rezar también, a pedirle perdón a Dios y al muerto? Nina se esfuerza por sacarse lágrimas, testigo de los arrebatos juveniles del viejo ricacho, para ella esa muerte en situación tan singular no constituye ninguna sorpresa. Tenía que terminar así, de congestión. Nina le había dicho y repetido a Lula y a la lavandera, un día estira la pata en la cama pero encima de esa, cogiéndola.

En los últimos tiempos el doctor nunca pasaba más de diez días lejos de Estancia y cuando por fuerza se retrasaba, se quedaba allí el doble de tiempo, la semana entera, noche y día pegado a las polleras de Teresa, mamándole los pechos, gozando con la perdida. Viejo loco, sin saber medir sus fuerzas, las desperdició con mujer joven y fogosa, sin mirar a ninguna otra, todas se le ofrecían, empezando por Nina, y él, enamorado de esa perdida, sin pensar en sus años ni en las familias honestas, pues no satisfecho de recibir en la casa de la amante las visitas del prefecto, del comisario, del juez y hasta del padre Vinicius, salía con ella del brazo por la calle, iban hasta el puente sobre el río Piauí o a bañarse juntos a las cascadas del oro, en el Piauitinga, la desvergonzada de malla, mostrando todo el cuerpo y él prácticamente desnudo, solo con las pelotas tapadas por un minúsculo short, indecencias de extranjera que viene a corromper las buenas costumbres de Estancia. Así desnudo, el viejo todavía parecía duro, hermoso, todavía un hombre en buen uso, de edad sin embargo, más de cuarenta años lo separaban de Teresa. Tenía que pasar eso, Dios es bueno pero sobre todo es justo y nadie adivina la hora del castigo.

Viejo fogoso. Por más fuerte y eficaz que pareciera ya iba a cumplir los sesenta y cinco. Nina se lo había oído decir la antevíspera al doctor Amarilio, en la comida, sesenta y cínco bien vividos, querido Amarilio, trabajando y gozando los placeres de la vida. De tristezas y disgustos no hablaba, como si no los hubiese tenido. Hombre gastado hacéndose el joven, fingiéndose un garañón en la cama, en el sofá de la sala, en la red, en cualquier lugar y momento, en un incontinente abuso digno de quien tiene dieciocho años, y además, que en la vejez se le termina a todos los hombres y a él parece que no, pecador empedernido.

En las noches de luna, la luna de Estancia enloquecida en oro y plata, cuando Nina y Lula se recogían a dormir, los dos viciosos, el caduco y la desvergonzada, ponían una estera debajo de los árboles, mangos centenarios, y ahí hacían de todo, dejando el lecho de jacarandá con colchón blando y sábanas de lino fino del dormitorio para ir a la naturaleza. Nina entreabría la puerta de atrás y a la luz de la luna divisaba el embate de los cuerpos, escuchaba en el silencio de la noche los gemidos, los ayes, las palabras entrecortadas. Tenía que terminar con una congestión cerebral, el doctor era de sangre fuerte. Sereno, raras veces se exaltaba, pero cuando sucedía que se contrariaba o se enojaba, la sangre le subía a la cabeza, se le ponía la cara colorada, los ojos inyectados, un rugido en la voz, era capaz de cualquier desatino. Sólo una vez lo vio Nina así, cuando un vendedor de *inhame* y *aipim* le faltó el respeto, agarró al tipo por el cogote, lo abofeteó. Pero había bastado un gesto y una palabra de Teresa para hacerle suspender el castigo y recomponerse, mientras el atrevido, con la garganta marcada por los dedos del doctor salía disparando dejando abandonada la cesta de hierbas y raíces. Teresa le había pedido a Nina un vaso de agua y cuando lo trajo, la criada los encuentra a los besos y los arrumacos, la cabeza del doctor apoyada en el cuello de la muchacha. Una raquítica criatura apareció después para recoger la cesta y pedir disculpas porque ese atrevido siempre andaba dándole disgustos y esta vez al fin, alguien le daba una lección.

¿Por qué se queda Teresa parada ahí, sin rezar por el alma del muerto? Hombre derecho y bueno, sin duda, pero muerto en pecado mortal, montado en la amante, siendo casado y padre de hijos y abuelo de nietos. Para salvarle el alma hay que rezar mucho, darle muchas misas, muchas promesas, muchos actos de contricción y de caridad, ¿y quién debe pedir más que la hereje? Rezar y arrepentirse de su vida errada en compañía del marido de otra en la inmoralidad de exigirle al viejo lo que no podía. Ella y nadie más tiene la culpa de la congestión.

Viejo verde, haciéndose pasar por competente, poniéndose a la altura de la situación con mujer de veinte años en la casa, fogosa, nunca satisfecha, necesitada de macho fuerte y joven, hasta de más de uno. ¿Por qué la viciosa no se había buscado un amante entre los jóvenes de la ciudad, economizando así las fuerzas del viejo obcecado? Tan viciosa y haciéndose la honesta, guardándose intacta para el viejo, y las llamas consumiéndola. En el pecado de la carne, el peor de todos como es sabido, la perdida esa había matado al ricacho, quién sabe en el apuro de recibir la pija.

¿Por qué no se pone de rodillas y reza por el alma del pecador? Que no solo necesita sino que también se merece las oraciones, los rosarios, las letanías y las misas cantadas. Nina tiene por costumbre prestar oídos a las conversaciones mientras barre la casa y acomoda las cosas y atiende y sirve. En el comienzo de esa noche, al llegar al jardín con la bandeja de café, oyó referencias al testamento en la conversación del doctor con la puerca. ¿Por qué esa impía no se lastima, no se cubre la cabeza con cenizas, no estalla en llantos y gritos, no lo aparenta por lo menos? Se queda allí, parada, muda, distante. Por lo menos debía darle una satisfacción al mundo mientras espera el testamento y su parte para gozar de la vida, en Aracaju o en Bahía, gastándose la plata del viejo verde con un joven capaz de aguantarle sus reclamos insaciables. Cantidad considerable con seguridad, dinero robado por la indigna a los hijos y a la legítima esposa, a quien por derecho les correspondería toda la herencia. Rica y libre, la vividora, uno de los peores pecados del mundo.

Sinvergüenza, sin moral, sin corazón, después de haberlo exprimido hasta matarlo, ni siquiera como agradecimiento por la generosidad, por los desperdicios del difunto millonario, ese mano abierta, loco por ella, ni siquiera para agradecerle el testamento le reza un ave maría, derrama una lágrima, en los ojos secos tiene una luz extraña, allá en el fondo, un carbón ardiente. Nina reniega del viejo y la maldita, en medio de sus contritos rezos.

6

Nina se había marchado para arreglarse y hervir agua y Teresa se queda sola en el dormitorio, esperando al médico, se sienta a un costado de la cama y toma la mano inerte de

Emiliano y en voz de tierno acento, le dice todo lo que no supo decirle en el comienzo de la noche, en el jardín, bajo la copa de los árboles, a la luz de la luna, en la red mientras se balanceaba levemente, y conversaban los dos, conversación inesperada y sorprendente para Teresa, para el doctor la última de su vida.

Siempre tan reservado en asuntos de familia, de pronto Emiliano se puso a relatar una historia triste, con disgustos a granel, falto de comprensión y de cariño, en una espantosa soledad hogareña, sin afecto, la voz lastimada, triste, colérica. En verdad no tenía más familia que Teresa, su única alegría ante la que se confesaba finalmente viejo y cansado, pero sin imaginar que ya estaba a las puertas de la muerte. Si lo supiera habría anticipado la conversación y las providencias anunciadas. Teresa nunca le había pedido ni reclamado nada, le bastaba la presencia y la ternura del doctor.

¡Ay, Emiliano! ¿cómo vivir sin esperar tu llegada siempre imprevisible, sin correr a la puerta del jardín al reconocer tus pasos, al oír tu voz de amo, sin refugiarme en el remanso de tu pecho y recibir tu beso, sintiendo en los labios la picazón del bigote y la punta cálida de la lengua? ¿Cómo vivir sin ti, Emiliano? No me importan la pobreza y la miseria, el duro trabajo, el prostíbulo de nuevo, la vida errabunda, sólo me importa tu presencia, tu ausencia, no oír más tu voz, tu risa franca rodando por las habitaciones, tus palabras, no sentir el contacto de tus manos suaves y pesadas, lentas y rápidas, ahora frías manos de muerto, ni el calor de tus besos, la certeza de tu confianza, el privilegio de tu compañía. La otra será la viuda, yo me quedo viuda y huérfana.

Solo hoy supe que fue amor a primera vista lo que sentí por ti, me di cuenta de repente. Al verte llegar al campo del capitán, todo vestido de plata, el famoso doctor Emiliano Guedes, el de la fábrica Cajazeiras, vi a un hombre y lo encontré hermoso, nunca antes me había fijado en otro. Ahora sé que solo me queda recordar. Nada más me queda, Emiliano.

Cabalgando una negra montura, arreos de plata brillantes al sol, botas altas y don de mando, así lo vio Teresa cuando se acercaba a la casa de campo y aunque era una simple muchachita, ignorante, esclavizada, advirtió la distancia que lo separaba de todos los demás. En la sala le sirvió café y el doctor Emiliano Guedes, pasado un rato, de pie, con el rebenque en la mano, se atusó el bigote y la miró de arriba abajo. A su lado el terrible capitán no era nadie, un siervo a sus órdenes. Sintió el peso de los ojos del industrial y se le encendió por dentro una chispa que el doctor presintió. Yendo con el atado de ropa al río, todavía lo avistó galopando por el camino, sol y plata, era la altanera visión en que Teresa se lavó los ojos de la mezquindad que la rodeaba.

Tiempo después, al conocer a Dan, se apasionó con él, se puso como loca, la cabeza ida por el estudiante bonito y seductor, y lo comparaba sin darse cuenta con la figura del industrial. Todo había sucedido en una época desolada; cuando el capitán apareció en el dormitorio inesperadamente, con sus cuernos y la correa, el doctor Emiliano Guedes andaba como turista por Europa con su familia y al regresar a Bahía, meses después, se enteró de los sucesos de Cajazeiras do Norte. Beatriz, una parienta, lo fue a buscar desesperada al desembarcadero, eres el jefe de la familia, primo. Hembra insaciable con quien había dormido en los idus de marzo, antes de que se casara con el bestia de Eustaquio, llena de pánico, pidiéndole su intervención y su auxilio:

—¡Daniel se metió en un lío terrible, primo! No, no se metió, lo envolvieron, primo Emiliano, fue víctima de la peor de las rameras, de una serpiente.

Quería excluir al hijo del proceso en el cual el juez sustituto, un canalla, lo había envuelto en calidad de cómplice y en posición ridícula; es aquel candidato a la vacante de juez en Cajazeiras que fue posteragdo en beneficio de Eustaquio, precisamente a pedido de Emiliano, ¿te acuerdas, primo? ahora se venga en el pobre muchacho, el desalmado, exige que el fiscal incluya a Daniel en la acusación junto con la prostituta. Además, quería la transferencia del marido a otro lugar, pues en Cajazeiras do Norte ya no le sería posible continuar en paz en el ejercicio de la justicia y de los sonetos, Eustaquio no quiere volver y tiene razón, pero tampoco puede permanecer en la capital en licencia eterna y volver un infierno la vida de toda la familia. Doña Beatriz le pide finalmente al querido primo un pañuelo limpio para enjugar sus lágrimas de esposa y madre, con tales disgustos no hay plástica que aguante, primo.

Al identificar a Teresa en el confuso relato de doña Beatriz, el doctor tomó las providencias necesarias para la seguridad de la muchacha antes de ocuparse de los asuntos familiares y desde Bahía se comunicó con Lulu Santos en Aracaju. Amigo de confianza y de probada dedicación, el abogado era un mañoso conocedor de las mallas de la ley.

saque a la muchacha de la cárcel y póngala a salvo, en lugar seguro, termine con ese proceso, hágalo archivar.

No fue difícil sacar a Teresa de la cárcel. Era menor de edad, poco más de quince años, su prisión en una cárcel común constituía una monstruosa ilegalidad, sin hablar de las palizas. El juez atendió de inmediato el pedido y se lavó las manos, él nunca había mandado que se la golpeara, eso era cosa del comisario, un amigo del capitán. En cuanto a archivar el proceso, se mantuvo irreductible, dispuesto a continuarlo hasta el fin. Como Cajazeiras do Norte pertenecía al estado de Bahía y Lulu Santos era matriculado en Sergipe no quiso insistir. Internada Teresa en el convento de las monjas comunicó al industrial la recusación del juez sustituto y se marchó a Aracaju a la espera de nuevas órdenes.

Ignorando la intervención del doctor y puesta de acuerdo con Gabi que fue a hablarle al convento pareciendo compadecerse de su suerte, Teresa se escapó y entró en la vida

7

Viejo gordo, risueño y comilón, recetaba dietas a los otros, mientras él devoraba de todo, en esos seis años, el médico Amarilio Fontes se había hecho amigo íntimo del doctor y comensal habitual a la mesa abundante y sabrosa de Teresa. En cada estadía de Emiliano iba a regalarse con comidas sin igual; en Estancia, sólo en la casa de Joao Nascimento Filho se comía tan bien, pero los vinos y licores franceses traídos por el doctor de Europa, ¡ah! eran incomparables. El industrial iba cada vez más a Estancia y permanecía más tiempo. Un día, querido Amarilio, vendré para quedarme, no hay tierra mejor para envejecer tranquilo que la de Estancia.

A la puerta golpea las manos por fórmula. Va entrando sin esperar permiso, la llamada lo había alarmado. Esos hombres fuertes inmunes a las enfermedades, que parecen hechos de acero, cuando se enferman es de algo grave. Al escuchar las palmadas del médico, Teresa salió del dormitorio y fue a su encuentro. Al ver a la muchacha, el doctor Amarilio se alarmó más todavía.

—¿Es tan grave, comadre? —la llamaba comadre afectuosamente, como médico oficial de la casa había atendido a Teresa en oportunidad de un aborto y desde enonces la llamó así.

Desde la cocina llegaban las voces ahogadas de Lula y Nina. Teresa toma la mano extendida del médico:

—El doctor Emiliano se murió.

—¿Qué?

Se precipita el doctor Amarilio al dormitorio. Teresa enciende la lámpara junto al confortable sillón donde Emiliano se sentaba a leerle en voz alta, Teresa sentada en el suelo, a sus pies. El doctor Amarilio toca el cuerpo, la sábana mojada, ay, pobre Teresa. Muda y ausente, Teresa recuerda minuto a minuto los años transcurridos.

8

Al llegar a Cajazeiras do Norte y saber que Teresa estaba en la pensión de Gabi, la reacción del doctor fue de irritación y mal humor. Decidió dejarla librada a su suerte, esa fulana no valía la pena. Que el doctor Emiliano se tomara el trabajo de molestar a un amigo, un abogado capaz y astuto, de hacerlo venir desde Aracaju para sacarla de la cárcel y de la circulación, de ponerla en lugar seguro y la idiota, en vez de mantenerse a la espera, salía corriendo para el prostíbulo con su irreprimible vocación de perdida. Que la ejerciera entonces.

En el fondo, el despecho del doctor no se originaba en la manera como había actuado Teresa sino en el engaño que se había formulado él mismo al juzgarla digna de protección. Al encontrarla en el campo de Justiniano, le pareció descubrir en los ojos negros de la chiquilina un raro y significativo fulgor. También el relato de lo que sucedió después, aunque confuso y parcial en las bocas de Beatriz y de Eustaquio, le confirmaron aquella buena impresión inicial. Se había equivocado por más increíble que parezca, pues la tipa se revelaba como una ramera de la peor estirpe, tenía razón la prima Beatriz, tan lujosa y maternal. El fulgor de los ojos no había sido nada más que un rayo de sol que le iluminó la vista. Paciencia.

Como la capacidad de conocer y apreciar a las personas era un elemento fundamental para el mando que ejercía el doctor, señor de tierras y dueño de industrias, banquero además, y estaba orgulloso de acertar siempre al juzgar a las personas a primera vista, por eso mismo, le era difícil ocultar su enojo cuando se equivocaba. La decepción lo hizo volverse hacia el juez sustituto, porque en alguien tenía que descargar el despecho que le amargaba la boca. Se dirigió a la prefectura, en cuyo piso superior estaban situados los tribunales. Sólo encontró al escribano que lo recibió con grandes exclamaciones, ¡cuánta honra, mi doctor!, solo faltaba que le pidiera la bendición. El juez todavía no había llegado pero iba a llamarlo en seguida, se alojaba en la pensión de Agripina, ahí cerquita. ¿Su nombre? Doctor Pío Alves, pretor durante muchos años, finalmente, juez en Barracâo. Mientras espera, por la ventana abierta sobre la plaza, el doctor contempla la triste ciudad y su disgusto aumenta, no le gusta que lo contraríen, menos todavía equivocarse solo. Una decepción más, en su vida se van acumulando los desengaños.

Solemne, con una sombra de preocupación en los ojos y un tic nervioso en el labio, entra en la sala el juez sustituto, doctor Pío Alves, lleno de vinagre y resentimiento. Permanente víctima de injusticias, siempre le pasan por encima y debe ceder su lugar a los protegidos, se juzga blanco de un complot clerical, gubernamental y popular que intenta derrotarlo a cada paso que da. Tiene la mano pesada para la ley y es insensible ante cualquier argumento que no figure en la letra estricta de la ley. Cuando le hablaban de flexibilidad, comprensión, lástima, clemencia o sentimientos humanitarios en general, respondía enfáticamente:

—Mi corazón es el sagrario de la ley, en él inscribí el axioma latino, *dura lex sed lex*.

De rabia y envidia se hizo honesto, carga incómoda, capital que rinde poco interés. Le tenía miedo y odio al doctor Emiliano, lo responsabilizaba de la larga temporada en que había tenido que marcar el paso como pretor miserable, candidato a juez en Cajazeiras do Norte, donde su esposa había heredado unas tierras y abundante ganado y lo habían postergado por un abogado de la capital cuyo único título era el de marido cornudo de una parienta de los Guedes. Ya había sido nombrado el doctor Pío cuando intervino Emiliano obteniendo la nominación del cornudo. Tiempo después y con mucho trabajo, había conseguido su promoción a juez sirviendo en la comarca de Barracao, municipio cercano, pero su meta continuaba siendo Cajazeiras do Norte, de donde podría administrar la pequeña *fazenda*, volviéndola lucrativa fuente rentística, ampliándola quizá. Cuando lo llamaron para sustituir al doctor Eustaquio en el discutido proceso pensó que había llegado la dulce hora de la venganza: para su gusto, Daniel debería ser el acusado principal y no un cómplice, pero lamentablemente, *dura lex sed lex*, quien levantó el cuchillo fue la muchacha.

Detrás del juez venía el escribano muerto de curiosidad, con un gesto el doctor Emiliano lo despidió y en la sala quedaron a solas él y el magistrado.

—¿Desea hablar conmigo, doctor? Estoy a sus órdenes. —El juez se esfuerza por mantenerse grave y digno pero el labio se le contrae en un tic nervioso.

—Siéntese, vamos a conversar. —Ordena Emiliano como si fuese el magistrado, la suprema autoridad en el lugar, el tribunal.

El juez vacila, ¿dónde se sentará? ¿En la alta silla de respaldo puesta encima del estrado para marcar las jerarquías e imponer respeto a todos los demás, colocándose por encima del doctor, en posición de lucha? Le falta coraje para sentarse junto a la mesa. El doctor sigue de pie, la mirada perdida fuera de la ventana y así habla, con voz neutra:

—El doctor Lulu Santos le trajo un recado mío, ¿no lo recibió?

—Sí, el doctor Santos estuvo conmigo y yo lo atendí y ordené inmediatamente la libertad de la menor mantenida presa por el comisario. Actuamos dentro de nuestra responsabilidad.

—Pero, ¿acaso no le dio el recado completo? Le mandé decir que archivara el proceso. ¿Ya lo archivó, juez?

—¿Archivar? Imposible. Se trata de un crimen cometido contra una persona importante de esta comarca...

—¿Importante? Un granuja. ¿Imposible, por qué? Está envuelto en el proceso un joven estudiante, pariente mío, hijo del juez Gomes Neto, dicen que usted quiere hacerlo acusar.

—En calidad de cómplice... —baja la voz— ...si bien, a mi modo de ver, es más que eso, es el coautor del delito.

—Aunque soy bachiller en derecho, no vengo aquí en calidad de abogado, ni tengo tiempo para perder. Oígame, doctor, usted debe saber quién manda en esta tierra, ya tuvo la prueba antes. Me dijeron que todavía desea ser juez de Cajazeiras do Norte. Está en sus manos. Yo creo que Lulu no le dio mi recado completo. Escriba ahora mismo la sentencia archivando el asunto. Le bastan dos líneas. Si lo molesta la conciencia, entonces yo le aconsejo que se vuelva para Barracao cuanto antes, dejando el resto del proceso para el juez que yo elija. Está en sus manos, decídase.

—Es un crimen grave...

—No me haga perder más tiempo, ya sé que el crimen es grave y por eso es que le ofrezco el puesto de juez de derecho en Cajazeiras. Decídase, no me haga perder el tiempo y la cabeza. —Golpea con el rebenque sus piernas.

El doctor Pío Alves se yergue lentamente y va en busca de los autos. Nada gana con oponerse, si no lo hace lo mandarán a Barracao y otro firmará el archivamiento ganándose los favores del doctor. En realidad el proceso está viciado de ilegalidades, empezando por la prisión y las sucesivas palizas a la menor, interrogada sin audiencia del juez competente, sin abogado designado que la protegiera hasta la reciente intervención de Lulu Santos, y encima, la falta de pruebas y testigos dignos de fe, un proceso repleto de fallas, con los plazos vencidos, le sobran razones para archivarlo. Un juez honesto no se deja llevar por mezquinos sentimientos de venganza, indignos de un magistrado. Además, ¿qué importancia tiene archivar un proceso más en la región? Ninguna, está claro. El doctor Pío aprendió historia universal en la lectura de Zevaco y Dumas, París vale una misa. ¿Y Cajazeiras do Norte no vale por lo menos una sentencia?

Cuando termina de escribir, con su letra menuda, su escritura lenta, sus latines, levanta los ojos hacia el doctor que permanece junto a la ventana y sonríe:

—Lo hago en atención a usted y su familia.

—Muchas gracias y felicitaciones, señor juez de Cajazeiras do Norte.

Emiliano se acerca al escritorio, toma los autos y los hojea. Lee aquí y allí, pedazos de la acusación, del interrogatorio, de las declaraciones, la de Teresa, la del joven Daniel, ¡qué asco! Deja los papeles sobre la mesa, se da vuelta y ya sale:

—Cuente con su nombramiento, señor juez, pero no se olvide de que todo lo que pasa en esta región me interesa.

Todavía irritado volvió a la fábrica, y días después marchó a Aracaju para echarle una ojeada a la sucursal del Banco, allá se encontró con Lulu y al correr de la conversación se enteró de que Teresa no conocía su intervención en el asunto ni siquiera el interés que sentía por ella. Ah, entonces no se había engañado al juzgarla, el fulgor de los ojos se había confirmado también cuando leyó los autos. Además de bonita, era valiente.

Anticipó su regreso, no quiso esperar el tren del día siguiente y viajó en automóvil apurando al chofer, a pesar

de que en algunos tramos el camino no era más que una senda para tropas de burros y carros de bueyes. Llegó de noche y en seguida partió a caballo hacia Cajazeiras, solo demoró en bañarse y cambiarse de ropa. Se dirigió directamente a la pensión de Gabi. Desmontó, cruzó las puertas batientes del prostíbulo, acontecimiento inédito pues nunca había puesto sus pies allí. Cuando el mozo Arruda lo vio, largó bebidas y clientes y salió corriendo a llamar a Gabi. La celestina vino tan apresuradamente que casi no podía hablar, había quedado sin aliento, un honor inaudito, un milagro.

—Buenas noches. Está parando aquí una muchacha llamada Teresa...

Gabi no lo dejó terminar, un milagro de Teresa, adquisición inapreciable, su fama había llegado a oídos del doctor que se convertía en cliente:

—Es verdad, sí señor, una belleza de muchacha, con menos de quince años, nuevecita, ¡una ricura a las órdenes del doctor!

—Me la llevo conmigo... —Sacó algunos billetes de la cartera y se los entregó a la emocionada proxeneta—. ¿La va a buscar?

—¿El doctor se la va a llevar? ¿Por esta noche o por algunos días?

—De una vez para siempre. No va a volver. Vamos, rápido.

Desde sus mesas los clientes observaban en silencio; Arruda había retornado al bar pero, atemorizado, desistía de servir. Gabi se tragó sus protestas, sus argumentos y razones, se guardó la plata, varios billetes de quinientos, nada ganaría con discutir, solo le quedaba esperar el regreso de Teresa cuando el doctor se cansara de ella y la largara. Demoraría un poco, quizá un mes o dos, pero sucedería.

—Siéntese, doctor, tome algo mientras ella prepara su valija y se arregla...

—No necesita preparar nada, basta con lo que tiene puesto.

Se la puso a la grupa de su caballo y se la llevó.

9

Terminado el examen, el doctor Amarilio cubrió el cuerpo con una sábana:

—¿Fue fulminante?

—Dijo ay y se murió, ni me di cuenta... Teresa se estremece, se tapa la cara con las manos.

El médico vacila antes de hacer la incómoda pregunta:

—¿Cómo fue? Comió mucho, alguna comida pesada y después, en seguida...

—Comió solamente un poco de pescado, un poco de arroz y una rodaja de *abacaxi* [1]. Había merendado unas *pamonhas* a las cinco. Después, salimos a caminar hasta el puente y cundo volvimos se sentó en la red, en el jardín y conversamos más de dos horas. Ya eran más de las diez cuando nos acostamos.

—¿No sabe si tuvo algún contratiempo últimamente?

Teresa no contestó, no tenía derecho a alardear de sus conocimientos sobre los disgustos del doctor, a descubrir sus quejas y amarguras, ni siquiera ante el médico. Había muerto de repente, ¿de qué servía saber si fue de enfermedad o de disgusto? ¿Acaso le van a devolver la vida? El médico prosigue:

—Dicen que Jairo, el hijo, hizo un desfalco en el banco, una cosa seria, y que el doctor, al enterarse...

Se interrumpió porque Teresa se hacía la desentendida, ausente y rígida, seguía mirando el rostro del difunto; después continuó explicando:

—Sólo deseo saber la causa por la que el corazón falló así. Era un hombre de buena salud pero, claro, cada uno tiene sus disgustos y eso es lo que nos mata. Anteayer me dijo que aquí en Estancia, restauraba sus fuerzas, que se reponía de sus pesares. ¿No le parece que últimamente estaba diferente?

—Para mí el doctor siempre fue el mismo desde el primer día.

Le contestó para cortar la conversación pero siguió sin contenerse:

—No, eso no es verdad. Cada día fue mejor. En todo. Solo puedo decirle que no existe nadie como él. No me pregunte más.

Por un instante pesó el silencio. El doctor Amarilio suspiró, Teresa tenía razón, no se adelantaba nada con revolver en la vida del doctor, esta vez ni siquiera la presencia de la amiga y la paz de Estancia habían conseguido darle aliento.

—Hija mía, yo entiendo lo que le pasa, lo que siente. Si de mí dependiera, su cuerpo se quedaría aquí hasta el momento del entierro y nosotros, usted, yo, el maestro João, los

---

1 *Abacaxi*: variedad de ananás.

que realmente lo quisimos, lo llevaríamos al cementerio. Pero no depende de mí.

—Ya lo sé, siempre me tocó poco, no me quejo, no hubo un solo momento que no fuese bueno.

—Voy a tratar de comunicarme con los parientes, la hija y el yerno están en Aracaju. Si el teléfono no funciona va a tener que mandar un mensajero. —Antes de salir, le informó—. Hay que mandar a alguien para que lo lave y lo vista ¿o Lula y Nina se ocupan de eso?

—Yo lo hago, por ahora es mío.

—Cuando vuelva lo haré con el cura y con el certificado. Para qué un cura si el doctor no tenía fe en Dios. Es verdad que igual iba a las fiestas de la parroquia y llamaba al cura para que dijera misa en la fábrica de Nuestra Señora Santa Ana. El padre Vinicius había estudiado teología en Roma, había aprendido a beber buen vino, le gustaba la mesa del doctor en la hora de comer.

10

Bajo la graciosa presidencia de Teresa Batista, vestida finamente con ropas compradas en Bahía, al doctor le daba real placer reunir alrededor de su mesa además del médico, al amigo Nascimento Filho, su compañero de la facultad de derecho, al padre Vinicius y a Lulu Santos, que venía especialmente de Aracaju.

Charlaban de todo, discutían sobre política y arte culinario, de literatura, religión y arte, sobre los acontecimientos mundiales y brasileños, sobre las últimas ideas en debate o de las modas cada día más escandalosa, el temible cambio de las costumbres y los avances de la ciencia. Sobre ciertos temas, literatura, arte y cocina, casi siempre hablaban en exclusividad el doctor y Joao Nascimento, porque el clínico le tenía horror al arte moderno, garabatos sin sentido y el cura era alérgico a la mayor parte de los escritores contemporáneos, maestros de la pornografía y la impiedad, por su parte, Lulu Santos opinaba que no había en el mundo un plato capaz de compararse con la carne asoleada con *pirao* [1] de leche, frustrado escritor, viejo bonachón, habiendo abandonado por la mitad la carrera de derecho para curarse en Estancia de una enfermedad del pecho y allí se había que-

1 *Pirão:* papilla de harina de mandioca quemada.

dado para no salir más, viviendo de sus rentas bien administradas y enseñando portugués e inglés en el gimnasio solo para ocuparse de algo. Joao Nascimento sabía del último libro publicado y del último cuadro y soñaba con comer pato laqueado de Pekín. El doctor le traía libros y revistas, pasaban horas y horas entretenidos en amenas charlas en el jardín. En la ciudad, los curiosos se preguntaban a cambio de qué el doctor, hombre de tantas responsabilidades y tantos quehaceres, perdía el tiempo en Estancia hablando tonterías con el profesor Nascimento Filho y llenando de mimos a su amante.

Si la conversación derivaba hacia la política nacional solo se trenzaban el abogado y el médico en la apreciación de valores partidarios, de enredos electorales, pero el doctor se contentaba con oírlos, indiferente. Para él, la política era un oficio torpe, propio de gente de baja calidad, de mezquinos apetitos y espinazo doblado, siempre a las órdenes y al servicio de los hombres realmente poderosos, de los legítimos señores del país. Ellos eran los que mandaban y desmandaban, cada uno en su pedazo, en su capitanía heredada; por ejemplo, él en Cajazeiras do Norte donde nadie movía una paja sin pedirle consentimiento. Le daba asco la política y los políticos desconfianza; ojo con ellos, son profesionales de la falsedad.

Le echaban fuego a las discusiones sobre religión, materia apasionante, inagotable. Si había tomado un poco, Lulu Santos se decía anarquista, discípulo sergipano de Kropotkin, pero no pasaba de ser un anticlerical al viejo estilo, responsabilizando a la sotana del padre Vinicius del atraso del mundo, enemigo casi personal del Padre Eterno. La polémica, permanente entre él y el cura, hombre todavía joven y exaltado, dueño de cierta erudición y argumentador apasionado, terminaba envolviendo a Joao Nascimento Filo que recitaba versos de Guerra Junqueiro bajo los aplausos del abogado charlatán. El doctor, saboreando lentamente el buen vino se divertía con ese intercambio de razonamientos, objeciones y desafueros. Atentamente, Teresa seguía el debate tratando de entenderlo, dejándose llevar ya por uno ya por otro, por el sabor de las palabras rotundas del reverendo, cínicas y divertidas del abogado, boca propicia a las maldiciones y palabrotas. El cura acababa elevando las manos al cielo y rogando a Dios el perdón para esos impenitentes pecadores que, en lugar de darle las gracias por haber comido tan bien y bebido magníficamente de las viñas del señor pronunciaban impropierios y blasfemias poniendo en duda la existencia misma de Dios. En este pozo de pecados, decía, solo se salvan la comida, la bebida y la dueña de casa, una santa, mientras los demás eran unos impíos. Impíos en plural, por los versos recordados por el profesor Nascimento Filho y por ciertas frases del doctor afirmando que todo empieza y termina en la materia siendo los dioses y las religiones frutos del miedo de los hombres y nada más.

La noche que dijo esa frase, después de comer y de la discusión feroz, el doctor, delante de Teresa, se dirigió al cura:

—Padre, usted me puede sacar de un aprieto. El padre Cirilo, de Cajazeiras, anda mal con el reumatismo y no puede atender a la ciudad en las fiestas de Santa Ana, menos va a poder decir la misa en la fábrica como es costumbre desde hace años. ¿No quiere venir usted a decirla?

—Con mucho gusto, doctor.

—Lo mando a buscar el sábado, celebra la misa el domingo a la mañana en la casa grande, bautiza a la chiquilina, casa a los novios y a los juntados, almuerza con nosotros, y si quiere, se queda al baile en casa de Raimundo Alicate, un fandango de primera, y si no quiere lo hago traer aquí.

¿Si no creía por qué contribuye con su dinero en beneficio de la iglesia, mata novillos y cerdos y contrata al cura para que celebre misa en la fábrica? Teresa se daba cuenta de que el ateísmo de Lulu era pura exhibición, de la boca para afuera, de que no había nadie más supersticioso, se persignaba antes de entrar en la sala del tribunal. Pero tratándose del doctor se extrañaba de tal contradicción en un hombre generalmente tan coherente en su manera de actuar.

No le dijo nada, pero seguramente él lo advirtió o adivinó, al comienzo Teresa pensaba que el doctor poseía el don de adivinar los pensamientos. Cuando el cura se retiró en compañía del excelente Nascimento Filho que recitaba de nuevo a Guerra Junqueiro, y de Lulu Santos, que encendía el último cigarro, dio las buenas noches y se acostó dejándolos a solas en el jardín, entonces el doctor la tomó entre sus brazos y le dijo:

—Siempre que no entiendas algo me lo dices, no tengas miedo de ofenderme, Teresa. Solo me ofendo cuando no eres franca conmigo. Estás sorprendida y no entiendes por qué yo, no siendo creyente, llamo al padre para que diga misa en la fábrica y encima le hago una fiesta, ¿no es cierto?

Sonríe, ella se recuesta contra su pecho y lo mira.

—No lo hago por mí, lo hago por los otros y por lo que soy para ellos. ¿Entiendes? Lo hago porque los demás creen y piensan que yo también soy creyente. El pueblo necesita de la religión y las festividades, tiene una vida triste, y ¿dónde se vio una fábrica sin misas y sin cura bautizando y casando a la gente una vez por año? Cumplo mi deber.

La besó en la boca y terminó:

—Sólo en esta casa, a tu lado yo soy yo. Allá afuera soy el dueño de la fábrica, el banquero, el director de empresas, el jefe de la familia, soy cuatro o cinco, soy católico, soy protestante, soy judío.

Sólo la última noche, después de la conversación en el jardín, Teresa comprendió totalmente lo que le había dicho el doctor.

11

Nina trajo la palangana y el balde, Lula la lata con agua caliente. Querían ayudarla, pero Teresa los despachó, si los necesito los llamo.

Sola lavó el cuerpo del doctor con un algodón y agua caliente y luego de secarlo lo perfumó con agua colonia inglesa. Al tomar el frasco del armario del baño recordó el episodio del agua colonia al comienzo de su relación, ahora solo le cabía recordar. Cada vez que recordó el episodio al transcurrir de los años se sentía encendida, excitada, el momento no era propicio. Tales memorias, aromas y deleites se habían terminado para siempre, muerto con él. Apagado fuego, extinta llamarada. Teresa ni siquiera se imagina que sea posible que en ella se renueve un día la sombra del deseo.

Prenda por prenda lo vistió y calzó, escogió camisa, medias, corbata, el traje azul marino, combinó los colores según el gusto del doctor, como él le había enseñado. Solo llamó a Lula y Nina para acomodar la habitación. Quería que todo estuviera en orden y limpio. Comenzaron por la cama y mientras cambiaban las sábanas y fundas lo sentaron en el sillón al lado de la mesita repleta de libros mezclados.

En el sillón, con las manos apoyadas en los brazos, el doctor parecía estar indeciso en la elección del libro que leería esa noche, que leería en voz alta para Teresa.

Ah, nunca más sentada a sus pies, la cabeza apoyada en

sus rodillas, nunca más escuchará su voz cálida que la llevaba por oscuros caminos, que le enseñaba a divisar en medio de la confusión, que le proponía adivinanzas y le ofrecía soluciones y entretenimientos. Leyendo y releyendo todo lo que fuera necesario para que ella entendiera la clave del misterio y penetrara en todos los detalles, levantándola poco a poco a su altura.

12

Apenas arribados a Estancia unos asuntos urgentes obligaron al doctor a partir para Bahía dejando a Teresa bajo el cuidado y la vigilancia de Alfredao y la compañía de una criada, muchacha del lugar. Cerrada en la desconfianza, en el cuerpo las marcas de los malos tratos y en el corazón el recuerdo de cada minuto de una época reciente y envilecedora, de golpes e ignominia, de Justiniano Duarte da Rosa y de Dan, de la cárcel y la pensión, viviendo por vivir, sin divisar ningún horizonte, Teresa no sabía qué pensar. Se había ido con el doctor un poco a merced de los acontecimientos y por el respeto que le imponía. ¿Habría bastado el respeto? Atracción también, poderosa, hasta el punto de hacerla abrise en goce cuando la besó a la puerta de la pensión antes de ponerla a la grupa de su caballo. Así había ido, sin conocer cuál sería el fin de esa historia. Al avisarle sobre la presencia del doctor, Gabi la alertó sobre la presumible brevedad del enamoramiento del industrial, un capricho de hombre poderoso, le anticipaba que tenía las puertas del prostíbulo abiertas, esta es tu casa, hija mía.

Había asumido el papel de mujer del doctor no de amante. En la cama la abrasaba la simple contemplación de la virilidad de Emiliano Guedes y el menor toque de sus dedos sabios; en el constante y tierno amor que le prodigó, la voluptuosidad había precedido a la ternura y solo con el tiempo se fueron mezclando y fundiendo los sentimientos. En lo demás seguía actuando como si viviera con el capitán, como si estuviese en una situación idéntica a la anterior. Desde la mañana temprano trabajaba poniendo a la inmensa casa en orden, tomando para sí los trabajos más groseros y pesados, mientras la criada descansaba, se dedicaba a las musarañas en la cocina o vagaba por la sala con el trapo de limpiar en la mano inútil. Silencioso y altivo, con la mota blanqueada, traído de la fábrica en carácter provisorio, Alfredao cuidaba de la quinta y el jardín abandonado, hacía las compras y vigilaba la casa y la virtud de Teresa. Por más adivinador que fuese, el doctor la conocía muy poco y entonces se imponían las precauciones. Pero hasta en el trabajo de Alfredao se metió Teresa, cuando iba a recoger la basura, ella ya lo había hecho. Junto con el hombre y la criada comía en la cocina, con los dedos, los cajones de los armarios estaban atestados de cubiertos de plata.

La casa era cómoda, un chalet en el centro del amplio terreno plantado con árboles frutales, con dos grandes salas y al frente el comedor, cuatro habitaciones que daban hacia la brisa del río Piauitinga, cocina y antecocina enormes, los baños, las habitaciones de los empleados, la despensa y el depósito. ¿Para qué tanta casa, se preguntaba Teresa mientras limpiaba, para qué tantos muebles y tan grandes? Costaban tiempo y sudor, un trabajo improbo mantener presentable aquel mobiliario antiguo, pesado, de jacarandá, maltratado por el tiempo y el descuido. Chalet y árboles, un resto de loza inglesa y cubiertos de plata, últimos vestigios de la grandeza de los Montenegro, reducidos a una pareja de viejos. Teresa vino a saber después que el doctor había comprado la casa y los muebles sin discutir el precio, muy barato por lo demás. Lamentablemente, algunos objetos, un reloj de pie, un oratorio, imágenes de santos, y otros ya se los habían llevado hacia el sur los anticuarios a cambio de algún dinero.

El doctor estaba encantado con los árboles y los muebles y también con la localización de la casa en las afueras de la ciudad, apartada del centro, en un calmo sitio sin movimiento. Habitualmente, porque la llegada de los nuevos dueños arrastró grupos de curiosos de ambos sexos que querían conocer a los compradores para llenar con las novedades sus horas de ocio, tantas. Algunos caraduras hasta llegaron a golpear la puerta con la esperanza de conversar con alguien de adentro, pero la parquedad y la cara de pocos amigos de Alfredao terminaron por desanimar a las huestes de beatas y desocupados. Solo pudieron comprobar que había dos criadas para la terrible fajina, una de ellas de la comarca, notoriamente perezosa, lo que ya había sido comprobado por varias familias, la otra de afuera, tan sucia que no se le podía reconocer la cara, parecía joven y empeñada en sus tareas. La amante a quien se dedicaban todos esos arreglos seguramente vendría cuando todo estuviera a punto.

Ninguno de los curiosos, varón o mujer, tenía dudas sobre el destino del chalet, nido rico y cálido, adecuado para esconder amores clandestinos como lo definió Amintas Rufo, joven poeta reducido a vender géneros en la tienda del padre, un burgués sin entrañas. El doctor, sin interés financiero en Estancia donde aparecía de raro en raro para almorzar con Joao Nascimento Filho, compadre y amigo, adquirió la propiedad de los Montenegro para instalar a su amiga, decían las beatas y los ociosos, basándose en tres razones a cual más ponderable. Por la fama de mujeriego del ricacho comentada desde Bahía a Aracaju, en las dos márgenes del río Real; por la conveniencia del lugar, estratégicamente situado entre la fábrica Cajazeiras y la ciudad de Aracaju, lugares donde el doctor permanecía largo tiempo cuidando sus intereses y, finalmente, por la misma condición de Estancia, hermosa y dulce tierra, coto ideal para las mantenidas, ciudad única para vivir en ella un gran amor. Opinión que compartía el mismo Amintas Rufo.

Cierta tarde, un camión se paró frente a la casa y entre el chofer y dos ayudantes empezaron a descargar cajones y cajas y paquetes en gran cantidad; en algunos se leía la palabra frágil impresa o escrita a tinta. Después se llenó la calle, beatas y desocupados acudieron en procesión. Apostados en la vereda de enfrente identificaban los paquetes: heladera, radio, aspiradora, máquina de coser, una interminable lista de cosas, el doctor no era hombre de medir gastos. Seguramente no tardaría en llegar con la fulana. Puestas de vigías por turno, las beatas atisbaban la llegada, pero adivinándoles el propósito, el doctor arribó por la madrugada, y el último turno de las chismosas había terminado a las nueve de la noche con las campanadas de la iglesia matriz.

Al levantarse a los ocho de la mañana —en general se ponía de pie a las siete pero esa noche se había demorado hasta la madrugada en el deleitoso trabajo del amor— ya no encontró a Teresa bajo las sábanas. La encontró con la escoba en la mano mientras la criada solo se movió para desearle buen día. Emiliano no hizo ningún comentario, solamente invitó a Teresa a tomar el café:

—Ya lo tomé, hace rato. La muchacha se lo va a servir al señor. Disculpe, estoy retrasada... —y siguió con la limpieza.

Pensativo, el doctor tomó el café con leche, *cuscuz* [1] de maíz, banana frita, *beijus*, mientras seguía los movimientos de Teresa por la casa. Barrió el dormitorio, recogió la basura, salió con el orinal para vaciarlo en la letrina. Parada

---

1 *Cuscuz*: especie de bollo de harina de arroz o de maíz, cocido al vapor.

a la puerta de la cocina, los pícaros ojos fijos en el patrón, la criada espera que termine su desayuno para recoger los platos. Después de comer, cargado de libros, el doctor se sentó en la red del jardín y recién se levantó cerca del mediodía para ir a bañarse. Cuando lo vio cambiado, Teresa le preguntó:

—¿Puedo poner la mesa?

Emiliano sonrió:

—Después que te bañes y te vistas para comer.

Teresa no pensaba bañarse a semejante hora, con tanto trabajo como la esperaba por la tarde:

—Prefiero dejar el baño para cuando termine el trabajo. Todavía tengo mucho que hacer.

—No, Teresa. Vas a bañarte ahora mismo.

Obedeció, tenía la costumbre de obedecer. Al atravesar el patio, de vuelta del baño hacia el interior de la casa, divisó a Alfredao llevando botellas hacia el jardín donde estaba situada un pequeña mesa desarmable, uno de los múltiples objetos traídos en el camión. Allí la esperaba el doctor. Cambiada se le acercó:

—¿Traigo la comida?

—Dentro de un rato. Siéntate aquí, conmigo. —Tomó una botella y una copa—. Vamos a brindar por nuestra casa.

Teresa no estaba acostumbrada a tomar. Un día el capitán le había dado un trago de cachaça, ella apenas la había probado y puso cara de repulsión. Por maldad, Justiniano la obligó o tomarse todo y le repitió la dosis. Nunca más había vuelto a ofrecerle bebida, muchacha más floja, solo le falta llorar en la riña de gallos y emborracharse con cachaça de primera. En la pensión de Gabi, cuando un cliente sentado frente al bar, invitaba a una mujer a beber en su compañía, la obligación de ellas era pedir vermouth o coñac. La bebida que Arruda le servía a las mujeres en vasos gruesos y oscuros, no pasaba de ser té de hojas, teniendo de vermouth y coñac solo el color y el precio, un buen sistema, saludable y lucrativo. A veces, el cliente prefería una botella de cerveza, Teresa tomaba un trago sin entusiasmo. Nunca le gustó la cerveza, ni siquiera cuando aprendió a saborear los tragos amargos, de bitter por ejemplo, el preferido del doctor.

Tomó la copa y oyó el brindis:

—Que nuestra casa sea alegre.

Recordando la cachaça solo tocó con los labios la límpida bebida, color de oro. Con sorpresa constató su agradable sabor y la probó de nuevo.

—Vino de oporto —dijo el doctor— una de las mayores invenciones del hombre, la más grande de los portugueses. Toma sin miedo, no hace mal. No es la mejor hora, pero lo que importa es el gusto y no la hora.

Teresa no entiende bien la frase pero de pronto se siente tranquila, tan tranquila como nunca, en paz. El doctor le habló del vino de Oporto y de cómo se debía tomarlo al final de la merienda, después del desayuno o por la tarde, no antes de comer. Entonces, ¿cómo se lo había dado en una hora equivocada? Porque era el rey de todos los vinos. Si le hubiese dado al comienzo un bitter o un gin, ella se extrañaría del paladar, empezando con el vino de Oporto el rechazo no se daría. Emiliano siguió hablando de vinos, de diversos colores, con el tiempo habría de distinguirlos, moscatel, jerez, madeira, málaga, tokai, su vida apenas estaba comenzando. Olvídate todo lo que pasó, limpia tu memoria, aquí se inicia un nueva vida.

Apartó la silla para que Teresa se sentara y como ella no sabía servir, sirvió él, empezando por el plato de la incrédula muchacha, ¿dónde se vio un absurdo así? Tomaron refresco de *mangaba* [1] y el doctor repitió el ceremonial, entregándole la primera copa. Avergonzada, Teresa apenas probaba la comida mientras lo oía hablar de extrañas costumbres culinarias, cada una más rara, madre de Dios.

Poco a poco, el doctor fue logrando que Teresa se pusiera a gusto, que soltara explicaciones de asombro al oírlo describir ciertos manjares de aletas de peces, huevos de cien años, insectos. Teresa había oído decir que las ranas se comían y el doctor se lo confirmó, carne excelente. Una vez ella había comido lagarto, muerto y preparado en *moquecu* por Chico Meia-Sola, le había gustado. Todo lo que se caza es sabroso, dijo Emiliano, tiene gusto agreste y raro. ¿Quieres saber cuál es el bicho más sabroso de la tierra?

—¿Cuál?

—El caracol.

—¿El caracol? ay, qué porquería.

Se rió el doctor, una risa clara de sonido alegre en los oídos de Teresa.

—Un día, Teresa, voy a preparar un plato de caracoles y te vas a chupar los dedos. ¿Sabes que soy un gran cocinero?

Así había empezado a aflojarse y ya en la sobremesa se reía sin temor al oír la descripción de cómo los franceses

1 *Mangaba* fruto de la *mangabeira* árbol brasileño de las apocináceas.

dejan los caracoles encerrados durante una semana en una caja llena de harina de trigo, único alimento, cambiando la harina cada día hasta que los animales quedan completamente limpios.

—¿Y los insectos, los comen de verdad? ¿Dónde?

En Asia, los preparan con miel. En Cantón adoran la carne de perro y de cobra. ¿Y acaso en el sertón no se comen serpientes y hormigas? Es la misma cosa. Cuando se levantaron de la mesa el doctor tomó la mano de Teresa y recibió una sonrisa diferente, el comienzo de la ternura.

En el jardín, en el mismo banco antiguo, otrora con azulejos, besándola en los labios húmedos de vino de Oporto que había servido de nuevo, una gota tan solo para favorecer la digestión, le dijo:

—Tienes que aprender una cosa ante todo, Teresa. Tienes que meterte en esa cabecita de una vez por todas —y le tocaba los cabellos negros— y no olvidarlo nunca, aquí eres la patrona y no la criada, esta casa es tuya, si una criada sola no abastece todo el trabajo, se toma otra, todas las necesarias, pero no quiero verte más limpiando los muebles ni descargando escupideras.

Teresa quedó confundida con semejante reto. Estaba acostumbrada a los gritos, a las bofetadas y a los golpes de la palmatoria cuando algún trabajo quedaba por hacerse, dormía en la cama del capitán pero no por eso dejaba de ser la última de las esclavas. También en la cárcel le ordenaron la limpieza de su cubículo y de la letrina. En la pensión de Gabi tampoco se quedaba durmiendo hasta la hora del almuerzo como hacía la mayoría, era una criada más en la limpieza de la casa, ayudaba a la viejísima Pirró, en un tiempo aquel cascajo había sido la famosa Pirró *dos Coronéis,* disputado bocado de los *fazendeiros.*

—Eres la dueña de casa, no lo olvides. No puedes andar sucia, mal vestida, desarreglada. Quiero verte bonita... Además, aunque estés sucia y harapienta igual eres bonita, pero yo quiero que realces tu hermosura, que andes limpia, elegante, hecha una señora —lo repitió—. Una señora.

—¿Una señora? Yo nunca lo seré... —piensa Teresa al oír esas palabras y como si el doctor le adivinase el pensamiento afirma:

—No podrás serlo si no quieres serlo. Pero entonces no serías como yo pienso que eres.

—Voy a esforzarme...

—No, Teresa, no basta con esforzarte.

Teresa miró al doctor y él vio en los ojos negros aqu
fulgor de diamante:

—Yo no sé bien cómo es una señora, pero sucia y desarr
glada no seré nunca, eso se lo garanto.

—En cuanto a esa criada que te dejó trabajar mientra
ella no hacía nada, la voy a echar.

—Ella no tiene la culpa, es que yo quise hacer las cosas
porque tengo la costumbre y me puse a hacerlas...

—Aunque no tenga la culpa, ya no sirve, para ella nunca
serás la patrona porque te vio haciendo de criada, ya no te
tendrá respeto. Yo quiero que todos te respeten, aquí eres
la dueña de casa y por encima de ti no hay nadie.

13

Teresa se quedó largo tiempo sola en el dormitorio con el
muerto. Lo habían acostado en el lecho, con las manos cruzadas y la cabeza apoyada en la almohada. En el jardín
había recogido una rosa recién abierta, color sangre, y se
la había puesto entre los dedos.

Al bajar del automóvil, al llegar de la fábrica o de Aracaju, después del prolongado beso de bienvenida, la caricia
del bigote y la punta de la lengua, el doctor le daba su sombrero y el rebenque de plata para que los guardara mientras
el chofer y Alfredao llevaban la cartera con la documentación, los libros y los paquetes a la sala.

Habituamente el doctor usaba fuera de la casa el rebenque de plata, no solo en el campo, cuando montaba a caballo, sino también en la ciudad, en Bahía, en Aracaju, en la
dirección del Banco, en la presidencia de la Eximportex
S. A., como ornamento, como símbolo y arma.

En manos del doctor era un arma terrible, en Bahía haciendo vibrar el rebenque, había puesto en fuga a dos jóvenes malandrines que querían aprovechar las sombras de la
noche para robarle; y de día, en el centro de la capital,
le había hecho engullir al plumífero Haroldo Pera un artículo que había escrito en un diario. Contratado por unos enemigos de los Guedes, el escribiente alquilado dispuesto a
deshacer reputaciones en tranquila impunidad, había escrito
una extensa y violenta catilinaria contra el poderoso clan.
Como jefe de la familia le tocó a Emiliano el grueso de la
bosta del pasquín: "impenitente seductor de ingenuas doncellas campesinas", "latifundista sin alma, explotador del

trabajo de los colonos y arrendatarios, ladrón de tierras" "contrabandista contumaz de azúcar y aguardiente, usurero y reincidente en saquear los dineros públicos con la convivencia criminal de los fiscales del Estado". Los hermanos Milton y Cristovao también entraban en danza bajo los calificativos de "incompetentes parásitos", "ignorantes e incapaces", especializándose Milton en la "beatería" y Cristovao en la "cachaça", dos ruines, sin olvidar al gracioso Xandó de "homófilas preferencias sexuales", o sea el joven Alexandre Guedes, hijo de Milton, desterrado en Río, que tenía prohibido aparecer por la fábrica debido a su "locura por los atléticos trabajadores negros". Un artículo, leído y comentado, conteniendo "muchas verdades, aunque estaba escrito con pus", según opinión del político sertanejo en una animada charla a la puerta del Palacio de Gobierno. Apenas terminada la frase, miró alrededor y el diputado tuvo que llevarse la mano a la boca, subía por la plaza el doctor con su rebenque plateado en la mano dispuesto a posarlo, según la evidencia, sobre el periodista Pera. No hubo tiempo para escapar, el glorioso articulista tuvo que tragarse su escrito en seco además de la marca del rebenque en la cara.

En Estancia, cuando salía a dar su caminata diaria, en lugar del rebenque, el doctor llevaba una flor en la mano. El hábito lo estableció al comienzo de la convivencia, cuando la ternura naciente poco a poco amplió la intimidad, dándole una nueva dimensión a las reducidas caricias cameras. Por aquel tiempo, todavía no se mostraba con Teresa por la calle, iba solo a los paseos nocturnos al viejo puente, a la represa, al puerto sobre las márgenes del río Piauí, manteniéndola en la clandestinidad, escondida en el doblez de las apariencias, jamás vistos los dos en público, "el doctor, por lo menos, respeta a las familias, no es como otros que refriegan a sus amantes en las narices de la gente", lo elogiaba doña Geninha Abid, empleada de Correos y Telégrafos, gorda y de tenaz lengua. Solo los íntimos eran testigos del crecimiento del afecto, de la confianza, de la familiaridad, del amor que unía a los amantes, amor pacientemente conquistado.

Pero una noche sucedió que después de besarla le dijo: hasta luego, Teresa, ya vuelvo, voy a estirar las piernas y a hacer la digestión. Ella corrió al jardín y cortando un botón de rosa, una inmensa gota de sangre de un rojo oscuro, espeso, se la entregó murmurando:

—Para que se acuerde de mí en la calle...

Al día siguiente, a la hora del paseo, él preguntó:

¿ Y mi flor? No la necesito para acordarme de ti pero es como si te llevase conmigo.

En las sucesivas despedidas, en la renovada tristeza, cuando iba a subir al automóvil, Teresa besaba una rosa y con un alfiler se la prendía en la solapa, ya estaba de nuevo en la mano de Emiliano el rebenque de plata.

El rebenque en la mano, la rosa en la solapa, el beso del adiós, la caricia del bigote, la punta de la lengua tocándole los labios, allá se va el doctor por el camino de su vida, lejos de Teresa. ¿Cuándo regresa a la paz de Estancia, huésped de breve permanencia, dividido entre tantas residencias, entre tantos compromisos, intereses y afectos, le corresponde a Teresa el tiempo de una rosa, brotar y morir, el tiempo secreto y breve de las amantes?

Después de colocar la rosa entre los dedos de Emiliano, Teresa intenta cerrarle los ojos azules, límpidos, en ciertos instantes fríos y desconfiados. Ojos penetrantes de adivino, ahora muertos pero igual abiertos, queriendo ver en torno, puestos en Teresa, sabiendo de ella más que ella misma.

14

Del aprendizaje de los vinos licorosos y de los licores, Teresa había pasado al aprendizaje del capítulo más difícil de los vinos de mesa, de los destilados fuertes, de los amargos digestivos. En una de las habitaciones del fondo de la casa había hecho el doctor una especie de bodega, para exhibirla con vanidad ante Joao Nascimento Filho y el padre Vinicius, quienes examinaban las etiquetas con respeto y leían las fechas con devoción. Fiel a la cerveza y a la cachaça, Lulu Santos servía de blanco a las bromas, bárbaro sin noción del gusto, para quien el whisky era el sabor supremo.

Teresa no hizo una gran carrera en el laberinto de los vinos, permaneció fiel a sus primeros descubrimientos, el Oporto, el cointreau, el moscatel, aunque aceptaba los amargos antes de la comida. Vinos de mesa, con preferencia los dulces, el bouquet que perfumaba la boca.

El doctor exhibía los nobles vinos secos, los tintos ilustres, el padre Vinicius y Joao Nascimento daban vuelta los ojos, se deshacían en exclamaciones pero Teresa se había dado cuenta de que en la continuidad de las comidas, el profesor Nascimento, con su fama de catador también prefería los blancos menos secos, más leves y de más fácil paladar, a pesar de sus elogios por los secos y los tintos y de que hacía estallar la lengua al servirse de ellos. Prefería sobre todo los licorosos a cualquier otro aperitivo. Teresa nunca lo descubrió ni dejó que él advirtiese que conocía su snobismo:

—¿No quiere acompañarme con una copita de Oporto aunque no sea la hora para tomarlo, señor Joao? —y rápidamente rechazaba el gin, el bitter o el whisky.

—Con mucho placer, Teresa. Eso de la hora apropiada es cosa de exquisitos.

Y ella no tenía como el profesor Nascimento Filho ninguna obligación de poseer un gusto refinado, por lo tanto, le revelaba al doctor sus predilecciones y Emiliano le decía: Teresa, panal de miel.

En las cálidas noches de Estancia de amena brisa, brisa de los ríos con el cielo estrellado y una luna enorme sobre los árboles, se quedaban bebiendo en el jardín. El doctor aguardiente, ginebra, vodka, coñac, ella vino de Oporto, cointreau. Teresa panal de miel, tus dulces labios. Ay, mi señor su beso quema, es una llama de coñac, una brasa de ginebra. La distancia que los separaba en esos momentos se volvía mínima hasta desaparecer en la cama. En la cama o allí mismo, en el balanceo de la red, bajo las estrellas. Brotaban chispas que llegaban hasta la luna.

La residencia había sido modificada para hacerla más confortable. El doctor estaba acostumbrado a lo mejor y quería acostumbrar igualmente a Teresa. Una de las habitaciones había sido dividida y convertida en dos baños comunicados, uno al dormitorio de la pareja y el otro al cuarto de huéspedes que ocupaba Lulu Santos cuando venía de Aracaju junto con el doctor o llamado por éste. La sala de visitas perdió su aire solemne de museo que solo se abre en determinados días ceremoniales, el doctor la llenó de estantes para libros, mesa de lectura y de trabajo, tocadiscos, discos y un pequeño bar. La alcoba que estaba junto a la sala se había convertido en sala de costura.

Preocupado por ocupar el tiempo de Teresa en sus prolongadas ausencias, le había comprado una máquina de coser y agujas de tejer:

—¿Sabes coser, Teresa?

—Saber de verdad, no sé, pero en el campo remendé mucha ropa usando la máquina de la señora muerta.

—¿No quieres aprender? Así tendrás algo que hacer durante mi ausencia.

La escuela de corte y confección de Nuestra Señora das Graças, estaba situada en una callecita detrás del Parque

Triste y para llegar Teresa debía atravesar el centro de la ciudad. La profesora era la señorita Salvalena (Salva por el padre, Salvador, y Lena por la madre, Helena), una mocetona de anchas caderas y pechos de bronce, potranca de trote amplio, de mucho polvo de arroz, rouge y colorete, que le había dado una hora exclusiva hacia la mitad de la tarde y recibió el pago completo por adelantado del curso consistente en quince clases. En la tercera clase Teresa ya no quiso ir, largó el metro, la aguja y el dedal porque la profesora le insinuó la posibilidad de ganarse algún dinero extra recibiendo a señores ricos, de clase, como el doctor, socios de la fábrica textil, señores serios y discretos, insinuaciones que llegaron en esa tercera clase a proposiciones directas. El local no era problema, los encuentros se podían realizar allí mismo, en la Escuela, en el cuarto del fondo, seguro y cómodo, con una cama óptima, colchón blando, mi querida. El doctor Braulio, socio de una de las fábricas la había visto pasar por la calle y estaba dispuesto...

Teresa tomó sus pertenencias y sin despedirse le dio la espalda y se fue. Salvalena, sorprendida y humillada, se puso a rezongar:

—Orgullosa de mierda... Quiero verla el día que el doctor le dé un puntapié en el culo... Entonces va a venir a pedirme que le consiga clientes... —Un pensamiento incómodo le interrumpió el enojo, ¿tendría que devolver el dinero de las doce clases restantes?—. Yo no le devuelvo nada, no tengo la culpa de que esa puta metida a señora honesta haya abandonado el curso...

Al regresar, el doctor quiso saber los programas hechos por Teresa en la Escuela de Corte y Confección. ¡Ah! Había abandonado, no le gustaba, aprendió lo suficiente para sus necesidades y no quería ir más. El doctor tenía el don de adivinar, ¿quién podía sostener la mirada de aquellos ojos límpidos?

—Teresa, a mí no me gustan las mentiras, ¿por qué me mientes? ¿Yo te mentí alguna vez? Cuéntame la verdad, dime ¿qué es lo que pasó?

—Vino a proponerme hombres.

—El doctor Braulio, ya lo sé. Apostó en Aracaju que iba a dormir contigo y a ponerme los cuernos. Oye, Teresa, no te van a faltar propuestas de esa clase y si un día, por cualquier motivo, te sientes en disposición de aceptar, me lo dices. Será mejor para mí y sobre todo para ti.

—¿Usted no me conoce que dice eso de mí? —Teresa se irguió, su voz estaba llena de rabia, el mentón levantado,

los ojos fulgurantes, pero en seguida bajó la cabeza y dijo—:
Yo sé por qué piensa así, porque me fue a buscar a esa casa
y sabe que perteneciendo al capitán anduve con otro. —La
voz se volvió un murmullo—. Es cierto. Anduve con otro, pero
a mí no me gustaba el capitán, me hizo de todo a la fuerza,
nunca fui con él de voluntad, por mi cuenta solo fui con el
otro. —Volvió a levantar la voz—. Si piensa así de mí,
lo mejor es que me vaya ahora mismo, prefiero estar en
aquella casa que vivir aquí si usted no me tiene confianza
si tiene miedo de lo que pueda hacer.

El doctor la tomó entre sus brazos.

—No seas tonta. Yo no dije que dude de ti, ni que te
crea capaz de traicionarme, por lo menos no quise decir eso.
Dije que si un día estás cansada de mí, si te interesa otro,
vengas y me lo digas, así proceden las personas correctas.
No creí ofenderte. Solo tengo motivos para creer en ti, y
estoy muy contento.

Sin soltarla, sonriente, agregó:

—Yo también quiero ser sincero. Te voy a contar toda la
verdad. Cuando te pregunté qué había pasado ya sabía todo,
no me preguntes cómo. Aquí todo se sabe, Teresa y todo se
comenta.

Era noche, después de comer, el doctor invitó a Teresa a
salir con él, a acompañarlo en su caminata hasta el puente
del río Piauí; nunca antes lo había hecho. Juntos en la
noche, el viejo y la muchacha, pero ni el doctor aparentaba
haber pasado los sesenta ni Teresa haber llegado apenas a
los dieciséis, eran un hombre y una mujer enamorados, agarrados de la mano, que vagaban alegremente. En el camino,
los escasos paseantes, gente del pueblo, no los reconocían,
eran solo una pareja de enamorados. Lejos del centro y del
movimiento, no despertaban mayor curiosidad. Aún así una
vieja se paró al verlos pasar.

—Buenas noches, mis amores, vayan con Dios.

De vuelta al chalet, después de haber visto el río, la represa, el puerto y las barcas, el doctor la dejó desvistiéndose
en el dormitorio y fue a buscar una botella de champaña
a la heladera. Al ver el corcho elevándose por el aire, Teresa se puso a palmear como una chiquilina. Emiliano Guedes sirvió en la misma copa para los dos y bebieron. Teresa
le descubrió un sabor inédito al champaña. ¿Cómo pensar
en otro hombre, rico o pobre, joven o maduro, lindo o feo, si
tenía el amante más perfecto, el más ardiente y sabio? Cada
día le enseñaba algo, el valor de la lealtad y el gusto del

champaña, la medida más prolongada del placer y la más profunda.

—Mientras el señor me quiera, no seré de ningún otro.

Ni siquiera en la embriaguez del champaña le dice tú, solo en la hora final, la miel derramada, tímida, con miedo pronuncia, ay, amor mío.

15

Toda vestida de negro como una bruja de caricatura o una prostituta de burdel barato en noche de fiesta, Nina aparece a la puerta del dormitorio, andando en puntas de pie, para no molestar o para aparecer de improviso sorprendiendo un gesto, una expresión, cualquier leve indicio de alegría en el rostro de Teresa, pues la perdida no habrá de ocultar por tanto tiempo su alegría. Va a entrar en el goce de la vida y por más falsa y disimulada que sea, se le notará. Pero aunque es tan hipócrita no consigue arrancarse una lágrima de los ojos secos, cosa tan fácil y al alcance de cualquiera. Desde la puerta, Nina se estremece en llanto.

La pareja iba a cumplir dos años en el trabajo. Por el gusto del doctor ya habrían sido despedidos, no tanto por Lula, un pobre de Dios, sino por Nina que no le gustaba a Emiliano:

—Esa moza no me gusta, Teresa.

—Pobre, es ignorante, pero no mala.

El doctor se encogía de hombros y no insistía, sabía el motivo de la paciencia de Teresa, eran los niños, Lazinho de nueve años, y Tequinha de siete, cuidados por Teresa con esmero maternal. Maestra gratuita y apasionada de los chiquilines de la calle en una escuelita alegre, Teresa llenaba con estudio, clases y niños el tiempo interminable de las ausencias del doctor. Lazinho y Tequinha, además de la hora de clase a la tarde, con juegos y merienda incluidos, se pasaban parte del día detrás de la improvisada maestra, hasta el punto de irritar a Nina que tenía la mano pronta y pesada para castigarlos. Cuando estaba el doctor los niños solo venían a pedirle la bendición, reducidos a la quinta y a la calle donde jugaban con los otros chicos en vacaciones escolares. El tiempo era muy breve para la alegría y la animación que resultaba de la presencia del doctor, en esa fiesta no podía haber niños y estando con Emiliano,

Teresa no necesitaba nada más. Pero en su ausencia, los chiquillos de la calle, y sobre todo los de la casa, eran sus compañeros insustituibles para hacerle pasar la pesada carga del tiempo, impidiéndole pensar en el futuro cuando la ausencia se hiciera más definitiva, cuando el industrial se cansara de ella. En la muerte no pensaba, no le parecía que el doctor pudiera morirse, esa era una contingencia de los otros no de él.

Gracias a los niños, Teresa soportaba la incómoda sensación de hostilidad que a veces evidenciaba la criada, el doctor con cierto sentimiento de culpa, un hijo no, Teresa, un hijo de la calle, jamás; cerraba los ojos a las provocaciones de Nina, envidiosa, tonta, ofreciéndole sus pechos sueltos a la menor oportunidad. A la mañana cuando salía del dormitorio, Emiliano Guedes divisaba a Teresa en el jardín arrodillada entre los canteros, jugando con los niños, un cuadro, una fotografía para un primer premio en un concurso de los que hacen las revistas. ¿Ay, por qué todo en la vida debe ser por la mitad? Una sombra en el rostro del doctor. Al verlo los niños se despedían de ella, solicitaban la bendición del doctor y corrían hacia la quinta, órdenes estrictas.

A la puerta del dormitorio, Nina hacía cálculos difíciles, ¿cuánto le tocaría a la amante en el testamento del viejo millonario? Completamente escéptica respecto de la devoción y el cariño Nina no cree en el amor de Teresa por el doctor, la fidelidad, el desvelo, el cariño no eran más que demostraciones de hipocresía representadas con el objeto de meter mano a la herencia. Ahora, rica e independiente, hará lo que le plazca. Quién sabe, hasta puede ser que mantenga su interés por los niños, dándoles algo de lo que consiga de los Guedes, todo es posible. Por si acaso, Nina llena su voz de simpatía y lástima:

—Pobre señora Teresa, tanto como lo quería...

—Nina, por favor, déjeme sola.

—¿No ve? Ya empieza la perdida a mostrar las uñas y los dientes.

16

Un día Alfredão vino a despedirse:

—Señora Teresa, yo me voy. En mi lugar va a quedar Misael, un muchacho muy bueno.

Teresa se había enterado por el doctor del pedido de Alfredáo, lo había traído por un mes, como cosa de emergencia, hacía ya seis que estaba lejos de su familia y de la fábrica, donde había vivido siempre sin trabajo definido, a la disposición de Emiliano, útil para todo. Si no fuera por los nietos se quedaría en Estancia, le gustaba ese lugar, le gustaba Teresa:

—Muchacha derecha, señor doctor, no hay otra como ella. Siendo tan joven tiene juicio de persona mayor, solo sale de casa por necesidad, en la calle no le lleva el apunte a nadie. Vive con el ojo en la puerta, esperando la llegada del señor, a cada rato me pregunta, ¿llegará hoy, Alfredao? Por eso yo le garanto que es merecedora de su protección. Fuera del señor, solo piensa en intruirse.

Fundamental para el definitivo juzgamiento de Teresa, Alfredao le había proporcionado datos, pesos y medidas, hechos acaecidos en sus continuas ausencias, desde las propuestas de la profesora de corte y confección, hasta las tentativas de intriga de la comadre Calu, pasando por la corrida todavía hoy comentada del viajante de comercio Avio Auler, especie de Dan del sindicato comercial, seductor de segundo orden, repleto de brillantina y perfume barato. Transferido del sur de Bahía a Sergipe y Alagoas se deslumbró con la abundancia de muchachas bonitas de Estancia, todas doncellas, lamentablemente. Andaba en busca de un plato más suculento, mujer buena para el lecho, sin peligro de noviazgo ni matrimonio, con tiempo libre y pecho ansioso, por ejemplo inactiva amante de un ricacho. Se enteró de la existencia de Teresa y la vio al salir de una tienda, tamaña belleza. Se le puso detrás diciéndole piropos, poseía un inagotable repertorio. Teresa apresuró el paso, el galán hizo lo mismo y poniéndosele delante le impidió seguir. Sabiendo cómo le desagradaría al doctor cualquier escándalo, Teresa trató de desviarse, pero el viajante abrió los brazos y no la dejó pasar:

—No pasa si no me dice su nombre y cuándo podemos conversar...

Haciendo un esfuerzo por mantener la calma, Teresa quiso tomar por el medio de la calle. El tipo alargó su mano para agarrarla pero no llegó a tocarle el brazo. Saliendo no se sabe de dónde, Alfredao le dio una trompada que hizo innecesaria la segunda, el galán quedó tendido de cara contra el suelo y cuando se levantó salió corriendo hacia el hotel, donde se escondió hasta la hora de tomar el ómnibus para Aracaju. Le faltaba a Ávio Auler la experiencia imprescindible para la conquista de una mujer establecida con amante. Quien quiera meterse con una mujer amigada debe tener antes conocimientos sobre los puntos de vista del protector. Si bien la mayor parte de las mancebas es aficionada a los placeres y los riesgos de poner cuernos y muchos señores protectores son mansos y complacientes, existe una pequeña minoría de muchachas serias, fieles a los compromisos asumidos y algunos amancebados tienen la cabeza sensible y alergia a los cuernos. En este caso, los dos amantes formaban parte de esa agresiva minoría, pobre Avio Auler, el viajante de comercio de la fábrica Stela de zapatos.

A traves de Alfredao, el doctor se enteró de las tardes que pasaba Teresa sobre los libros de lectura y los cuadernos de caligrafía. Durante dos años y medio, antes de ser vendida al capitán había frecuentado la escuela de la maestra Mercedes Lima quien le transmitió cuanto sabía, lo que no era mucho. Teresa quería leer los libros desparramados por la casa y se puso a estudiar.

Para Emiliano Guedes, la tarea fue apasionante, seguir y orientar los pasos de la muchacha, ayudarla a dominar reglas y análisis. Muchas y diferentes cosas le enseñó el doctor a su joven protegida en el jardín, en la quinta, en la casa y en la calle, en la mesa, en la cama, en el correr de los días, ninguna fue tan útil a Teresa como el curso de lecciones marcadas antes de partir por el doctor, le dejaba deberes a cumplir, materias a estudiar, ejercicios que debía hacer. Libros y cuadernos llenaban el tiempo ocioso de Teresa impidiéndole el fastidio y la inseguridad.

El doctor se había acostumbrado a leerle en voz alta, empezando por los cuentos para niños: Teresa viajó con Gulliver, se conmovió con el soldadito de plomo, se rió a más no poder con Pedro Malasarte. También el doctor se reía, le gustaba reir. No le gustaba conmoverse pero se conmovió con ella, rompiendo su impuesta y dura contención.

Tiempo ocioso de Teresa, inexistente. A pesar de que el doctor no quería que hiciese trabajos domésticos, siempre participaba de ellos, el arreglo de la casa, la limpieza, Emiliano adoraba las flores y cada mañana Teresa cortaba claveles y rosas, dalias y crisantemos, manteniendo los floreros llenos, pues el doctor no tenía día fijo de llegada. Sobre todo se ocupaba de la cocina, pues como el doctor era de buen paladar y tan exigente en la comida, Teresa quiso hacerse competente en la materia. El hombre civilizado necesita cama y mesa de primera, decía el doctor y Teresa, que era una maravilla en la cama, se quemaba los dedos en el fuego para aprender a cocinar.

Joāo Nascimento Filho les había conseguido una afamada cocinera, la vieja Eulina, rezongona, siempre quejándose de la vida, pero una artista.

—Una artista, Emiliano, esa vieja es una artista. Hace unas sopas de cabrito que se pueden comer durante una semana... —afirmaba el profesor Nascimento—. En las menudencias no tiene quien se le compare. Manos divinas.

En las menudencias y en los platos típicos de Sergipe, de Bahía, en la *moqueca de sururu* de Alagoas, además, una emérita dulcera. Teresa aprendió con ella a medir la sal y a mezclar los condimentos, a advertir el punto exacto de cocción, las reglas del azúcar y del aceite, el valor del coco, de la pimienta y del jengibre. Cuando la vieja Eulina, sintiendo su cabeza demasiado pesada y el pecho oprimido, porquería de vida, largaba todo y se iba sin dar explicaciones, Teresa asumía su puesto delante del gran fogón a leña, el que quiera comer bien y de lo mejor sabe que no hay comida igual a la cocida en fogón a leña.

—Esa vieja Eulina cada día cocina mejor... —dice el doctor, repitiendo el caldo de gallina—. Gallina en caldo, por ser un plato simple es de los más difíciles... ¿De qué te ríes Teresa? A ver, cuéntame...

En la preparación del caldo y de la gallina, la vieja no había intervenido. Los dulces sí, de *caju*, de *jaca*, de *araça*, eran de Eulina, una lindeza. Ay, Teresa, qué buena cocinera te volviste, ¿cuándo y por qué? Aquí, en esta casa, señor y para complacerlo. Teresa en la cocina, en la cama, en el estudio.

El regreso de Alfredao a la fábrica marcó el fin de una etapa en la vida de Teresa con Emiliano, la más difícil. Silencioso y calmo, suerte de jardinero y de *jagunço*, de vigilante y de amigo fiel, bajo su mano habían brotado la quinta y el jardín, a su sombra se criaron la confianza, la ternura, el cariño de los dos amantes. Teresa se había acostumbrado a sus silencios, a su cara fea, a su lealtad.

A la perezosa criada de los primeros días le sucedió Alzira, gentil y ruidosa, llevada por un antiguo pretendiente, que había emigrado a Ilhéus en busca de trabajo y había vuelto para casarse con ella. La gordinflona y comilona Tuca ocupó el puesto vacante. Misael sustituyó a Alfredāo en la quinta y en el jardín, en las compras, en el cuidado de la casa, pero no en en la vigilancia de Teresa, pues el doctor ya no necesitaba hacerla vigilar, estaba seguro de ella. Así fueron transcurriendo los días, las semanas, y los meses y Teresa se fue olvidando del pasado.

Cuando el doctor estaba presente el tiempo no le alcanzaba: aperitivos, almuerzos y cenas, los amigos, los libros, los paseos, los baños en el río, la mesa, la cama, la red, la estera extendida en el jardín, el sofá de la sala donde él revisa la documentación y redacta órdenes, la banqueta del cuarto de costura, la bañera donde toman el baño juntos, invención más loca del doctor. En uno u otro sitio siempre era bueno.

17

Hacia las dos de la mañana el doctor Amarilio vuelve trayendo el certificado y noticias de los parientes del doctor. Para localizarlos en el baile de gala del Yacht Club había despertado a medio Aracaju a telefonazos hasta conseguir con el más joven de los hermanos, Cristovao, que le contestó con su voz pastosa de borracho; había sido una búsqueda de más de dos horas. Felizmente, en esta ocasión, la telefonista Bia Turca no había hecho escándalo por la hora, encantada con las novedades y los detalles de la muerte del millonario. La verdad es que el médico, para ganarse la benevolencia de la telefonista le dio a entender que el doctor se había desencarnado (Bia Turca era espiritista) en circunstancias muy especiales. No necesitó dar más detalles, quizá debido a su profesión y a los fluidos, Bia Turca tenía unas antenas muy poderosas.

—Bia se agarró del teléfono hasta conseguir con Aracaju, fue una gran ayuda. Cuando descubrimos dónde estaba la familia, dimos un viva. Al principio no se oía nada por la música del baile, la suerte fue que el teléfono del Yacht está en el bar y Cristovao allí estaba apostado, tomando whisky. Cuando le di la noticia me parece que perdió la voz porque largó el teléfono y me dejó gritando hasta que alguien lo tomó y fue a llamar al yerno. Dijeron que salían para acá inmediatamente.

Con el médico llega Joao Nascimento Filho, triste, conmovido, asustado:

—¡Ay, Teresa, qué desgracia! Emiliano era más joven que yo, tres años más joven, todavía no había cumplido sesenta y cinco. Nunca pensé que se muriese antes que yo. Tan fuerte, no me acuerdo de haberlo visto enfermo.

Teresa los deja en el dormitorio y sale para buscar café. Hierática, lacrimosa, Nina parece inconsolable sobrina o prima, parienta enlutada. Lula duerme sentado junto a la mesa de luz, la cabeza sobre los brazos, Teresa va a colar el café.

En la cama de sábanas limpias, vestido como si debiese presidir una reunión de directorio del Banco Interestadual de Bahía y Sergipe yace el doctor Emiliano Guedes, los ojos claros abiertos, todavía curioso de la vida y de las personas, queriendo ver todo y acompañar el comienzo del extenso velorio de su cuerpo, en casa de la amante donde muriera cabalgando sobre el gozo. Joào Nascimento Filho, lagrimeando se vuelve hacia el médico:

—Ni parece muerto, mi pobre Emiliano. Con los ojos abiertos para mandar mejor, como siempre mandó desde la facultad. La rosa en la mano, solo le falta el rebenque. Duro y generoso, el mejor amigo, el peor enemigo, Emiliano Guedes, señor de Cajazeiras...

—Los disgustos lo mataron... —el médico repite su diagnóstico—. Nunca se confesó conmigo, pero las noticias circulan, siempre se sabe. Tan amigo tuyo como era, ¿nunca te dijo nada, Joao? ¿Sobre el hijo, sobre el yerno?

—Emiliano no era hombre de andar contando su vida ni siquiera a los amigos más íntimos. Nunca oí de su boca sino elogios a la familia, todos eran buenos, todos perfectos, la familia imperial. Era demasiado orgulloso para contarle a alguien, fuese quien fuera, alguna cosa deshonrosa sobre su gente. Sé que tenía debilidad por la hija, cuando era jovencita, cada vez que aparecía por aquí hablaba de ella como si fuese una maravilla, de belleza, de inteligencia, contaba las gracias de la muchachita. Después que se casó ya no habló más...

—¿Hablar de qué? ¿Hablar de los cuernos que le pone al marido? Salió parecida al padre, tiene la sangre caliente, es sensual, fogosa, dicen que está devastando los hogares de Aracaju. Ella por un lado y el marido por el otro, que él no se achica, cada uno lleva la vida a su gusto...

—Son los tiempos modernos y los casamientos dislocados... —concluye Joao Nascimento Filho—. Pobre Emiliano, loco por la familia, por los hijos, por los hermanos, por los sobrinos, ayudando hasta al último pariente. Si parece vivo, solo le falta el rebenque en la mano...

Teresa está de vuelta con la bandeja y las tazas de café:

—El rebenque, ¿por qué señor Joao?

—Porque Emiliano usaba al mismo tiempo la rosa y el rebenque de plata.

—Conmigo no, señor Joao, aquí no. —Y era verdad.

319

—En ciertas cosas, Teresa, usted es igualita a él, la miro y lo veo al viejo Emiliano. En la convivencia se fue haciendo parecida, la lealtad, el orgullo, vaya uno a saber...

Por un instante se quedó callado, luego prosiguió:

—Yo vine a esta hora para despedirme de él mientras está en su compañía, no quiero estar cuando venga la familia. Teresa, fue por usted que Emiliano se vino a Estancia, a nuestro lado, y nos dio un poco de su tiempo tan ocupado y nos transmitió su amor a la vida. Cuando llegó yo ya estaba entregado a la vejez, a la espera de la muerte, y él me levantó de nuevo. Quiero despedirme de Emiliano mientras está con usted, a los otros no los conozco ni los quiero conocer.

Nuevamente el silencio, el muerto con los ojos abiertos. El profesor Joao continuó:

—Nunca tuve hermanos, Teresa, pero Emiliano fue para mí más que un hermano. Si no perdí todo lo que mi padre me dejó fue porque él se ocupó de mis negocios. Pero así y todo nunca abrió la boca para hacer una confidencia. Ahora yo le estaba hablando al doctor Amarilio, del orgullo y la generosidad, del rebenque y la rosa. Vine a verlo a Emiliano y a verla a usted, Teresa. ¿Le puedo ser útil en algo?

—Muchas gracias, señor Joao. Nunca voy a olvidarme ni de usted ni del doctor Amarilio, en este tiempo hasta tuve amigos, hasta eso le debo a él.

—¿Se va a quedar en Estancia, Teresa?

—¿Sin el doctor, señor Joao? No podría.

Sorben el último trago de café, callados. Joao Nascimento Filho piensa en el futuro de Teresa; pobre Teresa, dicen que tuvo muy mala vida antes de venirse con Emiliano, que tuvo una vida de perro. El médico afligido espera al cura para recibir a los parientes que a estas horas deben andar por la carretera en desenfrenada corrida hacia Estancia, la hija, el yerno, el hermano, la cuñada y las amistades.

El doctor Amarilio teme el encuentro de la familia con la amante, los problemas delicados, no sabe cómo se resolverán. Mal conoce a los parientes del doctor Emiliano. Quien los conoce bien es el padre Vinicius, ya estuvo varias veces en la fábrica celebrando misa. ¿Dónde está el cura, por qué demora tanto?

Joao Nascimento Filho mira demoradamente al amigo, conmovido, sin esconder las lágrimas ni el temor de la muerte:

—Nunca pensé que se fuese antes que yo, no voy a demorar mi turno... Teresa, hija mía, yo me voy antes de que llegue esa gente. Si un día me necesita...

La abraza, le toca la frente con los labios, mucho más viejo que cuando llegó para ver al amigo muerto. Hasta pronto, Emiliano.

18

¿Nunca sentiste, Teresa, el golpe del rebenque, la dureza extrema, su inflexibilidad? ¿No tocaste el otro lado, la lámina de acero?

Antes de esa noche en que velamos el cuerpo del eminente ciudadano doctor Emiliano Guedes en casa impropia, no fuiste Teresa penetrada por la muerte, nunca antes la tuviste instalada dentro de ti, presencia física, real, lacerante garra de fuego y de hielo en tu vientre, ¿no es así, Teresa?

Sí, sucedió así, profesor Joao, fue de la mano de la muerte que traspuso las fronteras de la comprensión y de la ternura. No solo en el calendario de la rosa vivió Teresa Batista con el doctor, por lo menos hubo una ocasión para la tristeza y el luto, para el funeral, la muerte dentro de ella, en sus entrañas, día amargo. Se pensó muerta pero renació al amor en el cariño de su amante, cariño, delicadeza, devoción, fueron las milagrosas medicinas. Muerte y vida, rebenque y rosa.

De la boca leal de Teresa no oirás la historia, profesor Joao, en la mano del muerto ella solo deposita la rosa, como despedida. Pero, lo quiera o no lo quiera, la memoria recuerda, trae y pone al lado del cadáver del doctor el de aquel que no tuvo entierro, que no llegó a ser, cuya vida se extinguió antes del nacimiento, sueño deshecho en sangre, el hijo. Ahora son dos cadáveres sobre el lecho, dos ausencias, dos muertes, ambas sucedieron dentro de ella. Si contamos también a Teresa, los muertos son tres, ella se muere hoy por segunda vez.

19

Cuando las reglas le faltaron dos meses consecutivos, y Teresa era de tener la menstruación exacta, veintiocho días contados entre período y período, unido a otros síntomas, sintió que el corazón se le paraba, estaba grávida. La sensación inicial fue de éxtasis, ah, no era infértil, iba a tener un hijo, un hijo suyo y del doctor, ¡qué infinita alegría!

En el campo del capitán, doña Brígida no le permitía ocuparse de la nieta, ni cuidarla ni jugar con ella, porque veía en Teresa una enemiga que se quería aprovechar de los derechos a la herencia de la hija de Doris, a quien debían tocarle con exclusividad los bienes de Justiniano Duarte da Rosa, cuando bajase del cielo el ángel de la venganza con su espada de fuego. A invitación de Marcos Lemos, cierta tarde de domingo, Teresa había salido de la pensión de Gabi, en la Cuia Dágua, para ir a la matiné del cine, en el centro de Cajazeiras do Norte. Al atravesar la Plaza Matriz divisó a doña Beatriz con la nieta a la puerta de su casa, la casa comprada por el doctor Ubaldo, hipotecada, casi perdida, recuperada por fin; abuela y nieta estaban en los mimos y la felicidad, ni parecían la vieja loca, de cerebro reblandecido y la andrajosa niñita, bien se dice que no hay remedio comparable al dinero. En el campo, doña Brígida le había prohibido a Teresa tocar a la niña y a la muñeca, regalo de la madrina, doña Beatriz, la madre de Daniel.

En el breve turno de Dan, en su despertar al placer, apasionada y ciega, no pensó en concebir un hijo del joven y cuando sucedió lo peor, la atormentó el miedo de estar encinta de Dan, una pesadilla. Pero los golpes fueron tan grandes que le anticiparon las reglas, por lo menos para eso sirvieron las zurras. En aquel mundo cruel, callejón estrecho, sin salida, después de mucho reflexionar en el asunto, Teresa había concluido que no podía tener hijos, se juzgó estéril, incapaz de procrear, atribuyendo el hecho a la manera violenta como había sido desflorada.

Si no había quedado grávida con Dan, en el extremo placer, si no se había embarazado con el capitán en más de dos años, y sin tomar ningún cuidado pues el capitán no se cuidaba ni reconocía paternidades. Cuando alguna muchacha aparecía grávida, la echaba, que abortase, que pariese, que hiciera lo que se le diera la gana, al capitán eso no le interesaba. Si alguna osaba venir con el hijo en los brazos, a pedir auxilio, mandaba a Terto Cachorro que la corriese, ¿quién la había mandado tenerlo? Hijo solo de Doris, el hijo legítimo.

Estéril, seca, le dijo Teresa al doctor cuando recién llegados a estancia, él le recomendó métodos anticonceptivos y prudencia.

—Nunca quedé embarazada.

—Bueno. Yo no quiero un hijo de la calle. —La voz edu-

322

cada se vuelve cruda, inflexible—. Siempre estuve en contra, es una cuestión de principios. Nadie tiene derecho a echar al mundo un ser con un estigma, en condiciones de inferioridad. Además, quien asume un compromiso de familia no debe tener hijos fuera de su casa. Hijos con la esposa, la familia es para eso. La esposa es para los embarazos y la crianza de los hijos, la amante es para el placer, cuando tiene que cuidar hijos es igual que la otra, ¿qué diferencia hay entonces? Hijos de la calle no, así pienso yo. Yo quiero a mi Teresa para el descanso, para que me haga alegrar la vida en los pocos días que me restan, no para tener hijos ni preocupaciones. ¿De acuerdo, panal de miel?

Teresa observó los ojos claros del doctor, una lámina azul de acero:

—Es que yo no puedo tenerlos.

—Mejor. —En la cara del doctor se acentuaron las sombras—. Mis dos hermanos, tanto Milton como Cristovao tienen hijos por la calle, hijos abandonados. Los de Milton andan por ahí, dándome dolores de cabeza y Cristovao tiene dos familias, una pandilla de hijos naturales, lo que todavía es peor. Porque no hay que confundir, la esposa es una cosa y la amante es otra. Yo te quiero para mí, no quiero compartirte con nadie y menos con un chico. —Silencio y de pronto la voz se vuelve suave y los ojos en lugar de la lámina de acero son de agua limpia, una mirada afectuosa y un poco triste—. Todo eso y además mi edad, Teresa. Ya no tengo edad para hacer hijos, no tendría tiempo de formarlo, de convertirlo en un hombre o en una mujer de bien, como hice con los míos, como todavía estoy haciendo. Quiero compartir contigo todos los días que me quedan... —Y la tomó en sus brazos para hacer el amor, la amante es para eso, panal de miel.

Como Teresa era estéril no había problemas. Si fuese paridora y deseara un hijo del doctor para sentirse la mujer más feliz del mundo y le fuese negado, sufriría enormemente. El industrial había sido franco, directo, hasta un poco rudo, él siempre tan delicado y atento. Como ella era estéril, no había ningún problema.

Pero no era estéril, un hijo del doctor crece en sus entrañas. ¡Aleluya! Pasada la incontenible explosión de alegría, Teresa se pone a reflexionar, había aprendido a hacerlo en la cárcel, el doctor tenía razón. Echar al mundo un hijo natural era condenar a un inocente al sufrimiento. En la pensión de Gabi había visto más de un caso. El hijo de Catarina que murió a los seis meses debido a los malos tratos a que lo sometía la mujer que por una paga lo cuidaba; la hija de Vivi, que estaba enferma del pecho, escupía sangre; la mujer que la cuidaba era una vieja borracha, se gastaba en cachaça el dinero que Vivi le daba para la comida. Las madres en la casa, los hijos abandonados, entregados a extraños. De aquella vida ruin de las prostitutas lo peor era echar hijos al mundo.

El doctor estaba ausente desde hacía tres semanas, atendiendo sus negocios importantes en Bahía, en la casa matriz del Banco. Teresa fue al consultorio del doctor Amarilio. Examen ginecológico, preguntas, diagnóstico fácil: gravidez. ¿Y ahora qué, Teresa? Se quedó esperando una respuesta a su pregunta, los ojos negros de Teresa absortos, ah, un hijo nacido de ella y del doctor, creciendo bello y arrogante, de ojos azul celeste y maneras finas, no le faltaría nada en el mundo, un caballero como su padre. ¿O una muchacha como su madre, de dueño en dueño, de mano en mano?

—Quiero sacármelo, doctor.

El médico tenía su punto de vista firme, ponderables reservas morales:

—Yo no apruebo el aborto, Teresa. Hice algunos pero en casos muy especiales, por necesidad absoluta, para salvar la vida de las mujeres. El aborto es siempre malo para la mujer, física y espiritualmente. Nadie tiene derecho a disponer de una vida...

Teresa miró al médico, esas cosas son fáciles de decir pero duras de oír:

—Cuando las cosas no tienen arreglo... Yo no puedo tener un hijo, el doctor no quiere —bajó la voz para mentir— y yo tampoco.

Mentira a medias porque quería y no quería. ¡Quería con todas las fibras de su alma, no era estéril, qué emoción! ¡Ah, un hijo suyo y del doctor! Pero cuando pensaba en el futuro, entonces no lo quería. ¿Cuánto tiempo va a durar el enamoramiento del doctor Emiliano, su capricho de rico? Puede terminar en cualquier momento, ya duró demasiado, la amante es para el placer de la vida, para el placer de la cama. Cuando el doctor resuelve variar, cansado de Teresa, solo le quedará la pensión de Gabi, la puerta abierta de la prostitución, el hijo en manos extrañas, creciendo en el abandono y la necesidad. Entregado a una cualquiera, más pobre todavía que las putas, a cambio de un poco de dinero, sin cariño materno, sin afecto, sin padre, viendo a la madre de cuando en cuando, condenado. No, no vale la pena, nadie tiene derecho, doctor Amarilio, de condenar a un inocente, al propio hijo, antes matarlo mientras haya tiempo.

—Hijo sin padre no quiero. Si usted no quiere sacármelo, encuentro quien lo haga, no faltan en Estancia. Tuca, la mucama, ya se sacó no sé cuántos, casi uno por mes. Hablo con ella, conoce a todas las hacedoras de ángeles.

Hijo sin padre, pobre Teresa. El médico tiene la responsabilidad:

—No nos vamos a ahogar, Teresa, no hay motivo alguno para tanto apuro. El doctor se fue hace mucho, ¿no es cierto? Entonces no tardará en volver. Vamos a esperar que llegue y lo decidimos. ¿Si él no quiere que aborte?

Teresa estuvo de acuerdo, no deseaba otra cosa, guardaba una esperanza, un hijo, un niño suyo y además del doctor. Emiliano llegó a los pocos días, a la hora de almorzar, tan nostálgico de Teresa que antes de ir a comer se la llevó al dormitorio, y empezaron la diversión, en risas y juegos, tengo hambre pero de ti, Teresa mía. Nerviosa así no la había conocido, una alegría intensa y una sombra de preocupación. Pasado el ímpetu inicial, con la mano sobre el vientre de Teresa, quiso saber:

—Teresa, ¿no tienes algo que decirme?

—Sí, no sé qué pasó, pero estoy embarazada... Estoy muy contenta, pensé que nunca podría tener un hijo. Qué suerte.

Una nube sombreó la cara del doctor, la mano se puso pesada sobre el vientre de Teresa, los ojos claros se volvieron una lámina azul de acero. Un silencio de segundos, duró como un mundo, el corazón de Teresa estaba parado.

—Te lo tienes que sacar, querida. —Muy tierno, la voz en un susurro, pero inflexible—. No quiero un hijo de la calle, ya te lo expliqué, ¿te acuerdas? No fue para eso que te traje.

Teresa lo sabía a ciencia cierta, sabía que ésa era la decisión, pero igual sonaba cruel. Una luz se le apagó por dentro. Contuvo su corazón:

—Sí, me acuerdo. Usted tiene razón. Yo ya se lo dije al doctor Amarilio, le dije que me lo sacara, pero él me pidió que esperase su llegada para decidirlo. Por mí, ya está decidido.

La voz era tan firme e intransigente, casi hostil, que el doctor no pudo contener cierto fastidio:

—¿Estás decidida a no tener un hijo mío?

Teresa lo miró sorprendida, por qué le hace esa pregunta si él mismo le había dicho cuando se establecieron en Estancia que no quería un hijo de la calle, un hijo era para tenerlo con la esposa, la cama de la amante es para el placer, la amante es para el pasatiempo. ¿No ve cómo se domina ella para anunciarle la decisión con voz firme, sin un temblor de los labios? El doctor lee por dentro a Teresa, ¿cómo no se da cuenta de que desea ese hijo, de que la valentía le cuesta mucho?

—No me pregunte eso, sabe que no es verdad. Voy a sacármelo porque no quiero que pase lo que yo pasé. Si fuese diferente no me lo sacaba, lo tenía igual, aunque usted no quisiera.

Teresa retira de su vientre la mano pesada del doctor, se levanta de la cama, se va al baño. Emiliano se pone de pie y rápidamente la alcanza y la trae de vuelta, están los dos desnudos y serios, frente a frente. El doctor se sienta en la poltrona donde acostumbra leer con Teresa agarrada a su cuello:

—Perdóname Teresa, no puede ser de otra manera. Yo sé que es difícil pero no puedo hacer nada, tengo mis principios. Nunca te engañé. Yo también lo siento, pero no puedo hacer nada.

—Ya lo sabía. Fue el doctor Amarilio el que dijo que a lo mejor usted quería, y yo, como una boba...

Un perro castigado por el amo, un hilo de voz deshaciéndose de tristeza, Teresa Batista agarrada al cuello del doctor, una amante no tiene derecho a hijos. El doctor se da cuenta de su infinita tristeza, de su desolación:

—Yo sé qué estás sintiendo, Teresa, lamentablemente no puede ser de otra manera, no quiero tirar un hijo a la calle. No le daré ni apellido. Te preguntarás seguramente si no tengo ganas de tener un hijo de ti, un hijo tuyo y mío. No, Teresa, no tengo. Solo te quiero a ti, a ti solamente, sin nadie más. No me gusta mentir ni siquiera para consolarte.

Hizo una pausa como si le costase mucho hablar:

—Óyeme, Teresa, tienes que decidirlo tú misma. Yo te quiero tanto que si tú quieres tenerlo, te dejaré, pero yo no lo reconozco, no le doy mi apellido y con eso se termina nuestra vida común. Yo te quiero a ti, sola, sin hijos, se pondría feo lo que hasta ahora fue tan hermoso. Decídete, Teresa, tienes que elegir entre yo y el chico. Te garanto que no le faltará nada.

Teresa no vaciló. Le apretó el cuello con sus brazos y le dio a besar sus labios, le debía más que la vida, le debía el gusto por la vida.

—Para mi usted está antes que nada.

El doctor Amarilio vino esa noche y conversó a solas con Emiliano. Después fueron a buscar a Teresa que estaba en el jardín y el médico le fijó la intervención para la mañana siguiente, allí mismo, en la casa. ¿Y las reservas morales tan ponderables, el punto de vista tan categórico, Doctor Amarilio, dónde quedaron? Se fueron, Teresa, un médico rural no puede tener punto de vista ni opinión formada, no es más que un curandero a las órdenes de los dueños de la vida y de la muerte.

—Duerme tranquila, Teresa, es una cosa fácil, no tiene importancia.

Una cosa fácil y triste, doctor. Hoy vientre fecundo, mañana pasto de la muerte. El doctor Amarilio entiende cada vez menos a las mujeres. ¿No había ido ella misma a su consultorio a proponerle el aborto, no le había dicho que si no se lo hacía él iría a buscar a una curandera cualquiera, de las muchas hacedoras de ángeles, por qué entonces se hace la afligida, pone esa cara contrita? ¿Por qué? Porque el médico era su última esperanza en la lucha por el hijo, tal vez las reservas del médico, su punto de vista categórico, nadie podía disponer de una vida, decidir sobre la muerte ajena, destruir los principios del doctor Emiliano. Qué desatinada. Teresa parecía olvidada de la intransigencia del industrial, de sus inmutables normas de comportamiento. Hijo de la calle, no, elige entre el chico y yo. Adiós, hijo, que no mereceré, hijo tan deseado, adiós.

Cosa fácil, no hubo problema, Teresa sólo guardó cama por consejo médico y exigencia de Emiliano. Él no la dejó sola ni un solo momento, se la pasaba ofreciéndole café, té, refrescos, frutas, chocolate, bombones, le leía, le enseñaba juegos de naipes, había conseguido hacerla sonreír al cabo de ese día melancólico.

A pesar de las continuas llamadas de Aracaju y de Bahía, a pesar de sus importantes negocios, el doctor se demoró junto a su amante una semana entera. Días de ternura, de mimos, de dedicación, hasta que Teresa se sintió limpia de todo disgusto, recompensada por su sacrificio, contenta de vivir, sin marca alguna de lo ocurrido.

Así era el doctor, el rebenque y la rosa.

20

El padre Vinicius se encontró con Joao Nascimento Filho a la puerta del jardín, cambiaron un apretón de manos y de frases hechas, "qué cosa, nuestro amigo estaba tan bien", "así es la vida, nadie sabe qué pasará mañana", "solo Dios que todo lo sabe". El profesor Joao se pierde en la oscura calle. El cura entra en la casa, lleva con él al sacristán, viejo flaco y torvo que carga con los objetos del culto. El médico sale al encuentro del sacerdote:

—Al fin llega, padre, ya me estaba poniendo nervioso.

—Despertar a Clerencio no es fácil y después tuvo que pasar por la iglesia a buscar las cosas.

Clerencio penetra casa adentro, hace años que anda con Nina. Desde la quinta llegan croares de sapos, cantos de pájaros. Las estrellas palidecen, la noche avanza, no tardarán los primeros signos de la mañana. El padre Vinicius se demora junto con el médico tratando de sacarle en limpio qué había sucedido, cuando lo llamaron por teléfono estaba tan dormido que no había entendido bien.

—¿Encima de ella?

—Así es...

—¡En pecado mortal, santo Dios!

—Si hubo pecado, padre, de él participamos todos, porque aceptamos la vida de la pareja, convivimos con ella.

—No digo que no, querido doctor, ¿pero qué se le va a hacer? Solo Nuestro Señor Todopoderoso tiene derecho a juzgar la vida de los hombres y a perdonarlos.

—Padre, yo pienso que si el doctor se va al infierno será por otros pecados, no por ése...

Entran juntos al comedor donde el sacristán se divierte en cuchicheos con Nina. En el dormitorio, sentada en una silla al lado del lecho, permanece Teresa absorta. Al percibir los pasos vuelve la cabeza. El padre Vinicius dice:

—Mis pésames, Teresa, ¿quién habría de decirlo? Nuestra vida está en las manos de Dios. Que Él tenga piedad del doctor y de nosotros.

¡Ah! todo menos piedad, padre, el doctor se ofendería si lo oyera, le tenía horror a la piedad.

El padre Vinicius se siente realmente triste, Le gustaba el doctor, un ciudadano poderoso pero culto y amable, con su muerte se terminaban los únicos seres civilizados del lugar, los animados debates, los vinos de calidad, importados, la buena convivencia. Quizá iba a seguir diciendo misa en la fábrica en la fiesta de Santa Ana, bautizando chicos y casando a la gente, pero sin el doctor no tendría la misma animación. También le gusta Teresa, la discreta e inteligente Teresa, merecedora de mejor suerte, ¿adónde iría a parar ahora? No faltará un *urubú* que venga a cortejarla, un candidato para el lecho vacío. Algunos con dinero pero ninguno comparable al doctor. Si se queda en la ciudad pasará de las manos de uno a las de otro, degradada por media docena de ricos. Quién sabe, si viajase al sur, donde nadie la conoce, así bonita y agradable, hasta podría casarse. ¿Y por qué no? La suerte de cada uno está en manos del Todopoderoso. El doctor había muerto encima de la amante, en pecado mortal, piedad, Señor, para él y para ella.

Los ojos penetrantes del doctor, abiertos, observando al padre Vinicius en el temor de Dios, atormentado de dudas, no parecen los ojos de un muerto. El pecado mayor del doctor no había sido ese, tenía razón el médico. Descreído, impío y hasta falto de piedad, atrincherado en su orgullo, habiéndolo visto en el seno de la familia, el padre vislumbró la soledad y el desencanto y se dio cuenta del preciso significado de Teresa, no solo una amante hermosa y joven para un señor de edad y rico, también amiga, bálsamo, alegría. Ese mundo de Dios, mundo torcido del demonio, ¿quién lo puede entender?

—Dios te ha de ayudar, Teresa, en este trance.

Los afligidos ojos del padre abandonan los ojos abiertos del doctor, recorren el dormitorio. Por las mesas libros y objetos múltiples, un puñal de plata, en la pared un cuadro con mujeres desnudas entre las olas del mar. El espejo enorme, impúdico, reflejaba la cama. Solo una rosa en las manos del muerto. Un dormitorio vacío de los atributos de la fe, desolado como el corazón de Emiliano Guedes, bien a su gusto, sin arreglos fúnebres, así lo conservaba Teresa. Pero va a llegar la familia, Teresa, en cualquier momento va a llegar la familia, gente religiosa, tiene muy en cuenta las formalidades del culto y las apariencias. ¿Vamos a permitir que los parientes encuentren al jefe de la familia sin una sola señal de su condición de cristiano? Aunque no era creyente, era cristiano, Teresa, hacía celebrar misa en la fábrica, asistía con su esposa, los dos hermanos, las cuñadas, los hijos y los sobrinos, el personal del ingenio y de los campos, de gente que venía de lejos. Frente a todos, él de pie, dando el ejemplo.

—¿No le parece, Teresa, que podríamos encender dos velas a los pies de nuestro amigo?

—Como usted quiera, padre, ordene que las pongan ahora mismo.

Ah, Teresa, por tu boca las velas no serán pedidas, por tus manos no serán puestas ni encendidas. Tú y tu doctor, pozos de orgullo. ¡Señor, piedad!, implora el padre y eleva la voz:

—¡Clarencio! Clarencio, ¡venga acá! Traiga los portacirios.

—¿Cuántos?

El cura observa a Teresa otra vez absorta, distante, indiferente al número de velas, viendo, oyendo, sintiendo solamente al doctor y a la muerte.

—Traiga cuatro...

En la sombra de la noche se mueve el sacristán entre el croar de los sapos.

21

No le había quedado marca alguna, excepto el doctor, nadie supo jamás nada del comportamiento y la amargura de Teresa, como si no tuviese recuerdo de lo ocurrido. No volvieron ni ella ni Emiliano a tocar el tema. Muy rara vez se perdían en el vacío los ojos de Teresa, el pensamiento lejano, el doctor se daba cuenta de esa sombra fugitiva que pronto quedaba oculta por una sonrisa. ¡Ah! poderosa presencia de aquél que no había llegado a ser presencia visible, apenas un presentimiento en el violado vientre de donde el instrumental del médico lo había arrancado por orden del doctor.

Nunca antes Emiliano Guedes tuvo la conciencia de haber cometido una villanía. En innumerables oportunidades, en su cotidiana tarea de dueño y señor de tierras, de patrón de la fábrica, de banquero y de empresario, discutiendo y mandando, había cometido injusticias, violencias, atropellos, actos discutibles y condenables. Por ninguno tuvo remordimientos, de ninguno se arrepintió. Todos habían sido necesarios y justificados. También en el caso del aborto había actuado en defensa de los intereses de la familia Guedes y de su comodidad personal, sacrosantas razones ante las cuales no cabían escrúpulos. ¿Por qué diablos entonces el feto informe le lastima la memoria con una sensación incómoda y persistente?

Teresa en el lecho, seca por dentro, el doctor rompiéndose

en atenciones hasta hacerla sonreír en medio de su descon
suelo. Aquel día hueco y turbio produjo un leve cambio en
las relaciones de los amantes, imperceptible a los extraños
y a los íntimos: Teresa Batista dejó de ser para el doctor
Emiliano Guedes un juego, un querido entretenimiento, una
fuente de placer, un pasatiempo de viejo rico con manías de
libros y de vinos, en capricho de gran señor que quiere
transformar a una ignorante sertaneja en una perfecta señora, con el barniz de las buenas maneras, de la finura, del
gusto, de la elegancia. También en la cama, llevándola de
la explosión violenta del instinto hacia la sabiduría de las
caricias prolongadas, hacia el refinamiento del placer en el
disfrute total de cada instante, en el descubrimiento y en
la conquista de una ilimitada escala de voluptuosidades.
Haciendo de Teresa al mismo tiempo una señora y una.
hembra. Apasionante entretenimiento, un capricho.

Hasta aquel día de luto, Teresa se consideró en deuda
con el doctor, la gratitud ocupaba un lugar preponderante
en los sentimientos que la ligaban a él. La había hecho salir de la cárcel, había ido personalmente a buscarla al inmundo prostíbulo, la había hecho su amante tratándola
como si ella fuese alguien, una persona, con bondad e interés. Le había dado calor humano, ternura, tiempo y atenciones, la había levantado de la ignorancia, de la indiferencia por el destino, le había enseñado a amar la vida. Teresa
consideraba al doctor un santo, un dios, alguien muy por
encima de los demás y eso la dejaba sumisa ante él. No
era su igual, ella no era nadie, sólo en la cama, en el momento del desfallecimiento lo poseía en nombre de la carne
y los huesos, pero así y todo era superior a otros en el dar
y en el recibir. Lo midiese con los sentidos o con los sentimientos, no había nadie con quien lo pudiera comparar.

Al optar entre el doctor y esa vida que le hinchaba el
vientre, sin darse cuenta, Teresa había rescatado su deuda.
No podía vacilar y no vaciló en el instante crudo y frío en
que desistió del hijo y dispuso de la vida y de la muerte
ajena. Ni un instante pesó los valores máximos y colocó
el amor de mujer por encima del amor de madre. Por cierto, la gratitud había desempeñado un relevante papel en
la elección. Sin darse cuenta, pagó la deuda y adquirió un
crédito ilimitado junto a su amante. Se encontraban más
cerca uno de otro y todo se volvió más fácil de ahí en
adelante.

El doctor sabía que los intereses materiales no pesaron
en la decisión pues había garantido el sustento para Teresa

y *para el niño, desligándola al mismo tiempo de cualquier deber o compromiso para con él. Mientras yo viva, tú y el niño tendrá de todo, lo que no tendrá es mi apellido, y tú no estarás más conmigo. El dinero no significa mucho para ella, Emiliano debe cuidarse de que no le falte nada, pues ella nada le pide, no reclama, no se aprovecha. Durante los seis años de relaciones ningún interés mezquino movió a Teresa y si llevaba algún dinero en la cartera cuando se marchó se debió al azar. En la víspera de su muerte, el doctor le había entregado, con exceso como siempre, el dinero para los gastos de la casa. Gastos personales practicamente no tenía, el doctor le traía de todo, vestidos modernos, zapatos, cremas, perfumes, adornos, cajas de chocolate que dividía con los chicos de la calle.

No es que Teresa fuese indiferente a lo bueno y a lo agradable. Por el contrario, siendo inteligente, estimaba las cosas bellas, había aprendido a distinguirlas y apreciarlas, pero no se había vuelto esclava de las comodidades, ni indolente ni interesada. Algunos regalos, la cajita de música, por ejemplo (la pequeña bailarina que bailaba al son de un vals), la deslumbraban. Apreciaba cada objeto, cada regalo, cada mimo, pero podía vivir sin ellos, sólo la ternura, el calor de los sentimientos, la atención constante, la dulce amistad, el amor, le hacían falta. Si eligió al amante en el momento de la opción, lo hizo porque lo situaba por encima de todos los bienes de la vida, hasta del hijo, para mí mi señor está antes que nada.

Al día siguiente al del aborto, el médico dio de alta a Teresa permitiéndole dejar el lecho, andar por el jardín, pero le aconsejó reposo para el cuerpo y para el corazón:

—No salga por ahí a trabajar, comadre, no abuse de sus fuerzas, ni se enoje.— Tratándose de la comadre y para demostrarle su estima le dice: —Quiero verla fuerte y alegre.

—Quédese tranquilo, doctor, ya no siento nada, ¿o piensa que soy una quejosa? Ya se pasó todo, créame.

Admirado por el carácter de Teresa y el deseo de apresurarle la convalescencia, el doctor Amarilio le aconsejó a Emiliano cuando se despidió en la puerta del jardín:

—Cuando vaya a Bahía traiga de allá una de esas muñecas grandes que hablan y caminan y désela a Teresa, será un compensación.

—¿Usted cree, Amarilio, que una muñeca puede compensar un hijo? Yo creo que no. Voy a traerle un montón de cosas, todas las cosas lindas que encuentre, pero una muñeca no. Teresa, mi querido amigo, no solo es bonita y joven, también es inteligente y sensible. Solo es una niña por la edad, por los sentimientos es una mujer madura, muy vivida y de carácter, ya dio pruebas de eso. No, amigo mío, si yo le trajese una muñeca no le gustaría. Si una muñeca pudiese sustituir a un hijo la vida sería más fácil.

—Tal vez usted tenga razón. Mañana vuelvo para verla. Hasta mañana, doctor.

Desde el portón del jardín, Emiliano ve cómo el médico dobla la esquina con su maletín en la mano. Lo que ella perdió, Amarilio, lo que yo le saqué a la fuerza, usando un truco, colocándola entre la espada y la pared, solo se compensa con cariño, con afecto, ternura y amistad. Solo se paga con amor.

Afecto, cariño, ternura, amistad, regalos y dinero, con seguridad, son monedas corrientes en el trato de las amantes. Pero amor, ¿desde cuándo, Emiliano?

22

El sacristán enciende las velas, dos altos portacirios a los pies de la cama, dos a la cabecera. Al entrar, masticando una oración, se persignó, el ojo cúpido puesto en Teresa, imaginándosela en la hora de la muerte del doctor, recibiendo en su buche el fierro y la sangre. ¿También gozaría ella? Dudoso, esas tipas metidas con hombres viejos solo representan en la cama, para engañarlos, guardan el fuego para los otros, para sus enamoramientos, sus muchachos.

Nina no era mujer de absolver a nadie y sin embargo, había dicho que esa tipa se mantenía honesta, que no se le conocía ninguno, que no recibía extraños a escondidas. Seguramente por miedo a las venganzas, ese Guedes y su familia eran una raza de tiranos. O a lo mejor para asegurarse el confort, el lujo, para hacerse su capitalito. Honesta puede ser, pero vaya a saber. Esas que se hacen las finas engañan a Dios y al Diablo, cuanto más a un viejo caduco, apasionado y a una criada analfabeta.

Los ojos del sacristán van de Teresa al padre Vinícius. ¿Quién sabe, el padre? También él, Clarencio, sacristán atento y alerta, nunca había descubierto al padre en un renuncio, cometiendo la falta. Con el finado padre Freitas, la cosa era diferente, en la casa la ahijada, una mujer que valía, por la calle cualquiera. Buenos tiempos para el sacristán, trabajando de lleva y trae y disfrutando de las intimidades de las descaradas. El Padre Vinicius, joven y deportivo, lengua suelta, poco paciente con las beatas, nunca había dado lugar a comentarios a pesar de la vigilancia de las comadres en pie de guerra, rastreando sospechas. Tanta virtud y soberbia no le impidieron al cura frecuentar la casa de la perdida, la cueva de la amante, la morada del pecado, llenándose allí de comida y vino, llenándose la barriga. ¿Solo la barriga? Quizás. En este mundo descabezado se encuen-tra uno con toda clase de cosas, hasta con cura casto. Cla-rencio sin embargo no se admiraría si se descubriera que el cura y la perdida comían también por el otro lado. Cura y muchacha son buenas presas para el infierno, como lo sabe muy bien Clarencio, sacristán y putañero.

Teresa se mantiene absorta en la silla. Clarencio la mira, ¡pedazo de mujer, quién pudiera! No esa noche, claro, en que la tipa está preñada de muerte. El sacristán se estre-mece, qué inmunda. Se hace la señal de la cruz, el cura también la hace, salen los dos, Clarencio para seguir conver-sando con Nina y Lula, el cura para esperar a la familia Guedes en el jardín.

Nace la aurora con atisbos de lluvia. En el dormitorio todavía es de noche: las cuatro velas, la llama vacilante, Teresa y el doctor.

23

Empezaron a verlos juntos por la calle, y de día. Al prin-cipio, en los paseos matutinos para bañarse en el río, uno de los placeres del doctor. Desde que había instalado a su amante en Estancia, el industrial se había hecho cliente de la Cachoeira do Ouro, en el río Piauitinga. Solo o acom-pañado de Joao Nascimento Filho, allá se iban para el río a la mañana temprano.

—Este baño es salud, profesor Joao.

Al regresar del primer viaje después del aborto, el doctor trajo montones de regalos para Teresa, entre ellos una malla de baño.

—Para bañarnos en el río.

—¿Bañarnos? ¿Los dos juntos? —preguntó extrañada Teresa.

—Sí, Panal de Miel, los dos juntos.

Teresa salía con la malla debajo del vestido, el doctor con un *slip* minúsculo debajo de los pantalones, cruzaban

Estancia en dirección al río. A pesar de la hora temprana, ya las lavanderas golpeaban su ropa en las piedras, y masticaban tabaco. Teresa y el doctor recibían la ducha fuerte de la cascada, pequeña caída de agua. El lugar era deslumbrante, corriendo sobre las piedras, a la sombra de los inmensos árboles, el río se abría en un gran remanso de agua limpia. Para allí marchaban después de la ducha, atravesando a través de la ropa tendida al sol por las lavanderas.

En el punto más profundo, el agua daba hasta los hombros del doctor. Extendiendo los brazos, mantenía a Teresa a flote, enseñándole a nadar. Los juegos, la risa suelta, los besos intercambiados dentro del agua, el doctor se sumergía y la sostenía por la cintura, con una mano en los pechos o buscando debajo de la malla, un extraño pez se escapaba del *slip*. Preludios de amor, el deseo se acentuaba en el baño en el río Piauitinga. De vuelta en la casa, en la bañera o en la cama, completaban el alegre comienzo de la mañana. Mañanas de Estancia, nunca más.

Al principio despertaban la curiosidad general, ventanas llenas, las solteronas doloridas por la nueva actitud del doctor, antes tan prudente y respetuoso, que iba perdiendo la discreción con el paso del tiempo, que se volvía un viejo verde y solo pensaba en satisfacer los caprichos de la amante. La descarada quería exhibirse con el viejo rico, refregarlo en las narices de la gente, sin consideración alguna para las familias. La mayor audacia era en el río, él prácticamente desnudo, solo faltaba que se echaran ahí mismo, a la vista de las lavanderas. A la vista de las lavanderas no, no alcanzaban a ver. Más de una vez sucedió que Teresa tapaba al doctor, miedosa de que apareciera alguien, toda embarullada, una delicia. Así es que las beatas nunca podrían imaginar que Teresa hubiese ofrecido alguna resistencia cuando el doctor la invitó:

—¿Juntos? La gente va a hablar, se van a meter en la vida del señor.

—Deja que hablen, Panal de Miel. —La tomó de las manos y agregó—. Ya pasó el tiempo...

¿Qué tiempo? ¿Aquel inicial de desconfianza, de vergüenza? Suspicaces los dos, adivinándose pero no conociéndose, desinhibidos solo en la cama e incluso por momentos, ella dándose con violencia, con hambre de cariño, él manejándola poco a poco, paciente. Tiempo de pruebas, Alfredao síguiéndola en la calle, oyendo y transmitiendo conversaciones, cuidando la puerta, corriendo a los pretendientes y galanteadores. Teresa escondida en el jardín, en la quinta, dentro de la casa, comprimida por las exigencias de la responsabilidad del doctor. A pesar de la cortesía y de las comodidades, de la atención constante y el cariño creciente, aquel comienzo tuvo muros y rejas de prisión. No tanto a causa de las limitaciones impuestas por el recato de Teresa y la prudencia del doctor, los muros se levantaban dentro de ellos. Teresa confusa, temerosa, demostraba en su manera de actuar el peso de los recuerdos del pasado reciente. El doctor observaba en la muchacha las condiciones necesarias: belleza, inteligencia, carácter, esa llama de sus ojos negros, todo lo requerido para la formación de la amante ideal; diamante en bruto que debía ser labrado, niña que debía convertirse en mujer. Dispuesto a gastar en ella tiempo, dinero y paciencia, apasionante diversión pero aún sin sentir por Teresa otra cosa que deseo, un deseo intenso, incontrolable, sin medida, deseo de un viejo por una niña. Tiempo de prueba, de siembra, con muros y rejas, de difícil tránsito.

¿Qué tiempo? ¿Aquel en que las sementeras brotan y la risa estalla? Cuando la voluptuosidad se somete a la ternura, cuando terminan las pruebas y el doctor la reconoce como mujer hecha y derecha, digna de su confianza y estimación, no solo de su interés, cuando Teresa abandona sus dudas y se entrega sin reservas, en cuerpo y alma, viendo en el doctor a un Dios, por eso mismo tirada a sus pies, su amante pero no su igual. Tiempo de prudencia y discreción. Salían juntos pero sólo de noche, después de la cena, andando caminos poco transitados; solo recibían en la casa al doctor Amarilio y a Joao Nascimento Filho, además de Lulu Santos, el primer amigo.

Ya se había terminado aquel tiempo y comenzado otro, el día ceniciento, el día de la muerte, pero no de soledad. Ese día se terminaba todo o el amor latente irrumpiría triunfante. Construido con los sentimientos anteriores, amalgamados, transformados en una cosa válida y definitiva.

El doctor empezó a ir a Estancia con redoblada frecuencia, ampliando sus estadas en el chalet, la residencia donde vivía más tiempo. En ella no solo recibía a sus amigos en comidas y reuniones, sino también la visita de notables de la ciudad: el juez, el prefecto, el párroco, el comisario. Llegaban a Estancia comunicaciones del Banco Interestadual, de la Eximportex S.A. sobre negocios y despacho de asuntos diversos.

Teresa había dejado de ser una ruda muchacha del sertón, retirada de la cárcel y del prostíbulo, con el cuerpo y el corazón marcados a hierro y fuego. Las marcas fueron desapareciendo, en la convivencia con el doctor se había desarrollado en belleza, en elegancia, en gracia, en mujer esplendorosa. Antes era solitaria, ahora alegre y comunicativa; antes cerrada en sí misma, ahora abierta en risas.

Tiempo de amor, cuando se volvieron indispensables uno para el otro. Amor de un dios, de un caballero andante, de un ser sobrehumano, de un señor y de una chiquilina campesina, una muchacha rural elevada por él a la condición de amante, de mujer con cierto barniz de finura y educación, y un amor profundo y tierno, sobrepasando el deseo.

Para Emiliano cada despedida era más difícil, para Teresa más largos los días de espera. Algunos meses antes de la muerte del doctor, uno de los gerentes del banco resumió la situación para sus colegas de directorio, amigo de toda confianza:

—Por el cariz que están tomando las cosas, dentro de poco tiempo la casa central del banco se mudará de Bahía a Estancia.

24

Mientras el doctor vivía, el rebenque en la mano, ¿quién iba a atreverse, amigo? No veo hombre con coraje para tanto, en mis relaciones o fuera de ellas, en los arrabales de los verseadores y cantores donde la concurrencia aumenta día a día a ojos vista, actualmente los susodichos son muy numerosos en el nordeste. Y con tanto trovador haciendo versos y relatos, ganarse la vida es difícil, capitán. ¿El estimado amigo no es capitán? Perdóneme si me equivoco, mayor. ¿Ni capitán ni mayor, no es militar, un simple paisano nomás? Me alegro de saberlo, pero no lo divulgue, porque con galones se ganan más cosas, usted cierre el pico y agarre lo que sea.

Mientras el doctor vivía, ¿quién iba a inspirarse y a hacer rimas? Por más coraje que se tenga, por más arreglos que se le haga a lo sucedido nadie está dispuesto a recibir golpes y a tragarse el papel impreso con la composición aunque los versos estén adobados con sal y pimienta. La guitarra es un instrumento para las fiestas no para enfrentar puñales ni chicotes. Con la fama del rebenque de plata revoloteando por los caminos del sertón y las avenidas de Bahía, capital principal del Brasil, nadie estaba loco como para salir hablando del doctor y de su amante, no veo ningún

hombre que pueda atreverse a tanto. Estando él vivo, quisiera yo ver a uno tan macho que se atreviera a rimar "gozo
con morto".

Cuando murió el doctor la noticia corrió de boca en boca
y todos los cantores agarraron la viola, porque hacía mucho
no aparecía un tema tan interesante para glosarlo. Desde
Bahía hasta Ceará, en este fin del mundo, se repitió la misma copla:

> O bode velho morreu
> em riba da rapariga
> no meio da putaria.[1]

¿Usted se imagina, diputado, si el doctor escuchara esa
falta de respeto, bode velho, rapariga y putaria? ¿Cómo se
divulgó la historia, cómo todo el mundo se enteró de esas
cosas, cómo fue? ¿Por quién se supo? ¿Por los criados,
por el médico, por el profesor, por el sacristán? Por todos
y por ninguno, esas cosas se adivinan. No se gana nada con
sacar el cadáver y hacerlo velar en otro lugar, en una casa
de familia, con inventarle una muerte decente, tratar de
engañar a la gente. Para hacer un relato no se precisan
demasiados detalles. Hay que conocer lo principal, el fundamento, el resto lo inventa la gente según el gusto de
la rima.

Se escribió mucho, no sólo esos tres cuadernillos que usted
conoce, senador. En Paraíba salió uno titulado EL RICA-
CHO QUE MURIÓ COMIÉNDOSE A UNA DONCELLA,
por el título usted ve que el autor había oído cantar al gallo
pero no sabía de dónde. En ese cuadernillo no hay referencia directa al nombre del doctor, lo trata siempre de ricacho,
millonario, fulano y zutano, pero ¿cómo diablos el guitarrero de Campina Grande se sabía el nombre de Teresa?
Nunca vi nada tan sucio, y mire que yo tengo escritos algunos subidos, todas las rimas en ica, alho, eta, oda, en fin,
un pobre verseador. ¿Vuestra señoría no es político? ¿No
es verseador ni diputado? ¿No es senador ni candidato?
¡Qué pena! Los políticos siempre consiguen algo, o si no, no
gastan su dinero, gastan el de los otros, el del pueblo brasileño.

Si Toninho, el de la librería, no le consigue un ejemplar,
nadie se lo va a conseguir, sea por dinero o por lo que sea,
del CASO DEL VIEJO QUE MURIÓ GOZANDO A LA MU-

1 El chivo viejo murió
encima de la mocita
haciendo la porquería.

LATA, que compuso en Aracaju el ciego Heliodoro, sin malas palabras pero con una descripción completa del goce antes de la muerte, que la gente se sacó los cruzeiros del bolsillo para comprarlo. La descripción de la muerte está tan bien, conmueve tanto, que dan ganas de morirse de la misma manera. No por ser ciego, Heliodoro divisa menos. Parece que hubiera visto lo que pasó.

A lo mejor, Toninho le consigue algunos de los que se publicaron en Bahía, EL VIEJO QUE ESTIRO LA PATA EN PLENO GOCE, hecho por un novato, todo moderno, con coplas de pie quebrado, y LA MUERTE DEL PATRÓN ARRIBA DE LA CRIADA, del maestro Possidônio de Alagoinhas, guitarrero de valor pero nada feliz en ese cuadernillo. Todo está equivocado, convierte al doctor en un patrón malvado, a ella la hace una criada sucia, envuelve a la patrona en el enredo y la hace aparecer en el momento culminante, matando del susto al pobre viejo. No parece una obra de la pluma del maestro Possidônio. Para completar tantos absurdos, hizo del doctor un cabañero y de los cabellos negros de Teresa una mota. La familia pagó por las ediciones de esos cuadernillos, pero la gente conocedora guardó algunos ejemplares que se vendieron después, lentamente. No vale la pena leerlos, no excitan ni tampoco dan risa.

En lo que respecta a mí, fue peor porque yo di los nombres y no me reduje al caso de la muerte del doctor sino que conté todas las porquerías de la familia, los cuernos, los desfalcos, los cheques sin fondo, el contrabando, los hermanos, los hijos y el yerno y todos los demás, una verdadera antología, créame. Di con la costillas en la cárcel y para salir tuve que vender la edición completa por unas monedas. El abogado de la familia vino a mi casa con el comisario y me sacó y rompió los pocos ejemplares escondidos que tenía debajo del colchón, guardados para mis amigos, o para gente interesada como usted. Me amenazaron con la cárcel de nuevo si llegaba a aparecer alguno por ahí, vea los peligros que corre un pobre trovador.

Así y todo, si el apreciable amigo quiere leer LA ÚLTIMA MONTA DEL DOCTOR MUERTO EN LA HORA DE LA VERDAD, tendrá que pagar el precio del cuadernillo y el precio del peligro. Si me pasa un billete de quinientos yo le facilito un ejemplar, el último que tengo. Lo hago por simpatía, no por dinero. En mi verseada cuento todo como fue, no pierdo el tiempo en bobadas. No le vendí el alma del doctor a Satanás ni dije que Teresa se volvió loca y se tiró al río como escribieron algunos. Cuento la verdad y

*nada más, para el doctor morir en ese momento y de esa
manera fue una bendición de Dios, el peso de la muerte quedó sobre Teresa, un peso ingrato.*

*Lo escribí así según mi buen entender, yo Cuica de Santo
Amaro, el que le habla, de frac y sombrero de copa, que
vende las rimas fruto de su inspiración frente al Elevador
Lacerda.*

25

—¡Pucha! Qué parecido al doctor Emiliano Guedes es ese
sujeto, ni que fueran gemelos... —se admiró Valerio Gama,
comerciante en Itabuna emigrado de Estancia siendo niño,
y vuelto pasados los cuarenta, con bienes y con la intención
de visitar a sus parientes.

—No es gemelo, es el mismo doctor que pasea con su
excelentísima amiga —le aclaró su prima Dadá, muy al día
con los asuntos locales y de suelta lengua—. Desde hace
varios años, el doctor tiene a su amante aquí, un honor para
nuestra ciudad...

—No bromees...

—¿Nunca oíste decir que las aguas del Pitauitinga son
milagrosas para restaurar las fuerzas? Los viejos aquí se
vuelven jóvenes.

Una lengua suelta pero sin mala voluntad, en Estancia,
ciudad hospitalaria y cómplice, hasta las mismas beatas contemplan los amores de los demás con mirada complaciente.

El *grapiúna* [1] quiso sacar en limpio toda la información
referida a los amores del doctor, ¡increíble! Emiliano y Teresa subían la calle a paso lento, disfrutando de la brisa de
la tarde. Al enfrentarlos, el comerciantes abrió la boca, por
Dios, la prima no había inventado nada, era nomás el doctor
Emiliano Guedes y no un sosia, acompañado por una mujer
joven y apetitosa. Boquiabierto y confuso, se llevó la mano
al sombrero para saludar al banquero. El doctor respondió
al saludo:

—Buenas tardes, ¿Valerio Gama de vuelta en el pago?
—Emiliano retenía de una vez para siempre la fisonomía y
el nombre de las personas con las que había tenido alguna
especie de relación. Valerio era cliente del banco.

---

1 *Grapiúna:* nombre peyorativo que aplican los sertanejos de Bahía a
los que viven en la capital.

—Sí, señor doctor, tanto allá como aquí su seguro servidor.

Como atontado, al punto que provocó la sonrisa y el comentario de Teresa:

—Parece que vio a un fantasma...

—El fantasma soy yo. Hasta ahora Valerio solo me había encontrado en el banco, con corbata, discutiendo de negocios, de pronto chocamos en Estancia, por la calle, con ropa deportiva, junto a una belleza de mujer, la sorpresa es demasiado grande para un comerciante de Itabuna. Cuando vuelva allá, vas a ver las cosas que comenta.

—Me parece que sería mejor que usted no se mostrara así conmigo.

—No seas tonta, Panal de Miel. No voy a dejar el placer de pasear contigo por el comentario que puedan hacer, por hache o por be. No me interesa. Todo no pasa de envidia, Teresa, envidia de ti y de mí. Si yo quisiera matar de envidia a la gente te llevaría a Bahía, a Río, ahí sí que iban a hablar —se rió moviendo la cabeza—. Pero soy demasiado egoísta para salir a exhibirte, las cosas que yo quiero las quiero para mí, soy muy egoísta.

Le dio la mano para ayudarla a subir a la vereda:

—En el fondo cometo una injusticia contigo, te tengo encerrada en Estancia, entre las paredes del chalet, casi como una prisionera. ¿No es verdad, Teresa?

—Aquí tengo todo lo que quiero, yo soy feliz.

¿Llevarla por el mundo, exhibirla? ¡Por el amor de Dios, no doctor! Al capitán le gustaba causar envidia a los demás, ostentaba sus gallos de riña, sus caballos de silla, su pistola alemana, su collar de vírgenes. Había llevado a Teresa a las riñas de gallos solo para ver en los ojos de los paisanos el brillo turbio de la codicia. Pero, ¿cómo el doctor se va a parecer al capitán?

—Yo te quiero sólo para mí.

Los amigos en las comidas, el baño en el Piauitinga, el paseo vespertino, la caminata nocturna, el puente sobre el río Piauí, el puerto con los barcos. Para ella era lo mismo que quedarse encerrada en la casa, no le importaba. Oírle decir que la quería para sí, exclusivamente, le pagaba cualquier limitación.

Muchas veces planeaba viajes a sitios próximos. Una ida en lancha hasta las orillas del río Real, en el límite entre Bahía y Sergipe, para ver el mar golpeando la playa del Mangue Seco, las dunas de arena, la población de Saco, una aldea de pescadores. Pero nunca salieron de la ciudad, Teresa no conoció el mar en aquella época, y aunque hubiese deseado la excursión, no insistió por el cumplimiento de la promesa, no le importó que no se realizara. Le bastaba la presencia del doctor, estar con él en la casa, conversar con él, reír y aprender, salir a pasear a la calle con él, acostarse con él, ¡ah! acostarse con él.

Como el tiempo de que disponía el doctor era breve, un tiempo robado a los negocios, a la fábrica, al banco, a la familia, lo gastaban a solas, escondidos en el chalet. Para el doctor era el reposo, una pausa en su trajinar, para Teresa era la vida misma.

La ciudad se habituó a la presencia constante y transitoria del doctor, al *slip* de baño, la flor en la mano, la compañía de la amante, parados los dos delante de los antiguos caserones, conversando en el Parque Triste, acodados en el puente, indiferentes a la maledicencia. El doctor había perdido por completo su discreción, hombre rico, todos lo sabían, y con derecho a tener amante con casa puesta y cuenta abierta, casi una condición obligatoria para su estado, pero siendo casado, no queda bien hacer exhibiciones en público, ofendiendo las buenas costumbres, pues la grandeza se debe poseer y no ostentar.

Con el paso del tiempo la maledicencia perdió fuerza y volumen, el sabor de la novedad se extinguió, fue necesaria la vuelta al pago del hijo pródigo para hacer resurgir el tema en las conversaciones. Como buena patriota, la idónea Dadá elogia las bondades de Estancia, tierra florida, cielo estrellado, luna brillante, pueblo generoso y tolerante, abrigo ideal para los amores clandestinos.

—Quien lo dice no soy yo, primo, es el mayor Atilio, llegó aquí en el fin de sus fuerzas, viejo achacoso, hacía años que no miraba a una mujer, ya se había olvidado de cómo eran las partes. Con el aire de Estancia y el agua de Piauitinga, en menos de un mes se rejuveneció, se buscó a una mujer y le hizo un hijo. Él mismo se lo cuenta a quien quiera oírlo. La fulana del doctor también ya estuvo con la barriga llena, se lo sacó, el agua de aquí es la que hace el milagro, primo.

—Ay, prima, la muchacha del doctor no necesita milagros. Basta con mirarla, ésa levanta a un difunto.

26

Los ojos abiertos del doctor parecen animarse a la tenue luz de la vela, repletos de malicia, como si acompañasen los pensamientos de Teresa. No era necesaria ninguna agua milagrosa, ninguna hierba, bastaba una mirada, una sonrisa, un gesto, un toque, la rodilla a la vista, y allá se iban los buenos propósitos de trabajo y todo el tiempo o la mayor parte quedaban reservados al placer.

No me mires así, Emiliano, no quiero recordar esos deleites la noche de tu muerte. ¿Por qué no, Teresa? ¿Dónde iba a morir sino en tus brazos, dentro de ti, deshaciéndome de amor? No vivimos dos amores diferentes, uno reservado a los sentidos, otro a los sentimientos, fue un único amor hecho de ternura y voluptuosidad. Si no quieres recordarlo, lo recuerdo yo, Emiliano Guedes, experimentado maestro de amor, que para su goce utilizó hasta a su muerte.

Los mismos ojos de malicia, el mismo mirar travieso con que la miraba mientras comían a la mesa con los amigos, mientras le mostraba la punta de la lengua. Desde la noche en la puerta de la pensión de Gabi, antes de colocarla en la grupa de su caballo había fijado la sensación de su intenso poder con la punta de la lengua saliendo por debajo del bigote para abrirle los labios, bastaba que le mostrase de lejos la punta de la lengua y ya Teresa la sentía penetrar, íntima, en todos los rincones de su ser. En Emiliano todo era preciso y cada paso en el camino del refinamiento se convertía en un marco que debía ser retomado en otra ocasión.

Delante de las visitas solemnes, el prefecto, el fiscal, el juez, un gesto de inocente apariencia, con una uña el doctor rascaba el cuello de Teresa y ella tenía que contenerse para evitar un gemido, manos lujuriosas, lascivas uñas de gato. El ojo oblicuo puesto en el escote para verle los pechos. Una noche, conversaban en el jardín donde la iluminación era muy escasa, pues el doctor quería el cielo libre para la luna y las estrellas. Habían comido y la conversación sobre cuestiones políticas proseguía entre Lulu Santos y el médico. Joao Nascimento Filho había hecho el elogio de la esplendorosa noche y el padre Vinicius había elogiado la generosidad del Señor que creó tanta belleza para regocijo del hombre en la tierra. Bajo el *cajueiro*, Teresa estaba oyéndolos. El doctor se le acercó e inclinándose frente a ella la tapó a la vista de los otros. Afectaba darle a beber un trago de su copa de coñac, pero le abrió el escote del vestido y miró el seno moreno y duro, quizá el ornamento más bello de Teresa. ¿El más bello? ¿Qué decir entonces del traste? ¡Ah, el traste!

No, Emiliano, no recuerdes más esas cosas, desvía de mí tus ojos arteros, recordemos otros momentos. Todo entre nosotros fue un idilio, hay mucho en que pensar. Panal de Miel, no seas tonta, nuestro idilio nació y terminó en la cama. Hace poco aún, cuando me preparaba para el encuentro inevitable con la solemnidad de la muerte de un prócer, ¿de qué te acordaste al sentir el perfume de agua colonia masculina? Ay, Emiliano, tales recuerdos, aromas y deleites se terminaron para mí. No, Teresa, la alegría y el placer son el legado que te dejo, el único, pues no dispuse de tiempo para nada más.

Apenas llegados a Estancia, concluidas las obras de reforma del chalet, inaugurados los nuevos baños, el doctor inició a Teresa en el placer de los baños de inmersión, con sales y aceites. Por la mañana, la ducha fuerte, el agua del río. Hacia el fin de la tarde, o a la noche, la languidez del agua tibia, los aromas. Con tanto frasco de perfume para elegir ella que solo había visto usar perfume en la pensión de mujeres, notó la preferencia del doctor por un agua colonia, sin duda extranjera. Al hacerse la barba y al salir del baño, invariablemente Emiliano la usaba, seca fragancia agreste.

Para gustarle, un día se la puso después del baño vespertino. Teresa tomó el frasco y se llenó de agua colonia del amante, y de esa forma se le apareció al pie del lecho. Emiliano se levantó para recibirla y al sentir el perfume derramado por todo el cuerpo se rió largamente, estrepitosamente:

—¿Qué hiciste, Teresa? Ese perfume es de hombre.

—Como vi que usted lo usaba con tanto agrado, yo también me lo puse, pensaba que...

Erguida muchacha, cuerpo en formación, caderas insolentes, el doctor la volteó y la retuvo de espaldas contra sí. Desde la punta de los cabellos hasta los dedos de los pies, desde la rosa del sexo a los pezones, el cuerpo entero de Teresa fue poseído por el doctor, tierra de su labranza.

Con el tiempo, Teresa se manejó con los perfumes y la manera de usarlos. En el momento de la afeitada ella misma le pasaba el agua colonia por la cara, por el bigote, por los pelos blancos del pecho velludo. Le gustaba aspirar el perfume seco, agreste de hombre. Alguna que otra vez, él tomaba el frasco de la mano de la amiga y le ponía una gota en el cuello y la volteaba sintiendo el palpitar de sus

caderas. Cada gesto, cada palabra, cada mirada, cada aroma
tenía su valor propio.

Ay, Emiliano, no recuerdes ahora esos momentos, deja
que la muerte se asiente del todo en mi vientre, para que
pueda recoger el legado inmenso de alegría y de placer
que me dejaste.

27

A veces el doctor le contaba a Teresa enamoramientos de
los que ellos eran personajes, para divertirse y reír.

El círculo de las comadres transformaba un espejo colocado en la pared del dormitorio en aposento cubierto de
espejos, con funciones eróticas. El espejo, es cierto reflejaba
la cama enorme, los cuerpos desnudos y las caricias, con ese
propósito lo había comprado el doctor y lo había colocado
en ese lugar. Pero era solo uno y los que inventaban las
charlatanas eran múltiples. Las clases que Teresa le había
dado a los chicos de la calle dieron margen a una sensacional noticia, a punto de ser abandonada por el industrial,
Teresa se preparaba para ganarse la vida ejerciendo el ma-
gisterio primario. Contradictorias, las beatas en seguida se
ponían a discutir los nombres de los ricos candidatos a sustituir al doctor en los brazos de la amante cuando llegase
el cansacio inevitable.

Acusándolo de espionaje, en broma, Teresa le pregunta a
Emiliano cómo obtiene tales informaciones si está ausente
de Estancia la mayor parte del tiempo. Incluso después que
Alfredao se había vuelto a la fábrica, el doctor estaba enterado del dicen que dicen.

—Yo lo sé todo, Teresa, acerca de todos aquellos por los
que me intereso. No solo sobre ti, Panal de Miel, sé todo
respecto de cada uno de los míos, qué hacen, qué piensan,
hasta cuando no digo nada y finjo no saber.

¿Un temblor er la voz de Emiliano? Simula miedo y
susto, para alejarlo de sus preocupaciones, negocios, amarguras, para hacerlo reír:

—El doctor me busca tantos candidatos, hasta parece que
se quiere librar de mí...

—Panal de Miel, no digas eso ni por broma, te lo prohibo.
—Le besa los ojos—. Ni te das cuenta de la falta que me
harías si te fueras. A veces tengo miedo de que te canses

de estar aqui siempre sola, en esta vida tan limitada y triste.

Teresa abandona el tren de broma y se pone seria:

— —Mi vida no es triste.

— —¿Es verdad, Teresa?

—Cuando usted no está no falta qué hacer, la casa, los niños, las lecciones, experimentos en la cocina para sorprenderlo cuando vuelva, oigo la radio, aprendo canciones, no me sobra un minuto...

—¿Ni para pensar en mí?

—En el doctor yo pienso el día entero. Si demora en volver, entonces sí que me pongo triste. Lo malo de mi vida es eso, pero yo sé que no puede ser de otra manera.

—¿Te gustaría que me quedase para siempre, Teresa?

—¿Si no puede quedarse, de qué vale quererlo? No pienso eso, me contento con lo que tengo.

—¿Lo que yo te doy es poco, Teresa? ¿Te falta algo? ¿Por qué nunca me pides nada?

—Porque no me gusta pedir y porque no me falta nada. Lo que usted me da es mucho, no sé qué hacer con tantas cosas. No hablo de eso, usted sabe.

—Sí, sí, Teresa. ¿Y tú? ¿Tú sabes que para mí también es triste ese ir y venir? Óyeme una cosa, Panal de Miel, creo que no me acostumbraría más a vivir sin ti. Cuando estoy lejos solo tengo un deseo, estar contigo.

Seis años, una vida, tantas cosas para recordar. ¿Tantas cosas? Casi nada dramático y grave había sucedido, ningún acontecimiento especial que mereciera las páginas de una novela, solo la vida transcurriendo en paz.

—Mi vida es una novela, solo hay que escribirla... —decía la costurera Fausta con voz patética.

Pero la vida de Teresa en Estancia no, era mansa y alegre, no daba material para un enredo novelesco. A lo sumo servía para componer una canción de amor, una romanza. En la ausencia del doctor mil pequeñas tareas para llenar el tiempo de la espera, con él presente, la alegría. Un idilio de amantes en el cual nada digno de mención sucede. Por lo menos en apariencia. Besos, risas, un día Emiliano le exhibe unos versos escritos y enviados por el poeta Amintas Rufo, inspiración que se sustenta cortando géneros en una tienda, burgués sin ideales.

—Si el doctor promete no reírse, le mostraré una cosa. La guardé solo para mostrársela.

El sobre llegó por correo, dirigido a Doña Teresa Batista, calle José de Dome, número 7, una melosa verseada. Al final de dos páginas la firma y los títulos del autor: Amintas

Flavio Rufo, poeta apasionado y sin esperanzas. Con la cabeza en la falda de Teresa, el doctor lee las estrofas del comerciante:

—Te mereces algo mejor, Panal de Miel.

—Tiene unos versos muy bonitos:

—¿Bonitos? ¿Te parece? Si alguien encuentra que una cosa es bonita es bonita. Lo que no impide que sea mala. Esos versos son malísimos. Una bobería. —Dobló las hojas de apretada caligrafía—. Más tarde iremos a dar una vuelta y entraremos en la tienda donde trabaja el poeta...

—Usted dijo que no iba a hacer nada...

—Yo no voy a hacer nada. Tú sí, vas a devolverle sus versos para que no repita la dosis.

Pensativa, Teresa movía las hojas en su mano:

—No doctor, yo no voy. El muchacho no me hizo ningún agravio, no me mandó ninguna carta, no me propuso nada, ni dormir con él, ni me ofende, ¿por qué voy a devolverle sus versos? Encima junto con usted, yo como ofendida y usted con amenazas, en la tienda, delante de todo el mundo. No queda bien ni para mí ni para usted hacer eso.

—Ya te digo por qué. Si no cortamos inmediatamente las alas de ese idiota, se va a sentir fuerte, y yo no quiero que nadie te importune. ¿O es que te gustan esos versos y quieres guardártelos?

—Dije que me parecen bonitos, no le voy a mentir, para mi poco saber cualquier lata es oro. Pero yo los guardé solo para mostrárselos a usted, entonces voy a devolverlos por correo, así no ofendo a quien no me ofendió.

Libre del último resto de irritación, Emiliano Guedes sonríe:

—Perfecto, Teresa, eres una mujer con más cabeza que yo. Nunca aprendí a controlarme. Tienes razón, no hay que llevarle el apunte a ese pobre diablo. Yo quería humillarlo, pobre, quien se humillaba era yo.

Levanta la voz para llamar a Lula y le pide hielo y bebidas:

—Todo porque no concibo que alguien ponga los ojos en ti. Un absurdo. Teresa, has pensado como una señora. Ahora vamos a tomar un aperitivo para brindar por la musa de los poetas de Estancia, que se inspiran en mi Panal de Miel.

¿Una señora? Al comienzo de la relación le había dicho, quiero verte hecha una señora, no lo serás sólo si no quieres serlo. Un desafío, ella se lo tomó al pie de la letra.

·No sabía bien qué era eso de ser una señora. Por cierto,

doña Brigida, la viuda del médico y político, había sido en tiempos del marido una señora de mucho peso. Pero cuando Teresa la conoció y la trató era una loca mansa, una vieja reblandecida. En noches de borrachera, Gabina Castro, esposa de un zapatero, antes de ser Gabi del cura y dueña del burdel, se vanagloriaba de haber sido una señora. No una señora fina, seguramente.

Las señoras de Estancia, vistas solo de lejos, divisadas en la ventanas mientras la espiaban. Los maridos de algunas de ellas, magistrados, autoridades, frecuentaban la casa, visitaban al doctor, daban señales de cortesía y de adulación. Las relaciones de Teresa eran con gente pobre de la vecindad, ninguna era señora, sólo mujeres que trabajaban para criar a sus hijos, que ayudaban a sus maridos. Aún así, se habían establecido ciertos lazos entre Teresa y las señoras de Estancia.

Estando el doctor ausente, Teresa recibió una mañana la visita de Fausta Larreta, costurera de fama y alto costo:

—Disculpe si la molesto, pero vengo de parte de la señora del doctor Gervasio, el fiscal.

El doctor Gervasio, flaco y pulido, más de una vez había visitado a Emiliano; la esposa, fue vista por Teresa en una tienda, un día que elegía telas. Una muchacha bonita, de buen cuerpo, petulante, una dama que despreciaba todo lo que veía:

—No tiene nada que me guste, don Gastón. Va a tener que mejorar el surtido de la tienda.

Hablaba con el comerciante pero se lo pasaba observando a Teresa. Se retira, hasta pronto, don Gastón, no se olvide de pedir a Bahía el crepé de la China estampado, y desde la puerta, doña Leda le sonríe a Teresa. Tan inesperada sonrisa, Teresa estaba desprevenida.

La costurera se sentó en el comedor y charlaron:

—Doña Leda me mandó para que le pida un favor, ella quería solicitarle la gracia de que le preste su vestido beige y verde con bolsillos grandes, pespunteados, ¿sabe a cuál me refiero?

—Sí, sí.

—Es para sacarle un molde, le gusta mucho ese vestido y a mí también. Bueno, todos sus vestidos son un tesoro. Me dijeron que le traen ropa de París, hasta la lencería, ¿es verdad?

Teresa se echó a reír. El doctor le compraba buena ropa en las casas de modas de Bahía, tenía gusto para elegir y placer en verla bien vestida cuando salían a pasear y también dentro de la casa. Vestidos para todas las horas y ocasiones, a la última moda, en cada viaje traía algunos, tenía los roperos repletos, sin duda, para compensarle la falta de diversiones. ¿De París? Así dicen, se dicen tantas cosas en una ciudad pequeña como ésta, ¿no le parece?

Teresa se levantó y fue a buscar el vestido. Temiendo un rechazo, la costurera no le pidió permiso para acompañarla, pero la siguió, la curiosidad le estallaba en exclamaciones cuando Teresa abrió las puertas de sus enormes guardarropas. ¡Qué cosa, ah, Dios mío! ¡Un ajuar así no hay en Estancia! Quiso ver todo de cerca, tocar los géneros, examinar los forros y las costuras, leer las etiquetas de las tiendas de Bahía. En uno de los roperos había trajes de hombre, Fausta Larreta desvió sus ojos púdicos, volvió sobre los vestidos de Teresa:

—¡Ah! ¡Ese tailleur es divino! Cuando le cuente a mis clientas se van a desmayar de envidia...

Mientras Teresa le hace el paquete la excitada costurera se desahoga. Algunas señoras se mordían de envidia al ver pasar a Teresa del brazo del doctor, con aquellos lujos y arreglos, desataban sus lenguas de trapo. Otras en cambio, la miraban con simpatía, doña Leda por ejemplo, le elogiaba los vestidos y las maneras, decía que la encontraba no solo linda y elegante sino educada y discreta. La misma doña Clemencia Noguera, noventa kilos de realeza, la había elogiado, parece mentira. En una reunión de señoras de pro, muy melindrosas sobre la moral pública, había manifestado en voz alta su opinión sobre la discutida personalidad de Teresa, había dicho que sabía guardar su lugar, que no forzaba ninguna puerta. No solo eso, la ilustre dama, esposa del socio principal de la fábrica textil, había agregado que en lugar de criticar a la muchacha ellas debían agradecerle que se contentara con tan poco, el baño en el río, los paseos, la compañía del doctor. Sí, porque si ella le pidiese a Guedes que la llevara a los bailes, a las ceremonias, que le consiguiese puestos en las comisiones organizadoras de las fiestas de la iglesia, de las solemnidades de Navidad y de Año Nuevo, del mes de María, de las novenas, de la devoción del Sagrado Corazón, de la Sociedad de Amigas de la Biblioteca, si quisiera introducirse en las casas de familia y él, con el poder de su dinero, de su mando y de su pasión de viejo la impusiera, ¿quién sería la primera dama de Estancia? ¿Habría alguien capaz de oponerse a una exigencia de Emiliano Guedes, dueño del Banco Interestadual de Bahía y Sergipe? ¿Acaso para complacer al doctor no se asomaban por la galería y el jardín del chalet los notables de la ciudad, inclusive el padre Vinicius? Si no aparecían por allí a toda hora y todos los días era por la reserva de Guedes y por la recatada muchacha y no por moralidad de los maridos de las nobilísimas señoras.

Las menos hipócritas llegaban a criticar las costumbres de Estancia. Tan aristocrática que no se permitía a las damas de la sociedad tener relaciones con mujeres amigadas, con mancebas de hombres casados. Teresa debía comprender por qué las señoras no iban personalmente a verla y usaban a Fausta de intermediaria. Doña Leda había sido terminante:

—Si esto fuese Bahía iba yo misma, no me importaría darme con ella. Pero aquí no puede ser, hay tanto atraso que no se puede.

Se sucedieron los préstamos de vestidos, de blusas, de casacas, de camisones y no solo a doña Leda, también a doña Inés, doña Evelina, la de los lunares, uno en la cara y el otro en lo alto del muslo izquierdo, doña Roberta, la ya citada doña Clementina, todas damas escogidas. Ninguna la saludó jamás por la calle, pero doña Leda le mandó de regalo una carpeta al crochet de Ceará y doña Clementina le hizo llegar una pequeña estampa colorida de Santa Teresita del Niño Jesús, delicada atención. Con una oración impresa en verso e indulgencias plenarias.

—Quiere decir que eres tú, Panal de Miel, quien dicta la moda en Estancia... —Emiliano se rió con su risa juguetona oyendo detalles de las repetidas visitas de la alta costura local en la persona de Fausta Larreta, dedal de oro, signo adverso: sucesivas enfermedades crónicas en la familia que vivía a costillas de ella, noviazgos deshechos, permanente agonía, mi vida es una novela, una novela no, un folletín de amor y falsedad.

—En el baile de año nuevo había cinco vestidos copiados de los míos. Sin hablar de la lencería, hasta de las bombachas quieren hacer moldes. Quien dicta la moda no soy yo, es usted que me la compra y que es mi modisto.

Le mostró la estampita recibida de doña Clemencia, las indulgencias plenarias concedidas por el Papa a quien rezara la oración de la santa adolescente y virginal:

—Estoy limpia de todos los pecados, no voy a permitirle que me toque más, saque la mano de allí, señor pecador.

—Mientras lo amenazaba con la castidad eterna le ofrecía los labios para el beso.

Todo para hacerlo reír con su risa cálida y buena como

una copa de vino de Oporto. Ultimamente Emiliano se reía menos, perdido en largos y pesados silencios. Jamás había estado tan afectuoso y tierno con Teresa, frecuentaba más Estancia y permanecía mayor tiempo en ella. En la cama, en la red, poseyéndola o descansando en su falda.

Las viejas comadres trataron de meterse dentro del chalet, buscando intrigas, tratando de llevar los rumores hasta Teresa, que, delicada y firme, les cerró las puertas en la cara pues las chismosas no eran de su agrado ni del gusto del doctor.

Enojada, expulsó a una pocos días antes de que todo se acabara. Con el pretexto de conversar sobre la kermesse del próximo domingo, la chismosa había pedido y obtenido una prenda para el remate a beneficio de las obras del Asilo de Ancianos, y en lugar de retirarse, había iniciado un picante relato de escándalos. Al principio Teresa pensaba en cómo deshacerse de la chismosa sin ofenderla. Distraída, no se daba cuenta de qué quería la mujer:

—¿Ya le contaron, no? Es terrible, en Aracaju nadie habla de otra cosa, parece que le arde el rabo, no puede ver un varón sin que... y el marido...

—¿Qué, quién? —Teresa recién advierte que le está contando algo.

—¿Cómo quién...? La hija del doctor, esa...

—¡Cállese la boca y salga de aquí!

—¿Yo? ¿A mí me da órdenes usted? Miren la atrevida... Una cualquiera, una juntada con hombre casado...

—¡Salga de aquí! ¡Váyase en seguida!

Al verle los ojos la chismosa se puso verde. Teresa se enteró de algo sin querer. No por el doctor, de su boca no salía una palabra, solo los silencios, la risa cada día más escasa en un hombre que solía reírse seguido. Sé todo aunque me calle y finja no saber. También Teresa fingió no saber nada, aunque en los últimos meses, comadres, criados y amigos dejaban escapar ciertas referencias a hechos desagradables y escandalosos. El padre Vinicius, de vuelta de la fábrica donde había ido a celebrar misa, hablaba solo recordando. Decenas de invitados de Bahía y de Aracaju, una fiesta como ésa ya no se hace en ninguna parte salvo en la fábrica Cajazeiras. El doctor era gentil con todos, un dueño de casa sin igual. Pero la fiesta se había transformado en esos años, ya no era la de antes, una fiesta campesina, con misa, bautismos, casamientos, comilonas, los niños trepando al palo enjabonado, las carreras de embolsados, la música de la guitarras, el fandango en casa de Raimundo Alicate. El fandango ahora se hacía en la casa grande, ¡qué fandango! Comandado por los hijos y los sobrinos del doctor, una cosa de locos. Cuando el baile se había puesto caliente, el cura vio a Emiliano Guedes salir solo por el campo en dirección al establo donde el caballo negro relinchó contento de ver a su dueño.

Teresa se volvía más festiva y juguetona, más tierna y devota, más ardiente si era posible, para restituirle un poco de paz y alegría, de la paz y la alegría que él le dio en abundancia en esos seis años.

Para las comadres, una perdida, amante de un hombre viejo, rico y casado. Para el doctor, una señora, modelada por sus manos en horas de fructífico ocio. Teresa no se considera ni una ni otra cosa, solo una mujer adulta y apasionada.

El doctor se dormía tarde y se levantaba temprano. Los cuerpos húmedos, vencidos por fin por el cansancio después del dulce combate, solo entonces se entregaba al sueño, la mano sobre el cuerpo de ella. Pero en los últimos tiempos, Emiliano cerraba los ojos pero se mantenía insomne la noche entera.

Teresa pronto se dio cuenta. Puso la cabeza del amante sobre su pecho, le cantó en sordina viejas canciones de cuna, único recuerdo de la madre perdida en un accidente de ómnibus. Para llamar al sueño y apaciguar el corazón del amante. Duerme, amor mío, duerme en paz.

28

A través de las persianas un hilo de luz penetra al dormitorio, se detiene sobre la cara del muerto. El doctor Amarilio aparece en la puerta, nervioso, recorre la habitación con la vista. Teresa continúa en la misma posición.

—Ya no debe tardar... —murmura el médico.

Teresa no parece haberlo oído, rígida en la silla, los ojos secos y opacos. Sin hacer ruido, el médico se retira lentamente. Desea que todo termine cuanto antes.

Llega la hora, Emiliano, entonces nos iremos los dos para siempre de Estancia. En el mundo no existe otra ciudad como ésta, tan acogedora y bella. Mañanas en el río, crepúsculos por los edificios antiguos, las manos juntas en el camino, las perfumadas noches de jazmines y luna, nunca más, Emiliano.

Los hombres ya no envidiarán al doctor, viejo verde. Las mujeres dejarán de criticar a la amante, esa perdida. Ya no los verán por las calles, enfrentando la moral pública, el paso tranquilo, la risa suelta, tan felices.

Para tristeza de las chismosas, se termina el debate abierto sobre quién habrá de suplantar al doctor entre los ricos de las fábricas y de las fazendas.

No temas, Emiliano. No me convertí en una señora como deseabas, quizá porque no quise, quizá porque no pude. ¿Qué es una señora? Prefiero ser mujer, una mujer derecha, de palabra. Aunque hasta ahora solo fui esclava, amante, prostituta, no temas, los ricos de aquí no me detendrán. ¡Jamás, Emiliano! Ninguno de ellos me tocará ni siquiera el borde del vestido, tu orgullo también es mi herencia. Antes prefiero la pensión de las putas.

Tu familia no tardará, ya salieron del baile, corren por la carretera, vienen a buscar al prócer. También se terminó nuestra fiesta, el breve tiempo de la rosa, nacer y morir. Se terminó Estancia, Emiliano, vámonos ya.

Te vienen a buscar, se llevarán tu cadáver. Yo llevaré en mis entrañas tu vida y tu muerte.

29

El jueves había llegado el doctor al atardecer. Al oír la bocina del automóvil, Teresa salió corriendo desde el fondo de la quinta, con los brazos extendidos, la cara iluminada de alegría. Casi como una figura de leyenda que surge de un bosque mitológico, mujer y pájaro, Emiliano la vio cruzar el jardín, en los ojos el brillo del carbón encendido, en la boca la risa del agua corriente, transportada de amor. Solo verla y ya se le aquietaba el corazón.

Teresa observa la fatiga en los rasgos del amante, aunque el doctor hace un esfuerzo por esconderla. Lo besa en la cara, el bigote, la frente, los ojos, le limpia el rostro de estafas, enojos, tristezas. Aquí no entran los pesares, los pasos tristes del combate, la soledad, mi amado. Al cruzar la puerta del jardín es como si se abriese otra puerta mágica a un mundo inventado, donde solo hay paz, belleza y placer. Allí lo espera la vida risueña en los ojos y los brazos de Teresa Batista.

Mimándose entran a la casa mientras el chofer, ayudado por Lula, descarga las valijas, los paquetes, la pequeña bici-

cleta pedida por Teresa para Lazinho que va a cumplir años.
Se sientan en la cama y el beso de bienvenida se demora
y repite.

—Vengo derecho desde Bahía, no pasé por la fábrica, con
las lluvias los caminos están imposibles. —Le explica los
motivos de sus rasgos de cansancio.

Antes nunca venía directamente de Bahía, paraba en la
fábrica o en Aracaju para fiscalizar el trabajo, para estar
con la familia. Desde que el yerno había asumido la gerencia
de la sucursal del banco pocas veces aparecía por Aracaju,
solo para ver a la hija, la predilecta. Está cansado del viaje,
pero también de los sinsabores. Teresa le saca los zapatos
y las medias. En un tiempo olvidado, debía lavar todas las
noches los pies del capitán, penosa obligación de esclava.
El capitán, el campo, el almacén, el cubículo con la estampa
de la Anunciación y la correa de cuero, la plancha, todo eso
quedó en el pasado, desapareció en el tiempo del doctor, en
la armonía de su vida actual. En el placer de descalzar y
desnudar al amante bello, limpio, sabio. El acto es el mismo
pero no lo es, sólo parece el mismo acto de vasallaje, de sumisión. Pero, para el capitán era esclava, cautiva del miedo,
para el doctor es amante, cautiva del amor. Teresa es completamente feliz. ¿Completamente? No, porque lo advierte
triste y lastimado, y las amarguras de él se reflejan en ella,
la entristecen y la lastiman aunque el doctor trate de disi-
mular. Voy a preparar un baño caliente para que el señor
descanse del viaje.

Después del baño fue a la cama, amplia y profunda de
placer. El primer encuentro tenía la violencia del hambre,
la urgencia de la sed. Ay, amor mío, morían y renacían.

—El viejo se está cobrando el atraso, cobrándose todo
junto, un día va a estirar la pata encima de ésa... —susurra Nina a Lula mientras examinan la bicicleta, el regalo
destinado al hijo de ellos, buena marca, la misma del aviso
de la revista.

Hacia el crepúsculo, Teresa y el doctor, van al jardín.
Apacible, la noche de Estancia empieza a cubrir los árboles,
las casas, las gentes. Desde la cocina, rezongando incon-
gruencias, la vieja Eulalia les manda *pitus* [1] para llamar el
apetito; está preparando caldo de *guaiamuns* [2] para la cena
Lula trae la mesa, las botellas y el hielo. Emiliano sirve, se
extiende en la red, al fin en casa.

1 *Pitu:* camarón de agua dulce.
2 *Guaiamu:* crustáceo del Brasil semejante al cangrejo.

Sin referirse al incidente con la beata, Teresa le habla de la kermesse:

—Va a ser este sábado, pasado mañana. Vinieron a pedirme una prenda para rifar y les di aquel prendedor de conchillas pintadas que a usted no le gustaba, uno que le dieron en Aracaju, ¿se acuerda?

—Sí, me acuerdo. Fue un cliente del banco quien me lo dio, un comerciante. Le debe de haber costado cara esa monstruosidad. Qué cosa más fea.

—Solo a usted le parece feo, todo el mundo dice que es lindo. —Lo dijo para hacerlo reír—. Usted es un quejoso, le pone defectos a todas las cosas. No sé cómo le gusté yo que no sirvo para nada.

—Panal de Miel, ahora me haces acordar de mi primera esposa, Isadora. Nunca te conté que para casarme con ella casi me peleo con mi padre, porque era una muchacha pobre, de gente de pueblo, una costurera. La madre hacía dulces para las fiestas, de padre desconocido. Yo me acababa de recibir, me enamoré rápido, le puse el ojo y la aproveché. Esta vale la pena me dije. En dos meses la desvirgué, me gustaba mucho, entonces me casé. Tuve que irme a vivir a la fábrica, a trabajar al lado del viejo, dejando de lado mis planes que eran diferentes. No me arrepiento, valía la pena. Mi padre terminó adorándola, ella le cerró los ojos cuando murió. Buena y delicada, cautivante, cuidadosa. Estuvimos casados diez años. se murió de tifus en unos pocos días. Nunca embarazó, entonces me decía, yo no sirvo para nada, Emiliano, por qué te casaste conmigo. Hizo de todo para tener un hijo, la llevé a Río, a São Paulo, los médicos no supieron qué hacer, ni los médicos ni las curanderas. Las ganas que tenía de un hijo la llevaron a hacer promesas absurdas, pidió hechizos a Bahía, usaba amuletos, hacía todo lo que le decían, la pobre. Murió pidiéndome que me casase de nuevo, ella sabía que yo también deseaba mucho un hijo. Isadora sí que valía la pena. Era como tú, Panal de Miel.

Duda entre seguir o callarse. Mueve la cabeza, aparta los fantasmas, cambia de tema:

—¿Entonces, el sábado hay kermesse en la Plaza Matriz? ¿Te gustaría ir, Panal de Miel?

—¿Para hacer qué, ahí sola?

—¿Cómo sola? —Ahora es él quien la mima, como si recordar a Isadora lo hubiese serenado—. Sola no te lo permito, no voy a correr riesgos con tanto gavilán que te anda detrás... Yo te invito para que vayas en mi humilde compañía...

Queda tan sorprendida que palmotea como una criatura:

—¿Los dos? ¿Si acepto? Ni se pregunta. —Pero rápidamente la mujer razonable ocupa el lugar de la joven entusiasta—. La gente va a hablar mucho, no vale la pena.

—¿Te importa que hablen?

—No es por mí, es por usted. Por mí pueden hablar cuanto quieran.

—Por mí también, Teresa. En consecuencia, vamos a darle al pueblo de Estancia que nos hospeda con tanta gentileza y que no tiene muchas novedades para entretenerse, un plato fuerte y picante para las charlas ociosas. Óyeme, Teresa, tienes que saberlo de una vez por todas, no tengo ningún motivo para esconderte de nadie. Se acabó la discusión, vamos a tomar para festejar.

—Todavía no se acabó, no señor. ¿El sábado no es el día que el señor Joao, el doctor Amarilio y el padre Vinicius vienen a cenar aquí?

—Anticipamos la cena para mañana, ellos también querrán ir a la kermesse, el padre no puede faltar. Mándalo a Lula para que les avise.

—Estoy tan contenta...

Se besaron, volvieron a llenar las copas, extendidos en la red, la cabeza de Emiliano en el regazo de Teresa.

—¿Sabes, Teresa?, traje un vinito que le va a arrancar lágrimas al profesor Nascimento, un vino de nuestra juventud. En aquel tiempo lo vendían en Bahía, después desapareció completamente, se llama Constantia, es un licorcito fabricado en África del Sur. ¿Sabes qué pasó? Un muchacho que me provee de vinos consiguió dos botellas a bordo de un carguero americano anclado en Bahía para cargar cacao. Ya vas a ver cómo el viejo Joao se estremece cuando lo pruebe...

Durante la cena del día siguiente, Teresa acompaña el esfuerzo del doctor por ser el perfecto anfitrión de siempre, para mantener la mesa cordial y animada. La comida admirable, los vinos selectos, la dueña de casa hermosa, elegante y atenta, todo de lo mejor, pero falta la jovialidad, la alegría de vivir de Emiliano que son tan contagiosas. Teresa no consiguió quitarle de la cabeza los problemas, las preocupaciones, hacerlo olvidar del mundo que quedaba más allá de los límites de Estancia.

Sin embargo, terminó por animarse y reír con su risa de hombre satisfecho de la vida, ya sobre el final de la comida, después del café, encendidos los cigarros, faltando solo los licores y coñacs, los digestivos. Emiliano había desapare-

cido del lugar y volvió con una botella, en los ojos cierta
malicia, en la boca una sonrisa.

—Profesor Joao, asegúrese para no caer desmayado...
¿Sabe qué tengo en mi mano? Vea, una botella de Constantia, el Constantia de nuestro tiempo.

La voz de Joao Nascimento Filho se eleva, de repente
joven:

—¿Constantia? ¡No me diga! —Se pone de pie, extiende
el brazo.

—¡Déjeme ver! —Las manos trémulas, se coloca los anteojos para leer la etiqueta, examina bajo la luz el color
dorado de la bebida, sentencia—: Usted es terrible, Emiliano. ¿Dónde la consiguió?

En la emoción del amigo el doctor parece por fin haberse
olvidado de sus preocupaciones. Mientras llenan las copas,
él y el profesor Joao discurren sobre el vino, inmersos en un
mundo nostálgico. El día del bautismo de Emiliano, el vino
que se sirvió después de la ceremonia fue Constantia. Los
héroes de Balzac en las novelas de la *Comedia Humana* beben Constantia, recuerda Nascimento Filho, cuyos ojos se
habían gastado en las lecturas. Federico el Grande lo tomaba, agrega el doctor. Y Napoleón, Luis Felipe, Bismark.
Son dos viejos que sienten el sabor de la juventud en el vino
espeso y oscuro. El padre y el médico escuchan en silencio,
las copas llenas.

—¡Salud! —brinda Emiliano—. ¡A la nuestra profesor
Joao!

Joao Nascimento Filho cierra los ojos para degustar mejor el vino: joven en las calles de Bahía, en la Facultad de
Derecho, lleno de ambiciones literarias, antes de caer enfermo y abandonar los estudios y las peñas bohemias. El doctor
toma lentamente, saboreando: muchacho rico que anda con
amantes y en fiestas, tentado por la abogacía y el periodismo, joven bachiller destinado a una brillante carrera. Sa-
crificó sus planes y esperanzas por el amor hacia Isadora
y no se arrepentía. Busca a Teresa con los ojos, ella lo
mira, enternecida por verlo nuevamente despreocupado y
riendo con sus amigos. ¿Qué derecho tiene de hacerla compartir los disgustos y preocupaciones que son sólo de él? Si
ella no le había dado más que alegrías, merecía que le de-
volviera exclusivamente amor.

—¿Te gusta el Constantia, Panal de Miel?

—Sí, me gusta, pero prefiero el Oporto.

—El vino de Oporto es el rey, Teresa. ¿No es así profesor
Joao?

Deja la copa sobre la mesa, rodea con un brazo la cintura de la amante, no puede sentirse vacío y triste quien posee a Teresa. Le rasguña el cuello en un ímpetu de deseo. Más tarde tomarán una última copa en la cama.

Sábado a la noche, hierve de animación la Plaza Matriz, con la kermesse organizada por las señoras en beneficio del Asilo de Ancianos y de la Santa Casa de la Misericordia, las barracas son atendidas por muchachas y muchachos de la sociedad, que sirven en los improvisados bares refrescos, cerveza, sandwiches, limonada, *maracujá* [1], mandarinas, salchichas calientes, dulces variados, y también el parque de diversiones de Joao Pereira armado con su carrusel, su rueda gigante, sus barcos voladores. Aparecen del brazo el doctor y su amante, por un instante todos se dan vuelta para verlos. Tesesa tan hermosa y bien vestida a punto de que las mismas señoras deben reconocer que no hay en Estancia ninguna capaz se competir con ella. El viejo de plata y la muchacha de cobre cruzan entre la gente, van de barraca en barraca.

El doctor para a un jovencito, compra un globo azul y se lo da a Teresa, gana premios en el tiro al blanco, una caja de alfileres, un dedal, toma refresco de Mangaba, apuesta y pierde en la ruleta, después el remate de objetos. Sin siquiera saber de qué objeto se trata y por el cual ofrecieron veinte cruzeiros, ofrece cien e inmediatamente recupera el broche de conchillas pintadas, aquel horror. Teresa no puede contener su risa cuando el rematador recoge el dinero y entrega con una reverencia el objeto. Hasta ese momento, Teresa se había sentido molesta por las miradas de soslayo de las señoras y las beatas, la pequeña multitud de curiosos que la seguían con los ojos desde lejos. Pero ahora, riéndose con ganas, es indiferente a las miradas y cuchicheos, su brazo en el brazo del doctor, feliz de la vida.

También el doctor se libera de su amargura, por la sorpresa del día anterior dada al profesor Joao, por la alegría del amigo, por los recuerdos de la juventud, por el amor en la cama con Teresa, los refinamientos nocturnos en sus brazos, convertida Teresa en improvisada copa de Constantia, por el baño en el río, por la fiesta matinal, por la tarde perezosa, por la dulce compañía de la amante. Cada tanto responde al respetuoso buenas noches de algún conocido. Desde lejos las señoras miran a los desvergonzados, calculan el precio del vestido, averiguan el valor de los aros y del

1 *Maracujá:* nombre de gran variedad de plantas brasileñas de la familia de las passifloráceas; fruto del maracujázeiro.

anillo, ¿piedras verdaderas o simples fantasías? La risa de Teresa no tiene precio.

Sin querer, por primera vez, sale de su boca una expresión de un deseo que todavía no alcanza a ser un pedido:

—Siempre tuve ganas de andar en la rueda gigante.

—¿Nunca anduviste, Panal de Miel?

—Nunca tuve ocasión.

—Hoy es la ocasión. Vamos.

Se ponen en la fila antes de ocupar un asiento. Se elevan poco a poco, mientras la rueda va parando para embarcar y desembarcar a nuevos pasajeros. El corazón palpitante, Teresa se agarra a la mano izquierda del doctor, con su brazo libre él la rodea. En determinado momento quedan detenidos en el punto más alto, la ciudad allá abajo. La multitud divirtiéndose, un confuso rumor de charlas y risas, luces multicolores en las barracas, en el carrusel, alrededor de la plaza. Más allá las calles vacías, mal iluminadas, la masa de árboles del Parque Triste, la sombra de los edificios. A la distancia, el murmullo de los ríos, el agua corriendo por las piedras, juntándose en el puente viejo, camino del mar. Arriba, el cielo estrellado, con la luna de Estancia, descomunal y loca. Teresa suelta el globo azul, el viento lo lleva rumbo al puerto. ¿Quién sabe hacia el mar distante?

—¡Ay, qué maravilla! —murmura Teresa, conmovida.

En la kermesse, algunos obtinados curiosos los seguían, con la cabeza levantada, en las vueltas de la rueda gigante. También algunas señoras y comadres arriesgan romperse el pescuezo para verlos. El doctor atrae el cuerpo de Teresa hacia él, la cabeza de Teresa se apoya en el hombro del amante. Emiliano le acaricia los cabellos negros, le toca la cara y la besa en la boca, beso largo, profundo y público, un escándalo, un descaro, una delicia, un esplendor, ¡Ah, qué dichosos!

30

En las sombras y el silencio del cuarto, Teresa escucha el ruido de los automóviles por la calle. ¿Cuántos? Más de uno seguro. Están llegando, Emiliano, tu familia, tu gente. Se van a apoderar de tu cuerpo, van a llevártelo. Pero mientras estés en esta casa yo permaneceré en ella. No tengo ningún motivo para esconderme, sea de quien fuere, tú lo dijiste. Sé que no te importa que me vean, sé que si estuvieras vivo y ellos llegasen de pronto, les dirías, es Teresa, mi mujer.

31

Aquel domingo de mayo transcurrió en una rutina de serena bonanza. El baño en el río a la mañana temprano del cual volvieron corriendo pues había empezado a llover, el agua lavaba la cara del cielo. Se quedaron en casa el resto del día hasta después de comer, el doctor con pereza de convalesciente, de la cama al sofá, del sofá a la red.

Por la tarde apareció el Prefecto, vino a solicitar el apoyo de Emiliano para una solicitud de aumento presupuestario de la Municipalidad ante el Ejecutivo del Estado: una palabra del eminente ciudadano de Estancia, nosotros ya lo consideramos uno de los nuestros, dirigida al gobernador, será sin sombra de duda decisiva. El doctor lo recibió en el jardín donde decansaba haciéndole mimos a Teresa. La amante quiso retirarse para dejarlos hablar con comodidad pero Emiliano la retuvo de la mano, no le permitió irse. Él mismo llamó a Lula para que trajera bebidas y un cafecito recién hecho.

No del todo curado, pero en plena convalescencia. Le había vuelto la animación, conversaba, reía, discutía los proyectos del Prefecto, daba órdenes, estaba recuperado de su cansancio y amargura. Los pocos días pasados en Estancia, en compañía de su amante, parecían haber cicatrizado las heridas, aplacado la amargura. La lluvia matinal había lavado el cielo, la brisa continuaba, el domingo era luminoso y fresco. Teresa sonríe, sereno día de descanso que sucedía a la inolvidable noche de la víspera, la noche de la kermesse, la rueda gigante, la noche fantástica, absurda, la más feliz de su·vida.

Inolvidable no solo para ella, también para el doctor. Después de la cena salen a dar su caminata hasta el puente y el puerto viejo. Emiliano comenta:

—Hace muchos años que no me divertía tanto como me divertí ayer. Tienes el don de la alegría, Panal de Miel.

Fue el comienzo de la última conversación. En el puente, Teresa recuerda el simulado tropezón del doctor por la calle, a la vuelta de la kermesse, dejando caer y perderse el broche de conchillas pintadas, recitando un cómico epitafio: ¡descansa en paz, rey del mal gusto, adiós para siempre! Pero Emiliano ya no se ríe, de nuevo está compungido, la cara contraída, la cabeza ida en disgustos y aflicciones.

El doctor entra en un silencio pesado; por más que Teresa se esfuerce en traerlo de vuelta a la risa y la despreocupación no lo consigue. Se quiebra el curso de la alegría de la víspera prolongado hasta el comienzo de la noche de ese domingo de mayo.

Queda una última trinchera, la cama. El amor sin penas, el combate de los cuerpos, el deseo y el placer, el deleite infinito. Para sacarlo de la opaca tristeza, para aliviarlo. Ah, si Teresa pudiera tomar sobre sí todo lo que lo deprime. Ella está acostumbrada con las amarguras de la vida, siempre vivió del lado pódrido y en abundancia. El doctor siempre estuvo del lado rico, tuvo todo lo que deseó y lo que quiso, los demás obedecían, respetaban, se sujetaban a sus órdenes. Envejeció gozando todo lo bueno de la vida. Para él es más difícil. En la cama, a lo mejor, en el cuerpo de Teresa podrá apaciguarse.

Pero Emiliano dice:

—Quedémonos aquí, en la red, Teresa. Quiero conversar contigo.

El jueves había estado a punto de abrirle el corazón, habló de su primer casamiento, de Isadora. El fardo se había hecho insoportable hasta para su orgullo, había llegado la hora de dividir la carga, de aliviar el peso. Teresa se acerca a la red, estoy pronta, mi amor. Emiliano dice:

—Échate conmigo y escucha.

Allí, en el jardín de las *pintangueiras*, con la descomunal luna de Estancia desparramando oro sobre las frutas y el aroma del jazmín del cabo llevado por la brisa, con voz contenida le contó todo. Su decepción, su fracaso, su soledad, su pobre vida familiar. Los hermanos unos incapaces, la esposa una infeliz, los hijos un desastre.

Había desperdiciado su vida trabajando para la familia Guedes, para sus hermanos y sus familias, más todavía que para su propia esposa e hijos. El doctor Emiliano Guedes, el mayor de los Guedes de la fábrica de Cajazeiras, el jefe de la familia. Había alimentado esperanzas, planificado, había soñado y a esos planes, a esas esperanzas, a esos sueños había sacrificado más que la vida, había sacrificado al resto del mundo, a todas las demás personas, incluso a Teresa.

Menospreció el derecho ajeno, pisoteó la justicia, desconoció cualquier razón que no favoreciera el clan de los Guedes. ¿Clan o banda? Eternamente insatisfechos, siempre exigiendo más, por ellos se había batido implacable Emiliano, el rebenque de plata en la mano. Los *cabras* a sus órdenes, los políticos, los fiscales, los jueces, los recaudadores de impuestos, los prefectos, todas las autoridades a su disposición, la arrogancia, el desprecio. Todo era para los Guedes, en primer lugar para Jairo y Aparecida, los hijos.

Ah, Teresa, ninguno de los dos valía la pena, la dura pena. Ni los hermanos, ni las familias de ellos, no se salva ninguno, ni la esposa, ni los hijos. Tiempo perdido, energía tirada a la basura, trabajo vano. De nada habían valido el esfuerzo, el interés, el afecto, la amistad, el amor. Inútiles las injusticias, los atropellos, las violencias, las lágrimas de tantos, la desesperación de muchos, la sangre derramada, hasta mi sangre derramé por ellos, Teresa, rompí tus entrañas para matar a nuestro hijo. ¿Todo eso para qué, Teresa?

32

La voz del doctor Amarilio deshecha en amabilidad, indicando el camino:

—Por aquí, hágame el favor.

Asoma por la puerta del dormitorio un joven moreno, casi tan alto como el doctor, bello y arrogante como él pero al mismo tiempo lo contrario del doctor. En los ojos rapaces un brillo de astucia, en la boca un rictus. Es fuerte y parece frágil, es vulgar y se anuncia noble, es disimulado y aparenta franqueza. Viste un smoking confeccionado por sastre de primera, todo él parece un anuncio festivo, de lujo y buena vida.

Medio escondido por el cuerpo del recién llegado, el médico se lo presenta:

—Teresa, este señor es el doctor Tulio Bocatelli, el yerno del doctor.

Sí, Emiliano, tenías razón, basta verle los ojos para reconocer al cazadotes, al gigoló. Teresa nunca había visto un galán así, de la alta sociedad, pero todos eran iguales, sea cual fuere el escalón en que se mueven, tienen algo en común, una marca indefinible pero fácil de advertir para quien ya ejerció de prostituta.

—Buenas noches... —el acento italiano, la inflexión doliente.

Los ojos de rapiña se detuvieron en Teresa, calcularon el

valor y el precio. Más bonita, mucho más de lo que le habían dicho, mestiza, nada, vulgar, el viejo demonio sabía elegir, con razón la mantenía escondida allí, en Estancia. Mira a su suegro, un muerto con los ojos abiertos parece vivo. Lámina de frío acero, los ojos del doctor leían dentro de las personas, nunca Tulio había podido engañarlo. Emiliano siempre lo había tratado con la máxima cortesía, pero jamás le concedió la mínima intimidad ni siquiera cuando se reveló como un administrador capaz de manejar los negocios y de ganar dinero. Desde el día en que se lo presentaron, el yerno solamente divisó en los ojos del doctor desprecio y desaprobación. Ojos límpidos, azules, sin piedad. Amenazadores. En la fábrica, Tulio nunca se sintió completamente seguro, ¿y si el viejo capo lo mandada liquidar por uno de esos *cabras* de hablar manso y tantas muertes en su haber? Todavía hoy el suegro lo mira con enojo. Enojo era el término justo.

—Sembra vivo il padrone.

Parece vivo pero está muerto, se terminó el patrón, por fin. Tulio Bocatelli es un hombre rico, podrido de riquezas, le había costado caradurismo, cinismo y paciencia.

Desde la sala llegan voces de mujeres y hombres, entre ellas la del padre Vinicius. Tulio entra en el dormitorio dejando la puerta libre para la entrada de Aparecida Guedes Bocatelli. El escote del vestido de baile por delante muestra sus senos blancos y pujantes y por atrás se abre hasta la hendidura del traste. Apa es el retrato de su padre, su mismo rostro sensual, una belleza fuerte, agresiva, la boca casi como la de Emiliano, pera la de él encubría su avidez con los pelos plateados del abundante bigote. Bastante alterada, Aparecida vacila al caminar. En el baile había tomado poco, interesada en bailar con su compañero constante, Olavo Bittencourt, joven médico psicoanalista, su amor más reciente. A Apa le gusta variar. Pero durante el viaje a Estancia, se había tomado casi una botella entera de whisky.

Se apoya en el brazo de Olavo. Al ver el cuerpo del padre, mal iluminado por las cuatro velas y por la dudosa claridad del amanecer, cae de rodillas junto a la cama, al lado de la silla donde está sentada Teresa.

—¡Ay, papá!

Ni siquiera tuviste consideración con ella, Emiliano, siendo tu hija usaste el nombre cierto y crudo de puta, pero no le echaste la culpa, culpaste a tu propia sangre y a tu estirpe, ah, si al menos hubiese nacido varón.

Los sollozos revientan en el pecho de Aparecida, ay papá, extiende sus manos y toca el cuerpo del padre, estabas triste, dejaste de abrazarme, de acariciarme el pelo, de llamarme reina y de velar mi sueño, mi sueño y mi destino. ¡Ay, papá!

Inclinado sobre ella, el joven maestro del subconsciente y de los complejos, dispuesto a socorrerla con un comprimido, un barbitúrico, una inyección, un apretón de manos, una mirada apasionada, un beso furtivo. Desde un rincón del dormitorio, Tulio acompaña con interés la emoción de Aparecida, pero se abstiene de intervenir. No por indiferencia hacia el sufrimiento de su esposa, sino porque como hombre de experiencia y de clase, sabe que en esos momentos un médico y un amante, y no un marido, son de más utilidad, de mayor consuelo. Todavía mejor si el médico y el amante se funden en una misma persona, además galante, compañero de baile, un pobre tipo metido a irresistible. En asuntos de tan extrema delicadeza, Tulio Bocatelli es perfecto en su tacto y finura.

Con todo, los ojos llorosos de Aparecida, al levantarse en busca de consuelo y seguridad, no buscan al amante sino al marido. Si hay en la familia alguien capaz de asumir el mando y garantizar la continuación de la fiesta, ese alguien es el hijo del portero del palacio del conde Fassini, en Roma, Tulio Bocatelli, el único. Él le sonríe a Aparecida, un fuerte lazo los une, el interés, casi tan fuerte como el amor.

Un grupo ruidoso discute con el cura en el comedor. Se eleva la voz de una mujer:

—No entro mientras esa mujer no salga de la habitación. Su presencia allí es una afrenta a la pobre Iris y a todos nosotros.

—Calma, Marina, no se exalte... —vacilaba la voz casi inaudible de un hombre.

—Entre usted si quiere, está acostumbrado a convivir con prostitutas, yo no. Padre, saque a esa mujer de allí.

La esposa de Cristovao, con seguridad. El marido, un borracho, ella, Marina, la de los cartománticos, persiguiendo a las muchachas y a los hijos naturales del marido, encargando hechizos mortales, escribiendo cartas anónimas, escupiendo insultos por teléfono, viviendo para eso, una mujerzuela, Teresa...

Teresa se levanta, cara de piedra inclinada sobre el lecho, hasta luego, Emiliano. Le toca los párpados con los dedos y le cierra los ojos. Atraviesa entre los parientes, sale de la habitación. Ana levanta la cabeza para verla, la famosa

amante de su padre. Tulio, goloso, se muerde el labio inferior, ¡carina!

Ahora, sin duda, en la cama solo hay el cuerpo de un
muerto, el cadáver del doctor Emiliano Guedes, antiguo se·
ñor de Cajazeiras do Norte, los ojos cerrados para siempre.
Ay, papá, gime Aparecida. Il padrone é fregato, ¡evviva il
padrone! Tulio Bocatelli respira fuerte, es el nuevo patrón
de Cajazeiras.

33

—¿Todo eso para qué, Teresa?

Trémula de vergüenza, vibrante de ira, de incontenida
pasión, envuelta de amargura, la voz del doctor se lastima
en frustaciones y tedio. ¿Tedio? No, Teresa, enojo.

La luna de oro se derrama sobre el viejo y la muchacha y
la brisa del río es una caricia. Noche para frases de ternura, juramentos de amor, idilio. A eso llegaron pero sólo
después de la árida ruta del desierto, de las arenas del odio
y de la amargura. Penosa caminata, dura prueba para Teresa. En la dulzura de mayo, entre jazmines del cabo y
pitangueiras, en la noche de Estancia, vida y muerte lucha-
ron sin tregua ni cuartel por la posesión del corazón del
viejo caballero. Escudo de amor defendiéndolo, Teresa san-
graba junto a él. Llegaron a los jardines del idilio, pero
más tarde.

Al principio sólo ira y tristeza, el corajón expuesto, desnudo, llagado.

—¿Sabes cómo me siento? Cubierto de barro, sucio.

Sucio, él que era de escrupulosa limpieza. Hasta en el
ejercicio de la violencia y del atropello. Fue terrible escu-
charlo hablar de la familia, exacto en el concepto, crudo en
la expresión, desolado, impío, inexorable:

—Me los arranqué del corazón, Teresa.

¿Sería verdad? ¿Puede alguien hacer que siga viviendo?
¿No es tan mortal como arrancarse del pecho el mismo
corazón?

—Ni siquiera entonces dejé de trabajar, de luchar por
ellos, parecía el amo y era el esclavo. Vacío, pero mi corazón sigue latiendo por ellos. Hasta contra mi voluntad.

Doctor Emiliano Guedes, de los Guedes de Cajazeiras do
Norte, el jefe de la familia, cumpliendo con su deber. ¿Sólo
eso? Hasta contra su voluntad el corazón late por ellos.

¿Sólo el deber de jefe, el amor de padre y hermano resistiendo el desánimo, el enojo, sobreviviendo? ¿Hasta dónde, Emiliano, el orgullo interfiere en tu árido relato de sufrimiento y soledad? Frío y fiebre sacuden el cuerpo de Teresa en esa podrida travesía por los pantanos de la mezquindad del desconsuelo.

La única utilidad de los hermanos, además de gastar dinero, era componer los cuadros directivos de las empresas y del banco Interestadual, eternos e inservibles vicepresidentes. Ni siquiera malos, incapaces solamente.

Milton en la fábrica, imaginándose un perfecto señor rural, cubriendo muchachitas, sin tomarse el trabajo de elegirlas bonitas, cualquiera le servía y a todas las embarazaba. De la esposa, Irene, mastodonte mantenido a chocolate y oraciones, solo le había nacido un hijo, destinado por la madre al sacerdocio, en la familia de los Guedes siempre había habido un varón consagrado al servicio de Dios, el último había sido el tío José Carlos, latinista ilustre, muerto a los noventa años en olor de santidad. Irene había criado al futuro cura agarrado a sus polleras, lejos de juegos, muchachos y pecados.

—No le salió cura, le salió marica. Tuve que mandarlo a Río antes de que el pobre Milton lo pescase *in fraganti*. Quien lo pescó fuí yo, Teresa. —La voz le vibraba indignada, furiosa—. Con mis propios ojos vi a Guedes montado, haciendo de mujer. Perdí la cabeza y no lo maté a rebencazos porque sus gritos hicieron que Irene e Iris acudieran. Todavía hoy me duele la mano y siento asco cuando me acuerdo.

En otra ocasión, Emiliano reparó en una muchachita de la fábrica, adolescente en el punto exacto, apetitosa, y la condujo al acogedor refugio de Raimundo Alicate. Silenciosa, obediente, ella lo siguió y lo dejó hacer, quizá contenta por haber despertado el interés del doctor; era virgen, un terrón de azúcar. Antes de dejarla, Emiliano quiso saber algo sobre la chica.

—Soy sobrina del señor, hija del doctor Milton y de mi madre Alvinha.

Hijas naturales de Milton derribadas en los matorrales, ejerciendo el oficio en Cuia Dagua, en Cajazeiras do Norte. Hijos naturales de Milton plantando y cortando caña, bebiendo cachaça, sin padre legal. Los de Cristovao conocían al padre y le pedían la bendición. Tenían un salario mínimo en la casa central del banco y en las sucursales, eran porteros, cadetes, ascensoristas. A cambio, los dos legítimos cobraban altos salarios, estaban graduados en derecho, uno era asesor jurídico de la Eximportex, el otro del Interestadual, uno era casado y otro soltero, ambos inútiles, salvo para la buena vida.

—Un día Teresa, obligué a un periodista charlatán a tragarse en la calle un artículo escrito contra mi familia y contra mí. En seco, llorando y recibiendo golpes, se lo tragó, era un artículo bastante extenso. Extenso y verdadero, Teresa

Una desolación. Teresa se arrincona contra el sufrido pecho del amante, vientos venidos de los pantanos invaden Estancia, nubes de polvo tapan la luz de la luna.

34

Teresa desaparece en dirección a la alcoba, Marina se tira dentro de la habitación acompañada por su marido.

—¡Emiliano, cuñado, qué desgracia! —De rodillas junto a la cama, gritando, deshecha en llanto, golpeándose el pecho—. ¡Ay, Emiliano, cuñado!

Cristovao observa al hermano, no se repuso todavía de la noticia, casi no puede creer en ese cadáver allí expuesto. De la borrachera sólo le queda la voz pastosa, pero está lúcido y con miedo. Sin Emiliano se siente huérfano. Desde la muerte del padre, él era un niño, dependía del hermano. ¿Cómo se va a manejar ahora? ¿Quién tomará ese sitio vacío, quién asumirá el puesto de comando? ¿Milton? No tiene energía ni conocimientos para tanto. Si fuese sólo la fábrica. Pero los negocios bancarios, las empresas de importación y exportación, de transportes y barcos. Milton no entiende nada sobre eso. Ni tampoco Cristovao, ni tampoco Jairo. Ése sólo conoce sobre caballos, en sus manos la fortuna de los Guedes, por grande que sea va a durar muy poco. Jairo, nunca.

—¡Ay, cuñado, pobrecito! —Marina cumple su obligación de parienta cercana, emite gritos lancinantes.

Tulio pasa al lado de Cristovao y sale de la habitación. Apa sigue a los pies de su padre, la cabeza recostada sobre su pecho, soñolienta. Tomó demasiado.

35

Cangaceiro sertanejo, Emiliano Guedes se metió a gangster ciudadano, lo que era virtud en el ámbito rural degeneró en vicio en el asfalto, y la grandeza de los Guedes de Cajazeiras terminó en corrupción, había escrito el plumífero Haroldo Pera en la indigesta pasquinada. Muchas veces el doctor había meditado sobre esas frases malignas.

—Quizá yo no debía haber venido a la capital. Pero cuando los chicos fueron naciendo se me encendió la ambición de hacer más dinero para ellos, de aumentar la riqueza de la familia. Para ellos todo me parecía poco.

Ya hombre maduro, Emiliano había vuelto a casarse, reclutando a su esposa en una familia importante, de grandes señores de la tierra. Heredera rica, Iris sumó bienes a la fortuna de su marido y le dio una pareja de hijos, Jairo y Aparécida.

El doctor se había esforzado por mantener con su esposa relaciones de afecto e intimidad, ya que no de amor, pero no lo consiguió. Entonces se contentó con brindarle confort y lujo, ella no le pedía nada más y poco le concedió al marido aparte de los hijos. Mantenerse honesta no le costó esfuerzo ni sacrificio, los placeres de la cama no la atraían. Emiliano no se acuerda de cuándo la tuvo en sus brazos por última vez, inerte. Embarazó y parió, eso fue todo. Apática, indolente, en realidad, Iris nunca se interesó por nada. Ni siquiera por los hijos de los cuales le correspondió a Emiliano el control: haré de ellos un comandante y una reina.

Los hijos, ¡ah! Fuente permanente de alegrías, meta de sueños, para ellos había vivido y trabajado el doctor.

—Por ellos mandé matar y me maté, Teresa.

Fracaso terrible. Igual a sus primos, Jairo se graduó en derecho, pero no se contentó con Bahía. Con el pretexto de hacer un curso en la Sorbona, embarcó hacia París, pero en la universidad no puso nunca los pies, en cambio conoció todas las pistas de autos y todos los casinos europeos. ¿De quién había heredado la pasión del juego? Finalmente, Emiliano se cansó de aquel derroche de dinero y lo hizo volver. Frente a diversas opciones, Jairo eligió la dirección de la sucursal del Banco en San Pablo. Un año después se descubrió el desfalco, millones gastados en caballos y yeguas de carrera, en naipes y ruletas. Cheques sin fondo ante otros bancos, el escándalo, la degradación. El escándalo pudo ahogarse pero no se pudo impedir la divulgación de la noticia. Si el prestigio del banco no hubiese sido tan sólido, la onda expansiva lo hubiera desacreditado. Lo sostuvo el doctor, una fortaleza de vida y entusiasmo.

—No sé decirte qué sentí, Teresa, es imposible.

Degradado a la fábrica, Jairo se pasa el día entero oyendo discos, cuando no se marcha a Cajazeiras siguiendo las riñas de gallos.

—¿Qué puedo hacer con él, Teresa, dime?

Peor todavía con Aparecida, la predilecta. Se había casado en Río, a ocultas de la familia, había comunicado el acto con un telegrama a los padres donde les pedía dinero para pasar la luna de miel en el Niágara. Nupcias de millonaria bahiana con un conde italiano, dijeron las columnas sociales de los diarios. Hasta la apática Iris vibró con la adquisición de sangre azul peninsular.

Emiliano trató de saber quién era y de dónde venía el inesperado yerno, la familia y antecedentes del supuesto noble romano. Tulio Bocatelli había nacido realmente en el palacio de un conde, donde su padre cumplía las funciones de portero y de chofer. Siendo niño todavía había abandonado los húmedos portones del caserón y se había marchado en busca de fortuna fácil. Pasó por malos momentos, se curtió en la cárcel. Tres mujeres hacían la calle para vestirlo y alimentarlo cuando cumplió los dieciocho años. Fue portero de un cabaret, guía de turistas para espectáculos pornográficos con lesbianas y maricas, ascendió a gigoló de viejas norteamericanas. Tenía buena estampa. Llevaba una vida fácil pero no estaba satisfecho. Quería riqueza de verdad y seguridad, no un poco de dinerito, siempre escaso e incierto. A los veintiocho años se vino al Brasil con una mano atrás y otra adelante, siguiendo a un primo, un tal Storani que había dado el golpe casándose con una paulista rica. Desde San Pablo, para envidia de los pobres parientes, el primo envió fotografías de la *fazenda* de café, de los campeones cebú, de los edificios urbanos, recortes de periódicos con notas sobre las fiestas y banquetes a que había dado lugar el casamiento. Esa era la dulce vida de los sueños de Tulio, la fortuna segura y auténtica, *fazenda*, ganado, casas, cuentas bancarias. Desembarcó en una tercera clase en el puerto de Santos, con dos trajes, su estampa y un título de conde. A los seis meses de su estada en el Brasil la mujer del primo lo presentó a Aparecida Guedes en una fiesta celebrada en Río de Janeiro. Enamoramiento, noviazgo y casamiento se sucedieron en un abrir y cerrar de ojos. Ya era hora, Storani no estaba dispuesto a seguir manteniendo al vago, aunque fuese conde y primo suyo.

De vuelta de los Estados Unidos, fueron a Bahía a conocer a la familia de la esposa. Tulio se olvidó de su sangre azul, de su título de conde, si bien todo romano es noble, como se sabe. Le faltó audacia, los ojos de Emiliano le causaban escalofríos. Se le presentó como un joven modesto, pobre pero trabajador, a la espera de una oportunidad.

—Yo había pensado en mandarlo matar en la fábrica. Pero viendo a mi hija tan feliz y acordándome de Isadora, tan pobre y honesta, resolví darle una oportunidad. Le dije a Alfredâo que se guardara el arma, el encargo había sido postergado para cuando se portara mal con Apa, cuando hiciera sufrir a mi hija.

La que empezó a portarse mal fue ella, le puso los cuernos a izquierda y derecha. Él le pagó con la misma moneda, cada uno hizo lo que se le dio la gana, pero siguieron muy amigos, alegres y unidos, viviendo en armonía. Por más que se esfuerce, Emiliano no entiende:

—Es un cabrón... un cornudo manso.

¿El yerno un cornudo? ¿Y la hija? Apa, la hija única, la predilecta. Voy a hacer de Jairo un comandante y de Aparecida una reina. El comandante acabó en compadrito fullero, la reina en puta. Degradada al lado de ese individuo disoluto, amoral, incapaz de un resto de decencia. ¿Hacerlo matar? ¿Para qué si ella no se merece un marido mejor, si viven muy contentos el uno con el otro?

Tienen en común dos hijitos, los intereses financieros y el descaro.

Por lo demás, si lo matase, ¿quién conduciría el barco una vez que el doctor muriese? El italiano no es tonto, es entendido en materia de negocios, es capaz de dirigir, una pena que esté tan podrido y haya contaminado a Aparecida. ¿Contaminado a Aparecida? ¿Acaso no llevaba ella en su sangre la podredumbre?

—¡Ay, Teresa, a qué se redujeron los Guedes de Cajazeiras!

La voz quebrada sucede a la ira, la fría lámina de los ojos solo refleja cansancio. No quedará nada de los Guedes, ni siquiera el nombre. Mañana serán los Bocatelli.

—Sangre ruin, Teresa, es la mía. Podrida.

36

En el comedor, Nina sirve café bien caliente, con el oído
tenso. En las maneras y la voz de Tulio, reconoce al nuevo
patrón, un joven bonito, el marido de la hija del doctor. Al
pasar lo roza con sus ojos bajos.

Conducido por el médico, Tulio ya recorrió casi toda la casa
haciendo un balance de las pertenencias. Solo faltan la sala
de visitas y la antigua alcoba para terminar el inventario.

—¿Es propia o alquilada?

—¿La casa? El doctor la compró con los muebles y todo
lo que tenía adentro. Después hizo unas reformas y trajo un
mundo de cosas. —El doctor Amarilio se entrega a los recuerdos—. Siempre llegaba con el auto repleto. De todo. Esta
casa era la niña de sus ojos. ¿Aquel reclinatorio, lo ve? Lo
descubrí yo en un negocito a tres leguas de aquí, en la casa
de un enfermo, le hablé al doctor Emiliano, quiso verlo en
seguida, fuimos a la mañana siguiente, a caballo. El dueño,
un pobre cristo, no quiso decir un precio, era una porquería
tirada en un rincón. El precio se lo dio el doctor, pagó una
cifra absurda.

Por absurdo que fuera lo pagado, seguramente seguía siendo barato, ese reclinatorio valía una fortuna en cualquier an-
ticuario del sur. Los muebles lo mismo. Tulio advierte la mano
del suegro en cada detalle. Ni el solar en Corredor da Vito-
ria, en Bahía, ni la casa grande de la fábrica guardan tan
nítida la presencia de Emiliano Guedes. En la residencia de
la capital predomina el lujo, el sobrio buen gusto del doctor
zozobra en el fasto de Iris, en las extravagancias de Aparecida y de Jairo. En la casa grande de la fábrica, solo la
parte que se reserva para él mantiene esa difícil mezcla de
coquetería y simplicidad, fuera de allí, en las grandes salas,
en las innumerables habitaciones, reinan el desorden de Milton y el descuido de Irene. En el chalet de Estancia nada
desentona, el gusto de Emiliano se corresponde con el cuidado de la dueña de casa. No solo es una buena casa, confortable y apacible, advierte Tulio, más que eso es un hogar,
esa especie de místico refugio sobre el cual había oído hablar
Tulio desde que era niñito. Así era la casa de un tío suyo,
miniaturista en el Palacio Pitti, en Florencia, personal e
intima.

—¿Cuánto tiempo duró esta relación, usted lo sabe?

El doctor Amarilio reflexiona, hace cálculos:

—Va para más de seis años...

Solo al final de su vida el viejo capo había conseguido un

hogar, una casa verdadera, quién sabe una auténtica mujer. Tulio espera no tener jamás necesidad de hogar, de quietud, de sosiego, de paz, ni siquiera en la hora de su muerte. En cuanto a la mujer es perfectamente satisfactoria la que tiene, Apa le da riqueza y seguridad, y alegre compañía. Vivir y dejar vivir es la divisa de Tulio Bocatelli. Solo que de ahora en adelante, debe controlar los gustos. El capo podía ser derrochón, había nacido rico, ya sus bisabuelos poseían tierras y esclavos, nunca había conocido el gusto de la miseria. Tulio conocía el hambre, sabía el valor real del dinero, sostendrá las riendas con mano firme.

—¿A nombre de quién está la escritura de la casa? ¿De ella o de él?

—Del doctor. Yo firmé como testigo. Yo y el profesor Joao...

—Una buena casa. Debe valer bastante.

—Aquí en Estancia, los inmuebles son baratos.

Si estuviera situada en las afueras de Aracaju sería perfecta para encuentros amorosos. En Estancia es inútil. Lo mejor será venderla o alquilarla. Llevarse los muebles a Bahía, Tulio piensa usarlos en su casa, en la capital, para él se terminó Aracaju.

El doctor Amarilio le entrega el certificado de defunción. Tulio lo guarda en su bolsillo:

—¿Se murió mientras dormía?

—¿Mientras dormía?... Eh, fue en la cama, no exactamente mientras dormía...

—¿Qué hacía?

—Lo que un hombre y una mujer hacen en la cama...

—¿Chiavando? ¿Se murió encima de ella? ¡Accidente!

La muerte de los justos, de los preferidos del buen Dios. Para la mujer en cambio, una calamidad. En sus tiempos de gigoló había conocido un caso así, la mujer se había enloquecido, nunca más fue la misma.

—Poveraccia... ¿Cómo es su nombre? ¿Teresa qué?

—Teresa Batista.

—¿Pensará seguir viviendo acá?

—No creo. Dice que se va de Estancia.

—¿Usted cree que unos quince o veinte días son suficientes para que deje la casa? Naturalmente, la familia va a querer venderla o alquilarla en seguida para que la gente se olvide de este asunto.

—Pienso que es bastante. Puedo hablar con ella.

—Yo mismo le hablaré...

Se dirigen a la sala de visitas transformada por el doctor

en gabinete de trabajo, hacia el cual se abre la puerta de la antigua alcoba donde están los libros y objetos de Teresa y donde ella se encuentra haciendo la valija. Tulio la mira y nuevamente la admira, espléndida hembra, ¿quién la heredará del viejo capo? Se le acerca.

—Escuche, hermosa. Estamos en los primeros días de mayo, puede continuar ocupando la casa hasta fin de mes.

—No la necesito.

Un relámpago en los ojos negros tan hostiles como los fríos ojos azules del doctor. Tulio pierde un poco de su seguridad habitual pero en seguida se rehace, ésa no puede ordenar que lo liquiden en las tierras de la fábrica. Ahora quien hace y deshace es él, Tulio Bocatelli.

—¿Puedo serle útil en algo?

—En nada.

Nuevamente la mide de arriba a abajo y le sonríe, ojos y sonrisa cargados de subentendidos.

—Aun así pase por el Banco, en Aracaju, vamos a conversar sobre su vida. No va a perder su tiempo yendo...

Antes de terminar la frase la puerta de la alcoba se cierra en sus narices. Tulio se ríe:

—¡Brava bambina, eh!

El médico eleva sus manos en un gesto impreciso, nada de eso le agrada, noche ruin, de pesadilla. Ojalá que llegara la ambulancia para llevarse el cuerpo. En casa, su esposa, doña Vera, lo espera sin dormir para que le cuente el resto de la historia. Cansado, el doctor Amarilio acompaña a Tulio hasta el jardín donde el psicoanalista Olavo Bittencourt duerme sobre la red.

En el comedor, soltando exclamaciones en plena excitación, Marina escucha los cuchicheos de la criada. Nina da detalles:

—La sábana toda sucia... Si la señora la quiere ver, se la puedo mostrar, la guardé para lavarla después...

Mientras la otra va a buscar la sábana, Marina corre hasta la puerta del comedor y llama al marido:

—¡Cristovao, ven acá, de prisa!

La sábana extendida sobre la mesa, la criada señala las manchas, el semen ahora seco. Marina lo toca con la uña:

—¡Qué barbaridad!

Llegan el padre Vinicius y Cristovao.

—¿Qué sábana es ésa? —El padre no necesita respuesta para darse cuenta, no puede ser otra, seguramente... Indignado ordena—. ¡Nina, llévese esa sábana... Vamos. —Se dirige a Marina—. ¡Por favor, doña Marina!

Atraídos por las voces se juntan Tulio y el doctor Amarilio:

—¿Qué pasa? —quiso saber el italiano.

Marina vibra, está en su clima habitual:

—¿Sabía que se murió encima de ella? Una desvergüenza increíble... ¿No vio el espejo en el dormitorio? ¿Cómo vamos a hacer para taparle la boca a esa gente, cómo hacer para que no hablen? Si la noticia se desparrama, ¡qué bien vamos a quedar! Emiliano muriendo así...

—Si la señora sigue gritando como una histérica toda la ciudad se va a enterar ahora mismo, por su boca. —Tulio se vuelve hacia Cristovao—. Caro, saque a su mujer de aquí, llévela al lado de Apa que está sola en el dormitorio.

Son órdenes, las primeras dictadas por Tulio Bocatelli.

—Ven, Marina —dice Cristovao.

Tulio le explica al cura y al médico:

—Vamos a colocarlo en la ambulancia como si estuviese enfermo, con un infarto o un derrame, a su elección, doctor Amarilio. No se murió encima de nadie, un hombre de la posición de él debe morir decentemente. Muere en el camino al hospital viniendo de la fábrica.

A lo lejos se oye el silbato estridente de la asistencia, despertando a la gente y la curiosidad de Estancia. No tarda en detenerse ante la puerta del chalet. Los enfermeros descienden, toman la camilla.

—Lo mejor, doctor Amarilio es que usted vaya en la ambulancia hasta Aracaju, para mantener las apariencias.

—¡No se terminará nunca esta pesadilla! Pero el doctor piensa en la cuenta que les presentará y dice que sí. Pasará por su casa y calmará a la impaciente Vera. A la vuelta tendrá mucho que contar.

Tulio, el padre Vinicius y Nina se dirigen al dormitorio mientras el médico y Lula van al encuentro de los enfermeros. La sirena de la ambulancia despertó a los niños, a los vecinos y al doctor Olavo Bittencourt que se levanta de prisa para amparar a la abandonada Apa. ¿Cómo diablos se había quedado dormido? Había salido a fumar un cigarrillo, se adormeció sobre la red, ¿merecerá perdón? Corriendo se cruza con Teresa en el comedor.

Teresa entra en el dormitorio, no parece ver a los parientes y amigos. Se acerca a la cama, queda un instante en silencio mirando el rostro bien amado.

—Saquen a esa maldita de aquí... —grita Marina.

—¡Finíscila, porca Madonna! ¡Cállese la boca! —explota Tulio.

Como si no oyera nada y estuviera sola, Teresa se inclina sobre el cuerpo del doctor, le toca la cara, el bigote, los labios, el pelo. Es el momento de partir, Emiliano. Ellos solo se llevarán tu cadáver, tú te irás conmigo. Lo besa en los ojos, sonríe. Su amante, su amigo, su amor. Sale del dormitorio. Los enfermeros cargan el cadáver en la camilla. El industrial, el director del banco, el empresario, el señor de tierras, el eminente ciudadano, va a morir con decencia en la ambulancia camino del hospital, de un infarto o derrame cerebral, como usted prefiera, doctor Amarilio.

37

Sangre ruin, Teresa. Sangre podrida la mía y la de mi familia.

Fueron dos horas o poco más, mas parecieron una eternidad desolada. Emiliano contó y comentó, áspero y crudo, sin seleccionar las palabras. Teresa nunca imaginó escuchar de la boca del doctor el relato de tales hechos, oír tales expresiones respecto de los hermanos, del hijo, de la hija. En casa de la amante no hablaba sobre la familia y si alguna referencia se le escapó en esos seis años, fue de elogio. Un día le mostró un retrato de Apa, jovencita, los ojos azules del padre, la boca sensual, linda. Es perfecta, Teresa, le dijo enternecido, es mi tesoro. En la noche de aquel domingo de mayo, Teresa se dio cuenta de la extensión del desastre, mucho más allá de lo que se pudiera imaginar a través de insinuaciones, de palabras sueltas, de frases esparcidas de los amigos y los extraños, de los silencios de Emiliano. Le debe de haber costado un gran esfuerzo ser cordial, amable, risueño, parece alegre en la convivencia con ella y los amigos, guardando para sí solo la prueba amarga, la hiel que lo consumía. De pronto fue demasiado y lo desbordó.

—Sangre ruin, raza ruin, degenerada.

Sólo dos personas de su familia no lo habían decepcionado, no habían traicionado su confianza. Isadora y Teresa, con ellas no se había engañado. Fue pensando en Isadora, costurerita pobre, esposa modelo, inolvidable compañera, que el banquero decidió suspender las órdenes dadas a Alfredao respecto de Tulio Bocatelli, no debía matar al italiano, le concedería una oportunidad.

—Sangre buena, Teresa, y de gente del pueblo. Quién me diera ser joven y tener de ti los hijos que soñé.

Por abruptos caminos llegaron a los juramentos de amor, al idilio tierno. Después de haberle dicho con amargura, con ira y pasión lo que jamás pensó confiar a pariente, socio o amigo ninguno, el doctor la rodeó con sus brazos, le besó los labios y se quejó:

—Demasiado tarde, Teresa. Demoré mucho en darme cuenta. Demasiado tarde para tener los hijos que no tuve, pero no para vivir. Solo te tengo a ti en el mundo, Panal de Miel, ¿cómo puede ser tan injusto y mezquino?

—¿Injusto conmigo, mezquino? No diga eso, no es verdad. El señor me dio de todo, ¿quién soy yo para merecer más?

—Íbamos camino del puerto hace poco, cuando de pronto pensé que si yo me muriese tú te quedarías sin nada para vivir, más pobre todavía que cuando llegaste porque tus necesidades son mayores ahora. En todo este tiempo, más de seis años, yo no pensé en eso. No pensé en ti, solo en mí, en el placer que me dabas.

—No diga eso, no lo quiero oír.

—Mañana a la mañana voy a telefonear a Lulú para que venga inmediatamente y ponga esta casa a tu nombre y le agregue una cláusula a mi testamento, un legado que te garantice la vida después que yo me muera. Soy un viejo, Teresa.

—No hable así, por favor... —repite—: por favor, se lo pido.

—Está bien, no hablo más, pero voy a tomar las providencias necesarias. Por lo menos voy a corregir en parte la injusticia, tú me diste paz, alegría, amor y yo en cambio, te mantuve aquí prisionera, dependiendo de mi comodidad, una cosa, un objeto, una esclava. Yo soy el dueño y tú eres la sirvienta, hasta hoy me tratas de señor. Fui tan ruin contigo como el capitán. Otro capitán, Teresa, barnizado, pasado en limpio, pero en el fondo la misma cosa. Emiliano Guedes y Justiniano Duarte da Rosa, iguales, Teresa.

—¡Ah! ¡no se compare con él! Nunca hubo dos hombres tan diferentes. No me ofenda ofendiéndose de esa manera. Si fuesen iguales, ¿por qué iba a estar yo aquí, por qué iba a llorar por su familia si ni siquiera lloro por mí? No se compare porque me ofende. Para mí el doctor siempre fue bueno, me enseñó a ser mujer y a gustar de la vida.

Emiliano resurge de las cenizas en la voz apasionada de Teresa.

—En estos años, Teresa, tú supiste cómo soy yo, conoces mi lado bueno y mi lado malo, todo lo que soy capaz.

Metí mi mano en el corazón y me los arranqué de allí, pero mi corazón no quedó vacío y no me morí. Porque te tengo a ti. A ti y a nadie más.

Con una repentina timidez de adolescente, de afligido postulante, una desprotegida criatura, en contradicción con el señor acostumbrado a mandar, directo y firme, insolente y arrogante cuando era necesario. La voz casi conmovida:

—Ayer, en la kermesse, casi empezó nuestra vida, Teresa Ahora nos pertenecen todo el tiempo y el mundo entero. Ya no te dejaré sola, ahora estaremos siempre juntos aquí o donde sea, viajarás conmigo. Se terminó la amiga escondida.

Antes de levantarse, alta estatura de árbol, la toma en sus brazos y cerrando el discurso terrible y la dulce charla amorosa, Emiliano Guedes dice:

—Quién me diera ser soltero para casarme contigo. No es que eso modifique en nada lo que significas para mí. Eres mi mujer.

Acabado el beso, ella murmura:

—Emiliano, amor mío.

—Nunca más me tratarás de doctor. Sea donde fuere.

—Nunca más, Emiliano.

Habían pasado seis años desde la noche en que la había sacado del prostíbulo. El doctor levantó a Teresa en sus brazos y la condujo al lecho nupcial. Habían traspuesto los últimos obstáculos, Emiliano Guedes y Teresa Batista. Un viejo de plata y una muchacha de bronce.

38

La ambulancia partió, los curiosos siguieron en la vereda frente al chalet, comentando. Nina se mezcló con ellos, dándole a la lengua, después de haber levantado a los dos hijos.

En el dormitorio, el sacristán terminó de recoger los objetos del culto, las velas. Una última mirada de envidia al gran espejo, ¡ah degenerados!, se marcha. El padre se había despedido antes:

—Que Dios te ayude, Teresa.

Teresa acababa de hacer su valija. Sobre la mesa de trabajo de Emiliano estaba el rebenque de plata sobre unos papeles. Piensa en llevárselo. ¿El rebenque, por qué? Mejor una rosa. Se cubre la cabeza con un chal negro con flores coloradas, el último regalo del doctor, traído el jueves pasado.

En el jardín corta una rosa, de grandes pétalos, carne y

sangre. Quisiera decirle adiós a los niños y a la vieja Eulina, pero Nina escondió a sus hijos y la cocinera solo llegará a las seis

La valija en la mano derecha, la rosa en la izquierda, el chal sobre la cabeza, Teresa abre el portón. Atraviesa la vereda por entre los curiosos como si no los viera. Con el paso firme, los ojos secos, camina hacia la parada del ómnibus para tomar el de las cinco de la mañana hasta Salgado por donde pasa el tren de la Leste Brasileña.

LA FIESTA DEL CASAMIENTO DE
TERESA BATISTA
o
LA HUELGA DEL BURDEL CERRADO
EN BAHIA
o
TERESA BATISTA DESCARGA
LA MUERTE EN EL MAR

1

Muy bienvenido, tome asiento, este sitio de Xangó es su casa, ya preparo la mesa y las cosas para adivinar. ¿Sólo quiere aclarar esa duda? ¿Una información, nada más? Usted llega recomendado por un amigo de tanta estima que me pongo a sus órdenes, puede preguntarme lo que quiera, porque aquí, fuera de los orixás, quien manda es la amistad, no conozco otro patrón.

¿Usted quiere saber la verdad sobre el santo de Teresa, quién le señala el destino y la protege contra el mal, su ángel de la guarda, el dueño de su cabeza? Debe de haber oído por allí muchos disparates, en las esquinas, de Bahía se dicen cosas de diversos calibres, todas en desacuerdo, claro, y usted estará confundido. Es natural que haya contradicciones en las informaciones, sucede con frecuencia, pues en estos tiempos todo el mundo sabe de todo, nadie quiere confesar ignorancia, total, inventar no cuesta nada.

En cambio, guiarse por los orixás lleva una vida entera, y pobre de la mae-de-santo que, al poder descifrar algo, quiera engañar, recibe el rayo y el trueno, los árboles del matorral y las olas del mar, el arco iris y la flecha disparada. Nadie consigue eludir a los que tienen poder mágico y el que no tiene competencia para tomar la navaja en el momento justo de la comunicación, el que no recibió el decálogo con la llave del secreto, con la respuesta de la adivinanza, es mejor que se calle, porque esas cosas no son de juego, el peligro es mortal. Le puedo contar muchos casos *otra vez, cuando tenga tiempo y paciencia para escuchar.*

Para echar las cartas [1] sobre la mesa hay que tener mano y conocimientos. Pero para leer la respuesta escrita en esas cartas por los magos hay que saber sacar lo claro de lo oscuro, el día de la noche, el naciente del poniente, el odio del amor. Recibí mi nombre antes de nacer, comencé mi aprendizaje de niña. Cuando me levantaron y me confirmaron lloré de miedo pero los orixás me dieron fuerzas y me iluminaron el pensamiento. Aprendí con mi abuela, con las viejas tías, los babalaos [2] y la madre Aninha. Hoy soy la mayor y en este axé [3] nadie levanta la voz por delante de mí. Solo a mi altura en Bahía la iyalorixá del candomblé de Gantois. Mi irma-de-santo, mi igual en el saber y en el poder. Porque cuido de la magia en el rigor de las normas y las prohibiciones, atravieso el fuego y no me quemo.

Pero tratándose de Teresa, déjeme que le diga que hay motivo de sobra para la confusión, hasta el que sabe mucho, en este caso se embarulla en la lectura. Mucha gente anduvo leyendo su destino por ahí y no se puso de acuerdo. Los más viejos hablaron de Yansá, los más nuevos de Yemanjá ¿Y si dijesen Oxalá, Xangó, Oxossi, no sería verdad? ¿Euá y Oxumaré [4], también? No hay que olvidarse de Ogum y de Nana [5], y tampoco de Omolu.

Yo también hice el juego y miré el fondo. Le voy a contar, nunca vi nada así y hace más de cincuenta años que ando en este oficio y más de veinte que sirvo a Xangó.

Quien se presentó delante con su alfanje rutilante fue Yansá, diciendo: ella es valiente y buena para la pelea, me pertenece, soy la dueña de su cabeza y ¡ay de quien la toque! En seguida aparecieron Oxossi y Yemanjá. Con Oxossi, Teresa vino del matorral tupido, del agreste desierto, de la caatinga seca, del sertón desolado. Bajo el manto de Yemanjá cruzó el golfo para encender la aurora en lo recóndito, después de guerrear desde la ceca a la meca. Una vida de luchas desde el principio hasta el fin, para ayudarla en las peleas feas y rudas, además de Yansá, la primera y principal, vinieron Xangó y Oxumaré, Euá y Nana, Ossain [6]. Con su conocimiento Oxalufá, el viejo Oxalá, mi padre, le abrió el camino verdadero por donde podría pasar.

---

1 *Cartas.* En realidad se trata de conchillas; se ha adoptado esta equivalencia por considerarla más clara para el lector de nuestro idioma.

2 *Babalao.* Sacerdote del culto nagó.

3 *Axé.* Líquido preparado con las sangres de los animales sacrificados en un candomblé.

4 *Oxumaré.* Orixá yoruta del arco iris.

5 *Nana.* La más anciana de las divinidades de las aguas.

6 *Ossain.* Orixá de las hojas medicinales y litúrgicas.

¿*No estaba* Omolu *montado en el lomo de Teresa en la ciudad de Buquim durante la epidemia de viruela negra?* ¿*No fue él quien masticó la peste con el diente de oro y la puso en fuga?* ¿*No se la designó Teresa de* Omolu *en la fiesta de la macumba de Muricapeba?* ¿*Y entonces?* Omolu *surgió embravecido, cubierto de llagas, reclamando su caballo.*

Vea qué gran confusión se armó. No tuve otra salida que llamar a Oxum, *mi madre, para que apaciguara a esos dioses. Llegó con sus ropas amarillas luciendo oro en las pulseras, en los collares, en la misma cara. En seguida se acomodaron los orixás, todos a sus pies enamorados, machos y hembras, comenzando por* Oxossi *y por* Xangó, *sus dos maridos. A los pies igualmente de Teresa, alrededor de la hermosa, pues Teresa tiene de* Oxum *el requiebro y la miel, el gusto de la vida y el color del cobre. El fulgor de los ojos negros sin embargo es de* Yansá, *nadie se lo quita.*

Viendo a Teresa Batista cercada y defendida por todos los costados, los orixás *a su alrededor, yo le dije, aunque esté en el peor de los aprietos, en el mayor de los cansancios, no se deprima, no se entregue, confíe en la vida y siga adelante.*

Pero, siempre hay un instante de supremo desánimo, cuando hasta el más valiente se da por terminado, resuelve largar las armas y abandonar la lucha. También sucedió con ella, pregunte por ahí y lo sabrá. No le puedo decir más porque el resto quedó . oscuro.

Para mí, quien guió los pasos del ahogado por los callejones de la ciudad hasta el escondrijo de Teresa fue Exu [1]. *Para armar lío.* Exu *está solo.* ¿*Quién mejor que él conoce rincones y atajos, quién más que él gusta de terminar con las fiestas? La fiesta no se terminó y además de la preparada para hacer brillar el casamiento, hubo otra improvisada, realizada en el mar, cuando* Janaina *extendió su verde cabellera para los enamorados.*

En atención al pedido de Verger, ¿*usted no sabe que Pierre es hechicero?, le dije sobre este tema todo lo que sé, aquí sentada en el trono de* iyalorixá, *asistida por la corte de los* obás, *yo, madre* Senhora, Iyá Nasso, mae-de-santo *del* Axé *del* Opo Afonjá *o* candomble Cruz Santa de San Gonzalo del Retiro, *dode doy culto a los* orixás *y recojo en mi pecho el llanto de los afligidos.*

---

1 *Exú:* hay multitud de *exus* figuras similares a los demonios de la religión católica.

2

Toda existencia es un asunto delicado. Por segunda vez Teresa recibía propuesta de casamiento pero la primera no contaba porque el candidato estaba demasiado borracho en esa solemne ocasión. Una injusticia, además, porque Marcelo Rosado, irremediable abstemio, se había emborrachado sólo para alcanzar el coraje necesario para hacer su declaración de amor. Sobrio, no le faltaban ni pasión ni disposición para atarse, pero, eso sí, le faltaba ánimo para enfrentar a Teresa y pedirle la mano en casamiento. Se llenó de cachaça y como no estaba acostumbrado, fue un desastre, en el momento culminante de la confesión, vomitó hasta el alma en la residencia de Altamira, en Maceió, donde se encontraba con Teresa una que otra vez, lo mismo que otros, cuando la muchacha andaba corta de dinero.

Teresa no se ofendió pero no creyó en los propósitos del contador de la poderosa firma Ramos y Menezes. Ni siquiera se tomó el trabajo de exponerle las razones de su rechazo, lo tomó en broma y se terminó. Humillado por el hecho y por el escaso interés demostrado por su pretendida, Marcelo desapareció llevándose consigo el recuerdo y el gusto por Teresa, nunca pudo olvidarla. La mujer con quien se casó años después en Goiás, donde había ido a parar, lleno de vergüenza y dolor, recordaba en el modo de ser, de reír y de mirar a la frustrada novia, la inigualable muchacha de paso en Maceió, la sambista del cabaret.

Sambista de cabaret también ahora en Bahía, también ahora inigualable muchacha que frecuentaba por necesidad la residencia de Taviana, renombrada y discreta. Obteniendo, triste es constatarlo, más suceso en la cama que en las tablas del Flor de Loto, el "feérico templo de diversiones nocturnas" según la fase publicitaria y discutible de Alinor Pinheiro, dueño del local.

No teniendo mayores ingresos, pues no mantenía enamorados, Teresa ejercía en la residencia lo menos posible a pesar de las constantes solicitudes. Competente en el oficio, hermosa, educada, de finas maneras, se mantenía distante de cualquier interés, sexual o sentimental, era indiferente a los hombres. Clientela reducida a unos pocos señores adinerados, escogidos por Taviana, de años largos y moneda fuerte. Jamás ninguno mereció ni siquiera un pensamiento de Teresa. Algunos la quisieron en exclusividad, exhibiendo carteras repletas, en tentadoras propuestas de amancebamiento. ¡Amiga, jamás! No repetiría el error de cuando se fue a vivir con el director del puesto médico de Buquim.

Desde los lejanos tiempos de Aracaju no había vuelto a sentir su sangre caliente, ni a cambiar miradas cargadas de luz y de sombra. Teresa estaba muerta para el amor. No, no es verdad. El amor le quema el corazón, es un puñal clavado en su pecho, una cruel nostalgia, una última y tenue esperanza. Januario Gereba, marinero de mar ancho y lejano, ¿dónde andarás?

Insinuantes gaviotas la asediaron en el cabaret, buscaron enamorarla, los intolerables buenos mozos de la zona prostibularia. Con los clientes de la residencia Teresa empleaba sus conocimientos de cama, su distinción, Teresa *do Falar Macio*; con los compadritos usó la indiferencia y cuando fue necesario, la indignación, Teresa *Boa de Briga*: déjeme en paz, no me fastidie, váyase a buscar otra. Hizo correr escalera abajo del Flor de Loto al irresistible Lito Sobrino y enfrentó a Nicolau Peixe Caçao, tira de los más asquerosos de la policía, ambos se habían enfurecido.

La vieja Taviana, con casi cincuenta siglos de prostitución, veinticinco de los cuales ejerció de proxeneta, que sabía todo acerca de la profesión y de la naturaleza humana, al conocer a Teresa divisó en ella una fábrica de hacer plata, un pedazo de hembra capaz de enriquecer su casa y hacerla ahorrar. Planeó presentarla a algunos viejos como mujer casada, honesta pero pobre, traída a la residencia por las dolorosas cosas que tiene la vida, las necesidades, la desesperación, una triste historia. Historias podía contar varias, Taviana poseía un inagotable *stock* en los archivos orales de su establecimiento, todas verdaderas y a cada una más conmovedora. Con esa pequeña farsa crecerían el interés y la generosidad de los beneméritos clientes, pues no hay nada más delicioso y confortable que proteger a una mujer casada y honesta, practicando la caridad y poniéndole por encima los cuernos al marido, con satisfacción para el alma y para la materia.

Como era medio tonta, Teresa no había querido que le endilgara semejante historia, no quería hacer más oscuro y penoso su oficio. Con el tiempo se hicieron amigas y Taviana, moviendo su blanca cabeza le repetía su diagnóstico:

—Teresa, vos no sos viva, no naciste para esta vida. Vos naciste para dueña de casa y madre de familia. Vos te tenés que casar.

3

Quizá con doble intención, Taviana propició el encuentro de Teresa Batista con Almério das Neves, un amable ciudadano, bien hablado, establecido con una panadería en Brotas. No era rico pero se encontraba en una próspera situación. Mantenía con la celestina una vieja amistad. Hacía unos quince años había conocido en la residencia a Natalia, apodada *Nata de Leite* por la blancura de su piel, tímida, nueva en el oficio, una de las nacidas, según Taviana, para madre de familia.

Almério había comenzado en esa época su vida de comerciante y trabajaba día y noche para hacer prosperar su modesta panadería en las cercanías de la actual. Después de algunos encuentros con Natalia, en seguida supo la patética historia de la muchacha, su expulsión de la casa por el padre enojado al enterarse de que se había acostado con el novio. Pasó un tiempo en la pieza del bohemio estudiante que un día desapareció sin dejarle su nueva dirección ni decirle siquiera adiós. Almerio se sintió presa de pasión por esa joven y atrayente víctima del destino y de los sinvergüenzas. La sacó del prostíbulo y se casó con ella. Esposa más derecha no hubiera conseguido ni siquiera en el convento de las monjas. Honrada e incansable en el trabajo No le dio hijos, es verdad, fue su única falla, porque en todo lo demás fue perfecta. Cuando, pasados los años, les fueron mejor las cosas y Natalia pudo dejar la caja de la panadería donde se pasaba el día entero, resolvieron adoptar una' criatura, huérfana de padre y madre. La madre había muerto en el parto y el padre seis meses después de una neumonía, era el ayudante del panadero. Almerio y Natalia se encargaron del niño y fueron al registro civil para anotarlo como suyo y darle su apellido. Si todos esos años habían sido felices y calmos, esos dos últimos viendo crecer al niño fueron embriagadores. Una felicidad familiar brutalmente quebrada por el automóvil de un joven hijo de puta de rica familia, que disparaba como un loco para no llegar a ninguna parte, en la urgencia de correr para no hacer nada. Atropelló a Natalia frente a la panadería, dejando a Almério en la desesperación y el niño de nuevo sin madre. Buscando consuelo, el viudo volvió a la casa de Taviana, su vieja amiga y allí conoció a Teresa.

Teresa iba a la residencia con hora previamente marcada, atendiendo una clientela designada por la eficiente celestina. Terminada su sesión, despachado el banquero o el magistrado, a veces se demoraba en la sala en compañía de Taviana, charlando. En una de esas ocasiones fue presentada al "amigo Almerio das Neves, persona muy de mi estima desde los tiempos en que era un muchacho y yo ya era vieja". ¿Qué edad tendría Taviana o no tendría edad?

Mulato claro y gordo, reposado y puritano, bien hablado pero un tanto rebuscado en el vocabulario, todo en Almério sugería tranquilidad y seguridad. Para ser amable con Taviana, Teresa accedió a darle una cita para dentro de tres días reservándole una tarde.

—Consuélelo un poco, Teresa, mi amigo perdió a su esposa hace poco tiempo, todavía no se quitó el luto.

—Llevaré luto en el alma por toda la eternidad.

Mesurado y agradable, después de la segunda etapa de la función (los clientes habituales de Teresa llegaban a duras penas a la primera y única), Almério se puso a conversar, contando particularidades de su vida, refiriéndose sobre todo a Natalia, al hijito y a la panadería, la nueva, mucho más grande que la anterior, capaz de competir con los monopolios españoles dueños del mercado de la panificación. Un día, dijo con orgullo, también el suyo será un emporio:

—¿Cómo es el nombre?

—Panificación *Nosso Senhor do Bonfim*.

Nombre puesto para que le diera suerte y homenaje a *Oxalá* en cuya intención Almério siempre se viste de blanco haga el tiempo que hiciera. Teresa se enteró de esas cosas con el correr de los días, pues el comerciante se fue haciendo habitué. La charla prosiguió en la residencia y en las mesas del Flor de Loto. Como Teresa no podía reservarle más que una tarde a la semana, Almério empezó a frecuentar el cabaret en el primer piso de la calle del Tijolo donde Teresa era la "sensual encarnación del samba brasileño". Por el contrato (oral) hecho con Alinor Pinheiro, propietario del establecimiento, Teresa debía comparecer a las diez de la noche y no retirarse antes de las dos de la mañana Se exhibía hacia la medianoche en sumarios trajes, en pretendidas estilizaciones del traje de bahiana, pero antes y después debía aceptar las invitaciones a bailar y a sentarse en ciertas mesas donde se bebía en abundancia. Siempre pedía vermouth, es decir té de *sabugueiro* [1]. Su actividad en el Flor de Loto no iba más de allí, no hacía la vida, no aceptaba salir con clientes hacia las pensiones próximas. Del cabaret directamente a su pieza alquilada en el Desterro, a doña Fina, antigua y estimada cartomántica. Una pieza

1 *Sabugueiro* arbusto medicinal de la familia de las rubiáceas.

limpia y decente, recibe hombres en cualquier parte menos aquí, soy una viuda honesta, le avisó doña Fina, una viejita encantadora, de ojos cansados por la bola de cristal, conspicua oyente de radionovelas, loca por los gatos, tenía cuatro.

Mientras los panaderos golpeaban la masa y calentaban el horno Almério se daba una vuelta por el Flor de Loto para bailar un samba, un blue, una rumba, tomar un vaso de cerveza y charlar un poco. Muchas noches acompañó a Teresa hasta la puerta de su casa, antes de volver a la panadería. La muchacha le apreciaba la compañía, la charla serena y agradable, los modales correctos. Jamás le propuso pasar la noche juntos, en la cama, transformando las corteses relaciones en cosa de amantes. Cama, solo la profesional, una vez a la semana, en la residencia, en el resto del tiempo convivencia amistosa, una buena amistad.

En la noche anterior a la tarde en que le pidió que se casaran, Almério se demoró en el Flor de Loto hasta la hora de la salida de Teresa, bailando y conversando. Ya en la puerta del cabaret la invitó a que lo acompañara a Brotas para hacerle conocer la panadería, en taxi era un salto, en media hora podría estar de vuelta en su casa. Aunque encontró la invitación un poco extraña, Teresa no vio motivo para rechazarla, tanto le había hablado del gran horno y del mostrador de fórmica que sólo le faltaba ir a verlo.

Con orgullo de propietario, de quien se lo debe todo a su trabajo, empecé desde cero, con la canasta de pan en la cabeza, vendiendo de casa en casa, le mostró las instalaciones, la aseada fabricación, los panaderos ayudantes batiendo la masa, el horno encendido, las enormes palas de madera, y el frente, cuatro puertas hacia la calle, donde se atendía la clientela, abiertas e iluminadas especialmente para la visita de Teresa.

—Esto va a ser un emporio. ¡Ah! ¡si mi querida Natalia no me hubiese faltado! Un hombre solo trabaja bien cuando tiene una mujer a quien dedicarle su amor.

Teresa elogió como era debido la fábrica y el mostrador, recibió sonriente el tributo de los primeros panes de la madrugada y cuando se encaminaba hacia el taxi, Almério le pidió que entrara un minuto en la casa de al lado, la suya. Pintada de azul y blanco, con las ventanas verdes, las plantas trepadoras subiendo por la pared, dos palmos de jardín bien cuidados por el dueño:

—Cuando ella vivía valía la pena mirar el jardín y la casa. Ahora está todo abandonado.

No la invitaba para ver las plantas trepadoras. Cruzaron

el corredor y fueron hasta la habitación del niño. Dormía en su cuna teniendo en la mano un oso pelado y el chupete caído sobre el pecho.

—Es Zeques... El nombre es José, Zeques es el sobrenombre.

—¡Qué amor! —Teresa le tocó la carita, pasó su mano sobre los cabellos enrulados.

Se demoró conmovida en la contemplación del niño, salió en puntas de pie para no despertarlo. Ya en el taxi preguntó:

—¿Cuántos años tiene?

—Ya cumplió dos años y medio.

—La cuna le queda chica.

—Sí, tengo que comprarle una camita, hoy mismo la voy a comprar.

Un chico sin cariño de madre siempre anda falto de cosas, hay cosas que un padre no sabe hacer.

Teresa solo entendió el sentido de todas esas palabras al día siguiente, en la residencia, cuando al encender el cigarro después de la repetida función, la primera vez como papá y mamá, la segunda a horcajadas, Almério la invitó a dar un paseo. ¿A esa hora de la tarde? Sí, tenía algo que decirle pero no allí, entre las paredes del prostíbulo.

Invitación igual a la que había hecho años atrás a Natalia, *Nata de Leite*, la de la blanca piel y los modales tímidos. Ahora la pretendida era de color de bronce e impetuosa. Pasión abrasadora, en ambos casos, idénticas palabras:

—Necesito de la inspiración de la naturaleza.

4

Sentada sobre el ancho muro frente a la ermita de Montserrat, al atardecer, mientras empezaba a iluminarse la ciudad de Bahía plantada sobre la montaña y el golfo de serenas aguas, las velas de los *saveiros* como fantasmas, Teresa está envuelta en melancolía. A su lado Almério confidente. Lugar adecuado para una declaración de amor, allí había pedido y obtenido la mano de Natalia, escena que espera repetir en esta ocasión.

—Permítame que le diga, Teresa, lo que me sale del alma. Me encuentro a merced de un torbellino de sentimientos. El hombre no es dueño de su voluntad, el amor no pide licencia para introducirse en un pecho entristecido.

Qué palabras bonitas piensa Teresa y qué justas. Ella bien lo sabe, el amor no pide permiso, aparece, violento y domina y después no hay nada que hacer. Suspira. Para Almério das Neves, postulante, aquel suspiro solo puede tener una significación. Animado, prosigue:

—Estoy amando, Teresa, estoy siendo devorado por el fuego del amor.

El tono de la voz la tentativa de tomarle la mano, alertaron a Teresa. Desvió sus ojos del paisaje y el pensamiento de Janu y miró a Almério, lo vio en trance, los ojos fijos en ella con una especie de adoración:

—Estoy perdidamente enamorado, Teresa. Póngase la mano sobre el corazón y contésteme con sinceridad, ¿quiere hacerme el honor de casarse conmigo?

Teresa está boquiabierta y él prosigue diciendo cómo la había observado desde el día que la conoció, cómo fue conquistado por su belleza, usted es la flor más hermosa del jardín de la existencia, por sus maneras y su trato. Perdido de amor ya no puede encerrar en el pecho esos sentimientos. ¿Quiere hacerme feliz permitiéndome llevarla ante el altar y el registro civil?

—Pero, Almério, yo no soy más que una mujer de la vida.

Que ella frecuente la casa de Taviana no significa nada, allá había encontrado a la inolvidable Natalia y ninguna esposa le había proporcionado a su marido mayor felicidad. El pasado, sea cual fuere, no tiene peso, la vida empieza hoy, allí, en ese momento. Para ella, para él y para Zeques, principalmente para Zeques. Si la única objeción es ésa no hay ningún problema, todo está resuelto. Extiende su mano a Teresa y ella no la rechaza, la tiene entre las suyas mientras le explica:

—No es la única, hay otra. Pero, primero quiero decirle que estoy muy emocionada con su pedido que es como un regalo, un regalo de cariño que no sé cómo agradecerle. Usted es un hombre bueno y yo lo aprecio mucho. Pero para casarme, no. Tiene que disculparme, pero no puedo.

—¿Y por qué si no es secreto?

—Porque estoy enamorada de otro, y si un día él vuelve y todavía me quiere, esté donde esté y haga lo que haga, yo largo todo y me voy con él. Y entonces, dígame, ¿cómo podría casarme? Si yo no tuviese consideración con usted, sería una falsa. Aunque sea una mujer de la vida, tengo decencia.

El panadero se quedó mudo y triste, los ojos perdidos en la distancia. También callada y melancólica estaba Teresa

mirando los *saveiros* que cortaban las aguas del golfo rumbo al Recóncavo. ¿Qué nombre le habría puesto el nuevo propietario al Flor das Aguas? El crepúsculo cae sobre la ciudad y el mar, quemando sangre en el horizonte. Finalmente, el estupefacto Almério consigue sacar palabras de su garganta para romper el silencio:

Nunca me di cuenta de que hubiera alguien en su vida. ¿Yo lo conozco?

—Pienso que no. Es un maestro de *saveiro*, por lo menos lo fue. Ahora debe de estar embarcado en un barco grande, no sé dónde, ni siquiera sé si va a volver.

Todavía tiene entre sus manos la mano de Almério y suavemente la aprieta en un gesto de amiga.

—Le voy a contar todo.

Se lo contó desde el principio al fin. El encuentro en el cabaret París Alegre, la noche de la pelea, en Aracaju, la desesperada búsqueda en Bahía, los desencuentros y por fin el relato del maestro Caetano Gunzá de vuelta de un viaje a Canavieiras, en la barcaza Ventania. Cuando terminó, el sol había desaparecido, se encendieron las lámparas y en el mar los *saveiros* quedaron en sombras.

—Había enviudado y me fue a buscar, no me encontró. Cuando llegué ya se había ido. Me quedé para esperar su vuelta. Por eso estoy aquí, en Bahía.

Con delicadeza suelta la mano de Almério:

—Usted ya va a encontrar una mujer para que sea su esposa y madre del chiquito, honesta como usted se lo merece. Yo no puedo aceptar, discúlpeme por favor, no lo tome a mal.

El bueno de Almério, conmovido hasta las lágrimas, se llevó el pañuelo a los ojos húmedos mientras los de Teresa permanecían secos, dos carbones apagados. Sin embargo, no se consideró completamente rechazado, no se dio por perdido:

—No tengo nada que disculparle, el destino es así, desencontrado. Pero yo también puedo esperar. Quién sabe un día...

Teresa no le contestó ni sí ni no, ¿para qué herirlo, para qué entristecerlo? Si Janu no regresaba un día, al timón de su *saveiro* o a bordo de un buque de bandera extraña, Teresa cargaría por toda su vida luto de viuda. En la cama de la residencia o de una pensión cualquiera, ejerciendo el feo oficio, a lo mejor. Pero nunca en lecho de amante o de esposa, eso jamás. Pero, ¿para qué decírselo a quien la honraba y la distinguía?

5

La tarde del rechazado pedido de casamiento Teresa le
contó a Almério das Neves, casi palabra por palabra,
el relato del maestro Caetano Gunzá. Estaba repleto de sucesos desagradables pero contenía pruebas de amor y una
esperanza:

—Un día de estos, sin dar aviso, el compadre desembarca
en el muelle.

Así había dicho el maestro Gunzá en la popa de su barcaza, fumando su pipa de barro. De esa esperanza vive Teresa Batista. Almério das Neves, romántico y heroico, la
oyó con los ojos húmedos y la garganta apretada, ¡qué relato
más conmovedor, parecía una novela de la radio! El panadero quería casarse con Teresa Batista, estaba muy enamorado, pero no daba su caso por perdido, quién sabe un día
si dependiese de él, ese mismo día, ese mismo instante, viniendo por el golfo, saliendo del crepúsculo, Januario Gereba
de regreso tomaría la mano de la perdida amante, la conso-
laría y en la ermita de Montserrat se unirían en unas
bodas místicas (bodas místicas era una expresión que había
oído en una radionovela y le había encantado) y Almério
sería el primero en felicitarlos. Igual a cierto personaje de
una novela que salía en folletín en su adolescencia, que era
generoso y desprendido, un corazón de oro. Almério está
dispuesto al sacrificio por la felicidad de su bienamada. Esos
gestos consuelan en horas amargas, confortan.

Pedazos de frases arrastradas por el viento sur, noche de
temporal, tristezas rumbo al océano revuelto. ¿Por dónde
andará Januario Gereba, el marinero embarcado en un carguero panameño? En la voz del maestro Caetano Gunzá,
los ecos sordos de la contenida emoción. Quiere bien al compadre, amigo de infancia, hermano de estera en la obligación del *borí* [1], en el candomblé, simpatiza también con la
muchacha, bonita y dispuesta.

Cuando por fin los mástiles de la Ventania fueron avis-
tados cruzando la barra, Camafeu de Oxossi mandó a su
sobrino a llevarle un mensaje a Teresa. Ella recibió la notita
y salió corriendo para la Ciudad Baja, la barcaza había fon-
deado. En Agua dos Meninos tomó una canoa, el maestro
Gunzá la esperaba a bordo del velero, había sabido por ter-
ceras personas que la muchacha estaba mal por noticias de
Januario. Se alegró de verla viva y sana, le habían dado

---

1 *Borí*: ceremonia por la cual se confiere al adepto del candomblé el
orixá protector que le corresponde.

falsas noticias al compadre, ella no se había muerto en una epidemia de viruela. Muy bien.

Por más de un mes, diariamente, Teresa fue hasta el Mercado Modelo y la Rampa pasa saber si la Ventania había regresado. Trataba de divisar la silueta de la barcaza, la tenía en los ojos, anclada en el puente de Aracaju, cargando azúcar. Hacía un mes y medio que la Ventania había levantado sus velas rumbo al sur del Estado, a Canavieiras o Carabelas, las bodegas llenas de bolsas de charque y barricas de bacalao. Fecha de regreso imprecisa, los veleros dependen de la carga, del viento, de la corrientes y del mar, dependen de *Yemanjá* que les debe conceder buen tiempo.

Aquella espera marcó los comienzos de la vida de Teresa en la ciudad de Bahía y las primeras relaciones que estableció fueron hechas en la búsqueda del maestro Januario Gereba y del *saveiro* Flor das Aguas. Todos muy gentiles, imposible encontrar gente más educada, pero las noticias eran contradictorias. Como había venido a la capital para saber noticias de Januario, salió a preguntar. Aquí y allá obtuvo pedazos de historias, pero el maestro Caetano le contó la historia completa.

Después de la epidemia de viruela en Buquim, Teresa empezó a bajar del sertón, de ciudad en ciudad, de pueblo en pueblo, lentamente. Había conocido Esplanada, Cipó, Alagoinhas, Feira de Sant'Ana. Viaje extenso y atribulado. Sin recursos, obligada a ejercer en las peores condiciones. Durante esos meses, ¿cuántos? no lo sabía, completó el exacto conocimiento de la vida de una ramera, tocó el punto más bajo pero, dispuesta a llegar al mar de Gereba, siguió hasta el fin, con obstinación.

Solo en Feira de Sant'Ana encontró un cabaret donde pudo ofrecerse como bailarina a cambio de casi nada, pero aun así, para cobrar la miserable paga tuvo que armar un lío tremendo. Si no hubiese aparecido en medio de la confusión un imponente viejo de barbas y bastón, un señor aparentemente muy importante que salió a defenderla, habría terminado presa en lugar de recibir el magro dinero, justo para el pasaje en el ómnibus y los primeros gastos en la capital. Menos mal que el anciano caballero hizo que le dieran un poco más. Simpatizó con la valentía de la muchacha y como estaba ganando en la ruleta bancada por el dueño de El Tango, en la cual hasta entonces nadie ganaba, no solo obligó al tipo a que le pagara lo convenido, aumentó esa poquedad con una buena parte de lo ganado en el juego. De pura bondad, pues ni siquiera le pidió que durmiera con él, le permitió partir cuando él seguía ganando en el juego para mayor escándalo de Paco Porteño. Las barajas marcadas habían perdido la partida, nada ganaban tampoco con la rapidez del manipuleo, que era orgullo y auténtico capital del gringo. Por primera vez, Teresa se encontraba con aquel viejo en su camino pero él la trató como si la conociese de largo tiempo.

En Bahía había iniciado la búsqueda. Al comienzo tímidamente, imaginaba que Gereba todavía estaba casado. No quería perturbarlo en su vida familiar, provocarle problemas. Solo quería localizarlo, para seguirle los pasos, sin ser notada. ¿Sólo eso? ¿No le gustaría también divisar al Flor das Aguas aunque fuera de lejos? ¿De lejos? ¿Quién puede saber con exactitud lo que Teresa esperaba y pretendía si ni ella lo sabía? Lo buscaba, era todo lo que tenía.

En la Rampa y en el Mercado prácticamente todos la conocían y la estimaban, pero nadie sabía noticias de él. Mejor dicho, todos le daban noticias, ninguno se negaba a hablar del *saveirista* pero todas las noticias eran diferentes. Una sola cosa cierta: la esposa de Januario había muerto tiempo atrás.

En el *candomblé* de Bogun, donde él tenía su puesto de *ogan* desde hacía años, la *mae-de-santo* Ronhoz le confirmó que Gereba había perdido a su mujer, se había muerto tuberculosa la pobrecita. Los ojos fijos en Teresa, la *iyalorixá* no vaciló en reconocerla:

—Usted es la muchacha que conoció en Aracaju.

Después del entierro, Januario había estado en el templo en labores de *axexé* [1] purificando su cuerpo antes de realizar un viaje de gran importancia, según había dicho. Para las orillas de Aracaju, donde me esperan, agregó. Quién lo esperaba era usted, ¿no es cierto? Nunca más apareció. Consta que volvió de su viaje y que inició otro.

¿Un viaje? ¿Dos? ¿Vivo o muerto? ¿Desaparecido? ¿Dónde? Teresa solo había conseguido saber la verdad cuando por fin la Ventania regresó del sur del Estado cargada de cacao.

La conversación tuvo lugar en la popa de la barcaza anclada frente a las luces de la ciudad, batida por el viento sur que levantaba las mansas aguas del golfo. Noche de peligro en el mar, noche mala para los saveiros. *Janaína* desatada en tempestad, buscando a su novio para las bodas en el fondo del océano, explicaba el maestro Gunzá tocando las aguas con la punta de sus dedos, llevándolos a su frente

---

1 *Axexé:* ceremonia fúnebre del culto yoruba.

y repitiendo el saludo de la sirena, ¡*Odóia!* El patrón del velero había recibido a Teresa amistosamente pero sin alegría.

—Supe que estaba en Bahía y que me buscaba, Teresa. Anclé así porque mañana debemos atracar al lado del carguero para descargar directamente.

Se sentaron, el viento sacudía la cabellera negra de Teresa, el seco aroma del cacao subía desde la bodega. Con miedo de la respuesta, Teresa preguntó:

—¿Qué pasa con Janu? ¿Por dónde anda? Estoy en Bahía desde hace dos meses y todavía no pude saber nada serio sobre él. Cada uno me dice algo diferente. Lo único verdadero que pude saber es que se murió su esposa.

—Pobre mi comadre, ya daba pena verla, era nada más que piel y huesos. El compadre no la dejó hasta que no cerró sus ojos. En los últimos días apareció el padre de ella para hacer las paces y llevar a la hija al hospital. Era demasiado tarde. La comadre ya no servía para mujer pero el compadre igual lo sintió mucho.

Teresa lo escuchaba en silencio, más allá de la voz del maestro Gunzá, quebrada por el viento y la tristeza, escucha a Januario diciéndole, la que yo amé y quise, la que robé a su familia, era alegre, bonita, hoy está enferma, fea y triste, pero el culpable soy yo, no puedo dejarla en la calle. Es hombre derecho Janu.

—Después hizo dos o tres viajes para sacar un poco de plata y después me dejó el *saveiro* y salió a buscarla a usted. ¿Se acuerda, compadre, de Teresa Batista, aquella muchacha de Aracaju? Voy a ir a buscarla para que viva conmigo, para casarnos. Así me dijo.

Maestro Gunzá, usted enciende la pipa y el viento se la apaga. La barcaza sube y baja, las olas crecen, el viento sur desatado parece llamar a la muerte con un silbido agudo. Silenciosa, Teresa imagina a Janu buscándola, libre de sus cadenas, pájaro suelto, dispuesto a llevarla a su casa, a su *saveiro*. ¡Ay, qué desencuentro!

—Se pasó más de tres meses buscándola. Volvió sin una moneda, vino como acompañante de un camionero. Muy triste, sin saber qué hacer. Me contó todo el viaje, fue por Sergipe, atravesó Alagoas, Pernambuco, Paraíba, estuvo en Natal y solo se detuvo en Ceará, conoció muchos lugares y mucha gente, pero no encontró lo que buscaba. Perdió su rastro en Recife, pero solo perdió la esperanza en Fortaleza. De nuevo en Aracaju, anduvo por las afueras de Sergipe y allí le contaron que usted se había muerto atacada de viruela, le dieron el día y la hora y le describieron su retrato, todo parecía verdadero. Solo no supieron decirle dónde estaba enterrada. Eran tantos los muertos que no había tiempo para funerales, ponían cinco o seis en un mismo hoyo. Eso fue lo que le contaron a mi compadre.

Sí, Teresa, había salido al encuentro de la muerte y la había enfrentado, desesperada por no estar con él y por haber querido olvidarlo en la cama del doctorcito Oto Espinheira, director del Puesto de Salud, rey de los cobardes. La muerte la había rechazado, ni la viruela la quiso. En la noche tormentosa, la cara de piedra de Teresa, la brasa de la pipa del maestro Caetano Gunzá y la tempestad naufragadora de *saveiros*. *Janaína* busca un novio. En el silbido del viento, su canto de sirena.

—Mi compadre había cambiado, ya no parecía el mismo, ni tenía ganas de ocuparse del *saveiro*. Se quedaba sentado aquí, en la popa de la Ventania, callado, abriendo la boca sólo para decirme ¿por qué tuvo que morir, compadre? Todo se puede arreglar menos la muerte, y yo que pensaba que iba a vivir con ella. Así ·hablaba, si no se quedaba callado.

De pronto, el viento cesó y en la calma, los *saveiros* quedaron a la deriva, perdido el rumbo. En el mar alto, *Janaína* con su novio, en nupcias fatales. La voz del maestro Gunzá resuena en la barcaza:

Entonces apareció el barco panameño, un carguero grande. Entró en el puerto para desembarcar a seis tripulantes atacados de rabia. Un perro de a bordo se había enfermado y antes de que pudieran matarlo mordió a seis. Para poder seguir viaje el capitán reclutó gente. Januario fue el primero en engancharse. Antes de partir me dijo que le vendiese el Flor das Aguas y que me quedara con el dinero, ya que él no tenía a nadie en el mundo y no quería que su *saveiro* se pudriese anclado. Lo vendí pero deposité el dinero en el banco para que dé rendimientos, así cuando él vuelva podrá comprar otra embarcación. Eso es lo que pasó.

Teresa sólo pudo decir:

—Yo me quedo aquí hasta que vuelva. Si todavía me quiere, aquí me encontrará. ¿Se acuerda del nombre del barco, maestro?

—Balboa era, ¿cómo me iba a olvidar? Salió de noche, nunca más supimos del compadre. —Un suspiro, la brasa de la pipa, la voz cálida, la confianza—. Un día, cuando menos lo esperemos, el compadre desembarca en el muelle.

6

Después de rechazar la proposición de casamiento, las relaciones entre Teresa Batista y Almério das Neves sufrieron un sutil y sensible cambio. Hasta entonces, el dueño de la panadería había sido para Teresa un cliente ante todo. Algo distinto a los viejos, no solo por la edad, apenas había pasado los cuarenta, mientras que los otros (cinco en total) andaban en el límite de los sesenta, más para allá que para acá, sino también porque lo veía y lo trataba fuera de las discretas paredes de la residencia, en el cabaret, donde evidentemente ninguno de los conspicuos se mostraría nunca. Almério le hablaba de la panadería, del precio del trigo, de la inolvidable esposa muerta, de las gracias del chiquilín y Teresa lo oía atenta, era un cliente simpático y gentil con día y hora marcada una vez por semana.

La tarde crepuscular entristeciendo el mar influyó en esas relaciones, las volvió al mismo tiempo más y menos íntimas. En apariencia un contrasentido, pero en la vida de las prostitutas suceden esas cosas inesperadas y extrañas, supuestamente carentes de sentido. Menos íntima, pues Almerio no volvió a tenerla desnuda, ya no ejerció su competencia en la cama, pidiendo exhibición de la hermosura completa, pechos y nalgas, la flor secreta. Perdió su calidad de cliente, ninguno de los dos volvió a la residencia el día jueves a las cuatro de la tarde, a pesar de no haber conversado sobre el tema, comprendiendo ambos que era imposible volver a ejercer el trato de ramera y cliente, impersonal y pagado. Más íntimas, porque se hicieron amigos, poderosos lazos de confianza y de estimación se habían establecido esa tarde en los dos corazones abiertos sin tapujos.

Almério siguió yendo al Flor de Loto con cierta frecuencia, para tomar una cerveza, bailar un fox, acompañar a Teresa hasta la puerta de su casa. Seguía siendo un apasionado candidato a la mano de la sambista pero ahora ya no la tocaba, ni exhibía melancólicas miradas ni la molestaba con súplicas y proposiciones. Solo su presencia y su compañía. La pasión la llevaba adentro del pecho, así como Teresa llevaba el amor de Janu perdido en el mar ancho de los barcos cargueros. A veces, él le preguntaba, ¿todavía sin noticias, no supo nada del barco? Teresa suspiraba. En otras ocasiones, era ella la que quería saber si el amigo todavía no había encontrado una novia a su gusto, una mujer capaz de asumir el puesto vacante de Natalia junto al niño y al lado de Almério, en la casa y en la panadería, en la cama y en el corazón? Suspiraba el viudo.

No se aprovechaba de la visible soledad de Teresa en su larga espera para proponerle sustituir a Januario, pero buscaba distraerla, la invitaba a fiestas y paseos, iban juntos a *candomblés*, escuelas de *capoeira*, ensayos de *afoxés*. Sin proposiciones, sin hablar de amor. Almério siempre estaba cerca de Teresa, impidiéndole que se sintiera abandonada; terminó ella por brindarle una sincera amistad que le era muy grata. En tiempos de desesperanza y de abatimiento tuvo Teresa el calor de algunas amistades, el maestro Caetano Gunzá, el pintor Jenner Augusto, Almério das Neves. Además de ellos, Viviana, María Petisco, la negra Domingas, Dulcinea, Analia, todas muchachas de la zona. Contó también con la simpatía de la gente de pueblo de la *Rampa do Mercado*, de *Agua dos Meninos*, del *Porto da Lenha*.

De naturaleza reposada y serena, ni la viudez ni la pasión habían afectado el ánimo de Almério das Neves para retenerlo en su casa. Le gustaban las fiestas a pesar de sus modales tranquilos, siempre tenía una invitación para hacer cuando aparecía, sólido y risueño en el Flor de Loto. Cordial con todos, presente siempre en la vida popular de Bahía, media ciudad lo saludaba. Cierta noche, al querer presentarlo al pintor Jenner Augusto que fue al cabaret para contratarla como modelo para un cuadro, Teresa se admiró de que sus dos amigos se conocieran, amigos entre sí también, compañeros en las fiestas de la *Conceiçao da Praia* y *do Bonfim*, en el *candomblé* de *Mae Senhora* y en los bailes de Cosme y Damiáo.

En vida de Natalia, en el mes de setiembre, el *caruru* de Almério reunía docenas de invitados y durante la fiesta del *Bonfim* el panadero se instalaba por la semana entera en una de las casas de romeros en la Colina Sagrada, dale fiesta todos los días. En la sala de los milagros de la iglesia del Bonfim, se encontraba la fotografía de la inauguración de la nueva panadería, los obreros, los amigos, el padre Nelio, la *mae Senhora*, Natalia y Almério, todos prósperos y festivos. Entre los invitados estaba también el pintor Jenner Augusto.

—¿Se olvidó de mí, Almério? ¿Y el *caruru*? [1]

—Perdí a mi adorada esposa, amigo Jenner, tuve un fatal disgusto. Antes de sacarme el luto no puedo dar fiestas.

Solo entonces Jenner reparó en la cinta negra que colgaba de la solapa del saco de lino blanco del hijo de *Oxalá*.

[1] *Caruru*: popular plato bahiano de origen sudanés.

—No me enteré, discúlpeme. Le doy mi sentido pésame.

Miro a Teresa, desconfió de que allí había gato encerrado. El modesto comerciante, siempre risueño y tranquilo, sacando humo de su cigarro, así como enfrenta al monopolio de la panificación de los españoles sin alterarse, así tranquilamente, era hombre capaz de sacar a Teresa del Flor de Loto y llevársela a su casa. ¿Aceptaría la muchacha? Aparentaba jovialidad pero vivía inmersa en la tristeza, hay en su vida un marinero que anda navegando. Pero Almério es un maestro para esperar callado, el tiempo trabaja a su favor. A su lado, Teresa se siente segura.

7

El pintor la había encontrado por azar hacia un tiempo, en las cercanías del Mercado donde conversaba con Camafeu de Oxossi y otros dos individuos, ambos extraños y extravagantes, uno con melena y enormes bigotes, el otro con anteojos y una chaqueta abierta atrás. Al ver a Teresa, Camafeu fue a hablarle, se conocían desde hacía tiempo El pintor se le acercó:

—¡Pero, si es Teresa Batista! ¡Usted por aquí!

Quedó en ir a verla al Flor de Loto donde representaba un número de danza igual al que hacía en Aracaju, pero con algunos adornos más y apareció en el cabaret primero solo y después acompañado por una banda de bohemios, artistas de poca plata y mucha animación, todos ellos, se entiende, candidatos a dormir con Teresa por amor o simpatía, gratuitamente. No aceptó a ninguno pero nadie se ofendió.

A algunos les sirvió de modelo, incorporando una profesión más a las tantas que había ejercido. El que ponga los ojos en la *Yemanjá* roja y azul de Mario Cravo (el bigotudo), madera viva, poderosa humanidad, amante, esposa y madre, actualmente posesión de un amigo del escultor, podrá reconocer fácilmente a Teresa y su larga cabellera negra. También la *Oxum* de Carybé (el otro, el de los ojos redondos, dueño del envidiado saco abierto atrás), expuesta en una agencia bancaria, nació de Teresa, basta fijarse en las caderas, la elegancia y la gracia. ¿Y las mulatas de Genaro de Carvalho, quién las inspiró? Teresa multiplicada, con gatos y flores, aquel su aire de ausencia, como perdida en la distancia del mar. El bueno de Calá, un petizo muy sinvergüenza, ¿no hizo un álbum de grabados con diversos incidentes de la vida de Teresa? Fue también en esa ocasión que cierto músico, con el ojo puesto en la muchacha y esperanzado, le compuso y dedicó una modinha, un tal Dorival Caymmi. En compañía de ellos recordaba Teresa los días pasados con el doctor en Estancia, por aquel intenso gusto de vivir.

De esa manera Teresa conoció un mundo de gente, asistió a fiestas de vestido largo, paseó por el río Vermelho donde vivía el pintor, fue modelo de varios cuadros. En la escuela de *capoeira*, el maestro Pastinha le enseñó a bailar el samba de Angola, en la barcaza del maestro Gunzá le contaron de vientos y de mares, le contaron de los puertos del Recôncavo; Camafeu la invitó a salir de figurante en la comparsa. Los *Diplomatas de Amaralina*, pero se rehusó porque le faltaba ánimo para las fiestas de carnaval. Frecuentó *candomblés*, el *Gantois*, el *Alaketu*, el *Casa Branca*, el *Oxumaré*, el *Opo Afonjá* donde Almério, amigo de *mãe Senhora*, tenía un puesto en la casa de *Oxalá*.

Su paseo preferido era el diario y obligatorio a la *Rampa do Mercado*, el muelle de los *saveiros*, el puerto de Bahía. Cuando la barcaza Ventania estaba atracada, Teresa iba a conversar con el maestro Gunzá, a revolver el puñal que tenía clavado en su pecho hablando de Januario Gereba.

En el muelle la gente ya la conocía por sus preguntas repetidas y ansiosas. ¿Quién sabe noticias de un buque panameño, un carguero de nombre Balboa? En él habían embarcado seis marineros bahianos, ¿dónde andarán?

Con la ayuda del maestro Gunzá descubrió al Flor das Aguas, ahora de propiedad de un viejo *saveirista*, el maestro Manuel, que lo había rebautizado Flecha de San Jorge, en honor de su mujer, María Clara, hija de *Oxossi*. Teresa se demoró sentada junto al timón, tocó el maderamen. María Clara, al verla, tensa y ausente, los ojos en el vacío, tratando de descubrir en las curtidas tablas un gesto, el calor de la mano de Januario, le dijo:

—Tenga fe, él va a volver. Voy a mandar hacer un *ebó*[1] para Yemanjá.

Además de un frasco de perfume y un peine ancho para sus largos cabellos, Yemanjá pidió dos gallinas de Guinea para comer y una paloma blanca que se soltara sobre el mar.

_____

1 *Ebó:* harina de maíz blanco condimentada con aceite de dendé, sin sal. Ofrenda. También significa hechizo o brujería.

8

En el Flor de Loto y en la residencia de Viviana, Teresa trabó conocimiento con varias muchachas, estableciendo amistad con algunas. Su nombre había empezado a ser pronunciado con respeto, desde su pelea con Nicolau Peixe Caçao, policía de la División de Juegos y Costumbres que perseguía a las mujeres de la vida en el vasto e inquietante territorio por donde se extiende, podrida y ardiente, la zona de la prostitución, de Barroquinha a Pelourinho, de Maciel a Ladeira da Montanha, de Taboao a Carne Seca. Muchas veces almorzaba en el Pelourinho, en casa de Anália, una muchacha de Estancia, o en casa de la negra Domingas y de María Petisco, en la Barroquinha.

Mulatita joven y robusta, de risa fácil y llanto más fácil todavía, de su facilidad para la pasión no hablemos, un enamoramiento por semana, inconstante corazón, María Petisco había sido salvada por Teresa Batista de las garras, es decir, del puñal, del español Rafael Vedra.

Un martes, día de poco movimiento en el cabaret, estaba la loquita conversando en una de las mesas del fondo donde las mujeres se sentaban a la espera de invitación para bailar o beber, cuando entró al establecimiento un pasional gallego recién importado de Vigo, todo vestido de negro dramático, la verdadera representación de los celos, que había sido la última pasión de la mora infiel. Todo sucedió en el mejor estilo de un tango argentino, como compete a amores rápidos y voraces:

—¡Perra maldita!

Rafael levantó el puñal, la muchacha se levantó dando un grito de terror, Teresa avanzó a tiempo, hecha un torbellino. Desviado por la mano de Teresa, el puñal resbaló por el hombro de María Petisco sacándole algo de sangre, la suficiente para lavar la honra ibérica y contener el brazo trágico del despechado.

Acudieron hombres y mujeres, se armó una gran confusión. En esas ocasiones siempre aparece un alcahuete que llama a la policía, generalmente un tipo que no tiene nada que ver con el asunto, y que se mete por innata vocación de delator. Llevaron a María hacia una de las habitaciones de arriba donde las mujeres ejercían el oficio a precios oficiales, la gente fue detrás dejando el salón prácticamente vacío. De lo que se aprovechó Teresa para poner en fuga al vengador deshecho en llanto y arrepentimiento, en el mayor cagazo ante la perspectiva de caer preso con proceso y cárcel.

—Váyase en seguida, loco, váyase mientras hay tiempo. ¿Tiene dónde esconderse por unos días?

Tenía unos parientes establecidos en Bahía. Abandonó el puñal y la pasión y se escapó por la escalera desapareciendo en la calle. La policía asomó media hora después, personificada en un agente. No encontró ni rastros de lo sucedido, nadie sabía nada, ni del puñal, ni del criminal, ni de la víctima, la denuncia no había sido nada más que una broma de mal gusto de algún vivo que quiso cargar a la autoridad. El dueño del cabaret y del piso de arriba abrió una botella de cerveza, helada, que el agente se tomó por detrás del mostrador.

La casi víctima, trasladada a Barroquinha por Teresa y Almerio, fue curada por un estudiante de farmacia razonablemente tomado a esa tardía hora y por el cual cayó perdidamente enamorada:

—Es un *rolete*[1] de caña... —susurró la apuñaleada dando vuelta los ojos. Oriunda de Santo Amaro da Purificaçao, zona azucarera, para ella *rolete* de caña era nombre lindo.

Dos días después, la despierta muchachita estaba de nuevo en el Flor de Loto en compañía del aprendiz de boticario, bailando muy agarradita. Lo hacía dentro del horario de trabajo, era una muchacha sin juicio.

Rafael había levantado su puñal asesino ante la evidencia de que había un macho en la cama ardiente de María Petisco en horas de amor y no de oficio, en la alta madrugada. Según ciertos rumores, quien se encontraba con la fogosa poniéndole los cuernos al gallego (y a los otros enamorados de María) no era un ser viviente sino un ser mágico. Consta que *Oxossi* y *Ogum*, los dos compadres, acostumbraban ir a Barroquinha, por lo menos una vez en la semana, a visitar a María Petisco y a la negra Domingas, monturas de uno y otro, respectivamente. Ni Teresa ni nadie consiguió sacar nada en limpio, porque las dos preferidas mantenían el tema en la más absoluta reserva.

Según la autorizada opinión de Almério, un erudito en esos embelecos, era muy probable que fuese así, pues no sería la primera vez que un orixá aprovechara la cama de una mujer poniéndole los cuernos, no por esotéricos menos incómodos, a un marido o un amante. Había casos probados.

1 *Rolete* trozo de caña entre dos nudos

El de Eugenia de Xangó, vendedora de *mingau* [1] en las *Séte Portas*, casada. *Xangó* no contento de acostarse con ella los jueves, terminó por prohibirle toda relación con el marido y no hubo apelación, el cornudo tuvo que conformarse. Con Ditinha ocurrió un triste y divertido enredo: *Oxalá* se apasionó por ella, no salía de su casa, faltaba a sus obligaciones fundamentales. La vida de Ditinha se convirtió en un infierno apenas *Oxalá* se iba, aparecía *Nana Burokó* en el colmo de los celos y la mataba a palos. ¡Ah, esas zurras invisibles solo sabe cuánto duelen el que las recibió! concluía Almério a quien todos oían con respeto y atención.

9

Tiempo después del incidente con Rafael, Teresa había ido a almorzar a la casa de María Petisco, y se encontró a la muchacha trastornada, hecha otra persona. En el hombro la pequeña cicatriz, pero ¿dónde estaban la risa, la alegría, la despreocupación, al alborozo, todo cuanto la había hecho tan popular en la zona? La cara seria, preocupada, no solo ella, también la negra Domingas, Doroteia, Pequenota, compañeras de casa, y Assunta, propietaria del burdel. Sentada a la cabecera de la mesa, Assunta apartó la comida.

—Muchachas, ¿qué les pasa?

—A las muchachas solas no. A todas nosotras. Van a mudar la zona, ¿no oíste hablar? La semana que viene, si querés comer con nosotras vas a tener que ir hasta el culo de Judas —contestó Assunta de mal humor.

—¿Cómo, qué es eso? Yo no oí nada.

—Esta mañana, Peixe Caçao y el detective Coca anduvieron casa por casa, aquí en Barroquinha, avisando, preparen sus cosas, vamos a tener mudanza —dijo María Petisco.

—Nos dio una semana de plazo. Hoy lunes, hasta el lunes de la semana que viene hay que hacer la mudanza. —La voz de Assunta, sonó ríspida y cansada.

La negra Domingas tenía una voz grave, nocturna, cariñosa:

—Dice que van a mudar a todo el mundo. Empezando por aquí y después las de Maciel, de Portas do Carmo, de Pelourinho, todo el puterío.

—¿Y adónde se van?

Assunta no se contenía de la rabia:

1 *Mingau:* papilla de harina de trigo, tapioca o maíz.

—Eso es lo peor. Nos mandan a un agujero desgraciado, en la Ciudad Baja, cerca de Carne Seca, por la Ladeira do Bacalhau, una porquería. Nadie vivía por allá desde hace tiempo. Anduvieron arreglando y pasando una mano de cal. Fui a ver, dan ganas de llorar.

Las mujeres masticaban en silencio y tomaban cerveza. Assunta concluyó:

—Parece que los dueños son unos ricachos parientes del comisario Cotias. ¿Sabés cómo son esos cuando tienen protección? ¿Tienen casas en sitios malos, deshechas, se llueve adentro, qué pueden hacer? Alquilarlas a las putas y cobrarles caro. Así hacen con apoyo de la comisaría.

—Bandada de *urubús*.

—¿Y se van a mudar?

—¡Qué vamos a hacer! La que manda es la policía.

—¿Pero no hay alguna manera de quejarse, de protestar?

—Quejarse, reclamar, ¿a quién? ¿Acaso las mujeres de la vida tienen derecho a quejarse? Si salimos a protestar nos van a dar unos golpes.

—Pero es un abuso, hay que hacer algo.

—¿Qué podemos hacer?

—No mudarse, no salir de aquí.

—¿No mudarse? Parece que no supieras cómo es la vida de las putas. Nosotros no tenemos ningún derecho, solo derecho a sufrir tenemos.

—Y callada, si no te mandan presa y a recibir leña.

—Parece que Teresa todavía no aprendió.

10

El que no lo sabe que quede sabiendo de una vez por todas que las putas no tienen ningún derecho, están para darle el gusto a los hombres, recibir la paga establecida y se terminó. Fuera de eso, golpes. De la celestina, del gigoló, del tira, del soldado, del delincuente y de las autoridades. Renegada del vicio y de la virtud. Por cualquier tontería va a dar con las costillas a la cárcel, el que quiera puede escupirle en la cara. Impunemente.

El señor, paladín de las causas populares, de nombre elogiado en los diarios, dígame, por gentileza, si alguna vez en la vida se dignó pensar en las putas, excepto, es claro, en las inconfesables ocasiones en que las necesitó para revolcarse en la cama, pues hasta los incorruptibles necesitan

satisfacer la carne, están sujetos como todos al instinto.
Lecho infame, carne vil, bajos instintos en opinión del mundo entero.

¿Sabe usted que es un excelente negocio tener casas de alquiler en las zonas de prostitución? La policía localiza las zonas de acuerdo a sus intereses políticos, premiando a parientes, amigos y correligionarios. Porque el alquiler de las casas para las putas es mucho más elevado que el de las casas de familia. ¿Sabía algo de esto el bravo campeón de los explotados? Además, para ellas todo es más caro y más difícil, y todos lo encuentran bien, nadie protesta. Ni siquiera el noble defensor del pueblo. ¿No lo sabía?, pues sépalo. Y sepa también que el desalojo de las putas se hace con independencia de cualquier acción judicial, basta con que lo decida la policía, la orden de un comisario y ya está, la mudanza tiene que hacerse. La puta no puede elegir dónde vivir y ejercer.

Cuando una puta se desviste y se echa para recibir a un hombre y darle el supremo placer de la vida a cambio de una escasa paga, ¿sabe, ilustre combatiente de la justicia social, cuántos están comiendo de esa escasa paga? El propietario de la casa, el sublocador, la celestina, el comisario, el gigoló, el tira, el gobierno. La puta no tiene quién la defienda, nadie se levanta por ella, los diarios no dedican ni una columna a describir la miseria de los prostíbulos, es asunto prohibido. La puta solo es noticia en las páginas de crímenes, ladrona, drogada, mariposa del vicio, presa y procesada, acusada de todos los males del mundo, responsable de la perdición de los hombres. ¿Quién tiene la culpa de todo lo malo que pasa en el mundo? Las putas, sí, señor.

¿El indomable abogado de los oprimidos tomó acaso conocimiento de la existencia de millones de mujeres que no pertenecen a ninguna clase, repudiadas por todas las clases, puestas al margen de la lucha y de la vida, marcadas a hierro y a fuego? Sin carta de reivindicaciones, sin organización, sin carrera profesional, sin sindicato, sin programa, sin manifiesto, sin bandera, sin horario, podridas de enfermedades, sin médicos en sanatorios ni camas en hospitales, con hambre y con sed, sin derecho a pensión, a fiestas, sin derecho a tener hijos, sin derecho a tener hogar, sin derecho a tener amor, sólo putas. ¿Lo sabe? Si no lo sabe sépalo de una vez por todas.

Las putas, en fin, son un problema policial. ¿Pero se imaginó, caritativo padre de los pobres si un día las putas del mundo unidas decretasen una huelga general, cerrasen *la flor y se negasen a trabajar? Es como pensar en el caos, el día del juicio final, el fin de los tiempos.*

El último de los últimos encuentra alguien que luche por él, las putas no. Soy el poeta Castro Alves, muerto hace ya cien años, de la tumba me levanto, en la plaza que lleva mi nombre y monumento en Bahía, subo a la tribuna de donde clamé por los esclavos, en el teatro San Juan que el fuego consumió, para reunir a las putas y decir basta.

11

La firma H. Sardinha y Cía., financiera, constructora, locadora, inmobiliaria en general había adquirido una extensa área al pie de la montaña con vista al golfo, beneficiándose de las ventajas ofrecidas por el gobierno a las obras destinadas a incrementar el turismo. En el lugar va a levantarse un imponente conjunto arquitectónico: edificios de departamentos, hoteles, restaurantes, tiendas, casas de diversiones, supermercados, aire refrigerado, jardines tropicales, piscinas olímpicas, baños turcos, parques de estacionamiento, en fin, todo lo que le hace falta a la ciudad para bien de sus habitantes y placer de sus visitantes.

Coloridos folletos invitaban al pueblo a participar del gigantesco proyecto emprendido, invirtiendo, adquiriendo bonos a pagarse en veinticuatro meses, plan ideal, beneficios garantizados, ventajas innumerables. Sea usted también propietario del PARQUE BAHÍA DE TODOS LOS SANTOS, la mayor realización inmobiliaria del Nordeste. Haga turismo sin salir de Bahía, cada poseedor de bonos podrá hospedarse veinte días anuales en uno de los hoteles del conjunto, pagando solo el cincuenta por ciento del precio establecido para los huéspedes.

En la parte más baja del área, en la pequeña *Ladeira do Bacalhau* al lado de media docena de tugurios, se mantenían en pie cuatro o cinco edificios, remanentes de solares antiguos, abandonados desde hacía varios años. Los habitaban seres marginales, eran escondrijos de capitanes de la arena [1] y de pillos en general. Al comienzo, la firma mandó derrumbar esos edificios y expulsar a la gente del lugar.

Examinaba el área en compañía de los ingenieros, el viejo Hipólito Sardinha, el gran patrón, capaz de sacar leche de las piedras según la opinión generalizada en el mundo de los negocios, y observó detenidamente los edificios.

1 Amado se refiere a las bandas de niños callejeros.

En la etapa inicial de la empresa se preparan los planos, se completa la organización, se despierta el interés del público, se recoge el dinero necesario para la financiación, se trabaja con los arquitectos, los urbanistas, los ingenieros, se estudia el monumental proyecto, las obras propiamente dichas se iniciarán recién dos años después.

Dos años, veinticuatro meses. El viejo Hipólito examina los caserones. ¿Durante ese tiempo seguirán viviendo allí ladrones y vagabundos, niños y ratas? ¿O sería mejor demolerlos inmediatamente, limpiando el área por completo, como dicen los ingenieros? Edificios de piedra y cal, en ruinoso estado, se ve, pero todavía sólidos. El viejo Sardinha no está conforme.

— A no ser para burdeles de ínfima categoría, no veo para qué puedan servir — opina el ingeniero.

El viejo lo escucha en silencio, hasta en esa frase despreciativa, suelta en la brisa del golfo, se esconde dinero.

12

La decisión de transferir la zona de la Ciudad Alta a la Baja no fue, por lo tanto, tan repentina como le parecía a Assunta y sus inquilinas. Si fueran lectoras atentas de los diarios no se habrían sorprendido por la orden de cambio transmitida oralmente por Peixe Caçao y por el detective Dalmo Coca, en su visita matinal. Pero ellas se contentaban con las páginas policiales y las columnas sociales en las que tenían tema suficiente para sus emociones. De una parte, robo, asesinatos, violaciones a granel, llanto, rechinar de dientes; de la otra, fiestas, recepciones, banquetes, risas y amores, champaña y coñac.

—Un día todavía voy a probar ese caviar... —dice María Petisco después de la lectura de la apasionante descripción del baquete de Madame Tetê Muscat, escrita por el divino Luluzinho con suspiros y exclamaciones—. Champaña no me interesa, ya tomé.

— Nacional, mi querida, ese no vale nada. El bueno es el francés, y ese no es para tu pico. —le esclarece Dorotéia, muy puntillosa.

—¿Y usted, princesa, ya lo tomó?

—Una vez. A la mesa del coronel Jarbas, uno de Itabuna, en el Palace. Se hacen todas burbujas, parece que estás tomando espuma mojada.

Un día me voy a conseguir un coronel y me empacho
de iaviar y de champaña francés. Francés, inglés, americano, japonés. Ya van a ver.

Discutiendo sobre caviar y champañas, despreciaban las
otras páginas del diario, las que daban opinión, los editoriales, no se dieron cuenta de que a los propietarios de los
diarios se les había dado por expresar su indignación por
el hecho de que la zona de la prostitución estuviera en el
centro de la ciudad.

En Barroquinha, al lado de la plaza Castro Alves, "en las
vecindades de la calle Chile, corazón comercial de la urbe,
donde se encuentran las tiendas más elegantes, las zapate-
rías, las joyerías, las perfumerías, se ejerce el degradante
comercio del sexo". Las señoras de la sociedad van de compras y "son obligadas a codearse con las prostitutas". Desde la *Ladeira de Sao Bento* era perfectamente visible "el
torpe cuadro de las meretrices asomadas a las puertas y
ventanas, en la Barroquinha, semidesnudas, escandalosas".

La prostitución se desparramaba por todo el centro: Terreiro, Portas do Carmo, Maciel, Taboao, área turística, un
absurdo. "Bajando las calles y callejas del conjunto colonial del Pelourinho, mundialmente famoso, los turistas pre-
sencian escenas vergonzosas, mujeres en ropas sumarias,
cuando no completamente desnudas, asomadas a las puertas
y ventanas, en las veredas, diciendo palabrotas, borrachas,
exponiendo sus vicios, la lujuria, el escándalo." Por azar,
"¿los turistas llegan desde el sur y desde el extranjero para
asistir a esos espectáculos tan deprimentes, indignos de
nuestros fueros civilizados, de nuestro nombre de capital
nacional del turismo?". ¡No, absolutamente no!, se exalta el
redactor. Los turistas concurren para "conocer y admirar
nuestras playas, nuestras iglesias recamadas de oro, la azu-
lejería portuguesa, el barroco, el pintoresquismo de las fiestas populares y de las ceremonias fetichistas, para ver la
belleza y no las manchas ni la podredumbre de las prostitutas".

Una solución se impone, la mudanza de la zona, hay que
retirarla hacia un punto más distante y discreto. Siendo
imposible terminar con esa llaga de la prostitución, mal
indispensable, vamos por lo menos a esconderla a los ojos
piadosos de las familias y a la curiosidad de los turistas.
Para comenzar, urge limpiar Barroquinha de la infame presencia de las rameras.

La prensa estaba indignadísima. Sobre todo al referirse

a los burdeles situados en Barroquinha "cáncer que debe ser extirpado con urgencia".

Las autoridader responsables de la salvaguarda de la moral y las buenas costumbres oyeron el patriótico clamor y en buena hora decidieron trasladar a las mujeres de la vida de Barroquinha hacia la Ladeira do Bacalhau.

13

—Son miles de marineros, pagan en dólares ¿lo pensaron?

Los otros dos miran la noticia en la primera página del vespertino, no hay duda, la idea parece buena.

—¿Qué propone?

El que entrase apurado a comprar cigarrillos o fósforos al Bar da Elite, más conocido entre sus numerosos clientes por Bar das Putas, en Maciel, y de reojo los mirase, tres señores de corbata y sombrero, charlando animadamente sobre volúmenes de capital, condiciones del mercado consumidor, perspectivas de colocación del producto y duración del plazo de intensa búsqueda, elección de auxiliares capaces, localización de los puntos de oferta y venta, cálculo de los beneficios, podría tomarlos por hombres de negocios empeñados en establecer las bases de una lucrativa empresa y en cierta manera no estaría equivocado.

Pero si el ocasional cliente permaneciera un rato tomando una cerveza en una mesa cercana y observase mejor a los tres empresarios, los identificaría enseguida, situando su verdadera profesión, pues el detective Dalmo García, el investigador Nicolau Ramada Junior y el comisario Labao Oliveira huelen a policía a kilómetros de distancia. Lo que no les impide realizar provechosos negocios cuando se les presenta la ocasión, como aquella excepcional. Nada menos que tres navíos de guerra de la escuadra americana en maniobras por el Atlántico Sur llegaban a Bahía y se demorarían algunos días anclados en el puerto. Miles de marinos sueltos por la ciudad, todos en la zona tirando dólares, buscando preservativos, ¿como había podido concebir el pequeño cerebro de Peixe Cação semejante idea? A cuanto puede llegar el amor al dinero, piensa el comisario Labao, hasta a iluminar una cabeza bruta, a volverla inteligente aunque sea propiedad del burro más grande del mundo.

—¿Y si ampliamos un poco el negocio? insinúa el detective Dalmo.

—¿Ampliarlo de qué manera? ¿No vas a querer salir a vender higos y *berimbaus* [1] por la zona, no? eso es cosa de la gente del Mercado, no vale la pena.

El comisario no advirtió adonde quería llegar el detective, experto en la lucha contra las drogas y los estupefacientes.

—¿Y quién habló de higos y *berimbaus*? yo hablo de algunos cigarrillos...

—¿Cigarrillos?— Peixe Caçao hace un enorme esfuerzo para entender y cree haber entendido: —Ah, ya sé. ¿quiere decir cambiar mujeres por paquetes de cigarrillos americanos, no? También es buen negocio, los cigarrillos americanos dan plata segura. Yo conozco dónde se pueden colocar.

Evidentemente, no se debe esperar de Peixe Caçao un razonamiento veloz y brillante, en cambio el comisario es un hombre inteligente y experimentado. El detective se limpia el sudor, baja la voz:

—Yo digo cigarrillos de marihuana.

—¡Ah!

En silencio piensa en la propuesta. Vender por la calle, usar el mismo equipo de los preservativos y de los afrodisiacos, no puede ser. Es una mercadería que exige un comercio discreto, un negocio más serio y complicado. No puede discutirse en el bar, un local público. El comisario se levantó:

—Vamos a salir de aqui. Tenemos que estudiar esto con calma.

Poniéndose de pie, Peixe Caçao le grita al propietario:

—Anotá allí gallego.

Pequeñas ventajas de los que cuidan la moral y el orden público. ¡Ah! Miles de marineros. De tan contento que está Peixe Caçao hasta tiene ganas de bailar. Al salir casi tira a un cliente que entraba y se siente tan satisfecho que se ríe en la cara del infeliz:

—¿No le gustó? A ver, hágame un pasito usetd.

14

Peixe Caçao, se había desvirgado a sus dos hijas menores, hecho notorio, además de la hermana de la esposa, también una menor. Si tuviese más, más desvirgaría, el amor por

---

1 *Berimban* arco musical de una sola cuerda de alambre y resonador de calabaza, también denominado *berimbau de barriga*.

la familia le inflama el pecho a Nicolau Ramada Junior. Esos hechos domésticos se hicieron públicos cuando la cuñada lo publicó a los cuatro vientos:

—¡Peixe Caçao! Se comió a las dos hijas. Me comió a mí también, en la misma cama de mi hermana.

Criatura escandalosa, ingrata, llevaba al conocimiento general algo tan íntimo, propio del hogar, por cuestión de pequeñeces. Había dicho que quería abandonar a la familia para amigarse con un alto funcionario de la Secretaría de Agricultura, Nicolau quiso recibir una justa indemnización por los gastos hechos con la cuñada en aquellos últimos cinco años: casa, comida, ropa, educación completa. En pago del dinero gastado, de la dedicación y del cariño probados en la cama, solo obtuvo insultos y un apodo que lo acompañaría toda la vida. ¿De la ingratitud nadie se libra, no es cierto?

Cincuentón, casi blanco, grueso, malformado, de sombrero negro bien metido en la frente estrecha, ropa grasienta, pantalones embolsados, el bulto del revolver evidente debajo del saco, para imponer respeto, funcionario de la policía con tales antecedentes, ¿dónde mejor podría vivir Nicolau Peixe Caçao sino en la División de Juegos y Costumbres, imponiendo la ley y prohibiendo el vicio?

Era uno de los pequeños tiranos de la zona, le sacaba plata a las celestinas y proxenetas, a los patrones y patronas de las residencias y pensiones, a los dueños de los cabarets y bodegones. Tomaba y comía gratis, elegía la mujer con que quería dormir, amenazaba y perseguía. Pobre de la que rechazara una invitación de Peixe Caçao, pagaría caro su atrevimiento. Esa tal fue Teresa Batista, por ejemplo, no sabe lo que le espera. No solo rechazó los avances del tira, se burló de él, lo puso en ridículo en el Flor de Loto lleno de gente:

—¡Mírenlo! Cuando quiera dormir con un chancho voy a buscarlo al chiquero.— Cansada de las proposiciones y de las amenazas del policía, Teresa estaba fuera de sí, dispuesta a todo, en los ojos había aparecido aquel fulgor de diamante.

Comparado con Peixe Caçao, el detective Dalmo (Coca) García es un maniquí, un dandy. Joven, con ropa bien entallada, a la moda, sombrero gris, arma llevada con discreción, hacía sentir su autoridad en las maneras autoritarias y en el mirar atravesado. Diferencias sensibles en el físico y en el vestuario, pero en lo demás idénticos. A pesar de la juventud y la elegancia, el detective era considerado el peor de los dos, las reacciones de quien aspira cocaína son imprevisibles. Una noche de alucinaciones, casi estrangula a Miguelita, una paraguaya extraviada en la zona de Bahía, que se había enamorado de él. Si no hubiesen acudido a salvarla, allí terminaba la carrera promisoria de la pequeña india dócil y de agradable voz, intérprete de dulces guaranias.

En cuanto al comisario Labao Oliveira, lo mejor es no meterse a profundizar en su carrera muy movida, extensa y asustadora. A pesar de su sueldo bastante modesto había enriquecido. Según se vio, no desaprovechaba ningún negocio. Por dos veces estuvo alejado del cargo, sometido a investigaciones, pero nunca le probaron nada que atentara contra su honra personal o profesional. Impoluto, para usar un adjetivo de poco uso en la policía y en la zona, por estar mezclado en la huelga del burdel que sucedió por ese tiempo *grosso modo*, es que hablamos de él, para empezar a contar el lío en que se metió la citada Teresa Batista.

15

De puro metida. Haciendo la vida de modo discreto en la residencia de Viviana, no ejerciendo en el burdel de puerta abierta, viviendo en una casa libre de toda sospecha en una calle familiar y no en pensión de mujeres, Teresa nada tenía que ver con el asunto de la mudanza. Sin embargo, participó del desorden y estuvo, según testimonios idóneos, entre las más barulleras, exaltadas y activas. En opinión de Peixe Caçao, fue la principal responsable. Razón de sobra para la rabia de los tiras que se descargó sobre ella cuando todo terminó.

Ya traía fama desde su sertón de origen de ser mujer liera, gritona y malcriada. Si nadie la había llamado, si nadie le había pedido opinión ¿para qué se metía? Manía de tomar los dolores de los otros, de no soportar injusticias, cosa de su naturaleza sediciosa e indomable. Como si las mujeres de la vida tuvieran derecho a meterse en líos, a desobedecer a las autoridades constituidas, a enfrentar a la policía, a hacer huelga, era el fin del mundo.

"El imperio de la ley fue restaurado gracias a la enérgica y ponderada acción de la policía." Los adjetivos pertenecen al comisario Helio Cotias en entrevista concedida a la prensa y si lo de ponderada puede ponerse en duda, lo de enérgica, fue verdadero. Hasta hay quien habla de violencia brutal e innecesaria, citando a la muchacha muerta con una bala en el cuello y a los heridos de ambos sexos. "Si hubo excesos ¿quién tuvo la culpa de ellos?", preguntó el bachiller Cotias a sus colegas de la prensa, pues también él había militado en el 'periodismo cuando era estudiante de derecho. "Si no hubiésemos actuado con mano fuerte, ¿adónde hubiéramos ido a parar?" Con semejante pregunta, imposible de responder, y algunas fotografías, de perfil, así algo mejor, terminó la entrevista colectiva y el asunto tan removido por los diarios a punto de que un matutino de Río de Janeiro había publicado una nota sobre los acontecimientos de la última noche ilustrada con fotografías, en una de las cuales se veía a Teresa Batista agarrada por tres policías. En manos de la justicia había quedado la sentencia, seguramente favorable de la acción promovida por la firma H Sardinha y Cia. en contra del Estado exigiendo indemnización por los daños causados en inmuebles de su propiedad por una multitud desenfrenada, cargando el Estado con la responsabilidad civil en virtud de la carencia de la preservación del orden público. Causa ganada por anticipación.

Quedan algunas dudas que con seguridad no serán aclaradas. ¿Dónde obtener una respuesta concreta a las indagaciones de los curiosos? El territorio de la prostitución es vasto, impreciso y oscuro.

¿Hasta dónde chocaron perjudicándose mutuamente los intereses de la conceptuada inmobiliaria y los de la recién constituida empresa de los tres no menos conceptuados policías, empresa que por razones obvias no tenía ni sigla ni título? ¿Entregados a negocios personales y urgentes habrían el comisario y los tiras dejando en tal descuido sus deberes para con la sociedad (anónima)? ¿Se habían olvidado de cumplir las órdenes del comisario Cotias a pesar de que eran estrictas? ¿O bien el comisario, embalado en su reciente pasión por Bada, la esposa del diputado, un bouquet de virtudes peregrinas, linda, elegante y dadivosa, se había descuidado de la causa sagrada de la familia (Sardinha)? En esa disputa, por lo demás ya superada, entre autoridades igualmente celosas de su responsabilidad, lo más aconsejable es no meterse. Ellos son blancos y allá se entienden.

¿Habían exagerado los diarios su campaña destinada a llevar a la Ladeira do Bacauhau solo las pensiones de Barroquinha, provocando el pánico y exaltando los ánimos y habían de esa manera concurrido a los desmanes, al anunciar

la mudanza de todo el prostibulario? ¿Vavá y doña Pau
lina de Souza habrían mandado hacer el fuego si no se
sintieran personalmente amenazados? Por otro lado, ¿cómo
podría la prensa batirse por el traslado de los pocos burdeles de Barroquinha, seis en total? Hasta en asuntos de
burdeles es necesario saber guardar las apariencias.

¿Será verdad que la policía extendió una orden de captura contra un tal Antonio de Castro Alves, poeta, es decir
vagabundo, estudiante, es decir perturbador del orden público, habiendo recorrido Barroquinha, Ajuda, la zona entera
en su búsqueda, cuando el referido vate está muerto desde
hace cerca de cien años, y tiene monumento en una plaza
pública? ¿Será verdad o solo una broma de periodista alegre con ganas de desmoralizar a la policía? La orden fue
dictada por el comisario Labao, alérgico a los poetas, orden
ridícula sin duda, pero no del todo improcedente. En realidad, el tal poeta, pálido, de bigotes atrevidos y mirada candente, que aparece en los puntos de refriega, como sobrevo-
lando la manifestación, ¿quién podía ser sino el poeta Castro
Alves? ¿Qué murió hace cien años? ¿Y con eso qué? ¿Acaso no estamos en Bahía? María Petisco lo describió así: "una
aparición luminosa por arriba de la gente, muy hermosa".
Y para terminar, una pregunta más: ¿Manifestación o procesión de San Onofre, el patrón de las putas?

Quedan muchas cosas por aclarar, demasiadas. Sin hablar
de la participación de *Exu Tiriri* y de *Ogum Peixe Marinho*,
que fueron decisivas. Todo fue confusión, desorden y anar-
quía en el asunto del burdel cerrado.

Huelga con el burdel cerrado, es como tituló la prensa el
movimiento. Debido al piadoso hábito de abstinencia de las
prostitutas que no reciben hombres a partir de la media
noche del jueves santo cuando "cierran el burdel" para
reabrirlo solamente al medio día del sábado, al romper el
aleluya. Con esa devota costumbre escrupulosamente observada, se conmemora la Semana Santa en la zona. Para el
caso no se trató de un precepto religioso, detalle que además, carecía de importancia, pues la mayoría de los marineros estaba constituida por creyentes de diferentes sectas
protestantes.

16

El bachiller Helio Cotias, el "gentleman de la policía", en
la lapidaria expresión del cronista Luluzinho (en ciertas

reuniones de Devassa Lulu) no consigue ocultar su irritación:

—¿Dónde estaban ustedes, qué diablos andaban haciendo?

Peixe Caçao rezonga disculpas, el comisario Labao prefiere guardar silencio, mirando al comisario con aquellos ojos sin expresión, fríos y fijos, bachiller cagatinta, hijito de papá metido a duro, bosta. No me levante la voz porque no lo soporto. Yo soy un empleado de esa firma y hasta ahora nadie me dijo cuánto voy a ganar en el negocio. Los ojos del comisario, provocan escalofríos. El jefe suaviza el tono de voz al dar la orden:

Quiero a las mujeres aquí, ahora mismo. A todas. Consigan un ómnibus de la radio patrulla y tráiganlas aquí. Vamos a ver si se mudan o no.

El comisario se retira junto con Peixe Caçao y antes de llegar a la puerta empieza a silbar ostensiblemente. El bachiller aprieta los puños: es un hombre de sensibilidad a flor de piel obligado a vivir con marginales de esa clase, ¡ah. suerte ingrata, si no fuesen las compensaciones!

El nombramiento del bachiller Helio Cotias para el cargo de jefe de la División de Juegos y Costumbres había constituido, según un diario amigo, una prueba evidente de la decisión gubernamental de renovar los cuadros de la policía civil con el aprovechamiento de hombres dignos, merecedores de la confianza popular. Bien nacido, mejor casado (con Carmen, *née* Sardinha), esa mañana había oído por el teléfono unas buenas dichas por el tío de la esposa. En hora impropia, todavía con la resaca de la recepción de la víspera, de escocés el whisky del diputado no tenía nada más que la etiqueta. En cambio, Bada, la esposa, era una diosa, una estatuilla de Tanagra, así se lo dijo y la dejó derretida. Los días por venir se presentaban color de rosa.

La voz despreciativa del viejo lo había irritado, necesitaba descargarse el mal humor con alguien. Intentó comunicarle a Carmen su opinión sobre el carácter del pariente, pero ella lo defendió a toda costa, el tío Hipólito, mi querido, es tabú. En la División le hubiera gustado descargarse pero le faltaba ánimo para tanto. Los ojos del comisario, ojos de morgue, un fascineroso. Se guardó la rabia para descargarla con las dueñas de la pensiones de mujeres de Barroquinha.

Vinieron todas, un total de seis, a la audiencia, que no duró más de algunos minutos. Empujadas hasta el escritorio del jefe, al principio no más ya oyeron una diatriba en regla, el bachiller se desahogaba, golpeando la mesa. ¿Qué se creían? ¿Que en Bahía ya no había autoridad? ¿Habían recibido orden de traslado, la dirección donde debían llevar sus muebles, el lugar donde debían ir a tratar sobre los alquileres y como si nada se les hubiese comunicado, seguían infestando a Barroquinha? ¿Qué especie de locura las había atacado?

—Nadie puede vivir en esos edificios, está todo podrido, los pisos, las paredes. Allí no se puede vivir ni recibir a los hombres. —Se atrevió a decir Acacia, diosa de las proxenetas, caballera blanca, un ojo ciego, dueña de una pensión donde ejercía y vivían ocho mujeres—. Está todo pestilente.

—Aquí tengo la información de Salud Pública declarando que los edificios poseen todas las condiciones de higiene obligatorias. ¿O es que ustedes quieren vivir en los palacetes del *Corredor da Vitória*, de la *Barra*, de la *Graça*? ¿Qué se creen?

—Pero, doctor... —también Assunta intenta atreverse.

—¡Cállese la boca! No las hice llamar para oírlas decir, necedades. Los edificios son óptimos, están aprobados por Salud Pública y por la policía. No hay nada más que discutir. Les doy plazo hasta mañana para que se muden. Si mañana a la noche todavía anda alguna por Barroquinha el garrote va a entrar a funcionar. Después no se quejen. Yo les aviso.

17

Esa noche, de paso por la División, el bachiller Helio Cotias pregunta cómo anda el traslado.

—¿Dónde está el comisario Labao?

—En servicio por la calle, señor.

—¿Y Nicolau?

—También. Salieron juntos.

Ciertamente, para controlar la operación de la que son responsables. De cualquier manera el plazo dura hasta el día siguiente. En su automóvil de chapa blanca, Carmen espera, van a jugar a los naipes en la residencia del parlamentario, con algunas parejas de alto copete, el jefe sonríe pensando en Bada. La víspera le dijo estatuilla de Tanagra, hoy va a decirle enigmática Gioconda de Leonardo. Pero de ninguna manera va a tomar de ese whisky falsificado, solo tomará cerveza.

Para ganar tiempo le ordena al chofer que corte camino, ya están atrasados. El automóvil atraviesa por oscuras calles, la luz de los faroles ilumina a las mujeres que andan a la caza de hombres, a otras que esperan a la puerta de los burdeles. Carmen las observa curiosa.

—¿Tú ahora mandas en esa gente, no es cierto? Mi pequeño Helio, el rey de las prostitutas. ¡Qué divertido!

—No le veo la gracia. Es un puesto importante y de mucha responsabilidad.

El automóvil desemboca en la *Baixa dos Sapateiros*, rumbo a Nazaré.

18

En el reino del bachiller Helio Cotias, jefe de Juegos y Costumbres, el movimiento es normal. En el laberinto de las calles mal iluminadas las mujeres buscan clientes, se ofrecen, llaman, invitan, indican especialidades, susurran, ruegan. A las puertas y ventanas exponen la mercadería, pechos y caderas, nalgas y vulvas, productos baratos. Algunas muy arregladas, las caras pintadas, con la clásica cartera, se dirigen hacia la calle Chile en cuyos hoteles se hospedan habitualmente los *fazendeiros* y comerciantes del interior.

En los bares, los clientes de todos los días y los eventuales, la cerveza, el coñac, los cócteles, la cachaça. Proxenetas, gigolós, algunos artistas, los últimos poetas de romántica musa. En el Flor de San Miguel, alto, rubio, el alemán Hansen dibuja escenas, figuras, ambientes, mientras conversa con las putas, amigas suyas todas, confidente de la vida de cada una.

En los cabarets, los conjuntos de jazz, los pianistas que atacan con la música para bailar, las parejas que ocupan la pista, el fox, la rumba, el samba, la marchinha. Cada tanto un tango argentino. Entre las once y la media noche se exhiben cantantes, bailarinas, contorsionistas, todas de última categoría. Aplaudidas, esperan invitaciones para el fin de la noche, su actuación les permite cobrar un poco más caro, cuestión de status.

La vida fermenta al correr de las horas, la clientela aumenta entre las nueve y las once, entonces empieza a disminuir. Viejos y jóvenes, hombres maduros, pobres y acomodados, algún rico vicioso (los ricos por regla general utilizan las confortables residencias discretas, casi siempre al caer la tarde), obreros, soldados, estudiantes, gente de todas las profesiones y los profesionales de la bohemia que envejecen en las mesas de los bares baratos, de los melancólicos cabarets, enamorando a las muchachas. Noche ruidosa, trepidante, cansadora, a veces marcada de ansias y pasiones.

A la hora de máxima animación, algunas mujercitas curiosas en compañía de sus maridos y amantes, cruzan las calles de la zona, se excitan con el espectáculo de la prostitución, las mujeres semidesnudas, los hombres entrando en los burdeles, las palabrotas. ¡Ah, qué delicia sería hacer el amor en uno de esos agujeros, en la cama de una puta! Les corre un frío por la espalda.

Cuando pasa el automóvil del jefe por los rincones de ese vasto reino, algunas figuras de hombres y mujeres se mueven apresuradas. Teresa Batista y el detective Dalmo García, provenientes de puntos distintos confluyen al mismo tiempo ante la puerta de la residencia de Vavá.

Al trasponer el umbral en dirección a la escalera, el policía se detiene a mirar a la mujer, es la sambista del Flor de Loto, un pedazo de morena. ¿Hace la vida en casa de Vavá? ¿Reservadísima, la revoltosa que trae a mal al colega Peixe Caçao ahora practica en el mayor burdel de Bahía? ¿Qué sucederá? Unos de estos días, con calma, el detective Dalmo Coca sacará en limpio las afirmaciones de Caçao Papa-Filha, hoy no tiene tiempo. Asunto importante es el que lo lleva hasta Vavá. Avanza hacia la escalera, Teresa espera en la calle algunos minutos.

19

—¿Cuál es su nombre completo y verdadero? Quizá nadie lo sabe en toda la zona donde Vavá reina desde hace cerca de treinta años. Un periodista con veleidades literarias y connotaciones sociológicas, autor de una serie sobre prostitución, lo designó Emperador del Mangue, pero no le descubrió ni familia ni procedencia. Si fuese un profesional de los antiguos, menos pagado de sí mismo, habría ido a los archivos de la División especializada y allí habría podido hallar la firma de Walter Amazonas de Jesús. Nombre honrado y sonoro, pero con Vavá le basta para ser oído y respetado en toda la extensión de la zona y más allá.

Todavía más difícil es adivinarle la edad. Parece haber existido siempre, plantado allí, en Maciel, en aquel edificio, al principio inquilino, después propietario exclusivo, así como de otros edificios de la vecindad, considera que los inmuebles son excelentes aplicaciones del capital sobre todo si están situados en el área de la prostitución. El periodista se refirió al "mundo de casas" adquiridas por Vavá. Expresión de fuerza, sin duda. Si bien el mismo proxeneta es el único que sabe el número exacto, no deben ser más de cuatro o cinco entre casas y edificios de más de un piso. De cualquier manera su renta mensual no es despreciable.

Edificio de tres pisos, el de la planta baja alquilado a un almacén de secos y mojados [1], en los de arriba el inmenso prostíbulo, cada habitación subdividida en dos o más. Poderoso y temido, Vavá administra sus bienes y dirige el burdel desde su silla de ruedas que él mismo maneja a través de las salas, corredores y habitaciones. Paralítico de las dos piernas, atrofiadas por la parálisis infantil, jorobado, la cabeza enorme, un ser informe con la vida concentrada en los desconfiados ojos y en las manos fortísimas, quiebra con los dedos avellanas y nueces. Casi siempre próximo al patrón, Amadeu Mestre Jegue, ex boxeador, mantiene el orden en el establecimiento y transporta a Vavá al último piso en la obligada inspección diaria.

Desde el mediodía hasta las cuatro de la mañana el movimiento es intenso y constante. Un mujerío enorme, una clientela todavía más numerosa, siempre llenas las salas de espera, donde el delicado Greta Garbo sirve bebidas. Cuando no se encuentra en la sala atento al movimiento, Vavá permanece en el amplio y confortable aposento del primer piso, al mismo tiempo escritorio y dormitorio, una cama matrimonial, un lavatorio, un escritorio, una radio, un tocadiscos. los discos, el altar con *Exu Tiriri*. Cuida a su santo con el mayor desvelo, le ha sido de enorme valía. Sin la protección de *Exu* hace rato que Vavá habría ido a parar al otro mundo, rodeado como vive de envidia, codicia y traición. Mucha gente tiene el ojo puesto en su dinero.

Inclusive gente de la policía. A pesar de que paga religiosamente sus mensualidades al comisario Labao y a un regimiento de tiras, inventan pavadas para explotarlo. Los policías no tienen palabra ni honradez.

Una vez le invadieron el edificio con orden del juez de menores, se llevaron nada menos que siete muchachas entre los catorce y los dieciséis años. Hartos como estaban de conocer que había menores se hicieron los indignados padres de familia. Vavá después sacó en limpio que la diligencia la había programado el juez pero que le había avisado a la

---

[1] *Almacén de secos y mojados:* negocio donde se vende bebidas y comestibles.

policía con anticipación. Si él untaba la mano de la secreta continuamente, ¿qué les costaba pasarle el aviso? Y encima, le cerraron el burdel por contraventor. Si. no tuviera amistades influyentes en los tribunales (algunos magistrados locos por las muchachitas imberbes), si no fuese por los poderes de *Exu*, habrían arruinado su negocio y acabado con sus costillas en la cárcel.

Otra vez, con el pretexto de una denuncia falsa, inventada por la misma policía, de que vendían drogas en la casa, le cerraron el establecimiento por una semana, le dictaron auto de prisión y lo tuvieron detenido todo un día y una noche a pesar de que movilizó sus dineros. Salir de ese lío le había costado los ahorros de cinco años, guardados moneda a moneda, para la compra de un edificio vecino que estaba en litigio. Mientras tanto, *Exu* le había prevenido con tiempo y persistencia contra un tal Altamirano, tira y drogadicto, hoy felizmente siete palmos bajo tierra porque con Tiriri no se juega.

Maldad de la policía, traiciones de las mujeres. Vavá no se apasiona fácilmente, pero cuando le sucede, es de sopetón y pierde la cabeza, se vuelve niño. Primero se enamora, se vuelve un meloso romántico, instala a su protegida en el dormitorio del primer piso, la saca del trabajo, la llena de regalos. ¿Cuántas lo habían robado? Casi todas, hembras ruines, putas sin corazón. Dormían con él y ya tenían la intención de robarle lo más que pudieran. Por una casi se desgracia, fue por Anunciaçao do Crato, bronceada, de carnes prietas, altanera, risueña, al gusto de Vavá. Le pareció la bondad en persona, un día estaba él en la cama, incapaz de moverse sin ayuda y le dice que se embarca esa misma mañana hacia el sertón, con el tiempo justo para sacarle la plata guardada en el escritorio, la plata del día anterior. Se le rió en la cara la desvergonzada, de nada adelantaría gritando, a esa hora todo el burdel dormía, incluso Mestre Jegue. Desde su cama Vavá la vio buscar en el escritorio. ¿De dónde sacó fuerzas para deslizarse de la cama y arrastrarse por el suelo? ¿Cómo le fue posible alcanzarla y agarrarla de un tobillo con su garra increíble? Cuando Mestre Jegue acudió ya la había derribado y le apretaba el pescuezo. Por milagro, no la mató. ¿Quién le dio fuerzas? ¡Qué pregunta! ¿No tiene a *Exu* en el altar ante su plato y su copa?

—Quiero hablarle en privado —declaró Dalmo García.

Para sacarme plata, pensó Vavá. El detective no figura en su agenda mensual de pagos pues actúa en el sector de

las drogas y de drogas y drogados Vavá no quiere saber
nada. Enviciado en la droga, Dalmo Coca viene a hablarle.

20

De los tres socios de la nueva empresa destinada a acoger,
proteger y alegrar a los heroicos defensores de la civilización occidental en su rápida escala en el puerto de Bahía,
defendiéndoles la salud, aumentándoles la potencia y la posibilidad de ensueño, el detective Coca era, de lejos, el menos
ignorante y el más tonto.

Se sentó en el sillón al lado del escritorio y fue contándole
todo al proxeneta sin siquiera pedir que se retirase Amadeu
Mestre Jegue, testigo del diálogo. Por toda la zona despa-
rramarían vendedores de preservativos y de frascos de un
elixir afrodisíaco fabricado por Heron Madruga, un conocido
de Peixe Caçao. Para esa parte del negocio no necesitaban
la cooperación de Vavá, pero sí para la otra, mucho más
lucrativa, en las calles los preservativos serían vendidos públicamente, por gente de confianza, del oficio, en la discreción de los prostíbulos se proveería a los intrépidos huéspedes, a precio razonable, de cigarrillos de la mejor cocaína
nacional.

—¿Quiere vender coca, aquí, en mi casa?

No sólo eso, mi estimado. Como responsable de la importante cantidad de coca ya encomendada, debiendo recibirla
al día siguiente, Dalmo busca un lugar seguro donde guardarla hasta el momento de su venta al menudeo. Los barcos
pueden llegar cualquier día, cuando exactamente nadie lo
sabe, son secretos militares. Un lugar seguro, segurísimo,
el aposento de Vavá. ¿No tiene él un cofre instalado en la
pared? ¿Sí, tiene, desde que le sucedió lo de la mulata
Anunciaçao do Crato. Si fuera muy pequeño, un baúl como
ese del rincón sirve, solo hay que tenerlo cerrado y guardar
la llave. Un burdel tan grande con un continuo movimiento
de hombres y mujeres, es el depósito ideal. Desde ahí podrán
distribuir tranquilamente el producto entre los agentes encargados de la venta. En medio del movimiento habitual,
nadie se dará cuenta del fárrago de vendedores entrando y
saliendo, confundidos con los clientes que solo están allí para
dar una picoteada, para divertir un poco al pajarito.

—¿Guardarlo en mi casa? ¿En mi cuarto? —Los ojos
de Vava parecen salirse de las órbitas—. ¡Usted está loco!
Aquí no, de ninguna manera.

Por suerte. a esa hora los reflejos del detective García todavía responden a su voluntad, las narices le palpitan en un ansia incontrolable. Más tarde sería diferente, ni siquiera la presencia de Amadeu Mestre Jegue podría contener la mano del elegante agente secreto acostumbrado a hacer callar la boca de los temerosos de un solo sopapo.

Amadeu Mestre Jegue había disputado un total de treinta peleas, en las categorías de amateur y profesional, perdiendo veintidós por puntos, por muchísimos puntos, ganando cuatro por nocaut, las únicas en las que había conseguido darle al adversario en la quijada y en el pecho. De patada mortal. Sinceramente reverente de Vavá, ¿pero si Dalmo abofetease al patrón ante su visita, se atrevería a levantar su puño contra un policía? Solo Dios lo sabe.

Dalmo se contentó con amenazas. Piénselo dos veces antes de negarse a conceder a los hombres de la policía especializada un pequeño favor. ¿No está al salir la orden de traslado? Esta vez se viene con palanca muy alta y hay que cumplir en pocos días. Mañana se traslada a las mujeres de Barroquinha hacia la Ladeira de Bacalhau. En seguida se va Maciel. Los burdeles de esta zona irán a ocupar los viejos edificios del Pilar, sólo dos o tres están en condiciones. Todo el puterío va a desaparecer del centro para instalarse en la Ciudad baja, al pie de la montaña. Si quiere puede estar bien con la policía para tener franquicias y ventajas, si quiere puede estar en la lista negra. Dueño de un negocio tan grande y floreciente, Vavá debe mantenerse en paz con los tiras. Dalmo Coca volverá mañana al atardecer para concertar los detalles. A lo mejor ya traerá coca.

Dos paquetes de cigarrillos americanos sobre el escritorio, el detective los agarra y se los pone en un bolsillo. Sale. Inquieto, Vavá baja su cabezota, no sabe qué hacer.

Al contrario de las mujeres de Barroquinha leía los editoriales de los diarios, tenía conocimiento de la campaña para trasladar la zona pero no se había asustado, cuando no tenían tema los diarios siempre se ponían a explotar el tema eterno de la prostitución. En la víspera le dijeron que el jefe había señalado un plazo de cuarenta y ocho horas para la evacuación de Barroquinha y entonces se había alarmado. Ahora, oyendo al tira, se convence de lo peor.

El traslado es para él un perjuicio muy grande. No solo por el trastorno que significa mudar el burdel, un verdadero desastre, sino también por la renta de sus inmuebles, todos alquilados a altos precios a los inquilinos más serios del mundo, los proxenetas. Se vendría abajo, caería al nivel de los que alquilan casas de familia. Quizá la única saliaa sea guardar la cocaína para salvar algo en medio de la bancarrota general. ¿Y si todo eso no pasa de ser una trampa de la policía? Guardan la cocaína en su habitación y después invaden la casa, lo pescan *in fraganti*, acaban con su vida. En momentos así el camino verdadero es consultar a *Exu*. Mañana mandará venir al padre Natividade.

Greta Garbo aparece a la puerta del aposento:

—Hay una mujer que le quiere hablar. Una tal Teresa Batista.

21

Puso sus ojos en Teresa y cayó enamorado, loco de pasión. ¿Amor a primera vista? Puede decirse que sí, por primera vez la veía en carne y hueso, parada ante su puerta, sonriendo con su diente de oro. Puede decirse que no, pues la había buscado, la había percibido en sueños, una visión celeste. Finalmente había llegado. *Exu* sea loado.

Había oído hablar de Teresa Batista. Supo del caso del puñal de Toledo, la furia de Rafael Vedra, coronado de cuernos por Oxossi, la intervención de Teresa que había salvado la vida de María Petisco, y que al mismo tiempo había permitido la fuga del celoso, dos acciones meritorias en el código de la zona. También le habían transmitido la respuesta desaforada que había escupido ante Peixe Caçao; le habían dicho que era de físico hermoso y atrayente, pero muy por debajo de lo que realmente es. En la emoción del milagro, Vavá llega a olvidarse de la visita de Dalmo (Coca) García, de sus fastidios y preocupaciones. Le reitera a Mestre Jegue la orden de traer mañana al padre Natividade. Tiene un nuevo problema para consultar, después del caso de Anunciaçao do Crato también consulta a *Exu* sobre amores. Vavá vive cercado por la envidia, la codicia y la traición, necesita defenderse por todos lados.

—Entre y tome asiento.

Ella atraviesa el cuarto, altiva y flexible, ¡ay Dios mío del cielo! Ocupa el mismo sillón donde había estado el detective. Las grandes manos del inválido mueven las ruedas, se acerca. ¿Qué la trae por aquí? Frecuentadora de la residencia de Taviana, de clientela selecta, no iría a ofrecerse a un burdel abierto a las masas populares. Allá, en una sola tarde, con un solo cliente, un viejo educado, limpio y generoso, ganaría más que lo que podían reunir en jornada completa, recibiendo a un hombre detrás del otro, durante dos días y dos noches, las muchachas de Vavá.

Con su manera tan franca y decidida, Teresa entra en el asunto:

—¿El señor oyó hablar del traslado de la zona?

La voz cálida completa la figura de sus sueños que se le escapa con la luz del amanecer. Los fulgurantes ojos negros en la cara serena con un puntito de melancolía, la cabellera sobre los hombros, la esbeltez, el color de bronce, la gracia de movimiento, la seriedad, como un aura que la rodea. Vavá apenas entiende la pregunta, está tan perturbado. Apenas se da cuenta del tratamiento ceremonioso, en Bahía nadie le decía señor, ni siquiera las personas que le tenían miedo y eran muchas. ¿Cómo tratarla? Los ritos de cortesía del pueblo bahiano son complejos.

—Llámeme Vavá, así yo puedo llamarla Teresa. Queda mejor. ¿Qué fue lo que me preguntó?

—Con mucho gusto. ¿Le pregunté si ya oyó hablar del traslado de la zona?

—Ahora mismo me estaban hablando de eso.

—La gente de Barroquinha tiene plazo hasta mañana para irse a la Ladeira do Bacalhau. ¿Usted conoce el estado de los caserones de la Ladeira?

—Oí hablar.

—¿Sabe que el resto también tiene que mudarse? ¿Sabe para dónde llevan a Maciel.

—Hacia el Pilar, me dijeron. Ahora que me hizo tantas preguntas, déjeme que le pregunte yo, ¿a qué viene todo esto? —La conversación le interesa por su tema y porque la fisonomía de Teresa se ilumina a cada palabra, parece levantarse en el aire, como una llamarada. En sus sueños, así la veía, llamarada en la oscuridad.

—La gente de Barroquinha no se va a mudar.

—¿Eh? ¿No se va a mudar?

La afirmación contenía una idea tan nueva, tan revolucionaria, que saca a Vavá de su clima romántico y lo vuelve a su fondo de desconfiado, los ojos interrogativos. Repite la pregunta:

—¿Cómo que no se va a mudar?

—Se quedarán donde están, seguirán en Barroquinha.

—¿Quién le dijo eso? ¿La vieja Acacia? ¿Assunta? ¿Mirabel? Lo que dice Mirabel no se escribe. ¿La vieja Acacia no va a obedecer la orden?

—Eso mismo. Nadie la va a obedecer.

—La policía se va a poner como el diablo.

—La gente lo sabe.

—Es capaz de sacarlas a garrotazos.

—Ni siquiera así la gente se va. Nadie se va a las casas del Bacalhau, aunque tengan que quedarse en la calle.

—O en la cárcel.

—No van a tenerlas en la cárcel toda la vida. Por eso vine a verlo.

—¿Para qué?

—Dicen que después de Barroquinha, le toca el turno a Maciel. Dígame si no es secreto, el señor, disculpe, usted, ¿usted se va a mudar?

Vavá sostiene los ojos fijos en Teresa, aquellos ojos que le dan vida al cuerpo, indagadores, desconfiados, adivinos. ¿Por qué no se contenta con ser bonita? ¡Demasiado bonita, Dios del cielo!

—Si yo pudiera, claro que no.

—¿Y si no puede? Mirabel dio todo el dinero que tenía al comisario Labao, él se lo guardó y todo quedó igual, tiene que mudarse lo mismo que las otras.

—¿Si no puedo? No quiero ni pensarlo.

—¿Pero se puede obligar a alguien a que se mude? ¿Usted cree que la policía puede obligar, hacer que se trasladen a la fuerza, si nadie quiere obedecer? Yo creo que no puede.

Desobedecer a la policía, idea loca y absurda. Pero si la gente de la zona supiese imponer su residencia quedándose donde se encuentra desde hace años, sería hermoso. Una idea absurda y loca, una idea tentadora. Vavá no responde pero pregunta:

—Dígame una cosa, por favor, ¿cree que la policía puede tocar la residencia de Taviana con esos ricachos que la protegen?

—No lo sé decir.

—Pues yo lo dudo. Lo dudo. Pueden trasladar a todo el mundo, pero a Taviana no. Y siendo así, ¿por qué entonces se mete usted en este asunto y habla como si trabajase en Barroquinha? ¿Por qué?

—Porque hoy frecuento la casa de Taviana pero ya fui mujer de puerta abierta y puedo volver a serlo. —Se calló y Vavá, pasmado, observó en sus ojos negros el fulgor de un rayo—. Ya pasé por algunas gordas y aprendí que si no se pelea no se consigue nada en esta vida. Ni se merece.

Resistir las órdenes de la policía, qué idea más absurda y loca. Pero por eso mismo, ¿quién sabe? ¿Quién sabe? *Exu*, el padre y protector por supuesto.

—Mañana al medio día le contesto. Voy a pensarlo.

—Al medio día en punto estoy acá. Buenas noches, Vavá.

—¿Ya se va? ¿No quiere tomar algo? ¿Una copita de licor? Tengo uno del bueno, hecho por las monjas, de cacao y violetas. Es temprano, podemos charlar un poco.

—Todavía tengo mucho que hacer antes de ir al Flor de Loto.

—Mañana entonces. Al mediodía. Venga a almorzar conmigo. ¿Dígame qué le gusta comer?

—Lo que haya. Muchas gracias.

Se levanta. Vavá la contempla en carne y hueso, ¡Dios del cielo! Sonriente, Teresa se despide. La garra deforme, la mano de Vavá. Pero cuánta delicadeza al tocar la punta de los dedos de la muchacha. No se contenta con ser bonita, tiene ideas absurdas. Vavá, no seas loco, ten cuidado, recuerda a Anunciaçao do Crato. Un incendio en el pecho, ¿cómo va a tener cuidado Vavá? Tumbado de amor, perdidamente enamorado.

22

Antiguamente era una redonda y portentosa mulata, llamada Paulina Desorden o Paulina Sururu, elegida Reina del Carnaval y coronada en el Club Carnavalesco Fantoches da Euterpe, en cuya carroza desfiló cubierta de lentejuelas por las calles de la ciudad, es actualmente la imponente proxeneta Paulina de Souza, doña Paulina con el máximo respeto, con el correr del tiempo convertida en gordísima dueña de cuatro pensiones de muchachas en el Pelourinho y el Taboao. La figura más poderosa de la zona después de Vavá, con influencia sobre la vasta población. El mujerío la estima. doña Paulina es rigurosa pero siempre tiende su mano, no ess como otras que solo saben chupar la sangre de la gente.

Todos la tratan de doña y las más jóvenes venidas del interior, le piden la bendición, sus cuatro casas eran ejemplo de buena administración y sosiego, ofrecían a los clientes mujeres amables y alegres, silencio y seguridad. Allí no había escándalos, discusiones, robos, borracheras, ninguna de esas cosas tan comunes en los burdeles. En ninguna había bar, no se vendían bebidas alcohólicas a los clientes, en compensación, doña Paulina proporcionaba a los necesitados literatura erótica, barata pero eficaz, folletos de cordel con verseados y dibujos y para los más adinerados fotografías sensacionales. Pequeño aditamento al comercio propiamente dicho.

Doña Paulina de Souza imponía la ley y la hacía cumplir. Bondadosa y solidaria, no le hacía faltar nada a las mujeres pero no admitía que, nadie se saliera de los límites. No se podía ejercer fuera de sus burdeles. Toda inquilina debía saber que eran locales de trabajo destinados a dar renta. Lujuria, cachaça, cocaína, eran vicios que allí no se admitían. La que no estuviese de acuerdo hacía su valija y se iba con la música a otra parte.

De agitado y alegre pasado, además de los recuerdos y anécdotas para contar, doña Paulina guardaba reservas de energía suficientes para cortarle las alas a cualquier muchacha haragana o a cualquier cliente novato no conocedor de los reglamentos, el que quiera montar al fiado que se vaya a montar a la puta que lo parió. Nada de gozar sin pagar, ni de derrochar el presupuesto de la casa. Valía la pena verla en esos momentos, indignada, moviéndose rápidamente a pesar de su corpachón, agresiva, hecha una furia. Hacía correr hasta a un estibador.

Vivía maritalmente con Ariosto Alvo Lirio, pagador de la Prefectura, un pardo alto y flaco, educado y de maneras finas. Doña Paulina se había preparado a gozar de merecido descanso. En nombre de Ariosto, debido a razones legales, adquirió una casa y algunas tierras en San Gonzalo dos Campos, de donde era oriunda y donde quería vivir pacíficamente el resto de sus días. Dentro de cinco años, cuando el funcionario municipal se jubilara, dejaría sus prósperas pensiones, nunca faltan candidatos para la sucesión, y se iría a cuidar sus tierras en compañía del amante, entonces quizá marido.

Dos únicas cosas entristecen e irritan a doña Paulina, una de ellas es el hecho de estar casada con Telémaco de Souza, un peluquero de oficio y borracho de vocación. Sujeto impenitente, hasta ahora escapó de los sucesivos y poderosos hechizos mandados hacer contra él por la esposa, muy ligada a *Ifá*, banda de terribles hechiceros. El peluquero ya tuvo dos terribles accidentes automovilísticos, en uno murieron tres personas, en el otro dos, pero él pudo salir ileso. Tuvo el tifus, el médico lo desahució, pero tampoco se murió por eso, desconsiderando a la ciencia médica. Con una gran borrachera, volviendo de un paseo a Itaparica, se cayó al mar y sin saber nadar, ni siquiera se ahogó el mal agradecido. Nació lleno de pelos y el que nace peludo es protegido por *Oxalá. Lemba di Lê* para los de Angola. A pesar de eso, doña Paulina no perdía las esperanzas y renovaba los *ebós* infatigables, un día tendrá buen resultado y quedará viuda y novia.

La otra cosa que la disgusta es el dinero que se desperdicia con los policías. Mantiene su negocio en perfectas condiciones, en orden, no explota menores, no trafica con drogas, no permite peleas en las pensiones, entonces se siente robada, víctima de la explotación más injusta y sórdida cuando tiene que echar mano a sus ahorros destinados a sus tierras en San Gonzalo dos Campos, para engordar a tipos como Peixe Caçao, por ejemplo, un inmundo capaz de abusar de sus propias hijas.

Ese mismo día estuvo allí el perverso y le sacó plata con el pretexto de preparar el ambiente para la llegada de los marineros americanos. No contento todavía, la amenazó con el traslado de la zona. Si Paulina quería quedarse en el Pelourinho que preparase la bolsa pues le iba a costar caro, y asimismo, las garantías serían precarias. Esta vez, según el policía interesado en asustarla, la orden venía directamente del gobernador, saquen a las putas del centro de la ciudad. Era una promesa hecha por la esposa durante la campaña electoral, si el marido era elegido, expulsaría a las rameras hacia los confines del mundo. Peixe Caçao se burlaba:

—Ahora yo quiero ver a los santos del *candomblé*, quiero ver qué hacen por ustedes. Si quieren favores van a tener que gastar mucho. Y prepárese que es para pronto.

Doña Paulina de Souza conoció a Teresa Batista por intermedio de Anália, muchacha muy divertida y tranquila, que se pasaba el día entero cantando *modinhas* de Sergipe, nostálgicas *modinhas*, un verdadero pajarito. Como era de Estancia y se refería continuamente al río Piauitinga, a la *Cachoeira de Ouro*, al viejo puente, Teresa se hizo amiga de la muchacha en el Flor de Loto, juntas se ponían a recordar los caserones coloniales, el Parque Triste, la enorme luna. El nombre del doctor nunca salió a tallar. Teresa lo guardaba con avaricia en sus recuerdos de alegría y amor.

Inquilina de una de las pensiones de la ex Reina del Carnaval, de aquella donde estaban situados los aposentos reales, Anália había invitado a Teresa a almorzar, y las visitas se repitieron. Llevada por la charla a contar y escuchar historias, doña Paulina se aficionó a la muchacha sertaneja, fina de maneras y conversación de doctora. Teresa hablaba del sertón y de las ciudades del norte, contando acontecimientos curiosos, historias de animales y personas y de seres encantados. Con el mismo aprecio citaba a un señor distinguido, un lord, o a un hombre de pueblo, muerto de hambre. Cuando la veía llegar doña Paulina se alegraba, tenía diversión para la tarde entera. Anália le había contado en secreto que Teresa había sido amante de un millonario de Sergipe, que había vivido en el lujo y las comodidades. No era tonta, había guardado plata, hoy podía ser independiente, la había sacado al viejo lo que quiso, estaba loco por ella, se babeaba.

Cuando Teresa apareció a una hora inesperada, doña Paulina estaba entregada al trabajo de control de sus pensiones, pero igual la recibió complacida:

—Quédese a mi lado, ¿dígame a qué vino? ¿Necesita plata?

—Muchas gracias. No es eso. Mañana la gente de Barroquinha tiene que trasladarse.

—¡Qué arbitrariedad, qué abuso! Hoy estuvo acá el tal Peixe Caçao, me quiere sacar plata por el asunto del traslado.

—Pero la gente de Barroquinha no se va a mudar.

A doña Paulina se le salieron los ojos:

—¿Van a desobedecer? ¿Y las consecuencias?

—Si todos desobedecen no hay consecuencias. Ya hablé con Vavá, parece que está de acuerdo.

—Explicame eso, muchacha, contáme qué es.

Teresa se lo explica con detalles. Forzar la mudanza de un grupo de pensiones es fácil, ¿pero cómo va a hacer la policía para trasladar a la zona entera? ¿Si nadie se muda? La gente de Barroquinha ya lo decidió, no se mudan.

—¿No obedecen? Ah, pero la policía...

Sí, la policía va a usar de la violencia, va a tomar presas, pero ni así las mujeres se mudarán, ninguna se irá a los caserones del Bacalhau. Si no pueden recibir hombres en Barroquinha se quedan ejerciendo por ahí, en casas amigas. Las dueñas de pensiones aguantan el perjuicio unos días hasta que la policía desista. Con el traslado el perjuicio iba a ser mayor.

—Eso es verdad.

¿Entonces? La gente de Maciel tampoco se muda. Vavá le va a contestar mañana pero Teresa apuesta a que está de acuerdo. Ni las pensiones del Pelourinho ni las del Taboao se mudan, si doña Paulina está de acuerdo. Todo depende de ella.

—¡Qué locura! Lo único que se puede hacer es pagar, llenarles los bolsillos, siempre fue así. Peixe Caçao, ese miserable ya empezó a cobrarme.

—¿Y si así no gana nada? Mirabel ya pagó y no adelantó nada.

En medio de la conversación aparece Ariosto Alvo Lirio, el príncipe consorte. De joven había tenido veleidades sindicales, había participado de una huelga en la Prefectura para impedir la aprobación de un proyecto de ley lesivo para los intereses de los servidores públicos, una huelga victoriosa. Dueño de una palabra fácil, pronunció discursos en la escalera del Palacio Municipal y lo habían aplaudido. De aquel movimiento guarda una memoria grata y festiva. Aprueba la idea de la resistencia, a lo mejor se obtienen buenos resultados. No esconde su entusiasmo.

Así y todo, doña Paulina, mujer sensata, enemiga de decisiones apresuradas, no se resuelve a dar un inmediato apoyo a la iniciativa. Teresa espera, contiene su ansiedad. Si doña Paulina y Vavá dicen que sí y ordenan a los otros, nadie se moverá en la zona, las mujeres de Barroquinha tendrán donde ejercer, la desobediencia será general.

—El mundo se viene abajo —murmura la proxeneta.

Doña Paulina de Souza había andado en asuntos de santos hacía muchos años, siendo una muchachita, antes de ser Paulina Surrurl y Reina del Carnaval bahiano, con la madre Mariazinha de Agua dos Meninos, en un candomblé angolano donde reina Ogum Peixe Marinho. Antes de nada quiere oír la opinión de su guía santo. Volvé mañana, le dice a Teresa. Y que Ariosto no se meta en esto, que él no tiene nada que ver, no sea cosa que se perjudique en la Prefectura.

23

Reina de Angola, poderosa en la tierra y en el cielo, en las aguas también, madre Mariazinha acogió calurosamente a la devota Paulina de Souza, recibida en el primer barco puesto a navegar en el candomblé de Água dos Meninos por la venerable cuidadora de los inkices, en aquel entonces todavía no confirmada en el manejo de la navaja. Es noche avanzada, pero *mãe-de-santo* no tiene horario para comer ni para dormir ni para descansar, no se pertenece. Paulina saludó a los santos con las palmas rituales, besó el suelo, recibió la bendición y abrió su corazón. Asunto serio, madre. El traslado significa la ruina y debo entregar a los tiras los ahorros amasados con sudor y sangre.

El retraimiento es atributo de *Ogum Peixe Marinho*. Incluso en el Templo solo desciende a bailar con el pueblo una vez por año, en el mes de octubre, el resto del tiempo vive metido en las profundidades del mar. Pues, vean, consideró tan importante la consulta de la hija afligida que abandonando sus hábitos, en lugar de responder en las cartas, vino en persona con escamas relucientes y corales. El viento sacude a la madre Mariazinha haciéndola estremecer. Ogum Peixe Marinho monta su caballo.

Amistosamente abraza a la hija Paulina, generosa, ella contribuye al brillo de las fiestas del templo y es de las primeras en llegar para las fiestas de octubre. Le pasa la mano por el cuerpo, desde la cabeza hasta los pies, la libra del mal de ojo y de las contrariedades. En seguida, con voz de marinero, califica al asunto de enredado, con algunos nudos y mucha confusión, pero, si se lo conduce bien, presentará resultado favorable. Quien no arriesga no consigue. Para ser todavía más claro, agrega, el que quiere va y el que no manda ir, pierde plata y tiempo.

¿Y la muchacha Teresa, merece confianza? Fue categórico: absoluta. Es guerrera, hija de Yansá, por detrás de ella *Ogum Peixe Marinho* avista a un viejo de bastón y barbas blancas, el mismo *Lemba di Lê*, llamado *Oxalá* por los nagós.

Un golpe de viento y el ser encantado desaparece, la madre Mariazinha se estremece y abre los ojos. Paulina le besa las manos. A lo lejos, hacia la ribera, resuenan los atabales.

24

La noche siguiente, en el Flor de Loto, Almério das Neves baila con Teresa y la nota preocupada. Había pasado cuatro días sin ir a verla, en cama con una fuerte gripe, se levantó y fue en seguida al cabaret. Teresa lo recibió y saludó amistosamente.

—Desapareció de mi vista, se está vendiendo caro.

Bajo la broma estaba el desasosiego. En la pista, dándole a una rumba, Almério le pregunta si tuvo noticias de Gereba. No, nada de nuevo, lamentablemente. Había descubierto la oficina de la empresa que enganchó a los marineros a pedido del comandante del carguero. Le prometieron buscar informaciones. Si las obtienen se las transmitirán. Deje un número de teléfono, es lo mejor. Teléfono no tengo, pero pasaré de cuando en cuando para saber. Ya estuvo allí dos veces y hasta ahora no hay nada, el Balboa debe de estar haciendo otra ruta, esos buques panameños no tienen un derrotero fijo, van adonde hay carga, son barcos gitanos, le dijo el español Gonzalo, despachante de la empresa, poniendo ojos de enamorado. A Teresa solo le queda esperar, tener paciencia, seguir viviendo a lo que venga.

Almério quiso saber qué había hecho en esos días. Ah, tantas cosas, casi no se puede contar, tantas son las novedades. Tensa, ni el baile ni la charla la tranquilizan:

—¿Sabe con quién almorcé hoy? Un puchero de gallina espectacular. Dudo que pueda adivinarlo.

—¿Con quién?

—Con Vavá.

—¿Vavá, el de Maciel? Ese es un sujeto peligroso. ¿Desde cuándo se trata con él?

—Lo conocí ahora... Le voy a contar...

No hubo tiempo. Alguien subía las escaleras corriendo y desde la puerta gritó casi sin aliento:

—¡En Barroquinha la policía le está dando a la gente!

Teresa se suelta de los brazos de Almério, se tira escaleras abajo, sale disparando por la calle. El comerciante se precipita detrás, no entiende de qué se trata pero no quiere dejar sola a la muchacha. En Ajuda, empiezan a encontrar gente, algunos exaltados, discutiendo. El número aumenta en la plaza Castro Alves. Desde Barroquinha llega el ruido de las sirenas de los carros de la policía. Teresa se saca los zapatos para correr más rápido, ni siquiera se da cuenta de que Almério, sin aliento, corre detrás de ella.

25

Un camión lleno de presos pasa al lado de Teresa Batista, otro lo sigue, otros dos están en Barroquinha completando la carga.

La resistencia terminó, el conflicto fue breve y violento. De los vehículos bajaron los tiras en cantidad, cerraron la calle, invadieron las casas y bajaron a las mujeres a golpes. Los palos se lucieron en el lomo de las revoltosas. ¿Dónde se vio que se desobedeciera a la policía? Rompan a esas burras a palos, había sido la orden del jefe Helio Cotias, el gentleman de la seguridad pública, el heroico. Unos pocos hombres, clientes casi todos en plena función, intentaron impedir la violencia y recibieron los mismos golpes yendo a parar también ellos a la comisaría.

Muchas mujeres reaccionaron. María Petisco había mordido al detective Dalmo Coca, y la negra Dominga, fuerte como un toro, luchó hasta caer rendida. Arrastradas por los policías iban entrando en los carros celulares. Hecha la cosecha, el coche arrancaba. Hacía mucho que no se encanaban tantas putas en una sola batida. La noche en las celdas iba a estar animadísima.

Al llegar a la esquina, Teresa ve a Acacia llevada por dos agentes. La vieja se debate entre palabrotas y maldiciones. Teresa se larga sobre el grupo, Teresa *Boa de Briga*. Con el revólver en la mano, Peixe Caçao, uno de los dos comandantes de las tropas invasoras, reconoce a la bailarina del Flor de Loto, ¡ah! llegó la hora de la venganza, la perra va a pagar cara su soberbia.

Cerca de Teresa un policía le ordena a la gente que se disperse, Peixe Caçao, a los gritos, le señala a la muchacha:

—¡A ésa! ¡Agarrala, no la dejés escapar! ¡A ésa!

Teresa larga los zapatos, se suelta del agente, pasa adelante, quiere llegar hasta Acacia antes de que la metan en el carro, Peixe Caçao avanza también, Teresa queda acorralada entre él y otro policía, rugen, largan espuma rabiosa: ¡me las vas a pagar, puta miserable! Arranca un celular con presos, pasa entre ella y el agente. ¿De dónde sale el viejo que la esconde a los ojos de Peixe Caçao? Un viejo imponente, traje de lino blanco, sombrero chile y bastón con empuñadura de oro.

—¡Salí de ahí, puto! —brama Peixe Caçao apuntando con su revólver.

El viejo no le hace caso, sigue cerrándole el paso. El tira lo empuja, no consigue moverlo. Almério entra montado en un taxi, alcanza a Teresa y la arrastra adentro. Ella protesta:

—Se llevan a Acacia.

—Ya la llevaron. ¿Quiere ir también usted? ¿Está loca?

El chofer comenta:

—Nunca vi una batida así. Pegarle a las mujeres ¡qué cobardía!

Peixe Caçao y el otro buscan en vano, ¿dónde se escondió la desgraciada? Desapareció también el viejo sin dejar rastros. ¿Qué viejo? Un hijo de puta que me cerró el camino. Nadie vio a un viejo por aquí, ni antes, ni ahora, ni después.

El último carro deja Barroquinha, la sirena se abre paso entre los curiosos de la plaza Castro Alves.

26

Tiras y agentes sacan del interior de las casas algunos muebles, colchones, ropa de cama, ropa de vestir, una imagen de santo, una victrola. El material es acumulado delante de las puertas. Más tarde, un camión de la policía recoge los enseres y va a tirarlos delante de los edificios de la Ladeira do Bacalhau. Queda hecha la mudanza simbólica, las propias dueñas de las pensiones apenas puestas en libertad, arreglan el traslado del resto, el grueso del mobiliario y de los objetos de uso. Así le informa el victorioso comisario Labao al jefe Helio Cotias, al fin de la refriega. Reina absoluta calma en el inmenso puterío, la inadmisible desobediencia fue liquidada, el foco de sediciosas fue destruido. Si el doctor quiere irse a dormir tranquilo, deje a los presos a cuenta del comisario, los machos y las hembras, eso va a ser una diversión. Las celdas, doctor, esta noche van a ser un espectáculo.

27

No, no reina la calma, es un engaño del comisario. En la zona, el lío aumenta, desatado.

El jefe Cotias se retira a tomar su merecido descanso, en los ojos lleva la doble visión de las mujeres semidesnudas tiradas como fardos en las celdas y la del comisario Labao hablando de la diversión de esa noche, visión molesta que le quita parte de la euforia del éxito. Al cruzar la plaza Castro Alves constata que existe absoluta tranquilidad en Barroquinha, donde los agentes vigilan. Todo terminó bien. Noche exultante y deprimente, suspira el bachiller.

Mientras el jefe se va a dormir en paz, la noticia de la violencia y la prisión de las putas circula rápidamente por los callejones y escondrijos, por las residencias y las pensiones, penetra en los burdeles, en los cabarets, en los bares. Doña Paulina de Souza escucha el dramático relato de la boca de un cliente, recuerda las palabras de *Ogum Peixe Marinho* dichas en la víspera quien no arriesga no gana.

¿Cuándo le tocará el turno al Pelourinho? Por ahora, avisa a las muchachas:

—La que se encuentra con una mujer de Barroquinha le dice que puede venir a ejercer aquí, mientras las cosas no se arreglan.

También Vavá es puesto en conocimiento de lo sucedido. Inquieto, espera la llegada del padre Natividad, impedido por obligaciones de fundamento no pudo salir del *terreiro* [1] en todo el día, recién ahora puede verlo. A la hora del almuerzo el proxeneta no pudo darle a Teresa la respuesta prometida:

—Sólo después de la media noche. Discúlpeme. No depende de mí.

Qué suerte que no apareció el detective con la coca, pero puede venir en cualquier momento. Dalmo Coca participó de la batida en Barroquinha, Vavá había tenido la detallada información. También allá había estado la hermosa número uno pero no la llevaron presa. Por milagro. En su silla de ruedas, juguete de emociones contradictorias, receloso y rabioso, lleno de ambición y de amor, Vavá controla el negocio y las agujas del reloj.

En el Bar Flor de San Miguel, Nilia Cabaré, muchacha muy popular entre las prostitutas y fuera de ellas, amiga de todo el mundo y de las fiestas, presa mil veces por desacato y escándalo público, proclama a los cuatro vientos:

—Que todo el mundo sepa que mientras ellas no vuelvan a Barroquinha yo tengo el burdel cerrado, no recibo hombres. Por ninguna plata del mundo. ¡La que es mujer derecha que me siga, se cierra la concha y hace cuenta de que es Semana Santa!

El alemán Hansen se levanta y besa a Nilia Cabaré. En las mesas, media docena de mujeres a la espera de clientes. Todas se declaran solidarias. Salen a la calle y anuncian su decisión de cerrar puerta por puerta. Nilia Cabaré le pidió un candado al dueño del bar y se lo prendió en la pollera a la altura exacta. Con ellas van el gringo, algunos poetas, unos cuantos vagabundos, el dibujante Kalil, enamorado de Análía, los últimos bohemios del mundo.

Cierre el burdel ahora mismo, empezó un nuevo calendario, el tiempo de la pasión de las putas, la penitencia solo terminará cuando las muchachas regresen a sus casas de Barroquinha, entonces romperá el aleluya y se soltarán los candados. La resolución fue espontánea e incontenible.

Las mujeres saltan de su cama de trabajo, dejan a los clientes a la mitad del juego, cierran sus vulvas.

1 *Terreiro:* lugar de culto del candomblé

28

En la panadería, Teresa le explica a Almério los precedentes de la invasión de Barroquinha por las fuerzas de la División de Juegos y Costumbres. El comerciante había leído algo en los diarios, protestas contra la concentraciónn de la prostitución en el centro. En su opinión, Teresa no debe volver al Flor de Loto esa noche. ¿Está observada por la policía, no se dio cuenta de la rabia de Peixe Caçao? Lo mejor es que duerma en la habitación de Zeques, porque en casa de doña Fina no está libre de un abuso de la policía, es gente capaz de todo. Pero Teresa rechaza la oferta. Después de espiar al chiquilín dormido en su cama nueva, se despide.

—Déjeme por lo menos que la acompañe hasta su casa.

Ni siquiera eso pues ella todavía no va a acostarse. Antes debe ir a buscar la respuesta de Vavá. Es la hora, las doce y cuarto. Si nadie se muda, Almério, la policía no podrá obligarlo. ¿Pensó en la cara de esos tipos acostumbrados a mandar? Almério no participa del entusiasmo de Teresa. ¿Por qué se mete en eso, no es asunto suyo, ya tiene suficientes motivos de preocupación, para qué buscar más? ¿Quién sabe en la pelea espera olvidar otras tristezas, el barco Balboa, el gitano del Pacífico, ese Janu de su amor, el perdido marinero?

—Entonces la voy a llevar hasta la casa de Vavá.

Cuando Almério, delante del burdel le ofrece su mano a Teresa para ayudarla a bajar del taxi, un grupo de mujeres grita algo incomprensible:

—¡Burdel cerrado! ¡Burdel cerrado!

Teresa sube las escaleras:

—Muchas gracias, Almério, hasta mañana.

Pero Almério no se marcha, le pide al taxi que espere. Las mujeres se acercan, una lleva un candado prendido sobre el vestido, parece loca. El chofer les pregunta el significado de eso. Las mujeres de la zona decidieron no trabajar, eso es todo.

El chofer mueve la cabeza, se ve cada cosa, cada extravagancia. ¿Cómo se les da por festejar Semana Santa un fin de año? Banda de borrachas.

29

Contempla a la hermosa y apenas puede contener las palabras de amor. Se enamora de golpe pero el camino hasta la cama es lento. A Vavá le gusta avanzar delicadamente, gustando de cada instante, de cada palabra, de cada gesto. Tiene un corazón tímido y romántico. En este caso sin embargo al amor se mezclaron otros intereses. Vavá no pretende demostrar sus sentimientos antes de oír a *Exu*. Aunque los ojos lo traicionan, se derraman ardientes sobre la muchacha. El padre Natividade no puede tardar. Mestre Jegue fue a buscarlo con un taxi.

—Tenga paciencia, espere un poco, yo no tengo la culpa. Sé que estuvo en Barroquinha en el momento del lío. ¿Qué fue a hacer? ¿Por qué se arriesga?

—Llegué demasiado tarde, debía haber estado allá desde el principio. ¿Acaso no fui quien les dijo que no se debían mudar?

—No tiene juicio. Pero me gusta la gente así, sin juicio.

—Hay veinte mujeres presas por lo menos entre las dueñas de las pensiones y las muchachas.

—A estas horas deben de estar recibiendo. Eso es lo que usted quiso.

—¿Era mejor bajar la cabeza y mudarse, irse a vivir a aquella inmundicia? ¿Eh, le parece? La policía no puede tenerlas presas toda la vida.

Desde los corredores llega un ruido inesperado, como de confuso tropel. Pasos, palabras, risas, varias personas bajando las escaleras al mismo tiempo apresuradamente. Vavá presta atención, ¿qué pasa? El ruido se hace más fuerte, tanto en el piso de arriba como en el primero. Aparece Greta Garbo excitadísimo:

—Vavá, las mujeres se van, largan a los hombres en la cama a medio hacer. Dicen que hoy cierran, dicen que es por lo de Barroquinha, no sé qué les dio... —Tiene la voz quebrada, los gestos nerviosos.

Los ojos de Vavá, pesados de desconfianza, van de Greta Garbo a Teresa, en todas partes advierte traición y falsedad:

—Quédese acá, ya vuelvo.

Rápido se dirige en la silla de ruedas hasta la sala de espera acompañado por Greta Garbo.

—¿Qué diablos pasa? ¿Para dónde van?

Algunas se detienen a explicarle, cerraron el burdel, solo lo abrirán cuando las mujeres de Barroquinha vuelvan a sus casas.

—¿Están locas? Vuelvan que hay clientes esperando.

Nadie lo obedece, allá se van por la escalera, semejantes a una bandada de estudiantes que abandonan las aulas. Vavá vuelve a su cuarto. Greta Garbo le pregunta:

—¡Vavá! ¿Y yo qué hago? ¿También tengo que cerrar mi puerta? ¿Qué hago?

—¡Salí de adelante!

En el cuarto, con ojos malignos observa a Teresa y explota:

—Todo esto salió de su cabeza, ¿no? ¡Usted inventó este carnaval! —La apunta con su dedo enorme, amenazador.

—¿Ese qué? ¿De qué carnaval me está hablando?

La expresión de sorpresa, los ojos limpios y francos, la cara perpleja de Teresa reafirman la convicción de Vavá. ¿Será tan falsa e hipócrita que hace como que no sabe nada del asunto? Exaltado le cuenta las locuras de las mujeres, que cierran el burdel. La cara de Teresa se ilumina a medida que Vavá habla. Ni lo deja terminar, se pone de pie:

—Después vengo a saber su respuesta.

Y sale disparada hacia la calle.

30

Por primera vez en muchos años no se oye a esa hora la densa respiración de los sexos, moliendas del trabajo del placer. En el insólito silencio, Greta Garbo, indeciso, se come las uñas, ¿debe adherirse o no?

En el cuarto de Vavá, el padre Natividade prepara las cartas para el juego. Recostado a la pared, Amadeu Mestre Jegue. El inválido trata de definir la compleja situación:

—Lo mandé llamar, padre mío porque las cosas están muy feas y quiero que me aconseje.

Alrededor del cuello de Vavá un collar de cuentas negras y coloradas, las cuentas del compadre *Exu*. Necesita que le aclaren unas dudas, nunca se encontró tan necesitado de ayuda. ¿Si la policía quiere trasladar a las mujeres de Maciel para el Pilar, y así arruinarlo, debe obedecer como siempre hizo o debe oír el consejo de la muchacha y negarse? ¿Debe recoger a las muchachas de Barroquinha? ¿Debe admitir que el detective le traiga cocaína para guardarla allí mismo, en su cuarto? ¿Vale la pena decir que sí o se

corre peligro? Y encima de todo eso, ahora esa locura de cerrarse, de no querer trabajar, ¿qué me dice de eso compadre *Exu*? ¿Cómo le parece que debo actuar? Estoy perdido, no sé que hacer.

Finalmente, necesito que me hable de la muchacha, si es derecha o falsa, si puedo confiar en ella o es capaz de engañarme y traicionarme. Ya alimenté serpientes en mi pecho cándido, así que si es mala le pido que me aparte de ella. Pero si es tan sincera como hermosa, ay, yo soy el hombre más feliz de la tierra.

El padre Natividade agita el *adjá* y canta en voz baja:

> *Bará o bebe*
> *Tiriri lonan*

Desde el altar *Exu Tiriri* responde alegremente:

> *Exu Tiriri*
> *Bará o bebe*
> *Tiriri lonan*

Salgan todos del camino que *Exu* va a pasar. Al contrario de *Ogum Peixe Marinho*, *Exu Tiriri* es salidor y ruidoso, amigo del movimiento, de las pillerías, promotor de líos y desórdenes.

Las cartas ruedan de las manos del padre Natividade y hablan.

—Aquí no quiero drogas de ninguna especie, solo cachaçá y comida. En la mano del *babalorixá*, las cartas siguen respondiendo.

Quiero ver todos los burdeles cerrados, ni uno solo abierto, los hombres con el instrumento preparado sin tener donde descargarlo. Si hay lío y corre sangre, no tiene importancia, de Maciel nadie se muda porque *Exu* no quiere. Ni aquí ni en parte ninguna, porque si cierran todos los burdeles la policía va a dejar de perseguir al pueblo. Quien ordenó el cierre de los burdeles fui yo, *Exu*, y nadie más.

El *pai-de-santo* lee en las cartas la sentencia fatal, ay, de la mujer que recibió a un hombre antes de que llegue el aleluya de Barroquinha. Ay, de la dueña de pensión, de burdel o de residencia que deje la puerta abierta y pretenda violar el cierre decretado por *Exu*.

La muchacha quedará podrida, enferma, comida de sífilis, ciega, paralítica, leprosa. La celestina morirá antes de completar un mes más de vida, de muerte horrible, llena de dolores.

¿Y de la muchacha qué me dice? Para pronunciar el nombre de Teresa lávese la boca antes. No hay persona más correcta, ni aquí ni en parte ninguna. Pero desista de sus pretensiones. no es fruto para usted. Lleva en el pecho un puñal clavado, los ojos perdidos en el mar.

—¿Está enferma de mal de amor? —pregunta Vavá.

—Mal de amor, mortal dolencia.

—Mal de amor tiene cura... —Nadie vivió tanto como Vavá, el tiempo en los burdeles se triplica.

, Para que todo sea verdadero, *Exu* pide doce gallos negros y un macho cabrío. Después ordena que todos se salgan de su camino pues va a marcharse:

> *Bará o bebe*
> *Tiriri Ionan*

Recuerdos para la muchacha. Ay, de quien no cierre el burdel.

31

—¡Ay, de ésa! maldición repetida por las mujeres de toda la zona, desde Barroquinha al Carmo, desde Maciel al Taboao, desde Peourinho hasta la Ladeira da Montanha. De casa en casa, de pieza en pieza, de boca en boca.

¡Ay, de ésa! amenaza lanzada y trasmitida en nombre de Vavá, de doña Paulina de Souza, de la vieja Acacia, presa en la cárcel.

¡Ay, de ésa! en las encrucijadas del puterío, la voz de Exu señor de todos caminos, dueños de todos los burdeles, poseedor de la llave.

32

El jefe Helio Cotias se despertó temprano y mantuvo una larga conversación telefónica con el tío de su esposa. Le informó victorioso y ufano que el traslado estaba prácticamente hecho, los muebles ya se encontraban en la Ladeira do Bacalhau, las casas de Barroquinha están cerradas, se había librado una batalla, hubo que actuar con mano de hierro. Mezquino, el pariente le contesta que no encuentra ningún motivo de gloria en eso. Bueno hubiera sido que las mujeres se mudaran tranquilamente, sin escándalo, sin noticias en los diarios, ni entrevistas fastidiosas: Sin hablar de la fotografía del camión de la policía cargando los muebles y de la crónica que sacó el tal Jehová. Viejo roñoso, nunca está contento.

En las páginas dedicadas a las noticias policiales, los diarios destacaron como es debido los sucesos de Barroquinha: VIOLENTO CONFLICTO EN EL MUNDO DE LA PROSTITUCIÓN - EL TRASLADO DE LA ZONA EMPEZÓ A HACERSE CON UN DESORDEN - CAMIONES DE LA POLICÍA TRASLADAN A LAS RAMERAS A BACALHAU, fueron algunos de los títulos y subtítulos de las crónicas, una ilustrada con la fotografía del camión policial cargado con los muebles retirados de los burdeles. Del desorden no había ninguna foto, porque solo un fotógrafo, el barbudo Rimo había aparecido durante la pelea a tiempo de documentar el heroísmo de los policías en lucha con las mujeres, los revólveres en la mano. Pero le quitaron la máquina, le destruyeron la película y casi lo llevan preso: Los beneméritos guardianes del orden y la moral son de naturaleza modesta, no quieren que salgan instantáneas sobre sus nobles actos de coraje y devoción por la causa pública, prefieren fotos simples, en pose, tomadas en la División.

Fotos como la del jefe Cotias, sonriente, ilustrando la breve entrevista concedida colectivamente a los periodistas acreditados ante la División especializada: "Estamos limpiando el centro de la ciudad de la llaga de las prostitutas, volviendo realidad una patriótica campaña periodística. Comenzamos por Barroquinha, proseguimos inflexiblemente, no quedará un solo burdel en la actual zona de la prostitución".

Declaración de alto valor moral y cívico, sin duda, digna de elogios y aplausos. Con todo, la inflexibilidad y vastedad de la campaña sólo se ha iniciado, concurren enormemente para reforzarla, el apoyo brindado por los dueños de locales en el movimiento de los burdeles cerrados.

Además, no todas eran simpatías para el gentleman de la policía entre los profesionales de la prensa. El cronista Jehová de Carvalho, favorable a la causa de las mujeres, poco afecto a la policía, condenó con crudeza y malicia, en su popular columna, la violencia de la acción policial. Irónico, preguntaba sobre el final de la crónica: "si el traslado del mujerío de Barroquinha a la Ladeira do Bacalhau tiene que ver con la alardeada utilización turística de esa vasta área cuyo destino era ser el paraíso de los turistas de la ciudad, según se anunció públicamente". Con más claridad no podía expresarse el poeta Jehová, los diarios, lo sabemos todos, viven de materiales pagos y no de la venta callejera.

Mirando la pose varonil del jefe en la foto del matutino, Carmen, su esposa, née Sardinha e Sardinha, con su áspero carácter comentó despectivamente:

—¿Qué macho, eh? El rey de las putas castigando a sus súbditas. La policía te está haciendo bien, mi pequeño Helio, te estás volviendo hombre.

De cualquier manera, a pesar de detalles tan desagradables, el jefe recibió satisfacciones por su actuación. Después de leer los diarios, Bada fue al teléfono conmovida. ¡Mi héroe! ¿Corrió peligro? ¿Me va a contar esta tarde? En el lugar que combinamos, a las cuatro. ¡Mi Bonaparte!

33

Hacia las once de la mañana, el jefe Helio Cotias salta de su automóvil frente a la División de. Juegos y Costumbres. Ordena que le traigan a las mujeres presas.

A los hombres los habían soltado a la madrugada, entre empujones y protestas, dos de ellos estaban en calzoncillos. Habían recibido algunos golpes para que nunca más intentaran obstaculizar la acción de la policía. Unos golpecitos de nada.

Zurra de padre y señor mío fue la que recibió la negra Domingas, se había metido a valiente, los había enfrentado. La dejaron molida, la cara lustrosa y apetecible le quedó como una pasta seca y opaca. En cuanto a María Petisco, al arañar la cara de Dalmo Coca, al morderlo había despertado el apetito del elegante detective y hacia la medianoche, bajo la acción del polvo, el guardián de la moral invadió la celda dispuesto a montarse a la muchacha, allí mismo, ante la vista de las demás. En una noche tan revoltijada, entre palizas y bofetones, tuvo gracia la escena del drogado, medio flojo de piernas, queriendo agarrar a María Petisco y derribarla. Los tiras se reían animando al campeón. Después se cansaron y se lo llevaron.

El jefe Cotias se va imponiendo en el cargo y en la opinión de sus subordinados, según es fácil constatar. Aun así, la visión de la negra Domingas, le causa cierta impresión. La piel oscura de la muchacha exhibe marcas rojas, equimosis enormes. Un ojo cerrado, la boca rota, apenas se sostiene en pie. Con desprecio, el comisario Labao comprueba el irritado mirar del jefe. Ese es un trabajo de hombres y no de maricas.

—Tipa ruin, liera. Agredió a todo el mundo en la celda, quisimos darle una lección, si no no podíamos dormir, esa gente solo entiende los palos —le aclara el jefe—. No se les puede tener pena.

Necesita acostumbrarse, no sentir pena, esa gente no la merece, piensa el jefe. Igual siente el estómago débil. Ordena que las pongan en libertad. En el lugar solo quedan las dueñas de pensiones. El bachiller recorre la fila de mujeres, seis infelices, les habla al mismo tiempo en tono paternal y feroz:

—No se quisieron mudar a las buenas, se tienen que mudar a las malas. ¿Qué se gana con desobedecer? La que esté dispuesta a salir de aquí directamente para mudarse que dé un paso al frente y sale en libertad ya mismo.

Esperaba un asentimiento general y agradecimientos. Solo Mirabel hace un movimiento, pero la vieja Acacia habla antes:

—No nos mudamos. Aunque tengamos que morirnos en la cárcel nadie se va a pudrir en aquel tacho de basura.

El jefe pierde la mesura, golpea la mesa, amenaza a la vieja con un dedo, bien macho como lo definió su mujer, Carmen Cotias, sée Sardinha:

—Entonces se van a pudrir aquí. Comisario, llévelas de vuelta a la celda.

El comisario que está de buen humor propone:

—Una docena de patadas a cada una a la hora del almuerzo y de la cena, en lugar de comida. Es un buen régimen, van a querer mudarse en seguida, el doctor va a ver.

Sin pedir permiso, refregándose las manos, en el colmo de la alegría, Peixe Caçao aparece ante la puerta del despacho:

—Los barcos de la escuadra americana ya están a la vista, en Itapoa. ¡Van a llover dólares!

34

Tan apresurado y conmovido con la noticia, el comisario se había olvidado de su recomendación al jefe para que depositaran una docena de patadas en cada celestina antes de la sopa y del pan duro del mediodía y el atardecer. Si no estuviese Peixe Caçao siempre estricto en el cumplimiento del deber, las renegadas se librarían del tratamiento para adelgazar y educarse, tratamiento eficaz y gratuito.

De paso, despiertan al detective Dalmo (Coca) García. Extrañado, el elegante escucha la noticia, en Itapoa ya se avistan los barcos de la escuadra americana, cargados de dólares marchan rumbo a Bahía. ¡Tres hurras para los marineros y los fusileros navales de la gran nación del norte, cuya presencia honra a la ciudad! Que encuentren en Bahía bellas mujeres, profesionales competentes y amables huéspedes. Por la salud de los invencibles guerreros cuidarán las fuerzas de la policía local, tan bien representada por nuestros tres héroes. Héroes también ellos, sí señor... Aprovechan la ocasión para hacer justicia a los locales, modestos pero infatigables defensores de la civilización occidental contra las hordas rojas y amarillas, la inmoralidad y la corrupción.

¿Cómo anda el sigiloso asunto de la cocaína, detective Dalmo, amigo Coca? En la víspera, Camoes había faltado a lo prometido, dificultades imprevistas en la entrega de material. Tienen una cita para esa tarde. Que no falte. Si vuelve a faltar a la cita, si quiere escabullirse, a la cárcel con él por comerciar con drogas, se reabre el viejo proceso dejado de lado.

Vaya a buscarlo inmediatamente, colega, socio, compañero, largue al individuo y a la santa hierba, que no se encuentra tan pronto otra ocasión igual a esa para ganar un dinerito fácil.

35

Siguiendo las buenas normas de las empresas modernas, los tres socios habían deslindado responsabilidades y tareas. Al comisario Labao, socio mayor, jefe temido, le cupo la organización general y el levantamiento de los recursos necesarios.

Se entendió con los capitanes de la arena, con ellos combinó la distribución y la venta de los preservativos y del elixir afrodisíaco. En la feria de San Joaquín había adquirido a bajo precio una infinidad de pequeños cestos de paja. Cada muchachito recibió uno para colocar la mercadería. ¿Cuántos vendedores? ¡Vaya a saberse! Una verdadera multitud desparramándose por toda la zona para exhibir, ofrecer y cambiar por dólares, preservativos y frasquitos de

Cacete Rijo. El asunto había sido estudiado en todos los detalles, hasta frases en inglés se habían aprendido los vendedores. Habiendo sido adoptadas medidas de seguridad para evitar robos y desvíos del material. Pero la mejor garantía de honestidad de los vendedores era el miedo que sentían por el comisario Labao Oliveira, cuyo simple nombre, en apariencia tan inocente, hace doblar las piernas de cualquier chiquilín. Con el comisario nadie juega.

Organizador del negocio, financista emérito. Había obtenido el dinero de usureros conocidos, como le explicó a sus socios, calculando los altos intereses que debía pagarle a sus prestamistas. En realidad, había puesto de su bolsillo lo necesario, ganando así más dinero a costa de sus dos compinches.

Aquella famosa mañana no salió de su despacho. Envió guardias de su confianza a buscar a los responsables de los capitanes de la arena. Había llegado por fin el gran día.

36

En una pocilga del Taboao, el investigador Nicolau Ramada Junior, Peixe Caçao de notoria fama, charla sobre negocios con Heron Madruga, ilustre químico pernambucano. Acaba de pagar la mitad del precio convenido por quinientas dosis de *Cacete Rijo*, preparado de modo especial: *one dose five fucks.*

Prestigioso científico, largamente conocido en el sertón y en algunas ciudades capitales, Heron Madruga comenzó a interesarse por la química y la farmacología cuando era empleado en Recife del laboratorio de análisis de los doctores Doris y Paulo Lureiro, marido y mujer, muy competentes ambos. Pasaba las mañanas recogiendo orina, sangre y caca de los clientes, sobre el fin de la tarde entregaba los exámenes y cobraba las cuentas. Madruga dedicaba todo su tiempo libre a admirar las sales y los ácidos que se mezclaban en las probetas, en los botellones, en las pipetas, en los tubos de ensayo del laboratorio, olores fuertes, colores extraños, humaredas azules, cosas muy bonitas. Aprendió términos y fórmulas

Perdiendo la contención, no se limitó a apropiarse de tanto en tanto del pago de un examen sumario de orina, embolsó dos mielogramas, y de pronto se vio descubierto y despedido. Triste, pues estimaba a sus patrones, gente óptima, se dio cuenta de que se había formado una educación química, farmacológica y médica en condiciones de aliviar los sufrimientos de la humanidad. Mejor dicho, de los vivientes en general, pues en ciertas ocasiones ejerció la medicina veterinaria y no le puso mala cara. Recibió dentelladas de perros, patadas de caballos, la ciencia tiene esos percances.

Algunos productos de fórmula y fabricación propias, exclusivas, tuvieron indiscutible prestigio en las poblaciones rurales y en pequeños centros urbanos del Nordeste, vendidos en ferias y mercados. El *Elixir Lava Peito*, de comprobada eficacia contra cualquier malestar bronquial y pulmonar, liquidó las epidemias de gripe en Pernambuco y curó a muchas tísicas crónicas en Alagoas. *Maravilha do Capiberibe* limpia el cuerpo de cualquier infección, inclusive el cáncer y la goncrrea. La loción *Flor de Magnolia* cura la caspa, mata liendres y piojos, hace nacer el pelo en las cabezas más calvas, conforme se comprueba con documentos auténticos, inclusive fotografías, sacadas antes y después del tratamiento. Al finalizar un frasco, si el cliente no tiene melena de león, puede devolver el frasco y se le entregará su dinero. Nunca hubo un caso de reclamación. Se elige el color de los cabellos deseados por el color de la etiqueta, y así se podían comprar melenas rubias, negras, castañas, azules o coloradas. Los cabellos verdes estaban de moda entre las prostitutas.

En cuanto al *Cacete Rijo* es lo que se sabe, algo fantástico. Según Madruga, en el discurso de presentación del meritorio producto ante el público, atento auditorio de ferias y plazas públicas, un viejo centenario después de tomar la dosis prescripta, se levantó de su lecho de muerte, desvirgó a una doncella, se montó a otras cuatro enseguida y a la quinta le hizo mellizos. Murió feliz de priapismo.

La idea de poner la etiqueta en inglés, letras coloradas sobre fondo negro *APHRODISIAC: ONE DOSE 5 FUCKS*, pertenecía a Madruga, la traducción al detective Coca, un políglota, profesor también de los muchachitos a los cuales les enseñó cómo cobrar por lo menos un dólar por preservativo o un frasquito de *Cacete Rijo*. Los capitanes de la arena, en realidad, no necesitaban que se les enseñara nada pues hablaban en todas las lenguas, reían con todos los dientes, desharrapados, esqueléticos, invencibles mocosos, dueños inmemoriales de las calles de Bahía. Dentro de poco el comisario Labao mandará buscar la mercadería pues los barcos ya están a la vista del faro de Itapoa, avisa Peixe Caçao.

—¿Llegan hoy?

—Están llegando.

—¿Y las mujeres van a abrir los burdeles?

—¿Qué historia es esa?

Madruga le cuenta que la noche anterior se dirigió a la zona con la intención de aliviar a la naturaleza, pero había fracasado. Las residencias y pensiones estaban vacías, las piezas desiertas, las puertas cerradas. Atribuyó la falta de mujeres a lo tardío de la hora, ya eran pasadas las dos de la mañana. Salió rabioso, quién sabe encontraría a alguna por los bares. Entró en el Flor de San Miguel, el salón estaba lleno de barullo, por las mesas numerosas profesionales. Pero ninguna lo aceptó. Le informaron que el puterío estaría cerrado hasta que las muchachas de Barroquinha regresaran a sus casas.

Peixe Caçao no le dio mayor importancia al hecho. Basta que la policía prenda y dé un ejemplo a las meretrices como hizo en Barroquinha para que las otras vagabundas se juntaran en los bodegones a beber y a molestar. No obstante queda con la oreja atenta cuando Heron Madruga se refiere a una de ellas, la más exaltada de todas, una tipa hermosa, Dios la bendiga, a quien había conocido en Recife hacía algunos años, mujer brava para golpear hombres, la verdad hay que decirla, por allá había golpeado a más de uno. El mismo Madruga tuvo ocasión de comprobarle el coraje, era testigo de vista y no de oídas. Su nombre, Teresa Batista llamada Teresa *Pé nos Culhas* [1], el porqué del apelativo lo tenía en la cara.

Al oír el detestado nombre, Peixe Caçao maldice:

—Ayer esa maldita se escapó de mi mano, hasta ahora no sé cómo hizo, hasta parece cosa de magia. ¡Pero ya me las va a pagar! Me viene bien saber que anda levantando a las putas contra la gente, ¡qué puta de porquería!

37

Aquel veintiuno de septiembre el titular del vespertino anunció a todos los bahianos: LA CIUDAD DE FIESTA - LA PRIMAVERA Y LOS MARINEROS.

En el Bar Flor de San Miguel, la noche de la víspera, antes de la noticia de la invasión a Barroquinha por las tropas de la División de Juegos y Costumbres y del grito de guerra

---

1 *Pé nos culhas:* Pie en las bolas.

de Nilia- Cabaré, antes del pronunciamiento de *Exu Tiriri*, el mozo Kalil Chamas, con palabras de candente indignación, se había echado contra la caterva de sirvientes imitadores de las costumbres europeas que festejaban la llegada de la primavera en medio de los aguaceros de septiembre, la misma manada de idiotas que disfrazaban de corderos a los hijos en Pascua y colocaban algodón en los árboles de Navidad simulando nieve:

—Solo falta que se pongan pieles y tiemblen de frío. Ya van a ver a los colegios desfilando para decir que la primavera llegó. Puro colonialismo. Ojalá que llueva sin parar.

Estudiante de Ciencias Sociales en la Facultad de Filosofía, vendedor en la tienda de antigüedades de su padre en la calle Ruy Barbosa, dibujante que soñaba con exposiciones, éxito y fama, nacionalista de liza y hacha, Kalil Chamas es, además, el feliz enamorado de la dulce Anália. En la mesa del bar, se exalta contra la importación de hábitos extranjeros sin sentido en el Brasil. En el trópico el invierno dura seis meses de lluvia, el verano seis meses de terrible calor, hablar de la primavera y el otoño es ridículo. ¡Ridículo!, se pone de pie, el largo dedo en ristre para completar la exclamación.

—Aquí reina la eterna primavera... —declara Tom Livio, actor de teatro en busca de escenario donde demostrar su talento, que aprovecha cualquier lugar y ocasión para modular la voz.

Dos dibujos de Kalil, ilustraciones para poemas de Telmo Serra, amigo del alma y poeta inmenso (superado, en la opinión de Tom Livio) fueron publicados en el suplemento dominical de un matutino y en las dos ocasiones, los autores conmemoraron en los bodegones de la zona la gloria incipiente con cerveza y elogios mutuos.

Hacia el fin de la noche, la rueda de bohemios se disuelve, unos van a dormir a sus casas, otros se dirigen a las pensiones de las mujeres donde, después de un día corrido de trabajo, las muchachas se dedicaban a los caprichos de amor. A veces, cuando la cantidad de clientes era mayor, Kalil debe esperar en las escalinatas de la iglesia de los Negros la señal de tránsito libre en la ventana de Anália. La astuta agita una toalla blanca, Kalil se precipita.

La noche que se proclamó la guerra, Anália abandonó el puesto antes de hora, acompañando a las otras colegas. Junto con Kalil recorrió la zona llevando por todas partes la declaración del burdel cerrado. Anália alegre, batía palmas:

—Con esas historias de cerrar el burdel, mañana voy a

poder ir a ver el desfile de los colegios por la primavera. Hace mucho tiempo que no lo veo. ¿Sabés que en Estancia yo desfilé con el Grupo Escolar Fui la abanderada.

—¡Subdesarrollada! —¿Apasionado Kalil qué hiciste con tus principios y convicciones?— Iremos juntos. Parece que va a ser un buen día.

Los titulares del vespertino ocupan todo el ancho de la primera página. Para decir la verdad, el redactor debería haber redondeado la frase: *LA CIUDAD DE FIESTA - LA PRIMAVERA, LOS MARINEROS Y LAS MUCHACHAS.*

38

El detective Dalmo García deja a los dos fulanos esperándolo en el auto, un viejo Buick propiedad de uno de ellos, tuerto, conocido entre los marginales por Camoes Fumaça, corre por las escaleras del burdel, qué calor hace en esas primeras horas de la tarde.

El detective golpea, llama, nadie atiende. Ante la puerta cerrada Dalmo Costa nota de pronto la total ausencia de mujeres en Maciel. Aunque es muy temprano ya debería haber cierta animación, pechos expuestos en las ventanas, las prematuras que rondan las calles con sus carteritas, el inicio de un día más de trabajo. Nada de eso, apenas algunos transeúntes ocasionales, ni una sola mujer ha visto. El burdel cerrado. El detective Dalmo (Coca) García no entiende. Vuelve a golpear la puerta, llama a Vavá. No obtiene respuesta.

Baja la escalera, entra en el automóvil. Camoes Fumaça quiere saber:

—¿Y?

Aunque esté acompañado por un policía de la Especializada, no se considera seguro. Para empezar no confía en Dalmo, los agentes secretos son inmorales, aunque tengan el vicio de la droga. ¿Y el dinero prometido? El detective quedó en encontrarse con ellos sobre el fin de la tarde llevando la plata, una cantidad respetable. Había aparecido después del almuerzo, sin una moneda y simulando alborozo. Los barcos están llegando, ¿y la plata? Apurado y amenazador, rápido, si no quieren pagarlo caro. Camoes Fumaça empieza a sentir cierto malestar.

—¿Y? —repite la pregunta imaginando lo peor.

—No sé... No hay nadie y las mujeres parece que desaparecieron. ¿Dónde pueden estar?

En la calle casi desierta, el ciego Belarmino, habitué desde hace años en aquel rendidor puesto para pedir limosna, arregla el diario, el jarrito, el sandwich para su almuerzo, ayudado por un chico. Toma el *cavaquinho,* comienza a cantar, habituamente nunca deja de haber dos o tres curiosos parados oyéndolo.

> *Mulher tem cu*
> *e a galinha sobre-cu*
> *da mocinha quero os peitos*
> *da mulher o racha-cu.*[1]

A Camoes Fumaça cada vez le gusta menos eso, le ordena a su socio, un pigmeo silencioso, sentado al volante del viejo cacharro:

—Vámonos. . .

El detective Dalmo se sienta y repite entontecido:

—¿Dónde diablos se metieron las mujeres?

39

Algunas mujeres se quedaron en las pensiones aprovechando el ocio para remendarse vestidos, escribir cartas a sus casas, cartas llenas de mentiras, o simplemente para descansar. En los límites de la prostitución, en las camas de pensiones, residencias, burdeles, hasta nueva orden, ninguna mujer puede recibir clientes ni amantes. La que quiera refregarse con su enamorado tiene que irse a la calle. ¿Quién se atreve a romper el tácito compromiso asumido en la víspera? *Exu* había prometido enfermedad y muerte, ceguera y lepra, la morgue.

Las muchachas liberadas por la mañana intentaron volver a las casas invadidas, ya fuera para seguir viviendo en ella o para sacar sus ropas y objetos, pero los agentes apostados en Barroquinha no les permitieron entrar. Buscaron asilo en pensiones conocidas, solo doña Paulina de Souza recogió a doce, cuatro en cada casa. Metió la mano en su bolsillo, quiso enviar a la negra Domingas a San Gonzalo dos Campos.

—Estás necesitando unos días de descanso, chica, te maltrataron.

---

1 La mujer tiene culo
la gallina sobre culo
de la joven quiero los pechos
de la mujer la raya del culo.

Pero la negra no aceptó por nada, no quería salir de Bahía en tal momento, ella y María Petisco estaban seriamente preocupadas: *Oxossi* y *Ogum*, habituados a bajar en Barroquinha, ¿sabrían dónde encontrarlas?

—Mañana es el día de ellos.

—¿Ustedes se creen que los dioses no saben dónde encontrarlas? En Barroquinha, en San Gonzalo o donde sea, *Ogum* las va a montar igual.

La mayoría resolvió ir a pasear y la ciudad se llenó de risas, de alegría y de gracia. Parecían obreras, empleadas, estudiantes, amas de casa, madres de familia en día feriado, en día santo. Hicieron compras, fueron a la matiné del cine, pasearon por barrios distantes, en parejas, en pequeños grupos, del brazo con los novios, arrullándose, una cantidad de muchachas, de saludables mozas, de señoras serias y tranquilas.

Otras fueron a visitar a los hijos en manos de extraños. Madres amantísimas, llevando a los chiquilines en brazos o de la mano, llenándolos con refrescos y bombones. A los besos y mimos.

También algunas viejas fueron a la inauguración de la primavera. Libradas por un día de la obligación del terrible maquillaje destinado a cubrir arrugas, a la lucha por el cliente, se mostraban libres, mujeres de edad y cansadas.

En su desacostumbrado ocio, las mujeres ocuparon la ciudad entera, hicieron una extraña fiesta. Los pies desnudos corriendo por la playa, sentadas en las escalinatas de los parques, en el zoológico paradas delante de las jaulas de las fieras, los monos y las aves, visitantes de la Iglesia do Bonfim, comprando folletos de santos milagreros.

Las que estaban en la colina contemplando el golfo pudieron ver hacia las tres de la tarde tres barcos de guerra que avanzaban.

40

Poco antes de las cuatro de la tarde el señor Gobernador recibió en el palacio gubernativo la visita del Comandante en Jefe de la Escuadra americana fondeada en el golfo. Acompañado de su Estado Mayor, el Almirante intercambió amabilidades con el Jefe de Gobierno y lo invitó a visitar al día siguiente la nave capitana y a almorzar con la oficialidad.

Los flashes, los fotógrafos moviéndose de un lado a otro, fijando sonrisas, cortesías. El Almirante comunicó que los marineros tendrían permiso de bajar a tierra esa noche. Hora propicia.

41

En el Gran Diario Oral de las cuatro de la tarde, por radio Abaeté, emisora potente y de gran audiencia, ofreció una pormenorizada nota sobre los barcos de guerra norteamericanos surtos en el puerto: "Información al momento es la de Abaeté", "La noticia está sucediendo y Abaeté la está divulgando", "El micrófono de Abaeté es el oído de la historia", repetían los locutores a lo largo del programa: "Si no hay noticias, Abaeté las inventa" decían los oyentes.

Después de describir la visita de los oficiales superiores al Gobernador, las frases intercambiadas, las invitaciones hechas, la radio se detuvo en detalles precisos, numerosos y educativos sobre los tres barcos, nombres, fechas de sus respectivos lanzamientos a la navegación, número de oficiales y marineros, cañones, potencia de tiro, velocidad, carrera de los oficiales en los puestos de comando, datos completos. El departamento de documentación e investigaciones estuvo una vez más a la altura de los antecedentes de la emisora.

La nota finalizó con la información de que los marineros bajarían a tierra al iniciarse la noche, la hora exacta todavía no se conocía, probablemente sería hacia las ocho.

Una última y curiosa novedad, que en cierta forma podría estar ligada a la visita de los marineros yanquis: en protesta por el proyectado traslado de la zona de prostitución, iniciado en la víspera con una violenta incursión de la policía de Juegos y Costumbres en Barroquinha, las mujeres públicas resolvieron no ejercer mientras sus compañeras no pudieran regresar a sus casas de donde fueron expulsadas y mientras subsistiera la amenaza de desalojo.

42

Hacia la cinco de la tarde, mientras Bada toma una rápida ducha para librarse del sudor pegajoso en esa tarde calurosa, el jefe Cotias, el gentleman de la policía, amante feliz y exangüe, pone la radio y descansa en la cadencia de la música.

Un merecido descanso después de una hora de violento ejercicio: la frágil Bada es sensacional, un fuego, una hembra completa. Antes le había dicho estatuilla de Tanagra, enigmática Gioconda, ahora, al tenerla desnuda en sus brazos, le dice al oído, Josefina, mi Josefina.

—¿Por qué Josefina? ¡Qué nombre más feo, Virgen santa!

—¿No soy tu Napoleón? ¿No estaba casado Napoleón con Josefina?

—Prefiero ser María Antonieta.

—Históricamente equivocado, querida, pues María...

—¿Qué me importa? —le cerró la boca con un beso, un chupón de los que hacen época.

Ni Josefina, ni María Antonieta, si el bachiller Cotias tuviese ánimo le diría ahora, Mesalina. Qué tarde, Bada era una furia, un desatino, el jefe había tenido que esforzarse al máximo para estar a la altura de la situación. Carmen, su esposa, née Sardinha, carácter áspero, cuando lo sabía interesado en alguna mujer, le decía con desdén:

—Fíjate cómo te portas, no me hagas quedar mal.

Eso lo perturbaba, volvía todo más difícil, además, ése era con seguridad el propósito de Carmen. Con Bada, felizmente, había cumplido. Vaca insaciable, disoluta. Quería saber las particularidades de la zona, no solo qué había pasado en la víspera, la triunfal acción de Helio, quería saber las intimidades de las prostitutas, ah, qué ganas tengo de visitar un burdel. En los minutos finales, se mordía los labios y agarrada al jefe le pedía sollozante:

—¡Llámame puta, pégame, policía mío!

El departamento queda sobre lo alto de Gamboa, por la ventana de atrás el jefe exhausto, cubierto de sudor, fuma un cigarrillo y escucha la melodía de una canción italiana, mientras divisa los barcos fondeados en el puerto.

Antes de ir al encuentro de Bada, el bachiller Cotias, cumpliendo con su deber, pasa por la División donde el comisario le informa que todo está en perfecto orden: los marineros desembarcarían al atardecer, la policía de la zona ya estaba organizada, la policía militar reforzaría a la civil para impedir cualquier problema. En cuanto a las celestinas de Barroquinha seguían en su rechazo al traslado. Lo que iba a decidirlas sería una buena paliza a cada una. Por la madrugada, cuando el movimiento amainara. Por ahora, las mantienen en ayunas. Un poco de paciencia, doctor, y las ruinas del Bacalhau estarán alquiladas a buen precio.

El comisario se ríe en la cara del jefe, lo mira con sus ojos sin piedad. Un criminal, piensa el gentleman de la policía, ¿qué quiere insinuarle con eso del alquiler de los edificios? ¿La firma le habría mojado el pico al comisario?

Bada baja la persiana, para el ruido de la lluvia. Cubierta de gotas, una sobre el pezón izquierdo, los ojos puestos en su amante, se le acerca. Por la radio, la música es súbitamente interrumpida por la voz del locutor que se hace oír tras los compases marciales que anuncian las noticias: "Atención, atención".

En la cama, indiferente al pedido urgente de atención, Bada se tira sobre Helio. Envuelto en el beso ávido, el bachiller oye al locutor: "La situación de las prostitutas preocupa a las autoridades. El desembarco de los marineros está confirmado para las veinte horas. Se realizará en la dársena de Plaza Cayru. Hasta el momento los burdeles están cerrados. El comisario Labao Oliveira que se encuentra en Maciel tomando las providencias que las circunstancias exigen, afirmó que la normalidad será restablecida antes del desembarco de los marineros. No los dejaremos mirando los barcos, afirmó agregando: "¿donde irían a parar nuestros fueros de civilización si ese absurdo sucediera? Se tomarán enérgicas medidas, la policía tiene el control de la situación. En la información radio Gremio de Bahía".

.El bachiller Helio Cotias abre los ojos, intenta liberarse de Bada. ¿Qué significa esa noticia, por qué la situación de las prostitutas preocupa a las autoridades? La música vuelve, una nostálgica canción napolitana. Exigido por su amante, el jefe suplica, un momento querida, mueve el dial para buscar más información. Por fin la encuentran: "... no hubo alteración, solo que las fuerzas policiales se acrecentaron con el aporte de la caballería. La huelga de las prostitutas prosigue, nuestros cronistas se dirigen hacia allá y en cualquier momento estaremos transmitiendo directamente desde Maciel, donde las fuerzas policiales se están concentrando. Mantengan su dial en radio Abaeté, en cualquier momento volvemos con más noticias".

Irritada, Bada arroja la radio. El jefe, lleno de pánico, quiere irse, el deber lo llama. Ella lo agarra, intenta interesarlo, en vano. Helio ya no puede, le faltan fuerzas, voluntad, basta observarlo. Necesita ir a la División, ponerse al tanto de lo que sucede, saber qué significa todo eso, asumir su puesto de mando, es el jefe de la División de Juegos y Costumbres.

—Tengo que irme ahora mismo, querida, déjame, por favor.

No conoce a Bada, no se da cuenta de la fuerza de sus deseos:

—¡Flojo!

Cae de boca encima del bachiller, él la deja hacer, puta desgraciada, furor uterino. Desde el suelo la radio brama: "Estamos transmitiendo directamente desde Pelourinho. La policía decidió abrir los burdeles por medio de la fuerza pública".

43

Del brazo de Kalil, riéndose con cualquier pretexto, Anália aplaude a los chicos de los colegios que desfilan en el día de la primavera, recordando sus épocas de estudiante en el Grupo Escolar, antes de la fábrica textil y del doctor Braulio que la lanzó a la vida.

Almorzaron en el restaurante Porto, especializado en comidas portuguesas y, para acompañar al bacalao el estudiante pidió vino verde, brindaron por el amor eterno. A la salida le compra un ramillete de violetas que Anália se prende al pecho, en el blanco vestido vaporoso. Para hacerlo, se paró al lado del busto del finado periodista Giovanni Guimaraes y a la sombra protectora del cronista de la vida y el pueblo bahianos, se dejó besar por el estudiante, un beso de enamorados. Anália sintió que estaba boba de amor, se reía sin querer, lentamente paseaban por las calles.

Con el pretexto de sus obligaciones en la facultad, Kalil dejó al viejo solo en la tienda de antigüedades y le reservó el día a la amiga. Por primera vez desde que empezaron el romance, hace cerca de dos meses, pasan un día juntos. Generalmente se reúnen a la madrugada después que ella despide al último cliente y se quedan en la cama hasta que empieza a salir el sol, entonces él tiene que volver a su casa y tomar el desayuno con sus padres.

Agarrados de la mano, sin sombra de preocupación, contentos con la vida. Se echan sobre la hierba en Farol da Barra, toman agua de coco en Amaralina, comen de merienda *acarajé*[1] frito, toman un baño en Piata, contemplan el crepúsculo sobre el mar. Adolescentes felices.

No sabían lo que estaba sucediendo en la ciudad, ni de

---

1 *Acarajé:* peces brasileños pertenecientes a la familia de los ciclídeos.

los barcos de guerra anclados en el puerto, ni de la policía ocupando Maciel y Pelourinho y el Taboao, la zona de la prostitución. Salen de la playa y del crepúsculo hacia el comienzo de la noche en Pituba. Antes de entrar al restaurante Jangadeiro, donde comieron *moqueca de siri* [1] blando con cerveza. Anália le pidió su destino al viejo de la cotorra de la suerte:

> *Quem escolha noivo*
> *escolha pelo chapéu*
> *se usar chapéu de banda*
> *nao queira que é tabarén* [2].

Se rieron sin saber por qué. Qué día feliz ése del burdel cerrado, cuando por una vez la primavera, obedeciendo al calendario, se dio en la ciudad de Bahía.

44

En la División de Juegos y Costumbres, el comisario Labao había delineado ante el jefe el plan de acción:

—Déjeme a mí. Hago trabajar a esas hijas de puta sea como sea. O abren los burdeles dentro de una hora o no me llamo Labao Oliveira. Me cambio de nombre.

Ese nombre que hacía temblar a las mujeres y a las celestinas, proxenetas, compadritos, contraventores, todos los pobres marginales o incluso los inocentes ciudadanos, cualquiera que estuviese obligado a tomar contacto con el sostenedor de la moral y las buenas costumbres. Se hablaba de las muertes practicadas en frío por el policía, de los cadáveres enterrados a escondidas, horrores que circulaban en secreto. Pero no llegaban a las páginas de los diarios, ¿dónde estaban las pruebas?

Aquella tarde hasta los tiras más encallecidos, viejos compañeros de trabajo se asustaron al ver al comisario fuera de sí, la mirada siniestra. Siniestra, no hay otro adjetivo. Con la sensibilidad a flor de piel, considerado un cagón por los policías, el bachiller Helio Cotias se siente mal y se ríe al aprobar los proyectos de esa competente autoridad. El estómago apretado, aquel nudo que le subía, que quería

---

1 *Siri:* designación de varias especies de crustáceos.
2 La que busca novio
  búsquelo por el sombrero
  si lleva sombrero aludo
  échelo que es campesino.

salírsele por la boca. Le cuesta un esfuerzo contenerlo, dominarse, sobre todo después de la fatiga de esa tarde en la cama, con esa loca. Con la intención de amenizar el pesado clima, el gentleman de la policía propone llamar a la operación Retorno Alegre al Trabajo. No fue náda feliz, pues el citado poeta Jehová de Carvalho en una crónica posterior, al comentar los hechos, consideró la designación "fúnebre, monstruosa broma, digna de Hitler y de los nazis en sus campos de concentración y muerte".

45

En el Bar da Elite o Bar das Putas, a su elección, pues el propietario no se molesta por eso, el comisario Labao se prepara para celebrar con su Estado Mayor la conferencia final antes de la inminente campaña contra las fuerzas del vicio en rebeldía. Camoes Fumaça, traficante y drogadicto, intenta recibir el dínero que le deben por la monumental carga de cocaína. La desaparición de Vavá había dejado al detective Coca sin tener dónde guardar la explosiva mercadería, ni a quien arrancar la plata para el pago del cincuenta por ciento anticipado del precio total. El resto se pagaría al fin de la lucrativa noche de marineros y dólares. Dólares amenazados por las desgraciadas que se niegan a trabajar. El comisario pone los ojos funestos sobre el atrevido, pero el tipo no se intima con facilidad, vive por encima del miedo en su nube drogada.

En el arruinado Buick, rodando sin destino, el detective tuvo una luminosa idea, ¿cómo no se le había ocurrido antes? Les indicó que fueran para la Ladeira do Bacalhau y en uno de los edificios descargó la mercadería. Siempre con Camoes sobre sus talones, se puso en contacto con los especialistas encargados de la venta del producto a los marineros. Diríjanse a Bacalhau y allá esperen un aviso. Así se aclaró la situación, con el retorno del orden y de las mujeres, enviará un recado y podrán partir para la zona a recoger dólares. Hay que mantenerse lúcidos, por favor. Después del trabajo viene la recompensa. Todo certero, pero con la molestia de Camoes persiguiéndolo y queriendo recibir lo suyo:

—¡Desaparezca de mi vista! —brama el comisario.

El tipo siente que no aguanta más sin tomarse una dosis. Lo que tiene que hacer es volver a Bacalhau, trompear a los que estén allá plantados, levantar su mercadería, colocarla en el Buick y llevársela de vuelta. Pero antes necesita una dosis.

46

Mientras tanto el comisario prepara los detalles de la accción destinada a forzar la reapertura de los burdeles y la vuelta de las prostitutas al ejercicio de su profesión, la Operación Retorno Alegre al Trabajo, lindo nombre, solo los enemigos de la policía pueden encontrarle defectos. Inquietantes noticias corren por la ciudad, provenientes de las emisiones radiofónicas.

El popularísimo comentarista deportivo, Nereu Weneck, en su crónica vespertina, falto de tema, se puso a informar sobre los deportes practicados por los marineros de la escuadra americana, revelando que se encontraba en uno de los barcos fondeados en el puerto un campeón de box, peso pluma, y terminó refiriéndose al problema de los burdeles cerrados.

Dramático, como si estuviese hablando de la cobranza de un penal, dijo que si los esfuerzos de la policía resultaban infructuosos, y las prostitutas persistían en su condenable actitud negativa, en su falta de cooperación con las autoridades y si los marineros debían conformarse con mirar los barcos, para usar la pintoresca expresión del comisario Labao Oliveira, ¿qué sucedería? ¡Ah! ¡Cualquier cosa podía suceder! Habituado a la transmisión de partidos de fútbol, Nereu Werneck sugiere, relata, argumenta. Incisivo, inquietante. El suspenso y el secreto de una buena emisión.

Una aglomeración de militares en el área de las prostitutas siempre significó disturbios, muchas veces sangrientos. Tratándose de extranjeros el peligro aumenta, las riñas entre huéspedes y locales son frecuentes y pueden degenerar en graves revueltas, en conflictos de imprevisibles consecuencias. Citó cantidad de ejemplos tomados del tiempo de la guerra.

¿Qué sucederá, se pregunta el popular comentarista deportivo, cuando los marineros desembarcados, en la desesperación de encontrar mujeres, no encuentran con quién satisfacer sus instintos naturales? ¿Regresarán resignados a sus barcos y a la soledad del mar? ¿O sueltos por la ciudad saldrán a buscar mujeres calles afuera, faltando el respeto a las familias, quizá invadiendo las casas? En el pasado sucedió, los oyentes por cierto deben recordarlo.

La pregunta amenazadora permanece en el aire, el miedo se abre camino, las puertas se cierran, se instala el pánico.

47

El consejal Reginaldo Pavao no pierde ninguna ocasión para proyectar su nombre y ganar prestigio. No puede ver un micrófono sin echarle mano. Es un delirante de los discursos, un orador barroco y analfabeto, un politiquero malandrín. Donde hay gente reunida, sea cual fuere el motivo, allí se presenta y actúa. Esa tarde de los burdeles cerrados, ¿adónde habría de estar sino en la zona?

Algunos envidiosos propalaron la noticia de que se dirigía allá con fines inconfesables y no pudiendo dar alivio a sus instintos, había aprovechado la ocasión de la presencia de los periodistas y las estaciones de radio para su habitual demagogia. Lenguas malignas, el prestigioso edil había ido acuciado por un imperativo de conciencia, en el deseo de servir a la causa pública, sirviendo al mismo tiempo a las autoridades constituidas y a las grandes masas populares.

Al llegar al Pelourinho, sobre el atardecer, después de la sesión del Consejo Municipal donde se había aprobado una moción de bienvenida a los barcos de la escuadra norteamericana, rumbeó para la casa de doña Paulina de Souza, como siempre, a la que brindaba su preferencia por la calidad de las hembras, la limpieza, y aquel propicio sosiego, y también por ser amigo de Ariosto Alvo Lirio de quien recibía apoyo y voto, una mano lava la otra. La gorda patrona explicó lo sucedido. Perdone buen amigo, la carencia es involuntaria, hoy no puede ser, el burdel está cerrado.

Con la patrona se encontraba la bailarina del cabaret Flor de Loto, una divinidad de ojos llameantes, una Venus. Tomando la palabra, la hermosa agregó: está cerrado y cerrado va a quedar hasta que las dueñas de las pensiones de Barroquinha, presas desde la víspera, maltratadas en la cárcel, regresen a sus casas invadidas y las mujeres expulsadas puedan volver a las camas de las que fueron arrancadas, sin nuevas amenazas de traslados. Dispuesta, enérgica, apasionada, la peregrina haría un buen papel como concejal. Tendrán las mujeres de Barroquinha su grito de Aleluya. Reginaldo Pavao decide frecuentar el Flor de Loto apenas el cabaret reabra sus puertas. La muchacha es una verdadera aparición.

A continuación, el edil fue visto andando hacia la zona, por el Pelourinho, el Taboao, Maciel, conversando con clientes y policías. Entonces se dirigió a la División de Juegos y Costumbres donde el bachiller Helio Cotias lo escuchó cordial y educado. Sin embargo, el jefe se mantuvo intransigente en sus propósitos de transferir los burdeles de Barroquinha a la Ladeira do Bacalhau. Una mudanza prácticamente ya realizada el día anterior, haciéndose necesario solmente que las celestinas se conformaran y obedecieran lo dispuesto por la policía, medida tomada en beneficio de la colectividad. Sobre ese particular, mi estimado concejal, nada puedo hacer, son órdenes superiores, venidas de arriba; con un gesto ambiguo, el jefe dejó entrever la alta procedencia de la decisión.

En cuanto al resto, es con el comisario Labao, con quien debe hablar, a él le cabe la responsabilidad de poner a las prostitutas en funcionamiento. Tiene que actuar con rapidez y energía pues a las veinte horas los marineros desembarcarán.

48

Al caer la noche, la zona es un campo de batalla. Autos de la policía desembarcaron con los refuerzos pedidos por el comisario, las fuerzas de choque y los celulares bloquean estratégicamente las entradas de las calles, laderas y cortadas. Patrullas de la policía militar, a caballo, suben y bajan el Pelourinho, circulan por Maciel. La mayoría de los curiosos prefieren mantenerse en el Terreiro de Jesús a la espera de los acontecimientos. En el área cercada apenas unos pocos clientes remisos, discuten en las mesas de los bares y tragan cerveza.

No se divisa una sola mujer de la vida. Las que no están paseando, permanecen en el interior de las pensiones descansando. Enviados por el comisario Labao, los tiras presentan un ultimátum a las sediciosas, tienen media hora para abrir las casas, asumiendo sus puestos habituales en las puertas, ventanas, salas de espera, al trotecito por las calles o bien paradas en las esquinas. No hay respuesta.

Sólo los bares funcionan. Las residencias, pensiones, burdeles, están cerrados y a oscuras. Nada recuerda la animación habitual, no se oyen ni palabrotas ni risas, ni el murmullo de las invitaciones, ni las ofertas tentadoras al paso de los hombres, ni la exhibición de mujeres semidesnudas, solo el resonar de las patas de los caballos sobre las piedras negras del pavimento. La Semana Santa cae en la segunda quincena de septiembre, qué loco calendario.

Hasta el ciego Belarmino, con más de veinte años de puntualidad frente al concurrido burdel de Vavá, de donde solo se aleja los días de las grandes ceremonias religiosas, se había retirado, cansado de esperar a los caritativos clientes, y se había ido a pedir a la escalinata de la Catedral. Para cada sitio tenía su repertorio:

> *Salve o menino Jesus*
> *em seu berço de luz*
> *e o Senhor Sao José*
> *protetor de nossa fé*
> *e a Santa Virgen María*
> *com bondade e cortesia.*[1]

En Maciel, enarbolando su revólver, el comisario Labao Oliveira da órdenes de marchar a las tropas de las buenas costumbres y de la moral. En el Pelourinho, con un minuto de atraso debido a la porquería de reloj que usaba, se lo había sacado a un contrabandista, Peixe Caçao avanza seguido por tiras y agentes.

¡La batalla empezó! —proclama el locutor de radio Abaeté, donde está la noticia está Abaeté, en el agua y en el fuego, en la paz y en la guerra. ¡La zona se convirtió en un pandemonio! —vibra en el micrófono la voz de Pinto Scott, la garganta de oro de radio Gremio de Bahía.

49

Las puertas de las residencias y de las pensiones son abiertas por la fuerza, a puntapiés, a empujones por los policías. Invaden las casas, agreden a las mujeres, las obligan a salir a la calle. Entran en escena los bastones, algunos prefieren los nudillos de hierro, llueven galpes. Gritos y

1 Salve el niño Jesús
y su cuna de luz
y el Señor San José
protector de nuestra fe
y Santa Virgen María
con bondad y cortesía.

paabrotas, las mujeres que corren nacia la calle, otras que se resisten, todo es arrasado. Es el comienzo de la Operación Retorno Alegre al Trabajo. Para las tropas de la legalidad toda una diversión.

En algunos casos, la tarea de los agentes se complica, se vuelve desagradable. En la pensión de Ceres Grelo Grande las instalaciones sanitarias estaban sin funcionar desde hacía más de veinticuatro horas, obligando a las pensionistas al incómodo uso de las escupideras que se revelaron excelentes armas de guerra. Enarbolando escupideras llenas, las mujeres se enfrentaban a los hombres y los ponen en fuga. El detective Dalmo, comandante del batallón, recibió en las narices y en el traje gris claro el contenido de un recipiente, en el cual se había aliviado la novata Zabé, víctima de una feroz disentería. El elegante quedó cubierto de orina, mierda y odio. Ordenó que las enfrentaran a golpes y dio el ejemplo.

Con el revólver en la mano, el comisario Labao Oliveira dirigió personalmente el asalto al burdel de Vavá. Subió la escalera seguido de algunos tiras de confianza, tiró la puerta abajo, traspuso los batientes de la entrada. No había alma viviente en los dos pisos del enorme edificio. Cubículos desiertos, silencio absoluto. ¿Dónde se metió el hijo de puta? ¡Ah! si el comisario lo encontrara, sabía cómo obligarlo a dar la contra orden, a decretar la apertura del burdel. Contaba con hacerlo, con obtener una rápida victoria, porque quien manda en la zona es Vavá, su palabra es ley. ¿Dónde se escondió el hijo de puta?

A una señal de Labao la puerta del cuarto de Vavá es derrumbada, los tiras invaden el aposento, ni sombra del inválido. Rabiosos, arrancan las sábanas de la cama, rompen los objetos que usa y estima Vavá, fuerzan la cerradura del escritorio, desparraman los papeles, intentan abrir la caja fuerte embutida en la pared, pero no lo consiguen.

Recordando los dorados tiempos de la represión de los *candomblés*, cuando como simple agente secreto contratado inició su brillante carrera, el comisario Labao, el valiente, a quien nada ni en la tierra ni el cielo atemoriza, se dirige al altar y empieza a destruirlo. Ningún tira se atreve a secundarlo, ¿quién tiene ese coraje? Alirio, un asesino frío se asusta y le grita:

—¡Comisario, no haga eso, no se enloquezca, no toque a Exu!

—¡Mierdas! ¡Banda de cagones! ¡Yo me cago en *Exu*!

Vuelan el tridente, la lanza, los hierros sagrados de *Exu*, deshace el montículo de tierra, su asiento, se desparraman por el cuarto la comida y la bebida. Los tiras observan sin participar, el comisario deja el sagrario hecho añicos. Encima lo escupe con rabia:

—¿Y qué hacen ahí parados? ¡Vayan a sacar a las putas a la calle, cobardes! ¿O les tienen miedo a las mujeres?

Mira el reloj. Dentro de poco los marineros desembarcarán, el tiempo urge.

50

Arrastradas por la calle, las mujeres corren, escapan, se meten por las callejuelas, desaparecen. Los soldados de caballería tratan de mantenerlas acorraladas, no es fácil. Las persecuciones se extienden por toda la zona.

Los clientes de los bares, con el alemán Hansen de comandante, tiran botellas vacías a las patas de los caballos, protestan contra la violencia de la policía. El poeta Telmo Serra ocupa el micrófono de la radio Gremio de Bahía y pronuncia la palabra vandalismo.

¡La zona se está incendiando! —la frase de un locutor aumenta el pánico en la ciudad pues muchos oyentes la entienden en un sentido literal y no metafórico y la noticia del incendio empieza a divulgarse. Las luces de los flashes de los fotógrafos iluminan las figuras de las muchachas, alguna aterrorizadas, otras rabiosas. Cubierto de mierda y orina, apestando, el detective Dalmo (Coca) García abandona la lid.

51

Para hacer un pedido oral de gran repercusión en toda la ciudad, ocupa los micrófonos de radio Abaeté "instalados en el corazón de la pelea", el concejal Reginaldo Pavao "esa figura popular de las lides políticas que se encuentra aquí, enfrentando a nuestro lado un considerable peligro, en la benemérita tentativa de encontrar una salida para esta situación cuya gravedad aumenta a cada instante".

La voz tronante del astuto cazavotos resuena en el ámbito de millares de hogares. Ni desde la tribuna del Concejo Municipal ni desde los palcos de las campañas electorales obtuvo nunca tanta audiencia. En toda la ciudad los aparatos de radio están encendidos, la población atenta a las noticias sobre los sucesos que se están desarrollando, el destino de los burdeles cerrados.

"Con el corazón sangrando", Reginaldo Pavao se dirige a los "Oyentes de radio Abaeté, al pueblo de Bahía, a la población metropolitana", relata el "dantesco espectáculo" que se está desarrollando ante sus ojos "empañados por la emoción", los compara con aquellos ocurridos "en la Roma de los Césares, de que nos habla la sublime historia universal". Sus palabras vibran en el aire "tengo la voz embargada en lágrimas".

Lanza un conmovido llamado a las prostitutas "Confío en el patriotismo de las gentiles patricias que los temporales de la existencia echaron al lupanar. No irán a cometer la villanía de dejar a los héroes del Atlántico Sur, a los invencibles hijos de la gloriosa nación americana, en la..." ¿Cómo puede decirlo? Diga "viendo los barcos", consejal, use la expresión del comisario Labao Oliveira ya popularizada por los locutores escondidos en los vanos de las puertas de Maciel y del Pelorinho"... no dejarán viendo los barcos a esos bravos que arriesgan su vida para que todos nosotros, inclusive vosotras, gentiles patricias, galantes magdalenas, gocemos de las aventuras y de los bienes de la civilización. Vuestra inconveniente abstinencia amenaza crear un problema diplomático, prestad atención a la gravedad del hecho, mis estimadas hermanas prostibularias."

El patético discurso alcanza un éxito indescriptible entre los oyentes de radio Abaeté. Una pena que ese conmovedor llamado no hubiera llegado a las rameras ocupadas en recibir golpes y escapar, desparramadas por las calles, tratando de salvarse de las patas de los caballos.

En seguida, Reginaldo Pavao se dirige a Su Excelencia, el Gobernador del Estado "con el respeto debido a la dorada figura del gran hombre situado a la cabeza de los gloriosos destinos de Bahía", le invoca los "sentimientos cristianos y la comprobada capacidad de estadista", los marineros bajan a tierra, las mujeres resisten las órdenes de la policía, la situación en la zona es de cuidado, el conflicto podrá extenderse y amenazar la tranquilidad de las familias bahianas. El noble edil recurre al nobilísimo gobernador "ordene, Excelencia, la libertad de las dueñas de pensiones todavía presas y permítales la reapertura de las casas cerradas ayer por la policía dispuesta a mudarlas de Barroquinha a Bacalhau". Se trata de una emergencia, Gobernador, suspenda la orden de traslado, impida que el conflicto "aún restringido a los límites de la zona, asuma proporciones de catástrofe nacional, quizá internacional!".

En la ciudad aterrorizada las familias cierran las puertas de sus casas, los teléfonos del palacio de Gobierno y de la Jefatura de Policía no paran de tocar, pidiendo que se tomen providencias.

52

Desde el interior del Buick escondido en un callejón, Camoes y su compañero escuchan el llamado del edil Reginaldo Pavao. Habían puesto la radio para obtener un agradable fondo musical a la fumada. Camoes presta atención:

—El negocio fracasó. Vamos a buscar la mercadería mientras hay tiempo.

—Está bien —concuerda el otro, balbuceante, casi un bebé, una criatura de pocas palabras.

Toma el volante y lleva al Buick hacia el destruido camino central de la Ladeira do Bacalhau. Los dos socios se sienten en forma para sacar la mercadería y transportarla de vuelta. Desde el principio ese asuto marchó mal, estuvo lleno de problemas.

En el edificio, el equipo encargado de las ventas, habiendo completado la división del precioso material, bajo la competente conducción de Cincinato Gato Preto, se quedó sin hacer nada a la espera de una orden, tener tanta cocaína y no poder usarla, qué maldad.

La mayor parte de los muebles traídos en la víspera a Barroquinha con el camión de la policía y abandonados allí, habían sido requisados por vagabundos y mendigos en el correr del día. Quedaban algunos colchones, fueron trasladados a la sala y en ellos se acostaron los muchachos para esperar descansados. Larga espera, irresistible visión de los cigarrillos de cocaína. Tras un breve debate se pusieron de acuerdo respecto a que la restricción del detective Dalmo Coca era absurda. ¿A quién ofenderían consumiendo uno o dos cigarrillos mientras esperaban? ¿Qué mal había en eso? Ninguno, evidentemente. Cincinato Gato Preto, muchacho de reconocida autoridad y seriedad cuando asumía un compromiso, terminó por dar su aprobación, también él lo estaba necesitando.

Voluptuosamente reclinados en los colchones, fuman y sueñan cuando Camoes Fumaça y su compañero invaden la sala. Cincinato Gato Preto ama la tranquilidad cuando se pone a soñar. Levanta la cabeza, mira a los recien llegados y los reconoce, con seguridad habían venido a traer el mensaje del jefe Coca:

—¿Ya es la hora?

Camoes explica el fracaso del negocio montado por el detective. La zona es un infierno, hay golpes, correrías, tiros, ni un loco escapado del manicomio pensaría en vender droga con la caballería y la policía concentrada en el lugar. Oyeron la radio cuando venían en el auto. Escéptico. Cincinato no cree una sola palabra de lo que dice Camôes y menos el final:

—No ligamos ni un cruzeiro, vamos a llevarnos la mercadería.

—¿Llevársela? ¡Una porra se llevan!— Gato Preto hace un esfuerzo, se sienta sobre el colchón, repite: —¡Una porra se llevan!

Camoes Fumaça que está bajo el efecto de la droga es el exponente del coraje:

—¡Porra es la que te vas a tragar ahora, porquería!

Algunos se ponen de pie y el lío empieza. El pigmeo saca una navaja y los ataca. Un cigarrillo encendido rueda por el colchón agujereado, cae en la paja seca. El fuego se extiende, se levantan llamaradas.

53

En el Pelourinho, el cuadro se asemejaba al de Maciel, los ejércitos de la moral y de la ley al comando del detective de primera clase Nicolau Ramada Junior a la ofensiva: mujeres golpeadas, arrancadas de sus casas, traídas a la plaza, acorraladas, perseguidas por la caballería. Allí es más difícil esconderse, escapar, todas las desembocaduras de las calles hacia el *Terreiro de Jesús* y la *Baixa dos Sapateiros* están cerradas por los carros policiales. Los bastones cantan a voluntad, las órdenes son de golpear hasta que las criminales se decidan a hacer la vida, a abrir los burdeles. Está en plena ejecución el Retorno Alegre al Trabajo.

La invasión de la casa principal de doña Paulina de Souza, dirigida personalmente por Peixe Caçao agregó a los detalles de la batalla la novedad de las barricadas. No confiando en la resistencia de las cerraduras, las renegadas recostaron pesados muebles contra las puertas, haciendo todavía más difícil el cumplimiento del deber a los policías, llevando al irritado Nicolau al colmo de la rabia.

Finalmente, la puerta se abre, Peixe Caçao avanza por el corredor y ¿a quién ve a su frente? A esa perdida, liera y desbocada de Teresa Batista. En ese instante, Teresa *Pé nos Culhas,* en las pelotas del comisario Caçao con toda la fuerza de los tacones cuadrados de sus zapatos de última moda, regalo de su amigo Mirabeu Sampaio, para quien había posado como modelo de una Nossa Senhora da Aleitaçao.

—¡Ay!

El grito de muerte del pesquisa paralizó a las tropas invasoras, Teresa enfrentó a los policías, y salió puerta afuera con las otras mujeres. Peixe Caçao, agarrándose con las manos las pelotas, no piensa nada más que en la venganza de su enorme dolor. Unos minutos después, cuando consigue levantarse con la ayuda de dos agentes, mezcla los aullidos y las maldiciones.

Majestuosa, con el paso medido de un reina de carnaval y del puterío, doña Paulina de Souza desfila entre cuatro tiras, guardia de honor, hasta uno de los carros celulares donde la dejan en compañía de súbditas detenidas momentos antes. Las tranquiliza, no tengan miedo. *Ogum Peixe Marinho* dijo que todo terminará bien, quien no arriesga no gana.

Cercada por los soldados de la policía militar, Teresa escapa entre las patas de los caballos, corre, sube la escalinata de la iglesia del Rosário dos Negros, se esconde en una de sus puertas. Otras mujeres hacen lo mismo, lo caballos no pueden subir los escalones pero los tiras sí los suben para arrancarlas de ahí.

A espaldas de Teresa se entreabre la puerta y al meterse iglesia adentro, todavía puede ver, desapareciendo por detrás de un altar, a un imponente viejo de barba y bastón. ¿Un sacristán, un sacerdote? ¿Un santo? Hasta las putas tienen su patrono, San Onofre. ¿Habría sido uno de los *orixás* de la corte de Teresa? En la larga Noche de la Batalla del Burdel Cerrado, título que le dio el poeta Jehová de Carvalho en un largo y ardiente poema donde cantó los hechos y las provocaciones de aquella jornada, sucedieron muchas cosas sin explicación, incomprensibles para la mayoría pero no para los poetas.

De las pensiones del Pelourinho las mujeres salían a la desbandada, los agentes trataban de largarlas por las veredas, pero ellas se precipitaron a la iglesia. Vienen otras de

Maciel y del Taboao en busca de refugio. Poco a poco la nave está llena de muchachas, algunas de rodillas, rezan un padre nuestro.

54

Después de la *moqueca de siri mole* acompañada de cerveza helada, Anália y Kalil toman un ómnibus en dirección al *Largo da Sé*. Doña Paulina le había ordenado a sus chicas que regresaran temprano para evitar posibles conflictos con los disconformes clientes. A la altura de la plaza Castro Alves, Kalil golpeándose la frente le dice que tienen que bajar:

—Me olvidaba de nuevo.

—¿De qué?

—Del San Onofre de doña Paulina.

No satisfecho con favorecer los buenos negocios y facilitar las ganancias de sus devotos, San Onofre es el padrino oficial de las mujeres de la vida. En los burdeles y pensiones que se precian, los comedores tenían la imagen del santo cercado de flores y con velas votivas, muchas veces cerca del altar donde están sentados poderosos *orixás*.

Hace mucho tiempo que doña Paulina busca una imagen de cierto tamaño del santo protector para entronizarla en el altar donde ya se encuentran Nosso Senhor dos Navegantes e Nossa Senhora da Conceiçao. Al saber que el padre Kalil vendía antigüedades, le pidió la reserva de un San Onofre, grande, de segunda o tercera mano, en fin, que le saliese barato. En las tiendas del ramo no había encontrado ninguno en venta, ni nuevo ni viejo.

En general, el negocio del viejo Chamas vende los santos por verdaderas fortunas, a pesar de su mal estado de conservación, falta de cabeza, de brazo, de pierna, porque son piezas de colecciones, de museo. Aunque a veces, en medio de una tanda de imágenes descubierta en el interior del país, recibe algunas más o menos nuevas, que no corresponden a una casa de antigüedades. Entonces se deshace de ellas, las vende por cualquier cosa. Si aparece un San Onofre en esas condiciones, doña Paulina, puede contar con él y no le costará nada, regalo de alguien que abusa de su hospitalidad. Hacía dos días había aparecido, grande, casi nuevo, de yeso, pero Kalil se olvidó de llevárselo.

Deja a Anália en la esquina, va a buscar al santo, vuelve con él empaquetado en una hoja de diario y siguen a pie, subiendo por Ajuda.

55

Después se supo que algunas dueñas de pensión tanto en Maciel como en Pelourinho, amedrentadas por la violencia policial y calculando el perjuicio resultante de la falta de trabajo de las muchachas nada menos que en una noche con visita de marineros americanos llenos de dólares, pensaron romper el acuerdo y aconsejarle a su gente la reapertura de los burdeles.

Vavá tuvo inmediatamente conocimiento de esa amenaza de traición y desde el lugar en que se encontraba (un escondrijo hasta hoy desconocido por la policía y la casi totalidad de la población de la zona) envió un mensaje urgente a las flojas. ¡Ay de la que se atreviera a romper el compromiso y desobedecer las órdenes de *Exu!* No durará ni en la zona ni en Bahía, tendrá que mudarse inmediatamente, si es que antes no se muere de una horrible muerte. ¿Quién dictó la sentencia de muerte fue *Tiriri*, ay de la que se atreva! De ese modo queda explicada la unión mantenida hasta el fin, la unanimidad de los burdeles cerrados.

Unanimidad que sin embargo se rompió. ¿O no?

De pronto, en medio del desorden, apareció una flaca alta con la carterita en la mano, pelo rubio, tacos altísimos, vestida de organdí azul. Trotando por la calle, revoleando la cartera, una clásica prostituta en busca de cliente. Vibraron los tiras, contentos al poder garantizar el ejercicio de la profesión. Al fin aparecía una puta dispuesta a cooperar con el Retorno Alegre al Trabajo.

Pero al acercársele comprobaron, ¡oh! amarga decepción, que se trataba de Greta Garbo, camarero del burdel de Vavá, en crisis de conciencia desde la víspera. ¿También él debía plegarse al cierre de burdeles o no le correspondía? Larga vacilación y por fin ganó el deseo de aprovechar la oportunidad, la ciudad llena de marineros y vacía de mujeres, ¡ah! ¡qué oportunidad única!

Lo tomaron preso y lo metieron en un celular, las mujeres que estaban encerradas allí golpearon al marica, víctima de su desmedida ambición, de todos modos elogiable pues se disponía a satisfacer él solo a la marina de guerra norteamericana.

56

Obedientes a las instrucciones del comisario Labao Oliveira, socio mayor de la empresa montada para recibir a los marineros, hacia las ocho de la noche toda la zona es invadida por los capitanes de la arena, cada uno con su canasto repleto de preservativos y frascos de *Cacete Rijo, one dose five fucks.*

Exactamente en el momento en que, bajo el comando supremo del comisario, las fuerzas de la policía se preparaban a zurrar a las mujeres y a obligarlas a trabajar, los muchachitos entraban por las calles comerciando en inglés y armando una algazara infernal.

Desconocedores de la combinación, los soldados de la policía militar echan sus caballos contra la inesperada plaga de infractores de las reglamentaciones municipales, tratando de limpiar las calles de la presencia ilegal y cuantiosa que aumentaba la confusión reinante. En vez de marineros y muchachas, la caballería atropellándolos. La muchachada se desparrama, se refugia en las casas. Por las calles ruedan canastas, por el pavimento vuelan miles de preservativos. Los frascos de perfume se rompen, se derraman por los desagües los milagrosos líquidos del ilustre químico y farmacéutico Heron Madruga.

Las mujeres usan los frascos de *Cacete Rijo* como armas contra la policía. Con el revólver en la mano, el comisario Labao trata de impedir el fracaso de la empresa, el desmoronamiento completo de su organización. Se oye el silbato de los carros del Cuerpo de Bomberos.

57

Cuando llegan a la *Praça da Sé*, Anália y Kalil se dan cuenta de que sucede algo. En el *Terreiro de Jesus*, mucha gente andaba haciendo comentarios, unos pocos se atrevían a pasar al lado de los vehículos de la policía y penetrar en el área del conflicto. La muchacha y el joven pasan al lado de la facultad de Medicina, bajan el *Largo do Pelourinho*. Anália toma la imagen de las manos de Kalil:

—Hoy no podrás venir a la casa. El burdel está cerrado.

Dieron algunos pasos juntos, se encontraron en medio de la confusión, cercados por los tiras. Un agente avanza hacia Anália, Kalil se le pone delante, la muchacha corre, no sabe adónde ir, está como atontada. Desde lo alto, una voz masculina le susurra al oído:

—A la iglesia en seguida, hermosa hija de Piauitinga.

Llega con la brisa de la noche, una voz melodiosa, cantarina y al mismo tiempo dulce e imperativa. Corriendo, Anália se dirige a la iglesia pero los tiras ocupan la escalinata e impiden el paso de las mujeres. ¿Cómo cruzar? Cómo ni ella sabe, pero la subió.

Se sintió tomada en los brazos de un muchacho joven, un conocido de vista, pero ¿de dónde lo conocía y quién era? De pronto, estaban del otro lado, ella y la imagen de San Onofre, por la puerta semiabierta de la iglesia, las dos sanas y salvas. Desde allí espió y vio a Kalil llevado por dos policías hasta un celular. Quiere correr hasta su amante pero las otras mujeres se lo impiden, la arrastran dentro del templo, reciben a la imagen en triunfo. Llorando, Anália se refugia en los brazos de Teresa Batista.

—No llorés, chiquita, todo va bien. —La consuela Teresa—. A él no van a tenerlo preso mucho tiempo. Doña Paulina también está presa, hay mucha gente. Pero nadie abrió el burdel.

58

En la plaza Castro Alves, sentado en su automóvil, Edgard, viejo chofer de taxi, observa. El movimiento es exiguo a aquella hora, todo el mundo está en su casa, comiendo, charlando, oyendo la radio, preparándose para descansar o salir. Con el retiro de las mujeres de Barroquinha, el cierre de las pensiones en la víspera, la afluencia de clientes disminuyó en los alrededores. Todavía es muy temprano para que el cabaret Tabarís abra sus puertas y recomience la animación.

Edgard se encuentra solo en ese lugar de parada, los otros taxistas se fueron a comer y todavía no regresaron. En medio de la modorra, abre los ojos para no perderse un posible cliente, pero comprueba la total ausencia de cualquier interesado. Antes de volver a adormilarse, observa la plaza. En la parada de ómnibus, Jacira Fruta Pao vende *mingau de puba*, maíz y tapioca. Casi nadie, hora muerta.

Extiende la vista y abre la boca sorprendido. ¿Dónde está la estatua del poeta Castro Alves? No está en su alto pedestal declamando con la mano extendida hacia el inmenso mar, reclamando justicia para el pueblo. ¿A dónde y por qué se la llevaron? Quizá para limpiarla, pero siempre la limpiaron allí mismo, sin necesidad de sacarla. Algo sucedió. ¿Qué habrá sido? Mañana, con seguridad, el diario explicará el motivo.

Edgar vuelve a adormilarse. Pero antes, se da cuenta de que, sin la estatua del poeta, la plaza queda diferente, más chica, disminuida.

59

Informado sobre la gravedad de la situación, el señor Gobernador procede a retirarse del salón donde toman un whisky previo al banquete en homenaje al Almirante y a los altos oficiales norteamericanos para cambiar una palabra con el concejal Reginaldo Pavao. Un activo correligionario, sin duda, pero también un pillo sin control ni medida, el fogoso cazavotos mantenido a prudente distancia por el Jefe del Estado, político inteligente y astuto, que habiendo nacido en la pobreza en las barrancas de San Francisco, escaló su carrera con golpes de audacia y sabios manejos. Reginaldo es óptimo para que se lo utilice en ciertas circunstancias, pero siempre cuidadosamente; además de ser analfabeto y audaz. Pero el funcionario susurra horrores al oído del gobernante, entonces Su Excelencia debe pedir licencia para retirarse en su mejor inglés. En el salón próximo escucha el relato.

Patético, con la voz mojada en lágrimas, Reginaldo Pavao habla de la tragedia griega. ¿Por qué griega? ¿El concejal leyó a Aristófanes?, tuvo intención de preguntarle el Excelentísimo, pero el momento no era propicio para la diversión. Se satisface con ordenarle que espere mientras toma las providencias necesarias, espere aquí, estimado Pavao, y tendrá buenas noticias para transmitir a nuestras...

—¿Cómo dijo usted? ¿Esa expresión tan oportuna? ¡Ah! sí, nuestras hermanas prostibularias.

—Son prostitutas pero también electoras, Excelencia.

Desde su despacho, el gobernador se comunica con el Jefe de Policía:

—¿Qué historia es esa de trasladar a las mujeres? Huelga de rameras, ¿dónde se vio una cosa igual? Solo en Bahia puede suceder eso y en mi gobierno. ¿Y los marineros, mi estimado?, ¿qué hacemos con ellos?

Escucha explicaciones embrolladas, poco claras, el Jefe de Policía se pierde en vagos argumentos. Engañar a un hombre político con la experiencia y las mañas del gobernador no es fácil. ¿Se trata de un simple asunto de rutina? ¿Por qué entonces la policía se mantiene inflexible y violenta, dando lugar a una ola inquietante de desórdenes? Bruscamente corta la confusa charla del Jefe de Policía. Por el momento lo importante es terminar con el pánico y poner fin a los desórdenes entre las meretrices, evitar una decepción a los marineros (como dijo con cierta gracia inesperada el energúmeno Pavao) es esencial. Le transmite órdenes taxativas.

Mañana, con tiempo y calma, se aclarará todo el asunto, se verá en limpio, algo oscuro parece esconderse debajo de ese traslado de la zona. Quién sabe las rameras le proporcionarán un buen pretexto ansiosamente esperado, para sustituir al Jefe de Policía, obligándolo a presentar la renuncia. A Su Excelencia le gusta andar por estrechos y tortuosos caminos, si así no fuese, ¿cómo tolerar la actividad política, los hombres mediocres, la bobería de los entendidos? Le gusta agarrarlos con la mano en la masa.

Vuelve al salón donde el concejal calcula las ventajas que podrá sacar de la situación. Sonríe, Reginaldo es un pequeño ratón, sus pensamientos más recónditos se le reflejan en la cara. Emisario ideal para mandarle a las prostitutas el mensaje de paz, piensa el Gobernador.

—Estimado Pavao, ordené que se liberara a las mujeres presas y que se suspenda la orden de traslado. Vaya y comunique la buena noticia. Si quiere pasar por la División especializada hágalo y transmítales mis órdenes. —Pequeña maniobra para desprestigiar al Jefe de Policía—. Acompañe a las pobres mujeres hasta sus casas en Barroquinha y póngase esos votos en el bolsillo, son un regalo que le hago como amigo.

—¡Mis votantes son sus votantes, Excelencia! ¡Incondicionales!

60

Tratando de digerir la orden gubernamental, viendo las cosas negras de su lado, si no maniobra con inteligencia, lo renunciarán en la primera oportunidad, el Jefe de Policía toma el teléfono y le transmite a la División de Juegos y

Costumbres la decisión de liberar a las celestinas de Barroquinha y de permitirlas el regreso a sus casas, suspendiéndose el traslado.

Del otro lado del teléfono, el subordinado por cierto argumenta y da razones, pero el Jefe lo lamenta:

—No siempre se puede servir a los amigos como se desea. El asunto tomó mala cara, no caminó, caminó muy mal, lamentablemente. Suelte a las mujeres, deles garantías, mande a nuestros hombres que abandones la zona, deje la dotación normal.

Ya impaciente, interrumpe las quejas del jefe de la División.

—Son órdenes del Gobernador, no puedo hacer nada. En cuanto al viejo no se aflija, queda por nuestra cuenta, yo mismo hablo con él. No se olvide de darme noticias, tengo que mantener informado al gobernador.

El bachiller Helio Cotias deja el teléfono. El viejo queda por mi cuenta, ¿y Carmen por cuenta de quién? La esposa y el tío le van a convertir la vida en un infierno. Tiene ganas de largar todo, de mandar el cargo a la mierda, presentar la renuncia, irse a su casa, encerrarse y dormir, está exhausto.

Sin embargo, algo se salva del desastre, Bada, conquista que lo sitúa entre los galanes de la ciudad, los garañones de mujeres casadas y difíciles. Casada sí, ¿pero difícil? Un furor uterino, una conquista barata, ¿cuántos amantes no habrán pasado por sus brazos y no la habrán poseído antes que él? Un regimiento sin duda. El cargo, la familia, la amante, motivos de tanta envidia, en la apariencia de la gloria, en la realidad, melancolía y frustraciones. Las mujeres, unas revoltosas, la negra con la cara lastimada por los golpes, el labio partido, los hematomas por todo el cuerpo, los ojos asesinos del comisario. ¿Todo para qué? Para soltarlas al fin, para suspender el traslado.

Sobre la mesa la radio deja de transmitir noticias sobre la batalla de los burdeles cerrados para anunciar un gran incendio en la Ciudad Baja que devora los edificios de la Ladeira do Bacalhau. El jefe se tapa la boca con la mano, abandona su despacho, pasa corriendo ante el guardián asombrado. Apenas tiene tiempo de llegar al baño para vomitar una bilis amarga y verde.

Solemne, amable aunque con un aire superior como conviene a un enviado de Su Excelencia, el señor Gobernador, entra al despacho vacío del jefe de la División de Juegos y Costumbres el concejal Reginaldo Pavao.

61

El colosal incendio destruye los caserones de la Ladeira do Bacalhau, informa radio Abaeté. La noticia también pega fuego. Los viejos edificios designados por la policía como nueva residencia de las rameras retiradas de Barroquinha, son rápidamente devorados por las llamas. Los carros del Cuerpo de Bomberos se dirigen al lugar del siniestro y los seguimos con nuestros micrófonos. Aún no se conocen las causas del incendio, pero ayer había gran cantidad de muebles y otros objetos pertenecientes a las rameras que fueron trasladados en camiones de la policía, lo que consta, y allí abandonados. ¿Habrá algún vínculo que relacione el pavoroso incendio y la situación cada vez más grave en la zona de la prostitución, donde las fuerzas de la seguridad pública son impotentes para llevar a las mujeres al ejercicio de su trabajo? En este veintiuno de septiembre, fecha inaugural de la primavera, la ciudad vive horas de inquietud y sobresalto. Los barcos que conducen a los marineros americanos se preparan para largar dos lanchas hasta el desembarcadero. Toda prudencia es poca, recomendamos a nuestras familias que se mantengan dentro de sus casas, que cierren las puertas y ventanas a la menor señal de desorden. Deposite sus ahorros en el Banco Interestadual de Bahía y Sergipe y duerma tranquilo. Manténgase en la sintonía de radio Abaeté a la espera de nuevas y sensacionales noticias.

Las mujeres se desmayan, una vieja es conducida hasta la Asistencia Pública, el corazón se le detiene. Cerrando las puertas y ventanas con tristeza, solo porque se lo ordenó la cuñada, Veralice, la solterona afligida suspira, ¡ay, quien le diera una invasión de marineros con ganas, qué frenesí y despiporre! Estoy a sus órdenes, diría al joven yanqui, rubio y potente, ¡hágame la fiesta, aprovéchese, rompa y rasgue!

62

Mientras el jefe Helio Çotias vomita el alma, antes de ordenar la liberación de la vieja Acacia, de Assunta, y de las demás celestinas de Barroquinha, en el Pelourinho las puertas de la iglesia del Rosário dos Negros se abren de par en par y las mujeres salen por docenas, docenas de mujeres que se habían amparado en el interior del templo avanzan lentamente.

Aparecen periodistas, fotógrafos, locutores de radio buscando informaciones, explotan los primeros flashes. Las mujeres, poco a poco, ocupan el atrio, están en lo alto de la escalinata. Adelante, San Onofre.

Las prostitutas inician una manifestación de protesta. ¡La manifestación de los burdeles cerrados!, brama el locutor de radio Abaeté. Para no quedar detrás del otro, Pinto Scott, la voz de oro de radio Gremio de Bahía, lanza la noticia sensacional: Las prostitutas en manifestación marchan hacia el Palacio de Gobierno.

Colocado sobre unas andas descubiertas en la sacristía, la imagen de San Onofre viene sobre los hombros de cuatro muchachas, entre ellas la negra Domingas, todavía tumefacta, y María Petisco, siempre inquietas. Desde las cuatro esquinas de la vieja plaza ilustre acuden los tiras, los detectives, los agentes, enarbolando sus bastones, sus revólveres, su rabia y su odio. La tropa montada de la Policía Militar toma posición dispuesta a disolver bajo la pata de los caballos la manifestación, el desfile, la procesión, lo que sea.

En el comando general de las fuerzas del orden y de la ley, el comisario Labao Oliveira, ojos de serpiente, corazón envenenado, pisa sobre miles de preservativos, tritura bajo la suela de sus zapatos los pedazos de vidrios de centenares de frascos rotos, antes llenos del precioso elixir afrodisíaco *Cacete Rijo*. Pisotean, destrozan capital y ganancia, todo lo que había costado muchos cruzeiros, sacados de su bolsillo, que deberían rendir dólares, esas hijas de puta destrozan todo, planes perfectos y sueños de riqueza. Un poco atrás, sofocando sus gemidos, el detective Nicolau Ramada Junior, tocándose las pelotas, rendido. El detective Dalmo Coca había desaparecido envuelto en bosta, el comisario y Peixe Caçao nada sabían sobre el destino de la cocaína, su última esperanza para evitar el fracaso total, igual que el dólar, la cocaína no se desvaloriza.

En lo alto de la escalera, durante un segundo, todos se detuvieron. La voz salía de Vovó, si no fuera prostituta en Bahía sería beata en la iglesia Matriz de Cruz das Almas, se eleva, iniciando una letanía.

Ave, ave María
Ave, ave María

El coro de las muchachas responde y la imagen se pone en movimiento, se adelanta por los escalones, el cansado acento de Vovó prosigue su letanía:

Vestida de anjo
ela apareceu
trazendo nas asas
as cores do céu.[1]

Detrás de la imagen van las mujeres, en la primera fila Teresa Batista. Al verla, Peixe Caçao se olvida del dolor de sus pelotas y se precipita. Exactamente en el mismo instante, desde el bar Flor de San Miguel sale un grupo bullicioso y agitado de clientes, el promisorio astro de nuestro teatro, Tom Livio, el alemán Hansen que graba con la gubia y con sangre la vida de las mujeres de la zona, el poeta Telmo Serra, los eternos bohemios, aquellos que por la madrugada discuten el destino del mundo y salvan a la humanidad de las catástrofes y del aniquilamiento, los guardianes del sueño de los hombres. En las poderosas manos del grabador un cartel exhibe escuálidas hembras semidesnudas, todas rompiendo las cadenas que tienen en las muñecas y en el vientre un candado. Una inscripción en grandes letras: TODO EL PODER A LAS PUTAS. El comisario grita órdenes a los tiras y los soldados, manda que disuelvan, que prendan, que golpeen, que maten si es necesario.

La carga de la caballería se suelta, rompe la procesión, los agentes descargan sus bastones, los detectives apuntan con sus revólveres. La imagen de San Onofre queda en el suelo, de pie. A su lado, Vovó sigue con su letanía. Tiene por lo menos cien años de edad y mil de puta, basta verle las arrugas, la cara consumida, la boca sin dientes, pero todavía tiene ganas de pelear y de cantarle a los santos:

Ave, ave María
Ave, ave María

El comisario Labao Oliveira corre para hacerla callar, tropieza en un agujero de la calle, se cae, rueda, no se levanta. Pero caído y todo, tira, la vieja enmudece, el canto cesa, el silencio cubre la plaza entera. Junto a la imagen del santo, el pequeño cuerpo de Vovó murió rezando, murió peleando, murió contenta.

Los tiras acuden al comisario, lo ayudan a levantarse pero no consiguen ponerlo en pie, tiene rotas las dos piernas. El detective Alirio, espantado, se tira al suelo, se golpea la

1 Vestida de ángel
   ella apareció
   traía en las alas
   el cielo en color.

cabeza, él le había avisado, comisario, no sea loco, no toque
a *Exu*

Los carros marchan hacia el edificio de la Policía Central,
llenos de presos, de mujeres y bohemios, prácticamente la
zona entera encanada. En el comando de la limpieza final
Peixe Caçao. Está apurado, en la celda lo espera Teresa
Batista.

Una vez más van a intentar enseñarle el respeto y la
obediencia. Peixe Caçao se refriega las manos, en una noche
de tantos descalabros, por lo menos tiene una alegría.

63

Cuando los marineros americanos llegan al centro de la
zona, al Largo do Pelourinho, a la sombra de los caserones
coloniales, con la esperanza de encontrar bellas y alegres
mujeres, se encuentran solo con esa vieja, sin edad, inútil
aunque no estuviera muerta, extendida al lado de la imagen
de San Onofre, el patrón de las putas.

Todavía con la impresión de esa visión inesperada, reciben
órdenes estrictas de retorno obligatorio e inmediato a los
barcos, la ciudad está aterrorizada. La fiesta se ha postergado.

64

*Demasiado milagro, en opinión del amigo, que no cree en
esas cosas. Orixás que aparecen a cada instante, cosas de
encantamiento y de magia. Un viejo de barba y bastón que
aparece de pronto y le cierra los caminos a la policía, que
abre las puertas de la iglesia, un poeta muerto hace cien
años que salva muchachas, Ogum Peize Marinho alentando
Exu empujando al comisario, haciéndolo estrellarse contra
el suelo y quebrarse las piernas, San Onofre velando en la
desierta zona el cuerpo de Vovó, para un materialista esto
es demasiado, quiere el relato de la verdad pura y no cosas
de hechicería.*

*No se lo discuto, el número de intervenciones no es pro-
blema, no hay que olvidarse de que el caso sucedió en la
ciudad de Bahía, situada al oriente del mundo, tierra de con-
juros y ebós. Por aquí, mi estimado amigo, los imposibles
son pan de todos los días para el pueblo que es incapaz de
inventar mentiras a propósito de un asunto tan loco.*

Dígame, distinguido señor, por favor, ¿cómo sería posible que las putas sin una moneda, sin armas y sin conocimientos pudieran enfrentar a la policía y ganarles la batalla de los burdeles cerrados. si no contasen con la ayuda de los santos y los orixás, de los hechiceros y los poetas? Qué hubiera sido de ellas, dígame, usted que tiene tanta competencia y fantasía.

Yo no le di explicaciones, solo le conté cosas porque usted me lo pidió con insistencia y un chofer de taxi tiene la obligación de tratar bien a la clientela, de conversar y hacer comentarios para que el recorrido sea más ameno. El que quiera explicar todo, conocer cada detalle, meter la vida en los límites de las teorías, es solo un falso materialista, y perdóneme, es un sabio de media tinta, un historiador de corto vuelo, un tonto.

Para terminar agregue un despropósito más a los muchos que oyó, me sucedió a mí, Edgard Rogaciano Ferreira, conocido en toda la plaza de Bahía por un hombre serio y enemigo de patrañas. Ya le dije cómo aquella noche vi vacío el pedestal de la estatua del poeta Castro Alves, en esa plaza yo tengo mi parada. Pues bien, al despertarme, algo más tarde, pasaban los carros de la policía llevando a las mujeres a la cárcel y levantando los ojos hacia el monumento ¿qué es lo que veo? La estatua del poeta en su lugar de siempre, el brazo extendido hacia el mar y en la mano un cartel rasgado con figuras de mujeres y palabras sin sentido, "todo el poder a las putas", ¿qué era eso? Y ahora salga de ese lío, si puede, estimado amigo. Buenas noches le deseo que la pase bien y tenga cuidado de Exu.

65

El día siguiente fue de fiesta en la zona. A las doce las mujeres de Barroquinha dieron el aleluya y abrieron los burdeles. Las muchachas presas el día anterior comenzaron a salir a partir de la madrugada, también los bohemios salieron con ellas, solidarios en los bares y las cárceles.

Por la mañana, el viejo Hipólito Sardinha, jefe de la gran firma inmobiliaria, incorporadora del monumental conjunto turístico PARQUE BAHÍA DE TODOS LOS SANTOS, fue visto ante las ruinas de los edificios de la Ladeira do Bacalhau, devorados por el fuego. Venía acompañado por el abogado de la empresa, un maestro del derecho. El fuego evitó los gastos de la demolición pero había impedido la renta de los alquileres durante dos años a las prostitutas, buenas inquilinas que pagan caro y no se retrasan. Aun así, tal vez no habría que lamentar ningún perjuicio y sí en cambio alegrarse de la ganancia. El ilustre abogado y el patrón se pusieron de acuerdo en la caracterización indiscutible de la responsabiliad civil del Estado en el incendio, en virtud de su incuria en la preservación del orden público. Como los caserones formaban parte de la zona de la prostitución, a raíz de la rebelión y sedición de la tarde y la noche de los burdeles cerrados, fueron quemados, cabiéndole al Estado pagar los perjuicios a los propietarios, víctimas de la incapacidad de las autoridades responsables.

De tal modo, nada se perdió con el incendio de los edificios, además de un sujeto de poca valía como Cincinato Gato Preto, con el cuello abierto a navaja y carbonizado en la hoguera de cocaína. Un perjuicio sólo en lo que se refiere a la hierba desperdiciada.

Sólo quedó presa Teresa Batista. Auque hubieran decidido soltarla con las demás, habría sido imposible. Después de la visita de Peixe Caçao, no se encontraba en estado de salir a la calle. A pesar de estar fuera de estado, debido a su persistente dolor en los testículos, el paternal policía no se redujo a mandar a los apaleadores. Participó también, personalmente.

66

Desesperado, Almério das Neves recurrió a Dios y al diablo para liberar a Teresa, anduvo de la ceca a la meca en los días que siguieron a la agitada noche de la batalla. Ya los barcos de guerra americanos habían abandonado el puerto de Bahía. donde permanecieron tres días y tres noches, llevándose las últimas esperanzas de la solterona Veralice de ser violada por un yanqui rubio de indomable pija; ya la viejísima Vovó había sido olvidada en la fosa común del cementerio de las Quintas, ya habían desaparecido de los diarios todas las polémicas notas sobre el tema de los burdeles cerrados, y todavía seguía Teresa en la celda.

Ni siquiera el pintor Jenner Augusto, con prestigio en algunos círculos palaciegos, consiguió liberarla. Puesto al tanto del asunto se movió y mucho. No solamente él, también los otros artistas que la habían tenido de modelo y de amiga. Promesas y más promesas, hoy mismo la soltaremos, vaya tranquilo, pura charla. Rehén personal del detective Nicolau Ramada Junior, presa a su orden y disposición, debía seguir en la celda hasta la vuelta del héroe de Barroquinha a la plena actividad funcional y sexual, completamente repuesto de la hinchazón de sus pelotas.

No se había sentido satisfecho con la paliza de la noche de la pelea. Aunque había sido una zurra de padre y señor mío, con cuatro hombres pegando y Peixe Caçao participando de a ratos, le dolían demasiado los huevos para tener una performance a su altura. No sólo quería volver a golpearla, ahora con las fuerzas restauradas, sino sobre todo, disponer de ella a su voluntad, sin posibilidad de defensa, para hacerla tragarse los insultos que le gritó en el Flor de Loto, montándosela, haciéndosela chupar, obligándola a lamerle las pelotas.

El pintor acabó por enojarse con tantos tapujos y postergaciones, así que le entregó la solución a un abogado amigo, el doctor Antonio Calmon Teixeira, para los aficionados a la pesca submarina, el recordman Chiquinho. Caso de *hábeas corpus*, opinó el abogado pero cuando iba a dirigirse a la justicia, Teresa salió de la prisión y varias autoridades se proclamaron autoras del hecho y quisieron recibir las palmas de la victoria y el reconocimiento de los amigos de la muchacha, todos se declararon responsables por la orden de libertad.

Pero en realidad, la liberación de Teresa se debió a Vavá. También él se había puesto en campaña, haciéndolo como era debido, entrando en contacto con la policía de Juegos y Costumbres. Tiró un poco de dinero pero quien se tragó la mayor parte fue el comisario Labao, negociando desde su lecho de dolor. con las piernas enyesadas, sesenta días en esa posición, dispuesto a disminuir de cualquier forma el perjuicio resultante del fracaso de la maldita empresa turística. Pidió mucho para olvidar los agravios de Vavá y ordenar la libertad de la revoltosa, en sus cálculos, el preso tuvo en cuenta el hecho de que la tipa estaba presa en calidad de botín de guerra de un colega y amigo. Vavá pagó sin chistar.

Pagó sin chistar por amor y sin esperanza pues *Exu* le había vuelto a repetir, después de retornar a su altar en medio de una fiesta obligatoria, que Teresa no era bocado para su boca. Además de eso, había buscado informaciones sobre ella y se había enterado de la existencia de Almério das Neves y del maestro Januario Gereba, este último en el mar. Ni siquiera así la abandonó, ni la dejó pudrirse en la cárcel, aguardando la segunda parte de la lección de buen comportamiento. Los intermediarios fueron y vinieron, finalmente Teresa salió a la luz del día.

Amadeu Mestre Jegue la recibió a la puerta de la Central y la llevó hasta los aposentos de Vavá, donde Taviana, otra de las que movió conocidos y amistades, la esperaba con el corazón a los saltos. Teresa había perdido sus colores y adelgazado mucho. En la piernas y en los pechos le quedaban marcas del castigo. Por lo demás estaba contenta, agradecida, satisfecha con el lío, era Teresa *do Balaio Fechado*.

Vavá no se aprovechó, ni siquiera hizo una insinuación, no era bocado para su boca. Otra aparecerá, día más día menos, para rendirlo de nuevo apasionado. No tan hermosa por cierto, ni tan derecha.

67

Taviana le mandó un recado a Almério, no quería adelantar la noticia por miedo a que el acuerdo entre el comisario y Vavá no fuera otro tapujo. El panadero apareció por la residencia a la disparada, los ojos húmedos al ver a Teresa, se quedó mudo, sin poder pronunciar una palabra. Ella se le acercó y lo besó en ambas mejillas. —Necesita restablecerse, está hecha un esqueleto, los perros le comieron las carnes, —Dijo Taviana agregando: —Lo mejor es que Teresa salga por un tiempo de la circulación, la porquería de Peixe Caçao se va a poner furioso cuando sepa que está de nuevo en la calle, es capaz de inventarse alguna historia. Ese tipo no es gente.— Escupió con desprecio y con la suela del zapato refregó la sucia saliva.

Teresa no veía necesidad de esconderse, quería volver a las pistas del Flor de Loto ese mismo día, a las lides en la residencia apenas mejorase un poco la fachada y engordase y le volviera el color cobre. Pero Almério y Taviana no lo admitieron, ni pensar en eso. ¿Quería ir a parar de nuevo a la carcel, inquietar a los amigos, crear toda clase de problemas, dejar a todo el mundo mal? Había que sacárselo de la cabeza.

—Ya sé dónde debo llevarla —informó Almério.

La llevó al candomblé de San Gonzalo do Retiro, al *Axé do Opo Afonjá*, dejándola al cuidado de la *Senhora*, la *mae-de-santo*.

68

Estaba Teresa Batista medio adormecida en la casa de
Oxum, donde la *iyalorixá* la había hospedado, cuando tuvo
un sueño referido a Januario Gereba y se despertó angus-
tiada. En el sueño lo vio en medio del mar, sobre una balsa,
entre olas colosales, cercado de espuma y peces enormes.
Janu le extendía los brazos y Teresa iba hacia él caminando
sobre las aguas como si fuese tierra firme. Estaba alcan-
zándolo cuando surgió del mar una aparición divina, mitad
mujer mitad pez, una sirena. La cabellera larga y verde,
le llegaba hasta las primeras escamas, verde como el color
del fondo del mar, rodeó a Janu y lo arrastró con ella. Solo
a último momento, cuando la sirena y el marinero iban a
desaparecer en las aguas, Teresa pudo verle la cara y no
era *Yemanjá* como le pareció sino la muerte, el rostro era
una calavera, las manos dos garfios secos.

La aflicción de Teresa por más que disimulaba, no pasó
inadvertida para la *mae-de-santo:*

—¿Qué te pasa, hija mía?

—Nada, madre.

—No le mientas a Xangó, no le mientas jamás.

Teresa le contó su sueño y *mae Senhora* escuchó atentamente. Pero así, de repente no supo interpretar el sueño.

—Habría que hacer el juego. ¿Ya te le tiraron alguna vez
para conocer tu destino?

—Que yo lo pidiera, no.

Conversaron en la casa de *Xangó* y por el campo se extendía la calma, ya se habían celebrado las ceremonias ma-
tutinas en honor de la aurora. *Mae Senhora* fue hasta el
altar y se postró ante *Xangó* para pedirle las luces nece-
serias para su entendimiento. Sacó una nuez de un plato y
lo llevó a la habitación de las consultas. Sentada detrás de
la mesa de mimbre trenzado, con un pequeño cuchillo cortó
la nuez en cuatro partes, encerró los pedazos en su mano
y con ella se tocó la frente y, pronunciando palabras mági-
cas en nagó, inició los pases.

A cada pase los pedazos de nuez rodaban sobre el mantel
bordado, de admiración en admiración observaba la muchacha. Aunque recordaba las palabras escépticas del doctor
acerca de la materia y de la vida, tan bien aprendidas en
Estancia, todavía sentía un temor en el corazón, un antiguo
miedo, venido de antes de nacer, heredado de su ancestros.
No decía nada pero esperaba, con los nervios tensos, la sentencia final.

Tres o cuatro *filhas-de-santo,* de rodillas, asistían y al lado de la *iyalorixá* se sentaba una visita importante, Nezinho, *pai-de-santo* en Muritiba, de reconocido saber. También él repetidas veces levantó sus ojos hasta la muchacha, interrogativo. Por fin se iluminó el rostro de *mae Senhora.* Dejó las cuatro partes de la nuez sobre la mesa, levantó las manos con las palmas hacia arriba y exclamó:

—¡Alafiá!

—¡Alafiá!— repitió Nezinho.

—¡Alafiá! ¡Alafiá!— fue el eco de las *filhas-de-santo* la palabra de alegría y de paz se extendió por el lugar.

Todos aplaudieron demostrando su satisfacción. La *iyalorixá* y el *pai-de-santo* se miraron sonrientes y al mismo tiempo hicieron una señal afirmativa con las cabezas. Solo entonces, *mae Senhora* se dirigió a Teresa:

—Quedate tranquila, hija mía, todo está bien, no hay peligro a la vista, Tenés que tener confianza, los *orixás* son poderosos y te acompañan. Nunca ví a tantos en mi vida.

—Ni yo —la apoyó Nezinho: Nunca me topé con una criatura mejor defendida.

Una vez más, *mae Senhora* tomó los pedazos de nuez sagrada y como buscando una confirmación, después de tocarse la frente con el puño cerrado, las tiró sobre la mesa. Se sonrieron al mismo tiempo, ella y Nezinho. Haciendo una reverencia, la *mae-de-santo* de San Gonzalo do Retiro le entregó las cuatro partes de la nuez al padre del Candomblé de Muritiba. Nezinho se dirigió a *Xangó:*

—¡*Kauo Kabiecie!* Después hizo un pase y el resultado fue el mismo. Mirando a Teresa, Nezinho le preguntó:

—¿Nunca encontró en su camino, en momentos de peligro, a un viejo de bastón?

—Sí. Pero nunca el mismo, eso sí, parecidos.

—*Oxalá* te cuida.

Mae Senhora volvió a decirle que ningún peligro la amenazaba:

—Hasta en los peores momentos, cuando pienses que todo se terminó, debés tener confianza, no desanimarte, no rendirte.

—¿Y él?

—No tengas temor ni por vos ni por él. *Yansá* es poderosa y Januario es su *ogan.* No tengas temor, podés irte en paz. *Axé.*

—¡*Axé!* ¡*Axé!*— repitieron todos en la casa de *Xangó.*

69

Pasados algunos días, después de agradecerle la hospitalidad, Teresa se despidió de *mae Senhora,* dejó el refugio del candomblé y regresó a su pieza en la casa de doña Fina, en el Desterro.

En ausencia de la sambista y sin saber cuándo podría contar con ella, Alinor Pinherio, el propietario del Flor de Loto, había contratado nuevas atracciones, una contorsionista y la cantante Patativa de Macau, venida de Río do Norte y no del Extremo Oriente como decían algunos clientes imaginativos. Teresa se encontró sin trabajo pero enseguida le hablaron de la posibilidad de trabajar en el Tabarís, el cabaret más elegante y bien frecuentado de Bahía, siempre lleno, animadísimo, corazón de la vida nocturna de la ciudad. Oferta imprevista y honrosa, en ningún momento se le había pasado por la cabeza la posibilidad de presentarse en el tablado del Tabarís, cuyos artistas siempre venían de sur y algunos hasta eran extranjeros. No sabía que estaba en las manos de Vavá que era el capitalista más importante de la sociedad que explotaba el dancing. Mientras tanto debía esperar que terminase la actuación de la argentina Rachel Pucio, a quien reemplazaría. ¡Si no fuera por eso! Esperaría el tiempo que fuera, trabajar en el Tabarís era la consagración y la gloria.

Podía esperar, no le faltaba dinero. Por Análía, doña Paulina le había hecho un préstamo que debía devolver cuando pudiera y en cuanto a Taviana, le había propuesto adelantarle lo necesario para sus gastos. No llegó a pisar el escenario del Tabarís.

Una tarde, el sobrino de Camafeu de Oxossi vino a buscarla con un mensaje urgente, el maestro Caetano Gunzá deseaba hablarle inmediatamente pues la barcaza levantaría amarras esa noche hacia Camamu. Teresa sintió que el corazón se le salía del pecho, de inmediato tuvo la certeza de que se trataba de una mala noticia. Se tiró el chal por encima y bajó el Elevador Lacerda en compañía del muchachito.

A la entrada del Mercado, Camafeu le afirmó que no sabía cuál era la razón del mensaje del marinero, solo había recibido y transmitido el pedido, pero la Ventania estaba cerca anclada al lado del fuerte. Teresa advirtió inseguridad en la voz del amigo al que trataba de compadre desde una fiesta de San Juan adonde había ido con Almério y donde había encendido las fogatas con Camafeu y Toninha, su mujer, estableciéndose entonces el tratamiento de compadres. Camafeu mantenía los ojos apartados, perdidos en el mar, medía sus palabras, de repente malhumorado, él que era el hombre más jovial del mundo. Amargada, Teresa embarcó en la canoa para llegar a la barcaza.

Antes de que el maestro Gunzá pronunciara una sola palabra Teresa al verle el rostro sombrío le dijo:

—¡Murió!

El maestro se lo confirmó, el carguero Balboa había naufragado en las costas del Perú, debido a un gran temporal, casi un principio de maremoto. Murieron todos los tripulantes, no hubo sobrevivientes y quienes contaron la historia fueron los marineros de los barcos que habían ido a socorrerlos pero no pudieron acercarse debido a la terrible tempestad. Sin embargo, desde la lejanía vieron como los tragaba el mar.

Le extiende un diario, Teresa lo mira pero no consigue leerlo. El maestro Gunzá le da la noticia casi de memoria, se la había aprendido de corrido en esas horas tremendas. Noche trágica en el Pacífico, además del Balboa se había hundido un petrolero. Los que viven en el mar están sujetos a tempestades y naufragios, ¿qué otra cosa puede decirse? Para la muerte no hay consuelo. El diario publicaba una nota sobre los tripulantes que habían enganchado en Bahía. Teresa distingue el nombre de Januario Gereba. Tiene los ojos secos, como apagados carbones, la garganta cerrada.

Sobre los hombros de Teresa pesan los muertos, una carga enorme. Hasta entoces los había llevado sin demostrar depresión, sin caer en desesperaciones. Había aguantado el peso en sus espaldas por tres veces. Pero Janu pesaba demasiado, con ese difunto ya no puede Teresa. Januario Gereba, marinero, Janu de mi amor, me muero con tu muerte, yo también me acabo.

70

¿Para qué ir hasta la Compañía de Navegación a escuchar de boca del señor Gonzalo la confirmación de la noticia, las condolencias formales, la mirada midiéndole el luto y la hermosura? ¿No había sido él mismo quien dio la lista de nombres a la imprenta? Para clavar más hondo en el corazón la lámina del puñal, para perder la última esperanza.

Allí, en la fría antesala de la empresa marítima, Tereșa oye de boca del español, la lectura del telegrama anunciando la muerte de todos los tripulantes del Balboa, inclusive de los bahianos. ¿Para qué había ido? Para clavarse el puñal más hondo si eso fuera posible. Teresa se murió.

La cabeza cubierta por el chal floreado, último regalo del doctor usado en horas de alegría y de pelea, ahora velo de viuda, trapo de mortaja, los ojos en una negritud opaca, vacíos, la boca exangüe, se marcha caminando al azar. Llega a la Ciudad Alta y apenas pisa la *Praça da Sé* se topa con Peixe Caçao. Al verla, el tira levanta la voz:

—¡Puta de mierda! ¡Perra sucia!

Quería verla reaccionar de nuevo para llevársela presa y terminar con su venganza. Pero Teresa solo lo mira y prosigue su camino. Le bastó, el tira se queda paralizado, era la mirada de una muerta, de un cadáver viviente.

71

María Clara y el maestro Manuel la llevaron en el *saveiro* por el Recóncavo en largo y lento viaje. Teresa se despedía de la ciudad, del puerto, del mar, del golfo, del río Paraguaçu. Había decidido irse de Bahía, regresar al sertón donde había nacido y se había criado. En Cajazeiras do Norte, Gabi le había dicho, volvé cuando quieras, ésta es tu casa.

Pero antes tuvo ganas de recorrer los caminos de Janu, en el *saveiro* Flecha de San Jorge que un día se había llamado Flor das Águas y había pertenecido al maestro Januario Gereba con esposas en las manos y grilletes en los pies. Conocer los viejos muelles que él había descripto en Aracaju, en el Ponte do Imperador. La cascada, San Felix, Maragogipe, Santo Amaro da Purificaçao. San Francisco do Conde, las islas perdidas, los canales, una geografía de tristezas. ¿Para qué quiere recuperar memorias, aprender paisajes, escuchar el viento si él no está y no va a llegar?

El maestro Manuel al timón, a su lado, en la popa del *saveiro*, María Clara canta *modinhas* de *Janaina*, músicas del mar y de la muerte, *Inae* [1] viajando según el soplo de la tempestad. *Yemanjá* cubriendo con su cabellera el cuerpo del náufrago, verde cabellera del color de las profundidades.

---

1 *Inae:* otro de los nombres de Yemanjá; también Janaína.

A la noche, ya la luna se moría y nacia la aurora, el *saveiro* estaba quieto en las márgenes del Paraguaçu, con las velas arriadas, el maestro Manuel se hace el amor con María Clara pensando que Teresa tiene los ojos cerrados, está dormida.

Las quejas de amor llegan a Teresa insomne, apoyada sobre la borda, los ojos secos de ausencia, un puñal en el pecho, el corazón muerto, la mano tocando las aguas del mar y del río mezcladas, el mar y el río de Janu de su amor.

72

Cuando el *saveiro* echó anclas en la Rampa do Mercado, Teresa estaba dispuesta a dejar el puerto de Bahía e ir a morir al sertón. En el muelle la esperaba el bueno de Almério. Pobre amigo, va a sufrir con la noticia pero imposible sería seguir allí rehaciendo los caminos de Janu, mirando el mar donde él vivió, tocando la madera del velero en cuyo timón puso las manos.

Con la expresión afligida y la voz embargada de emoción, Almério le dice:

—Teresa, Zeques está enfermo, muy enfermo. Es meningitis. El médico dice que a lo mejor no se salva.— Un sollozo se le escapa de la garganta.

—¿Meningitis?

Se pasó diez días a la cabeza del niño, prácticamente sin comer ni dormir. Diplomada de enfermera en la peste de viruela, tantas veces había luchado con la muerte y tantas veces la había vencido, Teresa *da Bexiga Negra*. Ahora muerta también ella, lucha por el huérfano.

El doctor Sabino, un joven pediatra, pasados algunos días, empieza a sonreír. Al recibir el agradecimiento de Almério, señala a Teresa que está parada al lado de la cama del niño:

—A doña Teresa le debe la vida, no a mí.

Viéndolos siempre juntos, cuidando al chiquito, el doctor Sabino, con la imprudencia de su juventud, se entromete donde no lo llamaron:

—Si los dos son libres, ¿por qué no se casan? Lo que el niño más necesita es una madre.

Lo dijo y se fue, dejándolos uno frente al otro. Almério la mira, abre la boca lleno de miedo, arriesga unas palabras:

—Podría ser... Por mí, es lo que más deseo...

Cargada de muertos, muerta, Teresa Batista se entrega.

—Déme tiempo para pensarlo.

—¿Pensar qué?

Compañera para estar en la casa y cuidar al niño puede ser. Pero en la cama, ahí sólo sería una competente profesional y siendo amiga de Almério, debiéndose gratitud, teniéndole estimación, el ejercicio de la función se volverá penoso y difícil. Más cruel que en un lupanar de puertas abiertas en los caminos del sertón, más cruel que en la pensión de Gabi, en la Cuia Dágua, en Cajazeiras. ¿Tendrá fuerzas para representar? En una cama de puta no es difícil, pero en una cama matrimonial, será una dura prueba, una ingrata obligación.

Almério ni siquiera le pide amor, cree que podrá ganárselo con el transcurrir del tiempo. Sólo quiere compañía para él y para el niño, una cama igual a la de la residencia, con interés y amistad. Alegría no tiene, así que no puede dársela, tampoco le quedan fuerzas para pelear, Teresa Batista Cansada de Guerra.

—Si me acepta así...

Almério corre hacia la panadería y anuncia la novedad.

73

¿Un helado de pitanga o de mangaba, un refresco de caju o de maracaja, jenipapada? El dulce en almíbar puede ser de jaca o de mango, de banana en rodajas, de guayaba. ¿Prefiere aluá de abacaxi o de gengibre? ¿Un acarajé, un abará? Son preparados por Agripina, nadie los hace mejor. Acepte algo, tengo mucho placer en ofrecérselos. La charla, para ser completa y agradable, tiene que estar acompañada de comida y bebida ¿no le parece?

Sí señor, ya lo conozco, lo tengo visto por aquí, por esta casa pasa gente de todas partes, señor. Pobres y ricos, viejos con experiencia y jóvenes fogosos, un pintor de cuadros y otro de paredes, el abad del convento y la mae-de-santo, el sabio modesto y el tonto vanidoso, todos vienen a darme la mano, con todos converso, en cualquier idioma, no me atoro, Dios creó los idiomas para que la gente se entienda y no para entorpecer el conocimiento y la amistad entre las personas. Recibo a todos con cordialidad, pues soy de fina educación bahiana y voy contando todo cuanto sé, todo lo que aprendí en estos ochenta y ocho años ya cumplidos y bien vividos.

¿A quién se parece Teresa Batista, tan castigada por la
vida, tan cansada de recibir golpes y de sufrir, y sin em-
bargo, de pie, con todo el peso de la muerte sobre la espalda,
porfiando en arrancarle a la maldita un niño? Pues yo le
diré a quién se parece.

Sentada en este patio, viendo desde lejos las aguas del río
Vermelho, mirando los árboles, algunos centenarios, la ma-
yoría plantados por mí y por mi familia, con estas manos
que empuñaron la carabina en los matorrales de Ferradas,
en las luchas del cacao, recordando a Joao, mi finado, un
hombre alegre y bueno, rodeada por mis tres hijos, mis te-
soros, y por mis tres nueras, mis hijas y rivales, por los
nietos, nietas y bisnietos, por mis parientes y amigos, yo,
Eulalia Leal Amado, Lalu para los que me quieren, le digo
señor mío, que Teresa Batista se parece al pueblo y a nada
más. Se parece al pueblo brasileño, tan sufrido y nunca
derrotado. Cuando creen que murió se levanta del cajón
y anda.

Acépteme un refresco de umbu, o de cajá. Si prefiere
whisky, también se lo puedo servir pero no le alabo el gusto.

74

La fiesta del casamiento de Teresa Batista fue tema de
conversación y elogios durante largo tiempo en la ciudad de
Bahía. Rodolfo Coelho Cavalcanti celebró la alegría y la
grandeza del hecho en un cuadernillo que publicó, una fiesta
que dio que hablar, inolvidable.

Por la abundancia de comida, había cuatro mesas repletas de todo. En una, sólo comidas con aceite y coco, desde
vatapá [1] hasta *ejó* [2] de hojas, las moquecas y los *xinxims* [3],
el acarajé y el caruru, el quitandé tan exótico. En las otras,
todo género de comidas: gallinas, pavos, patos, veinte kilos
de *sarapatel* [4], dos lechones, un cabrito, las mesas repletas
y todavía más comida esperando en la cocina. ¿Y en cuanto a los postres? Mejor no hablar, sólo en variedades de
coco había cinco. En bebidas, botellas y barriles, cerveza,
cócteles varios, botellones de vino Capelinda, whisky, vermouth, coñac, cachaça de Santo Amaro y refresco. Bebi-

---

1 *Vatapá:* gachas de harina de mandioca adobadas con aceite de dendé
y pimienta y mezclado con pescado.
2 *Ejó:* guiso de camarones y hierbas.
3 *Xinxim:* guiso de gallina y camarones secos.
4 *Sarapatel:* plato preparado con vísceras de cerdo o carnero.

das en el hielo y en los estantes, todo repleto. El doctc Nelson Taboada, presidente de la Federación de las Industrias, le regaló al novio, un asociado bien querido, una docenas de botellas de champaña para el brindis. Los hornos de la Panificadora Nosso Senhor do Bonfim trabajaban sin cesar pero no para servir a la población de Brotas, ese día estaban a disposición de la fiesta solamente. ¿Acaso el feliz contrayente, Almério das Neves, no es el dueño del próspero establecimiento a punto de convertirse en un emporio? Un favorecido de la suerte, un bienaventurado, tenía derecho a celebrar con gran pompa su segundo casamiento.

Bahía entera recibió invitación para ir a la fiesta y si alguien no la había recibido, vino igual, no faltó ninguno. Se realizó en la casa de Almério, al lado de la panadería, por eso hasta cerca de los hornos bailaban los invitados ya adentrada la noche. La *jazz-band* "Os Reis do Som", del cabaret Flor de Loto, reciben felicitaciones por la animación pero el mejor momento fue después de la media noche cuando el "Trio Eléctrico" se puso a tocar en la calle y la fiesta se convirtió en carnaval.

Unánimemente compareció la corporación de los panaderos, los monopolistas españoles y los nacionales. Estaban los compañero de Almério en la cofradía de la iglesia de Bonfim y los del candomblé de San Gonzalo do Retiro. Sentada en un sillón de alto respaldo estaba *mae Senhora*, rodeada por su corte de *obás*. Representando a otros *candomblés*, la *mae-pequenha Creusa*, la *mae Menininha* do Gantois, Olga de Alaketu, Eduardo de Ijexá, el maestro Didi y Nezinho de Muritiba. Los artistas para quienes había posado Teresa, Mario Cravo, Carybé, Genaro, Mirabeau y los que todavía esperaban igual ocasión, que ya no se daría nunca más. Entre ellos, Emanuel, Fernando Coelho, Willys y Floriano Teixeira que por su nombre y por ser marañense y charlatán le recordaba a Teresa al amigo Flori Pachola, el del París Alegre, en Aracaju. Junto con los pintores, los escritores consumiendo whisky, eligiendo marcas, esos perdularios, esos snobs de Joao Ubaldo, Wilson Lins, James Amado, Ildásio Tavares, Jehová de Carvalho, Cid Seixas, Guido Guerra y el poeta Telmo Serra. El alemán Hansen y los arquitectos Gilbert Chaves y Mario Mendonça escuchaban atentos, el maestro Calá cuenta por milésima vez la historia verídica de la ballena que desembocó en el río Paraguaçu y se tragó un cañaveral entero. Si alguien tiene ocasión de encontrarse con el grabador de los líricos caccríos y las bravías cabras, aproveche para oír la historia, quien no la oyó no sabe lo que se pierde.

. Así, por la lista de nombres parece que hubo exceso de hombres y escasez de mujeres. No hay que engañarse, pues cada uno estaba con su esposa, algunos con varias. En nombre de Lalu, doña Zélia le llevó un perfume a la novia y en su propio nombre un anillo de fantasía; doña Luiza, doña Nair y doña Norma llevaron flores. ¿Y las mujeres de la vida, ¿ésas no cuentan? Serias, casi solemnes, vestidas con gran discreción, las celestinas. Las señoras de garitos de alto copete: Taviana, la vieja Acacia, Assunta, doña Paulina de Souza, del brazo con Ariosto Alvo Lirio. Modestas, retraídas, unas tímidas muchachas, algunas con sus enamorados al lado. Una princesa, la negra Domingas, favorita de *Ogum*.

En un rincón de la sala, casi escondido por la cortina de la ventana y por el maestro Amadeu Mestre Jegue, Vavá en su silla de ruedas. Teresa lo había elegido como padrino juntamente con Paulina, Toninha y Camafeu de Oxossi. Esos ante el juez. Ante el cura, fueron el pintor Jenner Augusto y su esposa, una aristócrata sergipana de auténticos pergaminos, y fíjense ustedes, nada prejuiciosa. Los testigos de Almério son el banquero Celestino, que le provee créditos y consejos, 'el abogado Tiburcio Barreiros y el doctor Joge Calmon, director de *A Tarde*, toda gente de alcurnia. En la ceremonia religiosa, el novio conservó los mismos padrinos de su anterior casamiento, Miguel Santana, *obá* del Axé do Opo Afonjá, bueno para bailar y cantar, patriarca antes rico que ayudó a Almério en sus comienzos como comerciante, y Taviana, la dueña de la residencia donde por dos veces encontró novia. Habiendo sido tan feliz en su casamiento con Natalia, ¿por qué cambiar de padrinos? Zeques, en plena convalecencia, les pondrá los anillos.

Para celebrar la ceremonia religiosa fue elegido don Timoteo, un benedictino flaco, asceta y poeta. Para el acto civil, estuvo Santos Cruz, por aquel tiempo todavía juez en lo civil.

Estando con la guitarra a mano, seguramente Dorival Caymmi le cantará algo a la novia, ¿o no le compuso acaso una modinha? Con él trae a dos muchachitos, los dos con pinta de músicos, uno llamado Caetano y el otro Gil. En cuanto al brindis por los contrayentes, ¿quién podría hacerlo mejor que Reginaldo Pavao, para esas circunstancias de bautismos y matrimonios, no hay orador más indicado que el sin igual concejal.

Sólo faltaron el maestro Manuel y María Clara, pues el saveiro Flecha de San Jorge estaba de viaje, en Cachoeira. Tampoco apareció el maestro Caetano Gunzá, si bien la barcaza Ventania estaba recibiendo carga, fondeada en Água dos Meninos. Es que el maestro Gunzá no era hombre de fiestas, le bastaba la fiesta del mar y las estrellas.

Imposible encontrar un novio más alegre. Con ropa nueva, traje blanco de género inglés, lujos de rico, de hijo predilecto de Oxalá. Poco antes de las cuatro de la tarde, la hora señalada para el casamiento, un mensajero aparece trayendo un recado para Teresa, la novia le pide a Almério que la lleve urgentemente a casa de doña Fina donde se preparará para la boda.

75

En casa de doña Fina, María Petisco y Anália ayudan a Teresa Batista a vestirse y arreglarse. ¿Dónde se vio una novia más melancólica? ¿Se prepara para la fiesta de casamiento o para el velorio de su propia muerte?

Anália se enoja con la amiga, le dice que no sabe valorar su suerte. ¡Ay, quién me diera a mí un casamiento igual! Estoy harta de esta vida de ramera, de cama en cama, de mano en mano, vendiendo el cuerpo, gastando amor en caprichos de corta duración. ¿No vio a Kalil? Tan buen muchacho, pero la largó para casarse con una prima, el sirvergüenza. Anália no le echa la culpa, para casarse también ella rompería cualquier capricho. ¡Ah! quién me diera tener un hogar y un hijo, un marido sólo para mí y yo sólo para él. Ay, Teresa, si estuviese en tu lugar, me reiría por todos los costados, con todos los dientes, por todos los rincones, a tontas y a locas. María Petisco le da la razón en parte. Para ella, ser fiel a un hombre no es fácil, sobre todo con los seres mágicos que se le meten en la cama sin preguntar cuál es el dueño del colchón, de la almohada y de la ensoñada criatura.

Vestida y peinada la novia, María Petisco le coloca al cuello un collar de Yansá, deslumbrante y encantado, un símbolo de la victoria en la guerra contra los muertos, regalo de Valdeloir Rego, joyero de los orixás, consagrado por *mae Senhora* en un altar. Anália la lleva hasta el espejo para que se mire, está hermosa pero triste.

Mientras las amigas también se arreglan, Teresa se mira al espejo. Vibrantes cuentas de triunfo, rojo collar de sangre, puesto en un cuerpo no merecedor, pues fue derrotada y se acabó. Está vieja, cansada de guerra, muerta por dentro. Recuerda hechos y personas, cosas lejanas, gente desaparecida. El doctor, el capitán, Lulu Santos, el hijo que le arrancaron del vientre, asesinado antes de nacer. Los meses de cárcel, los años de burdel, la vida en Estancia, los lugares por donde anduvo, lo bueno y lo malo, la correa de cuero y la rosa. ¿Cuántos años había cumplido hace pocos meses en la cárcel, presa y zurrada por la policía de Bahía? ¿Veintiséis? No puede ser. ¿Quién sabe ciento veintiséis, mil veintiséis, o todavía más? A la hora de la muerte la edad no se cuenta.

Un barullo en la puerta, ruidos, discusiones, la voz de doña Fina contradiciendo a alguien, la respuesta, la risa. Teresa se estremece, el corazón le palpita incontenible, ¿de quién es esa voz inolvidable, ese acento de marinero?

—¿Se va a casar? Puede ser, pero sólo conmigo.

Se levanta trémula, no cree a sus propios oídos, sale lentamente por el corredor, mira con miedo. En la puerta de calle, dispuesto a entrar de cualquier manera, gigante, pájaro, vivo, entero, está él. Entonces Teresa Batista estalla en sollozos, en un llanto convulsionado. Llorando se tira en los brazos de Januario Gereba.

76

—¡El casamiento se deshizo! —anuncia María Petisco, saltando del taxı a la puerta de la casa de Almério.

Había dejado a la novia en brazos del maestro Gereba. ¿No había naufragado, no estaba muerto? ¿Qué muerto ni muerto, vivo y bien vivo, un pedazo de hombre para comérselo, *rolete* de caña. ¡Qué suertuda esa Teresa! Cuando el Balboa naufragó, hacía más de tres meses que él y Toquinho, otro bahiano, se habían desembarcado e iniciado el viaje de vuelta a casa. Volvieron despacio, viendo mundo. Acababan de llegar y el compadre Caetano Gunzá le contó todo lo sucedido. El amigo Almério lo disculpase, pero el casamiento parecía bastante imposible.

En el primer momento, Almério sufrió una seria decepción, un profundo abatimiento, no podía ocultarlo, al fin, con los papeles pronto y la fiesta paga, no era para menos. Pero la curiosidad del viejo lector de folletines, de oyente fanático de las radionovelas, acostumbrado a encarnarse en los melodramáticos héroes, superó el mal momento y quiso saber detalles. Pueden creerlo, en menos de media hora estaba entusiasmado con el relato. María Petisco le había llevado la noticia a los invitados, llegó casi con el juez y el cura. El magistrado se retiró en seguida, pero don Timoteo se quedó a la espera de Almério, pensando que el pobre quizá necesitaría consuelo.

—¿Y qué va a hacer con tantos manjares? —quiso saber el viejo Miguel Santana, que había almorzado muy levemente para reservarle espacio a la comilona.

—¡Ay, Dios mío, la fiesta no se va a hacer! —gimió la negra Domingas que se había preparado para sambar la noche entera.

Entraba al salón Almério das Neves acompañado de Anália y escuchó las quejas, levantó entonces los brazos, él no tenía la culpa. Amigos míos, dijo, el casamiento se desbarrancó. Para mí fue triste pero para Teresa fue alegre. El novio que ella creía muerto, llegó a tiempo. Peor sería que hubiera llegado después. Entonces sí que la cosa se hubiera puesto fea. De todos modos, había que aguantarse. Jugaba el papel del enamorado generoso, capaz de sacrificarse sin un lamento por la felicidad de su bien amada y del rival afortunado.

—Ya que es así, vamos a festejar —propuso Caymmi, hombre sensato.

Almério observó la casa llena de gente, las mesas puestas, las botellas enfriándose en el hielo y la *jazz-band*. En sus labios nació una sonrisa, expulsando de su rostro sereno la última sombra de molestia. Heroico y abnegado, elevó la voz para que todos los presentes lo escucharan, para' que lo escuchara Bahía entera:

—No hay casamiento pero no por eso se suprime la fiesta. ¡Vamos a abrir el champaña del doctor Nelson!

—Eso sí que es hablar bien —aprobó Miguel Santana, dirigiéndose hacia las mesas.

La fiesta de casamiento de Teresa Batista, aunque no hubo casamiento, duró toda la noche con gran animación. Se comió todo lo que había, se bebió toda la bebida, una fiesta así sólo puede suceder en Bahía. A no ser para pellizcar de un plato o para tomar un vaso de cerveza, la orquesta no dejó de tocar y el baile acabó por la mañana en plena calle con los compases del "Trío Eléctrico". En medio de la noche, Almério y Anália, la que no nació para prostituta, formaron una pareja inseparable y ella le confesó ser loca por los chicos. A lo que parece, ya se armó el romance.

77

Las velas desplegadas, el *saveiro* corta el mar de Bahía. La brisa sopla en la alta noche, Teresa Batista salpicada de agua, sabiendo a mar, con olor a vegetación marina, los negros cabellos sueltos al viento, resucitada, ¡aleluya! Se apoya sobre el pecho del maestro Januario Gereba. Al timón, Janu sopesa las cualidades de la embarcación que está en venta, si está en buenas condiciones la compro y pago al contado, el compadre Gunzá me puso el dinero en el banco a interés, ¡qué compadre más formidable! ¿Qué nombre le vamos a poner? Antes de elegir el nombre del *saveiro*, Teresa dice:

—¿Sabés que maté a un hombre? Era muy malo, sólo mere-cía la muerte, pero igual me pesa en la conciencia.

Januario mira su pipa de barro:

—Vamos a descargarte la conciencia ahora mismo, de una vez para siempre. Era malo, que se vaya con los cazones, espe-cie de peces desgraciados. Así, quedás libre de ese peso.

Sonríe en la noche oscura, en su sonrisa renace el sol. Ése ya está descargado, pero hay más, Janu.

—Un hombre murió dentro de mí, en el momento mismo que nos juntábamos. No sé si para los demás había sido bueno o malo, para mí fue el mejor hombre del mundo, mi marido y mi padre. Pero llevo su muerte en las entrañas.

—Si murió en ese momento, está en el paraíso. El que muere así es un privilegiado y un protegido de Dios. Echá afuera el cuerpo de ese justo, quedás libre de su muerte, pero debés retener todo lo bueno que te dejó.

El mar se abrió y se volvió a cerrar. Teresa suspiró aliviada. Gereba le preguntó:

—¿Hay alguno más? Si tenés más, hay que aprovechar para tirarlo al mar. Por aquí cerca descargué a mi mujer muerta.

Teresa se acordó de aquel que no había llegado a ser, que fue arrancado de su vientre antes de nacer. Puso la mano sobre la del maestro Januario Gereba, Janu de mi amor, hizo que el timón se moviera, cambió el rumbo del *saveiro*, se dirigió a una pequeña ensenada entre bambúes, en la margen del golfo, un escondido remanso. Teresa se echa sobre la popa:

—Quiero que me hagas un hijo, Janu.

—Soy bueno para eso.

Allí, sobre el filo del amanecer, río y mar.

F I N

Impreso en Erre Eme S.A. en el mes de marzo de 1998
Talcahuano 277 - 1013 Buenos Aires
Telefax: 01-382-4452/1931